검은머리 미군 대원수 2

명원(命元) 대체역사 소설

EugeneKim

KB058686

일러두기

- 이 책은 문피아, 네이버시리즈에서 연재된 《검은머리 미군 대원수》를 바탕으로 편집, 제작되었습니다.
- 단행본, 일간지 이름은 '《 》'로, 노래 제목, 영화, 방송국, 글의 소제목 등은 '〈 〉'로 표기했습니다.
- 전화, 라디오 등 전파 매체를 통한 대사는 '―'로, 편지 등 문자 매체를 통한 대사는 '[ ]'로 표기했습니다.
- 인명 및 지명은 일부 표준어로 등재됐거나 용례가 존재할 경우를 제외하고 모두 연재본의 표기를 따랐습니다.
- 내지에 삽입된 지도는 웹소설 연재본에 삽입된 지도를 단행본 인쇄방식에 맞게 편집부에서 재편집했습니다.

1장
아미앵의 악마들

아미앵의 악마들 1

"유진 킴 대령."

"예."

모두의 이목이 쏠린다. 바로 이 순간만을 위해 시리도록 추운 겨울을 흙먼지 먹으며 보내야 했다.

"캉브레에서의 영웅적인 전투 지휘, 자원병과 동맹국 군인을 구출하기 위해 발휘한 놀라운 투혼과 헌신을 기리기 위해, 수훈십자훈장(Distinguished Service Cross)을 수여하는 바이다."

마침내 인정받았다. 목숨을 걸고 전장에 뛰쳐나간 대가가 드디어 돌아오고 있었다. 나와 함께 훈장을 받은 사람은 많았다. 하지만 기이하게도, 내가 훈장을 받는 순간 박수소리는 전혀 나오지 않았다. 빌어먹을 나라 같으니, 정말 정나미 떨어져……

짝. 짝. 짝.

나는 박수소리가 들리는 곳을 향해, 아주 살짝 눈알을 돌렸다. 중령으로 진급한 마셜이, 사람 하나쯤 죽여버릴 듯한 무서운 표정을 지은 채 기계적인 박수를 치고 있었다. 그 모습에 기가 질린 듯 여기저기서 산발적인 박수가 따라 나오더니 이내 남들과 같은 박수세례가 강당을 울렸다. 그 모습을 바라보고 있던 퍼싱은 이내 내 계급장을 떼어내고는, 빛나는 별 하나를 새롭게 달아주었다.

"귀관을 정식으로 93사단 사단장으로 임명한다."

"반드시 전과를 거두고 돌아오겠습니다."

"음. 고생하게."

원래 역사에서 이 전쟁은 올해에 끝난다. 그 말은 이 별과 함께할 수 있는 기간은 1년, 아니 사실상 반년 정도 남았다 봐야 한다.

하지만 상관없었다. 이 1년짜리 별을 달지 못해 좌절하는 사람이 몇이고, 별은 무슨 대령 하나 못 달아서 고통받는 사람이 얼마나 많던가. 미합중국의 두텁기 그지없는 차별의 벽을 뚫고, 마침내 나는 별을 달았다.

비록 지금은 임시에 불과하지만, 만인이 보는 앞에서 그런 사치스러운 투정을 부릴 시간은 없었다. 전장이 나를 부르고 있었다.

* * *

독일군의 파상공세는 계속되었고, 영국과 프랑스는 눈앞으로 다가오는 분단에 경악했다.

"놈들이 파리로 온다! 영국군과 분리되는 순간 파리로 오는 길이 열린다. 우리의 친구 미국인들이 올 때까지, 그 어떤 대가를 치르더라도 독일 놈들을 막아야 한다! 한 발짝도 물러서서는 안 된다. 마른, 이제르, 베르됭의 용사들이여, 조국은 그대들이 필요하다! 바람 앞의 촛불 같은 조국의 운명은 오직 그대들만이 지켜낼 수 있다!"

프랑스군 총사령관 페탱은 피를 토하듯 외치며 장병들을 독려해야 했다. 무시무시한 제파공세에 처맞고 있는 영국군의 헤이그 원수 역시 사정은 매한가지였다.

"…등 뒤에 벽이 있다고 생각해라. 후퇴란 없다. 거기에 서서 죽어라."

가장 처참하게 무너져 내린 영국군 제5군은 제4군에 흡수되었고 사령관은 해임되었다. 피로 피를 씻는 일진일퇴의 전장 환경에서, 나는 차에 탄 채 정신없이 달리고 있었다.

"얼마나 더 걸리겠나?"

"죄송합니다. 그것까진 잘……."

운전병의 말에 난 한숨을 쉬었다. 옆에 있던 하지가 내 표정을 힐끔힐끔 보더니 잠시 고민하는 듯했다.

"진급을 진심으로 축하드립니다, 킴 장군님."

"어차피 1년도 못 갈 별인데 뭘 그리 축하하나?"

"1년이라뇨?"

"올해 안에 이 전쟁은 끝. 그럼 당연히 원래 계급으로 돌아가겠지?"

내 말에 하지의 표정이 참으로 오묘해졌다. 종전을 기뻐해야 하는 것이 사람의 도리건만, 계급장이 떨어진다고 하면 또 관료제의 일원으로서 아쉬움이 남는 법.

그래, 시발. 나는 오죽하겠니? 별에서 중위라니. 생각만 해도 허드슨강 마렵다.

"그보다 중요한 건 전쟁 내내 이 별을 지키는 거야. 알잖나. 93사단을 해체해서 프랑스 놈들에게 넘겨버리고 싶은 놈들은 사령부에도 득실득실해."

내가 93사단을 육성하는 동안, 원정군 사령부에서는 별별 비난이 다 터져 나왔다. 어째서 백인 전용 화장실을 설치하지 않느냐. 어째서 백인과 흑인이 같은 식당에서 밥을 먹는 거냐. 어째서 백인과 흑인에게 동일한 장비를 제공해주는 거냐. 어째서 흑인 병사들에게 외출을 허가해 주는 거냐. 그들은 백인 부녀자를 겁탈할 기회만을 호시탐탐 노리고 있을 텐데! 어째서 감히 흑인 중령과 대령을 지휘관으로 두느냐? 지금 자랑스러운 미합중국 백인 장교들이 깜둥이의 명령을 듣게 하는 건가?

나는 그때마다 퍼싱에게 배운 마법의 단어를 사용했다.

'좆 까.'

일일이 설득할 수도 없었다. 설득하고 싶지도 않았다. 그만큼 흑인들에 대한 비난은 악의적이었고, 거침없었으며, 언제든지 그 주어를 '옐로 몽키'로 바꿀 수 있는 문장들이었다.

패튼도, 마셜도, 맥아더도 전부 자신의 부대 지휘로 인해 쇼몽에 거의 없다 보니, 나는 오직 나 혼자서 그 모든 악의를 뒤집어써야만 했다. 그만큼 얼마나 내가 달달한 꿀을 빨았는지 제대로 확인한 반면, 조용히 다가와서는 '힘내십시오.' 하면서 남들의 눈 몰래 위로의 말을 건네는 자들 또한 있었다.

아직 주류는 아니었지만, 최소한 미 육군 내에서 희망의 씨앗 정도는 보이긴 했다. 물론 93사단에 자원한 백인 장교들 중에서도 입이 툭 튀어나와 불만을 늘어놓는 자들도 있었다.

'어… 저희더러 밥을 같이 먹으라구요?'

'아, 역시 옐로 몽키가 동석해서 밥을 먹자고 하니 좀 불편한가 보군! 미안해. 나는 저어기 화장실에서 혼자 먹겠네.'

'재송합니다! 재송합니다!!'

이 새끼들은 지금 상관이 누군지 구분도 안 가는 건가.

하지만 모두 공평하게 모의 참호와 진흙탕에 처넣고 몇 달을 신나게 굴리자, 흑백 구분 없이 모두 독일 놈에 대한 증오와 '어? 우리보다 고생도 덜 하는 새끼들이 우릴 까네?'라며 초보적인 단계의 동지의식이 무럭무럭 자라났다.

언제나 공동의 적을 만드는 건 효과만점이었다. 이제 전장의 불꽃으로 그들을 제련할 시간이다.

* * *

93사단은 프랑스 제36군단 예하로 긴급 배치되었다. 원래라면 군단 사령부로 달려가 샤를 놀렛(Charles Marie Edouard Nollet) 장군을 만나는 게 먼저겠지만, 나는 그럴 생각이 없었다. 내가 가장 먼저 봐야 할 건 전장이었다. 우리 93사단이 머무르고, 피를 흘려야 할 곳.

독일군의 목표는 명백했다. 아미앵(Amiens). 철도 교통의 요충지인 아미앵을 점령할 수 있다면, 그들의 전략적 목표인 영국과 프랑스의 분단은 사실상 성공한다. 독일은 필사적으로 아미앵을 향해 진군했고, 영국과 프랑스는 거의 모든 판돈을 꼬라박아 가며 이 진격을 저지해 나가야 했다.

한참 차량이 달린 끝에, 나는 어수선하기 짝이 없는 시가지 인근에 도착했다.

"저기 소도시 보이십니까? 저 안으로 들어갔다간 피난민들에게 막혀 오도 가도 못 할 것 같습니다."

"적당히 빼서 야지로 가지."

예상대로, 공포와 두려움으로 가득 찬 시민들은 짐을 챙겨 도망치기에 여념이 없었다. 그동안 이곳은 후방지역이었다. 휴가 또는 교체되어 나온 군인들은 이런 도시에서 일상을 되찾고, 잠깐의 여가를 보낸 뒤 다시 참호로 들어갔겠지.

하지만 그 전쟁 속의 평온도 이제 끝났다. 저 도시는 내가 다뤄야 할 게임판의 일부에 불과했다. 차라리 다 도망쳐주는 게 내겐 낫다. 나는 내 병사들을 맨땅에 처박을 생각이 전혀 없었고, 정 안 되면 저 도시까지 독일놈들을 끌어들일 의향도 있었으니까.

"하지."

"예, 장군."

"저 시가지를 기점으로 방어선을 짜는 것도 염두에 둬야겠군. 소개(疏開)

를 준비해야겠어."

"타국 시민들을 내쫓으면 장군님의 부담이 있지 않겠습니까?"

"그런 건 자네가 신경 쓸 바가 아냐. 내 문제지."

까놓고 말하면 우린 남의 전쟁 도와주러 온 사람들이다. 싫어하든 말든 뭐 어쩌겠어. 내가 내 병사 살리고 싶다는데.

"더, 더더 전방으로 나가지."

"이 이상 가면 독일 놈들을 만날 수도 있습니다만?"

"제리 면상 한 번쯤은 봐줘야지. 전장 파악이 더 시급해."

알량한 지도에 의지할 순 없다. 지도 믿다가 엿먹은 적이 어디 한두 번인가? 지금 여긴 공세의 한복판이다. 대한민국 육군조차 지도에 없던 가건물이나 비닐하우스가 샘솟고, '도로가 있었는데요, 없었습니다.'가 되고, 아무도 없던 뒷산에 버섯 캐러 온 아줌마, 아저씨들이 득실대던 꼬라지를 난 너무 많이 겪었다.

내 눈으로 보기 전엔 못 믿겠다. 포탄이 온 사방을 때렸을 이곳은 한국보다 더하면 더했지 못하진 않을 터다.

"전원 방독면 착용. 언제 골로 갈지 모른다."

"알겠습니다."

우리 모두 잠시 꼼지락거리며 방독면까지 착용한 후, 차는 전장을 향해 더욱 나아갔다. 하지가 군사지도를 펴놓고 지형지물을 대조하는 동안, 나는 주변을 샅샅이 확인하며 지형 파악에 집중했다.

"저 고지는 감제하기 꽤 괜찮아 보이는 장소로 보입니다."

"지도상에는?"

"지도상에도 큰 문제는 없습니다."

"그럼 체크해 놓고. 대충 대대 하나 짱박아두고 등산시키자고."

"저 자리엔 원래 농장이 있어야 합니다만……."

"이젠 없네."

거대한 크레이터가 피어 있는 저곳을 농장으로 쳐주긴 어렵겠지. 총알 농장이면 또 몰라도. 저 멀리서 포탄 떨어지는 끔찍한 소리가 들려왔다.

여기는 지옥이 틀림없었다.

* * *

저 멀리 우리와 교대할 프랑스 놈들이 보일 때쯤에야 나는 차를 돌렸다. 시찰을 마친 후, 우리는 곧장 36군단 사령부로 향했다.

"미합중국 육군 제93보병사단장 유진 킴 준장입니다."

"캉브레의 영웅이시군! 잘 왔네. 36군단을 맡고 있는 샤를 놀렛일세."

그는 딱 봐도 어디 자리에 앉을 겨를조차 없어 보였다. 방 중앙에 펼쳐진 거대한 지도를 배경으로 여러 장교들이 정신없이 말판을 옮기고, 무언가를 기입하고, 저마다 떠들기에 여념이 없었다.

"상황판을 보면 바로 알겠지만, 우리는 쭉쭉 뒤로 밀려나고 있네. 이미 참호선의 상당 부분을 포기했고, 더 이상 저지할 만한 공간도 없어. 그 와중에 미군이 투입되면 우리로서는 가뭄의 단비가 따로 없지."

"이미 언질 받으셨겠지만 93사단은 흑인으로 편성된 부대입니다. 따로 문제는 없겠습니까?"

"하! 흑인이 아니라 거대 오징어가 총을 들고 도와준대도 우린 환영이야. 아미앵 코앞까지 적이 쇄도하는 와중에 무슨 놈의 피부색 타령인가?"

농담이 전혀 농담으로 들리지 않았다. 아니, 어쩌면 진담일지도 모른다.

"알겠습니다. 93사단은 약 3만 명가량으로 구성되어 있……."

"3만이라! 우리는 엄두도 못 낼 병력이 아주 샘솟는구만. 젠장. 하지만 전장 적응 훈련은 멀었겠지?"

"나름대로 최선을 다했습니다만, 언제나 모의 훈련장과 실전은 천지 차이니까요."

"그거야 어쩔 수 없지. 좋아. 자네들은 여기, 바로 여기에 투입될 걸세."

그가 지휘봉으로 지도 한쪽을 탁 찍었다.

"독일군 제208보병사단. 폰 그로덱(Wilhelm von Groddeck)이 지휘하고 있는 부대지. 솜과 이제르, 파스샹달, 그리고 빌어먹을 캉브레! 그래. 그 새끼들이야. 이번 기회에 무조건 한 대 패줘야만 속이 시원하겠어."

돌고 돌아 다시 캉브레인가. 내 군생활에서 아무래도 캉브레의 영향은 영원히 지워지지 않을 것 같았다.

"93사단은 수단과 방법을 가리지 않고 208사단을 저지해주게."

"군단과 상층부의 방침은 어떻게 됩니까?"

"고착방어. 혹시 다른 생각이 있나?"

"적극적으로 208사단의 허리를 분질러버리고 싶은데 어떻게 생각하시는지요."

내가 씨익 미소를 지으며 말하자, 놀렛 장군 역시 악동 같은 미소를 지었다.

"패기 넘치는군. 하지만 독일군은 정예야. 초짜 부대로 감당할 수 있겠나?"

"아실지 모르겠지만, 93사단의 구성원들은 오직 합중국 내에서 흑인들의 권리를 더 보장받겠다는 일념으로 입대를 자청한 친구들입니다. 그들의 전투 능력은… 실전을 경험하지 못해 미지수지만, 의욕만큼은 탁월하죠."

"흐음."

"어차피 대가리 숫자에서 유리하니, 가볍게 툭툭 찔러나 볼까 합니다."

"좋아. 그러면 방어선 구축 이후에 제한적 공격을 허가하겠네. 전과확대가 가능하다면 추가적인 공세를 허가하되, 항상 방어선을 유지할 여력은 남겨 놓고."

"알겠습니다. 그럼 전 곧장 제 병사들과 합류하겠습니다."

사실상의 승낙까지 받아냈으니 이제 모든 게 끝났다. 물론 제한적 공격이라고 하긴 했다. 하지만 살짝 때렸는데 상대 대가리가 깨져버리면 걔들이 약한 탓이지, 내 탓은 아니잖은가?

독일 놈들은 침투와 교란이 자기네 특기라고 생각하고 있겠지만, 어디 한번 배때기에 전차가 찔리고도 그렇게 생각하나 한번 보자.

아미앵의 악마들 2

93사단 369연대 소속 존 밀러 이병이 아미앵 근교에 도착한 후 가장 먼저 한 일은, 이제 몸에 익어버리다시피 한 삽질이었다.

"빨리빨리 파! 우리 다 뒤지기 전에!"

"제리 놈들이 오고 있다! 지금 1인치 덜 파면 머리 위로 날아갈 총알이 우리 머리에 박힌다! 빨리빨리 해!"

망할 야전삽. 대체 뭐 이리 코딱지만 한 삽을 준단 말인가. 물론 휴대용이니 어쩔 수 없다 쳐도, 이딴 거로 참호를 파자니 참으로 고역이었다.

"공병대는 뭐 하고 있는 거야?"

"공병 애들은 이미 진작에 삽질하고 있답니다."

"제기랄. 위에서 생각이 있겠지만, 그래도 빠듯한데."

장교들과 부사관들이 무어라 떠들고 있었지만, 그런 일에 신경 쓸 여력은 없었다. 사단장부터 말단 하사에 이르기까지, 날이면 날마다 이 전쟁은 합중국 흑인의 미래가 걸린 성전이라는 말을 입에 달고 살았다. 그리고 지금, 이 별 볼 일 없어 보이는 삽질이야말로 흑인의 미래이자 희망이었다. 오직 그 사실만이 그의 팔뚝에 힘을 불어넣고 있었다.

인종의 벽은 너무나도 드높았다. 노예의 사슬은 사라졌으나 보이지 않는 사슬이 여전히 목을 옥죄고 있었다. 대학을 나와 변호사 자격까지 취득한 밀러였지만, 법의 보호는 흑인에게까지 그 광명이 미치지 못했고 차별주의자들의 총알은 바로 코앞에서 날아왔다.

희미하고 막연한 희망을 붙들기 위해 대서양을 건넜지만, 사실상 방치되다시피 하고 사단장과 여단장이 줄줄이 흑인 부대의 지휘를 거부했다는 소식을 들으며 다시 절망이 찾아왔다. 그래, 한 아시안이 그들의 새 대장으로 부임하기 전까지는.

'D.C.의 백인을 믿지 마라! 나를 믿어라!'

그 남자야말로 흑인들을 위해 하나님이 내려주신 선지자가 틀림없었다. 그를 상징하는 검은색 닷지 투어링카가 나타날 때마다 그를 비롯한 병사들의 얼굴에는 활력이 돋았고 알 수 없는 자신감이 피어올랐다.

그 끝없는 투지. 그 어떠한 것도 자신을 가로막을 수 없다는 듯한 끝없는 자신감. 그리고 그 어떤 사탕발림도 느껴지지 않는 담백한 미래 제시까지.

'피를 흘려서 백인들한테 인정받겠다고? 낙타가 바늘구멍 통과해서 코끼리 임신시키는 소리 하고 있네. 그딴 말랑말랑한 소리 작작 처하고, '야, 저 새끼들 사람대우 안 해주면 우릴 다 쳐죽일 기세다!' 하고 쫄게 만들란 말야!'

93사단의 모든 장병들은 젊은 사단장을 사랑했다. 그의 존재 자체야말로 유색인종에게도 기회가 있다는 증명서나 다름없었다. 영국에서도, 프랑스에서도 불가능해 보이는 압도적 출세가도! 그 점에서 그는 아메리칸드림의 현신이자, 그들의 가장 밝은 미래를 상징하는 자유의 신상 그 자체였다.

휘이이이이익!!

그 순간 허공을, 그리고 그의 잡념을 찢어발기는 끔찍한 소리가 울려 퍼졌다. 머리는 순식간에 주도권을 뺏기고 몸은 제멋대로 움직인다.

"작업 중지! 작업 중지!"

"제리다! 제리가 온다아아아!!"

"삽 내려놔! 무기 들어! 전투 준비!!!"

아직 참호가 완성되려면 멀었는데? 의문이 잠시 들었지만 어쩔 수 없었다. 적이 온다는데 뭘 망설이고 있는가.

머리는 생각에 잠겼지만, 오랜 반복 숙달에 완전히 절여진 몸은 이미 제 멋대로 동작을 행하고 있었다. 삽 대신 세 번째 팔과 같은 소총을 손에 쥐고, 견착한 후, 전방을 향해 조준. 최대한 노출되는 부위는 줄이고, 지시가 떨어지기 전까지 방아쇠에 손가락을 집어넣지 않는다.

그러고 나서야 다시 머리가 몸의 통제권을 되찾았다. 떨린다. 희망 대신 두려움이 머리 한가득 들어찬다. 과연 여기서 살아 돌아갈 수 있을까? 돌아가면, 인간의 권리라는 걸 맛볼 수는 있을까?

콰아앙!!

땅이 흔들린다. 하늘이 비명을 토해낸다. 대지가 고통에 젖어 흙을 토해내는 그 순간, 그는 어느새 방독면을 착용하고 확인 절차를 모두 끝내고 있었다.

"방독면! 방독면 써라!"

"착용 완료!!"

소대장의 외침에 주변에 있던 모든 병사들이 일제히 응답했다. 그리고 이어지는 침묵과 포격. 태연한 척하던 소대장 역시 방독면 뒤로 땀을 뻘뻘 흘리며 공포와 싸우고 있겠지.

끝없이 떨어지는 포탄의 비. 5분? 10분? 모르겠다. 아무리 애를 써서 천천히 초를 세고 또 세어도 포격은 그칠 줄을 모른다.

"으아! 으아아아아!!! 엄마아아!!"

"윌리엄! 참아! 저 새끼 누가 붙들어!"

"싫어! 싫다고오오! 그만! 시끄럽단 말야!!"

옆 분대 윌리엄이 총을 집어 던지고 귀를 힘껏 틀어막으며 고래고래 고함을 질러댔다.

빌어먹을. 틀림없이 셸 쇼크(Shell Shock)다. 포격으로 뇌가 흔들려 광증이 찾아온 거다. 이미 몇 번이고 배운 내용이지만 '포탄에 맞은 것도 아닌데 미쳐버린다고?'라고 의아해했었는데, 바로 내 옆의 전우가 저렇게 되고 나서야 비로소 포격의 무서움이 가슴 깊이 체감되었다. 누구보다 당당하게 '아이에게 부끄럽지 않은 아버지가 되고자 왔다.'라고 말하던 녀석이 저리될 줄 어찌 알았겠는가.

가장 먼저 총을 뺏어야 한다. 같은 분대 병사들이 천천히, 그리고 신중히 그에게 다가가 가지고 있던 소총을 뺏어 저 멀리 집어 던졌다.

윌리엄을 붙잡기 전, 그가 갑자기 방독면을 있는 힘껏 쥐어뜯었다. 모두가 채 말리지도 못하고 머뭇거리는 동안 녀석은 '으아아아!' 하는 단말마의 비명을 지르며 참호 바깥, 포격이 날아오는 방향을 향해 달음질쳤다.

1초. 2초. 털썩.

윌리엄이 죽었다. 그 모습을 목격한 모두가 충격에 말을 잊고 얼어버렸다. 이게 전쟁인가. 담배 한 모금 빨아들일 시간에 생명이 사라지는 여기가 정녕 사람 사는 곳인가.

끝없이 포화가 떨어지며 우리가 며칠간 작업했던 모든 결과물을 집어삼켰다. 모래주머니도, 철조망도, 어떤 끔찍한 포탄은 참호 안으로 빨려 들어와 전우들을 흔적도 없이 날려버렸다.

하지만 배운 대로다. 모든 것이 훈련에서 언급한 대로 진행되고 있다. 그는 견딜 준비가 되어 있었다. 다시 소총을 꽉 쥔 채, 적을 기다리기 시작했다.

판단은 내가 하는 것이 아니다. 내 상관이 하는 것이다. 상관이 명하는 대로 숨 쉬고, 걷고, 뛰고, 쏜다. 상관이 나보다 먹물을 덜 먹었다는 사실은 이미 잊었다. 그는 상관이고, 나보다 계급이 높고, 나는 그의 팔다리에 불과했다. 오직 그것을 배우기 위한 지난 몇 달이었다. 변호사 존 밀러 대신 존 밀러 이병이 새롭게 태어나기 위한 시간!

"아직 우리 포병 친구들이 게을러터진 모양이다! 그 말인즉슨, 우리 손으로 잡아 죽일 수 있는 제리가 늘어났단 뜻이다! 기쁘지? 기쁘지 않냐 애들아!"

"기쁩니다!!"

"와아아아아!!"

우리는 자랑스러운 369연대원. 지옥 밑바닥 석탄 같은 깜둥이라네.

옐로 지저스께서 말씀하시길, 백인으로 못 태어난 원죄는 너무나 깊다네.

하지만 안심하여라! 제리를 죽이면 죄가 없어지리니!

제리를 죽여라! 저기 면죄부들이 걸어온다네!

십자군은 예루살렘에서 구원받았지만 우리는 이 엿같은 참호에서 구원받는다네!

누군가가 노래를 흥얼대기 시작하자 참호 곳곳에서 구수한 노래 가사가 울려 퍼졌다. 방독면 전성관을 지나 소름 끼치게 변조된 목소리가 가사를 더욱 뒤틀었다.

두려움이 사라진다. 윌리엄에 대한 기억이 흐려진다. 그 대신, 그의 몫까지 가져갈 자유의 전리품이 우리의 머리를 일깨운다. 윌리엄은 결코 공포에 잡아먹힌 것이 아니다. 포탄이 그의 사지를 찢는 대신 그의 뇌를 찢었을 뿐이다. 우리가 해줄 수 있는 것은 오직 윌리엄의 아들에게 '아버지는 용맹한 369연대원이었다.'라고 말해주는 것뿐.

그렇게 머리를 비우고 노래를 흥얼거리고 있자니, 저 멀리 희미하게 보이던 까만 점들이 조금씩 커지기 시작했다.

"조준!"

호흡을 재정렬한다. 점점 커져가는 까만 점 중 하나를 골라 조준선에 올려놓는다. 저게 바로 나의 면죄부. 나를 깜둥이가 아닌 '사람'으로 만들어줄 면죄부다.

타타타타타타!!!!

곳곳에 배치된 기관총좌가 일제히 살인을 알리는 비명을 질러대기 시작한다. 토치카는커녕 모래주머니조차 아직 덜 쌓아 사수의 보호는 기대하기 힘든 기관총좌. 하지만 그들은 거침없이 방아쇠를 당겼다. 오직 독일 놈들을 엎드리게 하기 위해. 가장 먼저 죽을 것을 알면서도, 전우를 위해 거침없이 탄을 발사하는 자들.

"사격 개시!!"

'머리'가 판단했다. 곧장 방아쇠를 당겼다. 검은 물체가 벌러덩 뒤집힌다. 바로 이 순간, 존 밀러 이병은 첫 구원행 티켓을 손에 쥐었다. 몸을 가득 채우는 편안함.

"각자 자율 사격! 계속 쏴!"

콰아앙!!

다시 한번 떨어지는 포격. 이번 포격은 끔찍할 정도로 재수가 없었다. 바로 근처에서 신나게 탄을 토해내던 기관총 소리가 사라졌다. 화망이 사라졌으니 믿을 건 오직 소총뿐. 엎어져 포복으로 기어오던 독일 놈들이 무어라 크게 외치더니 일제히 달려오기 시작했다.

"소총 내려놔! 정해진 사수, 기관단총 들어! 나머지 착검!"

쓸데없이 긴 소총의 시간은 끝났다. 기관단총을 배정받지 못한 병사들이 분주히 소총에 총검을 끼우는 동안, 그는 등에 대롱대롱 매달려 있던 주유기를 대신 손에 쥐었다. 익숙한 목재 특유의 감촉 대신 차가운 금속의 냉기가 그의 손에 파고들었다.

철조망은 이미 진작 사라지고 없다. 참호는 얕다. 기관총도 침묵 중이다. 하지만 저들을 맞이할 모든 준비는 이미 끝났다.

"쏴!!"

드르르르륵!!

독일 놈들의 경악 어린 표정을 보며, 그는 환희에 젖었다. 이 순간 그는 참호 속 카이저였다. 한 독일군이 들고 있던 낯선 총기만 아니었더라면 말이다. 드르르륵, 하며 다시 불을 뿜자, 본능적으로 그는 참호 안으로 움츠러들었다.

"저, 저게······."

"적이 기관단총을 쏜다!"

순식간에 양자의 화력은 비슷해졌다. 이제 남은 것은 오직 참호를 놓고 벌어질 피의 격투뿐이었다.

"으아아아아!!"

"자유를 위하여!"

"자유를 위하여!!"

누군가의 선창에 일제히 거대한 함성의 파도가 출렁였다.

그래. 이건 자유를 얻기 위한 싸움. 우리의 조상이 노예의 굴레에서 벗어나고자 피를 흘렸듯, 우리 또한 자식들에게 차별의 굴레를 물려주지 않고자 이 땅에 온 것이다.

독일 놈들의 얼굴에서 두려움이 보인다. 백인도 총알이 두려운 건 당연한 일이었다. 이 당연한 사실을 알기 위해 여기까지 온 것인가.

한 독일놈이 힘차게 수류탄을 던지려 했지만, 사방에서 빗발치는 탄환이 그보다 더 빨랐다. 몸 이곳저곳에 피분수가 치솟고, 결국 그는 수류탄을 던지지 못한 채 벌러덩 쓰러졌다. 몇 초 후 수류탄이 폭발하며 그의 팔과 몸통이 통째로 날아간다. 하지만 제리는 더 많다. 폭발을 뒤로한 채 마침내 독일 놈들이 하나둘 참호 안으로 뛰어들었다.

"죽여! 잭! 찰스! 죽여!!"

"뒈져어엇!"

"#@%@!!!"

수류탄, 기관단총, 비명, 피, 진흙, 주먹, 야삽, 대검. 모든 것이 깜깜해졌다. 눈앞의 적이 시야를 가득 메웠다.

아미앵의 악마들 3

369연대 지휘본부. 연대장 아이젠하워 소령의 입은 바싹바싹 말라가고 있었다. 막사 안 모든 간부들의 시선이 그의 입에 집중되어 있다. 지금 내리는 명령 한 자 한 자에 연대원들의 목숨이 걸려 있다. 그는 그 사실을 뼈저리게 통감했다.

"여단 정면으로 독일군이 공세를 개시했습니다."

"포병 지원은 사실상 전무합니다. 포병연대에 전령을 다시 보낼까요?"

"이미 독일군이 참호에 육박했을 시간 아닌가. 인제 와서 포격지원을 요청해봐야 이미 늦었어. 그리고 오히려… 포격을 요청하면 사단에서 요구한 바에 부응할 수 없지."

고민은 길지 않았다.

"포병연대 예하 대대로 유선망 가설되어 있나?"

"아직 가설 완료 연락은 받지 못했습니다."

"독촉해. 유선망 없인 못 싸워."

"알겠습니다."

"연대장님, 진내사격을 요청하는 건 어떻겠습니까?"

한 부하의 말에 아이크는 고개를 확 돌렸다.

"진내사격이라?"

"상급부대의 명령을 수행하기 위해서는 진내사격을 검토해야 한다고 봅니다."

"진내사격을 한다면 너무 독일군에게 큰 타격을 주는 게 아닌가? 무엇보다 퇴각할 아군은 어떻게 하고?"

"하지만 그들은 흑o……."

"거기까지."

369연대가 받은 명령은 지역방어. 정확히는… 지역방어를 하는 '척' 할 것.

"명심들 하게! 우리의 목적은 독일군의 격퇴도, 섬멸도 아니야! 첫 출진이라고 해서 다들 전공에 눈이 멀어 사리분별을 못 하는 건가?"

그가 약간 목소리를 높이자 참모들이 일제히 얼굴을 숙였다.

"상급부대가 하달한 목적이 뭐지?"

"아군의 전투력과 향후 목적에 대한 기만입니다."

"그러면 진내사격은?"

"적이 경계를 품거나 진격을 주저할 우려가 큽니다."

"그래. 그래서 진내사격 같은 거창한 일은 할 필요 없단 걸세."

그렇게 하나하나 참모들의 이야기와 제안의 가부를 짚어 가면서도, 갑자기 머리가 지끈거려 오기 시작했다. 대체 이 얼치기 부대에 무슨 그런 고차원적인 요구를 한단 말인가? 이건 부대에 대한 신뢰인가, 아니면 감을 못 잡는 건가.

전투 직전, 마지막에 진행했던 회의가 절로 머릿속에 떠올랐다.

"아이젠하워 소령."

"예, 사단장님."

사적인 친분을 떠나 공적인 입장이 되자, 웃음기는 싹 사라지고 오직 긴장만이 그 자릴 채우고 있었다.

"369연대의 역할. 무슨 수를 써서라도 적이 아군을 얕잡아보게 할 것."

"무슨 수를 써서라도… 얕잡아보게 하라는 건 정확히 어떤 말씀이십니까?"

유진의 표정은 언뜻 보면 아무렇지도 않아 보였지만, 아이크는 이미 저 망할 놈의 심리에 대해서는 훤했다. 웨스트포인트 강좌 중 유진학(學)이 있었다면 무조건 A였을 거다. 저건 딱 봐도 사기를 치고 싶다는 표정이다. 벌써 유진의 대가리는 얼마나 분위기를 깔아야 독일 놈들의 주머니 속 마지막 1페니까지 빨아먹을 수 있을까로 가득 차 있을 게 뻔했다.

"적들의 오판을 유도한다. '370연대가 차후 진지를 구축하고 독일군을 맞이할 준비를 갖추려면 시간이 필요하다. 하지만 369연대의 능력을 과다평가한 멍청이 사단장의 계획은 무적 독일군에게 박살났고 거침없이 진격해나갔다.' 딱 이 정도로 놈들이 판단할 정도로 굴라는 거지."

"차라리 한 명도 물러서지 말고 싸우라는 명령이 훨씬 더 쉽겠습니다만. 정면으로 힘싸움을 해도 어차피 우리가 밀릴 일은 없다고 봅니다."

아이크는 자신이 정성껏 길러낸 369연대를 믿고 있었다. 그들의 전의는 넘쳐흘렀고, 기꺼이 목숨을 바쳐 적을 물리칠 각오가 되어 있었다.

하지만 유진은 고개를 저었다.

"어차피 충분한 방어 준비를 갖추기엔 시간이 부족해. 지역방어를 했다간 쓸데없는 피가 너무 많이 흐르겠지. 단순히 적의 예봉을 꺾고 고착시키는 일이라면 못 하는 게 문제 아닌가?"

"그렇다면 구상하고 계시는 정확한 작전을 알고 싶습니다."

"놈들에게… 여기, 이 도시까지 전부 내주자고. 독일 놈들은 장담컨대 침대에서 쉴 수만 있다면 무슨 수를 써서라도 여기까진 달려올 거야."

도시를 내준다고? 도시를 거점으로 싸우는 게 아니라? 가면 갈수록 더 명령은 희한해지고 있었다.

유진은 늘 그랬다. 이 자식과 이야기를 하다 보면 가끔 대가리를 따서 뇌를 해부해보고 싶은 욕망이 차올랐다.

하지만 언제나와 마찬가지로, 그는 참으로 야비해 보이는 웃음을 지으며 손을 비벼댔다.

"독일 놈들은 우리 미군에 대해 어떻게 생각할까?"

"그건……."

"이류 열강의 삼류 군대. 거기다 흑인이야. 그럼 삼류도 아니고 대충 한 4류, 5류 수준으로 평가하겠지."

원래 상대를 제 밥으로 여기는 어설픈 실력자야말로 도박판에서 제일 등쳐먹기 쉬운 새끼라고. 유진이 클클거리며 말했다. 하루 매출을 계산하는 스크루지도 저것보다는 덜 사악한 면상을 하고 있겠지.

"놈들이 공세종말점을 착각할 정도로 형편없이 져준다. 어차피 목숨 걸고 싸워봐야 차후 진지 하나 제대로 구축 못 한 마당. 그냥 적당히 싸우다 튀어. 그러다가 단숨에!"

탁!

369연대와 370연대가 독일군 208사단의 주력 보병대를 꽉 붙든다. 그리고 유진은 상황도 위 말판을 지그시 밀었다.

"겨우내 우리가 준비한 이 '망치'로, 놈들의 머리를 으깨버린다."

"하지만 그랬다간 돌파하는 부대의 측면도 위험하… 아."

"가용 가능한 병력은 우리가 훨씬 많지. 내 판돈이 훨씬 많은데 베팅을 망설일 이유가 있나?"

전차, 레인저, 마지막으로 371연대가 순차적으로 적의 측후방으로 파고들 수만 있다면. 208사단은 그렇게도 처먹고 싶었던 도시 하나를 손에 꽉 움켜쥔 채 그대로 감금당한다.

"맛있는 쥐덫을 깔아달라고, 아이크."

"알겠습니다."

그리고 지금, 아이젠하워는 모든 준비를 갖춘 상태였다.

"1대대 퇴각 후 재편 준비. 가능한 한 후방으로 철수."

"옙."

"2대대는 17:00까지 계속 교전 후, 적이 계속 교전의사가 있다면 역시 철수."

과연 독일군이 유진의 덫을 물까? 잠깐 스스로에게 물은 후, 답은 금방 나왔다.

'안 물곤 못 배기지.'

사기꾼 새끼. 딱히 독일 놈들이 불쌍하진 않다. 이 덫은 그놈들이 욕심만 줄인다면 붙들릴 일이 없는 종류였으니까.

하지만 그럴 리가 없다. 이 공세야말로 독일군의 마지막 기회니까. 한 발자국이라도 더. 단 1마일이라도 더 나아가기 위해서라면 그들은 영혼도 팔수 있으리라.

그리고 유진은 말도 안 되는 헐값에 영혼을 싹 다 사들일 예정이었다. 그렇다면, 369연대의 작전목표는 단순히 독일군을 많이 죽이는 게 아니었다. 그들을 최대한 오랫동안 붙들고 댄스 파트너가 되어줘야만 했다. 그것도 더럽게 못 추는.

"2선으로 물러날 준비부터 하지."

어차피 목표는 지연. 굳이 불필요할 병사들의 목숨을 이역만리에 흩뿌릴 필요는 없었다. 가장 오래 질척이면서도 독일 친구들에게 무능한 호구자식으로 보일 방법들이 아이젠하워 소령의 머리를 채워나갔다.

* * *

독일제국군 제208보병사단은 새로운 적, 미군 흑인 부대의 어설픈 방어를 순식간에 격파하고 거침없이 진격했다.

"전과는?"

"적들의 전의가 낮아 전투가 얼마 진행되지 않고 도주하고 있습니다."

"하. 깜둥이들이 그러면 그렇지."

폰 그로덱 소장의 비웃음에 참모들 또한 함께 미소를 지었다. 프랑스 놈들이 꽤 급하다는 사실은 이제 명백했다. 대체 얼마나 급했으면 미군을, 그것도 깜둥이 부대를 믿는단 말인가? 물론 개구리 놈들은 흑인 병사들에게 그 어떤 나라보다 의존하고 있었다. 하지만 제 놈들이 나름대로 키워 백인과 엇비슷한 전투력을 보유하게 된 세네갈이나 알제리 부대도 아니고, 미국의 나약해빠진 흑인들까지 써먹는다고? 하도 깜둥이들을 아무렇지 않게 쓰다 보니 이제 전투력을 판단할 능력조차 맛이 가 버렸나?

이미 208사단의 대공세에 프랑스 제133보병사단이 심각한 피해를 입고 후방으로 돌려졌다는 사실은 파악하고 있었다. 미군의 규모가 꽤 거대해 다소 놀라긴 하였으나, 2만 명이 훌쩍 넘는 주제에 전투력은 오히려 삼편된 프랑스 사단만도 못하다니.

"이거, 우리 예상보다 더 미군이 못 싸우는 거 아닌가?"

"미군의 전투력을 하향 조정해야 할 듯합니다."

장내에 있던 모두가 고개를 끄덕였다.

"하지만 그들이 가진 신병기는 분명 위협적입니다."

"일선 장병들이 모두 하나같이 그 '주유기'에 관해 언급하고 있습니다."

"그 못생긴 무기 말인가? 우리들의 MP18보다 열등한 물건 아닌가. 결국 무기는 사람이 운용하는 것인데, 열등한 종족이 열등한 무기를 들고 있으니 당연히 우수한 우리 군의 역량에 밀릴 수밖에."

캉브레의 전장에서 노획한 전리품은 폰 그로덱 소장 또한 기억에 남아 있었다. 양키들의 무기에서 품위란 찾아보기 힘들었다. 그 끔찍한 소형 전차부터 군용 무기로서의 최소한의 자존심마저 내팽개친 주유기에 이르기까지. 그런 썩어빠진 정신으로는 절대 유럽인의 전장에 끼어들 수 없다. 미국은 아직 이 게임의 플레이어가 될 자격이 없었다.

루덴도르프가 옳았다. 영국과 프랑스가 가장 약해진 지금이야말로 가장 적절한 공세 타이밍이었다. 여기서 더 강력한 제국군의 모습을 선보인다면 미군의 전투 의지는 완전히 증발할 것으로 보였다.

"최전방에서 전령을 보냈습니다."

"들어오라 하게."

전령의 모습은 생각보다 멀끔해 보였다. 제대로 된 전투조차 없었다는 건가?

"보고드립니다. 아군 스톰트루퍼 부대가 목표였던 도시에 입성했습니다."

"피해는?"

"전무합니다. 적은 도시를 소개하였으며, 극소수 민간인이 남아 있을 뿐 거의 모든 거주인원이 도시를 빠져나갔습니다."

"하! 가관이군!"

다시 한번 모욕과 경멸, 조롱이 사단장에서부터 말단 부관에 이르기까지 걸쭉하게 쏟아져나왔다.

"역시 미군은 엉터리입니다."

"흑인들이 떼로 몰려다니다 총소리만 울려 퍼지면 도망 다닐 꼴이 꼭 까마귀 떼 같겠군!"

"그래서, 선행부대는 어떻게 하고 있지?"

"오늘 새벽부터 지속적인 급속기동을 한 터라, 우선 도시를 점거하고 휴식을 취하고 있습니다. 일부 병력을 경계로 돌리고 주변 정찰에 들어간 상태입니다."

"흠… 나무랄 것 없군. 다만 기습적인 야간 공세에 주의하기만 하면 되겠어."

그 이외에도 보고는 지속적으로 들어오고 있었다. 미 육군 93사단의 일선 병력은 사실상 전의 상실. 그나마 깔짝깔짝 구축하던 방어선은 겨우 단

한 번의 전면 공세에 그대로 붕괴. 연대에서 올라오는 보고는 승전, 그리고 승전의 반복이었다.

"차라리 133사단이 그대로 있는 편이 더 나았겠군."

"향후에는 그러면……."

"조금만 더 가면 아미앵이 코앞이다. 이 전쟁의 최종 승패가 아미앵에 달린 만큼, 무리를 해서라도 아미앵까진 진격해야겠지."

"우리만 너무 돌출되진 않을까요?"

"우리 좌, 우측에 있는 88사단과 제9바이에른예비사단에 진격 계획을 공유해. 미군이 병신이란 말은 확실하게 전달하고. 아미앵으로 가는 길을 우리가 열어젖힌다. 깜둥이들을 밀어내고 나면 아마 우리도 공세를 지속할 여력이 없을 테니 후속 지원 요청한다고 군단에 전하고."

잠시 고민하던 그로덱은 결심했다.

"스톰트루퍼들은 오늘 도시에서 휴식 후 05:00을 기점으로 곧비로 전장 개척 준비. 185보병여단이 이후 해당 도시에서 휴식을 취할 수 있게 준비할 수 있도록. 내일까지 휴식을 취한 후 앞으로 사흘간 전력을 다해 돌파구를 연다."

"알겠습니다!"

이길 수 있다. 그는 처음으로 이 전쟁의 희망을 엿볼 수 있었다.

깜둥이 양키를 믿은 프랑스인들의 어리석음을 비웃으며, 그는 잠시 눈을 붙였다. 모든 일이 착착 진행되니 기분이 좋았다. 어쩌면 염원하던 중장 진급도 달성할 수 있으리라.

아미앵의 악마들 4

"으어, 침대다! 침대!!"

"고기! 고오기!!!"

"세상에. 밀빵이야. 톱밥이 하나도 들어 있지 않다니! 프랑스 새끼들, 이런 걸 먹고 싸우면서도 밀렸단 말야?"

독일군 208사단 병사들은 충격에 빠져 있었다. 어떻게 프랑스인들은 빵과 고기를 먹고 산 거지? 우리는 가끔가다 특식일에야 간신히 순무를 먹을 수 있었는데?

독일군 병사들은 하나같이 이 끔찍한 현실에 몸부림쳤다. 그동안 자신들의 비참했던 삶을 반추하며, 빵과 고기를 주린 배에 밀어 넣을 때마다 회한이 차오르는 것을 느껴야만 했다. 소총을 빼 들고 아무 집의 문이나 걷어차고 들어가면, 그들을 기다리는 것은 지붕과 침대와 먹을 것들이었다.

여기가 바로 낙원이다! 모두가 이 충격적 사실을 깨닫는 데엔 그리 오랜 시간이 걸리지 않았고, 병사들은 얼른 푸줏간에 있는 고기란 고기는 모조리 다 긁어 와서는 거리 한가운데에서 캠프파이어를 즐기기 시작했다.

빵집을 털고, 푸줏간을 털고, 청과상을 털고! 금은방이나 보석상은 오히려 그다음이었다. 자랑스러운 독일제국의 병사들에게 가장 절실한 것은 먹을 것이었지 금반지 따위가 아니었다. 물론 배가 빵빵하게 차오른 병사들이 슬슬 이성이 돌아오자 가장 먼저 향한 곳이 금은방이었음은 굳이 언급하지 않겠다.

병사들과 하급 간부들의 눈이 죄다 뒤집혀 도시 곳곳에서 지글지글 고기 익는 냄새를 솔솔 뿌릴 무렵. 딱히 상급자들이라고 다를 것은 없었다. 우아하게 도시 유지들의 저택에 쳐들어가서는 가장 먼저 고기를 처먹고, 지하에 보관된 오크통을 까 신나게 부어라 마셔라를 한다는 계급의 차이가 있을 뿐.

"독일제국의 영광을 위해, 건배!"

"건배!!"

술이다, 술! 다 쉬어빠진 식초가 아니라 진짜 술! 알콜! 맥주가 아니라 와인이란 사실은 무려 독일인들임에도 아무도 신경 쓰는 문제가 아니었다. 맥주가 아니면 어떠하리오? 그저 목구멍에 감도는 달달하고 톡 쏘며 알딸딸한 이 행복감을 즐기면 되는 일이었다.

오랜만에 느끼는 식도락의 행복에 꼭대기부터 밑바닥까지 푹 젖어 있을 때 즈음, 사단본부로 보냈던 전령이 돌아왔다.

"사단의 명령서입니다."

"흠, 어디 보자……."

명령서를 확인한 간부들의 표정이 일그러졌다.

"05:00부터 작전을 재개하라구요?"

"이제 그럼 슬슬 준비를 해야 하지 않겠나."

"잘 생각하십시오. 지금 창밖이 안 보이십니까?"

상황 파악을 못 하고 있는 대장에게 늙수그레한 부사관이 짜증 섞인 말을 던졌다.

"저 병사들에게 잔치를 중지하고 다시 전장으로 나가라 했다간 반란이 일어날 게 틀림없습니다. 아니, 확신합니다. 가장 먼저 저희가 벌집이 될 겁니다."

4년. 4년 동안 제대로 된 휴식을 취하지 못한 병사들이다. 식탁에 고기가 사라진 게 대체 언제부터였더라? 언제부터 더 이상 감자를 먹지 못하게되었지? 빵과 감자, 맥주라는 너무나 당연했던 일상이 사라지고, 그 대신지옥 같은 참호의 삶이 영겁토록 계속되던 전장에서의 하루하루.

그런데 지금, 기적같이 그 일상이 돌아왔다. 당장 그들 간부들조차 와인을 마시다 자신도 모르게 눈시울을 붉히고 있는데, 저 가엾은 병사들에게다시 전장으로 나가라 한다고?

이럴 거면 처음부터 도시에 진입하지 말았어야 했다. 카이저가 직접 오지 않는 이상 병사들을 다시 통제할 방법은 없어 보였다. 아니, 어쩌면 지금병사들의 꼬락서니를 보아하니 카이저고 나발이고 대충 치워버린 후 고기를 탐할 것만 같았다.

"어이, 전령."

"옙!"

"스테이크 한 접시 먹지 않겠나?"

"저, 저는 임무가 있어서……."

"와인도 한 잔 주지. 이거 먹고, 포탄의 충격으로 대충 기절해 있었다고말해주면 되네. 명령서는 잃어버렸고."

병사는 고민했다. 그 모습을 보던 간부 하나가 자기 앞에 있던 스테이크를 접시째 스윽 내밀었다. 갈등하며 고개를 슬쩍 돌리던 병사는 봐버렸다.허리춤의 권총을 매만지는 사람들을.

목숨과도 같던 군율의 지엄함과, 눈앞에서 모락모락 피어오르는 향긋한고기내음. 그리고 저 멀리 느껴지는 살의까지. 전령은 포크도 쓰지 않고, 곧장 맨손으로 뜨끈한 스테이크를 붙들고 콱 깨물었다.

"으, 으으으읍!!"

"그래. 잘 생각했어. 침대를 하나 내줄 테니 푹 자게."

저질렀다. 그들은 애써 죄책감을 억눌렀다. 이걸 통제한다는 발상 자체가 미친 소리라는 걸 그들은 오랜 군생활로 확 느낄 수 있었다. 부하들의 총에 맞아 비참하게 돼지는 것보다, 차라리 여기서 술과 고기를 즐기는 게 더 낫지 않겠나?

다음 날, 208사단 예하 185연대가 도시에 입성하자 그들을 기다리고 있던 광경은 거대한 광란의 흔적이었다.

"뭐야. 이 자식들……."

"엄청 잘 먹고 잘 잤잖아?"

"세상에 저것 봐. 고기! 고기를 남겨놨어!"

병사들이 술렁이는 사이, 185연대의 지휘부는 목청 높여 스톰트루퍼 부대장과 실랑이를 벌이고 있었다.

"이게, 이게 대체 무슨 일이오! 어째서……."

"우린 아무 명령도 받지 못했소."

"아미앵이 코앞이란 말이오! 한시라도 빨리 아미앵에 가야 하건만 지금 이게 무슨!"

"걱정 마시오. 여기까지 왔으니 적의 철도 교통망을 차단하는 것도 시간 문제요. 어차피 인접 부대도 기다려야 할 것 아니오? 한잔하면서 천천히 논의합시다. 허허."

연대장의 얼굴이 시뻘게졌으나, 상대의 뻣뻣한 대답 앞에서 할 말은 딱히 없었다. 명령이 중간에 증발하는 게 어디 드문 일이던가? 그리고, 185연대장 역시 몇 시간 뒤 자신의 부하들이 더 이상 명령에 따르지 않는다는 사실 앞에서 모든 걸 포기해야만 했다.

아무튼, 와인은 맛있었다. 그것만이 위안이 될 따름이었다.

* * *

나는 한참 동안 지도를 노려보며 고민했다. 너무 많이 내줬나? 아니다. 이건 충분히 가치가 있는 일이었다.

당장 군단 사령부에서는 도와준답시고 와서는 방어선이고 나발이고 쭉쭉 다 포기하는 꼬라지를 보고 기함을 하는 모양이었지만, 상관없다. 아, 저 프랑스어 잘 못 읽는다구요. 따서 갚으면 될 거 아냐.

독일제국의 모든 해로가 봉쇄당한 지도 어언 몇 년째인가. 그런 놈들이 후방 도시까지 파고들었다면 당연히 끝내주는 고기 맛을 볼 테고, 더 이상 제정신으로 남아 있을 수가 없다.

당장 강한 친구 대한민국 육군만 생각해봐도, 훈련 중엔 그저 짬밥에 맛다시를 뿌릴 수 있냐 없냐로 밥맛이 천지 차이를 갈랐었다. 근데 저 친구들은 식사 추진해 먹는 비닐밥 수준이 아니다. 무려 순무와 톱밥을 처먹으며 산 지가 벌써 몇 년째냐. 미쳐버리지 않고 군기를 유지하고 있었다면 게르만족의 민족성에 경의를 표해야 했다.

하지만 독일군은 결코 지옥에서 올라온 마귀도, 군율의 지엄함 앞에 모든 것을 포기할 수 있는 안드로이드 병사도 아니었다. 오직 사람, 희미한 희망을 붙잡고 있는 사람들의 집합에 불과하다.

따라서 내 반격 목표 또한 단순한 물리적 소멸이 아닌 심리적 붕괴. 제리들의 전의가 그대로 증발할 정도의 올렸다 떨어트리기.

"포병여단은 아직 시간 여유가 남았고. 185여단은?"

"369연대가 성공적으로 기만작전을 수행 중입니다. 현재 370연대가 최전방에서 적과 소규모 교전 중이며, 369연대는 후방으로 물러나 재편성 과정에 있습니다."

브래들리가 말판을 다시 쭉 배열했다. 그나마 불행 중 다행히도 369연대의 인명 손실은 크지 않다. 아니, 정확히 말하자면 우리가 예상했던 딱 그 정도의 손실이 발생했다.

군인, 특히 고위 간부인이란 건 확실히 제정신으로 하기 어려운 직종이었다. 사상자에 대한 보고를 받으면서도 '예상치를 웃돌지 않으니 다행.' 같은 생각을 해야 하는 싸이코 직종이 또 어디 있겠는가.

"185여단장?"

"옙."

헤이워드 대령이 고개를 들었다.

"아마 여러모로… 힘드실 거라 생각합니다. 저희가 여력이 없어서 여단 참모부 구성조차 빠듯하군요."

"허허. 괜찮습니다."

처음에 나는 여단이라는 제대를 운용할 생각이 없었다. 내 손에 아이젠하워, 브래들리, 밴플리트 같은 먼치킨 인력이 있고 걔들을 연대장으로 박을 수 있다면, 굳이 똥별 여단장의 밑에 둘 필요가 있겠나?

하지만 아무리 내가 전권을 얻었다 한들 여단 같은 거대 제대를 날려버리는 일은 정치적으로 꽤 빡빡한 일이었다. 그리고 무엇보다도, 헤이워드 대령은 군 전술에 직접 개입하는 대신 우리가 가장 고통받았던 행정과 편성 업무를 도와주는 선에서만 일을 해줬다.

"어차피 저는 주방위군 출신에다가, 이 유럽의 전장환경은 내가 알고 있던 기존의 전쟁과는 너무 다릅니다. 여전히 이딴 건 전쟁이 아니라고 하나님께 하소연하고 싶을 정도예요. 그리고 사단장님께서 동기들을 굳게 신뢰하는 듯한데, 그렇다면 굳이 늙어서 머리가 굳은 제가 나설 필요도 없지요."

뭔가 묘하게 돌려 까는 것 같았지만, 헤이워드 대령은 진심을 담아 말하고 있었다. 그냥 내가 민망해서 가슴이 찔리는 거다. 그는 솔직하게 자신이 대전쟁에 적응하지 못했음을 인정했고, 아래에 있던 아이젠하워가 빛을 발할 수 있으리라는 사실도 인정했다.

"그나저나 370연대가 걱정이군요."

"던컨 중령은 잘 해낼 수 있을 겁니다."

이렇게까지 말하자 어쩔 수 없었다. 이제 칼을 뽑아 들 시간이다.

"브래들리 소령."

"예."

"내가 자리를 비우는 동안, 모든 권한을 위임하겠습니다."

"혹시, 돌멩이 파편이라도 머리에 한 대 맞으셨습니까?"

오마르의 성격이 가면 갈수록 비뚤어지고 있다. 이게 다 나쁜 독일군 때문이다. 카이저가 베를린에서 뇌파 조종으로 브래들리를 뒤틀고 있어. 빨리 그놈의 목을 따야 할 텐데.

"이 작전을 기안하고, 실행에 옮긴 건 나야. 당연히 내가 직접 봐야지. 뭣보다 애초에 전장 시찰 나선 것도 나뿐이잖아?"

"아니, 아무리 그래도……."

"같이 전장 구경 나갔던 하지 중위한테 사단장 대리 맡길까?"

"말 같잖은 소릴 해야지 진짜."

잠깐 실랑이가 있었지만, 나는 아득바득 우긴 끝에 주공 부대에 직접 합류할 수 있었다.

"내일 04:30을 기점으로 독일 놈들의 뚝배기를 까준다. 선봉은 사단 직할 전차대가 맡고, 레인저가 뒤를 따른다."

"알겠습니다!"

"목표는 크게 잡지 않는다. 적 208사단의 참수. 오직 이 하나만 보고 움직인다. 186여단은 371연대와 372연대, 두 연대로 직할대가 연 틈새를 더욱 확장시킨다."

내가 쭉쭉 명령을 전달하자 이에 맞추어 93사단이라는 거대한 전쟁기계가 작동을 준비한다. 여태까지 받았던 무수한 모멸과 경시, 끝없는 훈련의 나날들은 모두 이것으로 끝이다.

"185여단은 모허이(Moreuil)시를 점령한 독일군을 꽉 붙들고 있어야 합니다. 그놈들이 풀려나면 말짱 도루묵이니까요."

"염려 마십시오."

내줄 건 다 내줬다. 이제 수금할 시간이다.

"갑시다. 제리들 추수하러."

* * *

93사단 직할대 주둔지. 곧 해가 뜰 새벽임에도 불구하고 잠든 사람은 없었다. 성큼성큼 아미앵을 향해 진군 중인 독일의 악마들. 이제 93사단은 그 악마의 손아귀를 떨쳐내고, 악마의 배때기를 찢어 역사에 길이 남을 예정이다!

병사들의 사기는 그 어느 때보다 높았고, 간부들 역시 긴장과 흥분으로 잠을 이룰 수 없었다. 그때, 너무나도 귀에 익은 차 소리가 들렸다.

"저건…?"

"사단장님 차 아닙니까?"

출진 준비로 부산스럽기 그지없던 주둔지가 또 다른 의미에서 소란스러워졌다. 아나스타시오 퀘베도 베르 소령은 당황한 나머지 벗어 둔 모자를 채 쓰지도 못하고 얼른 귀하신 사단장님을 영접하러 달려 나가야 했다. 사단장이면 가장 통신이 원활한 사단본부에 있어야지 왜 여기까지 기어나온단 말인가? 사열하러? 훈시 좀 하려고?

'그럴 리가 없나.'

그 새끼, 보나 마나 같이 가려고 저러는 거다. 아나스타시오는 진지하게 짱돌을 챙길까 말까 고민했다. 여차하면 뒤통수에 찍고 출발해야 하지 않을까?

"유… 킴 소령, 아니, 사단장님!"

"준비는 잘 되고 있나, 친구?"

"예! 모든 준비가 끝났습니다!"

너무나 자연스럽게 차에서 내려 사열대로 향하는 유진. 아나스타시오는 곧장 그의 뒤를 따랐다.

"나의 전우들이여!"

"와아아아아!!"

"이제 우리는 제리들의 가슴팍을 찌르는 비수가 된다! 전차대!!"

"326!! 326!!"

"326경전차대대에서부터 나를 따라준 전우님들이여! 우리는 캉브레에서 영광을 손에 넣었다! 그리고 우리의 눈앞에는, 바로 캉브레에서 우릴 내쫓았던 바로 그 좆같은 제리 새끼들이 있지!"

"KILL! KILL! KILL!"

"그때 우리는 볼썽사납게 도망쳐야 했다! 애인과 같은 전차를 내버려 두고서 몸만 두고 튀어야 했지! 하지만 걱정 마라! 이번엔 우리가 놈들을 짓밟을 차례니까!"

캉브레. 그 이름을 들은 구 326경전차대대원들의 눈에서 불길이 치솟았다. 아무리 위대한 탈출이네, 민간인을 지킨 거룩한 희생이네 해도, 그들의 가슴속 깊은 곳에 남아 있던 그 치욕스러운 기억은 완전히 아물지 못했었다. 그리고 지금, 존경하는 그들의 대장은 그때의 치욕을 설욕하겠노라 외치고 있었다.

"레인저!"

"YES, SIR!"

"너희들은 흑인의 희망이다! 너희들의 걸음걸음이야말로 흑인의 미래를 여는 한 걸음이니! 물러설 필요 없다! 우리에겐 오직 승리만이 있으며, 나 역시 너희들과 함께 전진하겠다!!"

"사단장님??"

"외람되지만 본부에 남아계시는 편이……."

"후방엔 브래들리 소령이 있으니 걱정할 것 없네. 니들 전공 안 뺏어 먹을 테니까 그렇게 질겁하지 말고."

"전공이 문제가 아니라!"

유진은 씩 웃으며 입에 검지를 세웠다. 그 모습에 그들은 한숨을 내쉬며 설득을 포기해야만 했다. 역시 짱돌을 챙겼어야 했다. 아나스타시오의 탄식을 아는지 모르는지, 유진은 기세 좋게 외쳤다.

"전군, 위치로! 오늘, 우리는 미래를 연다!"

아미앵의 악마들 5

모두가 잠들 새벽.

우르르릉!!

해가 채 떠오르기도 전, 들짐승과 산새들이 모두 화들짝 놀라 도망칠 정도로 거대한 소음이 쩌렁쩌렁 울려 퍼졌다.

"326! 326!"

"KILL! KILL!"

93사단 예하 331경전차대대의 M1917 전차가 거침없이 내달리고, 그 뒤를 레인저들이 따라간다.

"느려."

"네?"

그 모습을 바라보고 있자니 화가 치밀어 오른다. 그래. 나도 안다. 이게 이 시대의 한계다. 하지만 막 좀 더 빨리 갈 방법은 없었나? 조금만 더 권한이 있었다면, 나도 마른 전투처럼 택시라도 왕창 징발해서 끌어다 쓰고 싶었다. 하지만 이미 또라이 소리 들어가면서 전선을 최대한 끌어당긴 지금은 무리지.

"느려느려. 더 빨리 기동해야 하는데."

"이 이상 무슨 수로 말씀이십니까?"

"그러니까 속이 타는 거지 지금."

하지가 날 이상하게 바라봤지만 어쩔 수 없다. 차를 태우기로 결심만 하면 금방 태울 수 있던 나라에 살던 사람이 이렇게 엉금엉금 기어가는 꼬라지 보니 속에 막 천불이 일어나는 걸 어쩌겠는가?

"…지금이라도 돌아가시는 게 어떻겠습니까."

한참 우물쭈물하던 하지가 굉장히 진지하게 말했다.

"왜?"

"왜라니요. 최고 지휘관은 당연히 모든 통신이 밀집한 사단본부에 있어야 하는 것 아닙니까? 굳이 나와서 얻을 이득이 없습니다!"

"없긴 왜 없어. 지금 저 병사들, 사기가 하늘을 찌르는 거 안 보여?"

"사단장님이 재수 없이 전사하면 사기가 땅에 처박히겠죠."

아, 이놈 말발 늘어나는 것 보게. 사범대 다녔다고 벌써 날 교육학적으로 설득하고 있어.

"브래들리 참모장은 잘할 수 있어. 아마 내가 있는 것보다 훨씬 더 좋은 성과를 낼 거야."

"농담이시죠? 사단급은커녕 연대급 지휘도 못 해 본 분의 능력을 대체 어떻게 아신단 말입니까?"

"내가 좀 잘나긴 했지?"

"예? 아, 예. 잘나셨죠."

"원래 잘난 놈은 잘난 놈을 알아보는 거야."

그렇습니다, 맥아더 대령… 제 잘난 맛에 살던 분……. 하긴 모르는 사람들이 본다면 내 친구들을 향한 무한한 신뢰는 그냥 친목질 정도로만 보이겠지.

하지만 내 판단은 지극히 이성적이다. 내가 전방으로 뛰쳐나오면 오마르를 무럭무럭 키워줄 수도 있는 데다가, 동시에 변화무쌍한 현장 상황에 사단장이 직접 대응할 수도 있다. 절대 내가 패튼처럼 피가 끓어오르고 살인이 땡겨서가 아니다. 나는 항상 이성적인 사람이다. 집에 가서 헨리와 도로시를 만나러 가야 할…….

"하지."

"차를 돌릴까요?"

"부인이 내가 지금 하는 짓거리를 알면 나를 살려둘까?"

"글쎄요. 독일군보다 강력한 공세를 펼칠 것 같긴 합니다만."

저 멀리 동쪽 하늘에, 물감을 탄 것처럼 천천히 붉은 빛깔이 번져나가고 있었다. 죽기 좋은 날이다.

* * *

"밖에! 도시 밖에 깜둥이들이 득실득실거립니다!"

"그야 당연하지. 우리가 여태껏 상대해 오던 게 그 깜둥이들 아닌가?"

곤히 자다가 갑자기 깨어난 독일군 185연대장은 화를 내는 대신 조곤조곤 달래듯 말했다.

하지만 그의 말에 반박하듯 외치는 말에 그는 잠이 확 달아나고 말았다.

"아닙니다. 도시에서 11시 방향에 축성 후 대기 중이던 적을 말하는 게 아니라, 또 다른 부대가 지금 저희를 포위하려는 듯 움직이고 있습니다!"

"지휘소로 가지."

어차피 그래봐야 깜둥이들이다. 병력이 많으니 해볼 법한 발상. 하지만 놈들은 착각하고 있었다. 개별 전투력이 떨어지는 부대가 포위랍시고 해봤자 전혀 의미가 없다.

"역시 경험 부족한 미군이군. 내선작전은 독일제국군의 특기인 것을."

단 한 번의 공세에 참호선 하나 못 지키고 허겁지겁 도망치던 미군이다.

차라리 그 병력을 더욱 모아 방어력을 높였으면 아미앵으로 가는 길이 어려웠겠지. 그런데 인제 와서 포위망? 같잖았다.

"스톰트루퍼들은?"

"이미 도시 바깥으로 뛰쳐나갈 만반의 준비를 마쳤습니다. 현재 도시 내 최선임자인 연대장님의 명령을 기다리고 있습니다."

"그럼 걱정 없겠군. 1대대가 엄호해주고, 2대대는 도시 내에 상주하며 11시 방향의 적이 움직일 경우 저지한다."

하지만 지휘소에 입장해 상황도를 확인하자마자 연대장은 한숨을 내쉴 수밖에 없었다.

"숲?"

"그렇습니다."

모허이 숲. 본대와 이어지는 도로가 저 숲을 가로지른다. 저 숲의 확보는 너무나도 당연히 해야 하는 일이었으나, 애조에 저 빌어먹을 스톰트루퍼 놈들이 명령도 무시해 가며 아득바득 도시에 남아 있던 탓에 이런 일이 벌어지고 말았다.

"적이 숲에 진을 치고 있다, 라. 우리는 어째서 적이 숲 안에 가득 들어찰 때까지 전혀 파악을 못 한 건가?"

"그것이……."

우물쭈물하는 부하들. 알 만하다. 전형적인 '나 말고 딴 놈이 할 거야.' 누구도 경계를 하지 않았겠지. 이 도시 안의 술과 고기는 한정되어 있다. 내가 임무를 받아 밖으로 나가면 다른 새끼들이 다 처먹어서 더 이상 못 먹을지도 모른다. 대체 누가 정찰 따위 나가고 싶겠는가?

이렇게 군 기강이 무너졌단 말인가? 한탄하는 대신 연대장이 고른 방법은 분노였다.

"적은 우리보다 훨씬 병력이 많잖은가! 그럼 당연히 저 숲을 먹고 싶었겠지! 빌어먹을!"

"죄송합니다!"

"죄송하면 다인가! 좋아. 실컷 처먹었으니 이제 싸워도 되겠군! 1대대장!"

"예!"

"스톰트루퍼들과 함께 무슨 수를 써서라도 저 숲에서 깜둥이들을 전부 치워버려!"

"알겠습니다."

그의 다음 분노는 포병대를 향했다.

"포병대는 얼마나 화력지원이 가능하겠소?"

"어렵습니다."

단칼에 대답이 돌아오자 기분이 영 불쾌해졌지만 참기로 했다. 어쨌거나 상호 협조 관계니.

"알겠소. 그럼 유사시 전방의 깜둥이들이 공격해 올 경우 2대대의 화력지원이나 해주시오."

초조해진다. 만약 깜둥이들을 밀어내지 못한다면? 만약 이대로 반포위 형태가 유지되고 본대와의 교통로가 차단당한다면? 그럼 도시를 포기해야 하나?

만약 적이 미군, 그것도 흑인 부대가 아니라 어느 정도의 전투력이 있는 영국군이나 프랑스군이었다면 일말의 주저 없이 도시를 포기하고 사단과 합류를 시도했으리라.

"그래. 상대는 깜둥이들이야."

아직 전장의 무서움도 모르는 버러지들에 불과하다. 무적 독일군이 양키를 못 이길 리가 없다. 여기서 후퇴를 한다면, 독일제국 역사상 유례가 없는 '미군에게 등을 보인 부대', '깜둥이들에게 겁을 먹고 퇴각한 졸장부'라는 끔찍한 칭호를 얻게 된다.

후퇴란 있을 수 없었다. 그는 그렇게 스스로를 달래며 새 와인 하나를 땄다.

* * *

"그러니까, 우리는 깜둥이들을 싹 치우고 다시 와서 먹으면 된다!"

"거참. 2대대 놈들은 남아 있다면서요? 그 새끼들이 다 먹고 나면 우린 어쩌죠? 손가락이나 빱니까, 아니면 여기서도 순무가 남아 있나 찾아야 해요?"

"더 지껄이면 군사 재판에 회부하겠다. 아니, 즉결 처분하도록 하지."

병사들을 어떻게든 어르고 달래고, 심한 경우에는 윽박질러가며 간신히 그들은 전투 준비에 들어갈 수 있었다.

몇 년간의 전쟁으로 익숙해질 대로 익숙해진 군장을 챙긴다. 특제 주머니에 가득 담기는 수류탄. 전차를 목격하진 못했지만, 혹시 또 모르는 일이니 대전차용 무기도 준비한다. 새롭게 지급된 MP18 기관단총과 소총을 저마다 챙기고, 혹시나 기능고장이 있진 않은지 마지막 점검.

"숲이니까 박격포 제대로 챙겨라! 무슨 일이 있을지 모른다!"

"거참 한두 번 해본 것도 아닌데 왜 그러십니까?"

"후우… 그땐 니들 입에 기름기가 번들거리진 않았잖아. 아무튼 준비 다 됐으면 출발한다!"

하지만 간신히 부대의 전투 준비가 되었을 때는 점심 무렵이었고, 입이 툭 뛰어나온 놈들의 점심까지 마저 챙겨 먹인 이후에야 간신히 전투가 가능해졌다.

"자, 가자! 저 망할 숲으로!"

"걱정 마십쇼!"

보무도 당당하게, 스톰트루퍼들은 적이 기다리고 있는 숲으로 향했다. 무능하고, 의욕 없고, 전쟁이 뭔지도 모를 머저리들을 학살하기 위해.

하지만 이 한없이 나이브한 생각은 숲 근처에 도달하자마자 싹 사라지고 말았다.

타아앙!!

타타타! 타타타! 타타타탕!

"쏴! 뭐 하는 거야!"

"시계 확보가 안 됩니다!"

"우리 기관총은 뭐 하나! 거치해!"

"으아아아악!"

숲으로 들어가는 초입부. 이곳은 바야흐로 인간의 모든 악의가 집결된 도살장이었다. 문득 베르됭이 떠올랐다. 인간이 만들어낸 최악의 도살장. 그곳에 비하면, 이곳은 그나마 자연친화적이라 할 수 있었다.

"박격포! 우리도 박격포 빨리 일하라고 해!"

"숲 안이라 보이질 않는데 무슨 얼어죽을 박격포입니까! 기관총 사격도 잘 안 먹힙니다! 이대로 계속 전진해야 합니다!"

"그럼 적당히 쏴!"

말 그대로 사람을 갈아 넣는 끔찍한 전진. 스톰트루퍼라 해도 피 대신 기름, 살 대신 쇠로 이루어진 기계 병사들이 아니다. 그들의 공세는 언제나 압도적인 포격 지원하에 적을 무력화시킨 후 이루어졌지, 결코 지금처럼 1914년식 무식한 닥돌이 아니었다.

대체 윗대가리들은 무슨 생각을 하고 내보냈단 말인가? 설마 '벌써 준비를 다 해놨을 리 없다.'라는 안이한 판단인가? 그들은 애초에 이 숲을 점령하는 게 자신들, 스톰트루퍼들에게 할당된 일이었다는 점은 머릿속에서 진작 지워버렸다. 그들이 고기를 구울 때 저 깜둥이들이 숲에 호를 파고 기관총을 거치했단 사실은 전혀 위로가 되지 않았다.

그럼에도 불구하고, 어마어마한 숫자의 사상자를 뿌려 가며 스톰트루퍼들은 간신히 숲 안에 들어설 수 있었다. 그나마 이것조차 뒤늦게 달려온

185연대 1대대의 지원 덕택이었다. 만약 단독 작전이었다면 아마 오늘로 부대 해체의 날이었으리라.

그렇게 진입한 숲이 그래서 행복의 동산이었나? 그것도 아니었다. 울창한 숲 안으로 들어가면 갈수록, 곳곳에서 불쑥불쑥 튀어나와 총을 쏴대는 망할 깜둥이들. 적당히 큼직해 보인다 싶은 나무면 항상 그 뒤엔 개같은 깜둥이들이 있었다. 새까매서 나무랑 구분도 안 가는 새끼들이!

"끼요오오옷!!"

"휘릭휘릭, 끼요오옷!"

"DIEEE!!"

타앙!

거뭇거뭇한 위장을 완벽하게 한 놈들이 불쑥불쑥 튀어나와 총질을 해댄다. 소총을 들고 있는 적은 거의 보이지 않았다. 보이는 적 대부분이 그 빌어먹을 사탄의 주유기를 들고 있었고, 때로는 권총, 드물게는 삽이나 내 검으로 그들의 목과 머리를 노렸다.

일격 후 이탈. 일제사격 후 또 이탈. 으슥한 수풀더미에서 불쑥 튀어나와 총질한 후, 또 이탈!

"으아아!! 이 빌어먹을 깜둥이 새끼들! 네놈들도 용기가 있다면 나와서 붙어라!"

"내 좆이나 빨아, 병신 제리들아!"

"와하하하하!!"

게다가 이놈들이 얌전히 땅에 발을 디디고 있노라면, 그것도 아니었다. 참호와는 달리 시야 확보가 끔찍하다. 360도 사방을 경계해야 하는 것으로 모자라, 나무 꼭대기조차 경계해야 한다니. 그리고 경계에 빈틈이 있으면, 항상 수류탄을 던져대는 새끼들이 있었다.

타타타타타타!!

약간 초목이 드물다 싶은 곳에 들어서자마자, 기다렸다는 듯 기관총이 불을 내뿜었다.

"엎드려! 엎드렷!!"

"끄아아아악!!"

"막스! 마아악스!"

빌어먹을. 화망이다! 애초에 총질을 하려고 미리 벌목해 놓은 지역에 발을 디뎠으니 죽어도 할 말이 없었다. 하지만 그들은 스톰트루퍼. 산전수전 다 겪고 지옥 같은 참호에서도 몇 번이고 살아 돌아온 최정예들이다.

"한스! 수류탄! 수류탄 까버려!"

쾅 하는 소리와 함께 기관총이 침묵한다. 이제 저 기관총으로 버러지 흑인 놈들의 머리 위에 신나게 총알을 쏴주면 막스도 천국에서 웃겠지.

데구르르르—

하지만 그것도 여기까지였나 보다. 눈앞으로 굴러오는 미제 수류탄을 보고 있자니, 1초가 억겁처럼 느려졌다. 마지막 유언을 남길 시간. 절로 탄식이 흘러나왔다.

"고기라도 먹어서 다행이다, 제기랄."

쾅!!

수류탄 한 발로 두 제리를 단숨에 승천시켜 준 미군 369연대 소속 존 밀러 이병은 곧장 분대원들과 함께 일제히 약진하며 그리스건을 갈겼다.

"제리들의 수급을 따자! 면죄부를 쟁취하라!!"

"KILL THEM ALL!"

"자유! 자유우우!!"

곳곳에서 부대원들이 튀어나와 불쌍하지도 않은 제리들의 멱을 딴다. 모든 흐름이 그들의 연대장, 아이젠하워 소령이 사전에 설명한 대로였다. 오직 피와 철, 주먹으로 눈앞의 적을 하나씩 때려죽이기만 하면 되는 순수한 힘싸움!

"죽어! 죽어라!"

"커, 커어……."

있는 힘껏 눈앞의 독일 병사의 목덜미에 단검을 박아 넣는다. 이미 탄이 다 떨어진 그리스건은 버린 지 오래. 눈앞의 적도 꼬라지는 매한가지 같아 보이니, 남은 건 순수한 칼질뿐이었다.

"2소대! 2소대 집결! 탄 남은 놈 얼마나 있나?!"

"없습니다!"

"총 버렸습니다!"

"씨발! 이래서야 무슨… 뒤로 빠져 그러면! 우린 더 뒤로 물러선다!"

냉정. 냉정을 찾아야 한다. 얼굴이며 옷 안이며 사방이 피로 흥건했지만 흥분을 가라앉혀야만 장수할 수 있었다. 전장의 흥분에 몸을 맡겨버리고 날뛰던 녀석들은 전부 독일군의 총알 앞에 세상을 등졌다.

그는 여기서 죽을 수 없었다. 살아서 자유를 즐겨야만 했다. 그게 죽어간 전우들을 위한 일이었으니까.

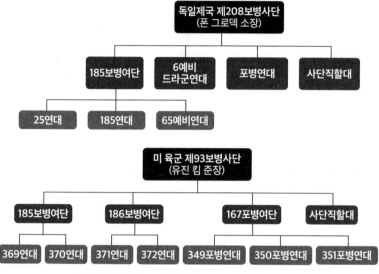

독일제국군 제208보병사단, 미육군 제93보병사단 편제

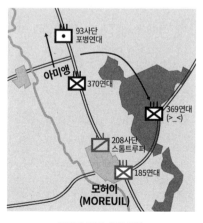

유진킴 병력 배치 상황

아미앵의 악마들 6

독일군 제208사단의 최전방, 스톰트루퍼와 185연대가 아이젠하워의 369연대를 상대로 퇴로를 확보하기 위해 숲에서 피를 뿌릴 무렵. 무서운 기세로 내달리던 미군 93사단의 전차들은 마침내 적과 처음으로 교전에 들어갔다.

"전방에 적 발견!"

"쓸어버려!"

"KILL!!"

애초에 208사단은 '저항할 의지가 없는' 미군의 사소한 저항을 손쉽게 뿌리치고 죽어라 아미앵을 향해 달리는 중이었다. 속도전에만 여념이 없었으니 당연히 전투 준비라곤 되어 있지 않았고, 그 결과는 강철의 재앙으로 돌아왔다.

"사단장님의 교시를 따를 시간이다! 전부 뭉개라!"

"KILL! KILL!"

"구아아악!!"

허겁지겁 대전차전을 준비하려 해보지만, 애초에 제대로 된 대전차전은 스톰트루퍼나 할 수 있는 게 독일군의 실태. 급속 진군한다고 참호고 뭐고 없이 그냥 탁 트인 초원을 뚜벅뚜벅 행군하던 놈들이 전차를 만났다? 필사적으로 소총을 쏴 봐도, 육중한 전차가 거침없이 기관총을 난사해대자 풀밭에 덩그러니 서 있던 독일군은 하나둘씩 고기 조각으로 화할 수밖에 없었다.

허겁지겁 어디서 끌고 온 대포는 조준을 하기도 전에 포병들이 먼저 벌집이 되었고, 무방비로 노출된 그들을 맞이하는 것은 압도적인 기관단총의 화력이었다.

"쏴라!"

"저길 봐라! 사방이 제리다! 지금은 좆으로 방아쇠를 당겨도 만발이다!! 그냥 닥치고 쏴 갈겨!"

아무것도 할 수 있는 게 없다. 대체 사단에서는 무슨 짓을 한 건가. 이 허허벌판에 연대를 내팽개치고 다짜고짜 전진하라고 할 때부터 알아봤어야 했는데! 결국 패닉에 빠져버린 독일군은 무적 독일군이라는 명성에 걸맞지 않게 산지사방으로 내빼는 추태를 보여줬다.

208사단 185여단 예하 65예비연대는 그렇게 허무하게 산산조각 나버렸다. 그리고 이 모습을 지켜보던 유진은 고개를 저었다.

"잔챙이들은 그냥 무시해."

"예?"

"대충 내쫓고 달리란 말야! 고작 저 잡병 좀 썰겠다고 이 진격을 하는 게 아냐!"

이래서 내가 동행한 거라고. 유진이 투덜거리며 말했다.

"뒤는 371연대에 맡긴다! 우리는 사단본부로 달려야 해!"

"적을 무장해제도 안 시키고 계속 간다는… 말씀이십니까?"

"당연하지. 모허이를 내줘가면서 간신히 손에 움켜쥔 절호의 기회야. 겨우 쟤들 좀 죽인다고 하면 수지가 전혀 안 맞아."

신경질적으로 담뱃갑에서 한 개비를 꺼내 문 그가 하지의 손에서 지도를 빼앗았다. 208사단이 대책 없이 달려들면서 예상보다 훨씬 거하게 수금을 할 수는 있다. 하지만 사람 심리라는 게 무릇 그렇듯, 크게 한 번 따고 나면 점점 더 욕심이 들잖나.

잘만 하면, 정말 잘만 하면 208사단만 고스란히 빨아먹는 게 아니라 이 주변까지 전부 뒤흔들 수 있는 판이 와버렸다. 신이 내려주신 이 말도 안 되는 기회. 아나스타시오만 보냈다면 아마 적정선에서 커트하고 전열을 가다듬었을 거다. 그게 소령이 판단할 수 있는 한계니까.

하지만 그는 사단장이다. 그리고 그가 봤을 때, 이 전역 자체를 갈아엎을 희망이 보였다.

"어이, 운전병."

"예, 사단장님!"

"저기, 저어기로 달리자. 저거. 딱 봐도 높으신 분 같지?"

"그러다 총 맞으시면 어쩌려고……."

"도망치기 바쁜 새끼들이 무슨 총이야. 저 새끼랑 일대일 면담 좀 하자."

운전병은 생각하는 것을 포기했는지 하늘 같은 원스타의 지시대로 차를 몰았고, 유진은 씨익 웃으며 차창 밖으로 고개를 내밀었다.

"여어, 구텐 탁? 아니, 구텐 모르겐?"

"주, 준장? 아시안??"

"아. 프랑스어 할 줄 알면 그거로 하십시다. 난 지금 이 부대 사단장인 유진 킴이오. 지금 당장 무장을 해제하고 전 부대 항복할 것을 권고하는 바이네."

"어, 어떻게……."

연대장이 패닉에 빠져 어찌할 줄 모르자, 심기가 불편해진 유진은 블링블링한 상아 장식 권총을 뽑아 들고 그의 머리통을 겨눴다.

"예스냐, 노냐! 싸우다 뒈질지 그냥 뒈질지! 당장 선택해라!"

"항복하겠소! 전 병력에 교전을 중단하라 명하겠으니 제발 이 학살을 멈춰주시오!"

"좋아. 진작 그럴 것이지. 하지, 가서 지도 같은 거 있나 몸수색 좀 해봐."

"우리가 미군인지 몽골군인지……."

하지는 탄식하며 잠시 몸수색을 한 끝에 군사지도 몇 개를 꺼냈고, 그걸 훑어본 유진의 미소는 더욱 짙어졌다.

"좋아. 다음 목적지는 여기다. 이보쇼. 조만간 우리 후속부대가 올 테니, 걔들한테 얌전히 무기 넘겨주고 가만히 기다리고 계십쇼."

"예? 뭐라고요?"

"우린 가자! 계속 기동한다! 사단본부랑 여단 친구들한테 전령 보내! 계획 변경이다!"

"SIR! YES, SIR!"

살아남은 독일군은 멍한 표정으로 저 멀리 해 뜨는 방향으로 사라지는 미군의 뒷모습을 지켜봤고, 얼마 지나지 않아 후속해 오는 미군 371연대를 만날 수 있었다.

"371연대장 밴플리트 소령이오."

"이미 항복했으니 별도의 절차는 갖지 않겠소."

"항복했다고?"

"당신네 사단장이 내 머리에 권총을 들이대고 항복하라더군. 당신네들 미군 맞소? 타타르의 후예 같은 러시아 놈들도 이렇게는 안 할 거 같은데?"

"…우리 사단장이 약간 성격이 급해서 말이오."

이들 독일군과 함께 있던 사단본부의 전령이 밴플리트에게 명령서를 전달했다. 딱 봐도 급하게 휘갈겨 쓴 문체. 그가 알던 유진의 글씨체가 확실하다. 담배빵까지 나 있는 걸 보니 대충 상황은 알 만했다.

"좋소. 뒤에 아군 372연대가 따라오고 있으니, 여기서 대기하고 있다가 그들의 인도를 받으시오."

"????"

"우리도 계속 진격하라는 사단장 명령이 떨어졌거든. 그럼 나중에 봅시다. 371연대! 계속 행군한다!!"

이날 65예비연대장은 세 번 항복해야 했으며, 두 번 버림받았다. 그는 유진의 권총으로 스스로의 머리를 날리지 않은 어리석은 선택을 저주하며, 372연대가 나타나서야 비로소 포로의 신분을 얻을 수 있었다.

* * *

"65연대가 무너졌다니, 그게 대체 무슨 소리야!!"

폰 그로덱 소장은 믿을 수가 없었다.

이틀이다. 단 이틀. 아직 48시간도 채 지나지 않았다. 앞장섰던 스톰트루퍼와 185연대는 '모허이를 점령했다.'라는 보고를 끝으로 모든 연락이 두절되었다. 그리고 난데없이 65예비연대가 '전차를 동반한 적의 대규모 공세'를 보고한 후 연락이 끊겼다. 여기서 적이 무얼 노리고 있는지 파악하지 못한다면 별 달고 있을 자격도 없다.

"적들이 노리는 게 우리 모가지라는 게 명백하잖나! 당장 185연대에 전령 보내서 빼라고 해!"

"이미 적에게 차단당해 고립된 것 아니겠습니까?"

"본부에 남아 있는 전령 전부 다 보내서라도 끄집어내! 모허이에 그대로 주저앉아 있으면 전부 포위당해 뒈진다고!"

"25연대는 어찌하시겠습니까?"

"지금 당장 빼야… 아냐, 우리가 그리로 간다! 여기는 위험해! 포병대도 당장 철수시키고!"

"군단에는 무어라고 보고하시겠습니까……?"

"......."

그로덱은 입을 다물었고, 참모들 역시 눈을 질끈 감았다.

대체 이 추태를 무어라고 설명해야 하지? 죄송합니다. 사실 낚였습니다. 모든 건 저 깜둥이들의 흉계였고 저희는 뭣도 모르고 달려들었습니다? 군단에서 애초에 계속 진격하라고 했잖습니까. 최대한 아미앵으로 달려가라고 독촉했으면서 왜 인제 와서 책임회피 하십니까? 애초에 저희는 명령대로 달렸을 뿐입니다. 후속부대가 늦어서 이렇게 된 겁니다?

눈앞이 캄캄해진다. 뭐라 변명한들 그냥 이건 실수다. 앞으로 그의 이름은 두고두고 희대의 머저리가 저지른 졸렬한 지휘의 대명사로 교재에 남겠지. 꼭 악마에게 홀린 것만 같았다. 대체 어째서 이런 머저리 같은 판단을 한 거지? 상급부대의 압박이 거세서? 그래. 그렇게 책임을 회피할 수도 있겠지.

그냥 욕심이었다. 악마가 부귀영화를 귀에 속삭이듯, 그가 가장 필요로 하던 것을 제안하자 그는 일말의 주저도 없이 덥석 물어버렸다. 그리고 지금, 그 악마가 대가를 수령하러 다가오고 있었다.

"아직, 아직이다!"

하지만 그는 두 눈에 핏발을 가득 세운 채 일갈했다. 좌우의 다른 사단도 발맞추어 움직이고 있을 테고, 상급부대에서는 돌파구를 더 확장하기 위해 지원병력을 보내준다고 했었다. 조금만 더 버티면 성급하게 돌파를 시도해 온 적을 제대로 섬멸할 수 있다.

악마라고? 웃기지 마라. 결국 파우스트는 구원받았다. 악마는 항상 달콤한 제안을 던져 유혹하지만, 결국 악의 손길은 아무것도 쥐지 못하는 것이 세상의 이치다.

참모부엔 다시 희망이 불타오르기 시작했다. 아직 좌절하기엔 일렀다. 적은 무엇보다 오합지졸 미군이 아니던가?

"적이 노리는 건 고작해야 무모한 참수작전! 우리가 여기 있는 한, 적은 반드시 이리로 온다! 동원할 수 있는 포는 모조리 끌어다가 직사를 준비해! 선봉에 설 적 전차부대만 일격에 제압하고 나면 승부는 원점이야!"

쿵—

폰 그로텍 소장이 힘껏 테이블을 내려치는 순간, 희미한 진동이 느껴졌다. 테이블을 쳐서 울린 진동이 아니었다. 뭔가, 마치, 포성 같은…….

쿵—

"전방에 적 전차가 나타났습니다!"

"말, 말도 안 돼. 말도 안 돼! 벌써 온다니 이게 상식적으로 가능할 리가 없잖아!"

한 참모가 귀신 들린 듯한 새된 목소리로 외쳤다.

"다, 당장! 당장 전부 무기 들라고 해! 취사병이든 공병이든 좋으니 당장 근접 전투를!"

"사단장님. 즉시 자리를 이탈하셔야 합니다. 차량을 준비하겠습니다!"

"전투 준비! 전투 준비이이!!"

타타타— 타타— 쾅—

소리가 점점 더 가까워져 오고 있다. 하지만 이 소음은 어디까지나 낯선 소음. 자랑스러운 독일군의 화기가 내뿜을 소리는 그 어디에도 들리지 않았다.

"끝났네."

"그게 무슨 말씀이십니까!"

"내 살면서 이 정도로 빠른 기동은 본 적이 없구만. 누가 보면 열차라도 타고 온 줄 알겠어."

그로텍은 이 짧은 몇 초 동안 수십 년은 더 늙은 듯, 모든 의욕을 상실해 버렸다. 털썩. 그가 의자에 주저앉으면서 지휘봉이 데구르르 바닥을 굴렀다. 아무도 줍지 못했다.

"농락당했군. 적은 약한 게 아니었어. 전방 연대가 무질서하게 달려들기만 기다리고 있었던 거야. 허. 허허."

"아직입니다. 이건 그냥 미친 도박입니다. 25연대와 후속할 아군으로……."

"사단기를 불태우게."

"아직 싸울 수 있습니다!"

"명령이야. 불태워버려. 깜둥이들에게 자랑스러운 깃발까지 넘겨줄 순 없다."

흐흐, 흐흐흐흐. 그로덱은 쉴 새 없이 몸을 들썩이며 낮은 웃음을 터뜨렸다.

"다 끝났어. 전부 나가게."

이제 전투의 소음은 코앞까지 울려 퍼지고 있었다. 곳곳에서 울려 퍼지는 기관총 소리. 포격. 모든 것을 불태우고 파괴하는 끔찍한 소음만이 막사를 가득 채웠다.

"FREEZE!"

"그래. 이제 납셨군."

막사로 몰려오는 수십 명의 흑인들. 참모들은 이를 악문 채, 천천히 손을 들어 올렸다. 병사들은 주유기를 그대로 치켜든 채, 한 남자가 들어올 자리를 비켜주었다.

"독일제국군 208사단장, 맞습니까?"

젊다. 아니, 어리다. 아직 솜털이 보송보송한 아시안이 정복자의 눈을 한 채 그를 응시하고 있었다. 어딜 봐도, 이 가혹한 거래를 제안한 악마의 모습은 보이지 않았다.

"맞네."

"미합중국 육군 93사단장, 유진 킴 준장입니다."

"부디 예우에 맞게 대우해줬으면 좋겠군."

"미합중국 육군은 포로를 결코 험하게 다루지 않습니다. 귀관의 항복을 받아들이겠습니다."

그제서야 그는 계급장에 시선을 옮길 수 있었다.

"실례가 되지 않는다면, 귀관의 연배를 알고 싶군."

"93년생입니다, 장군."

"93년생……? 내 아들보다도 어리군. 허. 허. 허."

"캉브레에선 신세를 많이 졌었지요. 하도 그때 참교육을 제대로 받아서, 이번 기회에 한번 배운 걸 응용해봤습니다."

시대가 너무 달라졌다. 그로덱은 저 멀리서 그의 자랑스러운 사단기를 휘날리며 승리의 포효를 외치고 있는 흑인들을 바라보았다.

어린 동양인. 그리고 깜둥이들. 자신의 신세. 그가 살면서 이루어낸 모든 것들이 진창에 처박히고 말았다.

* * *

천하의 독일군이라 해도, 모랄빵엔 답이 없어 보였다. 하나같이 눈이 풀려 당장이라도 자살할 것만 같은 모습. 하지만 이제 내 소중한 포로니 자살 따위 용납 못 하지. 앞으로 골수까지 빨아먹어야 하는데 어디서 자살을 해?

그나저나 여기까지 달린 건 좋은데. 대관절 어떻게 빠져나간담? 도와줘요, 브래들리에몽…….

"세상에, 이게 대체… 대체 이게 무슨 일이지요?"

"다 예상한 일이지. 기동으로 전투력을 갈음하는 건 전술의 기본 아닌가?"

한동안 점점 불신의 눈초리가 강해졌던 하지가 다시 광신도로 돌아오고 있다. 아니, 그러려고 한 말이 아닌데. 나는 더더욱 있는 힘껏 허세를 부리며, 위대한 업적을 과시하는 수밖에 없었다.

"93사단 장병들이여! 우리는 해냈도다!"

"유진 킴! 유진 킴!"

"우리의 구세주시여!!"

"하지만 전투는 아직 끝나지 않았다! 아직 우린 배고프다! 더 많은 제리들의 대가리를 딸 것이다!!"

"KILLLLL!!"

이제 얘들과 포로들을 수거해 아늑한 집으로 귀가하기만 하면 된다. 나쁜 아저씨들이 쫓아오기 전에.

아미앵 — 사후강평

콰아앙!

콰아앙!!

충격파에 지붕이 흔들린다. 희미한 등불이 하나둘 꺼져간다. 하나둘 오래된 건물이 무너져 내린다. 모허이에 잔류한 독일군을 기다리는 것은 쉬지 않고 떨어지는 포탄 세례였다.

"어떻게, 어떻게 이럴 수가 있지?"

185연대장은 진동에도 아랑곳하지 않고 누구도 답하지 못할 질문을 중얼거리며 서성였다. 모허이 숲을 탈환하기 위해 시행했던 스톰트루퍼와 1대대의 공세는 처참한 실패로 끝났다. 놈들은 치밀하게 방어선을 준비했고, 제대로 된 포병 지원을 받지 못한 독일의 아들들은 비참한 몰골로 돌아와야만 했다.

그리고, 그 비참한 몰골로도 돌아오지 못한 병사들은 숲의 주검으로 전락하고 말았다. 벌레와 짐승들이 그들의 살점을 뜯어 먹겠지.

숲에 주둔한 아군을 돕기라도 하려는 듯, 그때부터 미군 포병들은 신들린 듯 불을 토해내며 모허이를 맹렬하게 강타했다. 독일군의 포병은 화력과

규모 면에서 현저히 열세였고, 결국 제대로 활용되지 못했다.

설상가상으로, 모허이에 잔류했던 병력이 멀쩡했냐 하면 그것도 아니었다.

"병사들의 상태는?"

"상당수가 심각한 복통과 설사, 구토 증세를 호소하고 있습니다. 죄송하지만… 저희 연대는 지금 거대한 병동에 불과합니다."

당연한 귀결이었다. 순무조차 특식으로 처먹던 거지들이 하루아침에 기름진 고기와 달짝지근한 술을 끝없이 위장에 쑤셔넣었다.

퇴각? 어림도 없다. 지금은 비록 반포위 상태지만, 그들이 빠져나가려 하는 순간 전면과 측면의 미군이 곧장 공격해 오리라는 사실은 신임 소위라도 알 수 있는 사실이었으니까.

"어떻게 하시겠습니까."

회의실에 있는 참모들이 역으로 그에게 질문을 해 왔다. 모두가 답을 알고 있었다. 그리고 그에게 정해진 대답을 강요하고 있었다. 빌어먹을 이 참모라는 놈들을 전부 쏴 죽이고 싶은 마음이 굴뚝같았지만, 지휘관이란 자리가 애초에 결단과 책임으로 이루어진 위치 아니던가.

그는 비록 적에게 속아 넘어간 어리석은 지휘관이 되었지만, 병사들의 목숨을 무의미하게 허비하는 쓰레기의 칭호를 추가로 얻는 건 사양하고 싶었다.

"적… 에게, 전령을 보내게."

"서신을 작성하시겠습니까?"

"그럴 필요 없다. 백기를 준비하게. 전령에게 일러, 시급한 의료 지원을 필요로 한다고 알리도록."

모허이에서는 당장 오늘 하룻밤조차 더 버틸 수 없다. 그렇다면 차라리, 군의관의 진찰이라도 받게 해주는 것이 장교의 덕목이다. 비록 통제를 거부하고 제멋대로 날뛰어 중대사를 그르친 우매한 놈들이지만, 애초에 프로

이센의 융커란 바로 그 우매한 놈들을 올바른 길로 이끌기 위해 존재하는 자들. 이 도시에 들어와 휘하 장병들에 대한 통제력을 잃어버린 그 순간, 그 자신이 존재할 가치 또한 영원히 잃어버렸다.

모든 부하들이 퇴장한 후, 그는 천천히 쌈지에서 담배를 꺼내 파이프에 한가득 채웠다. 불을 붙이고 한 모금 쭉 빨자 연신 쿵쾅대던 심장이 주인을 만난 말처럼 온순해진다. 마지막 순간까지도 프랑스제는 참 더럽게도 맛이 좋았다. 독일제보다 훨씬.

하지만 프랑스제에 비해 독일제가 훨씬 더 좋은 물품이, 완전히 몰락해 버려 넝마가 된 그에게도 하나쯤 남아 있긴 했다. 연대장은 허리춤의 루거를 뽑아 머리에 가져다 댔다. 입에서 느껴지는 뜨거운 열기와 관자놀이에서 전해지는 쇳덩이의 냉기가 오묘한 조화를 이룬다.

그리고, 이게 그가 살아서 느낄 마지막 감각이었다.

탕!

* * *

죽는 줄 알았다. 진심으로 이번엔 끝장나는 줄 알았다. 이번에 죽는다고 또 인생에 리트라이가 있을 거란 기대는 하지 않는다. 만약에 3회차가 있어도 혹시 아나, 지금보다 훨씬 더 헬 난이도에 떨어질지. 그랬다간 진짜 자살한다.

우리는 208사단 본부에 있던 각종 문서를 최대한 많이 노획해서 최대한 후방으로 보내고는 곧장 남은 적군 소탕에 돌입했다. 제6예비드라군연대 역시 등 뒤에서 갑자기 끼요오옷 하면서 달려오는 전차의 밥이 되어 뿔뿔이 흩어졌지만, 갑자기 다른 부대와의 연락이 줄줄이 끊겨버린 25연대는 뭔가 눈치를 챘는지 극도의 경계를 유지하고 있었다.

생각도 못 한 잭팟을 터뜨렸지만 아직 이성은 남아 있다. 그 이성을 잃어버린 결과가 그로덱과 208사단 아닌가. 평범한 사람은 실패에서 배우지만, 똑똑한 사람은 남의 실패에서 배우는 법이다. 저기다 꼬라박는 우는 범하지 말아야지.

그렇게 이 일대의 전선을 쑥밭으로 만들자, 기다렸다는 듯 독일 놈들이 반격을 해왔다. 다시 이틀. 진짜 이 이틀 동안 내 목숨이 몇 번 왔다 갔다 했는지 모르겠다.

전차를 중대 단위로 쪼개 악착같이 비는 곳 틀어막고, 레인저들은 사단 최정예 자원자들만 끌어모아 만든 보람을 느낄 정도로 훌륭히 싸워줬다. 밴플리트의 371연대 역시 허겁지겁 달려와 새 전선을 잘 지탱해줬고.

그리고 내 애마에 총알 자국이 무수히 새겨지고 몇 번씩 하지에게 못 해 먹겠다 툴툴댈 무렵, 370연대가 곧장 전진하여 새로운 전선에 합류하고 369연대 역시 포로 운송 및 재편 작업을 완료했다.

이렇게 93사단의 가용 가능한 모든 병력이 제대로 된 차후 진지와 참호선을 새롭게 구축하며 전선을 고착, 이 일대에서의 내 반격작전은 종결되었다. 결과는 참으로 짭짤했지만, 역시 썩어도 준치라고 독일제국군은 이 시대 최강의 군대가 맞았다.

틀림없이 한 개 사단을 사실상 다 날려버렸음에도 불구하고 역으로 기가 막히게 돌출부를 찾아내고, 하마터면 이 내가 역포위당해 요단강을 건널 뻔하다니. 25연대까지 마저 날리지 못한 스노우볼이 여기까지 굴러왔다. 물론 이 시대의 기동력이 충분하지 않은 탓도 있었지만 적도 그 점에선 매한가지 아닌가.

하지만 내 작전이 끝났다는 게 아군의 작전 종결을 뜻하는 건 전혀 아니다. 36군단의 놀렛 장군은 미쳐 날뛰는 우리 93사단의 전과 보고를 듣자마자 곧장 반격의 시간이 왔다고 감을 잡았고, 군단의 힘을 모조리 끌어모아 전 전선에서 일제히 반격을 감행했다.

사단 하나의 공백은 어찌어찌 용케도 메꿨지만, 애초에 전국의 주도권을 빼앗긴 상태에서 상대도 임기응변으로 얼렁뚱땅 때운 작전이었다. 군단 레벨, 더 나아가 군 레벨에서 갈긴 이 통렬한 일격에는 독일군이 아무리 잘나도 결국 답이 없었는지 추가적인 진격 시도를 깔끔하게 접고 그대로 주저앉았다.

해냈다. 이로써 아미앵 일대를 노리던 적의 예봉은 사실상 뭉개졌고, 마침내 빛나는 위업을 거둘 수 있었다. 이렇게 유진 킴의 위대한 역사가 또 한 발자국······.

"해내긴 뭘 해냈습니까. 골로 갈 뻔했는데요."

상관 잘못 만난 죄로 내 옆에서 같이 골로 갈 뻔한 하지가 한숨을 푹푹 쉬었다.

"이거 보십쇼. 차에 난 자국 좀 봐요. 솔직히 어떻게 우리 중 아무도 안 죽었는지가 신기합니다."

"원래 주인공은 안 죽는 법이야."

"저는 주인공이 아닌데요?"

"어허. 자네도 자네 인생의 주인공이라고."

"죽어나간 병사들도 다 주인공이었잖습니까. 너무 막살지 마세요 진짜."

자국이 참 멋지게도 났다. 문짝이 안 뚫린 게 천만다행일 정도로 오밀조밀하게 났네.

"꼭 꽃무늬 같지 않습니까?"

"그러게."

운전병과 하지가 자국을 보며 몸을 부르르 떨고 있는 걸 보고 있는데, 확실히 내가 봐도 꼭 꽃무늬 같긴 했다. 말을 들어서 그런가.

"연꽃?"

"전 국화를 생각했는데, 듣고 보니 또 그렇군요. 검은 연꽃이라······."

"그 이름 좋네. 애마 이름으로 써야겠어."

블랙 로터스라니. 어쩐지 비싸고 존나 셀 것 같다. 물욕 센서가 까딱거리는구만.

"아무튼 지금 중요한 건 이 차 이름이 아닙니다. 빨리 회의 참석하셔야죠."

"들어가기 싫어서 그래."

"그런 말 당당히 하지 마시구요!"

으음. 다시 하지의 존경심이 수직 떡락하는 것이 보인다. 이제 더 어물쩡댈 수 없으니 들어가야지. 나는 준비한 자료를 챙겨, 나를 기다리고 있을 36군단 본부에 입장했다.

짝짝짝짝!!!

"어서 오게, 아미앵의 영웅!"

놀렛 소장은 열흘 묵은 변비를 배출해낸 사람처럼 환하게 웃으며 내 어깨를 덥석 붙들었다.

"빨리 앉게! 여기 있는 모두가 위대한 영웅이 오기만 목이 빠져라 기다리고 있었다고!"

"하, 하하. 감사합니다."

"솔직히 말해서 자네와 처음 만났을 때까지만 해도 덜덜 떨었다네! 혹시나 자네가 무모한 공세를 펴다가 독일군의 기세만 올려주면 어떡하나 하고 말이지."

그는 상황도에 올려져 있던 208사단 말판을 다짜고짜 집어 들더니 바닥에 대강 휙 던져버렸다.

"하지만 이런 세상에 빌어먹을! 적이 있었는데, 없어졌어! 자네는 천재야! 젠장! 혹시 꿈에 나폴레옹이라도 나타났나?!"

"과찬이 지나치십니다."

"영웅에겐 항상 대접을 받을 권리가 있어! 아미앵을 향한 압력이 팍 사그라들었단 말일세! 자네가 루덴도르프의 개같은 손길에 단도를 팍하고 박아 넣었어!"

누가 프랑스인 아니랄까 봐, 그는 말하면서도 마구 흥이 치솟는지 연신 상황도 주변을 빙글빙글 돌며 이리저리 말판을 옮겨댔다. 하지만 이 자리에 있는 다른 장성들도 죄다 싱글벙글하며 맞장구를 치기 바쁠 뿐이었다.

"루덴도르프, 그 망할 새끼는 보나마나 집에서 카이저 인형을 붙들고 질 질 짜고 있을 거야. 전 재산을 꼬라박은 도박이 이따위로 끝장날 줄 누가 알았겠어? 이제 놈들이 할 수 있는 건 현상 유지 정도가 끝이야. 적어도 여기선 말이지! 틀림없이 그 개자식은 다른 곳에서 공세를 지속할 수밖에 없어. 하지만 우리가 알 바는 아니지. 끝났어. 이 전선에서 독일 놈들의 여력은 이제 0이니까 말야!"

속사포처럼 쏟아붓는 그의 말을 따라가자니 내 프랑스어 실력이 조오금 모자랐다. 하지만 저 말 중 태반이 걸쭉한 비속어와 욕이다 보니 해석에 큰 무리 없었다. 원래 보디랭귀지 다음으로 이해하기 쉬운 게 욕 아닌가.

놀렛은 마침내 덩실덩실 혼자 춤을 추더니, 다짜고짜 내 양팔을 부여잡고 그 자리에서 왈츠를 거하게 췄다. 솔직히 재밌었다.

* * *

"으어어어어어어어어어!!!"

쾅! 콰아앙! 콰직! 쿵!

에리히 루덴도르프 독일제국군 참모차장은 아미앵에서 날아온 보고를 듣자마자 주변의 모든 것들을 전부 집어 던지기 시작했다.

"그로덱!! 그로데에엑! 내 사단! 내 계획! 네놈이 제국을 날려먹었어! 제국의 마지막 기회를 네깟 놈이이이이이!!"

"지금은 들어가지 마십시오. 참모차장께선 지금 보고를 받을 수 없는 상태이십니다."

"또 시작이시군. 발작 다 끝나면 메모 하나 보내주게. 오늘 내로 보고해야 하는 건이거든.”

“알겠습니다.”

“으어어어어!!!! 말도 안 돼! 내 계획은 완벽했건만!”

쿵! 쿠우웅!! 쿵! 쨍그랑!

루덴도르프는 그저 그로텍에게 온갖 분노를 토해냈지만, 소장과 장성들의 생각은 전혀 아니올시다였다.

이건 예고된 인재(人災)였다. 물론 아차 하는 사이에 사단 하나를 째로 날려먹은 사태는 변명하기 어려운 실책이다. 하지만 당장 루덴도르프 본인이 이 공세를 강력하게 지시하지 않았는가? 무슨 수를 써서도 아미앵으로 달리라 했잖은가? 어째서 저렇게 태연스럽게 남 탓만 하는가?

부하들의 의문을 아는지 모르는지, 한동안 있는 힘껏 울분을 풀어내던 루덴도르프는 난장판이 된 집무실을 스윽 한번 감상하고는 푹신한 의자에 등을 기댔다. 1분 정도 정적이 계속되자, 문 바깥에서 대기하고 있던 당번병과 비서들이 종종걸음으로 들어와 얼른 개판이 된 집무실을 청소하기 시작했다. 너무나 익숙한 패턴이었다.

“오이겐 킴? 듣도 보도 못한 놈인데… 캉브레. 그놈이 이놈이었나.”

괴물이 살아서 돌아갔군. 루덴도르프가 다 쉬어빠진 목소리로 웅얼거렸다.

캉브레에서 깔짝이던 미군 전차부대는 자랑스러운 독일의 아들들에 의해 철저하게 섬멸되었었다. 하지만 한참 뒤 날아온 영미의 신문기사에 따르면, 그 전차대대는 단순히 궤멸당한 게 아니라 자원병과 토미들을 이끌고 전장을 돌파하는 데 성공했다 하였다.

‘캉브레의 영웅’.

그 이야기를 처음 접했을 때만 하더라도, 첫 전투에서의 참패를 덮어버리기 위해 영웅서사 하나 날조한다고 용을 쓴다 생각했더랬다. 하지만 그가 물렀다. 이건 날조 따위가 아닌 중세 영웅서사 그 자체였다. 시련을 겪고 패배한 용사가 더 성장해서 돌아오듯, 이 오이겐 킴이라는 아시안은 더 많은 병사들을 거느린 채 보란 듯이 제국의 명치에 일격을 날렸다.

사단본부가 째로 날아가버린 탓에 아직까지도 정확히 어떤 일이 벌어져서 208사단이 한순간에 증발해버렸는지 견적조차 나오지 않았다. 생존자들을 수습하고 증언을 끌어모으려면 며칠은 더 걸리겠지.

아미앵은 이제 글렀다. 독일제국군은 이제 두 번 다시 아미앵을 건드릴 수 없다. 바로 저 아미앵을 수호하는 사악한 악마가 제국의 마지막 칼날을 뭉개버렸기에.

"이제 남은 건… 게오르게테인가."

"예?"

"최고사령부를 소집하게. 아미앵 공략이 불가능해졌으니, 남은 건 플랑드르 아니겠나."

아직 꺾일 순 없다. 지금 쉬는 순간 제국은 돌이킬 수 없어진다. 이제 와서 평화협상? 웃기는 소리. 그랬다간 제국은 여태까지 먹은 모든 점령지를 토해내야만 한다. 결코 그럴 순 없었다.

"아직, 아직이다. 아직 희망은 남아 있어……!"

루덴도르프의 망집은 여전히 불타오르고 있었다.

2장
끝은 시작이다

악의 씨앗

"후우… 끝… 났다……"

제임스 밴플리트는 승리의 담배를 맛있게 쭈욱 빨아들였다. 격렬한 전투의 연속으로, 371연대는 사실상 모든 전투력을 상실했다. 하지만 그럴 가치가 있는 일이었다.

첫 전장은 말 그대로 지옥과 크게 다를 바 없었다. 전장 파악이라고는 제대로 되지 않는 혼돈 속의 난투극. 208사단의 거대한 공백을 눈치채고 가장 먼저 허겁지겁 달려온 제9 바이에른 예비사단 예하 제14 바이에른 예비연대를 상대로 자랑스러운 93사단 371연대는 맨몸으로 시간을 벌어야만 했다.

이 전투에서 최후의 승자가 되기까진 아직 반 발자국 부족하다. 372연대가 방어진지를 구축할 때까지는 시간이 필요했다. 그 시간을 벌기 위해서는, 당연히 피를 바쳐야만 했다. 서로 최소한의 방어조차 도외시한 무시무시한 난타전.

유진 킴의 놀라운 강행돌파가 역사에 길이 남을 찬란한 승리로 남느냐, 포위와 역포위의 교과서적인 패망 사례로 남느냐는 오직 371연대의 손에 달려 있었다. 그리고, 기껏해야 볼트액션 소총으로 무장한 적에 비해 아군의 근접전 화력, 그리스건의 화력이 월등히 우월하다는 사실을 깨달은 밴플리트는 결단을 내렸다.

"나의 자랑스러운 연대원들이여! 서서 죽어라! 우리의 아들들을 위해, 여기서 죽어 우리의 미래를 열자!"

"미래를 열자!!"

"전군 착검, 돌격 앞으로!"

지금이라면 생각도 못 했을 돌격 명령과 함께, 371연대는 오직 자유에 대한 갈망만으로 독일군에게 뜨거운 납탄 세례를 선사했다. 화들짝 놀란 14바이에른 예비연대는 뒤로 빠지며 부대 재편을 시도하려 했고, 이걸 또 집요하게 따라붙으며 쥐어패길 반복. 하지만 결국 체력의 한계와 탄 소모 등으로 371연대는 한계에 봉착했고, 충격의 임팩트에서 적이 헤어 나오기 직전.

'전차는 일회용이다!'

'햣하! 전차는 일회용이다!'

'탄이 없으면 몸통박치기!'

'탄이 없으면 몸통박치기!'

다 패튼 잘못이라더니, 유진 자기야말로 누구보다 앞장서서 말도 안 되는 개소리를 떠들고 있었잖나. 사단장이란 새끼가 겨우 10대의 전차를 직접 끌고 전장에 난입해서는, 이미 피로 융단을 짜며 371연대가 제풀에 지치기만을 고대하고 있던 14연대의 숨통을 끊어버렸다. 전차는 그렇다 치자. 전속부관이 사단장 차에서 기관총을 쏴대고 원스타가 탄 채워주는 글러먹은 부대가 대체 어디 있단 말인가?

살려줘서 고맙긴 한데 정말 저 새끼 미친놈이 따로 없었다. 웨스트포인트 입학전형에 틀림없이 정신감정도 있었던 것 같은데? 어째서 입학이 허가된 거지?

"우리가 봤을 땐 너도 충분히 미쳤어."

"그래. 물이 단단히 들었지. 거기서 착검돌격은 또 뭐냐고."

"오마르. 네가 할 말은 아냐."

"크흠!"

참모장이자 사실상 사단장 대리 역할을 맡았던 브래들리 역시 밴플리트의 말에 차마 반박은 못 하고 슬쩍 고개를 돌려 외면했다. 최악의 순간, 동기들 중 그나마 가장 이성이라는 게 붙어 있을 거라고 여겼던 브래들리는 오토바이를 끌고 달려나와서는 전장을 직접 관측했다. 그리고 가장 절실하던 시기에, 가장 적절한 위치에 포병 화력을 있는 대로 때려 박아 독일군 최후의 숨통을 끊고 이 전투의 피날레를 장식해냈다.

미친놈처럼 전장을 활보하며 기갑의 우위를 몸소 증명해낸 유진이나, 한 줌 레인저들을 이끌고 208사단 최후의 잔존병력이던 25연대를 기어이 대전투의 방관자로 만들어버린 아나스타시오, 모허이숲에서 적을 확실히 때려눕힌 아이크까지.

93사단에 모인 이 동기들은 저마다 제 역할을 완벽하게 해냈다.

"윌리엄. 아직도 포커에서 져서 불만이야?"

"후우… 니들 덕택에 내가 전투 지휘를 다 해보네. 그래, 참 고오맙다."

유진의 사기 포커에 휘말려 93사단 공병대를 맡게 된 코넬이 연신 투덜거렸다. 아직 저 불쌍한 녀석은 그때의 포커가 사실 사기였단 걸 모르고 있었다. 알게 되면 유진의 머리에 구멍이 날 것 같으니 진실을 아는 이들은 모두 입을 꾹 다물었다.

"앞으로는 어떻게 되는 거지?"

"어쩌긴. 부대 후방으로 빼야지."

"탄 소모도 극심하고, 멀쩡한 애들도 없어. 전차대 애들이 뭐라는 줄 알아? 원래 전차는 일회용이래. 통조림을 까먹는 것처럼 전차도 까먹는 거래나 뭐라나. 진짜 그 새끼들 또 전차 전부 날려 먹었어. 징글징글하다!"

오마르가 중얼거리자, 이미 충분히 그 괴팍한 전차대원들에게 시달릴

만큼 시달린 아이크는 그때의 트라우마가 되살아나는 듯 눈을 꽉 감았다.

유진이 정성껏 길러낸 저 또라이들의 광증이 앞으로 얼마나 더 심해질지, 벌써 빠르게 견적이 나오고 있었다. 그 '일회용' 전차를 요긴하게 토치카로 써먹은 입장에서 할 말은 아니지만 말이다.

"유진이 군단 사령부에 갔으니 어떻게든 하겠지. 애들이나 잘 달래줘."

"오오냐."

"다들 아주 득의양양해. 사실 사기가 문제 될 건 없어."

이들 93사단은 아주 원 없이 제리들을 물리칠 수 있었다. 이 압도적인 전공이라면 정말 미래를 열 수 있을지도 모른다! 장병들 누구 하나 기대에 부풀지 않은 사람이 없었다. 다 함께 피로 목욕을 했던 만큼, 지금 93사단은 피부색엔 관계없이 '이만한 위업을 이루었으니 당연히 보상이 따를 것'이란 생각을 품고 있었다.

93시의 백인 장병들이 봐도 이건 인종의 문제가 아니었다. 이토록 용맹하게 싸워 피의 의무를 다한 이들에게 보답하지 않는다면 합중국이 저 위선자 영국인들과 다를 바가 어디 있단 말인가?

사단 지휘부에서부터 말단 이병에 이르기까지. 다치고 상처 입은 자들 역시 누구 하나 웃음이 떠나가는 사람이 없었다.

앞으로 밝은 미래만이 기다리고 있을 것이다. 우리는 싸워서 미래를 열었노라. 합중국은 우리의 피에 보답할 것이다. 그들 모두는 그렇게 믿고 있었다.

* * *

4월 중순. 독일제국군은 기세 좋게 열어젖힌 춘계 공세의 중간정산 결과를 받아 들어야만 했다.

"패배."

"참패군, 이건."

"루덴도르프 그 머저리가 기어이……!"

독일제국이 국운을 걸고 전개한 미카엘 작전이 미끄러지기에는 아주 미미한 압력만으로도 충분했다. 208사단의 증발은 70여 개 사단이 동원된 미카엘 작전에선 생각보다 큰 타격이 아니었을지도 모른다.

하지만 그들의 공백을 메꾸기 위한 추가적인 병력 차출, 삐걱대는 전선, 일선의 혼란, 무수한 군사기밀과 지도의 누출 등이 누적되자 연합군은 독일군의 예봉을 성공적으로 꺾을 수 있었다.

루덴도르프는 아미앵 일대에서의 좌절에도 굴하지 않고 이번에는 벨기에 방향에서의 보조작전, 게오르게테 작전을 발령하며 플랑드르에서의 공세를 개시했다. 하지만 이미 파스샹달과 이프르의 지옥이 알려주듯, 이곳은 공격자가 절대적으로 불리한 지형.

영국군을 바다로 쓸어 담겠다던 야심만만한 루덴도르프의 계획은 어김없이 좌초하고 말았다. 그 유명한 '붉은 남작' 리히트호펜의 전사 통지서야말로 독일군이 얼마나 처참하게 패배했는지를 증명할 뿐.

하지만 그렇다고 해서 멈춰설 수는 없었다. 이미 독일제국은 폭주기관차였다. 그 엔진이 꺼지는 순간 탈선과 파멸이 기다리고 있다는 사실은 모든 승객들이 알고 있는 사실. 따라서 군사회의 역시 다음 공세 중단보다는 다음 공세 방향에 대한 논의로 흐를 수밖에 없었다.

"애초의 우리의 공세 목적이 무엇이었습니까? 영국군입니다! 미군이 완벽히 자리 잡기 전에 영국군을 바다에 쓸어 넣어야 해요!"

"그 미군을, 깜둥이들 부대조차 이기지 못한 게 현실 아닙니까?"

"지금 시비 거는 게요?"

"아니, 거 뭐냐. 현실을 직시하자는 거죠. 지금이라도 힌덴부르크 선 뒤로 빠져야 합니다. 내년 농사를 지어야 해요!"

"미카엘 작전의 결과 파리가 눈앞에 보이고 있습니다. 이미 독이 바짝 오른 영국군을 또 때려 피를 보느니, 차라리 파리를 향해 진군하는 것이 어떨지……."

"파리? 파아아리? 미쳤소? 순무도 못 먹는 애들을 데리고 1914년에도 구경만 했던 파리에 가자고?! 야! 가고 싶으면 너나 가!"

"그마안!!"

루덴도르프의 벽력같은 외침에 장내의 모두가 입을 닥쳤다.

"파리로 간다."

"참모차장!!"

"정신 차리십시오! 군사작전은 목표를 달성하기 위함이지 희망사항을 읊는 것이 아닙니다!"

하지만 루덴도르프는 완강했다. 이미 국내의 평화주의자들, 협상파들을 때려잡고 강행한 공세였다. 이대로 물러났다간 그는 실각할 판이었다.

"파리만… 파리만 점령하면 모든 것이 끝난다. 직들은 명백히 약화되어 있어. 프랑스 놈들은 당장 작년에 전쟁이 싫어 반란까지 일어나던 놈들이니, 우리가 압도적인 힘으로 짓뭉개면 자멸할 테지."

독일군 장성들 중 일부는 아연실색해졌다. 그 루덴도르프가, 타넨베르크의 영웅이 대체 어쩌다가 저런 망집에 빠졌단 말인가? 대체 언제부터 프로이센의 장성이 저런 막연한 기대감만으로 전쟁을 이끌어나갔다고?

"이 전쟁은 처음 시작부터 파리를 얻기 위한 전쟁이었소! 절대 내가 무리한 말을 하진 않았단 말이야! 어디까지나 초심으로 되돌아가는 거지!"

머리는 산발에, 채 다듬지 못한 수염이며 벌게진 눈알까지. 누가 봐도 훌륭한 광인이었다. 이미 그가 정신병에 걸렸단 소리는 사령부 사방에 다 퍼져 있었으니, 이 몰골은 그 소문에 확신을 더해줄 따름이었다.

"4월 25일을 기해 블뤼허—요르크 작전을 개시한다! 목표는 파리! 파리를 정복하고 독일제국의 영광을 되찾는다!"

"말세군, 말세야."

"역시 고귀한 융커가 아닌 자는 그릇부터 작군."

폭주기관차가 종점을 향해 달리기 시작했다. 현명한 자들은 그 종점 끝에 살아남을 수 없다는 사실을 명백히 깨닫고 있었다. 하지만 하차할 수는 없었다.

그들은 패망을 예감했다.

* * *

"실례합니다. 제16 바이에른 예비연대에서 왔습니다."

"아, 왔나? 얼른 주게."

전령은 얼른 가방에서 서류를 꺼내 장교에게 건네주었다. 무슨 내용이 적혀 있을지는 뻔히 알고 있다. 적의 압력이 너무 강함. 현지 사수 불가능. 뒤로 물러나 재편하고자 함. 다음 지시를 바람. 대강 이런 내용일 것이다.

대대적인 공세의 결과는 실로 파멸적이었다. 일개 전령에 불과한 그조차 돌아가는 상황이 이해가 될 정도다. 그리고 보통, 이렇게 안 좋은 내용을 전달해 줄 때면 으레 분노가 애꿎은 전령을 향하기 마련이었다.

"후우… 그래. 그럴 만도 하지. 잠시 기다리겠나? 사단의 명령서가 곧 나올 예정인데 가져다주게."

"알겠습니다!"

다행히 이번에는 불호령이 떨어지진 않았다. 이 장교가 착해서일까, 아니면 하도 비슷한 보고를 많이 접해서 다 내려놓은 걸까?

그를 잠시 대기시킨 장교는 그가 건네준 서류를 들고 옆방으로 건너갔다. 얇은 합판 벽으로 옆방이 막혀있었지만 건너편에서 들리는 고함소리는 아주 쩌렁쩌렁하게 잘만 들렸다.

"빌어먹을! 이럴 줄 알았소!"

"그로덱 그 작자가 모든 걸 말아먹었습니다! 이제 우리 사단도 여력이 없어요!"

"1개 사단입니다, 1개 사단. 하루아침에 뻥 뚫려버린 이 구멍을 메꿀 수 있으면 그게 프리드리히 대왕이지 어디 보통 인간입니까?"

"자자. 진정들 하시고. 어쨌든 전선은 안정화되었고, 윗선에서도 추가적인 공세 지시는 없습니다. 이제 우리는 우리 할일만 잘하면 돼요."

"메꾼 건 좋습니다. 하지만 애초에 고작 전선 안정화하자고 벌인 공세가 아니잖습니까? 이 전쟁으로 우리는 승기를 잡아야 했습니다. 서서히 모든 걸 까먹고 무너져 내리는 건 순식간입니다. 못 지켜요."

"방금 제16 바이에른 예비연대도 후퇴하겠다고 통보해왔습니다. 후퇴하게 해 달라는 요청이 아니라 그냥 후퇴하겠다고 한단 말입니다!"

다 들린다. 어디 붙어있는지도 모를 208사단이란 머저리들이 송두리째 섬멸당했단 사실도. 사단 하나를 통째로 으적으적 씹어 먹어버린 적이 이젠 친숙해진 영국군도, 프랑스군도 아니라 새로운 적인 미군이란 사실도. 게다가 그 적이 어처구니없게도 깜둥이들로 이루어져 있다는 사실까지도.

대체 어쩌다 위대한 독일제국이 이 모양이 되었단 말인가? 엣헴거리며 쩔그럭대는 훈장과 잘 다려진 군복을 자랑하기에 여념이 없던 저 융커 나으리들은 대체 무얼 하고 있었단 말인가? 아니, 애초에 이 전쟁에 처음부터 승산은 있었을까? 이 공세는 과연 올바른 판단으로 내린 결정이었을까?

윗놈들은 다 똑같다. 하루하루 쓰레기 같은 물건을 밥이랍시고 처먹던 말단 병사의 입장에서 보건대, 이 전쟁도 이 공세도 모두 말도 안 되는 탁상공론에 지나지 않았다.

저놈들이야말로 독일의 해충이다. 누구보다 독일을 올바르게 이끌고 있노라 자부하지만, 실제로는 적폐에 지나지 않는 놈들. 애초에 저들에게 어째서 힘과 권리가 부여되었는가. 전쟁에서 승리하기 위해서다. 그런데 정작 그놈들이 벌인 전쟁이 독일의 아들들을 죽음으로 내몰고, 독일의 아들들을 비참한 참호에서 쓰레기를 주워 먹게 하고 있었다.

이건 아니다. 이건… 뭔가 바뀌어야만 한다.

"새 명령서일세. 연대로 전달 부탁하네."

"감사합니다."

"그래. 고생이 정말 많아. 가는 길에 이거나 먹게."

장교가 웃으면서 슬며시 자그마한 무언가를 내밀었다.

빵이다. 순무로 만든 빵도, 톱밥이 섞인 빵도 아니다. 말도 안 되게 단단해진 흑빵이지만 어쨌거나 빵이다.

"감사합니……."

"쉿. 목소리 줄여. 아무도 안 보일 때 조심해서 먹으라고."

"정말 감사합니다. 제가 언제고 꼭 보답하겠습니다."

"어? 그래. 지금처럼 임무에 매진해달라고. 그게 곧 보답이고 애국이니까."

그는 새로 받은 명령서와 흑빵을 가방에 집어넣고, 연대를 향해 돌아가기 위해 자전거에 올라탔다. 그리고 달리기를 한참. 시체 냄새가 좀 덜해지자 그는 털썩 길가에 주저앉아 가방을 열었다.

"큽, 크흡……!"

맛있다. 세상천지에 이런 별미가 있다니. 몇 년 전만 해도 거들떠보지도 않았을 흑빵이 너무나 달고 부드러워 견딜 수가 없었다. 눈자위가 뜨뜻미지근해지더니, 이내 왈칵 눈물 몇 줄기가 주룩주룩 흘러나왔다.

전쟁은 항상 그랬다. 착하고 양심적인 자들은 가장 먼저 참호에서 시체가 되어 쥐들의 먹잇감이 되었다. 일말의 인간성조차 포기하고 괴물이 된 자들은 훈장을 받아 챙겼고, 으리으리한 참모본부에 배속되어 더 많은 젊은이의 피를 게걸스레 빨았다.

바꿔야 한다. 이 나라는 뭔가 바뀌어야 한다. 하지만 흑빵은 맛있다.

전령, 아돌프 히틀러(Adolf Hitler)는 그렇게 눈물 젖은 빵을 모조리 입 안으로 밀어 넣었다. 적어도 이 순간만큼은 행복했다.

자유의 나라

쇼몽. 미국원정군 사령부.

"그게 무슨 소립니까?"

나는 이제 트레이드마크가 된 애마 블랙 로터스를 끌고 오랜만에 쇼몽에 나왔다. 하지가 한 아름 싸 들고 있는 저 서류뭉치는 바로 열심히 검토한 우리 병사들의 전공을 기록한 자료였다. 저걸 만들기 위해 갈려나간 일선 장교들의 명복을 빈다.

사단 직할 레인저와 전차대는 또 사실상 전멸. 371연대는 전투불능 단계. 나머지 연대라고 멀쩡하진 않다. 죄다 악과 깡으로 버텼으니.

93사단 장병들은 훌륭하게 약속을 지켰다. 그들은 애국자이자 훌륭한 전사였고, 그들의 의무를 다했다. 그러니 이제 내가 약속을 지킬 시간이었다. 하지만 쇼몽의 반응은 내 합리적인 생각과는 조금 차이가 있는 모양이었다.

"다시 한번 말씀해주시지요."

"상식적으로 생각해주시지요, 킴 준장님. 이 많은 사람들이 전부 수훈 받을 만한 공훈을 세웠다고요? 저도 무수히 많은 다른 부대의 전과 보고를 받았습니다만, 이만큼 많이 보낸 부대는 없었습니다."

이 새끼 보소? 아니지. 으음, 그런가. 아직 다른 부대는 이렇게 대규모 전투를 벌인 적이 없잖은가. 조금 깔짝댈 뿐인 다른 곳과 달리 우리는 피로 피를 씻는 격투를 벌였으니 당연히 공훈도 엄청난 차이가 있을 수밖에 없다.

어째 약간 말하는 태도나 표정을 보니 점점 머리에 피가 솟았지만, 이건 내가 아직 미군의 관례라거나, 그 머시냐, 암묵적인 룰을 잘 몰라서 그런 것일 터다. 나는 운빨 오지게 터져서 벼락출세한 놈이고 상대는 나보다 계급은 낮아도 미군 짬밥은 몇십 년 어치 더 먹은 사람이다. 표정 관리해야지. 스마일. 스마일. 치이이즈.

"굳이 이렇게까지 안 하시더라도 93사단의 전공을 무시할 사람은 아무도 없습니다."

"아니, 제가 지금 말하는 건 사단의 전공이 아니라 용감하게 싸운 장병 개개인의……."

"허허허. 염려 마십쇼. 물론 쇼몽에서 장군을 고깝게 보는 어리석은 놈들이 있긴 합니다. 피부색이 하얗지 않다고 해서 묻지도 따지지도 않고 그냥 열등하다 생각하는 놈들 말이죠. 하지만 걱정하지 마세요. 적어도 저는 킴 장군이 자랑스러운 합중국의 명예백인이라 확신하고 있으니까요! 그러니 안심하시고……."

"죄송하지만, 저와 사단 참모부는 몇 번에 걸쳐서 교차 검증하여 이 자료를 제출했습니다. 저 개인이 아니라, 일선에서 용감하게 싸워준 이 병사들의 노고를 봐주시면 감사하겠습니다."

내가 너무 딱딱하게 말했나. 주변의 실무진들이 빼꼼 미어캣처럼 고개를 내밀기 시작했다. 그러니까 내가 꼭 나쁜 놈 같잖아. 나는 패튼이 아니라고. '야 쟤들 싸운다! 싸운다!' 하면 원래 분위기가 더 이상해지는 법이건만.

"그러니까 제가 지금 말씀드리고 있잖습니까. 킴 준장님은 당연히 소장 진급 후에 영전하실 테고, 직접 선발하신 동기들마저 다들 능력을 훌륭히 입증했으니 이제 장군의 앞길은 탄탄대로입니다. 모두 진급해서 더 좋은 곳으로 갈 건데 말입니다."

"영전이요?"

"그럼요, 신상필벌은 당연한 일 아니겠습니까?"

뭔가 아까부터 계속 말이 서로 아귀가 안 맞는다. 으음, 조금 불편한데.

"그러면 제 후임은 혹 누가 내정되었는지요?"

"후임이라니요?"

점점 뭔가 차오른다. 서해 바다에 놀러 가노라면, 틀림없이 난 갯벌에서 조개를 캐고 있었는데 어느새 스멀스멀 물이 차오르곤 했었다. 그때처럼 뭔가, 내 가슴께가 영 뻐근한 것이 자꾸만 무언가 차오르고 숨이 턱턱 막혀오는 불쾌한 느낌.

"하하. 하하하."

"하하하하하!"

서둘러 우리 주변으로 사람들이 모여든다. 아니 진짜 저 안 싸운다니까요. 나이 지긋한 다른 참모가 내게 조곤조곤 말을 꺼냈다.

"킴 준장님. 제가 비록 계급은 낮지만, 미합중국 육군의 일원이자 훨씬 더 일찍 군문에 종사한 몸으로서 약간… 팁을 좀 드려도 되겠습니까?"

"제가 아직 부족한 부분이 많습니다, 하하. 말씀해주시면 당연히 귀 기울여 듣겠습니다!"

"너무 빠르게 올라오시다 보니 아직 사회생활을 잘 모르시나 본데, 원래 병사들이 하는 일이란 게 다 그렇습니다."

"……?"

이건 또 무슨 신묘한 소리야. 내 이성의 소리, 내면의 말에 귀를 기울이자.

'KILL! KILL!! 개소리엔 몽둥이가 약이지! 내가 준 권총은 어떻게 했나, 후배님?! 지금이 바로 혀어어업상의 시간일세!'

아니, 왜 내 내면에 선배님이 있어요. 저리 가. 무섭잖아.

"장군님. 장군님께서 빗자루로 집의 먼지를 치웠습니다. 그러면 장군님께서 청소를 하신 겁니까, 아니면 빗자루가 청소를 한 겁니까?"

"…아."

"어차피 병사들이야 집에 가면 그만이잖습니까. 앞으로 오래오래 육군에 남아 있을 사람들이 조금 더 '우선순위'가 높은 게 당연한 이치 아니겠습니까?"

그래. 이 새끼들한테는 진짜 병사가 빗자루로 보이나 보다. 내가 집에서 엄마한테 많이 맞아봐서 아는데, 빗자루로 엉덩이를 신나게 처맞으면 눈물 쏙 빠지게 아프다. 그 간단한 이치를 모르는 걸 보니 가정교육을 잘못 받았네. 합중국 육군에 모친이 부재중이셨던 분들이 이렇게 많았나.

내 생각을 아는지 모르는지 그는 허허로이 웃으며 탁탁 내가 제출한 서류를 두드렸다.

"게다가 깜둥이 아닙니까. 물론 자그마한 공을 세우기야 했겠지요. 부정하지 않습니다. 하지만 그 모든 일은 결국 우리 백인들이 올바른 방향으로 계도했기에 가능했던 일입니다."

내면의 패튼이 포효한다. 이런 나쁜 친구 말고, 언제나 금과옥조와 같은 귀한 말씀을 나눠주던 내면의 맥아더 선생님 의견을 들어보자.

'오, 후배님. 우리같이 잘난 놈들은 원래 좀 꼴리는 대로 해도 된다네. 명령에 불복해야 유명해지는 거야. 눈 딱 감고 들이박게. 원래 자네 그거 잘했잖나?'

아 빌어먹을 맥가 자식. 저질러도 다 수습되는 금수저의 말 따위 도움이 안 된다!

"물론 저 친구들이 나쁘단 이야긴 아닙니다! 혹시나 오해하지는 말아주십쇼. 저는 남부 딕시 놈들과 달리 차별이 나쁘다는 걸 잘 아는 공화당원입니다. 다만 차별과는 별개로 엄연히 세상에는 차이라는 게 있잖습니까? 혹인들은 아직 진화가 덜 되었으니 육체로 공헌하고, 우리는 이 발달한 지적 두뇌를 통해 그들을 끌어당겨 주고! 그러니……."

아. 못 참겠다. 팅 하는 수류탄 핀 뽑히는 소리가 내 좁은 두개골 안에 울려 퍼졌다. 진짜 이 멋진 1900년대를 살면서 내가 인내심은 참 오지게 쌓았다고 생각했는데, 이렇게 또 조곤조곤 웃는 면상으로 대가리 핀을 뽑는 새끼가 있네.

나는 있는 힘껏 앞에 있던 책상을 군홧발로 까버렸다.

"이 개좆같은 새끼들이 어디서 아가리를 털고 있어!"

"장군! 장군! 참아요! 참아앗!"

"총! 총 뺏어!"

"놔! 하지! 하지 당장 이 손 놔!"

"쏘면 안 됩니다! 쏘면 안 돼요!!"

"이게 무슨 무렌가! 대체 이게……."

"이 책상물림 씹새끼들이 어디서 우리 애들이 목숨 버려가며 세운 전공을 낼름 뿌려먹으려고 야부리를 털고 있어! 야! 야!!"

빠악!

애써서 날 붙들려던 하지를 떼어내고 단숨에 이 개 놈의 죽빵을 날렸다. 부웅 하며 날아가는 꼬라지가 제리들보다도 가볍다.

"내 진급?! 그딴 게 필요했으면 애초에 그 지랄도 안 했어!"

"그게 무슨……?"

"내가! 내가 걔들한테 약속했단 말이다! 보답이 따를 거라고! 미래를 열어주겠다고! 근데 이 좆같은 사무실에서 커피나 빨면서 펜대 굴리던 새끼들이 입에 침도 안 바르고……!"

"헌병! 헌벼어어엉!!"

"킴 장구우운!"

아, 이제 좀 속이 풀린다. 어우 씨. 이게 사이다지. 기왕 이리된 거. 너 오늘 복날 개처럼 쳐맞아봐라.

* * *

현역 준장의 폭행 사건! 쇼몽이 발칵 뒤집힌 건 말할 필요도 없다. 나는 헌병이 올 때까지 그 망할 놈들을 신명나게 팼고, 그나마 최후의 자비였는지 헌병대는 날 영창에 처넣는 대신 작은 별실에 연금했다. 그래. 현역 준장의 폭행 사건이면 충분하지, 현역 준장 입장은 좀 비참하잖나.

지금 보니 쇼몽의 꼬라지는 말도 나오지 않았다. 93사단 사단장 자리를 받아들일 때부터 눈치챘지만, 생각보다 내겐 적이 많았다. 아니, 많아졌다. 그리고 그 적이라는 새끼들 대부분은 어디서 굴러먹던 폐급인지 감도 오지 않았다.

확실하게 내 편을 들어줄 것 같은 사람들. 맥아더, 마셜, 패튼은 지금 당연히 사방에 흩어져 자신들의 일을 하고 있다. 마셜의 1사단은 93사단과 마찬가지로 전방 배치 중. 패튼은 패튼대로 기갑학교를 운영하며 하루하루 보람찬 교육의 나날. 맥아더는… 얼마 전에 최전방에서 놀다가 독가스를 마시고 후송됐다. 대체 대령씩이나 되는 사람이 왜 최전방에 나간단 말인가? 그 양반도 못 죽어서 환장했다 참.

아무튼, 이렇게 내 핵심 연줄들이 죄다 쇼몽을 비우고 나니 여기 사령부에서 믿을 만한 사람이래봐야… 퍼싱 장군이 끝이다. 그리고 퍼싱 장군 성격상, '사정은 알겠네만 군율은 군율일세.'라고 말하며 아마 인정사정없이 징계를 때리겠지. 그분은 그런 분이다. 애초에 좋게 봐주는 거랑 내 편인 거랑은 또 다른 이야기기도 하고.

이대로 가면 진짜 우리 애들 사탕 하나도 못 들고 돌아갈 판이다. 맛 좋은 훈장을 못 들고 가면 어떤 일이 벌어질지 뻔하다. 흉폭해진 병사들은 지나가던 버스를 납치해 '이대로 쇼몽으로 간다!'를 외칠 테고, 나는 비통하게 쟤들 독일군 아닙니다! 제 부하들입니다! 하면서 눈물을 주룩주룩 흘리겠지.

고민된다. 또 언론플레이에 도전해? 아니지. 흑인 차별은 고작 언론플레이 좀 때린다고 나아질 문제가 아니다. 이건 장기적으로 봐야 한다. 그럼 당장 지금 이 시점에서 해볼 만한 일은…….

똑똑.

"누구십니까?"

"손님이 오셨습니다. 문을 열어도 되겠습니까?"

"아, 예."

누구지? 혹시 퍼싱 장군인가? 그러면 얼른 무릎 꿇고 빌면서 제발 살려만 달라고 해야지. 박박 기면 불쌍해서 봐줄지도 몰라.

"오랜만에 만나는군. 킴 중위. 아니, 그땐 중위였지만 이제는 벌써 준장이군."

"넵. 오랜만에… 뵙습니다."

나는 얼른 완벽한 부동자세를 취하며 가장 칼같은 경례 자세를 취했다.

뭐야. 형이 왜 여깄어. 아니, 진짜로. 이건 너무 비현실적이잖아. 나는 끽해야 퍼싱한테 욕 한 바가지 퍼먹을 각오 정도 하고 있었는데.

내 눈앞에 있는 이는 베이커 전쟁부 장관이었다.

"현지 시찰차 잠시 프랑스에 와 있었네. 듣지 못했나?"

"송구하옵게도… 그렇게 되었습니다."

"나도 93사단을 한 번쯤 방문하고 싶었네만. 최연소 사단장도 직접 만나고."

아니, 아무리 그래도 어떻게 장관이 프랑스에 왔는데 모를 수가 있지. 하다못해 내 학교 동기들이라도 뭐라 말을 해줄 법한데… 아, 그렇구나. 내가 93사단 다단계 영업한다고 그나마 있던 인맥을 죄다 빨아먹었구나! 병신… 나란 놈은 병신…….

"여기 오기 전에 자네에 대해 굉장히 많은 이야길 들었네. 대체 얼마나 고삐 풀린 망아지처럼 날뛰고 다닌 겐가?"

"…드릴 말씀이 없습니다."

"어디 한번 이야기나 해보게. 나는 사령부의 의사결정에 개입할 힘은 전혀 없네만, 그래도 한번 들어줄 수는 있네."

나는 몇 분에 걸쳐 빠르게 용감하게 싸운 93사단 병사들의 전공과 조금 전 쇼몽에서의 반응 등에 대해 쭉쭉 브리핑했다.

"으음… 일단 미리 말하지만, 나는 귀관이 자랑스럽네. 귀관을 원정군에 합류시킨 건 나 개인의 인생에 있어서도 가장 현명한 판단으로 기록되겠지. 나중에 회고록을 쓰면 꼭 자랑할 거야."

"넵."

"하지만 너무 급격하게 출세해서 자네의 앞길이 도리어 위태로워진 게 아닌가 하는 불안감은 있네. 별들의 세상은 정치가 우선이라는 걸 자네도 이제 알지 않나? 흑인의 서훈은 단순히 전공을 따지는 레벨이 아냐. 합중국 사회를 뒤흔들 중대 문제지."

또 똑같은 이야기냐. 장관이란 사람까지 이렇게 말하는 걸 보며, 나는 내심 힘이 빠질 수밖에 없었다. 내가 우리 삐약이들에게 했던 말마따나, 역시 이 코쟁이들을 설득할 방법은 정녕 피와 납탄, 공포밖에 없단 말인가.

"장관님. 저는 단순히 열심히 싸운 친구들이니 훈장을 줘야 한다는 말랑말랑한 이야기를 드린 게 아닙니다."

"호오?"

"이건 신뢰의 문제입니다. 신뢰는 한 번 잃으면 되찾기 너무 어려운 귀한 자원입니다. 흑인이라는 건 오히려 별로 중요하지 않습니다. 피를 흘렸는데 보답받지 못한다는 선례가 남아버리는 게 더 우려됩니다."

정치인인 베이커는 내 말에 수염을 쓰다듬으며 침묵했다. 정치인이 말을 바꾸는 건 사실 큰 문제가 아니다. 원래 정치인 말을 믿는 사람은 별로 없으니까.

하지만 국가의 언행은 전혀 다른 이야기지. 그리고 원 역사의 미국은, '보너스 아미'와 같은 전설적인 사건들을 통해 그 신뢰를 훌륭하게 말아잡순다. 어지간하면 그런 일은 피하고 싶었다.

"생각해보도록 하지. D.C.에서 더 자세한 이야길 논하겠네."

그나마 불행 중 다행히, 굉장히 높으신 분에게 다이렉트로 이야길 꽂을 수는 있었다. 그다음은 내가 열심히 움직일 차례였다.

* * *

얼마 후, 나는 프랑스 36군단 사령부로 급히 불려갔다.

"자네 혹시 무슨 일 있었나?"

"갑자기 무슨 말씀이십니까?"

놀렛 소장은 말을 꼭 머리, 꼬리 다 떼놓고 하는 경향이 있다. 사람 가슴 철렁거리게 하는 데엔 참 일가견이 있으셔.

"미국원정군 사령부에서 공문이 왔어. 93사단을 빼서 다시 미군에 편제하겠다더군."

"저는 들은 적이 없는데요?"

이게 무슨 봉창 두드리는 소리야. 설마. 설마?

"혹시, 전공 때문이 아닌가 하는 생각은 듭니다마는……."

"…맞는 것 같은데? 공문 한번 보게. '재편 후 미군 측 전선에 투입'한다고 하잖나."

"그렇지요."

"자네 부대는 거의 전원 흑인이고."

"당연한 거 아닙니까."

"그럼, 흑인 신병이 없으면 재편도 못 하는 거 아닌가?"

와, 이건 또 기적의 논리네. 전생에 혹시 키탈저 사냥꾼이셨나. 근데 저 말이 맞는 것 같아서 더 불안해져 왔다.

"제가 그… 용감히 싸운 병사들의 공훈을 인정해 달라고 했는데, 그것 때문에 문제가 발생한 것 같습니다."

"그게 무슨 소린가? 공훈을 인정해 달라고 하는 건 당연한 지휘관의 업무 아닌가?"

나는 쇼몽에서 있었던 일을 최대한 감정 없이 나열했지만, 놀렛 소장의 얼굴엔 가면 갈수록 '내가 지금 무슨 개소릴 듣고 있는 거지?'라는 문장이 적히고 있었다.

"그래서, 깜둥이들에게 훈장을 주기엔 배가 아파서 93사단을 대충 후방에 짱박으려 한다?"

"그렇게 되나요?"

"당연하지 씨발! 뻔하잖아! 킴 준장, 그 망할 보고서를 썼으면 당연히 상급부대인 군단에도 제출해야 할 거 아닌가! 어디서 감히 위대한 36군단의 전공을 양키 새끼들이 꼴리는 대로 평가하겠단 거야?! 이 버르장머리 없는 새끼들!"

나는 얼른 내 포켓몬 하지를 써서 예의 전과 보고를 소장에게 상납했고, 얼마 후 그가 다시 나를 호출했다. 그의 표정은 그 어느 때보다 침울해 보였다. 역시, 저 높으신 분들의 일은 군단장인 그로서도 어쩔 수가 없었나 보다.

"킴 준장. 대단히 유감스러운 일이지만 자네들과는 이별일세. 93사단은 36군단에서 빠져나가 미국원정군 예하로 편성될 예정이야."

"어쩔 수 없지요. 그동안 감사했습니다."

"그치만 아직까지는 내가 군단장이니, 돌아가는 경로 정도는 내 멋대로 정해도 큰 문제 없을 것 같네."

그는 상황도에 지휘봉을 찍고는 스윽 그어나갔다.

"그러니까… 여기를 찍고, 못돼 처먹은 양키 새끼들한테로 돌아가면 되네."

파리.

"파리에서 뻑적지근하게 시가행진 한번 하고 돌아가면 딱 좋겠구만."

"시가… 행진요?"

"아미앵의 수호신 아닌가, 93사단은. 이미 협의 다 끝났어. 때깔 나게 잘 차려입고 보세나. 아주 우박처럼 훈장 신나게 던져줄 테니."

"감사합니다, 감사합니다!"

"고맙긴 뭘. 무공십자훈장(Croix de Guerre) 수훈자들한테 이 정도는 해줘야지. 이래도 양키 놈들이 훈장 못 주겠다고 뻐기면 제 놈들의 졸렬함만 돋보일 뿐이야."

그가 눈을 찡긋대며 말했다.

"진짜 자유의 나라라면, 피 흘린 자들에게 반드시 보답하는 법이라네! 레지옹 도뇌르는 조금 기다리게나. 섬나라 새끼들이랑 양키들 얼굴 꼬라지 좀 보고 싶구만! 와하하하핫!! 혹시 자네, 아예 위대한 프랑스군에 말뚝 박을 생각 없나? 외인부대도 있고, 아, 내 조카딸이 엄청나게 예쁜데 혹시 그러니까……."

나는 뒷말을 들을 겨를도 없었다. 기쁨보다는 안도의 감정이 내 머릿속을 가득 채웠다. 적어도, 용감히 싸운 장병들을 빈손으로 돌려보내진 않게 되었다. 우선은 이거면 됐다. 한 걸음씩 나아가면 되니까.

시간은 나의 편이다.

백기사 1

[캉브레의 영웅, 아미앵을 수호하다!]

[합중국의 저력! 위대한 프랑스의 동맹, 자유를 지켜내다!]

[독일의 마수, 분쇄되기까지 단 48시간?!]

척. 척. 척. 척.

걸음걸음마다 완벽하게 잡힌 각. 누구 하나 지시하지 않아도 저절로 번뜩이는 군율. 미합중국 육군 93사단은 파리 시내를 위풍당당하게 행진했다.

그들의 사단장은 어김없이 저 '블랙 로터스'에 탑승한 채 파리 시민들에게 손을 흔들어주고 있었다. 스물다섯의 나이에 사단장이 된 기적의 남자. 캉브레에서 아미앵까지. 언제나 뻔뻔스레 행렬의 최선두에 나서던 이.

다른 부대에 비해 유달리 먹물 좀 먹었다는 병사의 비율이 높은 93사단이라 그런지, 이 아시안 사단장을 고깝게 보는 자들도 당연히 없지 않았다.

'그놈은 어차피 명예백인이잖아. 우리 같은 놈들을 맡아서라도 진급이 탐났겠지.'

'믿을 건 오직 같은 흑인뿐이야, 병신들아. 흰둥이 양키 새끼들이건 눈

째진 아시안이건 다 똑같다니까?'

'그놈도 전공 어지간히 탐났나보네. 참나.'

그리고 아미앵에서, 그는 저 차에 한가득 총알 자국을 냄으로써 스스로를 증명했다. 그리고 쇼몽에서, 그는 백인들의 추잡한 손길을 뿌리치고 그들의 옆에 남기로 다시 한 번 자신이 누구인가를 보여주었다. 마지막까지 의심과 경계를 거두지 못하던 자들마저도, 운전병의 입에서부터 퍼진 쇼몽에서의 일을 듣고 나서는 입을 다물 수밖에 없었다.

물론 그들의 앞에 놓인 미래는 여전히 굳건한 벽으로 가로막혀 있었다. 하지만 그들의 사단장은 쉴 새 없이 그 벽을 두들기고 있었다.

"와아아아아아!!!"

"나는 이제… 여한이 없어."

"감사합니다. 감사합니다!"

파리 시민들이라면 유모차에 딘 아기부터 휠체어에 딘 영감까지 모조리 뛰쳐나와 이 늠름한 수호자들을 뜨겁게 환영해주었다. 언제나 화끈한 파리지앵들이 오늘 하루를 불태우기로 작심하고 맞이해주는 개선 행렬. 처음엔 잠시 '백인들의 환영'이라는 듣도 보도 못한 광경에 얼이 빠졌던 병사들은 하나둘 흐느끼기 시작했다.

미군의 훈장? 알 바 아니다. 그들의 사단장은 침울하게 '조금만 기다려달라. 지금은 때가 아닌갑다.'라고 말했었지만, 바로 지금 그들의 눈 앞에 펼쳐진 이 광경이야말로 젊은 사단장이 약속한 미래 그 자체였다.

"이리 와요!"

"예? 읍, 읍!!"

행진하던 병사 하나가 어느 젊은 여성의 격렬한 육탄공세에 버티지 못하고 행렬에서 낙오되었다. 그리고 이런 꿀잼 컨텐츠를 놓치면 결코 파리지앵이라 할 수 없으니, 주변인들은 하나같이 휘파람을 불며 '선남선녀구나! 고놈 참 잘생겼다!'라며 말리기는커녕 연신 부채질하기 바빴다.

그 터져 나올 것 같은 분위기는 파리 시내 한가운데에서 서훈식이 거행되며 정점으로 치달았다. 장교들은 물론, 일개 사병들조차 무수한 환호성 속에서 저마다 공로에 맞는 훈장을 받자 그들 중 어금니를 깨물지 않는 이가 없었다.

그 찬란한 개선행진이 끝난 후. 나는 놀렛 장군의 비밀스러운 초대를 받았다.

"유진 킴입니다."

"어서 오게! 빨리 한잔하지!"

비공식적인 자리니 편하게 입고 오라던 이유가 있었다. 프랑스군 병사가 안내를 해줄 정도로 복잡한 곳 구석구석을 기어들어 간 끝에 다다른 곳은, 정말 어디에나 있을 법한 허름한 술집이었다. 놀렛 소장의 옆에는 나이 지긋한 사람 둘이 앉아 있었는데, 딱 봐도 군인 냄새가 솔솔 풍겼다. 저렇게 생겨먹고 얼굴에 엄격, 근엄, 진지가 박힌 인종은 군바리 외에 없거든.

나는 조심스레 옆에 가 앉은 후, 잔을 받았다.

"이 친구가 유진 킴입니다. 장래가 아주 창창한 친구죠."

"훤칠한 것이 장군감이구만. 도움 많이 받았네."

"반갑네."

놀렛은 한 사람씩 소개를 시켜주기 시작했다.

"여기 이 사람은 우리 36군단의 상급부대, 1군 사령관인 뒤베니 중장."

어씨, 거물이다. 내가 알기로는 지금 프랑스 총사령관인 페탱의 참모장으로 일했던 사람이라, 꽤 라인도 빵빵한 양반이다.

"그리고 여기는… 혹시 알겠나?"

"……?"

나는 과묵해 보이는 영감을 잠시 요모조모 뜯어봤다. 저렇게 말한다는 건 꽤 유명한 사람이란 소린데, 내가 알 만한 사람이…….

"혹시. 혹시."

"음."

"제가 아는 그분이 맞는지……?"

"맞을걸세. 흐흐. 여기는 현재 프랑스군을 이끌고 있는 페탱 총사령관님이시네. 아, 경례는 하지 말고."

시벌. 시벌. 아니 왜 페탱이 이딴 다 썩어가는 술집에서 얼굴 굳히고 술 마시고 있는 거냐고.

사실 페탱이라고 하면 지금의 프랑스 총사령관보다는, 그 유명한 '비시 프랑스'의 정부 수반으로서 훨씬 더 알려져 있다. 하지만 지금 그는 국운을 걸고 침략자 독일에 맞서는, 군인으로서는 어찌 보면 가장 영광스러운 순간을 보내고 있다. 인생의 정점이자 제복군인의 정점.

앞으로 그가 매국노이자 역적 소리를 듣고 재판에 회부되며 기나긴 진흙탕 일직선을 걷게 될 걸 뻔히 알고 있으니, 참 무어라 형용할 수 없는 느낌이 들었다.

"이렇게 프랑스의 기둥 같은 분들을 만나 뵐 수 있는 기회가 오다니. 정말 감사합니다."

"뭘 이 정도 가지고. 우리도 자네에 대해 궁금한 게 많고… 사과도 좀 하고 싶었네."

놀렛 장군은 잠시 잔을 매만지며, 서두를 어떻게 꺼낼지 고민하는 기색이었다.

"왜 우리가 이렇게 대접해주는지 알고 있겠지?"

"급하니까 아니겠습니까."

"그래. 안 그래도 여기 계신 페탱 장군과 포슈(Foch) 장군이 정치인 놈들에게 한창 시달리셨네. 나라 지키라고 보내 놨더니 또 처맞고 돌아왔다 이거지."

어쩔 수 없다. 군을 잘 모르는 사람들이 보기엔, 지금 독일군은 러시아와 이탈리아를 흠씬 두들겨 팬 후 이제 영국과 프랑스군마저 신나게 밀어내는 모양새다.

　겨우 1년 전 대대적인 반란이 일어나던 프랑스군이다. 여전히 프랑스 국민들은 전쟁에 지쳐 있다. 이런 상황에서, 딱 봐도 있어 보이는 대전과를 보낸 부대가 있으니 프로파간다를 때리고 싶어지는 건 누구나 매한가지일 것이다. 그리고 나 또한, 여기에 대해 전혀 불쾌함 따위 느끼지 않았고.

　"물론 여러분들에게 그럴 '필요성'이 있는 건 잘 알고 있습니다. 하지만 그게 저와 제 병사들에게 도움이 되지 않았냐고 하면 그건 또 전혀 별개의 일이지요."

　누군가는 프랑스의 이러한 행동을 위선이라 비난할 수도 있다. 하지만 당장 훈장을 받아먹는 내 입장에선 '위선이면 뭐 어때, 시벌.'이란 말이 가장 먼저 나왔다.

　세금 혜택 보고 싶어서 고아원에 1억을 기부한 부자가 있다. 근데 고아원 입장에선 세금 혜택을 보든 말든 그게 알 바가? 아무튼 기부를 받았다는 사실이 바뀌지도 않는데. 프랑스도, 93사단도 모두 윈-윈이다. 이런 걸 보고 쿨거래라고 하는 거지. 암, 아아암.

　"이해해주니 고맙군."

　"아닙니다. 저 또한 프랑스가 베푼 호의를 절대 잊지 않겠습니다."

　그 이후 전쟁에 대한 이야기는 일절 더 하지 않았다. 주로 나와 놀렛 장군이 떠들고, 가끔 뒤베니 장군이 추임새를 넣고, 시종일관 페탱은 과묵했다. 비록 웃고 떠들곤 있었지만, 사실 누구도 제대로 술을 들이켜진 못했다. 아직 독일의 공세는 끝나지 않았다. 다음 공세를 막아내는 것이 문제가 아니라, 과연 이 나라에 항전의 의지가 있느냐가 더욱 문제였다.

* * *

이 아저씨들 보소. 숙취에 머리를 부여잡은 나는 오전 신문을 보고 혀를 내두를 수밖에 없었다.

"하지. 하지?"

"옙."

"이거 혹시, 내 전용으로 찍어낸 신문인가?"

"술을 너무 마신 거 아닙니까?"

"그렇지?"

대체 얼마나 프로파간다가 절실했던 거지. 프랑스 언론은 그야말로 용비어천가를 있는 대로 불러 젖히고 있었다.

[위대한 프랑스, 진흙 속 진주를 건져 올리다!]

[조국이 버린 용사들, 진짜 자유로운 나라의 품으로!]

[자유의 투사들에게 자유란 없었다 : 미국이 버린 부대, 93사단의 비극.]

아니 시벌, 이런 식으로 하면 내가 뭐가 되는 건데! 이분들, 진짜 국뽕이 절실했나. 그야말로 있는 힘껏 '우리 프랑스는 이렇게 위대합니다! 우리가 고작 전쟁 좀 힘에 부친다고 때려치워서야 되겠습니까? 빼에에엑!' 하면서 자국의 자존감을 채우려 몸부림을 치고 있었다.

하, 열 뻗친다. 기사에 따르면, 93사단은 위대한 전공을 세웠으나 감히 깜둥이들의 공로를 치하한다는 발상조차 할 수 없던 편협하고 이기적인 양키들은 모든 전공을 불문에 부치려 했다.

그러나 정의롭고 자유로우며 흑인의 인권을 존중하는 너무나도 멋진 나라 프랑스는 설령 깜둥이라 해도 위대한 전공을 세운 용사들을 도저히 무시할 수 없고, 야비하고 졸렬하며 음흉한 양키들의 반대에도 불구하고 이번 개선식을 강행한 것이다! 아! 프랑스 대단해! 이래도 이런 위대한 조국이 위기에 처했는데 패배주의를 선동할 겁니까?!

"제대로 광대가 됐네."

"쇼몽에서 한 소리 하지 않겠습니까?"

"하면 뭐 어때. 이 정도로 판이 커진 이상 쇼몽에서 입 떼지도 못해."

여기서 프랑스와 미국이 추하게 싸우는 모양새가 될 순 없다. 저렇게까지 나오는데 우리가 한 수 접어 줘야지. 그런데 그 편협하고 이기적인 발상… 니들도 30년 뒤에 하거든?

나는 그렇게 툴툴거리며 즐겁게 쇼몽으로 복귀했고, 복귀하자마자 날 기다리는 건 퍼싱 장군의 호출이었다.

"킴 준장."

"죄송합니다! 살려주세요!"

"…무릎은 꿇지 말고. 합중국 장성의 체면은 어디다 둔 겐가."

여기서 하라면 데굴데굴 꿀꿀 멍멍도 할 수 있습니다요, 장군님.

"군사 재판은 없네."

"예?"

"피해자들에겐 내가 직접 잘 말해놨네. 나중에 가서 미안하다 한마디하고, 악수 한번 나누면 돼."

퍼싱은 씹어 뱉듯 말했다.

"자네도 순 문제야. 인정하나?"

"인정합니다."

"아무리 계급상으로 문제가 없다 해도 그걸 그렇게 줘패다니, 속이 다 시원……."

"켈록켈록!"

"…당분간 근신하고 있게."

옆에 있던 하보드 참모장이 사레 걸린 듯 기침을 해서 퍼싱 장군의 말이 잘 들리지 않았다. 별로 중요한 건 아니겠지.

"내가 돌려서 말해주길 원하나, 아니면 솔직하게 말해주길 원하나?"

"어차피 가릴 게 무에 있겠습니까? 가감 없이 말씀해주시면 감사하겠습니다."

"일단 93사단은 당분간 전장에 보낼 수 없네."

"아니, 그게 무슨 소리십니까!!"

내가 목청을 높이자 참모장이 눈살을 찌푸렸다. 참아야 한다. 참아야 한다.

"93사단이 세운 놀라운 전공은 인정하지만, 부대 재편에 꽤 오랜 시간이 걸릴 것 같네."

"흑인이라서입니까."

"내가 차별주의자라서가 아냐. 현실이지."

이 모든 건 93사단의 특성, 흑인 부대라는 점에서 기인한다. 대서양 건너 신병을 그냥 삽아다 넣으면 되는 타 부대와 달리, 우리는 새 흑인 병사를 징병하고, 신병 훈련을 받고, 그놈이 대서양을 건넌 이후에야 신병을 받는다. 그 전에 전쟁 끝나겠다!

"이 점에 대해, 추가적인 설명이 더 필요한가?"

"372연대 및 2개 여단 사령부를 해체하고 3개 연대만으로 재편한다면 충분한 전투력을 보유할 수 있습니다. 부상자들이 복귀하기만 하면 사단급 작전엔 아무 문제 없습니다."

"그렇겠지. 그래서 '일단'이라는 걸세. 일단 부대 재편부터 끝내고, 93사단은 처음 기획했던 대로 원정군 사령부 직할로 두겠네."

후우. 추방이 아니라 그나마 다행이라고 해야 하나. 하지만 퍼싱의 말에 묻어 있는 그 미묘한 뉘앙스를 캐치 못 할 정도로 내가 병신은 아니다. 원정군 내부에, 더 이상 흑인의 공로를 용납 못 한다는 일련의 움직임이 있는 건 틀림없었다. 그러니 자연스럽게, 93사단에 비견될 전공을 세울 다른 '백인 부대'를 기다리는 것일 테고.

프랑스의 그 끝없는 언론플레이로 미국인, 특히 이곳 원정군 사령부는 꽤 자존심에 상처를 받았을 터다. 누가 봐도 그 기사에 따르면 원정군 사령부가 삼류 악당이거든. 그러니 남은 건 '저 정도 전공은 우리 무적미군에선 개나 소나 세울 수 있는 일이거든요?'라는 추한 변명뿐이다. 그나저나 무적미군이라. 어쩐지 입에 착착 감긴다. 어떤 쌍둥이가 묘하게 생각나는 것이…….

"또한, 자네의 진급은 없네."

"예."

이건 당연한 일. 군사 재판 그런 거 없이 대강 짬처리를 한 깽값으로 생각하면 된다.

"애초에 자네 별은 선불이었어. 전공을 세워서 진급을 노리는 게 아니라, 전공을 못 세웠다면 뺏길 자리였다는 것 정도는 기억하고 있길 바라네."

"명심하고 있습니다."

하보드 참모장의 눈이 꼭… 야구하다 남의 집 유리창 깨 먹은 후 엄마의 눈길 같다. 아니, 제가 별로 크게 사고를 친 것도 아닌데 그런 식으로까지 말할 건 없잖습니까.

"그래. 부대 관리 잘하고 있게. 당분간은 쇼몽에 자주자주 올라오고. 내가 봤을 땐 자네가 한동안 쇼몽에 없던 게 이 난리의 1차 원인인 것 같으이."

"알겠습니다!"

좋아. 대충 마무리됐다. 이제 부대 재편만 끝내고, 언젠가 있을 독일군의 추가 공세와 백일 전투만 치르고 나면 종전이다. 누가 뭐라 해도 꿀리지 않을 전공을 세웠으니, 앞으로의 일은 탄탄대로.

나는 실실 웃으며 주둔지로 돌아갔고.

"유진. 잠깐 이야기를 하고 싶은데."

"급한 일인가?"

"아니, 별로 그 정도로 급한 일은 아니고. 그냥 알아만 두면 될 일이네."

브래들리는 늘 그렇듯 내게 서류를 잔뜩 밀어넣으며 말했다.

"요즘 부대 내에 감기에 걸리는 병사들이 많네. 내가 위생 관리 철저히 하라고 지시했고……."

"감기?"

"응. 감기. 아니, 독감이라고 해야 하나? 군의관들이 그러는데……."

"당장 지휘관 전체 소집해!"

내 벼락같은 외침에 오마르의 눈이 휘둥그레졌지만, 나는 뭐라 말할 겨를조차 없었다.

이런 제기랄.

* * *

스페인 독감. 살인기술을 위한 인류의 집념이 낳은 결정체, 1차대전보다 더 많은 생명을 앗아간 전염병. 회의를 소집하긴 했지만, 아직 내 불안감에 동조해주는 사람은 없었다.

"말씀하신 대로 독감 환자의 비중이 점차 상승세이긴 합니다만, 아직 평년과 대비했을 때 유의미한 중환자나 사망자의 비중은 아닙니다."

의무대장이 각종 통계를 제시하자 내 걱정이 기우라는 의견은 대세가 되었다.

"제 생각엔 상승세라는 것 자체가 사실 좋은 일은 아닌 것 같습니다."

"그건 그렇지요."

"최전방에선 사실 각종 위생 조치가 불가능하지만, 우린 후방에 있는데다가 신병을 받는 데도 제한이 있습니다. 할 수 있는 것들은 최대한 해보지요."

지금 내겐 이 거대한 질병과 맞설 무기가 없었다. 아니, 현대 인류에겐 없었다. 지금의 인류는 근대적인 의학 체계를 구축했고, 귀신이나 독기 따위가 아닌 병균이 인간을 공격한다는 사실을 깨달았으며, 통계와 과학적 방법론 또한 손에 넣었다. 하지만 정작 병균과 맞서 싸울 무기가 없다. 당장 나부터 돌아버릴 지경인데, 의사들의 고뇌는 나보다 훨씬 더하겠지. 의무대장이 어디 좋아서 저렇게 말하겠는가.

아직 페니실린조차 발명되지 않았다. 내 기억에 매번 유행병이 돌 때마다 으레 보급되던 알콜 소독제가 있긴 했다. 하지만 그게 진짜로 그냥 술이나 에탄올을 끼얹는다고 되는 건 아니지 않겠나. 소독제를 만들 능력은 내게도 없다.

물론 주워들은 어렴풋한 지식 정도야 있다. 70도 이상의 알코올이면 소독 효과가 있다 했던 것 같은데. 하지만 장담컨대, 그딴 걸 우리 애들에게 보급해줬다간 예수 그리스도가 죽었다 부활하기도 전에 모조리 담금주로 변해 있을 거라 확신할 수 있다.

고양이가 생선을 먹는 게 본능이듯, 군바리가 술 만들고 싶어 하는 것도 본능이다. 어뢰에 들어 있는 메탄올조차 기어이 술로 만들어 먹던 게 군인인데, 에탄올 70도? 어림도 없지.

마스크. 그나마 현재 존재하는 유일한 수단. 하지만 21세기의 제대로 된 마스크가 아닌, 천이나 면으로 얼굴을 덮는 게 전부다. 이게 얼마나 효과가 있을진 의학박사가 아닌 내 머리론 잘 모르겠다.

그나마 지금 93사단이 후방에 있기에 애들더러 마스크 쓰라고 할 수나 있지, 참호로 나가는 순간 이 모든 노력은 부질없어진다. 시궁창이 차라리 깨끗할 정도로 더러운 참호에선 사실 독감이 아니라 에이즈 빼고 다 걸리기 마련이니까.

결국 내가 할 수 있는 조치는 극히 제한적이었고, 또 병사들의 불만이 쌓일 수 있는 종류가 대부분이었다.

"만약 사단장님께서 확실한 방역조치를 원하신다면, 결국 외출 금지가 가장 핵심적인 방안이 될 수밖에 없습니다."

"아무리 사단장님이 지금 병사들에게 신이랑 동기동창으로 추앙받는다고 해도, 일괄 외출 금지를 때리는 순간 가룟 유다보다 더 지독한 놈으로 변할 겁니다."

헤이워드 대령이 '아, 그건 좀……' 하며 부연했다.

나도 안다. 외출 외박 금지하는 지휘관이라니. 총 맞아도 할 말이 없지. 그치만 민간인과 접촉하면 애초에 방역이고 나발이고 도로아미타불인걸?

내 가장 큰 고민이 바로 여기에 있었다. 시대상을 고려했을 때, 방역작전에 나선다 해도 현실적으로 큰 효과를 보기는 어렵다. 그리고 앞으로 독감은 심해지면 심해졌지, 괜찮아지진 않는다. 벌써부터 부하들을 통제했다간 가장 절정에 이르렀을 때 몇 달 넘게 사제 공기를 못 마신 애들이 미쳐버릴지도 모른다.

"일단… 추이를 좀 지켜봅시다. 앞으로 독감 증세 환자는 별도로 수용하고, 지휘관 지시사항으로 개인위생 철저. 좁은 공간에 밀집 수용은 금지합니다."

"알겠습니다."

"그리고 제가 봤을 때, 비위생적인 전장 환경은 언제든지 유행병이 퍼질 우려가 있습니다. 만에 하나 유행병이 돈다면 즉시 해당 부대를 격리 수용할 수 있도록 향후 외출 외박은 부대 단위로 시행하겠습니다."

"그 정도는 큰 문제 없을 것 같습니다."

"그리고 사단 차원에서 마스크 좀 대량구매해 봅시다."

어쩔 수 없다. 할 수 있는 만큼만 해야지. 나는 집과 쇼몽, 그리고 지인들에게 보낼 편지를 쓰며 그저 별일이 없기만을 기도해야 했다. 차를 몰고 적진을 향해 달려드는 건 무척 쉬운 일이었지만, 대자연에 대적해야 하는 지금의 무력감은 도저히 해결할 수 없었다.

4월이 지날 때쯤, 본격적으로 전장에 미군이 출몰하기 시작했다. 비록 바람처럼 나타났다 바람처럼 사라졌지만, 독일군에게 어마어마한 충격과 공포를 맛보여준 93사단부터 시작해 1사단, 2사단, 26사단, 42사단에 이르기까지. 미군이 하나둘 전선에 들어올 때마다 독일군은 숨이 턱턱 막혔지만 그렇다고 공세를 중단할 수도 없었다.

아미앵 일대에서의 공세도 실패. 플랑드르 일대에서의 공세도 실패. 삼세판이라고, 독일군이 세 번째로 발동을 준비 중인 블뤼허 작전은 엔(Aisne)강변, 슈멩데담(Chemin des Dames)이라는 고지를 점령하고 여기서 파리를 향해 진격하는 시나리오였다.

계획대로만 풀린다면, '니벨 공세' 때 빼앗긴 요지를 탈환하고 그 기세를 몰아 파리를 위협할 수 있다. 연합국은 당연히 북쪽에 쏠린 군대를 허겁지겁 남쪽으로 보낼 수밖에 없고, 그러면 또다시 플랑드르든 아미앵이든 한 번 찔러볼 각이 나온다!

무엇보다도 새로 입수한 첩보가 이 일대에 대한 공세 성공률을 더욱 올려주고 있었는데, 바로 얼마 전 독일군의 파상공세에 너덜너덜해진 영국군이 휴식을 위해 슈멩데담 일대로 배치되었다는 사실이었다.

세상에 처맞을 대로 처맞고 반신불수 환자가 된 놈을 또 때릴 수 있다니. 이렇게 쉬운 작전 하나 못 해내면 프로이센의 자존심이 운다. 독일군은 바짝 웅크린 채, 다음 공세를 준비하기 시작했다. 이번에도 틀어막힌다면 굉장히 우울해질 것이 뻔했기에.

연합군이 그렇다고 해서 손 놓고 놀고만 있었냐 하면 그건 또 전혀 아니었다. 독일군의 공세가 한창 기세를 올리던 3월 말, 퍼싱은 결국 고집을 꺾고 연합군 총사령관 포슈에게 '어느 정도의 양보'를 할 수밖에 없었다. 93사단이 놀라운 성과를 내버린 탓에 '더욱 긴밀한 협력이 더 많은 전과를 보장한다.'라는 포슈의 목소리가 커져 버린 탓이다.

이로써 포슈는 단순한 중재자에서 연합군 전체의 대전략을 짜는 거대한 임무를 맡게 되었지만, 당장 프랑스 총사령관인 페탱과도 싸우고 각국의 정치인들과도 핏대 높여 싸워야 하는 판국인 포슈의 앞날은 험난하기만 했다.

그리고, 독일군이 나아가고자 하는 길목에는 미합중국이 심혈을 기울여 육성한 사단, 제1사단이 있었다.

* * *

끝없는 포격이 계속된다. 마셜은 골머리를 싸매며 작전도와 두툼한 서류를 번갈아 보았다.

제1사단의 전투는 난순한 문제가 아니었다. 오히려 고도의 정치적 문제였지. 93사단이 기적과도 같은 대승리를 거두고 파리 시가지를 행진하면서, 어처구니없게도 1사단은 '진정한 미군', 혹은 '백인 미군'의 대표가 되어버렸다.

마셜 입장에선 당장 쇼몽으로 쳐들어가 보급이나 똑바로 해주고 그딴 개소릴 하라고 일갈해주고 싶었지만, 돌아가는 모양새가 아무리 봐도 93사단과 1사단의 라이벌 구도로 정립되고 있었다.

처음 라이벌 구도가 살살 보이던 것은 당연히 흑인 부대 93사단에 비견될 정도의 상징성을 가지고 있으며, 항상 온갖 기록을 갱신해 왔으며, 누구보다도 최전방을 좋아하던 이인 맥아더 대령이 있는 42사단, 무지개 부대였다.

하지만 얼마 전 독가스를 쭉 빨고 병상에 누웠다 일어난 맥아더는 '백인 부대의 기수가 되어달라.'라는 직간접적 요청에 시니컬하게 대답했다.

"다들 미쳤습니까? 백인 부대? 그딴 웃기는 소리를 할 시간이 있으면 차라리 최전방에 자원이나 하시지요. 세상에. 당장 독일군이 코앞에 있는데 화이트 파워(White Power)? 내게 필요한 건 파이어파워(Firepower)입니다. 포병 더 내놔!"

그렇게 호되게 욕을 처먹은 이들이 이번엔 1사단에 달라붙었지만, 유감스럽게도 불러드 장군은 맥아더처럼 막 나갈 수 있는 인간형이 아니었다.

"그 얼간이들은 우리도 포위전 한 번 벌이고 사단기라도 뺏어야 만족할 텐데."

"장군님. 그런 일에 신경 쓰시면 안 됩니다."

"그래, 당연히 신경 쓰면 안 되지. 하지만 알잖나. 당장 퍼싱 장군까지 친히 왕림해주셨네. 이게 무슨 뜻이겠나?"

1사단장 불러드 장군이 한숨을 내쉬었다. 지금 1사단은 지키는 것만으로 족하다는 게 사단 참모부와 지휘부의 공통적인 판단이었다. 최우선 사항은 휘하 병사들이 전쟁터에 익숙해지고, 나아가 이 캉티니 일대의 전장 환경과 복잡한 참호선에 적응하는 것이었다. 게다가 독일군은 93사단 때와 달리, 미군을 업신여기고 있지도 않았다. 그들은 시종일관 독가스를 섞은 포격전으로 미군의 반응을 테스트하고 있었다.

역시 유진, 그놈이 너무 따버렸다. 호구를 혼자 등쳐먹으면 어쩌자는 건가. 이제 저 호구는 로얄 스트레이트 플러시라도 잡기 전엔 절대 크게 베팅하지 않을 게 뻔하다.

"그나저나, 그 전설적인 93사단장이 자네에게 서신을 보냈다며?"

"예, 그렇습니다."

"그래. 자랑 많이 하던가?"

"자랑이 아니라 걱정이었습니다. 공적인 일에 관계되니 사단장님께 말씀드려도 큰 문제는 없겠군요."

"공적인 일이라고?"

불러드 장군이 의아하다는 듯 되물었다. 대체 후방으로 빠진 93사단이

1사단의 참모에게 보낼 공적인 서신이 무어가 있단 말이지?

"93사단에서 독감이 유행할 기미가 보인답니다."

"아아. 요즘 그 이야기가 오갔었지. 93사단도 그렇다는 건 이게 단순히 더러운 참호 환경 때문만은 아니라는 뜻인데."

"킴 준장은 독감이 앞으로 더 기승을 부릴 거라고 예상하고 있었습니다."

"흐음. 하지만 독감이잖은가. 전투력 약화가 뼈아프긴 하네만, 뭔가 특별히 조치를 취할 수도 없지. 콜록거린다고 해서 후송을 할 수도 없고."

"그래서 문제지요. 알아도 할 수 있는 게 없다니 안타깝습니다."

"사실 독감 환자보다는 당장 참호족(塹壕足) 환자가 더 걱정일세. 일선 장병들에게 물어봐도 독감 환자와 참호족 환자 중 누굴 먼저 후송해야겠냐고 물어봐도 다 대답은 똑같을걸?"

그건 그렇다. 독김이아 앓나가 나으면 그만이지만, 참호족은 당장 다리 병신이 되느냐 마느냐의 중대 문제였으니까.

"일단 위생 관리에 조금 더 주의를 기울이라는 정도로 끝내겠습니다."

"의무대장에겐 내가 말해 두겠네. 그러면 다음 안건으로……."

이렇게 넘어가도 되는 건가. 마셜은 내심 속으로 고민했지만, 어쩔 수 없었다. 우선순위가 너무 낮다.

그가 알고 있는 유진 킴이란 인간은 절대 시시껄렁한 이야길 할 사람이 아니었다. 그가 독감을 언급했다는 건 그냥 인사말이 아니라 뭔가 징조가 보인다는 것일 테고, 아마 남의 부대에 하는 이야기니까 그냥 '조심하시라' 정도였지 본인 부대에선 온갖 난리를 떨고 있을 게 뻔했다.

"일단 가장 우선되어야 할 것은 충분한 포탄의 보급입니다."

"그 부분에 대해서는 이미 말을 해놓고 있네. 쇼몽에선 당장 프랑스군으로 갈 포탄 중 일부를……."

따지고 보면, 위생에 대한 일은 애초에 월권이다. 사단장, 하다못해 참모장만 되었어도 뭔가 더 해볼 여지가 있으련만. 그 어느 때보다 직책에 대한 갈망이 깊어지는 마셜이었다.

* * *

1918년 5월 27일. 독일군 춘계 공세 그 세 번째, 블뤼허 작전이 발동되면서 연합군은 어김없이 엄청난 피를 뿌려야 했다.

"슈맹데담을 내줬다고?"

"미쳤어! 다들 미쳤다고! 거길 왜 내줘! 아아악!"

슈맹데담은 지형상 난공불락이 될 수밖에 없는 천혜의 요지였다. 전쟁 초기에 허무하게 슈맹데담을 내준 프랑스는 어마어마한 피를 뿌린 끝에 간신히 작년에서야 슈맹데담을 탈환할 수 있었다.

그런데? 며칠 만에 그냥 내줬다고? 프랑스군 총사령관인 페탱은 애초에 슈맹데담 수비를 맡은 제6군 사령관 두첸에게 '괜히 아득바득 지키지 말고 차라리 유연하게 빠지면서 싸우는 게 어떻겠냐.'라고 제안하기도 했었다. 그런데 지킬 수 있다며 똥고집을 부린 결과는 비참할 정도로 허무한 패배였다. 곧장 정치권이 불타오르는 것은 당연지사.

"제리 놈들은 기동력이 부족하다! 건방지게 포위작전 따위 시도하는 놈들은 다 날려버려!"

"아직 멀었다! 곧장 다음 작전, 그나이제나우로 넘어간다!"

그러나 연합국은 가용 가능한 여유 병력을 죄 투자해, 이 대규모 돌파가 포위망 형성으로 이어지는 일만큼은 막아낼 수 있었다.

이렇게 독일제국이 마지막 모든 여력을 불살라 단 한 발자국이라도 더 나아가기 위해 몸부림치는 동안 연합국의 저 높으신 분들은 벌써 전후를 고려한 지분율 싸움을 시작하고 있었다.

아래의 평범한 시민들이 참호로 내몰려 죽어 나가든 말든, 그것은 중요치 않았다. 사실 오히려 반대였다. 한 세대가 절멸당할 정도의 어마어마한 피를 흘렸는데, 충분한 보상을 받아내지 못한다면 나라가 뒤집힐지도 모른다는 공포. 이미 곳곳에서 반전과 파업을 선동하는 빨갱이들이 판치고 있었고, 세계 최초의 공산 국가인 소비에트연방이 건국되며 이 공포는 어느새 그들의 목덜미를 옥죄고 있었다.

영국과 프랑스는 결코 그 공포에서 벗어날 수 없었다.

* * *

미합중국 육군 제1사단은 5월 말, 캉티니에서 벌어진 일련의 전투에서 승리를 쟁취했다. 하지만 전역에 큰 영향을 줄 정도는 아니었고, 오히려 독일군은 끊임없이 파리를 향해 달려오고 있었다. 바로 그 점에서, 일부 인사들은 불만을 느끼고 있었다.

"어째서 깜둥이 부대를 능가하는 전공을 세울 수 없는 거지? 불러드 장군은 대체 뭘 하고 있는 거야!"

"아니, 독일군을 밀어내고 캉티니를 점령한 것만 해도 대공이잖습니까."

"깜둥이 부대가 비록 이겼다 한들, 결국 많은 땅을 내주면서 살을 내주고 근육을 조금 가른 셈 아닙니까. 그게 어딜 봐서 제대로 된 승리입니까? 1사단은 독일군에게서 프랑스령을 해방시켰으니 더 제대로 된 전공이죠. 다들 계산부터 잘못했어요."

물론 쇼몽이라고 전부 나사 풀린 인간들만 있는 건 아니었기에, 이 일부 인사들의 꼬라지를 보면서 불만을 품는 사람들도 있었다.

"아니, 지금 파리가 독일군 대포의 사정거리 안에 들어갔는데 그 좆같은 깜둥이 전공 타령이 중요하답니까?"

"전쟁에 져도 아마 깜둥이 탓이라고 할 거야, 저 새끼들은."

"지금 당장 유진 킴을 기용해야 합니다!"

"하지만 93사단은 아미앵 전투의 피해를 아직……."

"어차피 영국과 프랑스 부대도 사단 완편 못 하긴 마찬가지 아닙니까. 인정할 건 인정합시다. 우리가 보유한 부대 중 가장 독일군을 심리적으로 흔들 수 있는 부대는 바로 93사단입니다!"

결국 이야기는 돌고 돌아 93사단을 써먹느냐 마느냐라는 핵심 갈등으로 이어졌다.

퍼싱이 끝없는 정치권과 외부 압력에서도 물러서지 않고 몇 년간 갈아 온 칼날, 미합중국 제1군 50만 대군. 단순한 인종론적 시각을 배제하고서도, 93사단을 포함시키는 것이 과연 화룡점정이 되느냐 혹은 흑백 갈등으로 인해 미군의 분열을 초래하느냐로 쇼몽은 물론 영국과 프랑스 장성들마저 저마다 갑론을박을 벌였다.

"퍼싱 장군! 대체 93사단은 언제쯤 전선에 복귀하는 게요?"

"저희는 93사단을 예비대로 돌리는 방안을 모색 중입니다만……."

"웃기는 소리! 파리 코앞까지 제리 새끼들이 왔단 말이오. 대체 '예비'가 필요할 건덕지가 어디 있소? 깜둥이가 그렇게 싫고 관리하기 어려우면 그냥 저번처럼 우리 프랑스군에 넘기시오!"

"그럴 순 없습니다. 이건 합중국 내부 사정입니다."

"이 답답한 사람이!"

고성을 지르고 쇼몽의 사령부로 돌아온 퍼싱을 기다리는 것은 어김없는 참모들의 정치질이었다.

"사령관 각하. 현재 아군의 참호와 도로 건설 속도가 너무 느립니다."

"그렇소?"

"그렇습니다. 비전투 노동력의 수요가 그 어느 때보다 절실한 지금, 과도한 예비 병력을 절감하여 그 수요를 메꾸고자……."

"93사단을 해체하고 깜둥이들은 삽질이나 시키잔 말을 그따위로 고풍스럽게 할 필욘 없소."

"크, 크흠!"

"일전에도 말했지만, 그 어떠한 경우에도 월권은 용납하지 않겠소."

이렇게 무수한 이들의 의도와 음모, 속내가 얽히고설키는 마굴 속에서.

"아아. 사단장이 전파한다. 사단장이 전파한다."

나는 아주 막중한 일을 하고 있었다.

"손은 이렇게! 사이 사이에 비누칠을 해서! 뽀득뽀득! 알겠나 이 자식들아! 손톱에 때 낀 놈 하나라도 나오는 부대는 외출 없다!"

"SIR, YES SIR!"

올바른 손 씻기 지도는 아주 중요하지. 암요.

백날 난리 쳐봐라. 결국 그들은 우릴 부를 수밖에 없다. 나는 그때까지 최대한 전투력을 유지시키기만 하면 될 뿐이니까.

그러니까 손 좀 씻으라고, 이 화상늘아. 이 엄마는 속이 터져요.

* * *

슈멩데담을 점령하고 파리로 향하던 공세는 독일군의 고질병, 보급체계의 허접함으로 인해 결국 돈좌되고 말았다. 아무리 일선 병사들이 잘 싸운다 한들, 식량과 탄약을 용감히 전진한 병사들에게 즉각즉각 실어날라 줄 수 없으니 결국 독일군이 늘 그렇듯 진격이 멈출 수밖에 없었다.

미군 제2사단과 제3사단은 피 튀기는 혈투 끝에 파리로 향하는 독일군의 창끝을 꺾었고, 결코 미군이 약해빠진 삼류 군대가 아니라는 사실을 입증해냈다. 하지만 독일군은 포기하지 않았다. 이미 폭주기관차는 멈추기에 너무 멀리 왔다.

그리고,

"참모차장님."

"제발 패배했다고 말하지는 말아주게. 작전은? 작전은 성공했는가?"

루덴도르프는 그 무수한 죽음이 한 줄의 숫자로 압축되는 보고서를 받아 들었다.

"현재 보고된 독감 환자가 50만 명을 돌파했습니다."

"50만……?"

"작전은 불가능합니다. 철수해야 합니다."

"말도 안 돼. 말… 도, 말도 안 돼! 어째서! 대체 군의관들은! 의무대는 뭘 한 거야! 제국이! 제국이 고작, 고작 감기 따위에…….."

"언론부터 검열에 들어가야 합니다. 우리 군의 사정을 유추할 만한 그 어떠한 기사도 내보내선 안 됩니다."

"그래, 그래야지… 최대한 은폐하게. 아직 우리의 여력이 충분하다고 보여야 해."

6월. 마침내 역병의 백기사가 그 서슬 퍼런 낫을 유럽인들을 향해 휘둘렀다. 그리고 몇 년간 끝없이 굶주린 독일인들은, 대서양에서 건너온 식량을 먹을 수 있었던 연합군에 비해 훨씬 더 많은 병사들을 잃어야만 했다.

독일제국 최후의 보루, 독일군이 마침내 산산이 조각나고 있다. 이미 전쟁의 적기사, 기근의 흑기사를 상대로도 오래도록 버티던 독일제국이었으나, 역병의 백기사마저 당도하였으니 남은 것은 오직 하나.

이렇게 상황이 악화되자, 제국의 수뇌부는 한데 모일 수밖에 없었다.

"폐하. 지금이라도 포기할 건 포기해야 합니다."

"그게 무슨 소리요, 외무장관?"

"이제 우린 협상 테이블에 나서야 합니다. 참모차장은 '겨우 감기'라고 일축했으나, 그 감기조차 못 견디고 제국의 아들들이 죽어 나가고 있습니다!"

"패배주의적 언행을 삼가시오! 지금 협상이란 항복과 같은 말이라는 걸 잘 알고 있을 텐데!"

루덴도르프가 탁자를 쾅 내리치자 장관은 움찔했다.

"지금 항복했다간 러시아를 정복한 광대한 동방 영토는 물론, 최소한 알자스—로렌 지방은 토해내야 하오. 그럴 수는 없소!"

"이미 우린 제국의 존망을 걱정해야 합니다. 내줄 건 내주고 차후를 기약해야……."

"참모차장."

"예, 폐하."

카이저 빌헬름이 입을 열자 장내의 모두가 일제히 그의 말을 기다렸다.

"군은, 군은 아직 싸울 수 있는가?"

"그렇습니다, 폐하! 반드시 승리를 바치겠습니다!"

"많은 걸 바라지 않겠네. 알자스—로렌, 새로 정복한 동방 영토, 그리고… 룩셈부르크 정도. 저 개구리 놈들과 섬나라 해적 놈들에게서 이 정도까지만 제국의 강역을 인정받으면 되오."

외무장관은 황제와 군부 수뇌부의 어이없는 대화에 눈앞이 깜깜해졌다. 지금 진심으로 영국과 프랑스에게서 양보를 받아낼 수 있다고 생각하는 건가? 가진 걸 모조리 토해내고 독일 본토만큼은 지켜내야 할 판에? 진짜 파리를 정복하지 않는 이상 불가능하다. 결국 또 이야기는 원점으로 돌아온 셈이다.

"폐하, 제국엔 군을 지탱하기 위한 군비가 없습니다."

"마지막 한 걸음이면 되오. 제국의회는 즉시 군비를 보충할 국채 발행안을 통과시키시오."

"…알겠습니다, 폐하."

"우리가 군을 믿지 않으면 누가 믿는단 말이오. 경들은 승리의 그 날을 위해 어리석은 시민들을 잘 다독이시오."

끝났다. 민간 관료들은 마지막까지 이빨도 들어가지 않는 카이저와 군부를 보며 절망에 사로잡혔다.

"걱정 마시옵소서, 폐하. 폐하의 군대는 다시 한번 마른(Marne)강을 건널 것이고, 이번에야말로 파리를 전리품으로 가져올 것이옵니다."

"내 그대만 믿고 있겠소."

직후, 외무장관은 압력을 이기지 못하고 사직서를 제출했다.

* * *

7월.

"이것 봐라? 창틀에 먼지가 남아 있어??"

"죄송합니다!"

"아냐 아냐. 먼지 좀 있을 수도 있지. 이런 거 들이마시고 독감 걸려서 콜록콜록대다 부대원들을 전부 콜록쟁이로 만들 수도 있는 거지."

"시정하게씀다!!"

"어허, 사람이 유도리 있게 해도 된다니까. 근데 내가 마스크는 항상 부지런히 세탁, 건조하랬는데 왜 보이는 게 없나?"

주둔지에서 어김없이 꼰대짓… 장병들의 건강을 위해 불철주야 일하고 있던 나는 마른하늘에 날벼락을 맞았다.

"장군님?"

"무슨 일이야. 혹시 오마르가 애들 갈구지 말라고 나 잡아 오래?"

"아닙니다. 당장, 당장 지금 나가보셔야 할 것 같습니다."

"뭔데. 제발 밥차가 오다가 퍼졌단 이야기만 하지 말아줘."

하지는 조용히 다가와 내게 귀엣말을 속삭였다.

"퍼싱 장군께서 이리로 오고 계십니다."

"미친! 검열 뜬다고 왜 말을 안 해준 거야?!"

"이미 42사단이 왕창 깨졌답니다. 거기서 바로 오고 계십니다."

시벌. '그' 42사단이 깨졌다니. 도대체 검열을 얼마나 빡세게 해서 깨진

단 말인가? 이럴 줄 알았으면 애들 미싱 시키지 말고 군복에 각이나 잡으라고 할걸. 조졌다.

"애들, 사열할 애들 전부 A급 군복 꺼내라고 해. 때 안 탄 거로. 없는 놈들은 그냥 나오지 말고 전부 막사에 처박혀 있어."

"알겠습니다."

"그리고……"

저 멀리, 떼지어 몰려오는 차량들이 보이고 있었다. 벌써 와버렸나.

"하. 하하. 시벌, 조졌네. 이걸 어쩌지."

지금 뭐, 아무 브리핑 준비도 없는데. 나는 내 동기들을 믿기로 하고 일단 퍼싱 장군을 마중하러 허겁지겁 버선발로 달려 나갔다.

"아, 저기 있군. 오랜만이네, 킴 준장."

"네, 넵."

"시간이 별로 없으니 바로 점검부터 들어가지."

청천벽력 같은 소리와 함께, 사령부 검열반 놈들이 우글우글 차에서 내리기 시작했다. 세상에서 두 번째로 끔찍한 일이 있다면 상급부대 검열이고, 가장 끔찍한 일은 상급부대 불시 검열이다. 나는 속절없이 팬티 한 장까지 모조리 까이면서 검열의 칼날을 맞아야 했으나…….

"부대관리가 철저하군."

"저희야 뭐, 언제나 트집 잡힐지 모른다는 마인드로 부대 운용 중이니까요."

"그래. 생각보다 환자가 적어서 놀랍네."

당연하지. 내가 환자 수 하나라도 줄여보겠다고 그 난리를 쳤는데, 다른 부대와 비슷하면 수치심에 머리에 총알을 박고 만다.

"전방 상황은 알고 있겠지?"

"제2차 마른 전투가 벌어지고 있다고 들었습니다."

"내가 봤을 때 독일군은 이제 한계야. 포슈는 내년을 기약하고 있겠지만,

내 생각에 우리 군대는 이제 적을 칠 모든 준비를 끝냈지."

'한 가지 변수만 없다면 말야.' 퍼싱이 뇌까렸다.

독감은 날로 기세를 올리고 있다. 연합국은 사력을 다해 언론을 통제하고 독감의 ㄷ자도 퍼지지 않게 온갖 노력을 다하고 있었다. 여기서 독일군도 비슷한, 아니 더 심한 꼬라지란 사실을 아는 건 나뿐이다. 연합국 수뇌부들도 "우리가 이 모양인데 독일이라고 독감이 안 퍼졌을까?"라며 추측할 뿐, 어느 정도 타격을 줬는지는 전혀 모르고 있으니.

무에서 유를 건설해낸 남자. 그 모든 시련을 이겨내고, 마침내 합중국 육군의 거대한 대들보를 구축해낸 남자가 빙긋 웃었다.

"여기까지 생각하고 있었나? 병이 퍼지기 시작할 때?"

"…막연한 희망 정도는 있었지요."

"하. 정말 부하가 잘나면 피곤하다는 게 어떤 건지 너무 잘 알아버렸어. 한 대 피우겠나?"

우리는 잠시 입을 다문 채 각자의 담배에 불을 붙였다. 그렇게 퍼싱의 말을 기다리길 한참. 그가 내게 통고했다.

"여러모로 부대 관리가 잘 된 93사단이 소방수 역할을 해줘야겠네."

"잔불 하나 없이 모조리 끌 수 있습니다. 맡겨만 주십시오."

"아주 좋군. 그럼 이제 가서 제국을 무너뜨리게."

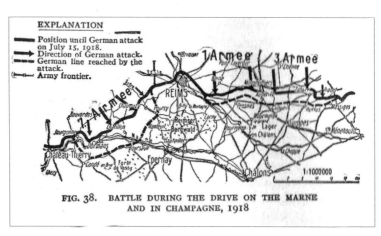

FIG. 38. BATTLE DURING THE DRIVE ON THE MARNE AND IN CHAMPAGNE, 1918

마른 전투 지도

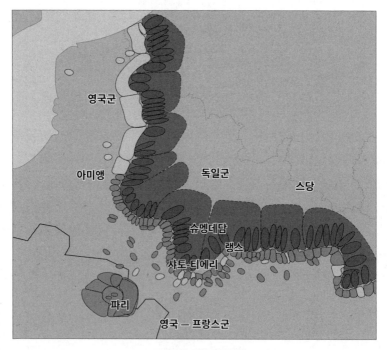

영국군

아미앵

독일군

스당

슈멩데담

랭스

샤토-티에리

파리

영국 — 프랑스군

1918년 7월 15일 전선 형태

3장
백일 전투

백일 전투 1

1918년. 일본제국 경성.

강제적인 병합 이후 일본은 줄곧 새로운 식민지에 대해 폭압적인 정책을 유지해 왔다. 토지조사사업, 회사령 등으로 대표되는 철두철미한 수탈. 당연히 일본인을 왜놈으로 보던 당시 조선인들에게, 이러한 굴욕은 참기 힘든 일이었다. 굴욕은 곧 저항으로 표출되었고, 조선총독부는 재정의 3~4할을 헌병경찰에 꼬라박는 악순환으로 이어졌다.

이런 식의 식민지 정책이 장기적으로 유지되기 버겁다는 것은 일본의 상층부에서도 모르는 사람이 많지 않았지만, 대부분은 입을 다물 수밖에 없었다. 조선총독부는 천황 직속이었으며, 내각의 통제도 받지 않는 무소불위의 기관. 거기다 내각, 육군, 해군 등 온갖 파벌들의 개입까지 더해지니 뻔한 일이었다.

그런 조선에, 괴이한 이야기가 퍼지기 시작했다.

[미합중국 육군, 독일제국군을 완파!]

[합중국 육군의 대표, 동양인!]

[아시아의 깃발, 구라파에 우뚝 서다!]

시작은 언론이었다. 이미 조선의 민족언론은 씨가 마른 지 오래.《대한매일신보》가 조선총독부의 기관지로 편입되어 총독부의 확성기로 전락한 이래, 조선인들의 눈과 입이 되어줄 언론 따위 당연히 조선 땅에 존재하지 않았다.

이 기사의 시작은, 조선에 거주하는 일본인들을 대상으로 하는《부산일보》와《조선시보》였다.

[비천한 동양인에서 합중국의 장성으로!]

[캉브레에서 아미앵까지. 불란서를 수호하는 위대한 황인!]

[웨스트포인트에서의 운명적 만남, 바다의 수호신 도고와 지상의 수호신 김의 숙명적 일화!]

[김유진, 미합중국의 태합(太閤)이 되는가?]

[명예백인, 세계를 거머쥐다! 황국의 깃발 밑에서 모두……!]

"대체 이 기사들은 무어냔 말이야!!"

제2대 조선 총독, 하세가와 요시미치는 그의 앞에 놓인 신문을 쾅쾅 두들기며 광분했다.

"이미 조선 놈들이 전부 떠들고 있어! 자기네들의 자랑거리로 삼고 있다고!"

"각하, 고정하십시오."

"어차피 조센징 또한 제국의 일부입니다. 그 또한……."

"그런 포장지가 지금 중요한 게 아니잖아! 당장 조센징들이 이 이야기를 자기네 이야기처럼 여기고 있어!"

아무리 조선 거주 일본인들을 대상으로 하는 신문이라지만, 결국 식자층이라 하면 신문을 구독하는 것은 너무나 당연한 일. 일어를 아는 먹물 먹은 조선인에서부터 저 밑바닥 날품팔이들까지 죄다 약관의 나이에 미합중국 장성의 반열에 오른 저 위대한 청년 장군의 이야기를 떠들어대고 있었다.

'김유진 장군은 본디 지리산 출신으로, 축지와 도술에 도통해 코쟁이들도 어찌할 수 없었다더라.'

'태황제께서 조선의 망국을 직감하시고 하늘이 내린 장군감을 미리견으로 보내시어 독립군을 육성케 하셨다더라.'

'태평양 건너편에서 10만 철기를 다스리고 있고, 김유진 장군이 독일국 황제를 참하면 구라파 각국이 그 공로를 기려 조선 총리대신으로 임명해 나라를 돌려준다더라.'

대체 이 조선 놈들은 무슨 행복회로를 돌리기에 저런 웃기지도 않는 발상을 한단 말인가? 구차한 희망을 붙든 놈들이 제멋대로 환상을 지어내서는 더더욱 총독부 시책에 불응하기 시작했다.

애초에 합중국과 황국은 공동의 적을 두고 싸우는 우방일진대 대체 무슨 논리에서 유럽 제국(諸國)들과 미합중국이 조선을 독립시켜 준다는 건지 눈곱만큼도 이해가 가지 않았지만, 아무튼 조선인 상당수가 저 망언에 부화뇌동하고 있는 게 바로 현실이었다.

"이제 와서 신문사를 조진다 한들……."

"이미 늦었지. 나도 아네."

"그것도 그렇고, 이미 본국의 신문사들도 저마다 호외를 뿌려 가면서 이 김유진이란 놈을 보도하기에 여념이 없답니다. 결국 시간이 조금 앞당겨졌을 뿐, 조센징들은 어떤 식으로든 움직였을 겁니다."

"후우. 돌아버리겠군 정말. 대관절 도고 그놈은 왜 이놈을 만나서 일을 더 키웠단 말인가?"

스물다섯. 준장. 캉브레의 영웅. 아미앵의 수호자. 웃기지도 않는다. 이놈은 미나모토 요시츠네의 환생이라도 된단 말인가?

단순한 신문 기삿감이 아니라 대사관이나 주재무관 등을 통해 들어오는 보고서를 보고 있자면 자신도 모르게 요시츠네 환생설을 진지하게 느낄 정도였으니, 저 조센징들이나 본토의 신민들이 광희난무하는 것도 어쩌면 당연한 일이리라. 이 철과 화약의 시대에 혜성처럼 나타난 사무라이라니.

"아무튼! 당분간 조센징들이 준동하지 않게 더욱 만전을 기하시오! 만에 하나 무슨 일이 터졌다간 나도 끝장이지만 당신들도 전부 끝장이야!"

정치라고는 모르고 살아왔던 군인인 하세가와로서는, 이렇게 을러대는 게 할 수 있는 전부였을 따름이었다.

* * *

같은 시각, 도쿄.

"기사 한번 기깔나게 나왔습니다그려."

"허허. 다음 기사도 미리 보시지요. '김유진의 본적은 쓰시마 가네이시(金石), 사무라이의 혈통, 미주에서 빛나다.'라고 잡았는데⋯⋯."

지금 낄낄대는 이들은 모두 일본제국을 떠받치는 최고의 기둥이라고 자평하는 제국 해군의 장성들이었다.

"이것 참 훌륭한 책략입니다."

"육군 놈들, 어디 가서 화풀이도 못 하고 끙끙 앓을 걸 생각하노라면 밤에 잠도 솔솔 오고 밥도 술술 넘어갑니다!"

"대관절 조선 총독 자리는 그렇게 왜 꾸역꾸역 붙들고 있겠습니까. 다 그게 역심으로 가득 찬 놈들이라 그렇지요."

"그놈들이 조선을 붙들려는 이유야 뻔합니다. 언제든지 목줄 풀린 미친개처럼 만주로 달려 나가고 싶어 그런 것 아니겠습니까."

시베리아 출병. 육군에 침투시킨 스파이가 물어온 정보는 해군을 발칵 뒤집어 놓았다. 전임 조선 총독이자 육군의 핵심인 데라우치는 주제 파악도 못 하고 총리가 되어서는, 이런 국가의 중대사를 감히 위대한 해군에 알리지도 않고 육군의 이득만을 탐해 전쟁을 준비하고 있었다. 결코 용서할 수 없었다.

"제 놈이 죽어라 닦아 놓은 조선총독부가 개판이 되면 데라우치도 무척 좋아하겠지?"

"그런데… 겨우 이 어린 친구 하나를 알았다고 해서 조센징들이 폭동을 일으키겠습니까?"

"그야 모르지. 하지만 원래 물을 넘치게 하는 건 마지막 한 방울인 법일세. 우리는 넘칠 때까지 좀 더 콸콸 부어주자고. 허무맹랑한 유언비어든 뭐든 상관없이……."

"도고 제독님 들어오십니다!"

한 병사의 외침에 장내에 있던 모든 인물들이 일제히 기립하여 자세를 바로 했다. 비록 퇴역한 지 한세월이지만, 감히 누가 쓰시마 해전의 영웅 앞에서 건방지게 굴 수 있으랴.

"이 친구 이야기 중이었나?"

"예, 옙. 그렇습니다."

"강단 있는 친구였지. 내 언젠가 이 친구가 사고 한번 거하게 칠 줄 알았어. 허허."

이렇게 빨리 칠 줄은 몰랐지만 말야. 도고가 어이가 없다는 듯 웃으며 말했다.

"이 김유진이란 조센징에 대해 어찌 보십니까? 만약 황국의 앞길을 막을 놈이라면……."

"막을 놈이라면? 미국 장성을 암살이라도 하겠단 겐가? 이 친구, 나라 말아먹을 일 있나?!"

"그, 그것이 아니오라……."

"헛소리 집어치우게. 우리는 그냥 같은 아시아인으로서 서로의 무운을 빌어주기만 하면 될 일이야. 애초에 그는 미군, 우리는 황군. 그는 육군, 우리는 해군. 엮일 일이라곤 없어."

도고는 공 욕심에 살짝 나사가 빠진 이들을 향해 천천히 달래듯 이야기했다.

"대관절 미합중국과 황국이 전쟁이라도 벌이지 않고서야 뭐가 문제가 되겠나. 추후에 내 명의로 축전이나 하나 보내 놓게."

"알겠습니다!"

* * *

독일군의 마지막 공세, 역사서에 제2차 마른 전투라고 불릴 전투는 독일의 완패로 끝났다. 단순히 공세가 멈춘 정도가 아니었다. 연합군은 첩보를 통해 독일이 어디로 올지, 목적이 무엇인지를 훤히 예상할 수 있었고, 독일군의 공세는 허무하게 무너져 내렸다.

그리고, 지도를 본 누구나 할 수 있는 생각.

'미른강 돌출부 일대의 독일군… 다 짤라먹을 수 있지 않을까?'

포슈, 페탱, 헤이그, 퍼싱 4인은 군인이라면 당연히 할 법한 발상에 도달했고, 마침내 연합군의 대반격이 시작되었다. 그리고 그 반격의 한가운데엔 어김없이 미합중국 육군 최고의 기린아가 있었다.

"진격 속도가 거북이보다도 느리군."

"적의 반격이 너무 격렬합니다."

"이게 한계인가."

새롭게 제정된 은성무공훈장 한 다발을 수여 받은 최고의 엘리트, 더글라스 맥아더 '준장'은 영 마음대로 풀리지 않는 전황에 골머리를 썩여야 했다. 독일 놈들이 한 번 점령하기만 하면 그 땅은 사탄도 울고 갈 지옥의 성채가 되었다.

쉴 새 없이 공기를 찢으며 날아드는 항공기, 조금 풀어질라치면 떨어지는 독가스, 곳곳에서 용솟음치는 포탄 세례, 악착같이 기관총과 박격포를 쏴대며 고지를 내주지 않으려 격렬하게 항전하는 병사들까지.

어째서 독일인들은 저토록 침략 전쟁에서 용감히 싸울 수 있단 말인가? 자유와 민주정의 수호라는 기치를 위해 싸우는 미군조차 이 험난한 전쟁에서는 좌절하는 이들이 수두룩하건만, 저들은 태어나기를 이미 빼앗고 파괴하는 데 익숙한 인종으로 만들어졌는지 승산 없는 전쟁 속에서도 자식 잃은 사자처럼 날뛰고 있었다.

이미 26사단이 너무 소모된 탓에 새롭게 투입된 42사단이었으나, 그 42사단조차 피해를 수습하기 힘들었다. 게다가 이 끔찍한 환경에서 뒹굴던 병사들이 병원으로 후송되면, 그 병원에서 도리어 병을 얻어 세상을 하직하기 일쑤였다.

17년 봄부터 합중국의 병사들을 괴롭히던 독감은, 수그러들기는커녕 새로운 무기를 장착했다. 폐수종. 폐에 물이 들이차기 시작하면, 방도가 없었다. 그저 병상에 누운 채, 죽는 그 순간까지 천장만 멍하니 바라보며 익사하는 그 순간만을 기다려야 했다.

이제 참모장에서 제84여단장으로 발돋움한 그였지만, 이 격전 속 소모는 그의 예상을 훌쩍 웃돌고 있었다. 하지만 그는 포기할 생각 따윈 전혀 없었다. 어떻게 잡은 천금 같은 기회인가. 여기서 독일군의 숨통을 끊어 놓지 못한다면, 더 많은 병사들을 참호 바닥에서 잃을 게 뻔했다.

"이보게, 여단장. 조금만 물리는 게 어떻겠나? 당장 우리 부대 중 일부는 포병 화력의 지원조차 못 받고 있어. 포병대가 전열을 가다듬고 있으니……."

"지금이야말로 승기를 잡을 때입니다. 한 명의 희생을 겁내 뒤로 물러났다가는, 저 저주받을 고지를 뺏기 위해 열 명이 더 죽어야 합니다."

"그러면 숨 고르기 정도는 어떻겠나? 벌써 한 고지의 주인이 11번이나 바뀌었어! 이래서야 그냥 사람 갈아 넣기 싸움 아닌가?"

"소관의 판단으로는 우리보다 적이 더 지쳤습니다. 결코 공세의 끈을 놓쳐서는 안 됩니다!"

답답하다. 물론 그도 잘 알고 있다. 상식선에서는 여기서 물러나는 게 옳은 판단일 수도 있다는 걸. 하지만 그의 본능이, 무어라 설명하기 힘든 육감이 지금이야말로 이 전쟁의 터닝 포인트라고 속삭이고 있었다.

역시 그놈이 필요했다.

"못 해먹겠군."

"여단장님, 바로 가십니까?"

"바로 부대로 복귀하… 아니야, 잠깐 들렀다 바로 최전방으로 가지. 주전부리라도 좀 싸가면 다들 좋아하겠지?"

"아니, 얼마 전에 가스 한 번 빠셨는데 또 가신다구요?"

"명심하게. 아직 이 맥아더를 죽일 총알은 제조되지 않았단 사실을."

부관은 한숨을 내쉬었지만, 그는 당당했다. 전쟁은 곧 끝난다. 아직 일부 원숭이들은 이 사실을 눈치채지 못했지만, 그나 다른 일부 현명한 이들은 이미 진작부터 알아차렸을 터.

이제 누가 얼마나 더 전공을 세우느냐의 문제였다.

백일 전투 2

7월 중순, 독일군이 자신만만하게 벌인 제2차 마른강 전투는 독일군 역사에도 길이 남을 치욕적인 패배로 끝났다. 이 전투로 연합군은 마른강 돌출부를 모조리 수복했고, 독일군은 포위섬멸당하기 직전 허겁지겁 도망쳐야만 했다. 심지어 패배의 충격이 너무 커 북쪽에서 공세를 준비하고 있던 병력까지 끌어 써야 했으니, 그 충격은 이만저만이 아니었다.

하지만 연합군은 독일이 숨을 고르게 냅둘 생각이 전혀 없었다. 8월 6일. 영불연합군은 다시 움직이기 시작했다.

"하사님?"

"뭐냐. 또 헛것 보고 부른 거면 진짜 반합으로 처맞는 수가 있다."

"저기, 저기 보십쇼. 제가 눈이 별로 안 좋아서 그런데……."

하사는 한숨을 내쉬며 쌍안경을 꺼내 들었다. 지금 전쟁은 저 머나먼 파리 인근에서 벌어지고 있다. 여기와는 한참 떨어져 있는데…….

"저게 뭐야."

흙먼지. 어마어마한 흙먼지.

그리고 한번 '그것'을 인지하자, 저 멀리서부터 대지가 요동치는 듯한 진동이 어렴풋이 느껴지고 있었다.

"비상, 비상 걸어! 당장!"

"예? 예??"

"이 고문관 새끼! 당장 비상 걸라고! 적 전차부대 다수! 공세 개시!"

"다, 다수라고 하면 저 또 혼날 건데, 숫자를 얼마나⋯⋯."

"지평선이 전차로 가득 차 있음! 셀 수 없음! 당장 뛰어!!"

미합중국의 우월한 공업 생산력을 기반으로 한 끝없는 강철의 군세. 영불연합군은 이번 전투에 무려 1,200대의 M1917 전차와 약 400대의 마크 중전차를 동원했다. 그들은 이번 기회에 밥 먹듯이 아미앵 일대의 철도를 포격하는 독일군을 완전히 춘계 공세 이전의 땅으로 몰아낼 요량이었다.

"진작 전차를 더 주문해야 했어. 머저리 같은 놈들."

"잘 터져? 효율이 낮아? 알 게 뭐야! 그러면 더 많이 동원하면 되는걸!"

"사전포격 따위 필요 없다. 모조리 뭉개버려라."

"전차, 전진!"

아무리 전차가 잘 퍼지는 데다 잘 준비된 대전차 전술에 취약하다 한들, 이렇게 많은 수효로 밀어붙인다면 전통적인 참호선으로는 답이 없었다. 설상가상으로, 그나마 있던 예비 병력을 슈멩데담으로 보낸 탓에 독일군은 눈앞에서 방어선이 무너지는 모습을 구경만 해야 했다.

1,600대의 전차 중 공세 나흘째에 정상적으로 기동하는 전차가 겨우 서른 대에 불과했다는 사실은 이제 그리 중요하지 않았다. 전차는 성공적으로 독일군의 방어선을 걸레짝으로 만들었고, 그것만으로 서부 전선의 향방은 이미 정해진 셈이었다.

제2차 아미앵 전투에서도 독일군은 퇴각을 선택했다. 그리고 한숨 고르며 늘 그래왔듯 전선을 안정화시키려던 찰나, 이번엔 엔강변에서 프랑스군이 다시 공세를 개시했다.

이제 어디까지 퇴각해야 하는지 독일군의 그 누구도 알 수 없었다.

* * *

조지 마셜 중령은 요즘 새로운 깨달음을 얻고 있었다.

'나는 누구? 여긴 어디?'

처음 시작은 울화통이었다. 그가 몸과 마음을 다해 전념하던 1사단은 쇼몽에서 주둥아리만 놀리는 놈들에 의해 뜬금없이 '백인의 힘을 보여줄 부대'가 되었으며, 엄청난 피를 흘려가며 전과를 세웠는데도 '깜둥이들보다 전과가 덜 하다.'라며 평가절하당했다.

그리고 이 어이없는 상황 속에서 사단 참모에 불과하던 마셜이 할 수 있는 일은 거의 없었다. 작전에 깊이 관여하긴 했으나 그게 전부. 사단에서 벌어지는 온갖 일에 개입하고 싶어도 일개 참모인 그가 끼어들기엔 월권. 끝없이 계속되는 데스크워크와 음습한 정치질에 지쳐가던 마셜은 끝내 탄원서를 던졌다.

[쇼몽의 부관감께. 저는 몇 년간 줄곧 참모 업무만을 하였습니다. 저는 데스크워크에 지쳤으며, 전투부대로 발령내 줄 것을 요청드립니다.]

그리고 얼마 후, 쇼몽에서는 놀라운 답변을 건네주었다.

[저런, 많은 공로를 세웠는데도 아직 사단 참모이신 게 불만이셨군요. 그럼 원정군 참모는 어떨까요?]

그렇게 원정군 작전참모로 발령 난 마셜은 있는 힘껏 세상을 저주하며 쇼몽으로 향했다. 놀랍게도 그의 저주에 세상이 부응했는지, 쇼몽으로 가던 차량은 끝없이 지나가는 보급열차 행렬에 한참을 기다려야 했고, 그 뒤에는 타이어가 터지고, 스페어타이어마저 또 터져 길에서 몇 시간을 보내야만 했다.

물론 이렇게 길바닥에 시간을 뿌린다고 해서 발령이 취소되지는 않는다. 마셜은 썩은 동태 눈깔을 한 채 새롭게 원정군 참모 임무를 수행해야 했고, 동시에 역사적인 미군의 단독 공세를 기획하는 핵심 인사가 되었다.

그래서 지금, 이런 청탁 아닌 청탁도 받게 되었다.

"오랜만입니다. 하하. 잘 지내셨는지요?"

"아아, 잘 지내고 있지. 자네는 늘 웃음이 가득하구먼."

"안 웃으면 왜 똥 씹은 얼굴이냐고 갈구고, 웃으면 왜 실실 쪼개냐고 갈 구니 그냥 웃어야죠. 하. 하. 하."

유진 킴. 벼락출세의 표본. 남북 전쟁에서나 나올 법한 말도 안 되는 승진가도를 달리고 있는 녀석. 쇼몽 내부에 킴을 싫어하는 사람들은 굉장히 많았다. 과장 조금 보탠다면, 호의적으로 보는 사람들은 거의 없다 봐도 무방했다.

동양인 주제에 나대서. 끗발 좀 있는 사람들에게만 알랑거려서. 사단장 한번 해 먹겠다고 깜둥이들이랑 놀아서. 제 욕심만 차려 다른 부대에 피해를 끼쳐서. 전공 욕심에 가득 차 베풀 줄 몰라서.

처음 쇼몽에 왔을 때 우연히 유진 킴 이야기가 나와 긍정적인 이야기를 살짝 꺼내자마자, 그는 주변의 압력에 질식할 뻔했다.

"자네… 괜찮나?"

"뭐가 말씀이죠?"

"급격하게 지위가 올랐으니, 알게 모르게 많은 압력을 받을 텐데."

"천하의 마셜 중령님께서 걱정을 다 해주시다니. 저, 굉장히 감동했습니다. 이제 노예처럼 부려먹지 못해 실망하실 줄 알았는데……."

"내가 언제 자넬 노예처럼 부려 먹었다고! 누가 들으면 오해하겠어!"

그때 살짝 타이트하게 업무 좀 했다고 지금 이렇게 부루퉁해져 있나, 이 쫌팽이가! 애초에 일을 일방적으로 짬때린 것도 아니고 같이했는데! 어린 놈 같으니라고. 내 조카 같았으면 당장 궁둥짝을 철썩철썩 소리 나도록 두 들겨 줬겠지만 어쩌겠나. 군대는 계급이 깡패인 것을. 그리고 저 계급이야 말로 킴 준장이 어떤 사람인지 보여주는 훈장 그 자체다.

머저리들은 그저 사단장과 준장 자리에만 관심이 미치겠지만, 애초에

93사단장이란 자리는 모두가 꺼리고 도망치기 바빴던 독이 든 성배였다. 이제 성공하고 대전과를 세우니 '내가 해야 했는데! 저 옐로 몽키가!' 하면서 부들부들 대는 머저리들은 제발 합중국 육군을 위해 참호에서 죽었으면 좋겠다.

"그저 자네가 부럽네."

"부모님으로 모자라 할아버지, 할머니까지 욕먹고 있는 게 부럽다구요? 요즘은 제가 깜둥이들한테 뒤를 따여서 정신 못 차리게 된 게ㅇ……."

"그런 거 말고! 신경 안 쓰는 척하면서 엄청 쓰고 있군, 이 친구!"

"아니, 이렇게 욕을 먹고 사는데 전혀 흔들리지 않고 살 수 있는 사람이 어딨다고 그러… 십……."

몇 명이 생각나는 듯 말끝을 흐린다. 더 슬픈 점은, 지금 떠올리는 사람들이 누군지 마셜도 훤히 알 것만 같다는 거고.

"아무튼. 자네의 지금 위치는 모두가 그저 부러워서 이를 박박 가는 자리야. 당장 나만 봐도 그렇게 지휘관으로 좀 보내달라고 청원을 했건만 이 소돔과 고모라 같은 쇼몽에 끌려오지 않았나?"

"쇼몽의 눈깔이 장식품은 아닌 것 같군요. 사실 원정군 참모장 정도는 되셔야 할 분인데……."

"농담하지 말게."

"아니 진짠데 이건."

이렇게 만인의 주목을 받고 있는 귀하신 사단장님이 친히 안면 있는 작전참모를 찾아왔다면 용건은 뻔했다.

"자네도 차기 공세에 대한 이야기를 하고 싶나?"

"물론이지요. 구상은 좀 어떻게 되어 가고 있습니까."

"93사단을 전방에 세우고 싶어도 참모부의 반대가 가득하단 사실은 알고 있겠지. 내 참으로 미안하다고……."

"당연한 일 아니겠습니까. 너무 염려 안 하셔도 됩니다. 깜둥이 부대의 전공에 배 아파 죽는 놈들이 득실대지 않으면 쇼몽이 아니라 수도원이죠."

유진은 냉소적으로 말했다.

"생미이엘(St. Mihiel), 아니면 아르곤(Argonne)숲. 둘 중 하나겠지요."

"…그래. 잘 알고 있군. 누군가에게 들었나?"

"퍼싱 장군은 미군만의 단독 공세를 원하실 게 뻔하고, 그럼 남은 곳이 그곳 말고 더 있겠습니까."

정답은 '둘 다 공격한다.'였지만. 마셜은 자신도 모르게 내뱉을 뻔한 입을 애써 오므렸다. 이놈은 아무렇지도 않게 던지는 말에 꼭 핵심이 있어서 방심할 수가 없다. 이 못된 버릇을 언젠간 고쳐 놓고 싶다. 저렇게 잘난 척을 하니 적이 그렇게 늘어났지.

D.C.에서 입 꾹 다물고 끝없이 관료들과 지루한 서류만 핑퐁하게 하면 어떨까? 그러면 틀림없이 말버릇도 교정될 거야. 한 몇 년 기계처럼 일만 하다 보면 펑펑 울면서 '사람과 대화하는 게 이렇게 행복한 일인 줄 몰랐어욧!' 하고 회개하며 올바른 어른으로 다시 태어날 수 있겠지.

마셜이 그렇게 저도 모르게 결심하는 사이, 유진은 싱글싱글 웃으며 93사단 자랑을 늘어놨다.

"사실 저로서는 오히려 '깜둥이 부대'가 세울 전공을 고려한다면 오히려 전방에 배치해야 한다고 생각하거든요."

"무슨 뜻이지?"

"저희가 후방 예비대면 뻔하지 않겠습니까? 다른 부대가 독일군의 정면에 대가리를 박고 엄청난 피를 흘리고, 결국 지쳐서 교체되고, 93사단이 막타를 먹고 적의 점령지를 탈환하겠죠. 그러면 또 교체되었던 부대장은 마지막에 근성이 없었다며 한 소리 듣고……."

"이해했네."

어차피 누군가가 총알받이가 되어야 한다면, 차라리 그 역할로 선봉에 세우란 뜻인가. 유진이 일부러인지 우연인지 언급하지 않았지만, 군이 전공이 아니더라도 피를 흘린 것만으로 전후 흑인들의 지분을 요구할 수 있다. 그렇지만 이미 흑인들은 아미앵에서 자신들의 힘과 노력을 입증해냈고, 어차피 인제 와서 비전투부대로 쓴다 해도 흑인들의 권리 요구는 거세질 게 뻔하니…….

이 이상 생각해봤자 딱히 자신의 일이 아니라는 데까지 생각이 미친 마셜은 잠념을 떨쳤다.

"자네 의견은 잘 알겠네. 그러니 선봉에 내세워달란 뜻이군."

"이러나저러나 욕먹는단 사실은 잘 알고 있습니다. 차라리 덜 먹는 방향으로 좀 가고 싶군요. 부디 선처 부탁드립니다."

"참모부에 꼭 이야기하지."

저 녀석도 참 머리가 아프겠어. 지금도 이 모양인데, 전쟁 끝나고 원래 계급으로 돌아가면 대체 얼마나 더 난리일지. 지금이 전시이기에 그나마 능력으로 인정이라도 받을 수 있지, 전쟁이 끝나고 나면 얼마나 길고 외로운 싸움을 해야 할까. 지금 당장 그가 할 수 있는 일은, 조금 더 뭐라도 능력을 보여줄 판을 만들어 주는 정도에 불과했다.

"후."

차라리 전장으로 나가고 싶다. 이래서 참모 업무 따위 하기 싫었는데. 마셜은 고개를 떨구며 다시 저 끔찍한 참모부로 돌아갔다.

* * *

이러쿵저러쿵 필사적으로 입을 털어댔지만, 역시 무리는 무리였나 보다.

나는 아미앵 이후 최대한 부대관리에 힘썼고, 이제 합리적으로 판단만 하면 93사단을 선봉에 세우는 방안을 고를 수밖에 없는 상태라고 확신하고 있었다. 문제는 쇼몽이 과연 '합리적 판단'을 내릴 거냐는 거지.

결국 남은 건 기도뿐. 그렇게 떨떠름한 상태에서 나는 작전 회의에 참석

했고, 꼭 예상은 나쁜 방향으로 적중했다.

"과연 93사단이 세운 공적이 꼭 그들의 전투력이 우수해서라고 봐야 할까요?"

"전투 보고와 포로들의 증언을 토대로 했을 때, 93사단의 전공 상당 부분은 독일군의 방심에서 비롯되었습니다. 그 자리에 어떤 미군 부대가 있더라도 상황은 크게 달라지지 않았을 것으로……."

이열. 씹어 돌리는 것 보게. 백인 사단들의 전공이 영 메롱하니 저런 논리로 나서겠다? 그나마 믿었던 사람이 마셜이지만, 저 구석에서 이를 악물고 있는 걸 보니 그도 어쩔 수 없었나 보다.

모사재인 성사재천이라 했다. 이제 전간기에 대비해야 하니, 굳이 1차대전에서 억지로 전공을 세우려 용쓸 필요도 없겠지. 나는 마음을 비우고, 우리 93사단 장병들을 어떻게 설득해야 이들이 힘 빠지지 않고 조용히 집으로 돌아갈까 고민했나. 괜히 신문에 [93사단 병사들의 폭동] 같은 헤드라인 걸리는 날엔 진짜 제 명에 못 산다고.

그러니까, 그 인간이 나타나기 전까진 말이다.

"지금 대관절 이게 무슨 개소리들입니까!!"

이 기차 화통 삶아 먹은 사운드. 힘차게 문을 박차고 들어온 바바리안 한 마리. 그의 뒤에 가득 서린 후광. 손에는 그놈의 말채찍을 들고 있는 것이, 당장이라도 예루살렘 성전을 쓸어버릴 기세의 예수 그리스도가 따로 없다. 신성모독으로 잡혀갈 불경한 상상을 아는지 모르는지, 1천 년 잘못 태어나버린 중세 기사가 마침내 포효했다.

"전장이라곤 좆도 모르는 개자식들이 어디서 얄쌍한 혓바닥을 날름날름 놀리고 있어! 뒈질라고!"

말은 좀 순화하시고. 선배님이 그러니까 나같이 품격 있는 상식인까지 같이 싸잡히잖아요.

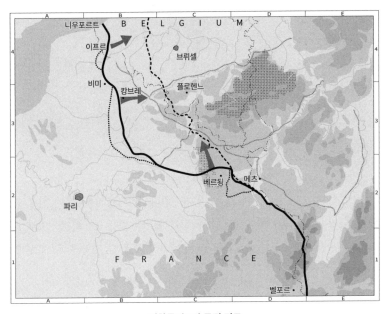

연합국의 2차 공격 경로

지도를 보면 아시겠지만, 독일군은 세 방향에서 돌려깎기를 당하며 백일공세 내내 두들겨 맞게 됩니다. 이래서 탑—미드—봇의 균형은 중요합니다.

백일 전투 3

"이제 별을 달더니 목숨이 아깝게 되었나, 후배님?!"

"아뇨. 앞으로 또 최전방에서 나대면 죽여버린답니다."

비가 하도 오는 탓에 담배도 다 젖어버린다. 불 더럽게 안 붙네 짜증 나게끔. 내가 짜증을 내거나 말거나, 또 전차를 끌고 기어이 최전방으로 달려나갈 생각에 싱글벙글한 패튼은 내 구겨진 얼굴을 보고 박장대소하고 있었다.

"누가? 설마 퍼싱 장군께서? 그분이 절대 그럴 분이 아니신데?"

"워싱턴 D.C.의 대원수 각하께서요."

"오… 혹시… 킴 부인께서 연락을 주셨나?"

"한 번만 더 최전방에서 차 타고 총질했단 기사가 나오면, 여성 항공대에 자원입대할 테니 알아서 잘하랍니다."

"…명복을 비네. 자네나 나나, 우리 주변의 여자들은 어째 보통 대단한 분들이 아닌 것 같단 말이지. 내가 집에 돌아가면 여동생이 날 쏠 것 같아 불안하네."

이 중세풍 미치광이를 불안하게 만들 수 있는 사람이 있다고? 이건 또 의외다.

"여동생분께 무슨 잘못이라도 하셨습니까?"

"어쩌다가 연이 돼서 남자를 소개해줬는데, 약혼까지 했거든. 근데 문제가 생겼다네."

"한국 속담엔 중매 잘 서면 술이 석 잔, 잘못 서면 따귀가 석 대라는 말이 있지요. 그러게 좋은 놈으로 좀 추천해주지 그러셨습니까."

패튼 집안이니 총알이 세 발인가. 만난 적도 없는 분인데 일단 성이 패튼이라고 하니 자꾸 뭔가 색안경을 끼게 된다. 어쩐지 패튼이 소개해줬다는 남자도 안 봐도 뻔했다. 본인처럼 머리에 나사 하나둘 빼먹은 놈을 소개해줘서 여동생이 결국 못 참았겠지.

"나는 그 남자가 무척 괜찮다고 생각했었지. 애초에 내가 막 적극적으로 주선을 해준 것도 아니라고… 아무튼, 남자가 여기 프랑스에 와서 딴 여자랑 눈이 맞았다네."

"그걸 살려둡니까? 기다려 보십쇼. 내 당장에 그 놈팽이 불알을 있었는데 없었던 것으로 만들려니까……."

패튼에겐 이래저래 진 빚이 많다. 당장 약혼녀를 울린 그 싹퉁머리 없는 새끼를 쏴 죽이고 내 블랙 로터스 본네트에 매달아 69킬로미터를 질주해야지.

"그게, 죽이면 좀 곤란하네."

"얼마나 높으신 양반이길래 천하의 패튼 선배 입에서 곤란하단 말이 나옵니까? 뭐 퍼싱 장군이라도 됩니까?"

패튼도 내 곁으로 와서는 담배를 입에 물었다. 그러고선 천천히, 그리고 무겁게 고개를 끄덕였다. 거 세상 참 엿같기도 해라. 우리는 한참 달구경을 하며 담배를 태우다 헤어졌다.

저 괴팍한 인간이 저런 표정을 짓는 모습을 보니, 회의실에서의 일로 한마디 하려던 내 생각은 잠시 집어넣을 수밖에 없었다.

* * *

"적은 생미이엘로 온다!"

"미군의 집결을 암시하는 징후가 가득합니다."

"8개 사단과 2개 여단을 고지 사방에 설치한 콘크리트 토치카에 박아 놓았는데, 미군 따위가 여길 함락시킬 수는 없지요."

"장마가 시작될 때까지만 버티면 됩니다. 그럼 저지대는 죄다 늪이 되니 적에겐 최악의 환경이 되고 아군은 완벽하게 승리할 수 있습니다."

독일군은 절대 바보가 아니다. 미군의 행보는 연합군의 특성상 너무나도 정직했고, 숙련된 프로이센 장군이라면 전선의 모양새와 미군의 조급함을 그대로 읽고 적의 향후 진격 계획을 빤히 알 수 있었다.

하지만 미군 역시 할 말이 없는 건 아니었는데, 그만큼 생미이엘 방면 공세의 성공은 미군 입장에서 매우 중요한 일이었다.

"그만 내려놓고 지휘권을 넘기는 게 어떻소? 만약 미군이 참패한다면 그 영향이 너무 큰데……."

"그럴 바엔 그냥 본토로 귀국하겠소."

그동안 이류 열강의 이류 군대 정도로 취급받던 미군이 어엿한 연합군의 한 축으로 올라서기 위해선 반드시 제리들의 목을 따야만 했다. 이미 포슈 연합군 총사령관은 미 1군을 날려버리고 영불연합군의 아래에 미군을 놓고 싶어 호시탐탐 시비를 걸고 있었다. 이 공세가 좌초된다면, 포슈는 저지르고도 남을 놈이었다.

결국 궁지에 몰린 퍼싱 장군은 씨근덕거리며, '생미이엘 점령은 물론 뫼즈강—아르곤숲까지 전부 미군의 힘으로 탈환하겠다!'라며 도전장을 던져야만 했다.

프랑스가 1914년 이래 결코 되찾지 못한 난공불락의 요지를 탈환하겠노라 선언한 것은 좋지만, 늘 그렇듯 윗사람이 '저 산이 마음에 안 든다.'라고 선언했으면 아랫것들은 까야 하는 것이 세상 이치였다.

한편, 바로 그 까야 할 처지가 된 존 밀러 이병은 이제 일병이 되었다. 자랑스러운 93사단 369연대엔 새로운 무기가 지급되었다. B.A.R.이라는 이 놀라운 기관총이 지급되던 그 날, 사단장께서는 만세 삼창을 하며 이 신무기에 대해 입에 침이 마르도록 떠들어댔다고 한다.

"기관총이 지급된 건 좋은 일이긴 한데, 이게 그렇게나 좋나?"

"어… 그러니까… 아무튼 아군이 전진하면서도 제리들 머리 위에 탄을 갈겨줄 수 있다는 게 핵심이지! 이 제리탈곡기가 있으면 그 새끼들이 어디 꼼짝할 수가 있겠나?"

군대가 다 그렇듯, 밀러 일병에게까지 이 이야기가 전해질 때쯤이면 이미 '사단장께서 이 놀라운 불카누스의 소총에 제리탈곡기라는 이름을 하사하시매, 분대에서 가장 팔근육 좋은 놈들을 뽑아 제리 머리통을 따는 일에 종사하라 하시었다.'라는 희한한 왜곡이 들어가게 되었다.

안타깝게도 대학 생활과 변호사 생활을 거친 밀러 일병에게 우락부락한 상반신 근육은 존재하지 않았던 관계로, 저 '안티오크의 신성한 탈곡기'를 운용하는 임무는 옆의 존스 일병에게로 넘어가고 말았다.

킴 사단장이 처음 B.A.R.을 배분해준 뒤 가장 먼저 한 일은, 황당하게도 도로 무기를 빼앗아 가는 일이었다.

"세상에, 이 끝내주는 총에 양각대가 없다고?"

"애초에 쇼샤(Chauchat)처럼 들고 쏘는 무기니까……."

"그 쇼샤의 운용 방식이 병신 같다고 예전부터 생각했었거든. 우리 부대에 그 끔찍한 무길 기관총이랍시고 주고 싶은 생각도 없었지만, 이걸 쇼샤 대용으로 쓰면 그게 바로 죄악이야. 닥치고 양각대 부착 개조 좀 해봐."

오마르 브래들리 참모장은 늘 그렇듯 욕지거리를 하면서도 새로 받은 무기에 끔찍한 현지 개조를 가했고, 투박하고 못생겼지만 아무튼 이 기관총에는 허접한 양각대가 생겼다. 병사들은 하루아침에 생겨난 양각대를 보고

쿵푸 마스터의 세례를 받았노라 재잘거렸다.

그리고 지금, 그 '세례'를 받은 B.A.R.은 놀라울 정도로 훌륭하게 제리들의 머리통을 탈곡하고 있었다.

두두두두두!

"존스! 쏴! 더 쏘라고!"

"이거 탄이 너무 빨리 나가!!"

토가 나온다. 저 높은 고지대의 참호에 짱박혀 신나게 납탄 세례를 갈겨 대는 제리들. 원래라면 바닥을 박박 기며 눈앞의 나무가 제발 넘어가지 않기만을 간절히 기도하며 아군 박격포가 제리들을 쓸어버리길 바라야 했지만, 지금 존스가 신나게 맞대응을 하면서 제리들을 약간이나마 움찔하게 하고 있었다.

"분대, 약진 앞으로! 철조망 철거 준비!"

"제리를 죽어라!"

"가자아아아아!!"

닷새 동안 비가 내려 엉망이 된 바닥을 힘차게 디딘다. 흙탕물이 몸과 얼굴을 마구 적시지만 괘념치 않는다. 깔끔을 떨던 자들은 가장 먼저 죽었다, 잡생각을 하던 녀석이 그다음으로 죽었다. 아무 생각도 하지 않은 채, 피와 육신으로 이루어진 총알의 분대가 일제히 앞으로 달려나간다.

소총수들이 뒤에서 원거리 사격을 해주는 사이, 그리스건을 가진 병사들이 재빨리 기관총의 사격 범위 바깥으로 달려나가 제리들에게 수류탄을 던져 주러 나아간다……

"엎드려! 엎드려어엇!"

"뭐, 뭐야?"

"박격포다!"

쿠웅!!

밀러의 바로 옆자리가 움푹 패이며, 거대한 물기둥이 치솟아 오른다. 등

골이 서늘해진다. 용기는 어디론가 사라지고, 죽을 뻔했다는 공포가 어느새 몸을 지배해버린다. 바닥이 이 모양 이 꼴이 아니었다면, 나무나 자갈 파편 따위가 날아와 그의 몸에 박혔을지도 모른다.

하지만 여기서 두려움을 토해내는 순간, 그는 두 번 다시 떨쳐 일어날 수 없게 된다. 하지만 무섭다. 사지가 덜덜 떨린다. 어느새 아랫도리가 축축해졌다.

그때, 훈련소에서 축음기 노랫소리처럼 신물나게 들었던 이야기가 그의 귓가를 맴돌았다.

'용기란 미친놈처럼 적의 기관총 앞에 달려드는 게 아니다.'

'인간은 이성이 있는 짐승이다! 그래서 두렵지! 무섭지! 씨발 나도 캉브레에서 오줌을 몇 번 쌌는지 모르겠는데 니들이 뭐라고!'

'명심해. 공포를 받아들여라! 두려움이 사라진 녀석이 가장 먼저 죽는다. 두려움에 맞설 의지야말로 바로 용기다! 그리고 용기를 품고 일어나는 자만이 자유의 과실을 따먹을 수 있다!'

용기를 품고 일어나라. 일어나서, 죽은 전우들의 가족에게 돌아가야 한다. 전사 통지서 대신, 그들의 마지막을 목격했던 내가 직접 가야만 한다.

"일어날 수 있겠나?"

"살아 있어! 난 살아 있다고!"

"좋아. 그거면 됐어. 사지 멀쩡하게 붙어 있으면 됐다고."

철썩철썩 뺨 몇 대를 때리던 분대장은 제자리로 돌아갔다. 이것도 계산서에 적어놔야지. 빌어먹을 놈.

"우리 전차는 대체 어디서 뭘 하는 거야!"

"몰라 시발! 없는 전차 찾지 말고 저 좆같은 기관총이나 좀 어떻게 해봐!"

바로 그 순간, 쐐애애액 하는 소리와 함께 하늘이 쩌렁쩌렁 떨린다.

"비행기, 비행기 제바알……!"

"제발 여기 한 대만 때려주고 가! 제바알!!"

하늘의 관광객들. 저 좆같은 새끼들은 유유자적 허공에서 유람하다 가끔 제 놈들 꼴릴 때면 팁으로 폭탄 한두 발을 던져주고 사라지는 존재였다. 항상 남의 부대에만 폭탄 투하해주고 우리 부대엔 얼굴만 빼꼼 내밀다 사라지는 놈들.

"시발, 내가 저 파일럿에 지원을 해야 했는데."

"깜둥이가 파일럿이요? 꿈도 크셔라."

어느새 바로 뒤에 따라붙은 호퍼 일병이 포복한 채 그의 말에 태클을 걸고 있었다.

"나라고 왜 파일럿을 못 해. 두고 봐. 킴이 언젠가 문을 열어준댔다고."

"참나. 차라리 계집이 비행기를 몬다는 소릴 믿고 말지."

"진짜 몬다던……."

쿠우웅!!

"와아아아아!!"

"씨발! 고마워! 존나게 고마워!"

"사랑해!! 사랑해 자기야!! 한 발만 더 꽂아줘어!!"

"흰둥이라고 놀린 거 사과할게! 니가 최고야!"

방금 전까지 그들에게 탄환 세례를 갈겨대던 기관총좌가 항공기 폭격을 맞고 싹 지워졌다. 열화와 같은 성원을 저 하늘 위를 향해 보내자, 파일럿도 알아들었는지 가볍게 날개를 몇 차례 까딱이고는 다시 한번 뜨거운 선물을 투하해주었다. 쿠웅!!

"전방 기관총좌가 사라졌다! 계속 진격한다!"

"가자아아! 아직 우리에겐 수급이 더 필요하다!"

"자유! 자유우우!!"

밀러와 호퍼는 곧장 자리를 털고 일어나 한때 기관총좌가 있었던 자리로 향했다. 그곳엔 사람의 몸에 붙어 있었을 팔다리, 내장이 처참하게 흩뿌려져 있었고, 살아남은 병사 몇몇은 사시나무처럼 몸을 덜덜 떨고 있었다.

"항복! 항복해!!"

"무기 버려!"

"으, 으으, 항복, 항복하겠소."

총도 어디 갔는지 보이지 않는 독일군 하나가 더듬거리는 영어로 대답했다.

"영어 할줄 아나?"

"영어, 영어 교사였소."

"빨리 독일어로 말해봐. 다 항복하라고."

"아, 아, 알겠소."

그가 더듬거리며 무어라 외치자, 곳곳에 있던 병사들이 털썩 털썩하고 소총을 집어 던진 채 하나둘씩 튀어나왔다. 개중에는 상상도 못 한 곳에 숨어있던 자들도 있어 병사들이 당황할 정도였다.

"어… 이렇게 쉽게 항복해도 되나? 독일인이 항복도 하나?"

"나이가 어떻게 되시오?"

"어… 스물다섯이오."

"내 첫째아들 나이가 스물넷이오. 이 나이에 남의 나라 땅 먹겠다고 끌려와보시오. 항복할 생각이 안 드나."

그 말을 듣고 밀러가 항복한 병사들의 얼굴을 자세히 바라보니, 하나같이 그의 삼촌에서 아버지뻘 되는 사람들이었다.

"@^@#$^@"

"#@&%*!!"

"저 사람들, 뭐라고 떠드는 게요? 허튼짓하면 곧장 쏠 수밖에 없다고 전해주시오."

밀러의 말에 병사는 피식대며 대화를 통역해줬다.

"'빌어먹을, 역시 사회민주당을 찍었어야 했어.'라고 투덜대고 있소. 옆엣놈이 하는 말은 지랄 말라는 소리고."

"사회민주당?"

"저 친구는 빨갱이거든. 조심하시오. 빨간 물 옮을라. 보나 마나 품속에 있는 공산당 선언 꺼내 들고 포교하려 들 테니 빨리 수용소에나 처넣으시 구려."

정말 독일인들이 빨갱이를 찍어줬다면 이 전쟁이 터지지 않았을까? 밀러 일병은 알 수 없었다. 그야 투표를 해본 적이 있어야 알지. 하지만 존경하는 사단장님의 어록에서 두 번째로 많이 언급되는 '애미 애비 없는 놈들'이 빨갱이인 점으로 미루어 보건대, 독일 놈들이 빨갱이를 뽑았든 안 뽑았든 어차피 전쟁은 났을 것 같았다.

하지만, 적어도 빨갱이를 뽑을 권리가 있다는 것만큼은 부러웠다.

* * *

9월 11일. 보통 내가 경험했던 몇몇 전투와 달리, 이번에는 제리들을 위해 더욱 스페셜한 선물이 준비되었다. 바로 공군이었다.

이제 아군은 독일에게서 하늘을 빼앗았다. 우리의 비행선은 착실하게 관측 결과를 전달해주고 있었고, 관측값을 받은 포병은 신나게 적들의 머리 위에 포탄을 갈겨댔다.

물경 1,500대의 항공기를 동원한 이 공세에 독일이 반격할 여지라곤 없었다. 2차대전 때도 그렇지만, 독일이 언제 서방 연합국을 상대로 제대로 제공권을 잡은 적이 몇 년이나 있던가? 이 정도면 종족특성으로 봐도 무방하겠지.

제리들의 비행장, 교량, 지휘본부, 각종 벙커, 철도역, 철도 건널목, 보급 창고, 군수품 집적소, 탄약고 등 아무튼 눈에 보이는 제리 소유의 건물과 전략시설은 모조리 뜨거운 폭탄 세례를 받았다. 안 봐도 한판 붙어보겠다고 이리저리 요새화를 열심히 해놨을 텐데, 거기에 대가리를 들이댈 정도로 미군이 유사 군대는 아니다. 당연히 싹 초기화시켜준 후 공격해야지.

날짜가 바뀌어, 12일. 추적추적 뿌리는 빗물에 병사들의 체온이 뚝뚝 떨어질 무렵. 마침내 수천 문의 대포가 일제히 불을 뿜으며 생미이엘 전투가 막을 올렸고, 독일군은 완벽히 체크메이트에 걸렸다.

전투는 나흘 만에 종료되었다. 미군은 완벽하게 전략적 승리를 거둘 수 있었다. 기세를 탄 미군은 곧장 다음 목표, 아르곤 숲을 향해 진격해나갔다. 그리고 내 기억이 맞다면, 아르곤 숲으로 쳐들어간 120만 대군 중 사상자는 12만 명이었다.

백일 전투 4

생미이엘 전투가 끝나고 얼마 후. 여전히 비가 추적추적 내리는 어느 날, 나는 작전 관련 협의를 위해 42사단을 방문했다.

"아, 유진이군. 왔나."

"무슨 일이십니까? 기력이라곤 하나도 없어 보이는데요."

"망했어. 우린 저 망할 구릉에서 다 죽을 거야."

천하의 맥아더가 저런 반응이라니. 우두 걸린 소처럼 시름시름 대던 패턴부터 해서, 대체 요즘 무슨 일들인지 모르겠다.

"아니, 저런 요새를 보면 도전 욕구부터 샘솟으시던 맥아더 장군 아니십니까? 왜 앓는 소리십니까."

"지금 우리 84여단 병사들이 저 밑에서 훈련을 하고 있네."

"곧 있으면 전투 개시인데 훈련이라구요?"

"그래."

그는 말을 잇지 못하고 잠시 담배 파이프를 만지작대더니, 이내 파이프 대신 술병을 손에 쥐었다.

"한잔하겠나?"

"어… 그건 조… 어우, 주신다면 감사히 마시겠습니다."

맥아더의 눈초리를 보건대 거절했다간 후환이 두렵다. 그냥 마시고 죽자. 나란히 술을 한 잔 쭈욱 빨고 나서, 그가 탄식했다.

"훈련을 시켜야지, 암. 훈련."

"산악지형 적응 훈련이라도 하나 보죠?"

"아니. 사격."

"사격이요?"

"글쎄, 신병들이 총을 쏠 줄 몰라! 고참들은 전부 생미이엘에서 병동으로 실려 갔고, 새로 배당받은 녀석들은 총도 쏠 줄 모른다고! 이 무능한 새끼들! 대체 본토에선 신병 훈련이랍시고 뭘 가르치고 있나 모르겠어. 군화 끈 매는 법? 총 안 맞고 항복하는 법?"

천하의 맥아더가 저렇게 자존심 긁힌 모습을 하고 있으니 이건 이거대로 또 진풍경이었다. 그렇게 애지중지하던 42사단의 병사들이 저 모양이면 하긴 빡칠 만도 하지. 당장 얼마 뒤에 그 병사들을 전장으로 내몰아야 한다고 하면 나라도 머리의 두꺼비집이 내려갈 수밖에.

저게 절대 남의 일이 아니다. 전장에서 병사들이 죽고 다치는 걸 숫자로 바라보는 게 아무리 지휘관의 일이라지만, 적어도 싸울 능력을 갖춘 친구들을 최선의 환경에서 내보내야 하지 않겠나.

사실 나는 여전히 불안했다. 대한민국 군생활에서 병사들이 죽을 일은 작업도구 잘못 다루거나 그 망할 쓰쓰가무시 같은 병이 거의 다였다. 사격 같은 거로 잘못될 일은 거의 없었고.

그런데 지금, 오직 나만 바라보는 병사들이 3만에 가깝다. 한 번 전투에 나설 때마다 돌아오지 못하는 자들의 빈자리가 보인다. 나는 살아 돌아왔지만, 그들은 주검이 되었다. 숨이 턱턱 조여왔다.

차라리 최전방에 나가 총질할 때는 마음이라도 편했다. 저 멀찍이서 구경꾼 노릇하는 백인 놈들은 용맹하네 어쩌네 따봉을 찍기 바빴고, 병사들 또한 하늘 같은 상관이 옆에 있다며 의기 충만해졌으니 모두가 행복한 일이었다.

93사단은 그나마 낫지. 지옥에서 악마를 마주해도 한둘 정도는 턱주가리 돌릴 수 있는 강건한 친구들로 키워놨다. 정신무장까지 빡세게 해놨으니 나나 다른 지휘관들만 똑바로 하면 개죽음당할 일은 없다. 하지만 지금도 멘탈이 솔솔 갈려나가는데, 총 쥐는 법도 모르는 놈들을 저 지옥의 아가리로 내보내라 하면 솔직히 자신이 없었다.

나는 그날 맥아더와 함께 D.C.와 쇼몽의 개새끼들을 신나게 씹어 돌리며 거나하게 술을 빨았다.

* * *

독일군은 생미이엘에서도 그랬지만 이번에두 어김없이 열이를 불태우고 있었다. 이제 슬슬 자신들이 의욕은 있되 능력이 없는 병신들이란 사실을 인정하면 편해지련만, 아직 그들의 전의는 남아있었다.

1914년 개전 이래 뫼즈—아르곤은 4년간 끔찍할 정도로 요새화되어 있었고, 그 유명한 베르됭 공세의 출발점이기도 했으며, 이제는 힌덴부르크선의 핵심이자 철도 요충지로 자리매김했다.

숲, 구릉, 계곡, 그리고 제리. 곳곳에 거미줄처럼 깔린 토치카, 참호선, 포대, 벙커, 요새화 구획. 그리고 그 장대한 요새선의 한가운데 우뚝 선 몽포콩(Montfaucon)산. 누가 뒤틀린 성욕으로 가득 찬 BDSM의 민족 아니랄까봐, 어떻게 해야 가장 극한까지 쾌감을 느끼며 연합군의 공세를 처맞을 수 있을지 재어 놓은 것 같은 게르만 변태성욕의 정수. 루덴도르프가 사력을 다해 연합군의 피를 빨아먹을 작정으로 공사를 벌인 저곳에, 정면으로 대가리를 박아야만 한다.

나로서는 '아, 제발 이딴 몹쓸 곳에 애들 좀 보내지 마십쇼.'라고 하고 싶었지만, 그놈의 철도 요충지라는 점 때문에 뫼즈—아르곤을 점령한다면 전쟁의 향방이 아예 바뀔 지경이니 공격을 안 갈 수도 없었고.

뫼즈—아르곤 방향의 공세는 사실 미합중국 육군의 능력으로는 버거운 일이었다. 우선 미군 나름대로의 정예 사단들은 거의 전부 생미이엘 전투에 투입되었다. 이들을 수습, 재편하고 곧장 뫼즈—아르곤에 투입하기까지 여유 시간은 굉장히 빠듯했다.

단순히 우리만 공격하면 되는 문제가 아니라, 포슈의 원대한 대전략 중 일부로서 작전이 진행되어야 하기 때문에 타임테이블을 필수적으로 맞춰야만 했다. 죽이 되든 밥이 되든 무조건 정해진 일정, 9월 26일엔 공세가 개시되어야 한다.

120만 대군. 그들이 삼시 세끼 먹어야 할 방대한 식량, 전장으로 시급히 운송되어야 할 막대한 탄약, 무수한 전차와 화포, 수송대를 호위해야 할 각종 부대까지. 몇 안 되는 수송로를 통해 이 모든 걸 날라야 하니, 자연스럽게 도로는 트럭과 마차, 눈이 퀭해진 병사들로 인산인해가 되었다.

명절 귀성길의 몇 배는 더 거대하고, 몇 배는 더 숨 막히는 이 교통 마비 상태는 1차대전이라는 특수한 환경에선 사실 일상과도 같은 일이었는데.

"아니, 이걸 왜 전방으로 못 보내? 지금 장난하나?"

오호통재라. 쇼몽 원정군 사령부엔 수백만 대군을 능히 감당할 수 있는 괴물이 있었다. 대령으로 진급은 했지만 오매불망하던 지휘관 직책 대신 원정군 사령부 참모가 되어버린 남자. 메탈그레이몬 대신 스컬그레이몬으로 진화해버려 한없이 흉폭해진 마셜 앞에서 그깟 교통 마비 따위는 아무것도 아니었다.

"이건 이리로! 저건 저리로! 그건 미뤄놔! 교통사고? 수습부터 하고 도로 비워! 가장 먼저 전화선부터 깔아! 그게 제일 급하니까. 열차시간표 점검 다시 하고. 뭐? 왜 하냐고? 미쳤어?! 사고가 난 지점 인근에 건널목이 있다는데 당연히 열차 시간 조정해야 할 거 아냐! 그것도 연상 못 하나 머저리들!

그다음은……."

미합중국 역사상 그 누구도 다뤄본 적 없는 백만 원정군의 밥줄을 능수
능란하게 매만지며, 마셜은 자신이 미합중국에서 가장 병참에 능한 인재라
는 사실을 만천하에 입증해냈다.

진정한 의미의 마법사. 불가능한 시간대에 있어서는 안 될 병력과 물자
를 샘솟게 하는 것이야말로 마법이지. 옆에서 보는 우리도 황당한데 독일군
이야 오죽하겠나. 루덴도르프가 피눈물을 흘리며 사기 치지 말라고 욕해도
인정한다.

"대체 이 정도도 하나 못 하면서 뭐가 참모야! 일 그따위로 할 텐가?!"

"죄송합니다!"

"우선순위부터 할당하고 말해! 한시가 급하니까!"

본인의 호불호와 관계없이 맡은 임무에 최선을 다하는 믿음직한 장교.

하지만 글쎄올시다. 내가 보기에, 아무리 봐도 스스로 그렇게 원하던 지
휘관의 길에서 1억 광년 정도 맹렬히 멀어지는 자살골이었다. 저렇게 유능
함을 뿜어내고서 설마 지휘봉을 주리라 생각하는 건가, 저 아저씨는? 나라
도 천년만년 사령부에 짱박아 놓겠다.

그렇게 마셜이 총대를 멘 대규모 수송작전은 목표로 했던 9월 25일이
아닌, 하루 이른 24일에 완료되었다. 그렇게 벌어들인 천금 같은 하루를 마
셜은 일선 부대의 상태를 직접 파악하고 향후 진격로에 관해 손수 프레젠
테이션하는 데 투자했다.

"킴 준장!"

"대령 진급 축하드립니다."

"축하는 나중에 저 지옥의 요새를 떨어트린 뒤에 해도 늦지 않네. 자네
들 93사단의 장차 계획에 관해 빨리 의논하지."

재미없는 아저씨 같으니. 서로 덕담 한마디씩 하면서 훈훈하게 갈 수도
있잖아. 물론 나도 저 망할 뫼즈—아르곤이 얼마나 많은 미군의 피를 빨아

먹을지 뻔히 알고 있기에, 잠자코 마셜의 말을 경청하며 작전을 준비했다.

"잘 듣게. 자네들은 향후 확보했을 이 축선을 따라……."

* * *

"내일부로 전투가 개시됩니다. 우리의 투입 시점은 다소 뒤겠지만요."

내 묵직한 한마디에 모두가 숨을 들이쉬었다.

"185여단과 186여단, 포병여단까지. 상태는 어떻습니까."

"185여단은 큰 문제 없습니다."

"186여단도 별도로 말씀드릴 문제 없습니다."

"포병여단도 모든 배치 완료되었습니다."

"병사들 위생 관리는 어떻게 되었습니까."

"문제없습니다."

내 말에 곧장 대답하는 브래들리 참모장. 사실 재수 없게 내 옆자리에 착석해서 가장 개고생하는 게 오마르겠지. 조금 미안하긴 하다. 하지만 그 덕분에 아미앵 전투에서 전공 평가도 후하게 받았으니 대충 쌤쌤으로 치자고.

"말씀하신 대로 마스크를 대량 지급하긴 했습니다. 다만 저는 병사들이 그 혼란 속에서 마스크를 착용할 거란 기대는 딱히 들지 않는군요."

"어쩌겠습니까. 해줄 수 있는 게 그거밖에 없는걸요. 독감을 총으로 쏴 죽일 수만 있었으면 진작 그렇게 해줬을 텐데."

"양말 역시 여분을 넉넉하게 지급하였고, 방독면과 각종 장구류 등 도……."

빠른 브리핑. 이제 정말 남은 건 오직 전투뿐이다.

"새로운 전투에 투입되기 전, 전 장병들에게 전하고자 하는 이야기가 있습니다."

내 뜬금없는 말에 슬슬 일어나서 자기 부대로 복귀하려던 사람들이 다시 엉덩이를 붙였다.

"저는, 이번 전투가 아마 마지막이 되리라 생각합니다."

"너무 무모한 추측 아닙니까?"

"여기. 그다음은 메츠 아니면 스당 공략이 되겠지요. 저희가 그 이상 진격할 일은 없고, 사실 이곳 아르곤 숲 일대의 독일군 방어선이 무너지면 힌덴부르크 선도 끝장입니다."

힌덴부르크 선의 종말. 이는 사실상 독일의 패전과 동치어다. 물론 원 역사 2차대전에서의 추축국처럼 추하고 처참하게 항전을 이어나갈 순 있지. 하지만 마찬가지로 원 역사의 1차대전에서도 독일은 그 '비참한 항전'을 이어나가느니 협상을 선택했다.

"장병들에게 이 전쟁의 끝이 얼마 남지 않았다고 잘 말해주시기 바랍니다. 하지만 막연한 희망 대신, 우리 앞길을 막기 위해 적들이 얼마나 만반의 준비를 갖추고 있는지도 분명하게 말해주십시오."

"알겠습니다."

"많은 걸 기대하지 않습니다. 놀라운 기책(奇策)도, 영웅적 분전도 바라지 않습니다. 한 걸음 한 걸음 순차적으로 갑시다. 전쟁은 곧 끝나겠지만, 그들 흑인들의 삶은 기나긴 전투의 연속일 테니까요."

나는 최대한 담담하게 말했다.

그래, 이렇게 조곤조곤 잘 말했잖아. 그런데 어째서? 어째서어어?

"우리의 위대하신 사단장님께서 교시하시기를, '제리들의 수급을 따고 난 뒤에도 얼마든지 목을 벨 놈들이 생기리라.' 말하셨다! 왜냐! 흰둥이들은 결코 우리들을 위한 1등 시민 좌석을 호락호락 안 내줄 것이기 때문이다!"

"와아아아아!!"

"따라서 제리를 신나게 쳐 죽였다 해서 안심하지 말고, 많이 죽이지 못

했다 해서 절망하지도 마라. 앞으로 우리 흑인들이 나아갈 길엔 무수히 많은 적이 있으리니!!"

어째서 내 온화하고 걱정 가득 담긴 훈시가 저렇게 뒤틀리냐고.

"오마르."

"왜?"

"왜 자랑스러운 우리 93사단 장병들이 저런… 미친놈들이 된 거지?"

"무슨 소리야. 다 너 보고 배운 건데."

아니 이게 무슨 누명이야! 진짜 억울하다. 날 보고 배웠다니. 그러면 절대 저럴 리가 없잖아.

"아니, 거 뭐야. 나는 아시안이니까 얕잡아보이기 쉽잖아?"

"그래서?"

얘는 또 왜 이리 반응이 띠꺼워.

"그래서… 굳이 따지면 배우의 연기 같은 거였지. 어쨌거나 강인한 리더상을 보여주고 비전을 제시해줘야 할 거 아냐. 그래서 약간 마초적인 이미지를 살짝 가미한 거고."

"와. 그렇구나. 역시 유진이구나."

그렇게 일말의 감흥도 없이 딱딱하게 대답한 오마르는 내 어깨를 툭툭 두드려주었다.

"그러니까… 네 모든 짓거리가 다 연기라고 쳐보자고."

"치는 게 아니라 그게 맞다니까?"

"그래그래. 아무튼. 네 병사들이 본 건 그래서 진짜 유진이야? 아니면 또라이 놀음하던 그놈이야?"

"어……."

"네가 그렇게 키운 거야. 그 또라이 놀음을 보고 다 저렇게 됐는데 이제와서 발뺌하면 안 되지."

오마르의 말에 나는 현기증이 피어올랐다. 내가 원한 건 저 정도까진 아니었는데? 저건 그냥 패튼과 그 추종자 집단이잖아?

"그냥 최고로 잘 싸우는 또라이 3만 명을 받았다고 생각해. 이거로 93 사단과 그 사단장 유진 킴은 불멸의 명성을 얻겠지. 합중국 역사에 길이 남을 광기의 부대와 그 두목."

"그럼 너는! 너는 뭔데!"

"속아서 휘말린 피해자."

오마르는 감히 참모장 주제에 나를 내버려두고 돌아서 자기 방으로 향했다. 버려졌다. 나쁜 놈…….

그날 새벽, 뫼즈─아르곤 전투가 시작되었다.

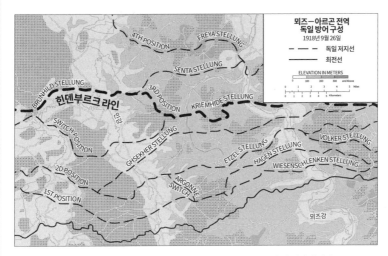

뫼즈—아르곤의 지도입니다. 저 점선 하나하나가 독일군의 방어선입니다.
당연히 거의 참호로 이루어져 있었고 전투는 상당히 처참했습니다.

23보병대 소속 병사들이 독일군 참호를 향해 37mm 보병포를 발사하는 장면

백일 전투 5

전투 직전 마지막 군사회의. 이미 어지간한 지휘관이라면 작전 개요에 대해 숙지하고 있었지만, 이번만큼은 모두 긴장할 수밖에 없었다. 긴장해야 했다.

하지만 뭔가 이상했다. 꼴에 군인이라고 몇 번 생과 사의 경계를 넘나들어서 그런가, 내 생존감각은 맹렬하게 지금 분위기에 경계경보를 걸고 있었다.

"우리는 4단계에 거쳐 뫼즈—아르곤 지대를 돌파하고 적을 완벽하게 격퇴할 것이오."

그 어느 때보다 위풍당당한 퍼싱의 모습. 원정군 사령관에 겸해 미 육군 제1군의 사령관을 겸임한 그의 손에 현재 가용 가능한 모든 미군의 목숨줄이 잡혔다. 그가 단호하게 서두를 떼자, 제1군 참모장 휴 드럼(Hugh A. Drum) 대령이 브리핑을 이어받았다.

"적의 방어선은 이곳, 몽포콩산이 핵심입니다."

계곡과 구릉이 복잡하게 얽히고 숲이 우거진 끔찍한 지형. 미군의 진격로 대부분을 감제할 수 있는 핵심 요지가 바로 지금 언급되는 몽포콩산이다.

"첫 공세에는 3개 군단에 속한 9개 사단이 동원될 것이며, 우리는 첫날 30킬로미터를 전속력으로 주파해 적의 방어선을 무력화할 계획입니다."

"으음……."

떨떠름한 이는 나를 비롯해 몇몇밖에 보이지 않는다. 천하의 패튼조차 못마땅하다는 기색이 역력하지만, 우리는 어디까지나 소수파에 불과했다.

"물론 알고 있습니다. 몽포콩산을 정면 공격으로 무너뜨리기엔 어렵지요."

좌익의 제1군단, 중앙의 제5군단, 우익의 제3군단까지. 몽포콩산에 몸을 던져야 할 5군단장 캐머런(George H. Cameron) 소장은 당연히 뜨뜻미지근한 반응이었다. 그도 그럴 것이, 5군단 예하에 있는 37, 79, 91사단 모두 제대로 된 실전 경험이라곤 없는 삐약이들 부대다. 여기서 호기롭게 할 수 있다고 외치면 그게 더 문제겠지.

"그러니 1군단과 3군단이 더욱 속도를 높여 몽포콩산의 좌우 측면을 점거하고, 세 군단이 일제히 협공해 해당 고지를 함락시키면 됩니다."

"너무 낙관적인 생각 아니오? 솔직히 말하겠소. 지금 아군의 전력으로 볼 때, 작전 목표를 달성하면 상관없겠으나 만에 하나 실패한다면 대참사로 돌아올 수 있소."

캐머런 소장의 상식적인 이야기에도 불구하고, 드럼 대령을 비롯한 참모부는 기이할 정도의 자신감을 뿜뿜 내뿜고 있었다. 아니 진짜로, 저분들 대체 무슨 깡으로 독일군을 저렇게 밥으로 여기는 거지?

"깜둥이들도 해내지 않았나? 우리가 못 할 게 뭐 있어?"

"독일군이래봐야 밥도 제대로 못 먹어 걸신들린 놈들이잖나. 적당히 통조림 하나쯤 던져주면 항복하겠지."

"어차피 전쟁도 종막이 눈앞이다. 아무리 피에 굶주린 제리라고 해도 패전이 눈앞에 다가온 이상 전의는 낮을 수밖에 없어!"

저희들끼리 수군덕대는 이야기가 내 귓가에 날아와 꽂히는데, 입으로 내뱉는 소리가 하나같이 가관이다. 진짜 단체로 미쳐버렸나 이 새끼들. 내가 일본군스러운 소리 같아서 어지간하면 자제했었는데, 최전방에서 총질도 안 해본 참모 놈들이 왜 하나같이 나사가 빠져서 미친 소리를 찍찍해대는 거야.

원 역사에서 대차게 꼬라박더라니 이래서 박았나. 아니, 어쩌면 내가 미래를 바꾼 것일지도 모른다. 그렇게 문득 상념이 떠오르자 다시 불안감이 차올랐다. 93사단이 너무 잘 싸운 탓에 저놈들이 원 역사보다 독일군을 더 무시하게 됐다면? 그래서 더 공세가 더 처참해진다면?

후, 알 게 뭐야. 저놈들이 병신인데 내가 그걸 왜 책임져야 하나. 나는 내 일이나 똑바로 하고 제리 대가리나 추수하면 되지. 내 깊은 고민과는 관계없이 회의는 이제 드럼 대령과 캐머런 소장의 언쟁으로 에스컬레이트되고 있있다.

"1군단의 창끝인 35사단에 패튼 중령의 경전차여단을 배정했습니다. 게다가 생미이엘에서 효과를 제대로 입증한 항공기 역시 대거 투입할 테구요. 이래도 자신 없다는 말씀만 계속하실 겁니까?"

"지금 그런 지엽적인 요소를 말하는 게 아니잖소! 아직 아군의 역량이 적에 비해 현저히 열세하다니까!!"

"바로 그 열세한 역량에 균형을 맞추기 위해 저희 참모부가 있잖습니까. 생미이엘과 뫼즈강 동편 인근에서 대규모 기만작전을 준비 중입니다."

"기만이라구요?"

"별도로 빼돌린 전차부대가 있습니다. 이들로 소규모 공세를 하고, 마찬가지로 뫼즈강 동편에는 대규모 포격을 개시해서 독일 놈들이 우리의 공세 목표를 메츠로 착각하게 할 겁니다!"

프랑스인들이 이 막연한 기대를 들었다면 기함을 했으리라. 적어도 내가 만난 프랑스군 장성들은 빠가사리가 아니었다. 그들은 독일군과 4년이 넘도록 피로 피를 씻는 전투를 치러 왔고, 그 과정에서 누구보다 독일이라는 전쟁기계에 대해 해박해졌다. 독일을 상대로 해볼 만한 것들은 전부 해보고 그 결과를 몸으로 때우며 배운 피맺힌 지식이었다. 그런데 지금 자랑스레 이야기하는 것들을, 설마 영국과 프랑스는 안 해봤을 거라 생각하나?

하지만 불행하게도, 우리 참모들의 헛된 행복회로를 꺼줄 프랑스인은 그리 많지 않았다. 게다가 퍼싱을 비롯한 최고수뇌부마저 입을 꾹 다물고 있는 것이, 암만 봐도 120만 대군을 들이박는데 패배할 리 없다는 막연한 희망을 공유하고 있는 듯해 보였다.

나는 모르겠다. 어차피 공세 첫 타에 들어가는 건 93사단이 아니니까. 그냥 부디, 별일 없이 공세가 종결되기만 바랐다. 혹시 아는가. 역사가 뒤틀려서 예상보다 독일군이 약해졌을지도?

* * *

미불연합군 60만 대군과 2,711문의 대포는 마침내 공격 준비를 갖추었다. 1918년 9월 26일 02시 30분. 독일군이 곤히 꿈나라에 가 있을 시간, 후방을 가득 채운 대포의 물결이 일제히 포화를 내뿜기 시작했다.

말 그대로 돈다발로 적을 후려치는 살의의 세례. 지금도 D.C.의 의회에서는 그 돈이면 틀림없이 가난한 자를 돕는다거나, 대규모 공사를 진행한다거나 할 수 있다며 '생산적인 용처'에 대해 구시렁대고 있겠지. 하지만 지금 이 순간만큼은, 바로 그 포탄이야말로 병사들의 피 한 방울을 덜 흘리게 해줄 수 있는 기적의 백신이나 다름없었다.

돈이 아깝다고? 그 돈을 아껴서 뭐 어쩌고 저째? 장담한다. 유족연금보다는 싸게 먹힌다. 물론 1차대전의 미국은 유족연금 그딴 거 없는 멋진 나라였지만, 아무튼 장례 비용보다는 저 포탄이 싸다는 데 아이크의 부랄 두 짝을 전부 다 걸 수 있다.

9월 26일 05시 30분. 마침내 비극의 첫 페이지가 넘어갔다. 미 육군이 독일군을 상대로 자신 있게 꺼내 들 수 있었던 카드, 실전을 경험한 1, 2, 3, 26, 42, 93사단과 같은 베테랑 사단들은 대부분 생미이엘 공격에 투입되었던 탓에 첫 공세에 바로 투입될 수 없었다.

그 결과, 공세 첫날 투입된 미군 9개 사단 중 무려 5개 사단이 아직 제대로 된 전투의 맛을 못 본 신병투성이 부대였다.

"전진! 어서 전진! 할당된 목표 지점만큼 가려면 더 속도를 올려야 한다!"

"독일군의 습격을 염두에 둬야 하지 않겠습니까?"

"봐라. 독일군이 대체 어디 있다는 거냐. 이미 항공정찰도 마쳤고 준비포격으로 흠씬 쥐어패기까지 했네. 사주경계까지 해가면서 진격했다간 우리 부대만 낙오된다고!"

비를 가득 머금은 구릉지대의 숲. 배 꺼뜨린다고 심심하면 동네 뒷산에 올라가는 ㄴㅅ페이스의 민족 한국인이 아닌 이상 이런 곳을 거침없이 올라갈 수 있는 인간은 썩 많지 않다. 특히나 몇십 킬로그램의 군장에다 길고 묵직한 소총까지 들고 있다면 더더욱.

진격을 방해하는 끔찍한 지형. 그리고 말단 병사부터 고급 지휘관에 이르기까지 현저히 부족한 실전 경험. 적에 대한 방심까지. 이 모든 것들이 중첩된 결과, 공세에 착수한 부대 중 상당수는 용감하게 2열 종대 행군대열을 갖추어 앞으로 앞으로 나아갔고.

타타타타타!!

"적이다! 적이다아아!!"

"으, 으아아! 엄마!!"

"물러서지 마라! 맞서! 맞서, 커어…….'"

"포격이 날아옵니다! 당장 도로에서 이탈해야 합니다!"

이런 맛집을 놓치면 독일군이 아니다. 처음엔 '설마 적이 그 정도로 병신일 리가 없다.'라며 주저하던 일선의 독일군이 상황을 파악하기까진 그리

오랜 시간이 필요하지 않았다. 그리고 독일군의 대대급 지휘관들은 변화무쌍한 전장에서 임기응변을 원 없이 발휘할 수 있도록 폭넓은 재량권도 가지고 있었다.

"도우보이들은 순 얼치기들이다! 싹 쓸어버려!"

"카이저 만세! 독일제국 만세!"

쇼몽의 참모부는 그동안 너무 승전보만을 전해 들었다. 그들은 1사단, 42사단이 규격 외라는 사실을 망각했다. 그들은 93사단이 미래 원수봉을 잡을 정도로 유능한 지휘관들로 가득하다는 것을 알지 못했다.

적에 대한 기대 역시 반만 맞아떨어졌다. 몇 년간 서부 전선의 참호에 틀어박혀 순무 쪼가리를 처먹으며 인생을 허비하던 부대원들은 당연히 사기가 저조했다. 하지만 이곳 뫼즈—아르곤 일대에는 얼마 전까지 동부 전선에서 격전을 치르던 역전의 용사들도 가득했다. 그들은 위대한 정복자였으며, 가는 곳마다 승리가 함께했고, 독일제국의 미래에 영광만이 가득할 것이라는 강력한 믿음이 있었다. 그런 이들이 당나라 군대 미군의 숫자가 아무리 많다 해서 움츠러들 리가 없었다.

불행 중 다행히도, 신이 미군을 버리지 않았는지 독일군에게도 몇 가지 문제가 있었다. 뫼즈—아르곤 지역의 수비는 폰 아이넴(Karl von Einem)이 지휘하는 제3군과 폰 데르 마르비츠(Georg von der Marwitz)의 제5군으로 나뉘어 있었다. 만약 통일된 지휘체계에 따라 독일군이 착실한 방어전을 수행했다면, 미군의 고통은 몇 배는 더 불어났으리라. 그리고 영원히 해결 불가능한 독일군의 아킬레스건, 병력 부족 또한 독일군의 발목을 잡았다. 이미 현재 인원 3천~5천 명 수준의 사단이 부지기수였다.

"빌어먹을 제리 새끼들!"

"기관총 없는 제리 새끼는 하나같이 대포를 끼고 있어. 저 새끼들은 무슨 대포가 저리 썩어 남아?!"

비명.

"당장 병력을 산개해야 합니다! 우리 병사들이 기관총에 죄다 나란히 돼지고 있잖습니까!"

"교범에 이르기를 잘 뭉친 보병의 소총 화력은 충분히 적 중화기를 제압할 수 있다고 되어 있네. 흩어지면 각개격파 당할 뿐이야!"

"남북 전쟁 시절 곰팡내 나는 교범 때문에 우리 애들 다 죽이고 있잖아! 당장 병력 분산하라고!!"

분열.

"전차! 전차는 뭐 하고 있나?"

"전차대대와 연락이 되지 않습니다."

"적의 방어가 너무 완강합니다! 밀어낼 수 없습니다!"

"한 달 훈련받은 애들더러 저 망할 산을 점령하라고 한 것 자체가 실수였어! 버러지 같은 참모 놈들, 그놈들이 저 불쌍한 장병들을 사지로 내몰았다고!"

통곡.

신병들로 가득한 79사단은 결국 몽포콩산 점령에 실패했다. 이렇게 공세 24시간이 채 지나지 않아 전선 대부분이 단말마의 비명과 절규로 가득할 때.

"예하 군단의 독단적 행동은 엄금하겠습니다."

"아군의 훈련도가 그리 높지 않기 때문에, 최악의 경우 아군오사의 가능성도 염두에 둬야 합니다. 각 군단은 전투지경선에 각별히 주의하시고, 만에 하나 지경선을 넘거나 사전에 작전된 바 없는 돌출행동을 하기 전 반드시 군사령부의 허가를 득하신 후에……."

숨이 턱턱 막히는 관료주의가 장병들의 등 뒤를 찔렀다. 그 누구도 주검이 되어 가는 병사들의 현실에 대해서는 책임지지 않았다.

이류 열강의 이류 군대. 이건 비아냥이 아닌, 명백한 현실이었다.

백일 전투 6

이즈음 완성된 독일군의 방어전략은 대단히 치밀하고 목적이 뚜렷했다. 최전방의 방어선은 어차피 적이 공세를 시작하는 순간 어마어마한 포탄 세례에 직면한다. 따라서 구태여 최전방에는 많은 병력을 둘 필요가 없으며, 적을 저지할 정도로만 병력을 배치하고 그들조차 언제든지 두 번째, 세 번째 방어선으로 물러날 채비를 한다.

적이 최전방 방어선을 점령할 때쯤이면, 보병의 진격 속도를 포병이 따라잡지 못하게 된다. 따라서 아군은 적 포병의 위협에서 해방되며, 오히려 미리 좌표 다 따놓은 '한때 우리 것이었던 참호' 안에 그대로 화력을 집중해 포격을 때린다. 그리고 전투의 현황은 명백히 독일군의 의도에 가깝게 전개되고 있었다.

이 꼬라지를 보고도 넘어갈 수 있을 정도로 내가 전공에 미친놈은 아니었기에, 나는 결국 한참 담배를 뻑뻑 피우며 고민하다 눈 딱 감고 사령부 지휘실로 찾아갔다. 저놈들이 내 말을 들어 처먹든 안 들어 처먹든, 이 상아그립 권총이 불을 뿜는 한이 있더라도 지금의 어처구니없는 공세는 어떻게든 손볼 작정이었다.

사실 이 정신 나간 공세의 책임소재를 계속 거슬러 올라가다 보면, 결국 퍼싱 장군에게까지 도달한다. 왜 참모부가 저렇게 날뛰는가? 당연히 퍼싱도 한편이니까지.

물론 퍼싱 장군에겐 받은 게 많다. 이 화려한 진급은 애초에 퍼싱이 적당히 옐로 몽키 하나 구석에 짱박기로 했다면 이루어질 수도 없는 일이었고, 나 개인적으로는 나중에 퍼싱 장군 휠체어를 미는 한이 있더라도 갚아야 할 게 많다.

하지만 그도 결국 19세기형 구식 교리의 신봉자였다. 미군 1개 사단이 2만 8천 명이라는 초거대 집단인 것도, 그놈의 소총 화력 맹신도 내가 보기엔 병사들을 불구덩이에 집어넣는 미친 짓이다. 최고사령관의 의사가 그러하니 참모들도 이를 따라간다.

두 번째 인생을 살면서 내가 어렴풋이 책 속 지식으로 알던 것과 실제 인물이 딜랐던 경우가 허다했기 때문에, 나는 무심코 퍼싱 또한 결점 없는 완벽한 군사영웅으로 생각하고 있었다.

하지만 착각이었다. 그렇다면 바로잡아야지. 입으로는 공자가 죽어야 나라가 산다고 떠들어도 몸은 결국 유교맨이 될 수밖에 없는 뼈킹 김치맨이라면, 모름지기 윗사람이 개소리를 하면 같이 짖어서라도 뜯어말리는 게 참된 도리인 법.

하지만 안타깝게도 나보다 먼저 깽판을 부리는 인간이 있었다.

"대체 당신들이 그 비싼 짬밥을 먹고 하는 일이 무엇인지 전혀 이해할 수가 없군."

"맥아더 준장! 그 모욕, 당장 번복하시오!"

"모욕이라니. 죽은 병사들의 유언을 채증하면 아마 똑같은 이야기가 나올걸? 혹시 병동에는 가보셨소? 아, 미안하오. 가봤자 별 이야기 못 들을 거요. 아실지 모르겠지만 지금 우리 병사들이 병동으로 오지도 못한 채 길바닥에서 죽어가고 있거든."

그 어느 때보다 시니컬하게 쏘아붙이는 이 인간 때문에 참모부의 분위기는 이미 시베리아로 변해 있었다.

"그거 아시오? 생미이엘 전투 직후, 메츠는 텅텅 비어 있었소. 도대체 왜 메츠를 치지 않고 저 빌어먹을 언덕으로 향한 게요?"

"그야 당연히 연합군의 대전략을 일개 사단급에서 멋대로 변경할 수 없기 때문이죠."

"멋대로? 멋대로라고? 뫼즈—아르곤을 치는 목적이 뭐였나? 스당을 점령하기 위해서였지! 거기 철도망이 있으니까! 하지만 메츠를 함락시켜도 적 철도망의 붕괴라는 결과는 똑같이 얻을 수 있단 말이야! 당신네 책상물림들이 벌인 이 참극을 보라고!"

"대체 메츠를 함락할 수 있었다는 그 근거 없는 자신감도 이해할 수 없지만, 당신만 잘났다고 생각하진 마시오. 우리는 어디까지나 연합군의 일부고……."

"후… 됐소. 책상만 아는 당신들과 할 이야기는 없으니. 퍼싱 장군은 어디에 계시오? 내 답답해서 안 되겠군. 직접 말씀을 드리든가 해야지."

"여기에 없으니 내게 말하시오."

드럼 참모장의 차가운 말에 맥아더가 눈살을 찌푸렸다.

"지금 당신이 지휘관이오? 이건 예하 지휘관과 상급부대 지휘관의 이야기란 것도 인지를 못 하셨나?"

"퍼싱 장군은 지금 쇼몽에 내려가셨습니다. 그분이 자리를 비웠으니 참모장인 내게 말하라는 게 인지가 어쩌고 하면서 그리 거창하게 이야기할 일입니까? 정 그분 얼굴을 보고 싶거든 쇼몽까지 가시지요."

아냐 그러지 마. 작은 맥가를 그렇게 긁으면 더 흉폭해진다고.

내 소박한 바람에도 불구하고, 이미 맥아더의 표정이 영 좋지 않았다. 딱 봐도 자존심 긁혔다, 저거.

"잠깐잠깐. 두 분 모두 진정하시고, 제가 한 말씀 드려도 될지요?"

"넌 또 뭐… 아, 킴 장군. 킴 장군도 이미 시행 중인 작전에 불만을 제기하시는 겁니까?"

거참 띠껍게 굴기는.

"작전안이 성경도 아니고, 결국 최고의 전과를 위해서는 수정 좀 할 수도 있지 않겠습니까?"

"이제 겨우 첫날인데 수정을 했다간 더더욱 일선이 혼란스러워집니다. 몽포콩 하나 점거 못 했다고 그러시오? 좌익과 우익은 잘 전진해나가고 있소."

"제가 시찰하고 왔을 땐 꽤 시끄러웠는데……."

"시찰? 지금 남의 부대가 있는 곳을 돌아다녔단 말이오?"

드럼이 기함했다. 아 왜 그래, 궁금하면 구경 좀 갈 수도 있지. 사직 아재가 마산 가는 것처럼 어… 원정 관람 같은 거 아니겠나. 내가 뭐 삐따를 치겠다고 하지도 않았고 그냥 구경만 했다고 구경만.

"잡설은 이쯤하고, 현재 전황을 보면 몇 가지 요청드리고 싶은 부분이 있습니다."

"…일단 말이나 해보시오."

"현재 적의 포대가 아직 제압되지 않은 상태입니다. 다른 건 모두 차치하고서라도, 항공기를 최대한 동원해서 우선 저 고지에 있는 망할 포대부터 치워야 합니다."

나는 몇 가지 떡밥을 툭툭 던졌고, 드럼 참모장은 씨근덕거리는 상태에서도 일단 묵묵히 내 말을 들어주었다. 다행히 맥가 역시 괜히 쓸데없는 말을 더해 그의 분노를 돋우지는 않았다.

소총 맹신이든 뭐든, 어차피 남의 부대 사단장인 내가 감 놔라 배 놔라 할 수는 없다. 다만 전략적 우선순위 정도에는 참견을 좀 해도 되겠지. 드럼이 잠시 고민하며 무어라 말을 하려던 순간이었다.

"보고드립니다!"

"말하게."

"아군 경전차여단, 적의 강력한 반격에 직면! 패튼 여단장, 전사!"

뭐? 무슨 소리야.

"패튼이 죽었다고? 그 광전사가?"

맥아더 역시 당황스러움을 숨기지 못했다.

패튼이 죽을 리가 없다. 당연하지만 패튼이 제대로 유명세를 타는 2차 대전까지는 수십 년은 족히 남았다. 그러니 당연히 저건 오보겠지. 근데 만약에 내가 역사를 바꿨다면? 그 나비효과로 패튼이 죽었다면. 나는 앞으로 어떻게 해야 할지 고민되었다.

"여단의 상태는? 작전 지속이 어려운가?"

"그 점은 추가 보고를 들어야……."

"오보, 가 틀림없습, 니다."

나는 잠시 숨을 골랐다.

"패튼 선배가 죽을 리가 없잖습니까."

"킴 준장. 진정하십시오. 두 사람의 친분은 익히 알고 있지만 전장에 서……."

아니, 누굴 지금 멘탈 나간 놈으로 취급하고 있네. 논리적으로 말이 안 된다고요. 그 사람은 히틀러 수급을 따러 갈 양반인데 죽긴 왜 죽어.

"유진. 당혹스럽겠지만."

"아니 안 죽었대니까요?! 그 미친 중세 기사가 죽기는 왜 죽어?"

답답해 돌아버리겠다! 여기서 내가 '사실 제가 미래를 아는데 패튼은 아직 죽을 팔자가 아닙니다.' 같은 소릴 했다간 곧장 정신병원에 들어가겠지. 숨이 턱턱 막히네 진짜.

나는 최대한 이성적으로 말을 하려 했지만, 이 인간들은 도저히 사람 말을 들어주질 않았다. 다행스럽게도 곧 새로운 보고가 들어왔다.

"보고를 정정합니다. 패튼 여단장의 생존이 확인되었습니다. 중상으로 현재 후송 중입니다."

"거봐요! 그 인간 안 죽는다니까?!"

어쩐지 참모부에 있던 사람들이 죄다 뜨뜻미지근한 눈초리로 날 바라보고 있었다. 이 인간들. 하나같이 내가 친한 선배의 부고를 듣고 멘탈이 단단히 깨졌다고 생각하고 있겠네.

"자자. 여기 따뜻한 차 한 잔 드릴 테니 우선 놀란 가슴을 가라앉히시지요."

드럼 참모장은 조금 전까지 틱틱대던 B사감이었던 주제에 갑자기 조카를 걱정하는 삼촌에라도 빙의되었는지 내게 차 한 잔을 건네주고는 반강제로 날 내보내버렸다. 결국 제대로 된 작전에 대한 논의는 하지도 못했다. 여기선 맥아더를 믿을 수밖에.

그렇게 나를 내쫓은 맥아더와 드럼은 다시 어메이징한 입씨름에 돌입했지만 이미 거기에 내가 끼어들 자리 따위 없었다. 하, 그놈의 오보만 아니었어도 진짜. 역시 살아서건 죽어서건 사방에 민폐를 흩날리는 민들레 같은 양반이다. 나중에 문병 가서 놀려주기나 해야지.

* * *

퍼싱을 위시한 쇼몽 참모부는 전략을 수정하지 않았다. 대신, 목표를 달성하지 못한 부대를 더욱 쪼았다. 끔찍한 일이다. 그나마 내가 이야기했던 것 중 아르곤 구릉지대에 있던 포대 제압 정도는 실현되었다. 마침내 지긋지긋한 포탄 세례에서 벗어난 미군은 더더욱 공세를 가열차게 전개해 무수한 피를 수금하던 몽포콩산을 함락시켰다.

계속 뿌리던 비는 그냥 '비가 내린다.' 수준에서 '존나게 폭우가 내립니다! 살려줘요!' 수준으로 업그레이드되었고, 단선 비포장도로에 의지하던 미군의 진격은 더더더욱 정체되었다. 아무리 마셜이 초인이라 해도 도로

가 하루아침에 뻘밭으로 바뀌는 상황에서 보급을 지속하기란 어려웠다. 그리고 당연한 결과로, 퍼싱은 9월 내내 끊임없이 공격당했다.

프랑스 정치권은 도저히 진도가 안 나가는 미군의 공세에 빡 돌아버렸는지 포슈를 더욱 채찍질했고, 심지어 클레망소 수상은 퍼싱을 짤라버리고 새 인물을 박아 넣자고 공공연히 떠들기까지 했다. 포슈는 당연히 퍼싱을 극딜했고, '이따위로 일할 거면 진짜 지휘권을 내놔라.'는 소리까지 나올 정도였다.

그리고 마침내, 퍼싱도 결단했다.

"생미이엘 전투에 투입되었던 부대를 전방으로 보내고, 현재 소모가 심한 부대는 후방으로 돌려 재편하겠소."

하지만 거기에서 93사단은 배제당했다. 또 그놈의 인종 문제인가? 아니면 나? 내가 꾸역꾸역 분노를 억누르는 동안에도 미군은 신나게 갈려나갔고, 퍼싱의 두 번째 결단이 뒤를 이었다.

"제1군 지휘관에서 물러나겠네."

"장군!!"

"나는 일선에서 빠지고 쇼몽에서 원정군 사령관으로서의 업무에 전념하지. 1군 지휘관은 리겟(Hunter Liggett) 소장을 임명하겠소."

그리고 그는 그 뒤로 쭉 인사명령을 나열하기 시작했다.

"1군의 덩치가 너무 커서 그동안 작전의 효율이 저해되었다 판단되기에 제2군을 신설하겠소. 2군 사령관엔 불러드 장군."

"알겠습니다."

"캐머런 5군단장, 귀관은 해임이오."

"대체! 어째서 저 망할 참모장의 말에만 귀를 기울이신단 말입니까! 이건 명백히 상급부대의 작전 미숙이었습니다!"

"귀관의 공격정신 부재야말로 더 큰 문제였다고 생각하오."

그 이후로도 무수한 사단장들의 목이 뎅겅뎅겅 날아갔다. 하지만 1군

사령관직조차 내려놓은 퍼싱의 서슬에 버틸 수 있는 사람은 그리 많지 않았다.

"유진 킴 준장."

"예, 장군."

"참모부에서는 여전히 93사단의 투입에 관해 우려스러운 반응일세."

"단순히 전과가 문제가 아닙니다. 흑인 부대가 배치될 경우 병력의 통제나 다른 부대의 사기 문제가 있을 수……."

"자네는 어떻게 생각하나?"

퍼싱은 옆에서 또 헛소리를 주절거리는 드럼 참모장의 말을 댕강 잘라버리고 나를 뚫어져라 응시했다.

내가 여기서 뭐라 말해야 할까? 네가 애들 다 죽여 놓고 그렇게 폼 잡지 말라고? 지금까지 답답해 숨넘어가는 줄 알았다? 그냥 내가 죽고 만다, 이 개자식들아. 나는 품에서 수첩을 꺼내 한 장 부욱 찢고는, 그대로 손가락을 깨물었다.

"킴 준장!"

"대체 무슨 짓인가!"

"동양에는 혈서라는 훈훈한 전통이 있지요."

존나 아프잖아 이거. 삼국지 그거 순 개뻥이었다. 나관중에게 저주 있으리.

"시체 포대 2만 8천 장을 준비해주시지요. 그걸 전부 쓰거나, 승전보를 가져오거나. 둘 중 하나는 확실하게 해드리겠습니다."

4장
심판

합중국의 검 1

비는 여전히 추적추적 내리고 있었다. 이 끔찍한 뫼즈—아르곤에서의 전투 역시 지금 등줄기를 타고 흐르는 비처럼 질척이고 끈적였다.

바퀴벌레 같은 도우보이 놈들은 죽여도 죽여도 끝이 없었다. 1914년 이래, 타넨베르크에서, 폴란드의 드넓은 평야에서, 그리고 마침내 러시아제국을 무너뜨리기까지 기나긴 전설을 쓰며 동부 전선을 제패한 위대한 독일제국군은 지금 도우보이라는 새로운 적을 만났다.

저들은 차르의 전제정치에 시달리던 농노도 아닌 주제에 그 누구보다 열정적이었다. 빤히 보이는 아군의 강력한 방어선 앞에서도, 끝없이 떨어지는 강대한 포격 앞에서도. 그들은 마치 이리로 달려오는 것이 신이 내린 사명인 양, 그렇게 달려와 죽음을 맞이했다.

그 모습에 처음에는 비웃었다. 이기지도 못하면서 아등바등하는 꼴이 불쌍해 보였다. 하지만 어느 순간. 하루가 지나고, 1주일이 지나고. 어느덧 한 달이 지났음에도 꾸역꾸역 몰려오는 저 도우보이들의 군세. 그리고 죽이고 또 죽여도 점점 뒤로 물러날 수밖에 없는 아군까지.

어째서 우리는 무수한 적들을 물리쳤는데 계속 뒤로 전진해야 하는가?

어째서 더 이상 남은 방어선이 얼마 없는가? 과연 마지막 방어선에 들어간 뒤에는, 이제 어디로 물러나야 하는가? 점차 저들을 향한 동정심은 사그라 들었다. 이제 그 자리엔 두려움이 남아있었다.

새롭게 알려주는 지휘관의 훈시 또한 그 두려움을 가라앉히기는커녕 부 채질했다.

"새롭게 배치된 적들은 미국의 93사단이란 놈들이다. 이제 미국 놈들도 병사가 부족해 깜둥이를 쓸 지경이지. 놈들은 선천적으로 열등하고, 전의도 부족하며, 제대로 된 언어도 없는 미개 종족이다! 결코 우리 독일 민족에게 패배란 없다. 전 장병은 자리를 지키며 승리의 그 날까지 전투에 전념하길 바란다!"

"93사단?"

"들은 적 있어. 아미앵의 악마들이야. 뭐가 열등하단 거야 빌어먹을……."

'아미앵의 악마들'.

아무리 서부 전선에서 참호에 짱박혀 허송세월한 놈들이라지만, 한 개 사단을 하루 만에 통째로 잡아먹은 괴물 같은 놈들이다. 이미 하루이틀 전 쟁을 치른 게 아니니 이제 다 안다. 지휘관들이란 언제나 적을 깎아내리는 게 말버릇 같은 놈들이었다.

하지만 이건 좀 심하지 않나. 저런 식으로 말했다가 적을 얕잡아보면, 결 국 그 208사단이라는 저능아 집단과 다를 바가 무언가. 어느새 참호에는 그 93사단, 아미앵의 악마들이 일구어낸 전설들이 입에서 입으로 독감처 럼 퍼져나가고 있었다.

"내가 듣기론 93사단이 '아틸라의 채찍'이라고 했어."

"아, 나도 들어봤지. 눈 째진 칭기즈칸의 마지막 후손이 이끄는 부대라던 데."

"가는 곳마다 군인이고 민간인이고 가리지 않고 목을 베서 탑을 쌓는대. 동방의 사악한 신에게 기도를 올리는 대신 총에 맞아도 안 죽는 육신을 하사받는다더라고."

"거기! 군중에서 유언비어를 떠들면 처벌받는다! 당장 입 닥치도록!"

"거 하사님. 이리 와서 끼십쇼. 도우보이들 럭키 스트라이크 남은 게 조금 있는데."

"크흠, 크흠. 한 개비만 줘 보게나."

방금 전까지 유언비어가 어쩌고 하던 하사는 자연스럽게 참호 한쪽에 걸터앉아 제가 들은 썰을 신나게 풀기 시작했다. 얼마 전까지 같은 병졸이었으니 위화감이라곤 눈곱만큼도 없었다.

"소대장이 이야기해주던데, 적의 대장은 중국 황실의 후예라더군. 원래 킴이라는 성이 중국 황실에서 쓰던 성이래."

"허, 그런데 왜 미국에 있답니까?"

"모르지. 아무튼 중국 황가가 원래는 타타르인이어서 놈도 기병전에 능하다더라. 캉브레 들어봤지? 거기서 전차부대를 이끌고 어지간히 날뛰어서 윗선에선 치를 떤다더군."

"확실히 타타르인이면 전차도 잘 타나 보군요."

"그렇겠지? 우리 게르만족이 질서와 규율이 잡혀 있고 이성적인 것처럼, 야만적인 깜둥이들을 한 손에 콱 틀어쥐고 가는 길마다 시체와 폐허만 켜켜이 쌓는 건 타타르의 특기 아니겠나."

쿠르르릉!

다들 익숙한 소리에 벌떡 일어나 참호벽에 꽉 붙는다. 절대 천둥소리가 아니다. 너무나 익숙한 이 소리는 바로.

"포격! 포격이다!!"

"전부 숨어! 참호 밖에 있는 놈들 다 들어오라 해!"

참호를 덮치는 끔찍한 충격. 언제나 그렇지만, 이 포격은 도무지 적응이라곤 되지 않는다. 귀를 아무리 틀어막아도 골이 깨질 정도로 파고드는 굉음과 충격파.

1분. 10분. 1시간.

시간이 계속 흐르고, 몇몇 간이 부은 놈들은 태연스레 짱박아 놓은 음식까지 처먹기 시작했다.

"너, 그 초콜릿 바 어디서 났어?"

"도우보이들."

"미친."

"너도 시체 뒤져서 담배 훔쳤잖아. 너나 나나."

"한 입만."

이놈들은 참 가진 게 많았다. 러시아 슬라브 놈들 주머니를 털면, 간부는 으레 가진 금붙이가 많았지만 병졸은 죽여도 먼지 한 톨 나오지 않았다. 하지만 도우보이들은 걸어 다니는 보물창고였다. 먹을 것도, 담배도, 탄약도 항상 듬뿍듬뿍 주머니 곳곳에 짱박혀 있었다.

이런 놈들을 과연 이길 수 있을까? 아니지. 오히려 가진 게 많기 때문에 나약할지도 모른다. 그는 애써 패배주의적 생각을 떨쳐내려고 했지만, 끔찍한 포성에 정신이 홀리느니 차라리 양키들에 대한 잡념을 이어가기로 마음을 바꿨다.

2시간. 3시간. 4시간. 이 정도로 포격이 집중되면 이제 알 수밖에 없다. 적들은 이곳으로 쳐들어온다. 그 소름 끼치는 악마, 아틸라의 군세를 상대해야 한다. 마침내 포성은 멈췄지만 귀의 고통은 도무지 가라앉질 않았다. 아마 오늘 잠에 들 때까지도 계속 쾅쾅거리는 소리가 머릿속에서 뱅뱅 돌겠지.

"적이다! 공습이다아아아!!"

곳곳에서 울려 퍼지는 고성과 굉음. 그와 함께 저 먼 하늘에서부터 검은 점이 하나둘 눈에 띄기 시작했다.

"대공 사격 준비!"

"전부 소총 들어! 적 항공기가 가까이 오면 일제히 쏜다!"

참호에 틀어박힌 채 얼른 소총을 품에 꽉 껴안는다. 탄창. 탄창은 어디 있지? 아, 여기 있다. 어느새 바닥에 흘린 탄창을 다시 대충 주머니에 쑤셔 넣고, 그는 신중히 소총을 조준했다.

타타타타! 타타타타타!

맹렬한 기총소사. 그리고 폭격. 공중에서 떨어져 내리는 살의의 세례는 포격보다 더욱 사양하고 싶은 무언가였다.

소총을 쏴댄다 한들 잡을 수나 있나? 차라리 그냥 숨어 있고 싶은 마음이 굴뚝같았지만, 명령이라는데 안 할 수도 없다. 오늘은 방문한 모기들이 좀 많다. 모기들의 숫자가 점점 불어나 수십, 수백 대는 족히 넘어 보이자, 소대장들도 포기했는지 "그냥 총 내리고 다 숨어! 뒤지지 말고!"라며 탄식 섞인 명령을 내렸다.

그리고 이어지는 폭격. 죽어라 삽질한 노동의 흔적들이 하나둘 사라진다. 참호도, 철조망도, 전우도, 상관도, 토치카도. 뭔가 사라지면 안 될 것들도 같이 사라지는 것 같지만, 어쩌겠는가. 그러려니 해야지.

오히려 더 무서운 것은, 대체 얼마나 거세게 쳐들어올 예정이길래 이 코딱지만 한 곳에 이 정도의 화력을 집중하냐는 부분이었다. 그렇게 폭격까지 깔끔하게 얻어맞고 나서, 적들이 그 모습을 드러냈다.

"깜둥이다."

"젠장. 진짜 깜둥이라고?"

저 멀리서부터 바람을 타고 흘러오는 노랫소리. 가사는 알 수 없었지만, 언뜻 듣기에도 자신감과 열정이 넘치고 있었다. 여기서 눈에 핏발을 세운 채 기다리는 우리는 안중에도 없단 건가.

"기관총! 사격 준비!"

"이미 다 날아가서 없습니다!"

"빌어먹을. 여기서 기관총도 없으면 어떻게 막으라는 거야?"

"2선으로 물러날까요?"

"저길 봐."

하사는 힐끗 뒤편을 가리켰다. 그곳 역시 여기와 크게 다를 바 없이 시꺼먼 연기가 무럭무럭 피어오르고 있었다.

"아까 그 비행기들, 우리 뒤편을 더 신나게 때려 부쉈어. 거기 가도 딱히 부귀영화는 못 누릴걸."

"돌겠네, 이거."

"조준! 조주우우운!!"

살짝 머리와 소총만 참호 바깥으로 꺼내 든다. 하지만 그 순간,

타타! 타타타타! 타타타!

"놈들이 사격합니다!"

"응사할 수단이 없습니다!"

"달려온다! 깜둥이들이 달려온다아아아!!"

"와아아아아!!!!"

"쏴! 빨리 그냥 쏴!!"

쩌렁쩌렁 울려 퍼지는 외침에 섞여 흩어지는 명령. 다급히 소총을 한 발 한 발 조준해 쏘지만, 급한 마음과 달리 볼트액션 소총은 느긋할 정도로 딱콩딱콩 발사된다. 어차피 조준하지 않아도 저 넘실대는 깜둥이의 파도 어딘가엔 맞겠지. 그렇게 탄창 하나를 순식간에 비운 그는 탄창을 교체하고 새로운 적을 맞이할 준비를 갖췄다.

"착검! 착거엄!"

"도우보이가 온다!!"

그리고 입성. 마침내 첫 미제 깜둥이가 신성한 독일 민족의 참호에 발을 디뎠다.

탕!

"커어……."

"죽엇!! 죽어엇!!"

탕! 타앙!

기세 좋게 뛰어들어온 깜둥이가 몸 곳곳에서 피를 뿌리며 쓰러진다. 하지만 그다음은?

"KILLLL!"

"우아아아아!"

눈앞에 가득 찬 새까만 야만인. 그는 생각보다 먼저 방아쇠를 당겼다. 타앙!

"끄륵, 끄르륵… L… Liber……!"

"뭐라는 거야, 빌어먹을 깜둥이가!"

신경질적으로 숨이 넘어가는 적병을 걷어차고 곧장 다음 적을 향해 조준…….

드르르르륵!! 드르르르르륵!!

"주유기다!"

"기관단총이다! 모두 화력을 신중히… 컥!"

그는 총을 쥔 양팔을 축 늘어뜨렸다. 이길 수 없다. 다른 곳은 모르겠지만, 이 정도로 압도적인 포화를 뒤집어쓴 이곳에서는 이길 수가 없었다.

그는 모든 걸 포기하고 내려놓은 채, 아무 생각 없이 엉금엉금 참호선 바깥으로 걸어나갔다. 그제서야 숨이 턱턱 막히는 참호 대신, 탁 트인 전경이 그를 반겨주었다.

"아……!"

강철의 파도. 수십, 수백 대의 전차가 위풍당당하게 도로를 달린다. 전차 뒤편으로는 또다시 몇 대인지 보이지도 않는 트럭의 기나긴 행렬이 그 뒤를 잇는다. 온 언덕을 가득 메운 깜둥이들의 부대. 이제 알 수 있었다. 도우보이들은 단순히 수만 믿고 덤벼드는 것이 아니었다. 이 끝없는 물자, 이 끝없는 숫자. 아무리 위대한 독일 민족이 10만을 죽여 없앤다 한들, 그들은 코웃음 치며 10만의 전차를 밀어넣을 준비가 되어 있었다.

"흐, ㅎㅎㅎ, ㅎㅎㅎㅎㅎㅎ."

"SURRENDER!"

"좆 까. 이 깜둥이들아."

타앙!

눈을 감는 그 순간까지도, 강철의 행렬은 도저히 시야에서 사라지지 않 았다.

* * *

"관측기, 적의 최일선에서 붉은 발연탄이 피어오르는 걸 확인하였습 니다."

"첫 번째는 뚫었군. 역시 369연대야."

나는 당장이라도 전선으로 달려가고 싶어 엉덩이가 들썩거렸지만, 오마 르의 매서운 눈길 앞에 얌전히 다시 의자에 몸을 붙여야만 했다.

"전차부대는?"

"순조롭게 진격 중. 진격을 가로막는 모든 요소는 배제되었습니다."

"코벨에게 연락해. 공병연대는 무슨 일이 있어도 진로를 계속 확보해야 함. 전차를 할 수 있는 한 가장 깊숙이 밀어넣으라고 해."

"코벨이 사단장님 욕을 징글징글하게 할 텐데요."

"뭐라 구시렁대는 거 같으면 전차가 돌파하는 길이 그 자식 고추 길이 라고 소문낼 거라고 해. 기갑부대가 돌파 실패하면 그 자식은… 알지?"

내가 요만하게 손가락을 오므리자 엄격 근엄 진지하던 오마르가 어금니 를 꽈아악 깨무는 모습이 들어왔다.

"이렇게 쉽게 뚫리는 걸 못 뚫어서 그 난리블루스를 떨고 말야."

"사단급 포병 화력을 겨우 일개 대대에 집결시키면 누가 못 뚫겠습니까."

"그동안 그걸 안 해서 병사들을 하인즈 케첩으로 만들었던 건 어디 사는 누구지?"

병신들. 나는 대충 길바닥에 피 같은 화력을 낭비할 생각이 전혀 없다. 일점집중과 확실한 킬딸은 협곡만 몇 바퀴, 아니 스타만 몇 번 해봐도 알 수 있는 기본상식 아닌가.

"제리들은 일점집중과 침투가 아마 자기네 전매특허라고 생각하고 있겠지."

그치만 제리들, 내 특허 도둑이잖아. 그럼 내가 후티어 전술을 좀 카피해도 양해해줘야지. 대금은 제리들의 수급이다.

"기갑부대는 가장 깊숙이 침투시키고, 아나스타시오에겐 미리 말했지만 꼴리는 대로 날뛰라고 계속 독려해."

"포병은 어떻게 할까요?"

"전진배치한다. 다 죽어나가는 한이 있더라도 저 망할 고지에 우리 야포 싹 다 올리라고 해."

웨스트포인트가 문득 생각난다. 예포 가지고 장난치던 그 시절이 그립구만.

"오마르."

"왜 또 낯 간지럽게 그러십니까."

"우리가 예포 탈취해서 물개 새끼들한테 조준했을 때, 걔들이 기분 더러워져서 펄펄 날뛰었잖아."

"그게 언제 적 이야긴데… 뭐, 그랬었죠?"

"그 더러운 기분의 10배 정도를 제리들에게 선물해주고 싶으니까, 닥치고 올리라고 해."

내가 저 산이 마음에 안 든다고 한 것도 아니잖아. 포 좀 맘대로 배치하고 싶다는데 그 정도는 해주셔야지.

"오늘 애들 석식 배식하기 전에 두 번째 방어선까지 날려버린다."

이대로만 가면 밀 수 있다. 스당으로 가는 길이 열리고 있었다.

합중국의 검 2

쾅! 콰아앙! 쾅!

"쏴! 계속 쏴! 제리 새끼들이 방독면 못 벗게 해!"

사단장이 몸소 갈궈댄 탓일까. 93사단 예하 포병여단 병사들은 기어이 새로 점령한 고지에 포대를 방열했다. 하지만 이어지는 명령에 그들은 절망했다. 팔다리가 후들후들 떨렸지만 당장 포탄을 날려야만 했다.

"다들 탈진 상태입니다. 조금만 시간을 주신다면……."

"그래서? 힘들어? 지금 저 친구들한테 힘들다고 투덜대 봐!"

지휘관은 냉혹할 정도로 말했지만, '저 친구들'을 바라본 포병들은 입을 다물어야만 했다. 아직 채 수습되지 못한 불쌍한 미군 보병들의 시신이 곳곳에 널려있었기에.

"우리가 힘들다고 한 발 덜 쏘면 또 다른 전우가 제리의 손에 죽는다. 투덜대지 마라. 힘들어 죽을 것 같다고 해봐야 어차피 진짜 죽지는 않잖아! 당장 장전해! 미래를 열려면 우리가 죽을힘을 다해야 한다!!"

하도 이를 꽉 깨물어 피가 흐를 지경이었지만 그들은 개의치 않았다. 포대가 다시금 포효하기 시작했다. 마지막까지 발버둥치던 독일군도 이제 슬슬 현실을 깨달을 시간이었다. 그 깨달음이 늦어진다면, 더 많은 병사를 잃어야지.

통신대를 더욱 닦달해서 빨리 전화선을 깔고 싶었지만, 물리적으로 어려운 일을 계속 요청하는 것도 무리다. 게다가 부하 병사들은 부하지만 통신대는 아저씨 아닌가.

"전령 준비하게."

"알겠습니다."

늘 그렇듯, 포병은 항상 후방에서 보이지 않는 적을 상대로 포탄을 던져야 한다. 그 말인즉슨 아차 하는 순간에 전혀 전략적으로 무의미한 허공에 탄을 쏴 갈기거나, 반대로 아군의 머리 위에 불벼락을 떨어트려 욕을 먹는 일이 허다하다는 뜻이다.

지금 이 시점에서 아군을 쐈다간 최악이다. 단순히 살상의 문제가 아니라, 한번 아군의 대포를 맞은 부대는 사기가 바닥을 쳐 도저히 전투에 투입할 수가 없게 된다. 여태까지 잘해왔는데, 이 지긋지긋한 뫼즈—아르곤의 전세를 판가름할 결정적인 싸움에서 역적으로 지목받을 수는 없다. 따라서 그는 사전에 고지받은 일부 좌표에 대한 포격을 끝내고 침묵하기로 결정했다. 무엇보다 더 포격을 지시했다간 병사들이 자신을 살려둘 것 같지도 않았고.

하지만 그가 전령을 보내기도 전에, 오토바이를 타고 사단의 전령이 먼저 도착했다.

"새 명령입니다."

"알겠네."

명령서를 빠르게 훑어 내려가던 그의 안색이 점점 일그러졌다.

"조졌군."

또 새로운 고지를 점령했으니 연대 하나를 그리로 옮기라고? 누굴 보내든 어마어마한 원망을 들을 게 뻔하다. 방금 전까지 사력을 다해 쏴댔는데.

그나마 약간의 자비심으로 시간을 넉넉하게 주기는 했지만, 골치 아픈 건 매한가지였다.

"알겠네. 여기 적힌 대로 372연대가 이 고지를 인수하는 대로 즉각 이동하지. 그렇게 전해주게."

"알겠습니다!"

부아앙 하는 소리와 함께 전령이 다시 바람처럼 달려 사라졌다.

전쟁은 정말 끔찍한 일이었다.

* * *

93사단이 가진 모든 것을 끌어모아 돌파를 시도할 무렵. 이웃한 무지개 부대, 42사단 역시 어마어마한 피를 흘리고 있었다.

"83여단… 전멸했다고 합니다."

"대체 그게 무슨 말 같지도 않은 소리야!"

42사단장 메노허 소장의 눈이 한 바퀴 휙 돌더니, 신경질적으로 전화기를 집어 들었다.

"여단장! 대체 무슨 소린가!"

— 죄송합니다. 적의 반격이 너무 거셉니다. 전선은 무너지고 있고 아군을 더 이상 통제할 수 없습니다."

"당장 할 수 있는 만큼 전선 유지시키게. 그게 자네의 마지막 임무야."

쾅!!

여단장의 해임을 선언하며 신경질적으로 수화기를 냅다 던져버린 메노허는 잠시 씨근덕거리며 다시 교환원을 불렀다.

— 예, 장군님.

"84여단 연결해주게. 최우선으로!"

잠시 후, 믿음직한 목소리가 그의 귀를 간질였다.

— 84여단장 맥아더입니다.

"83여단이 무너졌네."

— 제가 말씀드리지 않았습니까? 더 많은 지원이 필요합니다. 지금 저희 84여단을 밀어넣는다 해도 독일 놈들을 도로 밀어내기는 역부족입니다.

맥아더는 얼마 전까지 사단의 대소사를 모두 떠맡았던 참모장이었다. 그가 기억하기로도 그의 입에서 못 하겠다는 소리가 나온 건 이번이 처음이었다.

"그 정도인가."

— 죄송합니다만, 죽으라고 명령하시면 죽겠습니다. 하지만 이기라고 명령하고자 하신다면 더 많은 화력지원을 요청드립니다.

"군단에 요청해서 추가적인 포병 화력을 지원하겠네."

— 항공 지원도 더 필요합니다. 현재 독일군이 우리 머리 위의 하늘을 장악했습니다. 싹 걷어내야 합니다.

"좋아. 전부 해주지. 약속함세. 그러니 내일 18:00까지 무슨 일이 있어도 저 악마의 아가리 같은 고지에 성조기를 휘날리게. 이게 내 명령이야."

— 킴 준장이 2만 8천 장의 시체 포대를 요청했었지요? 저희 부대를 위한 6천 장도 주문해주십시오. 성조기는 저 고지에 꽂히거나, 제가 들어갈 포댓자루에 감아 놓겠습니다.

그렇게 사단장에게 고한 맥아더는 전화를 끊은 즉시 참모부를 소집했다.

"이 전투의 향방이 우리에게 달려 있다. 83여단은 무너졌고 적은 저 징글징글한 고지를 탈환했네. 이제 우리가 제리를 쫓아내든가, 아니면 죽든가. 둘 중 하나가 남아있을 뿐이지."

"그동안 숨죽이고 오직 단 한 번의 반격만 준비하던 독일군의 기세가 이만저만이 아닐 텐데, 그걸 정면으로 받아내면 우리라고 멀쩡하겠습니까?"

"내가 할 수 있는 모든 요청은 다 했네. 만약 하나라도 받아들여지지 않으면 나도 빼야지."

그렇게 말하기가 무섭게 군단에서 다시 연락이 왔다. 그가 요청했던 모든 지원을 받아냈다는 답변이었다. 역시 메노허. 이러니저러니 툴툴거리긴 해도 할 수 있는 일은 전부 해주는 훌륭한 상관이다.

"좋아. 그러면 이제 이렇게 하면 되겠군."

그는 지도상에 시원스럽게 직선 한 줄을 주우욱 그어나갔다. 군단급 화력이 모든 것을 불태울 지점들. 저 밑에 있을 제리들에겐 아마겟돈이 따로 없겠지만, 이 정도는 되어야 놈들에게 현실을 각인시켜줄 수 있으리라.

"이러면 단순히 저희만 영향을 받는 게 아닐 텐데요?"

"그렇지. 우리만 나아가선 큰 재미 보기 어려워. 그리고 옆부대 친구도 이 사실을 아주 잘 이해하고 있을 거야."

이번엔 맥아더가 전화기를 들었다.

"93사단 본부 연결해주게."

— 예, 선배님. 유진입니다.

"상황은 대충 알고 있겠지? 죽기 딱 좋은 날이야. 84여단은 오늘 무슨 일이 있어도 스당으로 가는 길을 뚫을걸세."

— 그거 잘됐군요. 실은 저도 시체 포대를 좀 많이 주문했거든요.

"하하하하!!!"

— 하하하핫! 지금 여기는 최고입니다. 왼쪽도 오른쪽도 앞도 사방이 적이니 장님도 만발 찍을 것 같습니다. 저도 전방으로 가고 싶은 마음이 굴뚝 같은데 참 아쉽네요.

"자네는 목숨 좀 아까운 줄 알아야 해. 사단장씩이나 돼서 경망스럽게 그게 무슨 행동인가? 당장 자네가 또 최전방으로 튀어 나갔으면 내 전화도 못 받았지 않았겠나."

— 그거야 그렇지만, 저 앞에서 무슨 일이 벌어지고 있는지 도무지 연락이 안 되니 답답해 죽을 것 같단 말입니다. 무전기는 대체 언제쯤 써먹을 만해질지. 하.

옆에서 통화를 듣고 있던 참모들이 순 미친놈들을 바라보는 듯했지만 상관없었다. 범인(凡人)들이 천재들을 바라볼 때 경계하는 건 어찌 보면 당연한 일이니까.

"군단의 화력지원을 있는 대로 이끌어냈네. 내가 지금 좌표 불러줄 테니 잘 들으라고."

— 크으. 딱 가장 절실한 구역이군요. 불의 전차(Chariots of Fire)가 한 바퀴 순회에 나서면 독일 놈들이 노릇노릇해지겠습니다.

"표현 한번 시적이군. 나중에 내가 자서전을 쓰면 꼭 그 말을 써먹겠네. 이 정도로 화끈하게 화력지원을 받는데, 93사단의 진격로는 평탄해지겠지?"

— 이렇게까지 밀어주셨는데도 못 뚫으면 계급장 떼야죠. 지금 당장 새 명령서 뿌릴 준비부터 갖추겠습니다. 건투를 빌겠습니다, 선배님!

탁. 맥아더의 두 눈에 불씨가 붙었다. 믿음직한 후배가 측면을 청소해주면 적의 압력은 한결 꺾일 것이다. 42사단, 93사단, 1사단이 각기 ∧자를 이루어 돌파에 성공하면 지금 제리들이 꾸미고 있을 원대한 역공 시나리오는 한낱 코미디에 지나지 않게 된다. 그리고 그가 아는 후배는 가장 합리적으로, 가장 완벽하게 제리의 방어선을 도려낼 수 있는 '공격정신 왕성한' 인물이었고.

그놈의 공격정신 타령. 거기에 생각이 미친 맥아더는 파이프에 불을 붙였다. 차라리 프랑스군이랑 같이 싸울 때가 훨씬 속 편했다. 이 뫼즈—아르곤 전투가 시작된 이래, 윗선이 얼마나 대가리가 딱딱하게 굳었는지 알게 된 맥아더는 치가 다 떨릴 지경이었다.

그는 전훈 연구 사례집이랍시고 쇼몽에서 나눠준 팸플릿을 보고 경악했었다.

[일선 지휘관들이 적 기관총좌를 너무 두려워한다. 이는 곧 사상자가 발생하는 것을 지나치게 두려워하기 때문이다. 합중국의 지휘관이라면 아군

포격만 기다리지 말고, 보병의 소총 화력을 적극적으로 활용하여 더욱 진격해 나가야 한다. 기동과 공세야말로 대부분 옳다.]

시대가 언제 적 시대인데 아직도 이딴 미친 소릴 하고 있단 말인가. 저 '가르침'을 충실히 받아들여 그 잘난 볼트액션 소총으로 기관총 토치카에 들이댔던 부대는 거의 대부분 녹아내려 비참한 최후를 맞이했다. 상급부대의 포격을 기다린 후 달려간 부대는 적이 넝마가 될 정도로 충분한 화력지원을 받지 못해 팔팔하게 살아 있는 기관총에 맞고 또 비참한 최후를 맞이했다.

이런 꼬락서니를 빤히 보고 장병들의 생목숨을 아끼던 지휘관들은 대부분 '공격정신이 부족'하다며 해임당했다. 그럴 바엔 그냥 나도 시체 포대에 들어가고 말지. 맥아더는 솟구치는 짜증을 애써 억누르며 말했다.

"이번 공격엔 내가 선두에 서겠네."

"미치셨습니까?"

"전에도 그러다가 가스 한 번 들이켜지 않으셨습니까. 자제하시지요."

"병사들에겐 내가 필요해. 천날만날 포격만 떨어지면 뚝뚝 끊어지는 전화통만 붙들고 있다간 우리 애들 다 죽고 난 뒤에야 명령을 내릴 수 있겠지. 내가 직접 가겠네."

그렇게 주변의 우려를 싹 무시한 채 그는 다시 자신의 차량에 탑승했다.

"와아아아아!!"

"맥아더! 맥아더!!"

철모 대신 45도로 비스듬히 쓴 모자. 멋지게 둘러멘 짙은 보랏빛 목도리. 도금되어 금빛 번쩍이는 담뱃갑과 입에 꽉 문 파이프. 군복 대신 웨스트포인트 야구팀 스웨터, 승마 바지와 장화. 손에는 권총 대신 말채찍까지. 온몸으로 군인정신에 빼큐를 날리는 듯한 이 젊은 여단장을 보며 병사들은 언제나 그랬듯 열렬히 환호했다.

"168연대! 나의 자랑스러운 연대여!"

"맥아더! 맥아더! 맥아더!"

"그래! 우리 아버지도 맥아더고 나도 맥아더지! 아버지가 그대들과 함께 필리핀에서 자유와 정의를 위해 싸웠듯, 나 역시 그대들에게 내 목숨을 맡기겠다! 준비됐나, 전우들이여?!"

"YES, SIR!"

"가자! 우리야말로 최고의 부대, 합중국을 상징하는 부대라는 걸 제리 놈들에게 알려주자!"

3일간 42사단이 벌인 대혈투의 종막. 이날 맥아더와 84여단은 마침내 고지를 함락시켰다. 맥아더는 인생 두 번째로 독가스에 중독되었으며, 42사단은 3일간 3천 명의 전사통지서를 작성해야 했고 세 명의 명예 훈장 수훈자를 얻었다.

피와 시체로 포장된 스당행 도로가 마침내 열렸다.

고증입니다

"It is seldom wrong to go forward. It is seldom wrong to attack. In the attack it is much better to lose many men than to fail to gain ground."

"전진이 틀린 경우는 없다. 공격이 틀린 경우는 없다. 병사 다수를 잃는 것이 땅을 차지하지 못하는 것보다 낫다."

— 1918년 8월, 쇼몽 사령부.

이미 여기까지 보셨으면 미군의 위대함은 다 아시겠지만, 저는 항상 독자님들이 숨막혀 고통받으실까 최대한 순한 맛으로 쓰고 있습니다.

참호, 철조망, 기관총의 시대가 오면서 방어자는 공격자에 비해 훨씬 유리해졌고, 아주 약간 진격하기 위해 어마어마한 피를 흘리는 참호전의 시대가 왔습니다. 1차 대전 이전 남북 전쟁, 보어 전쟁, 러일 전쟁 등 참호와 기관총의 조합이 어떤 결과를 초래하는지 이미 데모 버전이 나왔으며 영국과 독일 등은 점차 참호전을 염두에 두고 군을 준비했습니다. 이들이 염두에 두지 못한 것은 오직 하나, 수백 킬로미터가 넘는 거대한 참호지대를 만들고 몇 년 동안 서로가 으르렁거리는 지옥이 열리리라는 미래상이었습니다.

1914년부터 계속된 참호전을 본 각국 사령부가 내린 결론은 쇼몽의 그것과 크게 다르지 않습니다. 지금 아무리 피해를 입더라도, 적에게 땅을 내준다면 적은 그 자리에 참호와 기관총, 철조망을 설치하게 됩니다. 결국 지금 당장 막대한 희생이 발생하더라도 '훗날 그 자리에 적의 참호가 지어질 때'보다는 사람이 덜 죽는다는 결론에 다다른 것입니다.

합중국의 검 3

뫼즈—아르곤. 독일이 아직까지 그나마 선전하고 있는 곳. 특히나 수뇌부에서는 이곳에서 미국인을 하나 더 죽일 때마다 협상이 유리해지리라 크나큰 기대를 걸고 있었다. 따라서 다른 곳에서 밀리는 건 어쩔 수 없다 치더라도, 이곳에서만큼은 반드시 죽을힘을 다해 싸우라고 더더욱 독촉해오고 있었다.

"적이 더욱 전진해오고 있습니다."

"지원병은? 추가 병력 지원 소식은 없나?"

"새로 내려진 지시가 있습니다."

"오, 뭔가!"

하늘 같은 사령관이 반색하며 물었지만, 참모는 덜덜 떨며 앞으로 그가 얼마나 화를 낼지를 걱정할 뿐이었다. 어째서 나는 이런 보고를 올려서 분노를 감당해야 한단 말인가.

"오스트리아—헝가리가 제국의 편에서 벗어나 연합국과 강화를 꾀하고 있으니, 오스트리아—헝가리제국군을 현재 전선에서 모두 격리시키라는 지시입니다."

"무슨 개같은 소릴 하는 거야! 그 병력을 다 빼면? 그놈들이 아무리 똑바로 싸우지도 못하는 병신들이라 해도 그 자리를 메꿀 병력은 줘야 할 일 아닌가! 이게 무슨, 이게 무슨 개뼈다귀 같은 소리야!!"

이래 놓고 싸워서 이기라고? 적의 소모를 강요하고 시간을 벌라고? 그래 안다. 스당은 지켜야지. 스당이 함락되는 순간 프랑스—벨기에 일대의 점령지와의 철도 연결이 죄다 끊겨버리니까. 그러면 이길 수 있게 밀어주기라도 하든가!

"급보, 급보입니다!!"

"또 뭔가."

이제 노이로제가 걸릴 것만 같았지만, 그렇다고 보고를 안 받을 수도 없는 노릇. 예상대로, 새로 올라온 보고 역시 끔찍한 이야기로 가득했다.

"미군이 아군 방어선을 돌파하였습니다. 후퇴 중인 아군, 미군의 강력한 추격에 많은 사상자 발생 중. 놈들이 강력한 화력을 투사하며 입구를 더욱 열어젖히고 있습니다."

"지도, 지도!!"

사령관의 불호령에 재빨리 참모들이 새 보고 사항에 따라 적의 군세를 지도에 표기하기 시작했다.

"아……."

"이건, 그러니까……."

암담하다. 잘 벼린 미군의 칼날이 버터를 가르는 나이프처럼 푹 찍고 부드럽게 독일의 방어선을 갈라버리고 있었다. 미군이 이 뫼즈—아르곤에 온 지 얼마나 시간이 지났던가. 그들은 날로 새롭게 배우고, 더 진화하고 있었다.

공세 첫날 미련하기 짝이 없게도 오와 열을 갖추어 밀집해서 행군 대형으로 걸어오던 병신들은 더 이상 없었다. 그들은 이제 압도적인 포격으로 전장을 뒤흔들었다. 그렇지 않다면 전차를 앞세우고 그 뒤에서 달려들었다.

하늘은 언제나 망할 열기구와 항공기로 뒤덮여 있었다.

이것으로 끝이 아니었다. 독일군이 엄두도 못 내던 것들을, 저들은 압도적인 산업 능력으로 실천에 옮기고 있었다. 세 대의 열차포가 신들린 듯이 불을 뿜으면, 그 어떤 독일군의 방어선도 남아나질 않았다. 틀림없이 전방에서는 무수히 많은 전차를 격파했단 보고를 올렸지만, 그다음 날이면 더 많은 전차와 접촉했다는 애처로운 지원 요청이 올라왔다. 첫날 적들은 우수한 독일 항공대의 폭격을 경험해야 했지만, 이제 폭격당하는 건 아군이었다.

그리고 지금, 놈들이 이제 제국 공격전술의 정수와 같던 후티어 전술을 카피하고 있지 않나. 대규모 포격으로 공황 상태에 빠졌을 적을 무시한 채 거침없이 파고들어 통신을 차단하는 모양새. 확실했다. 자신들의 기술을 이제 미군이 따라 하고 있었다.

사령관은 막 위치를 옮기는 저 망할 표식을 보며 눈살을 찌푸렸다.

"93사단이라?"

"그, 그렇습니다."

"그 빌어먹을 깜둥이들이 여기까지 진출하고 있다고? 대체 왜? 어째서!!"

"적이 아군의 전술을 모방해 기동하고 있습니다. 약점으로 지목되던 이곳과 이곳 축선에 전차와 스톰트루퍼를 투입하였기에……."

"그래서 제국의 전술을 이제 일개 깜둥이들이 써먹고 있다고? 그래서 뚫렸다고? 말이 안 되잖아!"

그는 울화가 터지는 듯 쉴 새 없이 분노를 터뜨렸다.

"오이겐 킴, 오이겐 킴! 그놈이 알렉산더야? 칭기즈칸이야??"

"적이 풍족한 보급을 받고 있어……."

"이 진창 속에서 무슨 놈의 얼어 죽을 보급이야! 변명도 적당히 해! 서른도 안 된 애송이에게 별을 달아주는 미군도 미친놈들이지만, 그 애송이한테 패했다간 우리 역시 대가리에 총알 심어야 한다고! 당장 막아! 막으라고!"

미군이 오고 있다. 성큼성큼, 이 전쟁의 끝을 알리기 위해 사신처럼 다가오고 있다. 스당 코앞까지 온 적을 어떻게 막지? 오스트리아—헝가리군을 배제하면서?

"적을 저지한다. 우선 93사단부터 으깨 놓지."

"옙."

"후티어 전술이 어째서 전면적인 전과확대로 이어지지 않았지?"

"일선 병사들에게까지 보급이 미치지 못했고, 도보로 기동하는 특성상 적의 재편과 방어선 형성이 더욱 빨랐기 때문입니다."

"그렇지. 그러면 이렇게……."

탁탁. 그는 예비 팻감들을 93사단의 앞에 배치하려고 했다. 그러나 잠시 당황했다. 남은 말이 없다. 독일군을 상징하는 모든 말판은 절대 내줘선 안 될 요소요소에 전부 몰려 있었다. 방금 전, 그나마 몇 개 남아있던 말판을 오스트리아—헝가리군이 있던 지역에 집어넣었다.

"이… 이렇게."

어디서 끌어와야 하지? 말문이 막힌 사령관이 불쌍해 보였는지, 몇몇 참모들이 얼른 나서서 현황을 조정하려 했다.

"이렇게 하시지요. 우선 스당 방어가 더욱 급선무입니다. 그러니 여기와, 여기의 병력을 빼서 보다 전선을 좁혀야 합니다."

"그러면 고지대를 전부 내주잖습니까! 불가능합니다."

"어차피 내주게 되어 있습니다. 이미 적들이 인근 지대를 전부 감제하는 마당입니다. 얼마나 더 오래 버틸지 모르니 아군의 기동이 자유로울 지금 빼야 합니다."

"무슨 소리! 정말 자유롭다고 생각하오? 이미 그 생각으로 퇴각하던 아군이 미군에 뒷덜미를 잡히고 있단 말이외다!"

지휘관이 멍해진 틈을 타 이제 참모들도 서로 언성을 높이기 시작했다. 그들이 봐도 어차피 답은 없었다. 아랫돌 빼내 윗돌 괴는 모양새로 얼마나 오래 버틸 수 있겠는가. 오직 막연하고 아련한 강화의 그 날까지 버티고 또 버틸 뿐이지.

"스당 방어를 위해… 뫼즈—아르곤 일대를 포기한다."

"장군!!"

"병력이 없는데 어쩔 수 없잖아 그러면! 네놈들이 나가서 오이겐 킴을 쏴 죽이고 오지도 못할 거면 당장 전선 축소해!"

"장군, 지금 그나마 우리가 고지대를 선점하고 있기에 이 전선이 유지되고 있습니다."

"……."

누구도 해결책이 없는 난국. 미합중국의 칼날은 천천히, 하지만 확실하게 이들의 가슴께를 헤집고 있었다.

"담배 한 대 태우고, 흥분 좀 가라앉힌 연후에 다시 이야기들 하지."

몇 분짜리 유예만이 그가 내릴 수 있는 유일한 해답이었다.

* * *

제국은 패배한다. 하루마다 쌓이는 보고의 탑을 보며, 이 생각을 품지 못하는 독일제국의 장성은 이제 없었다.

"솜(Somme)이 뚫렸습니다!"

"영불연합군이 캉브레로 진격해오고 있습니다."

"뫼즈—아르곤에서 추가 병력 지원을 요청했습니다. 적, 막대한 피해에도 불구하고 지속적으로 진격 중!"

"힌덴부르크 선이 붕괴되고 있습니다."

"막을 수 없습니다!"

"적, 힌덴부르크 선 돌파했습니다! 참호선이 무너지고 있습니다!"

"아군 병참이……"

"그만! 그마아아안!"

암흑의 날. 이제 독일군은 더 이상 싸우지 못했다.

과거의 보고는 이렇지 않았다. 적이 설령 아무리 강렬하게 공격해 온다 한들, 보고서에는 항상 위대한 독일군이 '영웅적'으로 싸웠으나 중과부적으로 결국 패할 수밖에 없었다고 적혀 있었다. 하지만 지금, 자랑스러운 독일의 건아들은 저항조차 제대로 못 한 채 손을 번쩍 들고 항복하고 있었다.

끝났다. 당장 총참모부에서도, '루덴도르프가 미쳤다.', '이길 때만 위풍당당하고 패배를 수습할 능력은 없는 병신'과 같은 소리가 대놓고 들릴 정도였다. 그렇다고 다른 곳의 전선은 멀쩡한가? 발칸반도의 전선 역시 무너졌다. 전선을 유지해주던 불가리아가 마침내 무너지면서 연합국은 오스트리아—헝가리로 가는 길을 활짝 열어젖혔다. 오스만튀르크? 그놈들은 진작 망한 시체나 다름없다.

루덴도르프에게 마지막 남은 임무는 제국의 뼈대나마 지키는 것이었고, 제국의 뼈대란 당연히 독일제국군을 일컫는 말이다. 모름지기 프로이센은 '군이 나라를 가진 격'이었고, 군만 멀쩡하다면 제국은 언제든지 다시 비상할 수 있었으니까. 루덴도르프는 마지막이 될지 모르는 카이저와의 알현을 준비했다.

"폐하."

"왔나."

이제 카이저의 눈에선 더 이상 신뢰를 찾아볼 수 없었다. 제국을 날려먹은 몹쓸 졸장. 굳이 묻지 않아도 훤히 알 수 있었다. 그는 끝났다.

하지만 섬기는 군주가 그를 버린다 한들, 부하는 마지막까지 충성을 다해야 했다. 설령 그가 모든 직책에서 해임당했다 할지라도, 마지막 간언을 아끼지 않을 수 없었다.

"제게 제국의 주춧돌을 남겨 놓기 위한 계책이 있습니다."

"후우… 일단 한번 들어는 보겠소."

"빨갱이들에게 정권을 넘기십시오."

"마침내 미쳐버린 게요, 루덴도르프? 혹시 빨갱이들이 그대 뒷주머니에 돈이라도 찔러 준 게요?!"

"아닙니다. 제 말을, 부디 제 말을 조금만 경청해주십시오."

이미 쇠약해지고 광증이 찾아온 루덴도르프지만, 마지막 총기를 그러모아 한 줄기 희망만은 만들 수 있었다. 이게 행복회로인지, 아니면 정말 기사회생의 마지막 수가 될지는 도저히 모르겠지만.

"빨갱이들에게 정권을 넘기고, 연합국과 협상을 하라고 하십시오."

"……."

"협상조건은 필시 가혹할 것입니다. 하지만 이미 패배는 명확하니, 결국 그들은 수락할 수밖에 없겠지요."

'그들'? 묘한 말이다. 평생을 군주로서 살아온 카이저가 그 뜻을 이해 못 할 리는 없었다.

"시민들의 불만은 당연히 정부를 향할 것입니다. 나약하고, 항전 의지도 없는 자들이 연합국의 총부리에 겁먹었다고 생각하겠지요."

"그러면……."

"협상이 타결되고 적들이 모두 제집으로 물러난 후, 아직 제국에 희망이 있었음에도 적과 결탁해 나라를 팔아먹은 빨갱이들을 엄히 꾸짖고 새 정권을 세우십시오."

모든 것은 빨갱이의 잘못이다. 승리할 수 있었던 이 전쟁은 오직 빨갱이들이 제국의 등에 비수를 꽂았기에 패배로 끝나고 말았다! 루덴도르프가 핏발 가득한 눈을 부릅뜬 채 외쳤다.

"그들은 탈영을 일삼고, 징집을 거부하며, 평화를 선동했고, 세계 적화와 그네들 공산주의 정부의 설립을 위해 암중에서 끝없는 사보타주를 저질렸습니다. 이건 진실입니다. 저희는 용맹히 싸웠으나, 제국 내부의 암덩어리들이 제5열을 형성해 배신행위를 저질렀습니다!"

"…일단, 그대는 좀 쉬어야겠군. 잘 알겠으니 들어가 보시오."

"폐하! 폐하!!"

"물러가시게."

루덴도르프가 반강제로 자리를 떠난 뒤, 카이저는 욱신욱신 쑤셔 오는 머리를 꾹 눌렀다. 전쟁은 아무래도 진 것 같았다. 못난 것들. 멋대로 전쟁을 일으켜 놓고 결국 패배하다니. 일단 패하긴 했으니, 적당히 내줄 건 내주고 챙길 건 챙기면 되리라.

우드로 윌슨이 내세운 웃기지도 않는 이야기 따위는 귀에 들어오지도 않았다. 어차피 모든 협상은 결국 영국과 프랑스의 몫이다. 그리고 그들은 합리적인 신사였고, 늘 그래왔듯 패배자가 적당한 값을 치르기만 하면 제국의 국체는 온전하다.

제국을 날려버린다고? 그럼 빨갱이는 누가 상대하고, 저 아시아의 타타르는 누가 막겠는가. 결국 늘 그래왔듯 유럽 문명세계를 위협하는 적을 물리칠 십자군은 오직 위대한 게르만의 몫이었다.

그래도 여태까지 해온 게 있는데 나라가 망하진 않겠지.

합중국의 검 4

    마침내 저 끔찍하던 뫼즈—아르곤의 방어선이 하나둘 무너져 내리기 시작했다. 거대한 제방에 구멍이 뚫리듯, 그 균열은 미세하고 작았지만 이내 쩌저적 갈라지며 거대한 파괴로 이어졌다.

    스당으로 가는 방어선이 요란한 포성과 함께 와르르 무너지자, 이제 얼마 남지도 않은 독일군은 돌멩이와 자갈 신세가 되어 백만 미군의 파도에 그대로 묻혀버릴 뿐이었다. 그러자 속도가 붙었다. 너무나 오래 고통받았던 미군은 눈에 독기를 품은 채 적을 추격했다.

    스당. 갈망의 땅. 그곳이 마침내 시야에 들어오자, 연합군 내에선 곧바로 균열이 일어나는 건 당연한 일일지도 모른다.

    "스당은 우리에게 있어 굴욕의 땅이오. 당연히 그 굴욕을 씻기 위해선 우리 프랑스군이 되찾아야 합니다."

    연합군 총사령관 포슈는 일체의 타협도 없다는 듯 단언했다. 수십 년 전 보불 전쟁 당시, 프랑스의 황제였던 나폴레옹 3세는 스당 요새에서 비참하게 항복하고 말았다. 남한산성에 인조를 가둬 항복을 받아내고 청나라가 비상했듯, 독일 역시 나폴레옹 3세를 가둬 항복을 받아내고 독일제국의 탄생을 선언했다.

프랑스인들이 눈에 핏발을 서서 스당에 첫 깃발을 꽂아 넣겠다 벼르는 게 이해 못 할 부분은 아니었으나.

"유감스럽지만, 미합중국의 명예를 위해서라도 스당을 양보해줄 수는 없소."

영국과 프랑스가 힌덴부르크 선을 쑥밭으로 만들 때까지 이 지긋지긋한 뫼즈—아르곤에서 피만 신나게 뿌린 미군이다. 미군에겐 확고부동한 전공이 필요했다. 얼마나 많은 피를 흘렸나 같은 건 필요 없다. 얼마나 많은 적을 붙들었는지 외쳐봐야 공허할 뿐이다.

오직 땅! 얼마나 진격해 많은 영토를 확보했는가. 그리고 얼마나 가치 있는 곳을 차지하여 전쟁에 공헌하였는가. 그런 점에서 독일 점령지 일대의 철도교통을 거의 완벽히 마비시킬 수 있는 스당은 절대 양보 못 할 곳이었다.

게다가 현실적인 이유도 있었다.

"프랑스군에게 양보해줘야 한다구요?"

"후방에 있는 프랑스군이 전진해오면, 이 좁아터진 도로에서 대재앙이 벌어질 겁니다."

이미 그 능력을 입증받은 마셜 역시 딱딱하게 말했다. 군대란 그 부피가 어마어마한 법. 이 좁아터진 진흙뻘 비포장도로에 사단도, 군단도 아니고 군 레벨을 냅다 박아 넣었다간 엄청난 재앙이 벌어질 수도 있었다.

"지금부터 전투지경선은 더 이상 존재하지 않는다."

결국 명분과 실리 모두 고민하던 퍼싱은, 명예를 잃느니 목줄을 풀어버리기로 결심했다.

"수단과 방법을 가리지 말고, 주야도 가리지 마라. 결코 프랑스 개구리 놈들에게 스당을 넘겨주지 마라."

전 미군이 폭주하기 시작했다.

                              * * *

1번마부터 8번마까지. 단 한 번뿐인 120만 대군의 경마가 그 막을 열 시간.

"사단장님."

"오 제발. 하지. 일이 더 있다고 하진 말아 줘."

"다름이 아니라, 사령부에서 내려온 명령서입니다."

"줘 봐."

나는 그리 길지 않은 명령을 쭉 읽어 내리고는, 대강 접어서 주머니 어드메에 찔러 넣었다.

"자자, 우리 참모님들. 야근한다고 힘드실 텐데, 주목."

"넵!"

"여러분이 열심히 일해서 윗선에서도 알아준 것 같습니다."

내가 서두를 떼자, 귀여운 미어캣들이 일제히 초롱초롱 빔을 보내며 '혹시?', '혹시 진급?', '훈장? 훈장 각인가?'라며 기대의 시선을 보냈다.

미안해 얘들아. 내가 너무 희망을 불어넣어줬구나.

"우리 93사단은 진격을 중단하고, 군단의 예비대로 전환합니다."

"예……?"

"다시, 다시 말씀해주시겠습니까?"

다들 순간적인 상황 변화를 받아들이지 못한 모양이구만.

"우리는 스당 가지 말고 쉬라는데?"

"이럴 수는 없습니다!"

"우리가 얼마나 피를 뿌려 가며 싸웠는데! 스당에 성조기를 꽂는 역할은 당연히 우리의 몫 아닙니까!"

"무시하시죠 장군! 지금 당장 진격을 명해주십시오!"

곳곳에서 욕설과 함께 격한 반응이 터져 나왔다. 폭력 영화의 주인공처럼 난폭하게 변해버린 것이다. 전쟁의 참상이 이렇게 사람들의 심성을 뒤틀어버렸다.

"자자. 다들 진정하고. 브래들리 참모장."

"예."

"참모장의 의견을 듣고 싶은데."

내 물음에 브래들리는 단 1초도 머뭇거리지 않았다.

"상급부대에서 매우 시기적절한 판단을 내렸다고 생각합니다."

"들었지?"

이게 무슨 영문인지 이해를 못 한 참모들이 정신없이 나와 오마르를 번갈아 보기 바빴다.

"우리가 지금 최전방에서 적과 사투를 벌인 지도 꽤 오랜 시간이 지났습니다. 일선의 장병들의 피로도를 헤아릴 필요가 있습니다."

"하지만……."

막 무어라 반박하려던 참모 하나에게 내가 손을 뻗어 만류했다.

"지금 일선 장병들이 휴대한 식량과 탄약, 얼마나 남았는지 파악하고 있는 자?"

"……."

"기름은? 피로도는? 부상병은?"

대답은 없었다. 또 흑인 부대라 배제당한다는 분노와 의심이 가라앉고, 슬슬 현실로 돌아오고 있는 것 같아 다행이다.

"전선 유지하고 필요한 물자 확인해서 보급 준비하도록. 특히 구급차. 도로 다 비우고 의무대 구급차가 가장 먼저 최전방에 당도할 수 있게 조치해 주기 바랍니다."

"알겠습니다!"

"그럼 해산."

사단장이 계속 있으면 불편할 테니, 나는 곧장 자리를 빠져나왔다. 그런 내 뒤에 하지와 오마르가 곧장 찰떡처럼 붙어 따라 나왔다.

"유진."

"왜."

"네 진짜 생각은 어떤데?"

나쁜 놈. 아주 사람 마음을 훤히 읽고 있구만.

"당연히 깜둥이라 배제당한 거지, 시벌."

"네가 원하는 답변은 아닌 것 같아 적당히 말했어."

"고오맙다 정말. 덕분에 살았어."

하지는 두 번째로 멘붕한 것 같았지만 부관의 도리를 다한 채 얼른 라이터를 내밀었다. 역시 숙련된 부관이야. 한밤중의 거친 바람에도 굴하지 않고 불붙여주는 솜씨가 일품이다.

"당연히 배제당한 거지. 아, 이거 기분 참 끝내주네."

"정 그러면 다시 한번 상부에 건의해보는 것도 나쁘진 않을 것 같은데."

"아냐. 딱 좋아. 켁! 케엑!!"

폼 잡으면서 담배 연기를 후욱 내뿜었지만, 망할 바람에 고스란히 내 콧구멍으로 다시 파고든다. 아씨, 이래서야 위대한 전쟁영웅의 위엄이 심각하게 실추되는데.

"하아, 하아. 아무튼. 우리가 스당에 깃발 꽂아봐야 적만 더 늘릴 뿐이야. 달린다고 해서 스당이 얌전히 우릴 위해 어서 오십시오, 하면서 대기 중인 것도 아니고."

"그건 그렇지."

"그러니 지금은 대인의 풍모를 보이면서 '우린 다 사정 알지만 이해한다.'라는 식으로 빼면 돼. 윗선도 염치가 있을 테니까."

모두에게 욕을 처먹어가면서 병사들을 사지로 보낼 필요는 없지. 이미 우린 할 만큼 했고, 스당 안 간다고 해서 우리의 전공이 사그라들지도 않는다. 여기서 설마 '전쟁도 끝났으니 귀관은 이제 중위일세!' 하고 손 흔들겠

나. 그랬다간 내 기필코 꼬뮤니즘 혁명가로 전업하고 만다. 내 전쟁은 사실상 끝난 것이나 다름없었지만, 살짝 걱정이 되긴 했다.

"전투지경선도 무시하고 달리라고 했단 말이지."

"응? 어, 명령은 그랬지."

"이거 사고 나기 딱 좋은데."

당장 원 역사의 한국전쟁에서도 유사한 사고가 있었다. 평양 첫 입성의 대업을 놓고 미군 제1기병사단, 한국군 1사단, 7사단이 얽히고설켜 골 때리는 광경이 연출되었었지. 그리고 지금, 비슷한 사고가 나지 말란 법은 없었다.

"하지. 차 준비해."

"알겠습니다."

하지가 재빨리 사라지자, 이제 아무 눈치 볼 사람도 없어진 오마르가 날 붙들었다.

"야! 애들 냅두고 어딜 가려고!"

"그냥 병사들 푹 쉬게 하면 되니까 별일 없을 거야. 난 잠깐 옆부대 놀러 갔다 올게!"

"야!! 야 이 나쁜 놈아! 내가 저걸 친구랍시고! 야아아아!"

미안해. 그치만 이게 다 사단장 부재중 지휘봉을 많이 잡게 해주고 싶은 엄마의 마음이란다. 길길이 날뛰는 오마르를 버린 채, 나는 재빨리 하지가 선탑한 차량 뒷좌석에 탑승했다.

저번에 날 외면했겠다? 이번엔 내가 버렸다. 어우 좋아.

* * *

야간 공세고 전투지경선이고 뭐고 싹 무시한 채 스당을 향해 달리라는 명령이 떨어지자, 말 그대로 스당행 편도 폭주기관차들이 힘차게 달렸다.

그리고 스당에 가장 근접한 것이, 다름 아닌 42사단이었다.

— 지금 당장 스당에 대한 공격을 실시하게.

"죄송하지만 몇 시간만 유예를 주실 수 없겠습니까?"

42사단장 메노허의 독촉에도 불구하고 맥아더는 우선 NO를 외쳤다.

"병사들이 극도로 피로에 젖었습니다. 어찌나 급히 움직였는지 군장 가볍게 하겠답시고 밥을 버리는 놈들이 부지기수였습니다."

— 제길. 하지만 명령이…….

"야간에 공세를 편다 한들 적을 성공적으로 격퇴할 수 있을지, 아군의 피해가 어느 정도일지 짐작하기란 어렵습니다. 내일 해가 뜰 새벽녘에 공세를 시작할 수 있도록 약간의 말미를 허해주십시오."

— 좋아. 84여단은 해가 뜨는 즉시 스당을 함락시키게.

"감사합니다."

전화를 끊은 맥아더는 곧장 채비에 나섰다.

"어딜 가십니까?"

"스당."

"혹시 가스를 너무 잡수셨습니까? 이제 산소 대신 가스를 들이키셔야 직성이 풀립니까?"

핀잔에도 불구하고 맥아더는 피식 웃음만 흘렸다.

"이 맥아더가, 언제 적진과 마주했을 때 직접 정찰을 나가지 않은 적 있었나?"

"그때는 아직 가스를 두 번 빨기 전이잖습니까."

"그래서 더더욱 나가야 해. 천하의 맥아더가 겨우 가스에 쫄아 막사에 처박혀 있다는 소문이 도는 꼴은 절대 못 참지."

그가 모두의 만류를 뿌리친 채, 예의 '채비'를 완벽하게 갖추고 조용히 스당을 향해 나아가려던 찰나였다.

"장군. 급보입니다."

"말하게."

"아군 전방에 미상의 병력이 움직이고 있습니다."

"이 야간에?"

그는 잠시 고민했다. 독일군의 야습인가. 그도 야습이라면 꽤 많이 해봤기에, 지금 병사들의 상태를 보면 충분히 야습을 걸어봄 직하다는 판단에 도달했다.

"내가 정찰을 다녀오겠네."

"장군?"

"스당이든 거기든 크게 다를 바 없지 않나. 규모도 파악 못 했나?"

"그렇습니다."

"그러니 가야지. 병사들 준비시키고, 혹시 모르니 포도 방열해 놓게."

새롭게 지시를 내린 그는 곧장 적이 있다는 곳으로 향했다. 저 멀리서 다가오는 희끄무레한 형체들. 딱 봐도 터덜터덜 군기라곤 없이 걸어오는 꼴이 참으로 개판이었다. 하도 처맞았더니 독일 놈들도 힘이 다한 게 틀림없었다.

그리고 그 순간.

"거기, 정지! 움직이면 쏜다!"

"?!"

우렁차게 들리는 영어. 맥아더가 당황하는 사이, 몇몇 병사들이 달려와 그에게 소총과 기관단총을 겨누었다.

"무릎 꿇어! 얼른!"

"이보게 병사들. 나는 84여단장 맥아더 준장일세."

1사단? 1사단 병사들이 왜 우리 앞에 있어?

'빌어먹을 전투지경선!'

그제야 상황이 파악되었다. 이놈들, 제대로 연락도 못 취하고 42사단의 구역으로 다짜고짜 파고들었다.

"준장이라고? 어딜 봐서?"

"이, 이놈들! 저쪽에 아군 42사단이 있단 말이다! 난 거기 부대장이고!"

"니가 준장이면 난 퍼싱이야, 이 자식아."

"자자. 자세한 이야기는 우리 정보장교들 앞에서 한번 읊어 보십시다, 준장 양반."

머리부터 발끝까지. 모자, 목도리, 스웨터, 승마바지, 부츠까지. 맥아더의 행색에 미군 티가 날 만한 거라곤 아무것도 없었다. 수상하다, 참으로 수상해보인다. 병사들은 그를 거칠게 바닥에 처박고 능숙한 솜씨로 포박하고는 몸을 뒤지기 시작했다.

"미군 작전지도를 갖고 있습니다."

"좋아. 첩자를 포획했다. 정말이지 제리 놈들은 마지막까지 끈질기단 말야. 당장 본대로 귀환한다!"

"이, 이 망할 것들이……!"

그렇게 정예 1사단 용사들은 위풍당당하게 사악한 제국의 첩자를 잡아 본대로 귀환했다.

합중국의 검 5

굴비 두름처럼 꽁꽁 묶인 채 끌려가던 맥아더는 문득 하늘을 쳐다봤다. 인간세상과 달리, 하늘의 달은 참으로 밝았다. 달은 휘영청 저렇게 밝은데, 이 빡대가리들이 하는 짓거리는 도대체 왜 이리 어두컴컴하단 말인가…!

역시 1사단은 답이 없다. 사단 창설 좀 일찍 했다고 맨날 미합중국 최고의 사단 42사단을 음해하기에 여념이 없는 놈들. 어쩌면, 이 모든 게 음모의 일환일지도 모른다.

의심이 어느덧 꼬리에 꼬리를 물고 피어나기 시작했다. 놀라울 정도로 젊고 유능한 뒷세대의 등장을 경계하던 똥별들. 남북 전쟁기에 두뇌 수준이 고정되어 병사들의 피가 강물처럼 흐르게 만든 무능한 쇼몽 참모부. 항상 42사단에 대한 질시로 가득 차 있던 1사단까지.

보통은 다 알려주는, 그래서 결코 '불시'가 아닌 불시 검열을 뒤집어쓰고 신나게 퍼싱에게 깨진 것도. 몇 시간 전까지 피 터지게 전선에서 싸우다 물러나던 부대를 붙들고 감찰이네 뭐네 하며 개짓거리를 하던 참모 놈들도. 심지어 한창 진격 중이던 그의 부대에, 슬며시 사령부에서 파견 나온 사람이 부하들을 대상으로 '맥아더 장군은 어떤가?', '그는 장성으로서 괜찮

210

은가?'라며 되도 않는 설문조사를 하기까지. 누가 봐도 그림이 나오지 않는 가?

당장 공격을 지시해야 할 여단장이 붕 떠버렸으니 84여단, 나아가 42사단 전체가 혼란에 빠질 터. 그동안 이 양아치 1사단은 스당을 들이쳐서 영광을 거머쥐기만 하면 된다. 너무나 손쉽고 간편한 일이다.

'아무리 그래도… 이 정도로 비열한 짓까지 서슴지 않다니! 합중국 육군은 대체 어디까지 썩었단 말이냐!'

이제 이야기의 앞뒤가 맞아떨어진다. 맥아더는 확신했다. 그동안 끝없이 등 뒤의 같은 편이 그에게 호의적이지 않다고 확신하던 맥아더의 상상은 어느새 그 실체가 뚜렷해지고 있었다.

'어디까지가 썩었지? 퍼싱 장군은 그럴 리 없다. 그분이 이런 더러운 일에 가담할 리가 없다. 드럼 참모장은 빼도 박도 못할 놈이군. 그 자식이야말로 적폐지. 대령 주제에 하늘 같은 별에게 모욕이나 주는 버러지 같은 놈.'

맥아더의 뇌는 분주히 주어진 정보를 토대로 '적'의 명단을 추려냈다. 이자는 확고한 적. 이자는 적은 아니지만 무능함. 저 자식은 유능하지만 사리사욕에 가득 참. 이 머릿속 명단들을 누군가 볼 수 있었다면 맥아더가 살생부를 쓰고 있다고 기겁했겠지만, 그를 꽁꽁 묶어 호송하는 장병들이 남의 마음을 읽는 초능력자도 아니니 그럴 일은 없었다.

'미합중국 육군, 아니, 이 나라는 내가 바꿔야 한다.'

그렇게 그가 국가와 육군을 위한 확고한 결심을 다질 때쯤, 마침내 그는 1사단 1여단에 도착했다.

"어이, 첩자. 잠시만 기다리고 있게."

"간부들 모셔올 테니 변명 잘 생각하고 있고!"

잠시 창고에 갇혀 어두컴컴한 곳에서 먼지를 맛보기를 몇십 분. 무언가 꿈틀거리지만, 불빛이 없어 이 간질거림의 정체조차 확인하질 못하고 얼마나 오랜 시간이 지났는지. 마침내 문이 열리고 딱 봐도 피곤에 절어 보이는 한 대위가 들어왔다.

"하아암… 피곤해 죽겠는데. 으음, Guten Abend(좋은 저녁이야)?"

"영어 할 줄 안다."

"아, 잘됐군. 그러면 먼저 귀관의 관등성명부터 대겠나."

"더글러스 맥아더 준장. 미합중국 육군 42사단 84여단장이다."

"그래그래. 그런 신분을 받고 왔구만. 그래서, 진짜 관등성명은? 독일군 제5군 소속인가?"

"닥치고 여단장이나 사단장에게 안내해. 높은 놈이 오면 네 소원대로 마음껏 독일군 기밀인지 뭔지를 떠들어 줄 테니까."

"하… 예예, 그렇게 하지요. 얘들아! 여단장님께 가자!"

그리고 얼마 후.

"맥, 맥, 맥, 맥아더 준장! 여긴 대체 왜!!"

"내 성을 맥맥맥맥아더로 갈아줘서 고맙지만, 그냥 원래 성인 맥아더가 더 마음에 드는군, 얄마르 에릭슨(Hjalmar Erickson) 대령. 1여단의 창고는 참 포근했소."

"야, 이 미친놈들아! 남의 부대 여단장을 왜 잡아온 거야! 이게, 이게 어떻게 된……?"

"그렇게 전공이 탐이 났나? 쇼몽에서 지시했나?"

첩자랍시고 잡아온 사람이 남의 부대 부대장, 그것도 계급도 더 높은 사람인 것도 정신이 아득해질 지경인데, 딱 봐도 그 사람이 골이 가득 나 있으니 어찌 손을 댈 수가 없었다. 하지만 이미 몇 시간 동안 세상의 모든 치욕을 다 씹어먹은 맥아더가 보기에, 에릭슨 대령의 당혹감은 명백히 어설픈 음모가들의 그것이었다.

"지금이라도 순순히 자백하시지. 대관절 쇼몽의 어느 쓰레기가 남의 부대 부대장을 납치하라고 밀명을 내렸나?"

"오, 오해요! 오해입니다! 우리 부대의 멍청이들이 엄청난 실례를 저질렀기에, 내, 내 정말 어떻게 사과를 해야 할지 모르겠소! 하지만 맹세컨대, 정말, 정말 하늘에 계신 주의 이름을 걸고 결코 생각하는 바처럼……."

"그걸 나더러 믿으라고?!"

그렇게 한창 맥아더가 거침없이 1여단장에게 으름장을 놓으며 당장 배후를 불라고 윽박지르던 그때.

쾅!

"아니, 선배님이 왜 여기에 있어요?"

"킴 준장? 그대는 또 왜?"

"1사단이 전투지경선도 뚫고 똥꼬에 다이너마이트 박힌 말처럼 달린다고 해서 개꿀잼 구경… 아니, 염려되어 허겁지겁 왔는데, 대체 선배님은 왜 여기 계신 겁니까?"

맥아더는 잠시 고민했다. 킴도 그 '적'들과 한 패인가? 말도 안 되는 소리지. 그는 비로소 아군이 왔다는 안도감을 느끼며, 천천히 생각을 정리했다.

"쇼몽의 빌어먹을 정치꾼들이, 나와 42사단의 공로를 깎아내리다 못해 정찰 중이던 나를 납치했네."

"오해란 말입니다! 제가 대체 어떻게 해야 믿어 주실 겁니까?"

"그러니 순순히 배후를 자백하란 말이다! 유진, 도와주게!"

이 음모라고 하기엔 너무 웃기고, 코미디라고 하기엔 또 너무 처참한 광경을 멍하니 구경하던 유진 킴. 그가 잠시 고민하더니, 마침내 저벅저벅 맥아더를 향해 다가갔다.

"유진, 독일군만이 적이 아냐. 지금 당장……."

빠악!

"잠을 못 자서 그런가, 가스를 너무 처먹어서 그런가. 개소리 그만하시고 얼른 원대 복귀부터 하십시다."

"커, 커어, 배신, 자……."

"광견병 걸린 개처럼 날뛰는 선배는 패튼 선배 하나로 충분하다구요. 하지! 하지! 이 짐짝 빨리 차에 실어!"

맥아더가 기절하기 전 마지막으로 들은 소리였다.

* * *

그가 눈을 떴을 땐 차 안이었다.

"이제 깨셨습니까?"

"유… 진?"

"예예. 유진 킴입니다."

"자네! 이게 대체 무슨 짓인가!!"

"미친개를 치료할 때 쓰는 동양의 민간요법입니다."

감히 이 맥아더를 보고 미친개라니! 유진이 너무나 평온하게 답하자 역으로 맥아더의 어이가 없어졌다.

"내가, 내가 무슨 꼴을 당했는지 아나?"

"이야기 들었습니다. 머리부터 발끝까지 사제로 감싸고 신원 보증해줄 것도 뭣도 없이 졸래졸래 야밤에 기어 나왔다가 보쌈당했다면서요?"

미련한 건지, 멍청한 건지. 유진이 혀를 끌끌 차자 숨이 턱 막혀 돌아버릴 것만 같았다.

"이건 그런 문제가 아냐. 잘 듣게. 쇼몽에서 내 군복을 벗기려는 음모가 벌어지고 있어!"

"그래서, 그 음모가 선배님이 야밤에 그따위 모습으로 단독행동할 줄 알고 텔레파시로 지령을 내렸답니까?"

이번엔 진짜로 그의 입이 콱 막혔다. 유진은 힐끗 그 모습을 보더니, 작심한 듯 혀로 기관총을 드르륵 갈겨댔다.

"선배님, 혹시 가스를 너무 빨아 피해망상이라도 생겼습니까? 상식적으로 생각하세요, 상식적으로. 대관절 왜 쇼몽에서 선배님을 못 죽여서 안달

214

이랍니까. 왜?"

"그 비정상적인 검열, 감찰, 비협조, 업무태만! 자넨 이게 정상이라 보이나!"

"어… 그게… 저도 전부 당했거든요?"

'깜둥이 부대를 이끄는 옐로 몽키 후배'가 피식피식 웃으며 답했다.

"그래. 그럼 더 명확하지 않나! 그 새끼들은 제 자리가 없어질까 두려워서 우리같이 위협적인 놈들을 쳐내려 드는 게야!"

"그리고 2사단도, 3사단도, 26사단도, 다 비슷비슷하더라구요. 쇼몽 병신들 때문에 울화통 치밀고 가슴 두드리는 레퍼토리가 죄다 똑같습니다."

"……."

"인제 슬슬 현실로 돌아오시지요, 선배님. 쇼몽 애들이 딱히 악의가 넘치는 건 아닙니다. 그냥 이적행위에 가까울 정도로 조오온나게 무능한 것뿐이에요. 실제로 마셜 대령이 사령부 가고 나서는 훨씬 지랄이 덜해졌을 텐데요?"

부정하고 싶었지만, 이번에도 어김없이 그의 뇌는 이게 더 정답에 가깝다는 결론을 도출했다.

"하. 하. 하하. 그래. 무능한 거였다? 음모가 아니라, 그냥 일을 끔찍하게 못 하는 거였다?"

"선배님을 궁지에 몰 수 있는 모사꾼이 쇼몽에 있었다면, 깜둥이들의 위신을 마구 올려주는 저는 진작에 죽이지 않았을까요?"

뭐라 할 말이 없다. 그럼 그는 대체 무슨 짓을 한 거란 말인가? 그제서야 슬슬 자신이 늘어놓았던 망언의 향연에까지 생각이 줄기를 뻗자, 아까와는 비교가 되지 않는 치욕과 쪽팔림이 가엾은 맥아더를 엄습했다.

"크, 크흠!"

"이제 대충 상황 파악되셨으면, 얼른 복귀해서 공세 준비나 하십쇼."

"…내 뭐라 할 말이 없군."

"도착했습니다! 42사단입니다!"

"저도 빨리 돌아가봐야 합니다. 오전까지 저도 자대에 돌아가지 않으면 제 참모장이 절 쏴 죽일 거예요."

맥아더를 떨궈준 그는, 씨익 웃으며 손을 흔들었다.

"그럼 건승하십쇼."

"오늘 일은 고맙네."

"선배는 너무 사람들의 수준을 고평가하는 경향이 있단 말입니다. 앞으로 평균적인 휴먼의 지능을 생각할 때는 상상도 못 할 모지리를 기준으로 좀 생각하세요. 자꾸 의도네 음모네 생각하면서 자다가 봉창 두드리지 말고."

그렇게 웃기지도 않는 조언을 남긴 채, 총알 자국 가득한 유진의 검은 관용차는 저 산길 너머로 사라졌다. 차가 완전히 야음에 잠겨 보이지 않을 때까지, 그는 계속 그 방향을 응시한 채 한동안 생각에 잠겨 있었다.

그리고 몇 시간 후. 맥아더가 지휘하는 42사단 84여단이 주력이 된 미군은 마침내 스당을 점령했다.

* * *

참으로 살 떨리는 밤이었다. 그 양반 표정, 사람 하나둘 쏴 죽일 기세였다. 솔직히 나라도 못 참지 저건. 얼마나 자존심 센 사람인데 저 꼴을 당했으니 원. 다만 그냥 빡친 게 아니라 음모네 뭐네 하면서 피해의식이 터져버린 건 전혀 의외였다. 대학교수가 희한한 음모론 믿는 꼴이 딱 저 모습인가?

내가 옆에서 지켜본 맥아더란 양반의 가장 큰 문제는 오만함이나 정치질 같은 부분이 아니었다. 그냥 저 인간은 너무 잘났다. 그런데 남들도 본인 수준은 아니더라도 대충 0.7맥아더 정도가 평균이라고 생각한다. 아니, 0.7맥아더가 길바닥에 굴러다니면 진작에 미국이 세계정복 찍었지.

오만하단 소릴 밥 먹듯이 듣는 것도 내 킹리적 갓심으론 저게 원인이다. 딱 누굴 만났는데 능력치가 0.3맥아더다? 그러면 저 인간은 '아, 이 사람은 능력이 후달리는구나.'라고 생각하는 게 아니라 '날 무시하다니!'라고 여기는 거다. 그러니 인간관계가 숭배자 아니면 적뿐이지. 아이고오.

너무 엘리트 코스만 밟고, 주변인들도 다 끕에 맞는 놈들만 만나봐서 저렇다. 저 밑바닥에 얼마나 상상을 초월하는 빡대가리들이 있는지 몰라서 저래.

하지만 나는 이야기가 좀 다르다. 자랑스러운 강한친구 대한육군에서 온갖 불닭볶음맛을 맛본 놈 아니겠나. 병무청은 과연 무슨 생각으로 얘를 입대시켰는지 진지하게 걱정되는 병사들. 저게 과연 무능한 아군인가? 혹 북돼지의 지령을 받고 내려온 북괴 간첩이 아닐까? 하고 고민하게 만들던 상관들까지. 그래서 난 세상에 얼마든지 상상을 초월하는 병신이 있다는 걸 잘 이해하고 있다. 당장 몇십 년 후에 등판할 무다구치 같은 위인을 보라. 무능이 일정 선을 넘기면 똑똑한 놈들의 눈에는 마치 제갈공명의 함정으로 보이는 법이다.

그리고 시발, 그따위로 옷 입고 있으면 내가 병사라도 잡아가겠다. 솔직히 맥아더 붙든 병사들은 혼내는 게 아니라 훈장을 줘야 한다. 어설픈 간첩 아니면 전쟁의 참상에 미쳐버린 아저씨인데 일단 부대로 데려오긴 해야 할 거 아냐.

"잘 해결된 걸까요?"

"응?"

하지가 문득 말을 걸었다.

"그게, 그러니까 맥아더 장군 같은 경우엔 굉장히… 에고가 센 분이잖습니까. 이 모욕을 잊을까요?"

"못 잊으면 잊고 싶어지게 만들어줘야지."

"어떻게 말입니까?"

"잘 먹힐진 모르겠는데, 일단 생각하고 있는 방법이 있어."

패튼 선배의 병문안 좀 가야겠다. 오늘의 이 썰을 구성지게 풀어주면 아마 실밥이 터질 정도로 박장대소할 게 틀림없다. 그리고 적당히 구슬려서 끝내주는 노래를 지어달라고 해야지. 한 몇 년 동안 '사복 입고 싸돌아다니다 간첩 소리 들으며 체포된 맥가' 노래를 듣다 보면 본인도 민망해서 주둥이 다물지 않을까? 아, 빨리 병문안 가고 싶다.

아무튼 맥가 생각은 이 정도로 끝내고, 천하의 맥아더가 나섰으니 스당 함락은 시간문제에 불과하다. 스당이 함락되면, 아니 스당이 함락되든 말든 당연히 이 전쟁은 끝난다. 내 개입으로 인해 역사가 약간 바뀌긴 했겠지만, 사실 독일제국의 수명이 며칠 더 줄어들었다는 것 외에 딱히 특별한 일은 없겠지.

그럼 이제 남은 건 수십 년의 기나긴 전간기. 전공을 고민할 시간은 끝났다. 전혀 새로운 판에서, 앞으로의 인생을 건 싸움을 시작해야 한다.

"하지."

"예, 장군."

"전쟁 끝나면 뭐 할 거야? 전역? 말뚝?"

"전쟁 끝나면요?"

"그래."

하지는 머뭇거리더니 고개를 짤랑짤랑 흔들었다.

"모르겠네요."

"그래. 하긴 누가 알겠냐."

나 빼고 말야.

고증입니다

1918년 아르곤에서 찍힌 맥아더

1차대전 : 간첩으로 오인된 맥아더가 아군에게 체포됨
2차대전 : 간첩으로 오인된 브래들리가 아군에게 체포됨

맥아더는 실제로 전방에 직접 나서는 지휘관으로 유명했습니다. 독일군이 독가스를 살포하자 방독면을 써달라는 부하의 말을 무시하고 돌격을 외치다가 중독된 일화가 유명하죠.

종막 1

패전. 하지만 패전이 멸망을 의미하지는 않는다. 적어도 제국의 상층부는 그렇게 믿고 있었다. 오스트리아—헝가리는 다민족 연방국가로의 전환을 시도했다. 하지만 이미 이 구시대의 퇴물 아래에서 살고 싶었던 민족은 그 어디에도 없었다. 헝가리가, 폴란드가, 체코슬로바키아가, 심지어 제국의 지배민족인 독일인들마저 제각기 황제를 거부하며 풍선이 터지듯 옛 영광의 제국은 갈기갈기 찢어졌다.

오스만튀르크는 보다 비참했다. 그들은 곳곳에서 패전한 후, 굴욕적인 단독 휴전 조약에 서명했다. 동맹국이라는 놈들이 줄줄이 무너져 내리는 와중에도 유럽의 중심 독일은 결코 잡스러운 놈들처럼 망하지 않으리란 자신감마저 보이고 있었다.

"제국의 카이저로서 국가를 올바르게 이끌어나가지 못했던 책임을 지고, 기존 제국의회를 해산하고 새로운 의회에 국가 통치를 위임하도록 하겠네."

"제국 만세!"

"민주주의 만세!!"

물론 이 입헌군주정으로의 전환은 루덴도르프와 소수 군부 일파들, 그리고 카이저가 짜낸 계획의 일환이었다. 대강 저 준(俊)역도 무리들에게 정권을 넘겨준 카이저는, 누구보다 믿을 수 있는 제국의 대들보인 군을 더욱 확고히 손에 쥐기 위해 벨기에에 있던 총사령부로 도망쳤다.

　그러면서도 카이저 일당은 '이 정도로 책임을 졌으면 만족하지? 빨갱이 들아 이제 니들이 잘 해봐?'로 이야기가 다 끝났다고 생각했지만, 몇 년간 목숨을 걸고 싸웠던 적국의 수뇌부는 전혀 생각이 달랐다.

　"저 새끼들 또 위장하고 있네."

　"고작 입헌군주제? 웃기고 있네. 복위하시려고?"

　"협상이 아닌, 협상의 전제조건 세 가지를 요구합니다. 모든 불법 점령지에서의 독일군 철수, 모든 잠수함 작전의 중단, 그리고 카이저 빌헬름 2세 당신의 퇴위!"

　이 조건을 들은 독일은 당연히 발칵 뒤집혔고, 루덴도르프는 늘 그랬듯 자연스럽게 '좆 까.'라고 답했다.

　하지만 이제 상황이 달라졌다. 더 이상 루덴도르프는 제국의 실세도 뭣도 아니었다. 이 부주의한 언행으로 마침내 제국 내에서조차 궁지에 몰린 그는, 변장한 채 가짜 신분증을 챙겨 스웨덴으로 도망치는 비참한 신세가 되었다.

　"두고 봐라! 내 충언을 거절한 어리석은 놈들! 그리고 나약해 빠진 카이저! 너희의 제국은 얼마 남지 않았다! 보름 안에 더 이상 독일엔 제국도 카이저도 없을 거다!!"

　그의 저주는 웃기지도 않게 적중했다. 독일제국의 붕괴는 마치 도미노가 무너지듯 한순간에 일어났다.

　"제군들, 이제 패배는 피할 수 없는 일이다. 허나! 자랑스러운 황립해군(Kaiserliche Marine)이 이대로 항구에 주저앉아 패배를 받아들일 순 없는 일이다!"

"뭐래, 밥이나 주고 말해."

"제국의 영광을 위해! 마지막 남은 모든 힘을 끌어모아 영국 놈들에게 불벼락을 맛보여주자! 가자, 독일의 건아들이여!"

"미친 새끼들, 죽으려면 네놈들끼리 껴안고 죽어!!"

"집단자살은 너희끼리나 하란 말이다!"

사실상의 자살행위나 다를 바 없던 출격을 종용받자, 독일 해군의 수병들은 얌전히 영국군을 향해 출진하는 대신 선상반란을 일으켰다. 반란의 기세는 더욱 불타올랐고, 몇 년 동안 오직 승리의 날만을 기다리며 톱밥으로 연명하던 민중과 사회주의자들이 연대해 거리로 뛰쳐나왔다. 마침내 킬(Kiel) 군항에서 시작된 반란이, 독일 전역을 불태웠다.

연합국 그 어떤 병사도 독일 국경을 넘지 않았다. 그들의 군홧발이 적의 땅을 찍기도 전에, 이미 한계에 이른 제국이 모래성처럼 사그라들고 있었다. 보다 정확히 말하자면, 이미 진작 모든 국력을 소진하고 무너졌어야 할 나라가 말도 안 되는 행정능력으로 국경 안에 있는 최후의 순무 한 토막, 가죽신 한 짝까지 끌어모아 가며 연명하다 최후의 내공이 다한 셈이었다.

"전쟁을 끝내라!"

"카이저는 책임을 져라!!"

"우리는 빵을 원한다!!"

제국의 북쪽 끝에서 시작된 거대한 물결. 분노를 가득 머금고 거리로 뛰쳐나오는 시민들. 미라가 되도록 선천지기를 끌어쓰다 몸통째로 재가 되어 휘날리듯, 제국은 머리부터 발끝까지 먼지가 되어 부스러졌다.

한 시대를 호령하던 제국의 마지막 뒤안길은 비참하고 끔찍했다.

* * *

"이게 대체 무슨 일이야?"

"독일에 공산혁명이 일어났습니다! 폭도와 빨갱이들이 공산 국가를 만들려고 한답니다!"

강물이 붉게 물들 정도의 사투 끝에 뫼즈—아르곤을 넘어서 마침내 스당에 당도한 미군도. 벨기에와 프랑스에 걸친 광대한 독일 점령지를 마침내 탈환하고 있던 영불연합군도. 국경선 너머에서 들리는 제국 무너지는 소리에 모두가 경악할 수밖에 없었다.

독일제국의 일부였던 바이에른왕국에서 공산혁명이 터지고, 무장한 빨갱이들의 왕정 폐지를 선언하고 새로운 공산 국가의 설립을 선언했다. 제국의 수도 베를린에선 로자 룩셈부르크, 카를 리프크네히트 등이 이끄는 스파르타쿠스단이 위풍당당하게 행진하며 붉은 깃발을 휘날렸다.

악몽이다. 러시아제국에 이어 또 하나의 전제 제국이 무너지며, 그 자리에 빨갱이 나라라는 거대한 악몽이 세워지고 있었다.

"저거 막아야 하는 거 아닙니까?"

"대체 무슨 수로요?"

"썩어도 준치라고, 독일의 숨통은 붙여놔야 적화를 막을 수 있지 않을까요?"

"몇 년간 짓밟힌 우리 프랑스는 반드시! 무슨 수를 써서라도 이 핏값을 받아낼 것이오!"

점령지에서 도망치는 과정에서도 독일군은 결코 얌전히 짐 싸 들고 도망치지 않았다. 폭파와 방화, 심지어 독가스까지 뿌려대며 도망가는 악랄한 것들. 세상에서 가장 평화를 사랑하는 프랑스인도 독일의 배때기를 가르고 싶다는 욕구를 숨길 수 없었다. 몇 년 동안 짓밟힌 프랑스의 지상명제는 독일이라는 나라를 수십, 수백 토막으로 쪼개버리고 영원히 헛짓을 못 하도록 소멸시키는 것.

하지만 승전국의 지분이 넉넉한 대영제국, 그리고 새롭게 떠오르며 급속도로 자신의 영향력을 불린 미합중국의 생각은 전혀 달랐다.

"독일을 날려버린다고? 어림도 없지."

"프랑스가 아직도 자기네들 두목이 리슐리외인 줄 아나 봅니다."

원래 영국과 프랑스는 친하지 않았다. 아니, 오히려 원수와 비슷한 처지였다. 독일이 너무나 급성장했기에 경악하며 공동의 이득을 위해 손을 잡았지만, 이제 그 독일은 끝장나지 않았는가? 영국의 시야에서 볼 때, 독일은 반드시 존재해야 했다. 프랑스의 옆에서 계속 심기를 불편하게 해줘야만 했다.

미국인들은 대영제국의 이러한 대륙 경영 전략에 적극적으로 동조할 생각은 없었지만, 공산주의자들이 유럽 대륙을 뒤덮는 꼴을 봐줄 생각도 없었다.

"너무 우리가 얼토당토않은 요구를 하면 독일에 두 번째 공산주의 국가가 나타날 수 있습니다."

"독일인들이 스스로 빨갱이를 때려잡을 힘 정도는 남겨놔야 하지 않겠습니까?"

미국의 정치인, 관료, 자본가, 군인을 막론하고 단 한 가지 공통점이 있다면, '빨갱이는 때려잡고 봐야'였다. 이미 국내에서조차 빨갱이들이 분탕을 치고 있다. 러시아는 그렇다 치자. 어차피 거긴 낙후하고 계몽 안 된 척박한 동네니까. 하지만 독일은 전혀 다르다. 앞으로 온갖 물건을 팔아먹어야 할 최고의 시장에 빨간 물이 스며드는 건 결코 참을 수 없었다.

독일의 휴전협상단이 파리 근교, 콩피에뉴 숲에서 포슈를 만났을 때,

"이게 휴전의 조건이요."

"이건… 이건 너무 과하잖습니까!"

"무슨 소리요? 다시 한번 말하지만 이건 평화협상과는 전혀 무관하오. 스당이 함락된 이상 당신네들이 집으로 돌아가기도 꽤 힘들다는 사실은 알고 있겠지? 복수에 눈이 돌아간 프랑스의 아들들이 국경선을 건너기 전에 결정하시오. 72시간의 시한을 주마, 이 비열한 침략자들아."

휴전 조건으로 내민 조항들은 독일 협상단의 입이 절로 벌어지게 했다.

[각종 중화기, 트럭, 열차, 대포의 포기 및 양도.

거의 대부분의 수상함 및 잠수함 포기 및 양도.

휴전 기간 동안 연합군의 해상 봉쇄를 수용할 것.

알자스—로렌과 프랑스, 벨기에, 룩셈부르크 점령지에서 신속히 꺼지고 붙잡고 있는 민간인, 포로를 모조리 석방할 것.

연합군이 독일의 영토를 점령할 수 있으며, 독일의 비용으로 이를 유지해야 함.

러시아 등 일부 국가와 체결한 평화협상의 완전무효화.]

"이… 이건!"

"싫으면 때려치우고. 나는 제발 당신들이 서명을 거부해줬으면 좋겠소. 제발, 부탁이니 그냥 돌아가주지 않겠소?"

'다 죽여버리고 싶은데.' 이 맑고 투명한 증오를 눈앞에서 확인한 독일 협상단은 본국의 허락을 요청하겠노라 며칠의 말미를 요청할 뿐이었다.

* * *

이야, 난리도 아니다. 구주천지 복잡괴기라고 했던가? 이 며칠간, 느긋하게 의자에 반쯤 몸을 기대 커피나 빨고 있으려니 독일 망하는 꼬라지가 참으로 절경이었다. 온 세상을 쩌렁쩌렁 호령하던 카이저가 저토록 비참하게 퇴위하리라고 누가 생각했겠나.

군대의 힘으로 권좌를 유지할 수 있으리라 여겼는지, 제 나라 수도를 버리고 쫄래쫄래 벨기에의 최고사령부로 간 카이저는 그곳에서 두 번 다시 독일로 돌아올 수 없는 몸이 되었다. 그렇게 카이저를 쫓아낸 새로운 민주 독일이 가장 먼저 한 일은, 당연히 휴전협상에 서명하는 것이었고.

11월 4일. 마침내 휴전협정이 체결되었다. 이 소식이 퍼지자마자 병사들은 막사에서 뛰쳐나와 만만세를 목 놓아 불렀다.

"집에 가즈아아아!!"

"이겼다아아!!"

하지만 나는 그 모습을 딱하게 바라볼 뿐이었다. 집에 못 가는데 미안해서 어쩌지.

"병사들 어떡한다?"

"어… 다들 알고 있지 않겠습니까? 점령지 유지해야 한다는 정도는요."

"내가 요즘 깨달은 사실인데 말야. 우리들 생각보다 우리 장병들은… 훨씬 무식해."

휴전이랑 평화협상을 구분 못 하는 친구가 절반 넘는다에 5달러 걸 수 있다. 진짜로. 그나마 우리 부대엔 흑인의 권리 신장을 위해 먹물깨나 먹은 똑똑한 친구들이 자원입대를 많이 해서 절반이지, 타 부대였으면 80%도 걸 수 있다. 보다 정확하게 말하자면, 당분간 집에 못 간다는 진실을 받아들이기 싫은 것이겠지만 말이다.

"애들한테 명확하게 팩트체크해줘. 헛된 기대는 접으라고."

"많이들 실망할 텐데, 이걸 어쩌죠?"

"목숨 걸고 총질한다거나 기관총좌에 돌격할 일이 없어졌다는데 감사하게 만들면 되지."

그래, 군바리가 죽을 일 없다는 걸 감지덕지하게 여겨야지.

이제 병력관리 잘하고, 애들 마스크 꼭꼭 씌우고, 콜록대는 새끼들 바로바로 후송 보내고… 말 그대로 '사고 안 나게 하는' 일이 가장 중요해졌다. 여기는 그래도 수도병원 가고 싶어서 목매다는 쑈하는 놈도 없고, 훈련 나가기 싫다고 삐대는 놈도, 내 사돈의 팔촌이 별인데 어쩌고저쩌고하며 아무튼 꿀 빨고 싶다는 놈도 없다! 와, 부대관리 난이도가 누워서 떡 먹기네.

전쟁이 끝나면 해야 할 일이 있지. 나는 절대 잊지 않았다. 그 길로 곧바로 전보를 치러 달려간 나는, 대서양 너머에 소박한 요청을 보냈다.

[돈벼락 맞고 행복할 포드 회장님 전상서.

변호사랑 회계사 1개 사단급으로 보내주세요.]

내 철조망 특허를 훔쳐 쓴 제리는 결코 용서하지 않아요!

종막 2

1918년 11월 4일 새벽 4시 30분. 미합중국 곳곳에서 사이렌 소리가 울려 퍼지고, 무수한 신문팔이 소년들이 거리로 뛰쳐나왔다.

"호외요, 호외!"

"전쟁이 끝났습니다!!"

"승전! 승전이랍니다!!"

갑작스레 울리는 사이렌 소리에 '혹시 폭격인가? 적이 쳐들어온 건가?' 하며 놀라 잠에서 깨어난 시민들은 이 믿을 수 없는 속보에 감격의 눈물을 흘렸다. 전쟁이 끝났으니, 다시 행복했던 예전으로 돌아갈 수 있으리라.

전쟁 직전에 비해 물가는 배로 뛰었다. 한 다스에 30센트 하던 계란이 60센트라니. 물가를 예전으로 돌려주거나, 아니면 임금을 두 배로 올려주거나. 그게 아니라면 기꺼이 시민들은 '노동자의 힘'을 맛보여줄 의지가 충만했다.

하지만 지금만큼은 승리의 축제를 즐길 시간이었다. 거리 곳곳엔 색종이와 꽃, 각종 테이프가 펄럭였고 대문짝만한 성조기가 승리를 장식했다. 모조리 거리로 뛰쳐나온 탓에 사무실엔 직원이라곤 없었고, 가게 앞엔 죄다 '카이저 조문 참석 관계로 휴무.'라는 팻말이 내걸렸다. 그리고 시민들은 너나 할 것 없이 사악한 훈족의 수장, 카이저 빌헬름 2세의 초상화와 거대한 인형을 들고나와 활활 불태웠다.

"뒈져라. 카이저!"

"민주주의의 적이 죽었다! 이제 우린 자유다!"

곳곳에서 카이저를 위한 관짝이 나타났고, 시민들은 그 관짝을 짊어진 채 흥겹게 노래를 부르고 춤을 췄다.

"카이저 초상화 팝니다!!"

"카이저 석고상 팝니다! 쌉니다 싸! 마음껏 때려 부수십쇼!"

그 어마어마한 환호와 광기의 열풍 속에서, 미합중국을 이끌어나가는 자본가들은 은밀한 모의를 시작하고 있었다.

"자자, 우리끼리 싸울 필요는 없겠죠."

"암요. 장사해야지요."

재계에서 태풍의 눈으로 부상한 이, 헨리 포드는 빌딩 아래에서 벌어지는 신명 나는 축제를 구경하며 시가에 불을 붙였다.

"이 전쟁의 승리는 당연히 일선 장병들의 용맹으로 일궈낸 것이지만, 우리 기업가들 또한 최선을 다해 전쟁수행에 협조하지 않았습니까?"

"독일 놈들에게서 받아내야 할 돈이 많습니다."

"몇 년 동안 참 힘들었습니다."

1914년, 갑자기 전쟁이 터지고 나서 런던과 파리, 그리고 뉴욕의 금융가역시 터져버렸다. 세계에서 가장 강력한 국가들이 전시 상태에 돌입하면서, 독일 ― 영국, 독일 ― 프랑스, 독일 ― 미국 등 국제 금융거래와 각종 수출·수입이 모조리 차단된 탓이다.

하지만 전쟁 따위로는 이 피도 눈물도 없는 자본주의 투사들을 막을 수 없었고, 골치 아팠던 전쟁이 끝났으니 다시 이들은 원래의 일로 돌아가야 했다. 기존의 빚을 정산하고, 새로 쌓인 대금을 치르고. 독일인들이 주문했으나 해상 때문에 물건을 보내지 못한 건 과연 누구 책임인가? 독일인들이 테러로 날려버린 무수한 군수물자는 누가 물어줄 것인가? 특허료는 이 어마어마하게 복잡하고 광대한 작업의 일부에 불과했다.

그리고 헨리 포드는 전쟁으로 인해 어마어마한 이득을 본 자들 중 한 명이었다.

"영국인들과 프랑스인들도 끌어들이지요."

"그게 아무래도 편하겠지요?"

런던과 파리 역시 그들과 사정은 똑같을 터. 전 세계의 실크햇 쓴 금융가들이 모여 서로의 차변 대변을 적당히 맞춰보면 견적을 뽑기도 쉬우리라. 아무튼 확실한 점 하나는, 독일 앞으로 갈 청구서가 좀 두툼하다는 것이었다.

"그나저나 이제 윌슨도 좀 얌전해지겠지요?"

"그럼요. 누가 보면 민주주의 국가의 대통령이 아니라 카이저인 줄 알겠습니다."

"자유로운 기업 활동을 억누르다니. 절대 용서할 수 없습니다. 그놈은 빨갱이예요, 빨갱이!"

"국제연맹인가 뭔가 해서 설치고 다니던데… '국제'라니, 그거 빨갱이들이 환장하는 물건 아닙니까."

"이 나라를 공산주의자들에게 팔아먹으려는 게지요. 확실합니다."

이들은 하나같이 이를 바득바득 갈고 있었다. 만인의 원수 카이저만큼이나, 윌슨 대통령이 받을 청구서 또한 어지간히 두툼할 예정이었다.

* * *

"아니, 이게 누구신가. 매정하게 전쟁 기간 내내 얼굴도 안 비추던 분 아닌가! 아이고 준장님! 와주셔서 감사합니다그려!"

"입이 잘 돌아가는 거 보니 머리에 총 맞은 건 아닌 거 같네요."

나는 패튼의 머리맡에 선물 바구니를 털썩 올려놓았다. 진짜 이 양반도 미쳤지. 다리에 총 맞고 후송된 인간이, 병원에 가기 전에 똥고집을 부려 후방에서 보고서 쓰고 난 뒤에야 실려 갔다는 소리를 듣고 기겁했다.

다시 말하지만, 나는 전혀 패튼과가 아니다. 저런 광기 넘치는 인간이 세상천지에 둘이나 있으면 그게 어디 사람 사는 세상인가? 《북두의 권》이지.

"내가 죽을 줄 알았나?"

"그럴 리가요. 영혼 거두러 악마가 찾아와도 두들겨 패실 분이."

"그렇지. 내 운명은 아직 죽음을 허하지 않았다고. 자네도 내 차 타봤으니 대충 느끼지 않았나? 아! 역시 패튼 선배님의 존나 쎈 기운이 서려 있어서 총알에 뚫리지 않는구나, 하고 말야!"

눈물 나게 고맙네요, 거참. 그 망할 차에 패튼의 기운이 서려 있었다는 건 딱히 부정하지 않겠다. 그가 '빌려준' 망할 닷지 투어링 카에 주인을 버서커로 만드는 기능이라도 있는지, 판초 비야 토벌전에서도 시체를 매달고 달리던 그 피에 굶주린 차는 기어이 이번 전쟁에서도 이름까지 받아 가며 온 프랑스 땅을 돌아다녔다.

그래. 이거로 도로시에게 변명해야겠다. 나는 전혀 전방에 나가기 싫었는데, 패튼의 원념이 서린 그 차가 날 마인드 컨트롤해서 전장으로 내보낸 거라고… 나는 재빨리 망상을 털어내고, 선물바구니에서 큼지막한 케이크를 꺼내 초에 불을 붙였다.

"웬 건가 이건?"

"저처럼 착하고, 덕이 넘치고, 매사를 세세하게 돌보는 사람이 아니면 대체 누가 선배 생일을 이렇게 신경 써주겠습니까?"

"아. 내 생일이었군. 허! 이 전쟁통에 잘도 케이크를 구했구만."

"이제 전쟁 끝났으니까요. 별까지 달았는데 케이크 하나 못 구하면 섭섭하지요."

나는 참으로 패튼스럽게 대강 내팽개쳐 둔 계급장을 힐끗 바라봤다.

"이제 대령까지 다신 분이."

"젠장. 이 망할 부상만 아니었으면 나도 제리 대가리 따고 별 달았다고! 두고 보자 후배님! 날 그렇게 내려다보는 것도 이제 끝이야! 계급 환원되면 내가 개처럼 굴려주지. 울며불며 매달려도 소용없어! 질질 짜면서 자비를 구걸하게 해주마!"

"아니, 제가 언제 내려다봤단 말입니까? 이렇게 꼬박꼬박 선배님, 선배님 하고 부르는 준장 보셨어요?"

"지금 내려다보고 있잖나!"

"그건 기껏 손님 찾아왔는데도 드러누워 있는 당신이 글러먹은 거고!"

아, 짜증 난다. 진짜 선배고 나발이고 한 대 쥐어박고 싶어. 그가 콧김으로 초의 불을 끄기 무섭게, 대강 입에다 케이크 한 조각을 처넣어줬다. 뭐라도 먹고 있어야 주둥이를 덜 놀리지.

"음. 맛있구만. 역시 개구리 새끼들이 케이크는 잘 만들어."

"잘됐네요. 얼굴에 처박으려 했는데."

"몹쓸 후배 같으니라고. 일어나지. 먹었으니 식후땡 해야지."

무슨 개도 아니고, 입에 뭐 들어가기 무섭게 외출을 하겠다고 또 고집을 부리는 꼬라지가 정녕 나잇살 서른 넘게 먹은 인간이 맞는지 의심스럽다. 서른이 아니라 그냥 미운 세 살 아닐까.

무수한 의사와 간호사의 눈총을 뒤로한 채 병원 후문으로 빠져나오기 무섭게, 패튼은 슥 손을 내밀었다.

"뭡니까?"

"한 대 줘."

그래. 먹었으니 식후땡 하셔야죠.

"그냥 안에서 피우시지."

"안에서 피우면 냄새나."

"예예. 그러시군요."

"불도 줘야지."

"한 대만 걷어차고 싶은데 맞아주실래요?"

심호흡. 심호흡. 나는 서 있고, 패튼은 벤치에 털썩 앉아 내가 건네준 담배를 받아 들었다. 니코틴을 쭉 빠니 흥분이 가라앉고 평화가 찾아온다. 역시 심신 안정에는 알코올, 카페인, 니코틴 3대 약물이 최고야.

그는 자신의 다리를 툭툭 건드리며 입을 열었다.

"망할 총알이 내 허벅지를 뚫고는, 내 끝내주는 똥구멍 바로 옆으로 튀어나왔다네. 조금만 총알이 옆에 날아왔었다면 이 튼실한 알이 깨졌겠지. 소름 돋는군."

"어차피 애도 이미 둘이나 있는데, 좀 깨져도 상관없잖습니까?"

"무슨 소리! 패튼의 이름을 단 후계자는 셋은 더 있어야 해! 생육하고 번성하는 일은 주께서 내린 명이란 말이지."

"……"

"…나는 기껏해야 불알 걱정이 전부였지만, 불알 대신 목숨을 내려놓은 장병들이 훨씬 더 많지. 용감하게 싸우다 죽었어. 다들."

패튼은 다시 연기를 구름처럼 피웠다.

"뫼즈―아르곤은 정말, 정말 좆같은 곳이었지. 제리들이 용감하게 싸운 것에 대해 그들의 책임을 묻고 싶진 않아. 그들 역시 윗사람의 명을 받아, 자기 할 일을 했으니."

"그렇지요."

"하지만 얼치기 책상물림들이 전쟁이 뭔지도 모르고 내린 명령 때문에, 너무 많은 용감한 이들이 억울하게 죽었어."

"이제 와서 후회한들 어쩌겠습니까."

"역시 윗대가리들을 갈아야 해."

그가 눈을 빛냈다.

"그래서, 자네는 다음 전쟁이 언제쯤 있으리라 생각하나?"

"다음 전쟁이요? 이제 갓 전쟁이 끝났는데요?"

"구라 치지 마, 이 닭대가리야."

망할 놈이 툭툭 내 귀한 엉덩이를 두들겨댔다. 거긴 도로시 전용인데 어딜 외간 남자가 더러운 손을 대고 있어.

"이 병원에 있는 사람들 중, 휴전 성립 이후로 얼굴에서 미소가 떠난 놈은 단 한 놈도 없어. 남자고 여자고, 애고 노인네고."

"전쟁이 끝났는데 당연한 일 아니겠습니까?"

"그렇지. 후배님만 빼고."

미친 전쟁광은 이제 날 노려보고 있었다. 기대와 열망이 가득 담긴 채로.

"그래서, 언제쯤 시작할 것 같나?"

쓸데없이 예리한 놈 같으니라고. 이렇게 눈치 빠른 인간은 정말 싫은데. 나는 마지막으로 담배를 쭉 빨아들이고는, 허공으로 내뱉었다.

"30년."

"30년?"

"빠르면 20년. 늦으면 30년."

지금은 1918년 말. 중일 전쟁은 1937년. 폴란드 침공은 1939년. 그리고 진주만은 1941년. 역사는 지금을 '평화의 시대' 따위로 부르지 않았다. 전간기(戰間期)라고 불렀지.

그 말에 패튼은 화색을 띠었다.

"20년에서 30년이라. 재밌네."

"왜 그렇게 생각하는진 안 물어보십니까?"

"그딴 걸 왜 물어보나. 왜. 나중에 '유진 킴 대단해엣!' 해주길 바라나?"

"거참 꼭 그렇게 배배 꼬아야 속이 시원하십니까."

"하하핫! 그걸 듣는다고 내가 뭔가 바꿀 수는 있나?"

"없지요."

내가 단언하자, 그는 피식댔다.

"그럼 그냥 다음 전쟁을 준비할 뿐이지. 그러라고 짬밥 받아먹으니까."

마지막까지 찝찝함을 떠안겨주며, 패튼은 축객령을 내렸다.

그의 말마따나, 내가 바꿀 수 있는 건 없다. 1차대전으로 광기를 해소하기는커녕, 각국의 불만과 증오만이 켜켜이 더 쌓였다.

내가 평화의 시대를 만들 수는 없어도, 내 한 몸 배 불릴 방법은 무궁무진했다.

* * *

하지만 내 한 몸 배 불리는 것보다 먼저 해야 할 일이 있었으니.

"예상대로 장병들 사기가 땅바닥을 기고 있습니다."

"자벌레도 지금 병사들보단 더 용맹할 겁니다."

브래들리와 헤이워드의 침통한 보고에 나는 서류만 뚫어져라 노려봤다. 저건 내가 어떻게 해줄 수가 없잖아.

"이래선 진짜 캥거루랑 싸워도 질 거 같은데."

"저는 캥거루가 이긴다에 3달러 걸지요."

"저는 5달러."

"근데 캥거루가 오스트리아에 사는 거 맞지?"

도박의 냄새가 살살 나지만 참아야 한다. 나까지 동조했다간 그날이 93사단 카지노 개장일이다. 그리고 제임스는 입 좀 다물고. 합스부르크 캥거루 기사단 같은 소리 그만하라고!

평시의 부대관리는 전시와는 또 다른 측면에서 골치가 아프다. 이제 의욕도 열정도 사라지고, 그저 집에 무탈하게 돌아가는 것만이 지상명제가 된 장병들.

사실 그걸 가지고 뭐라 할 순 없다. 전쟁 끝났는데 집에 못 가고 있으니 환장하겠지. 전역이 연기됐다고 하면 나라도 수류탄 챙겨 들고 사단장실 달려가겠다. 하지만 이런 나사 풀린 상태가 곧 군기문란이 되면 어마어마한 재앙이 되는 것은 당연지사. 특히나 언제든 '군 기강 해이해진 흑인들'을 입방아에 올려놓고 덩실덩실 찧고 싶은 주변 환경을 고려하면, 정말 미안하고 안타깝지만 딴생각할 일 없도록 빡세게 관리하는 수밖에 없다.

"외출, 외박은 허용해주고 있고?"

"말씀하신 대로 로테이션을 돌리고 있습니다."

"훈련… 은 집어치우자고. 이 겨울에 무슨 훈련이야. 대신 헛짓할 생각 못 하게 뺑이치게 하자고."

진지공사, 대민봉사, 하다못해 일광건조든 배수로 청소든. 아무튼 노는 병사를 굴릴 방안은 무궁무진하다. 음, 어째 엄청난 악당이 된 것 같은 느낌이다.

나는 고심 끝에 93사단 병사들을 독일 전령을 위해 진주시키는 대신, 프랑스 후방으로 빠지는 방안을 택했다. 다행스럽게도 큰 반발은 없었는데, 적국 점령의 '영광'에 다들 눈이 멀어 오히려 93사단이 빠지겠다고 하니 모두 안도하는 기색이 역력했었다.

물론 내 커리어에 블링블링한 독일 점령군 메달을 추가할 수 없다는 건 아쉬운 일이지만, 이미 그런 거 하나하나에 연연하기엔 내 전공이 너무 잘났다. 이 정도로 해먹었으면 양보의 미덕도 좀 발휘해야지.

그리고 뭣보다 거기 눌러앉으면 내 귀가가 미뤄진다. 도로시도 도로시지만, 앞으로 요동칠 세계정세에서 신속히 대응하려면 여기보단 미국에 돌아가 있는 편이 보다 낫겠다 싶었다.

베르사유 조약. 민족자결주의. 나는 아직 저 머나먼 극동 정세에 엮이고 싶지 않았지만, 조선과 일본은 내게 지대한 관심을 가질 게 뻔했다.

"그래서 캥거루는 누가 잡아오지?"

"캥거루가 있어야 판을 여는데."

"아나스타시오. 미안한데 필리핀 돌아갈 때 저 자식들 좀 호주에 버려줘."

못난 놈들.

종막 3

1918년을 얼마 남기지 않은 12월의 어느 날. 나는 런던에 도착했다.

캉브레 전투 때의 전공을 인정받아 훈장을 준다고 하는데… 솔직히 귀찮다. 그냥 던져주면 되지 뭐 하러 부르고 난린가. 프랑스에서 이미 레지옹 도뇌르 훈장도 받았겠다, 미국에서도 이것저것 훈장 챙겨주고 있겠다. 없는 것보다야 백 배 낫지만 이놈들은 이미 전적이 있잖은가.

그래도 부대관리래봐야 딱히 할 것도 없고 그나마 있는 일들 대부분은 예하부대 단위에서 척척 해내니, 오랜만에 바깥바람이나 쐬는 거 하나는 좋았다.

그러나 놀랍게도, 대충 대위쯤 되는 친구의 안내를 받아 런던에 도착한 나를 기다리는 곳은 무수한 군중들이었다. 처음에는 착각했나 싶었지만, 더더욱 나를 당황케 한 것은 곳곳에 휘날리는 유니언 잭과 어깨를 나란히 하고있는 성조기의 물결이었다.

세상에, 설마?! 이 야만성 넘치고 신사인 척하기에 여념이 없는 해적국 친구들이 나에게 무수한 악수의 세례를 하기 위해 기다리고 있다고? 드디어 내게 빛이 오는 건가?

"오늘 무슨 날입니까?"

"어, 그게, 아 맞다!"

물론 그럴 리는 없었다. 자초지종을 듣자 하니, 오늘이 바로 우리 백악관의 주인 우드로 윌슨 대통령이 런던을 방문하는 날이었다.

그럼 그렇지. 나는 아주 잠깐 오오 싶었던 기대감을 다시 가슴 속 상자에 담아 구석에 짱박았다. 하지만 기대를 접기 무섭게, 일이 터지고 말았다.

내가 타고 있던 차가 지붕이 없는 모델이어서였을까. 당장이라도 환호를 하기 위해 드릉드릉 시동을 걸고 있던 군중들은 보고 말았다. 너무나 튀는 미합중국 육군 정복. 그리고 더더욱 튀는 반짝반짝 원스타. 그리고 도저히 다른 사람과 착각할 수 없는 이 아시아인 스킨까지.

"유진 킴?"

"캉브레의 그 유진 킴?"

"여러분, 지나가겠습니……."

"유진 킴이다!!"

"제너럴 킴! 여기요 여기!!"

"라스트 사무라이! 카이저를 물리쳐줘서 고마워요!"

"끼야야아악!!"

아직 윌슨 대통령의 도착까지는 시간이 좀 남아있었기에 런던 경찰의 통제는 생각보다 빡빡하지 않았고. 아슬아슬하게 도로와 인도의 경계를 나누고 있던 라인이 와장창 무너지며 내가 탄 차량은 곧장 인파에 파묻히고 말았다.

"하지! 꽉 잡아!"

"끼에에에에에!"

"킴! 킴이다!!"

《타임스》의 기자입니다! 혹시 오늘 윌슨 대통령의 방문과 어떤 연관이 있는지요?"

"영미일 우호 증진과 혹시 관련이 있습니까?"

"손! 손잡아줘요!!"

"물러서 주십시오! 공무 중입니다! 다들 잠시 진정하시고, 끄아악!"

"제너럴 킴! 내 아들이 당신 덕택에 캉브레에서 살아 돌아왔습니다! 부디! 부디 감사를!"

수습은 쉽지 않았다. 도미노가 여기서 저기로 와르르 무너지듯, 하염없이 윌슨 대통령을 기다리던 군중들은 유진 킴의 등장이라는 소식을 듣고는 우르르르르 개미 떼처럼 자리를 옮기기 시작했다.

그리고 나는 자칭인 신사의 나라 대신 다른 네이밍을 떠올리게 되었다.

'누가 훌리건의 나라 아니랄까 봐. 시부랄.'

이게 그 섬나라 특유의 부글부글하는 에너지인갑소. 파리지앵과는 비교를 불허할 정도로 파이팅 넘치는 런던 시민들은 어느새 나와 동행한 안내인과 불쌍한 하지를 몇 대 쥐팬 후 번쩍하고 차에서 나를 끄집어내 마구 헹가래를 쳐댔다.

그렇게 나는 2시간 동안 땅에 발 한 번 제대로 디디지 못한 채 너덜너덜해졌다. 잘못했습니다. 두 번 다시 인기를 탐하지 않겠습니다. 그렇게 나에게 세컨드찬스를 쥐여준 하늘에 있을 높은 분께 간절히 기도하던 찰나.

삐이익! 삐이이익!

호루라기 소리와 함께 런던의 명물, 기마경찰대가 반쯤 훌리건으로 변한 시민들을 곤봉으로 진정시켜줬다.

"경찰이 우리를 팬다!"

"도망쳐라!!!"

"살아계십니까?!"

"아, 아아. 살아는 있습니다."

"하마터면 동맹국 시민의 손에 17토막으로 찢겨진 최초의 장군이 될 뻔하셨군. 길을 뚫어드릴 테니 일단 빠져나갑시다!"

"윌슨이다! 윌슨 대통령이 온다!"

"우아아아아아아!!"

"진형을 갖춰라! 파묻히면 안 돼!"

"아, 안 돼……."

그렇게 나를 구출하려던 기마경찰들마저 거대한 인파의 세례 앞에 휩쓸려버렸다. 아직 지옥은 끝나지 않은 듯했다.

* * *

이날 서훈 행사는 연기되었다.

"하지. 살아 있나?"

"그냥 죽었으면 좋겠습니다."

"나도 그래."

옷을 새로 다리고, 누군가의 우악스러운 손길에 뜯겨나간 계급장도 새로 구하고. 이 난리를 치른 후에야 간신히 망할 놈의 훈장을 받을 수 있었다. 앞으로 신사의 나라라고 하는 영국인이 있으면 내 뜯겨나간 계급장을 대신해 어금니 하나 추수하고 만다. 두고 보라지.

아무튼, 이 험난한 육체적 고통의 끝에는 새로운 정신적 고통이 기다리고 있었다.

"들어가시지요."

"하지, 너는……."

"차에서 대기하고 있겠습니다."

심호흡. 심호흡.

"들어가겠습니다."

"네."

문이 열리고, 푹신한 소파에 앉아 있는 남자가 자리에서 일어나더니 내게 손을 내밀었다.

"런던에서 보게 되니 더욱 반갑습니다, 킴 준장."

"네, 넵."

덜덜 떨린다. 내 군생활을 통틀어 국가 원수를 만날 일이 어디 있었겠나. 우드로 윌슨 대통령과의 일대일 대담. 이건 틀림없이 그거다. 본인이 받아야 할 환호의 일부를 뺏어 간 탓에 뿔난 거지. 이제 보나마나 '자네는 이제 중위로 돌아가시게.'라고 차갑게 말한 후, 날 필리핀에 처박아버……

"나는 군사에 대해서는 잘 모르지만, 귀관이 얼마나 합중국의 명예와 위상을 드높였는지에 대해서는 귀가 따갑도록 들었습니다. 다시 한번 감사를 표합니다."

"합중국의 군인으로서 제 소임을 다했을 뿐입니다."

FM대로 하자, FM대로. 앵무새처럼 '넵'과 '알겠습니다'만 번갈아 말하면 되겠지.

"이전에 작성했던 그 레포트는 나도 읽었습니다."

젠장.

"그래서 갑자기 궁금해지더군요. 내가 제안한 14개조 평화 원칙에 대해서는 어떻게 생각하는지요?"

그거? 불쏘시개지. 헹가래 당한다고 공중부양하던 나보다 더 허공 위를 노닐더만. 이상주의에 집착한 결과물이 좋았던 적이 없다. 물론 이상주의야말로 미래로 나아가는 한 걸음이라는 건 알고 있지만, 적어도 피의 복수를 부르짖는 프랑스인들 앞에서 하기 적당한 이야긴 아니지.

물론 내 감상과 별개로, 이미 나의 주둥이는 열심히 사회생활을 하고 있었다.

"모세가 받은 십계와 마찬가지로, 앞으로의 인류가 야만에서 벗어나 문명인으로 살 수 있는 위대한 한 걸음이 되리라 생각합니다."

"허허. 그래요? 그렇게까지 고평가해주니 부끄럽군요. 나 역시 한 사람의 기독교인으로서, 이런 대참극이 20세기에 벌어졌다는 사실에 부끄러움을 느끼고……."

그는 자신이 내세울 새로운 이정표에 대해 굉장한 자부심을 갖고 있었다. 하지만 나는 알고 있다. 이 파리 강화회의가 낳을 아이, '베르사유 조약'에 대해. 그리고 이 조약의 세례를 받고 태어날 아돌프 히틀러까지.

누가 말했던가. 화해라고 하기엔 너무 가혹하고, 독일의 부활을 막기엔 너무나 관대했다고. 물론 윌슨이 그걸 알 수는 없을 거다. 저 양반, 그리 오래는 못 사니까. 하지만 나로서는, 내 눈앞에서 2차대전이라는 거대한 재앙의 씨앗이 잉태되고 있다는데 행복의 웃음만 띨 수는 없었다.

2차대전은 필요하다. 미합중국이 초강대국으로 자리매김해 팍스 아메리카나 시대를 열기 위해서든. 아니면 한국 독립을 위해서든. 그게 아니면 내 전공과 출세를 위해서든.

하지만, 이게 수천만의 사상자를 낼 지옥을 외면할 정도의 가치가 있는가? 내가 그렇게 심란해하고 있던 찰나, 마침내 일장 연설을 끝낸 윌슨 대통령은 흡족한 얼굴로 말했다.

"그러고 보니, 귀관에게 조금 도움을 요청할 사안이 있습니다."

"도움이라니요. 통수권자로서 명을 내리시면 됩니다."

"명령을 내리기엔 좀 그래서 말이지요. 개인적으로 당신 스스로 내 의견에 동의해주고 협조해주길 바라서 그렇습니다."

뭐지. 대체 백악관의 주인이 내 '협조'를 필요로 할 만한 사안이 있던가? 설마 아직도 그놈의 전쟁채권을 팔고 싶나? 샤먼 아메리카 출동, 푸 만추 복장하고 변발한 뒤 코사크 댄스를 추며 국채 매입 광고 이딴 거라도 시키고 싶나?

내 조마조마한 기대와는 달리, 그의 입에서 나온 건 고작 샤먼 아메리카 따위가 아니었다.

"나는 이번 기회에 일본제국의 마수를 꺾고자 합니다."

"?!"

이게 웬 떡이야. 갑자기 눈앞의 월슨 뒤에 후광이 서린 것만 같았다. 여기 진짜 지저스께서 계셨네. 그래, 잽스의 팔을 꺾는 일이라면 내가 뭘 못하겠나.

"그 말씀은……."

"일본제국은 독일과 함께 맞서 싸우며 많은 도움을 줬습니다. 그들에겐 보상으로 독일이 지배하던 중국의 산둥반도를 내주기로 되어 있지요."

알고 있는 이야기다. 결국에는 일본은 거길 먹었다가, 중국에서 대대적인 민중 운동인 5.4 운동이 일어나게 되지. 하지만 월슨이 일본의 팽창에 부정적이란 사실은 처음 알았다.

"역시 각하께서 말씀하신 민족자결주의를 지키기 위함입니까."

"그렇습니다. 중국인들은 오랜 문명을 지니고 있고, 이제 독일의 마수에서 해방되었습니다. 그렇다면 평화와 도리를 아는 미합중국이 당연히 불쌍한 중국인들을 도와주어야 하지 않겠습니까."

역시 이상주의자다. 그래, 트루 이상주의자라면 명분에 죽고 명분에 살아야지. 월슨을 돕는다면, 굳이 세계대전의 피바람을 지나지 않고서도 모든 일이 더 잘 풀릴지도 모른다. 나는 절로 기대감에 부풀 수밖에 없었다.

"그래서 나는 이번 파리에서의 회의 때, 산둥반도를 일본이 차지하기보다는 중국인들의 품에 돌려주는 것이 어떤가 하고 의견을 제안할 생각입니다. 그때 킴 장군의 역할이 많이 필요합니다."

"제가 할 수 있는 일이라면 무엇이든 하겠습니다."

"고맙습니다, 허허."

월슨은 푸근한 미소를 지으며 말했다.

"일본인들이 이 이야기를 들으면 많이 화를 내지 않겠습니까?"

"그… 렇지요."

"지금 킴 장군은 아시아 일대에서 전쟁영웅으로 위명이 자자하다 들었습니다. 온 동양의 황인들이 전부 유진 킴, 그대의 이름을 목 놓아 부르고 있어요."

뭔가 이야기가 이상하게 흘러가고 있었다. 윌슨 뒤편의 후광은 온데간데 없이 사라졌다. 그 대신 여기 있는 건, 백악관의 주인이 될 만한 일개 정치가였다.

"일본 대사관을 통해 제안이 왔습니다. 킴 장군을 꼭 일본에 보내달라고요. 국빈 대우를 해줄 테니, 함께 싸운 맹방으로서 킴 장군이 일본에 와 오랜 전쟁으로 고생이 많았던 일본인들을 위무하고 아시아인의 긍지를 일깨워줬으면 한다는 요청이 있었습니다."

이 새끼 봐라? 지금 이 인간이 내 앞에서 뭐라고 떠드는 거지?

"러시아제국의 마수를 격퇴한 도고 제독 또한 그대에 대해 찬사를 보내왔었지요. 일본인들과의 우호 관계를 저버릴 수도 없는 만큼, 킴 장군이 미일 관계의 개선을 위해 힘써줬으면 하는 바람입니다."

그러니까. 짱꼴라들 편을 들어주면 일본이 화날 거니까. 니가 가서 '일본 최고!' 하면서 우쭈쭈해주면 좋겠다 이거지? 내가 지금 해석을 잘못했나?

"각하."

"말씀하십시오, 장군."

"대단히 죄송합니다만, 저는 한인입니다."

"알고 있습니다. 리 박사와도 몇 번 이야기를 했었지요."

"한인들 역시 중국에 비견되는 오랜 역사를 갖고 있지만, 지금 일본제국의 폭압적인 지배에 신음하고 있습니다. 영국인이 아일랜드를 통치하듯 말이지요."

내 이야기가 길어지자 그가 눈살을 찌푸렸지만, 상관할 바 없었다. 지금 내 핵심 기반에 셀프 총질을 하라는데 내가 가만 듣고 있을 수 있겠냐.

"각하께서도 말씀하셨다시피, 민족자결주의의 원칙에 따라 한인들 역시 스스로의……."

"아아. 그렇지요. 나도 동의하는 바입니다."

윌슨은 다 안다는 듯 손을 휘휘 내저었다.

"하지만 아직 시기가 알맞지 않아요. 한인들의 처지에 대해서는 나도 많은 생각이 있지만, 그들은 먼저 문명화된 일본에게서 배울 점이 더 남아 있다고 생각합니다."

"각하."

"이런 말까지 하기는 뭣했지만… 아시안이라는 불리한 환경에서도 킴 장군은 출세를 거듭할 수 있었습니다. 오직 자유와 기회의 땅, 미합중국에서만 가능한 일이었지요."

나는 이를 꽉 깨문 채 고개만 끄덕였다.

"하지만 장군이 되려면 보다… 정치적으로 행동할 필요가 있습니다. 물론 장군이 공화당과 친밀하다는 사실은 나도 잘 알고 있어요. 그렇지만 양당 모두와 친해지지 못하리란 법은 없잖습니까?"

이번 일만 잘 해결되면 내가 장군을 전적으로 지지해 드리리다. 윌슨은 어떻냐는 듯 내게 거절할 수 없는 제안을 던졌다.

이 새끼가, 거절하면 앞길에 지뢰를 신나게 심어주겠단 말을 이렇게도 돌려 말하시네.

"…제가 뭘 하면 되겠습니까?"

"많은 걸 바라진 않겠습니다. 적당히 그들의 비위를 맞춰주면 될 일입니다."

"제가 천생 군인이라 돌려 말하기가 조금 힘든데, 조금 직설적으로 말씀드려도 괜찮으시겠습니까?"

"그럼요. 말씀하시죠."

아씨. 하지에게 맡긴 상아 그립 권총이 너무 그립다. 참아야 한다. 참아야 한다.

"제가 일본인의 똥꼬를 빨아주는 멘트를 치고 다니면, 제 동포인 한인들이 제 모가지를 따고 싶어 안달 날 거란 사실은 알고 계시는지요?"

"그들이 그렇게 야만적이라면, 스스로 아직 문명사회의 대열에 끼어들 수 없다는 점을 인증할 뿐입니다. 염려 마시지요."

"저를 지지해주는 사람들 상당수가 한인인데, 그들을 배신한다는 점에 대해서는요?"

"그런 걸 걱정하셨습니까? 허허. 앞으로 합중국 의회가 그대를 지지해줄 텐데 무얼 그리 걱정합니까?"

오케이. 잘 알아들었다. 우리 프레지던트는… 정말 말귀를 못 알아먹는 프렌즈구나? 어쩐지 이 새끼가 갑자기 중국을 칭송한다 했다. 남부 민주당 새끼가 옐로 칭챙총의 자주성을 응원해준다니 이게 말이가 주까래이가. 꼴데가 구단에 투자한다는 소릴 믿고 말지.

머리에 찬물 한 바가지를 뒤집어쓴 채 생각해보니, 윌슨이 앞에서 했던 이야기는 이제 '중국은 우리가 돈 벌어들일 밥줄이니 남들이 건들면 안 되지.'로 해석되고 있었다. 독일의 카이저에게 시비 걸기에는 급수가 안 맞았지만, 건방지게 잽스 따위가 숟가락 올리는 꼬라지는 못 봐주겠다 이거지.

"그럼, 저는 지금 당장 일본으로 가야 하는지요?"

"그럴 것까진 없습니다. 내년이나 내후년쯤이면 충분하겠지요. 귀관도 잠시 집에 돌아갈 시간 정도는 필요하지 않겠습니까."

좋아좋아. 그럼 아무 상관 없지. 이렇게 내 가슴의 무거운 짐을 덜어주다니, 정말 고맙습니다, 윌슨 선생.

앞으로 우리 우드로 윌슨 나리께선 세상의 온갖 고난과 쓴맛을 다 맛보실 팔자다. 그의 이상주의는 허공에 메아리만 남기고, 베르사유 조약 같은 뒤틀린 사생아만 남을 뿐이지. 아주 기쁜 마음으로, 윌슨의 관짝에 내가 못을 박아 줄 수 있겠다.

역시 유럽 새끼들에겐 한 번의 세계대전이 더 필요하다. 어떠한 양심의

가책 없이, 이놈들의 피 위에서 내 이득을 챙길 각오가 생겼다. 그리고 세계
대전 이전에, 민주당 친구들의 피로 새 계산서를 쓸 시간이다. 대금을 받아
낼 수단은 아주 많았다.

고증입니다

우드로 윌슨

윌슨의 이상주의 뒤편에는 KKK와 같은 그림자가 아른거리지요. 윌슨은 노벨 평화상을 받았고 반독점법을 제정하고 아동 노동을 철폐하는 등 많은 업적을 세웠습니다. 하지만 그는 남북 전쟁 당시의 남부연합과 KKK를 옹호하는 책을 쓰기도 했습니다. 최근에는 미국에서도 재평가가 이루어져서 여러 관공서나 학교, 기념물 등에서 그의 이름이 빠지고 있습니다.

5장
비둘기 죽이기 I

비둘기 죽이기 1

런던에서 복귀하는 길 내내, 나는 조개처럼 입을 꽉 닫고 있었다.

"장군님, 괜찮으십니까?"

"어. 괜찮아."

"대통령 각하께서 혹시 뭐라고 하셨… 는지……?"

"나보고 죽어 달라던데."

"그게 무슨 말씀이십니까? 장군님더러 죽으라뇨?"

개같은 놈.

일본행은 피할 수 없다고 생각하고 있었다. 내 지위가 높아지면 높아질 수록, 명성이 쌓이면 쌓일수록 내 존재 자체가 일본제국을 자극하게 된다. 겨우 신임 소위이던 시절에도 이미 일본행에 관한 이야기는 나왔었다. 지금 이라 해서 달라질 건 없지.

하지만 이건 아니거든. 일단 나는 윌슨에게 적당히 입에 발린 말을 주워 섬거가며 그 자리를 끝냈다.

"이놈의 핏줄은 정말, 놔주질 않는구만."

"…여러모로 고생이 많으십니다."

지금 윌슨에게 뭐라 공약을 던져대도 사실 별 상관은 없다. 조선의 끝, 그리고 대한민국의 시작. 3.1 운동이 얼마 남지 않았다. 전국을 불태울 그 거대한 만세 시위의 물결 앞에서 일본제국이 날 부를 깡다구가 있을까?

내가 뭐 립서비스를 해주고 말고의 문제가 아니다. 그쪽에도 나름대로 내 소문이 퍼진 것 같은데, 미군 장성으로 출세한 인물이 조선 땅을 밟았다는 자체로 반일 정서에 기름이 끼얹어질 확률이 더 크다.

이것만 있는가? 윌슨이 언급했던 산둥반도 문제로 중국에서도 5.4 운동이 터진다. 이 끝없는 반일 분위기 속에서, 당연히 내 초청은 흐지부지 짬될 확률이 훨씬 높지. 윌슨에게선 선불로 먼저 받아먹을 거 다 받아먹고, '어이쿠, 집주인이 부르기 싫다는데 어떡하겠습니까? 껄껄!' 해주면 끝이다.

물론 윌슨의 죽빵을 날려주는 건 별개의 문제. 원 역사에서도 윌슨의 공허한 이상주의는 같은 미국인들조차 설득할 수 없었다. 그러다 털썩 쓰러지고, 반신불수 병신이 되어 배악관에 드러누운 윌슨을 대신해 재혼한 제 부인이 멋대로 대통령 권한을 대행한다.

한국인에게는 무척이나 익숙한 비선실세의 맛이다. 원 역사에선 마지막까지 이 정신 나간 사실이 까발려지지 않지만… 여기선 좀 다르지. 정확하게는, 내가 역사를 바꿀 작정이니까.

"크헤헤헤헤!!"

"미치셨습니까?"

"크헤헤헤헤!!"

"또 뭔가 야비한 음모를 꾸미시는 것 같은데, 그래도 한 나라의 대통령이랑 싸울 정도로 미치진 않으셨을 거라 믿겠습니다."

"아니, 합중국에 대한 내 충성을 의심하는 건가? 그럴 일 없어. 없다고."

갈수록 눈치만 빨라져가지고. 아, 걱정 말라고. 그때쯤 되면 윌슨은 더 이상 대통령이 아닐 테니까. 백악관에서 쫓아내 주면 충성 의무도 없어지잖아? 어떻게 날려버려야 가장 꿀을 빠느냐가 문제지.

"일이나 하지. 혹시 본대에서 들어온 급한 일 있나?"

"딱히 없습니다. 아, 병사들 중 입원자가 급증하고 있다고 합니다."

"왜? 대민지원 시 인명피해 없도록 철저히 대비하라 하지 않았나?"

"성병 환자가 폭발했답니다."

"시발. 그걸 내 선에서 어떻게 해. 퍼싱 장군에게 말해야지."

그동안 전시 핑계로 옥죄었는데, 휴전 중인 지금조차 안 된다고 뜯어말렸다간 살아남을 자신이 없다. 하루에도 몇 번씩 '왜 영국인들과 프랑스인들은 되는데 저희만 안 됩니까?' 소리를 들었거든.

진짜 징글징글하다. 미군 장병들이 매춘업소에 가는지 안 가는지 관변단체에서 대서양까지 건너가며 감시를 하고 퍼싱을 옥박지르는 꼬라지에 기겁했다.

내가 2회차 인간으로 미국에서 살며 느낀 것 중 하나가, '자유의 나라 미국'은 적어도 절반만 맞는 말이라는 점이었다. 미합중국은 자유의 나라가 맞다. 정확히는, 돈 벌 자유가 있는 나라였다. 그 외 문화적, 사회적 분위기에 자유라고는 거의 보이지 않았다. 굉장히 굉장히 억압적이고 꽉 막혔는데 상류층, 특히 남성 상류층만 적당히 빠져나갈 건덕지가 있는 모양새.

가장 적절한 비유를 고르라면, 나는 이렇게 정의하겠다. '기독교 탈레반의 나라'라고. 인종적인 장벽이야 말할 것도 없다. 하지만 사회 전반적으로 그놈의 청교도적 윤리가 꽉꽉 옥죄고 있는 게 내게도 느껴졌다. 괜히 금주법이 통과되는 게 아니다.

도로시만 봐도 알 수 있다. 처음 만났을 때 담배 한 대 같이 태우겠냐 했더니 깜짝 놀라지 않나. 내가 본 옛날 미국 배경의 영화에선 여자도 담배 피우고 술 마시고 할 거 다 했기에 그냥 별생각 없이 말했던 건데, 나중에 도로시 입으로 듣자 하니 어마어마한 컬쳐쇼크였댄다. 나도 모르게 마성의 나쁜 남자가 되어버렸어.

살이 보이는 옷? 여름에 반팔 정도 외엔 안 된다. 단발로 커트를 하는 건 오직 사회에 불만 많은 빨갱이뿐. 코르셋은 필수. 화장, 특히 색조화장은 술집 여자나 하는 것. 스타킹은 면 재질에 오직 검은색. 살스의 미덕도 모르는 벼락 맞을 놈들 같으니. 60~70년대 한국을 배경으로 한 영화도 이거보단 그래도 숨통이 트였었다. 누가 유사 열강 아니랄까봐, 이딴 것까지 숨이 턱턱 막힌다.

하지만 내가 봤던 영화나 다큐 같은 매체와는 너무 차이가 많이 난다. 이게 의미하는 바는 단 하나. 곧 이 철옹성 같은 기독교 윤리의 장벽이 무너지리라는 것. 그리고… 지금 준비하면 돈을 갈퀴로 긁어모을 수 있다는 것. 새 사업 아이템으로 선구자의 명성을 유지할 수 있다면 이게 바로 꿩 먹고 알 먹고 아니겠나?

원래는 변화하는 세상에 맞추어 내가 따라가는 것이겠지만, 이 세계의 사람들에겐 내가 변화를 주도하는 것처럼 보이겠지.

* * *

존 밀러 상병은 퇴원을 눈앞에 두고 있었다. 93사단의 일원으로서 아미앵부터 뫼즈—아르곤까지, 그 모든 격전의 순간에 용감하게 뛰어든 그는 마지막 전투에서 부상을 당해 입원하게 되었다.

마지막까지 그는 옐로 지저스의 손에 구원받았다. 그들의 경애하는 사단장은 전투가 종결되기 무섭게 부상자 후송을 최우선순위에 두었고, 그 덕에 진흙탕 속에서 죽지 않고 무사히 입원할 수 있었다. 그리운 고국으로 몸 성히 돌아가기만 하면, 사단장이 내린 모든 명령을 완벽히 이행하고 제대할 수 있었다.

이제 그는 당당하게 외칠 수 있었다. 나는 미합중국 육군 93사단의 일원으로, 자유를 위해 싸웠노라고. 그러니 이제, 우리 불쌍한 흑인들을 조금 더 사람으로 대우해 달라고. 설령 미치광이 인종주의자들이 그의 머리에 총을 겨누고 윽박지른다 한들, 제리들의 기관총 앞에서처럼 방아쇠나 당기라고 윽박지를 배짱도 생겼다.

하지만 지금만큼은, 그 무한한 자신감과 용기는 어디로 갔는지 찾을 수 없었다.

"후우……."

"이 쫄보 자식."

"그치만, 좀, 그렇잖나, 그게."

병원 뒤뜰에서 열린 때아닌 인종화합의 장. 백인이 둘. 그리고 흑인이 둘. 93사단 369연대 소속의 흑인 하나와 93사단 전차대대 소속의 두 백인은 사이좋게 담배를 뻑뻑 피우며 밀러의 청승을 들어주고 있었다.

"그래서 좋다는 거야 뭐야?"

"좋지……."

"그럼 가서 꼬시면 되겠네. 같이 외출해서 연극이나 보러 가자고 해."

"망할 흰둥이들. 이게 얼마나 섬세하고 예민한 문제인지 모르겠어?"

병원에서 만난 한 간호사. 그녀, 에반스는 어느새 한 흑인의 심장마저 까맣게 태워버렸다. 그녀가 아는지 모르는진 도통 모르겠지만.

"그 뭐냐, 이래저래, 응? 인종이라는 게……."

"우리 두목님이 맨날 하던 말이 뭐냐. 미래를 열어주겠댔잖아. 백인 여자를 꼬실 미래도 거기 포함돼 있지 않을까?"

"너희 깜둥이들은 캉브레를 못 가봐서 그래. 우리야말로 킴 장군과 함께 모든 전투를 치른 진짜 전우라서 그분에 대해선 아주 빠삭하지. 내가 장담컨대 킴 장군한테 투서 넣으면 '당장 연애편지 일발 장전!' 하신다. 백 퍼센트."

"니가 미쳐서 혼자 멋대로 곡해한 게 아니면, 그 여자도 너한테 관심 있는 게 맞다니까?"

군바리 대화가 다 그렇지만, 여자 이야기로 떡밥에 불이 붙으니 별별 이야기가 다 튀어나오고 있었다. 하지만 밀러에겐 이놈들의 '조언'이 영 마뜩잖았다. 누가 봐도 실실 쪼개면서 '저질러! 저질러버려!' 하고 있으니 순 제 놈들 재밌으려고 등 떠미는 거 아니겠나.

그렇게 너무 이야기에 몰두했기에, 그들은 저 멀리서 다가오는 한 남자를 전혀 눈치채지 못했다.

"어이. 재밌는 이야기들을 하고 있군."

"뭡니까?"

"아저씨도 끼고 싶어… 히익!!"

"딸꾹!"

가장 먼저 입을 딱 닫아버린 건 전차대대의 두 병사들이었다.

"누군데 그래?"

"우, 우리 옛 상관."

"옛 상과아아? 카터! 바즈! 내가 시동 하나 못 걸어서 질질 짜는 네놈들 똥 닦아준 지가 엊그제 같은데, 다른 부대 갔다고 벌써 상관에 대한 경의가 사라졌나? '한 번 326은 영원한 326' 어디 갔나?"

새로 다가온 남자는 품에서 시가를 꺼내고 한 모금 깊게 빨아들였다.

"내 아끼는 후배님의 병사라면 당연히 내 병사들과 마찬가지! 이 연애의 달인 조지 스미스 패튼 주니어님께서 몸소 계집 꼬시는 법을 완벽히 숙지시켜주마!"

전혀 못 믿겠는데. 일단 연애의 달인이 되려면 그 계집 운운부터 어떻게 해야 하지 않을까? 아무튼 하늘처럼 높으신 분의 재촉 덕택에, 밀러는 우물쭈물하며 그와 에반스 사이에 있던 일을 천천히 풀어놓았다.

"이런 머저리가 유진의 밑에 있었다니!!"

"갑자기 왜 급발진하십니까?"

"누가 봐도 호감이 철철 넘치잖나! 당장 오늘 밤에 창고 뒤편으로 불러내도 이상하지 않겠다! 어째서 아직 그 계집에게 데이트 신청을 안 한 거지,

상병?!"

"그, 그치만. 만약에 그녀가 제 마음을 받아들인다 해도, 그, 현실적인 문제가 굉장히 많잖습니까?"

밀러도 욱해버린 탓에 대령이고 나발이고 그냥 질러버리고 말았다.

"밀러 상병. 자네 전에 직업이 회계사나 변호사였나?"

"예? 예, 변호사였습니다."

"그래. 딱 먹물쟁이 냄새 나는 소리를 지껄이는 걸 보니 그럴 줄 알았어!"

하지만 패튼이라는 인간은 그딴 소소한 일에 연연하지 않았다. 그는 하늘로 손을 번쩍 치켜들고 일장 연설을 시작했다.

"진짜 사랑이라면 말이지, 그 모든 좆같은 난관이 가득해도 어떻게 하면 극복할 수 있을까로 짱구를 굴리지, 이래서 안 돼 저래서 안 돼 주둥일 놀리지 않는단 말이다! 이제 보니 진짜 사랑이 아니라 그냥 드러누워 있으니 좆이 꼴리는 거였구만! 외출이나 해서 한 발 빼고 오면 되겠어!"

"그렇지 않습니다! 저는 진심입니다!"

"그럼 좆같은 현실을 때려눕혀야지! 그 현실을 때려눕히려고 입대한 새끼가 왜 여기선 징징대고 있나! 진짜 사랑이라면 말이지, 여동생이 바람맞아 빠친 부하에게 총 맞을 각오를 하고서 딴 년 만나러 가는 게 진짜 사랑이란 말이다!"

"혹시 대령님 여동생 약혼자가⋯⋯."

"조용히 주둥이 여물어, 이 망할 것들아! 니들이 대신 총 맞고 싶어?!"

패튼은 여전히 씨근덕거렸지만, 밀러의 머릿속엔 깨달음이 남았다. 미래를 위해 왔으면서, 정작 자기 자신은 바뀌지 않았었단 사실을.

"저 바로 가보겠습니다!"

"오, 가나?"

"예. 일단 부딪쳐 봐야 하지 않겠습니까?"

"그래! 사실 전부 니 착각이었으면 얼른 이리 돌아오면 된다! 같이 비웃어줄 테니!"

패튼과 병사들은 동네 건달처럼 낄낄대며 그가 떠나는 모습을 지켜봤다. 그 모습에 대령의 품위라곤 한 점도 보이지 않았다.

"많이 심심하신가 봅니다? 일개 병사 연애질에도 다 관심을 기울이고."

"무슨 소린가. 하루에도 몇 번씩 나라 걱정, 미래 걱정에 바빠 죽겠는데."

"그렇습니까? 그래서, 저 친구가 간호사 여성분과 잘될 수 있을까요?"

"내가 어떻게 알아. 세상에서 제일 알 수 없는 게 남녀관곈데. 차라리 전쟁이 더 쉬워. 옘병."

레이디를 얻고자 하는 기사라면 적이 드래곤이든 뭐든 한판 붙어봐야 하지 않겠나. 쫄보처럼 주저앉는 놈이면 유진의 밑에 있을 필요도 없다. 그 쓸모없는 불알을 잘라버려야지. 패튼은 익숙한 손놀림으로 시가 끄트머리를 잘라내려 했지만, 무심코 손끝을 건드리고 말았다. 피가 살짝 배어 나온다. 따갑고 쓰리다.

"당장 하늘 같은 니네 사단장도 아시안과 결혼한 건 아니잖나."

"그거랑 그거랑 같습니까?"

"세상을 적으로 돌린단 점에서 다를 게 뭐가 있겠나."

차라리 저 친구의 착각이었으면 좋겠는데. 이 전쟁은 너무나 많은 것을 바꿔 놓았다. 전장에 나온 흑인들. 전장에 나온 여성들. 그리고 그들을 지휘하던 아시안까지. 전쟁이라는 비상시국하에서는 모든 것이 허용되었다.

하지만 이제 '정상화'를 원할 사람들이 넘쳐날 테고, 피 흘린 자들과 제 권리를 잃기 싫은 자들의 싸움은 불을 보듯 훤했다.

"차라리 다 쏴 죽이는 게 훨씬 쉽지."

그의 자랑스러운 조국 미합중국이, 과연 '깜둥이' 남자가 백인 여자와 어울리는 모습을 두 눈 뜨고 지켜볼 수 있을까? 그의 육감이 고하고 있었다. 그가 돌아갈 고국 역시 또 다른 전장이라고.

그녀는 마침 홀로 있었다. 밀러는 잠시 침을 한번 삼키고, 독일군 기관총좌를 향해 돌격 앞으로를 명받은 것처럼 천천히 나아갔다.

"에반스 양?"

"아, 밀러 환자분. 혹 어디 불편하신 곳이라도 있으신가요?"

그녀가 살풋 웃어줬다. 심장마비 올 것 같다.

"아닙니다. 거의 다 나아서 곧 퇴원할 것 같거든요."

"아, 네에."

"혹시, 이번 휴일에 저와 같이 나가시지 않겠습니까?!"

모르겠다. 저 멀리서 익숙한 소대장의 '밀러! 혼자 막 달리지 마 병신아!' 하는 외침이 들려오는 듯했지만 이제 모르겠다.

"그냥 조용히 퇴원하실 줄 알았는데 의외네요."

"예, 예?"

"이번 휴일이 아니면 원대 복귀하시잖아요? 그럼 그날밖에 시간이 없네요."

그녀가 주섬주섬 각종 도구를 챙겨 일어나며 말했다.

"기대하고 있을게요."

"옙! 옙!! 감사합니다! 감사합니다!!"

"너무 그렇게 고마워하진 말고요. 눈치 없는 줄 알았더니 의외네요."

그녀는 그렇게 말하고는 떠나갔다. 밀러는 터질 것 같은 심장을 부여잡은 채, 조금 전까지 그녀가 앉아 있던 의자에 몸을 기댔다.

적어도 지금만큼은 미래에 대한 두려움 같은 건 느낄 수 없었다.

비둘기 죽이기 2

1919년. 지긋지긋한 전쟁이 끝나고 새로운 해, 새로운 세계, 그리고 새로운 질서를 정립하기 위해 파리로 내로라하는 정치가들이 모일 때. 우드로 윌슨 대통령이 밝힌 '민족자결주의'는 식민지배에 신음하던 무수한 약소민족에게 밤길의 등불과 같은 한 줄기 희망으로 떠올랐다.

"미국 대통령이 약속했다!"

"모든 민족은 다른 민족에 간섭받지 않을 권리가 있다!"

물론 레닌과 같은 거물들도 일찍이 민족자결주의에 대해 논하긴 하였다. 하지만 승전국의 수장이 이토록 공공연하게 민족자결주의를 내세웠으니, 이번에야말로 무언가 달라지리라는 희망을 품는 건 지극히 당연한 일.

일본제국의 압제에 시달리던 한인 또한, 모두가 그렇게 생각했다. 제아무리 피도 눈물도 없는 현실을 잘 알고 있는 이라 하더라도.

1919년 2월. 워싱턴 D.C.

쾅!!

"그게 무슨 소리요? 비자를 발급해줄 수 없다니?"

"죄송합니다만 어렵게 되었습니다."

"내가 누군지 모르시오? 나 윌슨 대통령이 교수님 소리 들을 때부터 알던 사이오!"

"알고 있습니다. 이는 백악관에서도 허가받은 사항입니다."

털썩. 상대의 입에서 백악관이란 말이 나오는 순간, 남자는 바로 그 마지막 희망이 사그라드는 느낌을 받았다. 우남 이승만은 온몸의 핏기가 다 빠져나가는 듯한 기분에 의자에 몸을 주저앉혔다.

"그럴 순 없소. 그럴 순 없단 말이오. 나 이승만이외다, 이승만! 프린스 리!"

"죄송합니다."

"내가 얼마나 미합중국의 이해득실을 잘 알고 있는지 아시잖소? 절대, 절대 누가 되지 않게 하겠소. 그러니 다시 한번 대통령 각하께……."

"그럴 수 없습니다."

"…잘 알겠습니다. 내 개인적으로 한번 알아보겠소."

"살펴 가시길."

비자 발급 불허. 안창호가 비자를 발급받지 못했다는 소식을 들었을 땐 그러려니 했다. 하지만 어째서?

사실 답은 알고 있었지만, 혹시나 하는 마음과 윌슨이 자신을 이렇게 매정하게 대할 리 없다는 실낱같은 기대가 모조리 진창에 처박히고 말았다.

"흐, 흐흐. 흐흐흐. 빌어먹을. 그래. 조선은 거스름돈이지. 아암, 그렇고말고. 흐흐흐!!"

알고 있었다. 합중국의 대외 정책에서 조선의 비중은 절대 높지 않다는 것은 잘 알고 있었다. 하지만 출국조차 불허할 줄은 몰랐다.

'포기하시오. 당신은 꽤 현실주의자일 줄 알았는데 의외구려?'

서재필, 아니 필립 제이슨이 조언이랍시고 했던 말이 귀를 맴돌자 더욱 짜증이 치솟았다. 국적마저 포기한 놈에게 저딴 말을 들을 정도로 몰락했단 말인가, 이 이승만이?

"두고 보자. 내 기필코… 어이, 마부!"

전략을 바꿔야겠다. 파리행의 가능성이 어두워진 이상, 할 수 있는 일은 모조리 해야 했다. 예를 들면 그… '국제연맹'이라거나. 최선책인 조선의 독립이 어렵다면, 차선으로 최소한 일본의 저 광기에 가득 찬 폭정에서 조선을 건져내는 게 낫지 않을까?

그가 막 마차에 타려고 할 무렵.

"혹시 우남 이승만 선생이시므니까?"

"그렇소만. 누구요?"

"그럼 죽어라!"

타앙!

"으, 으아악!"

"총이다! 총을 쐈다!!"

우스꽝스럽게 넘어진 이승만을 향해 몇 번 더 총을 쏘려던 남자는, 총알이 제대로 나가지 않는 것을 보고는 이내 골목으로 냅다 뛰어 도망쳤다.

이 간발의 순간. 엎어져 온몸이 까지고 쓰라려 제대로 일어나지도 못할 것 같았지만, 이승만은 또 어떠한 계시 비슷한 것을 느꼈다.

'총이 불발되다니. 역시, 아직 주께서는 내 죽음을 원치 않으신다.'

놀란 가슴은 터질 것 같고 여전히 몸은 말을 듣지 않았지만, 죽음을 면한 것이 어디인가? 그렇게 볼썽사납게 인도에 누운 채 고개를 슬쩍 돌리니, 길거리에 흩뿌려진 신문 한 꼭지가 오늘따라 그의 눈에 더욱 도드라져 보였다.

[제너럴 킴, 시암인들에게 합중국의 위엄을 떨치다!]

"어쩔 수 없나."

인정할 건 인정해야지.

* * *

별을 달면 정치질을 해야 한다고 누가 그랬던가. 별이 되면 온갖 행사에 면상을 들이대는 게 일이다. 의전. 내가 중대장 할 때는 애들이랑 같이 쓸고 닦고 미싱하고 화단 가꾸는 게 일이었지만, 내가 별 달고 기웃거리니 알겠다. 이거 존나 힘든 일이구나.

나 때문에 밑엣 놈들 조뺑이 친다는 걸 모르지도 않지만, 아무튼 가긴 가야 한다. 왜 부사단장이 있는지 뼈저리게 알 것 같다. 이런 힘들고 고달픈 대외행사 대신 뛰어 주는 고마운 존재였다. 어지간하면 오마르에게 짬때리고 싶은 마음이 굴뚝 같지만, 이번 케이스는 좀 이야기가 달랐다.

'킴 장군, 부디 시간을 내주시어 저희 부대를 사열해주시지 않겠습니까?'

'혹시 어떤 일로 그러시는지요?'

'장군은 백인들의 틈바구니에서 유일하게 명성을 떨친 영웅 아니십니까. 저희 시암에서도 장군의 위명이 온 천지를 진동하고 있습니다.'

아니, 대체 왜? 내가 시암, 그러니까 태국에 대해 아는 거라고는 똠얌꿍밖에 없는데요? 진짜 어썸한 지구촌 요지경이다.

결국 태국군의 요청을 받은 원정군 사령부에서는 콕 집어서 날 지명했고, 나는 산 넘고 물 건너 태국군이 주둔한 독일군 점령지까지 가서 의전행사를 치러야 했다. 그래도 뭐, 대충 알아듣겠더라.

"와아아아아!"

"유진 킴! 유진 킴!!"

"장병들이 무척 기뻐하는 모습 보이십니까? 와주셔서 정말 감사합니다."

내가 그 말로만 듣던 남자 군통령의 지위에 오르다니. 참 어처구니가 없다. 태국은 어찌어찌 국체를 보존하긴 했지만 딱 그게 끝이다. 그야말로 럭키 조선. 열강들 사이의 완충국(Buffer State)으로 가치를 어필해 식민지 신세를 모면하긴 했지만 너무나 많은 국토를 그 대가로 뜯겨야 했고, 잘은 모르지만 국가 내부도 혼란스러운 모양이었다.

그런 와중에 혜성같이 국제적으로 주목받는 아시아인이 나타났으니, 안 봐도 훤하다. 얼마나 프로파간다가 탐났겠나? 내가 유진 킴이 아니라 압둘라건 왕서방이든 백 프로 써먹었겠지.

이미 미국 국외의 사정은 사실 극동만으로도 내 머리가 터질 지경이었기 때문에 구태여 캐묻진 않았지만, 아무튼 내 방문이 미국이나 저기나 모두에게 이익이 된다면 딱히 꺼릴 것도 없다. 나한테도 콩고물이 있으면 좋겠는데.

이거로 끝났으면 좋으련만, 내가 독일에 방문했다는 소식이 지역지에 보도되자 또 이놈의 명성 드높은 옐로 몽키를 구경하겠다고 여러 사람들이 왔다.

"귀하가 오이겐 킴이오? 굉장히 어리… 젊구려."

"미합중국이 저를 인정해줘서 약간의 전공을 세웠을 뿐입니다."

이렇게 또 대민 서비스까지 해준 후에야, 간신히 그리운 내 막사로 복귀할 수 있었다. 막 부대 주둔지로 들어가려는 찰나, 위병조장이 우물쭈물하며 내게 다가왔다.

"실례합니다."

"뭔가? 편히 말하게."

"장군님을 뵙고 싶다는 민간인이 방문하였는데, 부재중이시라고 돌려보내려 했는데 지금 막 들어오셔서……."

"후. 여기나 저기나 내 상판 보고 싶다는 사람이 왜 이리 많아."

힘들다! 진짜 힘들다고! 독일에서 여기까지 1910년대의 차량으로 1910년대의 도로 따라 달려보라지! 하지만 욕하면서도 일은 하는 것이 김치맨의 미덕. 〈쉰즈〉를 해도 당일출근을 시켜야 만족하는 것이 코리안이다. 그냥 돌려보낼 순 없지.

"내가 직접 사정을 설명하고, 다음에 정식으로 약속을 잡자고 말하지. 그 방문객은 어디에 있나?"

"이쪽으로 오시지요."

뜻밖에도, 날 기다리고 있던 사람은 아시아인이었다. 30대 중후반쯤 되어 보이는 사람 한 명은 딱 보니 한국인 아니면 중국인, 그리고 내 동년배 같은 사람 한 명은 동남아 계열.

"실례하겠습니다. 절 보러 오셨다구요?"

"김유진 장군님이십니까……?"

너무나 오랜만에 들어보는 한국어. 내가 뭐라 반응하기도 전에, 장년의 남자는 내 팔을 덥석 붙들었다.

"조선민족의 영웅을 이렇게 만나게 되어 정말 반갑습니다. 정말, 한번 꼭 뵙기만을 기다렸습니다!"

"조선인이셨군요. 반갑습니다. 혹시 성함이……?"

"아, 죄송합니다. 제가 너무 가슴이 벅차 실례를 저질렀습니다. 저는 김규식이라는 사람으로, 우사(尤史)라는 아호를 쓰고 있습니다."

설마설마했지만, 찾아올 줄은 몰랐다. 아니지, 태국인들까지 날 부를 정도면 이게 당연한 건가.

"옆에 온 분은 혹시……."

"이분은 월남 사람으로, 완애국(阮愛國)이라 합니다."

"응우옌 아이꾸옥입니다. 아시아인의 힘을 보여준 김 장군을 한번 뵙고자 이렇게 오게 되었습니다."

누군지 모르겠지만, 김규식 같은 분과 어울릴 사람이면 보통 사람은 아니겠지. 애초에 식민지 사람이 지금 이 시국에 프랑스까지 올 일이 뭐가 있겠는가. 당연히 그 망할 파리강화회의 때문일 테고, 거기에 올 사람이라면 독립의지 충만한 양반들뿐이다. 그나마 호치민을 만난 게 아니라 다행인가.

원래라면 정중히 축객령을 내리고 다음에 방문해 달라고 말해야겠지만,

내가 아무리 미국놈이라 해도 내 안의 유교맨이 차마 김규식 선생을 내쫓지는 못하게 말리고 있다. 결국 나는 휴식을 포기하기로 했다.

"여기서 이야기하기엔 조금 번잡스러우니 안으로 드시지요. 하지! 손님들 태우고 내 관사까지 가야겠어!"

"두 명이나 태우기엔 자리가 없는데요?"

"……"

"…제가 내리겠습니다."

미안해. 다음에 맛있는 거 사줄게. 그러니까 빨랑 내려.

* * *

당번병이 간단한 다과를 내준 후 곧장 그 녀석을 내쫓았다. 놀다 오라고 초록 종이까지 줬으니 내 도리는 다했다. 그리고 다시 한번 용비어천가가 시작되었다.

"네, 잘 알겠습니다. 저는 그저 맡은 바 임무에 충실했을 뿐이지만……"

"아닙니다! 절대 그렇지 않습니다. 김 장군은 몰라서 그렇습니다."

"감사합니다만, 두 분이 절 방문하신 목적이 단순히 절 칭송하기 위해서만은 아닌 것 같군요."

이렇게까지 말하자, 두 사람의 표정이 진중해졌다. 잠시 김규식이 고민하더니 말하기 시작했다.

"김 장군께서는 스스로를 조선인이라 여깁니까, 아니면 미국인이라 여깁니까?"

"선생님!"

완애국 씨가 깜짝 놀라 외쳤지만 김규식의 얼굴엔 기필코 답을 들어야겠다는 결심이 서려 있었다.

"저는 당연히 미합중국의 시민입니다."

"!"

"하지만, 제 뿌리가 조선에 있음 또한 부정하지 않습니다. 이 정도면 답변이 되셨습니까?"

"미국이지만… 뿌리는 조선… 그게 장군께서 내린 결론입니까. 알겠습니다."

이 이상 더 뭘 말하라는 거야. 실망해도 어쩔 수 없다. 내게도 선이란 게 있으니.

"저희는 파리강화회의에서 조선과 베트남에서 벌어지고 있는 끔찍한 식민지배를 고발하고, 민족자결주의에 의거하여 독립국가 건설을 호소하고자 합니다."

"……."

"조선민족, 나아가 아시아인이 결코 열등한 토인이 아니라는 점은, 김유진 장군이 이번에 증명해낸 사실 아닙니까. 지금이야말로 세계만방에 독립을 청원하기 가장 좋은 시기라 봅니다."

그럴 줄 알았다. 좋게좋게 말해주면 이들의 기대만 쓸데없이 부풀리는 짓이겠지.

"그렇군요. 잘 알겠습니다."

"…끝입니까?"

"그야 아무것도 말씀을 안 해주셨잖습니까. 제게 조언을 구하시는지, 금전적인 지원이 필요하신지, 아니면 그 청원에 동참해달라는 건지 아무것도요."

"크흠! 그도 그렇군요. 이해했습니다. 그러면 먼저 장군의 고견을 청하고자 합니다."

그가 고개를 끄덕이는 모습을 보며, 나는 이 위대한 독립운동가를 응시했다. 미국 대학의 박사과정 제안을 뿌리치고 조국 독립의 가시밭길에 투신한 인물. 존경스럽다. 하지만 내가 발 디디고 있는 이곳을 지키고 싶다면, 결코 저들과 섣불리 엮여선 안 된다.

지금은 때가 아니지.

"제 이야기가 아마 굉장히 거슬리고, 듣기 싫으실 겁니다. 그래도 괜찮으십니까?"

"하라는 명령도 아니고 어디까지나 조언이니까요."

들어보고 개소리면 귀 더럽힌 셈 치겠단 건가. 상관없다. 얼마나 이분들께서 납득할지는 모르겠지만, 미래의 대한민국에서 살다 온 사람으로서 최대한의 성의는 표해야겠지.

"파리강화회의는 승전국을 위한 잔치에 불과하며, 여러분은 잘못 찾아온 손님에 지나지 않습니다."

"시작부터 아프군요."

"그렇습니까? 이제 시작인데요. 저는 우드로 윌슨 미 대통령 각하로부터 일본제국을 칭송하고 미국과 일본 양국의 우의를 두텁게 해달라는 '부탁'을 받았습니다."

"그게 대관절 무슨 말씀이십니까!!"

"뭐긴 뭡니까. 여러분이 기대하고 온 이상주의자 우드로 윌슨 씨의 실체지요."

두 사람의 얼굴이 벌게졌다. 미안하지만 좀 많이 아플 거다. 치과의사가 이런 기분이겠구만.

1921년 19살의 호치민

완애국 = 호치민입니다. 베트남 발음으로는 응우옌 아이꾸옥이지만 음차를 한 것이 아니라 정확히 우리가 아는 그 애국(愛國)의 뜻으로 쓴 것이 맞습니다. 나라의 국부로 여겨지는 만큼, 이외에도 베트남에서는 박 호('호 아저씨'라는 뜻), 완생공 등 여러 아명이 있습니다.

비둘기 죽이기 3

목이 타 찻잔에 있던 차를 들이켰다. 이미 차는 다 식은 지 오래였다. 김규식과 완애국은 차에 손도 대지 못하고 있었다. 그럴 정신이 아니었다는 게 더 정확한 표현이겠지. 지금은.

"우리는, 처음부터 고려 대상도 아니었군요."

"패배자들의 남은 재산을 어떻게 갈라 먹을까를 논하는 자리에서, 승리자들도 호주머니를 털라는 말이 먹힐 리가 있겠습니까."

한참 그렇게 번민하던 그는 고개를 번쩍 치켜들었다.

"좋은 말씀 감사합니다."

"돌아가시렵니까?"

"예. 돌아가야지요. 파리로 갈 겁니다."

결국 이렇게 되나. 하지만 김규식의 입에서 나온 말은 내 생각과는 달랐다.

"세상의 냉엄함은 잘 알고 있습니다. 하지만 그 승전국들은 어쨌거나 민주국가를 자칭하고 있잖습니까. 우리가 진심으로 호소하고, 보이지 않는 어디선가 끔찍한 학정이 자행되고 있다는 사실에 거부감을 느끼는 시민들도 있을 겁니다."

"…그렇지요."

"민주국가는 국민의 의견을 반영하게 되어 있죠. 비록 파리의 고관들이 우리를 무시한다 하더라도, 우리의 외침이 단 한 사람에게라도 지지를 얻을 수 있다면 나는 기꺼이 파리에서 목 놓아 조선의 독립을 외칠 겁니다."

여론전. 망국의 독립운동가가 지금 당장 할 수 있는 바로는 저게 전부겠지. 결코 꺾이지 않는 저 숭고한 의지에 감탄이 나온다.

"잘 알겠습니다."

"한 가지만 더 여쭤봐도 되겠습니까?"

그가 내게 물었고 난 고개를 끄덕였다.

"장군께선 그럼 윌슨 대통령의 명을 받들 생각이십니까?"

"지금 군인에게 국가의 수반이 내린 명령을 거역하란 말씀이십니까."

"그도 그렇군요. 실례되는 말씀을 드렸습니다."

"제가 할 수 있는 일은 그 명령의 이행을… 조금 연기해 달라 요청하는 게 전부였습니다."

"연기요?"

"예. 1년이나 2년 뒤쯤요. 혹시 압니까, 외교관계란 변화무쌍하니 언제 제 방일 계획이 파투날지도 모르지요."

아니면, 정권이 바뀌어 새 정부 수반께서 제 일본행을 취소할 수도 있고요. 내가 여기까지 말하자 김규식도 슬며시 입꼬리를 올렸다.

"장군께서도 딱히 달갑진 않았군요?"

"말하지 않았습니까? 내 혈관에는 분명 조선인의 피가 흐르고 있고, 사관학교에 입학하기 전 제 손에 어금니 털린 잽스가 한 트럭입니다."

"허허! 불행 중 다행이군요. 솔직히 털어놓자면, 저는 장군께서 조선인의 처지에 대해 전혀 관심이 없는 게 아닌가 두려움에 떨었습니다."

그 정도로 내가 피도 눈물도 없는 인간은 아닌데 말이지. 나는 내 손에 쥐고 있는 걸 놓치기 싫을 뿐이다. 그리고 지금 당장 내가 독립군에 투신하느니, 태평양 전쟁에 내가 참전하는 게 훨씬 한민족에게도 도움이 되리라 생각할 뿐.

하긴 미래를 모르는 채 내 이야길 들었다면 대부분의 한인은 비슷한 생각을 했을 터다. 20년만 버티면 성부 트루먼, 성자 르메이, 성령 팻맨이 임하사 열도에 버섯구름이 피어오르고 한반도가 해방된다고 말했다간 자치론자로 몰려 총 맞기 딱 좋겠지. 미치겠다 진짜.

"조금 전 제가 말씀드렸듯, 결국 세계의 외교라는 건 자국의 이익을 위해 타국을 억누르고 삥 뜯는 행위를 약간 고상하게 하는 일입니다."

"확실히 그렇지요."

"미국의 핵심 이권 지대는 태평양과 중국입니다. 이 핵심 이권이 침해된다면 미국은 결국 몽둥이를 들 겁니다."

더 길게 말하기도 전에 그는 곧장 알아들은 눈치였다.

"그렇다면 일본도?"

"일본제국은 그네들의 표현을 빌리자면 지금… 욱일승천의 기세지요. 이 넘치는 기운을 쏟아부을 곳은 뻔하지 않겠습니까?"

"만주. 더 나아가 중국이겠죠."

"아직은 멀었지요. 10년도 가깝고 최소 20년. 하지만 제가 은퇴하기 전 두 나라는 자국의 사활을 걸고 충돌할 수밖에 없다고 봅니다."

"그럼 저는 언젠가 올 그날을 기다리고 있도록 하겠습니다."

옆에서 가만히 듣고 있던 완애국이 그제야 찻잔을 슬며시 쥐었다.

"그럼 저도 한 가지 여쭤봐도 되겠습니까?"

"그러시지요."

"베트남의 미래, 다시 말해 프랑스는 앞으로 어찌하리라 보십니까."

"프랑스인들은 때때로 이득보다 체면을 위해 싸우지요."

그건 내가 받은 훈장이 증명해준다. 영미를 엿 먹이고 싶다는 그 순수한 가오의 상징을 보라지.

"하지만 프랑스는 명백히 쇠락해 가고 있습니다. 비록 이번 전쟁에선 승리할 수 있었으나, 그들 단독으로는 결코 독일을 이기지 못했을 겁니다."

"이번에는, 말이지요."

"아직은 무척 멀게 느껴지지만, 언젠가 프랑스는 선택해야 할 겁니다. 명예로운 퇴거 혹은 진흙탕 속 투쟁. 그리고 제가 아는 프랑스는 보통 두 번째를 고르더군요."

"좋은 말씀 감사합니다. 많은 깨달음을 얻었습니다."

내가 적당히 말했지만 그는 찰떡같이 알아들은 모양이다. 내가 해줄 수 있는 조언은 사실 이게 전부기도 하고. 두 사람이 일어서려는 기색을 보이자, 나는 얼른 내 방에 들어가 수표책 두 장을 찢었다.

"이거 받으시지요."

"이게 웬 겁니… 금액이 너무 크지 않습니까?"

"제 신분상 도와드릴 수 있는 건 이 정도가 전부입니다. 파리는 물가도 비쌀 텐데, 여비로 쓰시지요."

"장군의 도움 감사드립니다."

두 독립운동가는 그렇게 돌아갔다. 내 인생에 저들을 다시 볼 날이 또 언제가 있겠나. 마음의 위안이랍시고 줄 수 있는 게 고작 돈뿐이니 입맛이 썼다.

그리고 며칠 후, 김규식 선생은 또 찾아왔다.

"장군! 장군! 소식 들으셨습니까?!"

"예. 저도 신문으로 보았습니다."

3.1 운동이 시작되었다.

* * *

하루하루 신문 작은 면에 지구 반대편의 어느 반도에서 벌어지는 시민

불복종운동과 무자비한 진압에 관한 기사가 올라오고 있었고, 김규식을 비롯한 독립운동가들은 연일 이 잔혹한 행위를 규탄하기에 여념이 없었다.

이제 슬슬 나도 노선을 정해야 한다. 3.1 운동은 대한민국 임시정부 수립으로 이어지고, 그 임정에 얼마나 개입하느냐로 앞으로의 내 계획은 크게 바뀐다.

곧 날아갈 자리긴 하지만 어쨌거나 나는 미합중국 육군 준장이다. 독립운동에 어설프게 손대 봐야 문제만 생길 테고, 가장 무난한 방향은 아일랜드계 미국인들 레벨로만 도와주는 정도겠지.

그렇다면 가장 먼저 떠오르는 방안은 당연히 도산 안창호 선생을 비밀리에 후원해주는 것이다. 자금 세탁 정도야 포드 회장님 손에 있는 우수한 회계사 군단을 살짝 빌리면 우습다. 하지만 안창호 선생은 샌프란시스코 한인 사회에 내 영향력을 쏟아붓는 가장 강력한 무기 중 하나였다. 찌그락째 그라하다 덧없이 깨져나갈 임정에 내주기엔 너무 아깝단 말야.

역시 무언가 제대로 된 액션을 하려면 본토 귀환이 시급하다. 내 본진, 샌프란시스코가 이 일로 요동치고 있을 텐데 언제까지 유럽에만 있을 순 없다. 아버지가 알아서 잘해주고 있겠지만 그래도 내가 직접 다루는 거랑은 전혀 다르지.

절대, 절대 내가 일하기 싫어서 딴생각하는 게 아니다. 당장 나와 친구들은 하루하루 끝없는 행정업무의 도가니탕에 빠져 허우적대고 있었고, 이걸 쳐내는 것이야말로 내 사명이었다.

"오마르."

"응?"

"왜 내가 프랑스 암소 가격을 알아보고 있어야 하지?"

"우리 부대 차가 민간인 소를 치어서 그렇지."

"그래? 그럼 소만 사주면 해결돼? 귀찮은데 내 돈으로 그냥 사주면 안 되나?"

"무슨 개소리야. 사고 낸 운전병 군법회의 참석해야 하고, 전손된 차량 손망실 처리도 해야 하고, 동네 읍장도 만나서 이야기도 해야 하고……."

"으아아아아!"

"하지! 네 상사가 도망친다! 잡아!"

근본적인 문제는, 누구도 전쟁이 종결되리라 예상 못 했다는 데에 있었다.

그래. 물론 나는 알긴 알았다. 하지만 종전일자를 알리는 게 그렇게 중요하리라곤 미처 몰랐다. 정확히는, 나는 매번 유사열강 미 육군을 욕하면서도 아직 미군에 대한 신뢰가 남아있었다.

어떠한 계획도 없었다. 18년도에 전쟁이 끝났을 경우 장병들을 집으로 돌려보내기 위한 계획이 막연한 페이퍼플랜조차 없었다. 그만큼 모두가 당연히 전쟁 종결은 내년이라 생각하고 있었고, 심지어 우리의 적 독일인들조차 몰랐다. 그렇게 타노스가 손가락 튕기듯 제국이 먼지가 될 줄 누가 알았겠나.

어쨌거나 그 결과, 미국원정군의 유럽 체류는 길어지고 있었다. 사실 어차피 계획이 있었더라도, 스페인 독감 문제 때문에 우린 남아있을 수밖에 없었으리라. 그 시국에 수십, 수백만 대군이 미국에 돌아간다고? 수송선이 유령선으로 변한다에 1달러 걸겠다.

거기다가, 커티스 의원에게서 들은 소식이 내 머리를 지끈거리게 했다.

[자네도 알다시피 곧 선거가 있네. 일부 의원들은 반대편에 투표할 것 같은 수백만 유권자가 그냥 유럽에 있기를 바라는 눈치야. 아무쪼록 무탈히 돌아오게.]

이따위 복마전이 후방에서 펼쳐지고 있으니 370만 대군의 동원해제는 그만큼 지지부진했고, 작은 정부를 미덕으로 알던 나라의 장교들은 오늘도 혹사당했다.

"우리 전쟁부 친구들이 계산하기를, 한 달에 약 15만 명 정도가 고향으로 돌아갈 수 있다는군."

"15만요?"

"그럼 120만 대군을 집에 돌려보내려면 8개월이 걸리는데?"

"그렇지. 점령지 주둔군을 제하고 생각해봐도 제법 오랜 시간이 걸릴걸세. 파리에서 개선식에 참여할 부대도 선발해야 하고."

개선식! 모두의 눈이 뱅글뱅글 돌아갔다.

으음, 가엾고 딱한 것들. 개선식 한번 못 해보다니 어떻게 저리 불쌍할수가 있담? 오홍홍. 어차피 93사단이 두 번째 개선식을 파리에서 맛볼 확률은 너무, 너무너무 낮았다.

"저희 93사단은 빠지겠습니다."

"흐음."

"괜찮겠나, 킴 준장?"

"양보의 미덕이라는 걸 발휘해야지요."

이제 튀어 보일 필요도 없겠다, 나는 한시라도 내 병사들을 집에 보내는게 낫다고 생각하는 중이었다. 그렇게, 나는 박수 칠 때 떠나기라는 내 개인목표를 착실하게 달성하고 있었다.

한편, 본토에서는 동원해제도 동원해제지만 훨씬 더 중차대한 문제로 연일 입씨름이 벌어졌다.

'전후의 미군은 어떤 모양새가 되어야 하는가?'

베이커 전쟁부 장관과 미 육군참모총장 마치(Peyton C. March)는 1개 군과 그 예하 5개 군단의 뼈대를 남긴 50만 육군을 제안했다. 이 계획에 따르면, 만약 전쟁이 다시 한번 터질 경우 미 육군은 즉각 다시 동원령을 선포해 완편 100만 대군을 선보일 수 있었다.

의회는 이 계획이 썩 마음에 들지 않았다. 50만이라니? 애초에 전쟁 전까지 10만 명으로도 잘 먹고 잘살지 않았나?

하지만 의회와 능수능란하게 교섭하기에 마치는 너무 군바리였고, 베이커는 서서히 힘이 빠지고 있었으며, 윌슨은 그놈의 파리강화회의와 국제연맹 계획에 모든 힘을 몰빵한 데다가 육군 개편엔 큰 관심이 없었다.

퍼싱? 그는 어느 한쪽을 지지하기보단 중립과 중재 역할을 자임했다. 사실 D.C.도 아니고 쇼몽에 있는 그가 할 수 있는 일은 없어 보였다.

그렇게 1차대전에서 피를 흘려가며 미군이 얻었던 교훈들은, 서서히 재가 되어 사라지기 시작했다. 예나 지금이나, 돈 앞에선 만사가 소용없다. 아마 다시 깨달음을 얻으려면 한 번의 세계대전이 더 필요할 테지. 음, 역시 내가 아는 미군이 맞군.

그렇게 꼬리에 꼬리를 물고 이어진 미합중국에 대한 의심은 바로 그다음으로 이어졌다. 돈 없다고 50만 상비군조차 만들기 싫다는 우리 미 의회의 의원님들께서는, 과연 전역자들의 미래에 대해 어떤 고민을 하고 있을까?

내 생각은 NO다. 아마 전혀 고민 안 하겠지. 하물며 내 부하들, 우리 까만 친구들을 위한 배려는 더더욱 없을 테고.

제대군인 일자리도 주고, 내 지지세력도 만들고, 돈도 번다면? 너무 달달한걸?

비둘기 죽이기 4

파리강화회의는 모두가 생각하던 대로 진행되었다. 윌슨은 본인의 이상주의를 위해, 프랑스가 결코 '도를 넘는 복수'를 하는 것을 용납하지 않았다.

물론 이는 저번에 언급했듯 여러 국익과 관련된 일이기도 했지만, 프랑스의 클레망소가 "윌슨이랑 이야기할 때면 꼭 예수 그리스도와 이야기하는 것 같다."라며 진저리를 칠 정도였으니 회의 분위기는 뻔했다.

윌슨의 적은 대서양 건너편에도 많았다. 그는 의회와 충분한 협의도 거치지 않고 곧장 대서양행 여객선에 탑승했었다. 그동안은 미증유의 거대한 전쟁 중이었으니, 전시라는 명목하에 윌슨은 많은 것들을 양보받을 수 있었다. 적어도 공화당과 민주당 내 반대파는 양보해야 했다고 믿고 있었다.

실제로 공화당의 구상은 윌슨의 구상과는 전혀 달랐다.

"독일은 피의 대가를 치러야 합니다. 그들의 무장을 해제하고, 막대한 배상금을 물리고, 영토도 대가로 뺏어야 합니다!"

"대전쟁은 한 번으로 충분합니다. 두 번째 전쟁은 없어야 해요."

"그렇습니다. 유럽 놈들이 피 튀기게 다시 전쟁을 하건 말건 무슨 상관이랍니까? 국제연맹? 그딴 걸 만들었다간 평화네 뭐네 하며 또 유럽의 전쟁에 끌려들어 갈 겁니다!"

공화당은 대중의 지지를 받았음에도, 대선 후보였던 시어도어 루즈벨트와 태프트가 분열한 탓에 윌슨에게 정권을 내주고 말았다. 그리고 윌슨과 민주당은 전쟁을 핑계로 사실상 8년을 날로 먹었다. 이제 야당 노릇은 지긋지긋했고, 그들은 윌슨이 대서양을 건넌 사이 발 빠르게 움직였다.

"여러분! 공화당을 지지해 주십시오! 이번 강화회의에서 우리 공화당은 아일랜드의 권리를 위해 투쟁할 것입니다!"

"윌슨이 이번 강화회의 때 독일에게 영토를 요구하지 않을 거랍니다! 존경하는 이탈리아계 시민 여러분! 우리 공화당은 동맹국 이탈리아가 더 많은 영토를 보상으로 얻어야 한다고 단호히 주장합니다!"

"공화당! 공화당!!"

그리고 그 정점에는, 파리강화회의를 향한 일종의 사보타주도 포함되었다.

"명심하시오. 윌슨이 제 이상에 취해 헛짓거리를 한다면, 그냥 그를 배제하고 별도로 협상하시오."

"알겠습니다."

"우리 공화당의 의견이오. 영국과 프랑스에 비밀리에 전달해주시구려. 조만간 우리가 여당이 될 거란 점도 분명히 주지시키고."

미 의회 대표단에 공화당원이 단 한 명이라니! 윌슨은 너무 오래 전시 대통령을 해서 돌아버린 게 틀림없었다. 언제부터 우리가 백악관에 카이저를 모셨지? 공화당의 칼날이 백악관을 노리는 동안. 윌슨은 아무것도 모른채 오직 평화를 기원하며 회의장을 이리 뛰고 저리 뛰었다.

* * *

1919년 3월 말. 마침내 93사단의 철수가 결정되었다.

출발 전날, 우리는 큼지막한 바 하나를 통째로 빌리고 프랑스 현지의 와인을 기울이며 마지막으로 프랑스에서의 즐거운 하룻밤을 보내며 노가리를 깠다.

우리의 철수 소식을 들은 사람들도 곳곳에서 합류해 이 마지막 밤을 함께했는데, 맥아더, 마셜부터 해서 캉브레에서 만났던 파슨즈 대령 등 그야말로 내 인맥 올스타즈 같은 모양새였다. 먼저 귀국한 패튼에게 애도를 표한다. 물론 돌아가서도 할 일은 많았지만, 그저 돌아간다는 사실만으로도 모두가 흥이 넘치기엔 부족함이 없었다.

"대전쟁(Great War)도 끝났으니 이제 군축을 할 텐데."

"그래도 우리 진공이 전공인데 설마 옷 벗으라고 하진 않겠지! 하하!"

"유진. 이제 곧 중위로 돌아갈 네 생각은 어때? 크흐흐."

"어우 이 자식들. 중위 달 생각하니 눈앞이 캄캄하다 야. 그래도 징글징글한 1차대전도 끝났으니 이제 좀 사람답게 살아야지."

적막. 갑자기 주변에 있던 녀석들이 입을 다물었다. 밴드의 연주는 계속되었지만 아무도 말을 하지 않았다.

시발. 술김에 실수했나.

"무슨 소리야······? 1차대전?"

"씨발! 저 재앙의 주둥아리가 또 예언했어!"

"누가 저 새끼 빨리 죽여! 빨리 대서양에 처넣으라고! 저 새끼를 넵튠께 제물로 바쳐!"

"잠깐잠깐. 실수야 실수! 워워. 다들 진정해, 진정."

"구라 치지 마 이 자식아! 그딴 소리로 넘어갈 거면 그 망할 레포트를 쓰지 말든가!"

282

소란이 일어나자 곳곳에서 술잔을 기울이고 있던 사람들까지 합세했고, '1차라고?', '그럼 2차는?'이라며 서로 소곤거리고 있었다.

수습 불가다. 이건 예수가 살아 돌아와도 수습 못 해. 어쩔 수 없지. 다 때려치우고 다시 카산드라로 복귀하는 수밖에. 나는 아무렇지 않게 와인잔을 기울이고는 뻔뻔스럽게 말했다.

"왜 2차가 없다고 생각하지?"

"역시 미친놈이야. 후우."

"왜 그렇게 생각하는지 이유를 좀 듣고 싶네만."

취기라고는 한 점도 보이지 않는 마셜이 다가왔다. 점점 무서워지는데. 진짜로 항구 앞바다에 던져질 것 같다.

"민족자결주의. 정말 멋집니다. 아랍인을 핍박하던 튀르크제국, 발칸의 무수한 피지배민족을 거느리던 오스트리아제국은 산산조각 나겠군요."

나는 잠시 말을 멈췄다.

"그래서, 유럽을 피와 재로 뒤덮은 독일제국은 몇 토막 나지요?"

"부활한단 말인가? 독일이?"

어느새 내 옆에서 맥아더가 흥미롭다는 듯 고개를 끄덕이고 있었다.

"리슐리외가 독일을 수백 토막 냈고, 프로이센이 그걸 끼워 맞춘 게 1871년. 대충 40년 만에 세계를 상대로 전쟁을 선언할 수 있었군요. 이번에 토막을 못 내고 저 덩치가 그대로 유지되면… 대충 30년 안에 다시 한번 세계를 불태울 수 있겠네요?"

"용한 정신과 의사를 소개시켜주고 싶지만… 모르겠군. 또 카산드라가 예언을 했을지도 모르니. 그러면 지금이라도 윌슨이 저토록 설치게 놔두면 안 되지 않겠나?"

"왜죠?"

나는 피식 웃었다. 알면서 모르는 척 처러는 건지 구분을 못 하겠네.

"이번 대전으로 합중국의 입지가 얼마나 상승했습니까. 다음 전쟁에서도 유럽인들은 서로 죽기 살기로 싸울 테고, 결국은 합중국의 손을 잡으려 애처롭게 매달리겠죠."

"하긴……."

"그때, 합중국은 세계의 지배자가 될 겁니다."

팍스 아메리카나. 세계 질서를 재편하는 초강대국. 물론 소비에트 연방이라는 또 다른 초강대국이 잿더미 위에서 날아오르겠지만, 세상에는 적대적 공생이라는 게 있지. 나는 어디까지나 개인의 사견이며, 시끄러워지지 않게 어디 가서 말하지 말아 달라고 요청을 곁들였다.

물론 안 퍼질 거라고는 1도 믿지 않았다.

* * *

"유진 킴! 유진 킴!"

"제너럴 킴! 고마워요!"

"우리 프랑스는 결코 93사단을 잊지 않겠습니다!"

열화와 같은 환송 속에 생나제르에 도착한 우리는 준비된 수송선에 탑승하고, 몇 주의 여정 끝에 미국으로 돌아올 수 있었다.

출발할 때와 달리 대서양은 잔잔했다. 바닷속엔 더 이상 수송선단을 노리는 유보트도 없었고, 하루하루 두려움에 떨며 선단을 꾸려 움직일 필요도 없었다. 다시 돌려받은 이 평온함.

돌아온 뒤에는 윗선에서 부랴부랴 준비한 절차에 따라 집에 돌아가기 위한 프로세스가 진행되었다. 단순히 병사들이 미국 땅을 밟았다고 해서 예비군 훈련 마냥 '교통비 받고 집으로 가시면 됩니다. 고생하셨습다~' 하면서 끝나면 얼마나 편하겠냐마는, 현실은 그렇지 않았다.

오히려 이제 시작이었다. 3만에 가까운 93사단 장병들은 오와 열을 맞추어 하선한 후 미리 준비해 놓은 군용 열차에 탑승했고, 역에 내린 후 다시 행군한 끝에 '더티 캠프'에 입소했다.

"옴! 이! 벼룩! 절대 합중국 영토로 엿같은 유럽산 벌레를 갖고 들어가지 않는다!"

"369연대, 전부 전방 샤워실을 향해 돌격 앞으로!"

"천 쪼가리는 모조리 세탁한다! 너희들 군복, 양말, 팬티부터 시작해서 여자 꼬셔서 받아낸 손수건! 꼬불친 여자 속옷! 모조리! 아무튼 천 재질이면 저언부 빨아라! 내 맹세코 관물대 뒤져서 하나라도 튀어나오면 그걸 입에 처넣어주겠다!"

힘들다. 존나 힘들다. 어째서 전쟁이 끝났는데 나는 더 일을 해야 한단 말인가?

"존 밀러 상병. 어째서 군장에서 여자 속옷이 나왔지?"

"죄송합니다! 깜빡했습니다아앗!!"

"죽고 싶나?"

"아닙니다!!"

"행복의 나라를 다녀와서 벌써 긴장 풀렸나? 블랙 로터스 보닛에 매달리고 싶어서 환장했나?"

"살려만 주십시오!!"

이 하드코어한 방역 작업을 지휘한다고 머리가 지끈거리는데, 의무대장이 날 찾아와 방긋방긋 웃었다.

"사단장님?"

"혹시 더 무언가 절차가 필요합니까?"

"그게, 아직 방역이 안 된 장병이 있어서요."

"그럼 해야죠. 한 명도 남김없이 절차를 밟아야 하지 않겠습니까."

"감사합니다. 얘들아. 오염된 사단장이다. 잡아."

"어? 어어??"

이럴 순 없다. 내가 감염된 테란이라니. 내가 얼마나 깔끔한 인간인데!

나 또한 의무관들의 가차없는 손길에 질질 끌려나가 똑같은 신세가 되었다. 구아아악!!

더티 캠프를 거쳐 방역률 100%를 달성한 제93보병사단 장병들은 다시 이동해 뉴욕으로 향했고.

"와아아아아아아!!!"

"93사단! 93사단!!"

다시 한번 개선 행진이 있었다.

"유진 킴 장군! 《워싱턴포스트》입니다! 부디 한 말씀……."

"《시카고트리뷴》입니다. 헨리 포드 씨가 저희를 고소했는데요, 혹시 포드 씨가 평소에도 무정부주의적, 공산주의적 발언을 한 적이 있습니까?"

"킴 장군! 일본제국 육군참모총장으로 추대되었다는 소문이 사실인지 설명 부탁드립니다!"

"흑인들이 결집되어 무기를 들었을 경우 공산 혁명을 일으키진 않을까요?"

"아시아인 최초로 정계에 진출하실 의향이 있으십니까? 커티스 상원의원과 혼맥을 구축한 것은 이걸 염두에 두신 것입니까?"

젠장. 죽겠네, 죽겠어. 이 날파리들은 정말 가미카제의 조상이라도 되는 건지 별별 희한한 개소리를 들고 와 물고 늘어진다. 하지와 오마르가 필사적으로 이 하이에나들을 떨쳐내려고 시도해봤으나 그들은 요지부동이었다.

"자자. 다들 진정해 주세요. 혹시나 제게 관심이 있는 기자님들이 있다면 제가 별도로 인터뷰나 기자회견을 진행하겠습니다. 다만 지금 행사를 방해하시는 분들과는 함께하기 어려울 것 같습니다."

"크, 크흠."

"오랫동안 피 흘려 싸우고 당당히 뉴욕 시민들에게 승리를 선언하는 자리입니다. 저보다는 저 자랑스러운 합중국의 아들들에게 관심을 더 기울여 주시면 어떨지요?"

"깜둥이들이 미합중국의 아들들이란 말씀이십니까?"

"유럽으로 보낼 때는 아들 맞았잖습니까? 살아서 돌아왔으니 이제 느그 아들입니까?"

내가 짜증을 감추지 못하고 시니컬하게 받아치자 기자의 말문이 막힌 모양이었다. 여기나 저기나, 다 써먹으면 느그 아들 되는 건 아주 순식간이구만.

그렇게 개선 행진이 절정에 이를 무렵.

콰아앙!!!

"꺄아아아악!"

"포, 폭발?!"

"대체 무슨 소리야! 전 병력 진정시키고 시민들부터 수습해!"

끔찍한 혼란. 이미 폭발음에 노이로제가 걸릴 정도로 면역이 된 93사단은 즉각 시민들을 대강 건물 안에 처박고 기마경찰들과 함께 이 혼란을 수습해야 했다.

"도와주셔서 고맙습니다, 킴 장군님."

"별말씀을. 대체 무슨 일이 일어난 거지요? 사고입니까?"

"아뇨. 테러입니다."

헐레벌떡 달려온 경찰서장이 새하얗게 질린 안색으로 말했다.

"J. P. 모건 빌딩에서 폭탄이 터졌습니다."

1918년 2월, 프랑스 아브빌에 생긴 영국군 묘지

전간기가 평화로울 거라 생각하셨습니까? 유감입니다. 그런 평화는 미국 갔습니다.

1차대전은 2차대전만큼 인프라 파괴가 많지는 않았지만, 참호전의 등장으로 유럽 인구를 초토화했습니다. 당연히 전쟁으로 엄청난 국력이 소모됐고 몇몇 국가를 제외하곤 세계경제가 불황에 빠졌습니다.

미국은 그 와중에 제일 잘나가는 국가였지만, 역시나 그림자는 존재했습니다. 고도성장기였던 만큼, 이민자가 엄청나게 늘어났고 이탈리아, 아일랜드 마피아 등이 본격적으로 활동을 시작했습니다.

비둘기 죽이기 5

처음 테러라는 소식을 듣고 나서 가장 먼저 떠오른 것은 당연히 KKK를 위시한 레이시스트 무리들이었다. 얼굴 깔 용기조차 없어 엄마가 매주던 냅킨 뒤집어쓰고 나와서는 십자가에 활활 불 지르는 화이트 트래시들. 그러고 보니 십자가에 불을 지른다니, 이거 완전 신성모독 아닌가?

하지만 모름지기 한 분야의 대가가 되고자 한다면 다른 분야의 전문가도 존중해줘야 하는 법. 이런 일에 전문일 경찰의 의견은 또 달랐다.

"저희가 봤을 땐 빨갱이들의 소행 같습니다."

"빨갱이요?"

"그렇습니다. 빨갱이들이야말로 전쟁을 혐오하는 주제에 혁명이네 뭐네 분란을 일으킬 궁리만 하는 새끼들 아닙니까. 그놈들이라면 당연히 개선 행진이 배알 꼴렸겠지요."

"흐음……."

"그리고 폭발이 일어난 곳이 J. P. 모건 빌딩이라는 것도 의미심장합니다. 모름지기 테러는 그 장소 또한 의미가 있습니다. 미합중국 금융과 자본주의의 상징에 폭탄을 터뜨리다니. 이게 빨갱이가 아니면 누구의 소행이겠습니까?"

듣고 보니 그렇네. KKK 친구들이 J. P. 모건에 억하심정을 품을 이유가 뭐가 있겠나. 후원금 안 준다고? 그랬다간 당장 모건 빌딩 지하에 그 잘난 두건과 함께 거꾸로 묶여 코로 스프를 처먹을 텐데?

내가 여기서 더 도와줄 일도 딱히 없었으니, 나와 93사단 장병들은 혼란에 빠진 뉴욕을 떠나야 했다. 씁쓸한 결말이었다.

어찌 되었건 개선 행진도 마친 이들은 집에 돌아가지 않고, 이번엔 '클린 캠프'라는 이름이 붙여진 곳으로 향했다. 클린 캠프는 말 그대로 제대 대기 자들을 위한 곳으로, 집에 가지 못해 분노한 병사 친구들이 폭동을 일으키지 않도록 온갖 시설을 다 갖춰 놓은 행복의 나라였다.

사는 데 필요한 각종 가재도구며 새 옷을 전원에게 지급해주었고, 병원, 도서관, 교회, 은행, 각종 음식점을 비롯한 가게들에서부터 무려 극장까지. 게다가 최첨단 문명의 이기라 할 수 있는 전화까지 비치해 놓아 외부와의 연락도 가능했다.

이뿐만이 아니다. 캠프 바로 옆에 별도의 섹터를 마련해 기혼자 병사들의 부인까지 이곳에서 머무를 수 있게 해놨다. 여기까지 준비해 놓는다고 갈려나갔을 전쟁부 관료들과 참모들에게 경외심이 들 정도였다.

나는 93사단 장병들을 위해 준비해 놓은 찌라시를 내놓았다.

"이게 뭡니까?"

"뭐긴. 보험이지."

찌라시에는 아주 담백한 정보만 적어 놓았다.

[함께 참호에서 흙 퍼먹던 전우님들에게 알림. 만약 누구에게도 도움받지 못할 상황이 온다면, 누구도 믿을 수 없는 가운데 도움이 절실한 상황이 온다면, 주저하지 말고 아래로 연락주십시오. 93사단장 유진 킴.]

하단에는 전화번호, 전보, 편지 등 다양한 연락처를 기재해 놓았다.

"그러니까, 이걸 왜……."

"우리끼린데 까놓고 말하자고. 미합중국을 위해 용감하게 싸워준 흑인 전우분들을 이웃의 백인 시민들께서 따뜻하게 보듬어줄까? 아니면 건방진 깜둥이 새끼를 참교육시키려고 할까?"

고개를 갸웃하던 이들이 일제히 합죽이가 되었다. 그래, 솔직히 못 미덥 겠지. 당장 나부터도 합중국의 경애하는 딕시 새끼들에게 신뢰가 1도 안 가는데.

"내가 해줄 수 있는 거라고는 이 정도가 전부지. 연락을 받는다고 해서 급하게 무언가를 조치해 줄 수도 없고… 다만 그들의 도움 요청 하나하나 를 전부 합친다면 뭔가 유의미한 해결책이 나올지도 모르잖나."

"잘못하면 유진 네가 사병(私兵)을 기른다는 소리가 나올지도 몰라!"

"시발. 사병은 무슨. 그럼 애들 보너스나 좀 주든가. 60달러? 장난해?"

참전 보너스 수당 단 60달러! 와! 진짜 합중국에 대한 애국심이 마구 치 솟는다. 1783년 독립 전쟁 종전 이후에는 80달러의 현금과 100에이커의 토지가 보너스로 지급되었다. 1865년 남북 전쟁 때는 300달러에서 400달 러 사이의 현금이 보너스로 지급되었고, 이와 별개로 각 주에서도 별도의 보너스를 지급했었다.

근데 1919년에 60달러? 이걸 누구 코에 붙여? 계란 12개가 60센트인 마당에 피의 대가가 60달러. 합중국의 두둑한 씀씀이에 절로 가슴이 옹졸 해진다.

"나는 딱히 흑인 인권에 관심이 넘치지도 않고, 빨갱이는 더더욱 아니지. 하지만 뭐어……."

나는 대답을 잠시 망설이다, 한숨을 한번 크게 쉬고는 말을 이었다.

"고향을 등지고 도망쳐야 할 팔자거나, 변호사가 급한 병사들 정도는 내 가 잠깐 돌봐줄 순 있지. 자선 정도로 생각하면 되겠네."

"그 정도라면야……."

"하지만 너무 비관적으로 생각하는 거 아냐? 아무리 흑인이래도 그들은 합중국을 위해 피 흘린 참전용사들이라고. 설마 그렇게까지 하겠어."

아이크. 너는 아직 인간에 대한 신뢰가 남아 있구나. 내기를 걸면 아이크의 몇 푼 안 되는 봉급을 다 털어먹고도 남겠지만, 이런 일에 내기를 걸기는 싫다. 93사단의 장병들, 특히 흑인들의 경우 인텔리가 많다. 이들을 안정적으로 내 사업체에 받아들일 수만 있다면 도움이 되겠지.

하지만 이런 이해타산을 따지기에 앞서, 앞으로 벌어질 흑인들의 수난은 아직 시작되지도 않았다. 대체 얼마나 많은 사람들이 피투성이가 된 채로 내 도움을 요구할지, 절로 막막해지는 느낌이었다.

하지만 흑인들의 운명을 걱정하는 건 잠깐 뒤로 미루고, 나는 가장 중요한 전장을 향해 발을 들이밀기로 했다. 왜냐면 나도 운명을 받아들일 시간이 왔기 때문이지. 떨린다. 심장이 두방망이질 친다. 나는 캉브레의 영웅이자 아미앵의 수호자 유진 킴이다. 그 어떤 적도 날 쓰러뜨릴 수 없었으니……

"오랜만이야."

"왔어?"

하늘에서 천사가 강림하사 내 하찮은 공적이 무슨 의미가 있겠느뇨. 너무나 오랜만에 내 반쪽, 내 주인님을 만나니 마치 태양을 접한 듯 눈이 부셔온다.

"정말 고생했어. 약속대로 사지 다 멀쩡하게 살아와 줘서 고맙고."

"허허. 내가 좀 약속을 잘 지키는 착한 어른이지. 허허허!"

"그럼그럼."

도로시는 해맑게 웃으며 옆에 있던 아이의 등을 살포시 밀었다.

"헨리, 아빠야. 아빠."

"아빠?"

세상에. 애가 벌써 걸을 줄 알아. 믿을 수 없었다. 내가 마지막으로 기억하고 있던 모습은 요람에서 세상 모르게 자는 모습이었는데. 방바닥을 뽈뽈거리며 기어다닐 시기가 싹 사라졌다. 아이가 뒤뚱뒤뚱 걸음마를 연습하고 말이 트일 무렵, 나는 캉브레와 아미앵에서 총질한다고 여념이 없었구나.

군인으로서는 모르겠지만, 적어도 아빠학 개론 수업에서는 F를 맞아도 무어라 변명할 여지가 없다. 나는 두 눈을 똥그랗게 뜬 채, 이 인간은 무엇에 쓰는 물건인고 곰곰이 살펴보는 아이와 눈을 마주했다.

"안녕, 헨리? 아빠야."

"빠빠? 빠빠!"

다행히 낯선 아저씨의 출몰에도 운다거나 도망가는 일은 없었다. 그랬으면 아마 사흘 밤낮은 슬퍼서 잠을 제대로 못 잤겠지. 아이는 천천히 내게 다가오더니, 내 바짓자락을 꽉 부여잡았다.

"아빠야?"

"그래그래. 아빠야."

번쩍 드니 참으로 가볍다. 기관총보다 가볍다.

"우아아!"

"오구오구. 잘 있었어? 이제 아빠 어디 안 가요."

"참나. 말은 잘해."

도로시가 그 모습을 보더니 혀를 찼다.

"다친 데 어디 없는 거 맞지?"

"그럼. 이렇게 팔팔한걸. 잘 지냈어? 그동안 별일 없었고?"

"음, 많은 일들이 있었지. 나도 유럽 간 누굴 생각하면서 이것저것 공부도 했고."

공부? 대학이라도 다녔었나?

"무슨 공부?"

"아아. 포드 회장한테 부탁해서 트랙터 운전을 좀 배웠거든."

뭔가 이야기가 이상하다. 여기선 얼른 주제를 돌려야 한다. 적당히 비벼보다 안 될 것 같으면 퇴각하라는 삼십육계야말로 용병술의 비결인 법.

"캠프에 아주 끝내주는 맛집이 있더라고. 애 데리고 거기나……"

"당신이 트랙터를 타고 온갖 위험천만한 곳을 돌아다녔다며? 이제 내가 운전 대신해줄 테니까 너무 걱정 말고."

도로시의 웃음이 너무나도 아름다웠다. 훈장을 한 소쿠리씩 따낸 용맹한 군인이고 나발이고, 그냥 여기선 대역죄인일 뿐이었다.

나는 죽었다.

* * *

1919년 4월과 5월에 걸쳐, 미합중국 전역에 테러의 그림자가 드리웠다. 정재계에서 내로라하는 저명인사 수십 명의 집 앞에 폭탄 소포가 배달되었다. 이 사건에 기겁한 당국에서는 우체국에 있는 소포를 전수 조사한 끝에, 또 다른 폭탄 소포 수십 개를 찾아냈다.

마찬가지로 독일에서는 정권을 유지하려는 사회민주당과 극좌 공산주의 혁명가들, 그리고 우익 집단 간에 피로 피를 씻는 대결이 벌어졌다. 신생 소비에트연방은 이해할 수 없는 음흉한 모습을 보이며, 알게 모르게 전 세계의 혁명을 후원하는 듯한 분위기를 풍겨 대중의 두려움을 자아냈다. 이미 사실이건 아니건, 대중들 사이에서는 '먹물 먹은 인텔리 슬라브인들이 어디선가 솟아나서는 이 사회는 썩었다고 외치고 다닌다더라.'라는 소문이 퍼지고 있었다.

한편, 전쟁 기간 내내 '파업은 빨갱이들이 전쟁 수행을 사보타주하려는 매국 행위'라며 입을 틀어막혀 있던 노동자들의 참을성도 한계에 다다라 있었다.

개전 이전에 비해 물가는 두 배로 뛰었다. 하지만 임금은 미동도 하지 않았다. 이제 좀 살아보자며 도처에서 노동자들이 들고일어나 대대적인 파업을 전개했고, 당연히 공권력은 빠따질로 사악한 불만분자들을 때려잡았다. 일방적으로 처맞다 보니 시위는 더욱 과격해졌고, 나날이 불타오르는 이 모습은 대중들이 보기에 누가 봐도 러시아제국, 그리고 독일제국의 최후와 너무나도 흡사해 보였다.

승전의 열광과 그 함성은 온데간데없이 맥주 거품처럼 사그라들고, 적색 공포(Red Scare)가 미국을 콱 틀어쥐기 시작했다. 이렇게 살얼음판 같은 공안정국이 내 가슴을 참으로 따뜻하게 만들 무렵, 나는 내 든든한 후원자이신 포드 회장님과 오랜만에 대면했다.

"이, 이 나쁜 놈!"

"아니, 왜 그러십니까 갑자기?"

"배신자! 내가 먹여주고 키워주고 다 해줬는데 이제 헌신짝처럼 버렸어! 이 나쁜 놈! 아이고, 아이고. 별 추잡한 언론사가 나더러 빨갱이라 몰아붙이더니 이제 믿고 후원한 놈까지 날 배신하네!"

회장님은 속이 많이 답답한지 가슴을 연신 쿵쿵 두들겨댔다.

"아니, 제가 대체 무슨 배신을 했다고 그러십니까. 광고라도 하나 찍을까요? 유진 킴이 믿고 타는 포드 이런 거?"

"말 잘했다! 대체 왜 그 망할 닷지(Dodge)사의 차를 타고 전장을 활보한 거냐?!"

"그야 그 차가 군용이었으니까요."

패튼 선배가 빌려줬단 말은 안 해야겠다. 아무튼 닷지가 군납품이란 말은 틀린 게 아니거든.

"남들은 전부 사제 차량 잘만 타고 다니는데, 뻔히 내가 있는데도 그냥 얌전히 군용 차량을 타고 다녔다고? 말도 안 되는 소릴! 나한테 차 한 대 달라고 하기 그렇게 싫었냐!"

"아니, 그때 정신없이 유럽으로 건너간 거 뻔히 아시면서 그러시네."

영감님의 분노는 이만저만이 아니었다. 그리고 마침내 화가 머리끝까지

치민 영감님이 사자후를 토해냈다.

"그러면! 그러면 왜 오늘 타고 온 차가 저 망할 쉐보레냐!!"

아, 들켰네.

"아, 저거요? 제 의사가 아니라 주인님… 제 부인이 사고 싶다고 해서 말이죠. 허허."

"거짓말하지 마! 남정네가 무슨 여자 말 듣고 딴 것도 아니고 차를 산다고! 차라리 낚싯대를 부인 말 듣고 산다고 해라, 이 사기꾼아. 네 차 사는데 대체 왜 부인 말을 들어!"

또 들켰네. 어쩔 수 없다. 우리 회장님은 옆의 간신들 말만 들은 듯하니 이 치과의사 유진 킴 선생님이 또 진실을 말해주는 수밖에.

"회장님."

"왜!"

"말씀대로, 저 쉐보레는 제가 산 게 맞습니다."

"그래. 드디어 배신자의 본색을 드러내는구나. 쉐보레가 네놈에게 은화 삼십 푼을 주든? 이제 유다 킴이라고 불러주랴?"

"아뇨아뇨. 제가 뭐라고 회사 측에서 접촉을 해오겠습니까? 저건 그냥 제가 좋아서 산 겁니다."

회장님의 눈썹이 부르르 떨린다. 내가 뭘 말할지 이미 눈치챈 모양이다. 역시 맨손으로 거대기업을 일군 회장님은 뭔가 달라.

"그치만, T형 포드는 좀 지겹잖아요. 이제 그 뭐랄까, 구닥다리? 구식?"

"끄, 끄어어어!!"

"저같이 패셔너블하고 서른도 안 된 앞길 창창한 선구자형 인간이 타기에는 좀 구리구리하달까……."

"너, 너어어!!"

마침내 멱살이 붙들리고 말았다.

아니, 그치만 영감님, 제 말 좀 들어보세요. 내 후원자님께서 오래오래

떵떵거리며 영원토록 내 뒤를 봐주셔야 하는데, 이대로 가다간 진짜 저 밑으로 처박히게 생겼다고. 저놈의 T형 포드만 팔다가 진짜 GM한테 추월당할 판이라니까?

6장
비둘기 죽이기 II

비둘기 죽이기 6

　헨리 포드가 어떤 인물인가. 맨손에서 시작해 거대한 바퀴의 제국을 이룩한 인물. 게다가 지금 변화가 필요한 것도 아니다. 포드 제국의 매출은 최고조에 이르렀다. 하지만 거기서부터 회장님이 배신자라며 길길이 날뛰며 내 멱살을 잡을 일이 벌어졌다.

　"닷지 형제한테 몇 푼 받고 내 성질을 긁으라 한 거야?"

　"저 진짜 억울하다구요. 이제 슬슬 신차종 생각도 해야 하지 않을까 싶어서 드린 말씀인데……."

　그가 연신 찬물을 들이키더니, 애써 다시 품위 있는 기업가이자 후원자의 모습으로 돌아가려 용을 썼다.

　"이보게, 킴 군. 자네는 천생 군인이라 잘 모르나 보군. 지금 이 미국 땅에서 팔리는 승용차 두 대 중 한 대가 T형 포드란 말일세. 그런데 새 차종이라니. 그 어떤 기업가도 그렇게 하진 않을걸세."

　"그러면 왜 쉐보레와 닷지가 신나게 팔릴까요?"

　"오늘 진짜 내 손에 죽고 싶어서 왔나?"

　"진정, 진정하시고!"

"내가 그 망할 놈들만 생각하면 천불이 오르는데, 그놈들 판매고만 올려준 놈을 후원해준답시고 투자한 걸 생각하면……."

포드사의 본진, 포드 모터 컴퍼니에서 지분 경쟁을 벌이며 치열한 돈 놓고 돈 먹기 싸움을 벌이던 인물. 그놈들의 이름은 바로 닷지 형제. 내가 이번에 신나게 블랙 로터스로 광고를 때려준 그 닷지사의 주인이 맞다!

닷지 형제는 포드사에 부품을 납품하는 제조업으로 처음 자동차 산업에 발을 들이밀었고, 포드사와 긴밀하게 협력하고 부사장 자리까지 맡아가며 승승장구했었다. 그러다 1913년, 헨리 포드와의 마찰을 비롯한 여러 사정으로 인해 포드사와의 협력을 종료하고 자신들의 회사에 매진하다 이번 전쟁으로 역시 대박을 쳤다.

나로서는 억울했다. 내가 세상에 포드사 지분까지 알면서 차를 타고 다녔겠나? 하지만 회장님의 생각은 전혀 달랐다.

"그놈들과 내가 법정에서 다투고 있었다는 것도 몰랐다고 할 텐가."

여기서 몰랐다고 하면 총 맞겠지? 다행히도 회장님은 내 대답을 딱히 기다리지 않았다.

"얼마 전에 결과가 나왔네. 대략 2천 5백만 달러 정도를 주주들에게 배당하라는 판결이 나왔지. 2천 5백만 달러! 그 돈이면 대체 얼마나 더 많은 일을 할 수가 있었겠나."

"어우. 저는 듣기만 해도 어마어마한 액수군요."

"뭘 새삼스럽게. 자네 형제가 얼마나 돈을 갈퀴로 긁어모았는지 내가 뻔히 알고 있네만."

"그건 제 돈이 아니잖습니까?"

"웃기고 있네. 바지사장인 걸 모르는 사람이 누가 있다고."

그 말 유신이나 유인이한테 했다간 샌프란시스코 해안가에 둥둥 떠다니는 마대자루로 발견될 거다. 그러고 보니 아직 부모님 얼굴보다 먼저 후원자 얼굴 보러 온 불속성 효자였구나, 나.

"닷지 형제나 쉐보레나, 어쨌거나 차량 두 대 중 한 대가 T형 포드라는 말은 나머지 50%의 수요는 남들이 차지하고 있다는 뜻 아닙니까?"

"그렇지."

"그러면 그 50%를 잡을 수 있는 새 차종을 개발하면……."

"왜? T형 포드 라인을 하나 더 깔면 훨씬 저렴한 가격으로 T형을 시중에 팔 수 있네만?"

"아니 진짜로 T형 구리다니까요."

"그 구린 놈이 승용차 시장의 절반을 차지하고 있다고!"

"그치만, 천년만년 T형만 파실 건 아니잖아요?"

쳇바퀴 도는 듯한 대화. 회장님의 의지는 굳건했다. 이러니까 원 역사에서도 저놈의 T형만 천년만년 팔아먹었구만.

그때 빼꼼 문이 열리더니 정장을 차려입은 말쑥한 젊은이 한 명이 방으로 성큼성큼 들어왔다.

"아버지! 어떻게 제게 이러실 수가 있습니까!"

"손님 있다, 인석아."

"죄송합니다, 이야기 중이셨군요."

그는 잠시 나를 멀뚱히 바라보더니 눈을 몇 차례 깜빡였다.

"혹시, 실례가 되지 않으신다면, 유진 킴 장군 맞으십니까?"

"네. 맞습니다."

"세상에! 아버진 어떻게 킴 장군이 오셨는데 제게 말 한마디 안 해주실수 있습니까! 소개! 소개는 해주셔야죠!"

"내 못난 아들이라네. 인사나 하게나."

"유진 킴입니다. 항상 회장님께 큰 신세를 지고 있습니다."

"배신자지, 배신자."

포드 회장의 투덜거림을 한 귀로 듣고 한 귀로 흘리며, 그 아들은 내가 내민 손을 꽉 잡고 열렬히 마구 흔들어댔다.

"에젤 브라이언트 포드(Edsel Bryant Ford)입니다. 황소고집 아버지 밑에서 고통받는 불쌍한 아들이지요! 주변에 떠들고 다닐 자랑거리 하나 생겼군요. 세상에. 꼭 한번 뵙고 싶었는데!"

"너나 킴 장군이나 동년배인데 뭘 그리……."

"저 아버지란 인간이 제게 무슨 소리를 했는지 아십니까? 작년에 다짜고짜 절 부르더니, '유진 킴은 지금 장군님 소리 듣고 있는데 너도 사장님 소린 들어야지.' 하면서 대뜸 사장 자릴 맡기더란 말입니다. 근데 그냥 바지사장이에요."

쌓인 게 많구만, 이 친구. 서로 통성명을 해보니 둘 다 사이좋게 93년생이다. 역시 93년생에 잘난 사람들이 많아.

"혹시 제가 끼어도 되는 이야기입니까?"

"너는 상관없어. 회사 일이다."

"그러면 더 끼어야죠. 다짜고짜 감투 던져주셔 놓고 이런 자리에서 절 빼면 어쩌란 겁니까."

"마침 잘됐네요. 실은 제가 쉐보레를 한 대 뽑았다고 회장님께 가롯 유다 소리를 듣고 있었거든요."

"아, 그건 좀."

누가 포드 성 쓰는 사람 아니랄까 봐, 바로 눈알이 썩어들어간다.

"하지만 T형은 너무 흔하잖습니까. 저는 좀 더 새끈하고 튀는 걸 원하는데."

"제 말이 그 말입니다! 젠장! 역시 20대에 별을 단 사람은 다 이렇게 혜안이 있는 겁니까? 아버지, 들으셨죠? 이래도 신차종을 개발해야겠단 생각이 안 드십니까?"

"그래. 안 든다."

"그럼 제가 하나 만들어 보겠습니다! 바지사장도 사장은 사장이니까요! 킴 장군, 혹시 제게 시간 좀 내주시겠습니까?"

꿩 대신 닭이라고 누가 말했던가. 닭도 아니고 꿩 새끼면 훨씬 낫지. 나는 못 이기는 척 에젤의 손에 질질 끌려나갔다.

어쩌면 꽤 잘 풀릴 수도 있겠어.

* * *

1919년은 모든 것이 뒤바뀌는 대격변의 해였다. 베르사유 조약, 3.1 운동과 5.4 운동 등을 위시한 글로벌한 사건을 빼고 생각해도 그렇다. 끝없이 이어지는 테러와 파업. 여성의 참정권, 금주법, 흑인 참전용사까지. 그동안 미국 사회에서 감히 상상도 못 했던 일들이 현실로 들이닥치기 시작했다.

그리고 당연한 이야기지만 변화에는 으레 반작용이 따르기 마련이고, 변화를 수용하는 대신 누구보다 격하게 '옛것'을 지키고자 하는 일도 나타나기 마련이다.

그 결과, 존 밀러의 집은 거대한 불꽃이 되어 맹렬하게 타오르고 있었다.

"아, 안 돼!!"

"세상에……."

돌아온 고향의 분위기는 예전 같지 않았다.

공부하기 위해 대도시로 나갔던 게 문제였을까? 바뀐 것은 오직 그 자신뿐이었다. 고향은 전혀 바뀌지 않았다. 흑인 주제에 공부를 하겠답시고 대도시로 나아가던 그는 단순히 경멸과 비아냥을 들었을 뿐이었다.

그 경멸을 뒤로한 채 대도시로 나아간 결과 번듯하게 대학을 졸업하고 변호사가 되기까지 했으니, 고향에 돌아갈 일은 딱히 없으리라 생각했다. 엮일 일이 더 이상 무에 있겠는가. 하지만 유럽에 다녀오고, 번듯한 훈장까지 받고, 사랑하는 여자까지 생겼다. 그래서 고향에 내려갔던 게 결정적인 실수였다.

"저기, 저기!"

"욱!!"

나무에 거꾸로 매달린 채 피를 흘리고 있는 개 한 마리. 틀림없이 그의 집에 있다 마중을 나와야 할 개가, 고깃덩어리가 되다시피 넝마가 되어 대롱대롱 매달려 있었다.

"빠, 빨리. 도망쳐야 해."

"무슨 수로?"

"전보를 보냈다고. 도, 도와주실 거야. 나만 연락한 게 아니니까 조금만 더 버티면……."

그가 고향을 떠날 때는 '깜둥이가 가봤자 얼마나 성공할 수 있겠냐.'라는 가래침 섞인 욕지거리가 전부였다. 하지만 성공해버린 깜둥이는 주민들에게 있어 용납할 수 없는 존재가 되어버렸다. 근방에 살던 전우들이 몰매를 맞고, 린치를 당하고, 심지어는 살인까지 일어났다. 도망쳐야 했다. 한시라도 이곳을 빠져나가야 했다.

하지만 무슨 수로? 그는 본능적으로 깨달을 수 있었다. 그가 도망치려 하는 순간, 이곳의 주민들은 곱게 그를 내보내주지 않으리란 사실을 말이다. 그리고 파국이 찾아왔다.

"여어, 존. 신수가 훤하구만."

"깜둥이 주제에 출세했어."

"거기 창녀. 깜둥이랑 붙어먹으니 어때? 기분은 좀 좋았나?"

하나둘, 대관절 어디에 있었는지 마을 사람들이 어슬렁거리며 그들의 앞을 가로막기 시작했다. 그들의 손에 쟁기며 쇠스랑이며, 엽총 하나씩은 쥐어져 있는 것은 결코 우연이 아니리라.

"다, 다들 왜 이러시는 겁니까!"

"왜냐니? 지금 장난하냐?"

"나는 합중국을 위해 피를 흘렸습니다! 여기, 여기 훈장 보십시오. 나라에서 제 전공을 인정해 줬단 말입니다!"

"워싱턴의 배불뚝이 병신들이 인정해주건 말건 그건 우리 알 바가 아냐, 존. 우린 그냥… 깜둥이 주제에 사람인 척 유세 부리는 게 심기가 불편할 뿐이라고?"

찰칵. 그 불길한 쇳소리가 천둥처럼 그들의 귀에 울려 퍼졌다.

"마, 마을을 떠나겠습니다. 아무것도 챙기지 않겠습니다. 그냥 조용히 떠나겠습니다!"

"그럴 거면 애초에 오질 말았어야지."

"이미 너 때문에 우리 마을 분위기가 얼마나 엿같아졌는지 알아? 깜둥이면 깜둥이답게 굴든가, 어디서 감히 옛 주인님이랑 붙어먹고 있냐고."

"너 같은 놈들이 설치니까 우리 애들이 정서를 해치잖아. 요즘 들어 개들도 헛소리를 해대는데 그게 다 너 때문이야?"

"일단 좀 맞자. 저 개새끼처럼 너도 늘씬하게 처맞으면 다시 주인님을 공경하는 마음이 좀 샘솟지 않을까?"

말이 안 통한다. 사랑하는 그녀, 에밀리 에반스가 밀러를 살풋 뒤로 밀고 앞으로 나섰다.

"여러분. 제발, 제발 저희가 그냥 얌전히 나갈게요. 이거로 봐주시면 안 될까요?"

"미친 소리 하고 있네. 그럴 거였으면 애초에 둘이서 붙어먹질 말았어야지!"

"저년도 똑같아! 불에 태워야 해!"

"강물에 던져!"

죽는다. 이들은 명백히 죽일 심산이다. 밀러와 에반스의 눈앞이 캄캄해질 바로 그 순간, 저 멀리서부터 요란한 배기음이 들리기 시작했다.

"뭐야?"

"차? 차 소리 같은데?"

울퉁불퉁한 비포장도로를 질주하는 세 대의 검은 차량. 마침내 불길이

거칠게 타오르는 이곳까지 달려온 차량에서 떡대 좋은 덩치들이 우르르 내리기 시작했다.

"어이, 형씨들."

"뭐, 뭐야. 지금 우리는 참교육을 베푼다고 바쁘단 말이오! 외지인은 썩 물러나시오!"

"거 개도 안 믿을 지랄 좀 적당히 하십쇼. 얼른 사진부터 예쁘게 찍으세요."

"걱정 마십쇼. 제기랄. 다들 미쳤어. 미쳤다고 이건."

여덟 명의 남자. 손에 든 해괴한 모양새의 쇳덩어리. 처음 보는 생김새지만 방아쇠를 당기면 납탄이 튀어나간다는 사실을 모를 정도로 그들도 멍청하진 않았다. 흑인뿐만 아니라 백인도 섞여 있는 모습에 당황하던 주민들은 대장 격으로 보이는 백인을 향해 말을 걸었다.

"당신들은 대체 누구길래 대뜸 찾아와서 이 난리요!"

"우리? 우리는 미합중국 육군 93사단 전우회요. 댁들이 깜둥이를 교육시키든 말든 딱히 관심은 없는데, 저 친구는 내 밑에서 흙탕물 처먹던 놈이라 여기서 죽게 내버려 둘 수가 없단 말이오."

남자, 드와이트 아이젠하워는 눈앞의 버러지들을 한심하게 내려다보며 말했다.

"그냥 조용히 이 두 사람만 챙겨서 떠나리다. 그게 싫으면 상호 간 총질을 좀 하고, 이후에 신문 헤드라인 1면에 실리는 영광도 좀 챙겨드리고."

"그 사진! 필름을 버린다고 약속하면 보내주겠소!"

"흠. 좋소. 필름 빼고, 저 두 사람 얼른 차에 태워."

"…알겠습니다."

"그럴 순 없지!!"

쩌렁쩌렁한 목소리와 함께 차량 운전석에서 또 다른 한 남자가 튀어나왔다. 그, 패튼은 씨근덕거리며 손에 쥔 권총을 번쩍 치켜들었다.

"사지 멀쩡한 새끼들이 군에 입대하기는커녕 전선에서 돌아온 용사를 핍박한다는 게 말이나 되는 일인가? 이보게 후배님! 이놈들은 공산주의자야! 대신 피 흘려 싸운 전사를 핍박하는 이놈들이 제대로 된 인간일 리가 없어!"

"진정하십쇼."

"진정은 무슨! 이런 역적 놈의 새끼들은 전차로 깔아뭉개야 한단 말야!"

아이젠하워가 패튼을 달래는 사이, 다른 병사들이 덜덜 떠는 밀러와 에반스를 부축하며 차량 뒷좌석에 얼른 태웠다. 마을 사람들은 코앞에서 날뛰는 중세시대의 기사에 얼어붙은 나머지 그들을 막을 수 없었다.

그리고 얼마 후, 저 악몽 같은 고향의 불길이 더 이상 눈에 보이지 않을 무렵이 되어서야 그들의 눈에서 눈물이 흘러나왔다.

"대, 대체. 대체 왜 절 죽이고 싶었을까요?"

"미안하네. 나도 이 정도일 줄은 몰랐어. 연대장씩이나 되어서……."

"아닙니다. 도와주셔서 정말 감사합니다. 죽어서도 이 은혜 잊지 않겠습니다!"

"유진한테나 하시게, 그 말은."

아이크는 두 남녀를 보며 절로 이를 꽉 깨물었다. 이미 자신의 369연대에서만 두 명이 목숨을 잃었다. 독일군조차 감히 죽이지 못한 부하들이, 같은 합중국 시민의 손에 명을 달리했다.

대체 왜? 아니, 알고는 있었지만 이 정도였는가? 나라를 위해 몸 바친 이들조차 용납할 수 없을 정도로? 이들은 억세게 운이 좋았다. 운이 좋았음에도 간발의 차였다.

'아이크.'

'왜?'

'자네 부대에 이… 밀러라는 친구 말이지.'

'여자 속옷 걸린 놈? 오늘 하루 종일 연병장 뺑이 치게 했다고 보고 받

왔네.'

'이 친구 애인이 이번에 종군한 백인 간호사라더군.'

'능력 좋네?'

'우리 친애하는 미국인들이 이 친구를 살려둘까?'

정답은 '아니오'였고, 그는 틀렸다. 늘 그랬지만, 이런 엿같은 일에 관해서라면 유진의 추측은 100% 맞아떨어졌다. 그리고 그 사실이 아이젠하워를 반쯤 미치게 만들었다.

운전에 여념이 없던 패튼은 힐끗 뒷좌석을 바라보더니 중얼거렸다.

"어이, 병사."

"예!"

"나 기억하고 있나?"

"기, 기억하고 있습니다. 조언해주셔서 덕분에……."

"이런 일이 있으리라고는 전혀 짐작하지 못했나?"

밀러는 고개를 떨구며 주먹을 꽉 쥐었다.

"생각은 했지만, 이 정도일 줄은 몰랐습니다."

"나도 그래. 괜히 부채질했나 하는 후회가 드는군."

"그렇지 않습니다! 저는, 저는 그때로 돌아간다 해도 후회하지 않을 겁니다!"

"그거면 됐네. 한 여자를 책임져야 할 전사라면 질질 짜지 말고, 고개 번쩍 들고 이 좆같은 세상과 맞설 채비를 해야지."

"도와주셔서 감사합니다. 선배님이 먼저 귀국하셔서 준비를 해주시지 않았다면 오늘 이들을 돕지 못했을 겁니다."

아이크의 말에 패튼은 귀를 후볐다.

"네 잘난 동기 부탁을 들어줬을 뿐이야. 입만 살았지, 그 새끼 쓸데없이 섬세하거든. 그리고 저런 쓰레기들이 합중국에 있다니, 놈팽이들은 뒈져도 싸다는 게 내 신조기도 하고."

"혹시 저, 저희는 지금, 어디로 가는 건가요?"

"샌프란시스코. 그곳에서 다시 시작하면 되네."

전혀 위안이 되지 않으리라는 사실을 알고 있음에도, 아이크가 말해줄 수 있는 건 이게 전부였다. 차창 너머로 보이는 아칸소의 목가적인 정경은 뫼즈—아르곤보다도 끔찍해 보였다.

비둘기 죽이기 7

개같은 일은 항상 들어맞는다. 미리 준비해둔 전화번호를 통해 연락이 빗발치기 시작한 건 순식간이었다.

― 살려주세요! 마을 사람들이 절 죽이려고 해요!

― 저 때문에 가족이 린치를 당했습니다.

― 고향에서 나가라고 협박을 당하고 있습니다!

패튼의 기갑여단, 그리고 93사단에서 앞길 막막한 친구들 일부를 추려 1차대전 참전용사 전우회를 차렸다. 나는 적극 개입하기보단 한발 물러나 자금 지원을 해주는 정도로 만족해야 했다. 더 개입하면 군벌 소리 들어도 할 말이 없으니.

그리고 참전용사 친구들이 제대해서 집으로 가기 무섭게 전우회의 활동은 폭발적으로 늘었다. 수백 명이 벌써 패물만 건져서, 혹은 맨몸으로 디트로이트, 샌프란시스코, 로스앤젤레스, 하와이 등으로 도피했다. 흑인들이 대규모로 한 곳에 이주했다간 오히려 그곳의 반(反)흑인 정서를 불러일으킬 수 있다. 최대한 짤짤이로, 눈에 띄지 않게 뿌려야 했다.

이 거대한 시대적 흐름을 내가 막기란 불가능하다. 전제군주면 또 몰라.

아니지, 지금 흐름을 막으려던 전제군주들이 줄줄이 날아가고 있으니 누구도 못 막는다 봐야겠지. 그러면 역시 여론을 장악해야 한다. 여론, 특히 기레기에게 시달려 짜증이 120% 올라버린 사람이 마침 내 곁에 있었으니.

"그래서, 제 아들놈과는 무슨 작당을 하고 계신지?"

"저 같은 젊은 친구들. 남과 달라 보이기 위해서라면 돈을 아끼기 싫은 사람들. 이런 사람들을 위한 차를 만들어 보자는 이야기를 하고 있지요."

"후우. 실패를 하든 말든 지켜봐야겠지."

포드 회장은 지금 《시카고트리뷴》과 어마어마한 숫자의 변호사 군단을 동원한 소송전을 치르고 있었다. '무식한 빨갱이'라는 《시카고트리뷴》의 기사에 대해 소송을 때렸는데, 이미 반전주의자, 공산주의자 등 별별 욕을 다 먹고 있던 포드 회장이야말로 언론에 침을 묻히고 싶은 1순위 타자 아니겠나.

"킴 장군과 건설적인 이야기를 나누었는데, 제가 듣기로는 크게 틀린 말이 없었습니다."

"그래?"

"예. 그 기자 놈들이 그런 기사를 쓰는 이유가 무어겠습니까. 자극적이어야 신문을 팔 수 있어서 아닙니까?"

"그래서?"

"그러니 우리가 훨씬 더 자극적인 기사만 쏟아내는 신문을 창립하… 왜 때리십니까!"

"맞을 짓을 하니까 그러지!"

내가 제안한 언론은 간단했다. 지금 이 기레기가 판치는 언론보다 훨씬 훨씬 매운맛 강렬한, 개노답 찌라시 덩어리. 황색 언론의 왕복 싸닥션을 때릴 수 있는 궁극의 불쏘시개. 그 이름 하야, 타블로이드지다. 아직 미국엔 타블로이드 신문이 없더라고? 당장 영국의 전설적인 타블로이드 《더 선》조차 없다. 그럼 뭐다? 만들어야지.

《시카고트리뷴》 같은 새끼들이랑 대등하게 맞설 신문을 만드는 것도 아니고, 더 쓰레기 같은 신문을 만들자고? 그게 무슨 뚱딴지같은 소리야?!"

"어차피 기사의 내용이 중요한 게 아니잖습니까."

"뭐라고?"

"더 씹을 거리, 가십거리를 대중들에게 제공해주면 어떤 자잘한 기사가 나오더라도 다 묻어버릴 수 있습니다. 싸우면 힘만 들고 아픈데, 상대의 기사를 아무도 안 읽을 정도로 끝내주는 떡밥을 던져주면 돈도 벌고 좋잖습니까."

"흐으음……."

회장님은 잠시 고민하더니 툭 내뱉었다.

"내 선에서 결정할 일이 아니군."

"아니, 이게 포드 회장님이 아니면 누가 결정할 일입니까."

"자네가 말하는 요지는 알아들었네. 다만 그런 불쏘시개라면 매일같이 고소장이 날아올 것 아닌가. 나 말고도 기자에게 치를 떠는 인물들은 많으니, 한 번 같이 해보자고 제안해봄세."

오, 돼… 됐나? 그런데 누구를 부르시려고요? 내 소박한 의문에 포드 회장은 빙긋 웃으며 답했다.

"그거까지 알려줄 순 없지. 이 배신자."

뒤끝 쩌네. 쫌팽이 영감.

* * *

포드 회장님과의 즐거운 미팅은 여기까지 하도록 하자. 샌프란시스코에서 비명 섞인 전보를 받았는데 더 이상 미적댈 순 없었다. 진짜 몸이 두 개여도 부족할 것 같지만, 어쩌겠나 내가 벌여 놓은 일이 이렇게 많은 것을.

그리하여 드디어 돌아온 나의 고향, 샌프란시스코. 부모님께는 미안하지만, 도로시와 헨리는 데리고 오지 못했다. 잠깐 일만 보고 돌아가야 하거든. 사실 지금 온 것도 굉장히 무리해서 온 거다. 고속철이나 여객기가 있는 것도 아닌 지금, 미국 동쪽 끝에서 서쪽 끝을 오가는 일이 어디 쉽겠나?

다행히 이번에는 전과같이 화려한 환영 인파 같은 건 없었다. 비밀로 해 달라고 한 보람이 있다.

"유진 킴?"

"혹시 킴 장군이십니까?"

"감사합니다. 감사합니다. 제가 지금 갈 길이 바빠……."

"이쪽으로 오시죠. 차를 준비해 놓았습니다."

인파가 모이기 전에 다행히 내 도착을 기다리고 있던 사람들과 합류할 수 있었고, 곧장 우린 대한인국민회 사무실로 향했다. 과거 초라한 빌딩에 사무실을 임대 냈던 과거는 어디로 갔는지, 이제 위풍당당한 신식 건물 하나를 통째로 쓰고 있는 것이 제법 번듯해진 모양새였다.

"어이구 내 새끼! 어이구 내 새끼. 몸 성히 왔구나. 어디 다친 데는 없고?"

"크흠. 나라와 민족의 큰일을 하고 왔는데 채신머리없이 그게 무언가?"

"아, 당신은 조용히 좀 하고 있어요! 하루가 멀다 하고 교회 나가서 기도드리고 온 양반이 무슨 젠체하고 있어요!"

어머니의 빼액 한 번에 순식간에 약해지시네. 역시 먹이사슬은 어쩔 수 없나 보다. 나는 절대 저런 모습을 보이지 않도록 도로시에게 잘해야지. 잠시 가족 간의 해후를 나눈 뒤, 곧장 우리는 대형 회의실에 앉아 일단 담배한 대씩을 물었다.

"어서 오시게. 건강히 지냈나?"

"다들 신경 써주신 덕택입니다. 감사합니다."

나. 눈에 띄게 초췌해진 유신이와 유인이. 그리고 아버지. 안창호 선생과 박용만 선생. 한인 사회를 이끌어나가는 사람들은 거의 다 모였다 봐도 된

다. 한 명을 빼놓고 말이다.

"사담은 급한 이야기 먼저 끝내고 하지. 우선 그 흑인들, 일단 받아주고 는 있네만 어떻게 된 일인가?"

"아시다시피 미국 내 조선인이래봤자 1만도 안 됩니다. 그야말로 한 움큼 도 안 되지요."

"그건 그렇네만……."

도산 선생이 약간 주저하는 모습을 보였지만, 나는 더욱 강하게 나갈 수 밖에 없었다.

"인구가 곧 힘인 이곳에서, 저희는 단독으로 목소리를 낼 수 없습니다. 유색인종 대다수와 손을 잡고, 유색인종의 대표이자 스피커가 되어야만 조 선인의 권리를 얻을 수 있다고 봅니다."

서부는 그야말로 인종의 용광로다. 백인, 흑인, 히스패닉, 중국계, 일본 계, 한국계 등. 일본계를 제외할지 말지는 둘째 치고서라도, 가능한 한 이들 과 손을 잡아야 하는 처지지.

"그들을 다 합친다 하더라도 백인을 이길 수는 없네. 알고 있겠지?"

"백인과 싸우면 필패할 뿐입니다."

나는 서둘러 그를 안심시키기 위해 말을 꺼냈다.

"미합중국은 명백히 백인들의 나라입니다. 그들과 정면대결하거나 그들 의 반감을 사게 된다면 절대 오래가지 못합니다."

"그래. 그 정도면 이해하겠네."

가장 먼저 사업 이야기가 안건으로 올라왔다. 철조망 사업. 이건 우리 집 안이 단독으로 진행한 사업이다. 그리고 그리스건. 이것도 떼돈을 벌었지만 이제 좋났다고 봐야 한다. 전차는 직접 했다기보다는 포드 탱크 컴퍼니의 지분과 로열티를 통해 벌어들인 수익.

"생각보다 고용 창출 효과는 낮네."

"형이 그렇게 말했잖아? 전쟁 특수는 1년 정도로만 생각하라고."

"그렇지. 차라리 고용을 안 하고 말지, 고용했다 짜르면 오히려 원한만 품을 거 아냐."

내 지시사항은 그래서 간단했다. 평시에도 사업을 유지할 수 있을 수준으로만 사세를 키우고, 나머지는 다 하청이든 외주든 로열티든 별도로 돌리라고. 이는 꽤 긍정적 효과를 불러왔는데, 우리가 적극적으로 사세를 확장하지 않고 다른 업체에 적극적으로 일감을 넘긴 결과 우리에게 꽤 호의적인 친구들이 늘어난 모양이었다.

"그리스건은 어떻게 할까?"

"아직 수요가 더 있을 거야."

"전쟁이 끝났는데도?"

"이렇게 싸고 저렴하고 막 굴릴 수 있고 요령도 필요 없는 무기가 또 어디 있다고?"

비숙련자의 호신용 총알 분무기로 이거만 한 아이템이 또 없다. 내가 기억하기로 우편 차량 호송 병력들이 산탄총으로 무장했던 것 같은데. 그 자리를 이 작고 아담한 주유기로 대체할 수 있지 않을까? 이건 납품용으로 비벼봐야 할 문제다. 그리스건은 고장 나면 수리하는 대신 그냥 한 자루 더 사면 될 정도로 저렴한 가격이 장점이니, 가성비로 밀어붙이면 가능성이 없진 않을 거다. 장인어른과 상담하자.

그 외에도 부동산에서부터 한인들이 자잘하게 진행하고 있는 식당 등 군소 업체의 동향까지 체크한 후 드디어 본론이 나왔다.

"알다시피, 3월 1일부터 조선인의 독립을 요구하던 대대적인 만세 시위가 있었지만 일제는 오직 가혹한 탄압으로 응수했네."

모두의 표정이 어두워졌다. 일제의 탄압이라면 뻔하다. 총칼을 앞세운 학살과 몽둥이찜질.

"그리하여 각지에 흩어져 있던 독립운동가들이 저마다 조직화에 들어갔고, 조선의 힘을 한데 결집하기 위해 이 모든 조직을 망라하여 임시정부를 수립하기로 하였네. 유진 군이 민족자결주의에 부정적인 것은 내 이미 서신을 받아 알고 있네만, 적어도 조선민족이 하나 되어 목소리를 내야 하지 않겠나?"

후우. 머리가 지끈거린다. 어떻게 해야 가장 잘했단 소릴 들을 수 있을까. 저 임시정부들 중 여러 곳에서 우리의 프린스 리께서 국무총리로 추대받고, 이 박사는 여기에 한술 더 떠 대한민국 '대통령'을 칭하면서 임정은 제대로 문을 열기도 전에 한바탕 소동을 겪게 된다. 그러니 여기서는 아무래도⋯⋯.

"지금 우리 대한인국민회에서도 임시정부를 정식으로 창설하거나 그에 준하는 행동을 해야 한다는 목소리가 드높네. 그리고 당연히 우리 내부에서는 유진 군을 추대해야 한다는 이야기가 가장 높고."

나는 잠시 내가 잘못 들었나 귀를 의심했다. 누구요? 저요?

"저 말씀이십니까?"

"미주 땅의 조선인 중 가장 이름난 사람이 자네 말고 누가 있나?"

아무도 반박하는 말을 꺼내지 않았다. 그제야 나는 안창호의, 박용만의, 그리고 가족들의 표정을 알 수 있었다.

기대감.

"저는 애초에 국적조차 미합중국이고, 조선 땅은 밟아본 적도 없습니다."

"하지만 자네의 피는 명백히 조선민족의 피지. 상해건 한성이건 연해주건, 지금 그들도 눈치만 보고 있네. 유진 군이 결단을 내려줘야 하네."

"불가합니다. 미합중국의 군인 된 몸이 두 정부에 충성할 수는 없습니다."

"그렇게 말할 줄 알고 있었네. 일단 여론이 그러하다는 점만 알아두면 되겠네."

안창호는 이해한다는 듯, 그리고 박용만은 아쉽다는 듯 입만 쩝쩝 다셨다.

"그렇다면 임시정부에 관해서는 특별히 생각이 있는가?"

"두 분 선생님들께서는 어떻게 하실 요량이신지요?"

"당연히 우리는 임정에 합류해야지."

그래. 이게 당연하지. 임정이 분열되고 존재가치를 의심받는다 하더라도 그것은 어디까지나 훗날의 이야기. 지금 이 시점에서 임정은 민족자결주의, 그리고 한민족의 독립 의지를 계승한 시대적 사명의 총아다. 하지만 미래를 뻔히 아는 내 입장에서, 이 두 분의 임정행은 말릴 수밖에 없다.

"……."

"왜 그러나?"

"혹시, 무언가 다른 생각이 있나."

박용만 선생의 물음에 나는 고개를 끄덕였다.

"저는 두 분이 안 가시는 편이 좋다고 생각합니다."

"의외군. 미국과 척지는 게 두렵다고 말할 건 아닐 테고, 걸리는 게 있나?"

"제가 지금 무어라 말한들 사실 두 분께 와닿지는 않을 거라 생각합니다만… 이 미국 땅에 두 분 중 한 분은 남아 계시는 편이 좋다고 생각합니다."

내가 이렇게까지 말하자 두 사람도 고민하는 기색이 역력해졌다.

"그리고, 임시정부에 관해서라면 논의해야 할 사람이 하나 더 있잖습니까?"

"그놈 말인가."

"예. 그놈."

"자네와 크게 마찰이 있었다고 들었는데, 괜찮겠나?"

나는 탁자를 톡톡 두드리며 생각에 잠겼다. 이제 결정을 내릴 시간이다. 치울지 말지. 써먹을지 말지. 방임할지 말지.

"일단 이야기는 들어봐야겠군요."

나중에 유언이 되든 어쨌든, 들어는 드려야지. 그게 웃어른을 위한 예의 아니겠나. 다만, 지금 듣는다곤 안 했다. 반년 정도는 더 똥줄을 태워주마.

아직도 그 양반만 생각하면 짜증이 치솟거든.

그리고 어쩌면, 밉상인 양반으로 개같은 양반을 쓰러뜨릴 각이 나올지도 모른다.

비둘기 죽이기 8

타블로이드지를 창간하는 일은, 마침내 '포드 대 《시카고트리뷴》' 사건이 종결 나면서 빠른 속도로 진척되기 시작했다. 《시카고트리뷴》은 평화주의자이자 반전주의자였던 포드를 무정부주의자라 매도했고, 이에 대해 포드는 백만 불짜리 명예훼손 소송으로 응수했었다. 이 소송전은 증인들의 증언을 모두 취합하면 무려 2백만 개의 단어가 나올 정도로 장대했지만, 그 화룡점정은 포드 회장 자신이 증언석에 불려 나오면서부터였다.

"이 글을 한번 읽어주시겠습니까?"

"…오늘 제가 안경을 지참하고 오지 않았군요. 눈이 침침해 글이 잘 안 보입니다. 미안하게 되었습니다."

"포드 씨. 미국 독립 혁명에 대해 아십니까?"

"예, 압니다."

"언제 일어났었죠?"

"…1812년?"(1775년 발발)

"베네딕트 아놀드(매국노의 대명사)가 누군지 아시죠?"

"예, 압니다."

"뭐 하던 사람이죠?"

"…작가?"

소송은 포드의 승리로 끝났다.

[무식한 무정부주의자라는 표현을 들을 정도로 무식하진 않았다.]

백만 불짜리 소송의 결말은 《시카고트리뷴》이 헨리 포드에게 6센트를 지급할 것.'으로 끝났고, 트리뷴지는 이 6센트를 지급하지 않았다. 대신 트리뷴을 포함한 온 나라의 신문은 백만장자 헨리 포드의 참을 수 없는 무지에 대해 웃고 떠들기에 바빴다.

역으로 이 사건으로 그 '무식쟁이'가 대다수인 대중들에겐 호감을 사게 됐지만, 회장님의 가슴엔 참을 수 없는 스크래치가 남아버렸다. 전국적 개망신을 당했는데 밤에 잠이 오겠는가? 이제 분노한 회장님은 아주 열린 마음으로 《시카고트리뷴》을 씹어 삼킬 수 있을 정도로 화끈하고 저열한 불쏘시개'를 만드는 판에 끼게 되었다.

내가 우물에 독을 푼 것 같아 찝찝하지만, 괜히 이상한 짓 하는 것보단 이렇게 돈도 벌고 건전한 일에 정열을 쏟는 게 회장님에게도 더 좋은 일 아닐까? 그리하여 겉으로 보기에는 전혀 나나, 커티스 의원이나, 포드 회장과 친구들의 티가 나지 않는 새로운 유형의 신문, 타블로이드지가 마침내 대중에게 첫선을 보였다.

《THE SUN》

그래. 역시 타블로이드는 《더 선》이 최고지. 입에 착착 감기는 것이 아주 좋다. 펜대로 사람 하나 죽일 만한 이름이야. 나는 기쁜 마음으로 내 영향력 약간이 스며든 이 신시대의 산물을 가판대에서 뽑아 들어 한 부를 구매했는데.

[충격적 진실!! 유진 킴은 중국 황실의 후예?!]

이 망할 소문이 기어이 대서양을 건너왔네. 영감님. 쉐보레 한 대 좀 뽑

왔기로서니 보복이 너무 졸렬한 거 아닙니까?

* * *

대공황이 오기까지 돈을 바짝 벌어야 한다. 돈돈돈. 사업을 벌여야 한다. 돈만 있으면 되나? 미리미리 정계에도 기름칠을 해야 한다. 여기 온 김에 캘리포니아주 의원들과 주지사를 만나는 것도 어찌 보면 의전 행사 중 하나다.

금주법 시대가 이제 코앞이다. 내 원대한 'Je—Sa 플랜'을 달성하려면 로비는 필수. 그걸 위해서라면 귀한 정치인님들과 악수도 하고 사진 한 방 박는 게 뭐가 대수겠나. 그리고 우리 옛 전우님들도 도와드려야지.

"아, 안녕하십니까. 사단장님!"

"이제 제대도 하셨는데 무슨 사단장입니까. 허허."

"제겐 영원한 사단장님이십니다! 덕택에 살아남을 수 있었습니다. 평생 이 은혜, 잊지 않겠습니다."

존 밀러를 비롯해 샌프란시스코로 탈출한 흑인들은 우선 채용했다. 밀러 씨는 변호사 자격이 있으니 집안일을 전담할 변호사로 삼기로 했다. 앞으로 법으로 장난칠 일은 꽤 있을 테니 말이지.

그리고 예상대로 먹물쟁이들이 꽤 있길래, 가족들과 의논해 학교를 세울 궁리를 하기 시작했다. 어차피 한인 자력으로 무언가 유의미한 액션을 하기 힘든 만큼, 미리미리 유색인종들 간의 교류를 적극적으로 진행할 수 있다면 베스트 아니겠나. 그런 점에서 볼 때 자라나는 애들을 한 학급에 때려 넣는 것만큼 좋은 융화 수단은 없다.

여기서 끝이냐? 본진인 한인 사회도 관리해줘야지. 내가 어떻게든 말려보려 용을 썼지만, 박용만 선생은 한시라도 빨리 왜놈들의 머리통에 총알을 심고 싶으신지 결국 떠나버렸다. 안창호 선생은 1년만 더 머물러 달라고 사정사정한 끝에 간신히 잡을 수 있었다.

이 모든 걸 저 워싱턴 D.C.에서 원격으로, 혹은 직접 찾아가 처리하다 보니 시간은 참으로 쑥쑥 지나갔다. 내 준장으로서의 마지막 임무는 그 와중에도 하나둘 속속 종료되어 갔고.

"컥!"

1919년 9월, 가두연설을 행하던 윌슨이 마침내 쓰러졌다. 이제 반격의 시간이 왔으니, 간은 그만 봐야지.

프린스 리를 만날 시간이 왔다.

* * *

워싱턴 D.C.의 한 호텔 앞. 나는 참 오랜만에 그와 재회했다.

"어서 오십시오, 선생님."

"허허. 유진 군. 정말 몰라보게 훤칠해졌구려. 역시 전쟁영웅은 뭔가 다르긴 다르구먼."

이승만. 이 양반과도 이제 어떤 식으로든 관계를 정립할 때가 왔지. 자신이 항상 꼭대기에 올라야만 성이 차는 사람이지만, 이래저래 능력이 있고 현재 한인 중 대체 불가의 인적자원이라는 점 또한 사실이다. 하지만 어차피 내가 다룰 수 없는 사람이라면 없느니만 못하다.

나는 겉으로는 허허 웃으면서도, 이 인간을 어떻게 할까 고민하며 사이좋게 미리 잡아 놓은 호텔 방으로 들어갔다. 하지만 방문이 닫히는 순간, 꿈에서도 생각 못 한 일이 벌어졌다.

털썩!

"뭡니까?"

"살려만 주시게."

뭐지? 마침내 미쳐버린 건가? 이승만은 갑자기 무릎을 꿇더니 넙죽 절을 올렸다. 아니, 지금 조카뻘인 사람에게 이게 무슨 짓이란 말인가?

"일어나십시오."

"부디, 부디 살려만 주시게!"

"진정하시지요! 제가 왜 우남 선생님을 죽인단 말입니까."

"나라면 죽였을 테니까! 살려 둘 리가 없잖나!"

그가 절규하듯 외쳤다.

"나는 다른 놈들이랑 달라! 저 꿈속에서 노니는 안창호나 총질할 궁리만 해대는 박용만이랑 똑같이 보지 말라고! 나 이승만이야! 자네 머릿속에 있는 계산이라면 이미 내 머릿속에도 있어!"

"…아무래도 상황 인식은 둘 다 제대로 된 것 같군요."

나는 반강제로 그를 일으켜 세운 후, 안으로 안내했다.

"술이나 한잔하시죠. 맨정신으로 이야기하긴 좀 힘들지 않겠습니까?"

"술? 금주법이 통과된 지가 언젠데 술이라고?"

"자자. 일단 한 잔 드셔보시죠."

내가 따라준 술을 쭉 들이켠 이승만의 눈이 화등잔만 해졌다.

"이건, 이건… 조선 술이잖나."

"그렇습니다. 제사용품이란 명목으로 수입을 준비 중이지요."

나는 술병을 톡톡 건드렸다. 청아한 소리가 아주 좋다.

"상해임시정부의 가장 큰 고민은 역시 재원 마련이겠지요. 바다 건너 합중국에 합법적으로 주류를 팔아치울 수 있다면……."

"엄청나겠지. 설마 여기까지 염두에 둔 겐가? 임정의 자금줄을 틀어쥐겠다고?"

나는 대답 대신 웃음만 지었지만, 그게 곧 대답이란 사실을 저 양반이 모를 리가 없다. 그런 내 모습에 이승만은 허허로이 웃음만 연발할 뿐이었다.

"그래. 다 끝났군. 나는… 목숨을 구걸할 뿐이네. 자네는 날 태평양에 담가버릴 힘도 있고, 이유도 있어. 하지만 나는 살아야겠네. 살아서 조국의 독립을 봐야겠네. 부디 날 살려주시게."

"승부 끝났으면 구차하게 발버둥 치느니 그냥 얌전히 황천길 가시는 게 낫지 않겠습니까? 조카뻘 되는 사람에게 목숨 구걸할 정도로 자존심이 없으셨습니까?"

내 비아냥에도 그는 고개를 저었다.

"자네가 날 어떻게 생각할진 안 봐도 뻔하지. 권력에 미친놈. 꼭대기에 못 올라가 환장한 놈. 틀렸나?"

"잘 아시는 분이 그러셨습니까."

"자네는 조선을 몰라서 그래. 비참하게 무너져가던 그 추한 나라를 봤다면 자네도 날 이해했을지 몰라. 이명복(고종)이가 다 말아먹은 그 조선 말야. 내가! 내가 그 잘난 왕관을 쓰고 있었으면 절대 그따위로 비참하게 멸망하진 않았어! 왜놈들도 아니고 이명복이, 그 버러지가 날 그 퀴퀴한 감방에 처박은 이후 결심했네!"

나는 잠자코 잔을 채워주었고, 그는 사양하지 않고 연신 술을 들이켰다.

"그 누구에게도 맡기지 않겠다고. 내 손으로 조선을 살리겠다고 난 결심했네."

"허."

"내 한 몸 부귀영화만 누리고 싶었으면 왜놈들 똥구멍만 잘 빨아주면 될 일이야. 하지만 나는 무능한 주제에 호의호식하는 이왕가도, 왜놈도 증오스러워. 그 누구의 손도 아닌 이 이승만이의 손으로 쪽바리들을 내쫓고, 온 조선민족이 내 이름을 연호하는 가운데 그 잘난 종묘에 침을 뱉는 게 내 일생의 목표란 말일세."

이 이야기가 진심일까? 진심이지 그럼. 정치인은 거짓말을 잘 안 하는 편이다. 99%의 진실에 1%의 거짓을 섞는 직종이지. 그의 저 분노와 증오는 진심이겠지만, 그렇다고 '아, 그러시군요. 참으로 고생이 많으십니다.' 하고 내가 이해해줄 필요는 없다.

그리고 이승만 또한 똑같은 생각을 한 모양이었다.

"자네가 내 생각을 이해해줄 필요는 없네. 이제 현실적인 논의를 해보지. 나를 살려주고 써먹을 경우 자네에게 줄 수 있는 모든 이득들 말야."

"이야기가 쑥쑥 넘어가니 참 좋군요."

"그래. 이런 날것의 이야기를 누구랑 하겠나. 그동안 답답하지 않았나? 온갖 가식과 위선, 명분으로 치장된 이야기를 늘어놓으면서 숨이 턱턱 막혀온 적 없나?"

나는 대답하지 않았고, 그는 이내 어깨를 으쓱였다.

"좋아. 일 이야기를 하지. 자네가 합중국의 영웅으로 떠오르면서 나는 이 땅에서 존재가치를 상실했네."

"잘 아시는군요."

"하와이의 내 조직을 전부 자네에게 넘기지. 샌프란시스코로 전부 데려가든 말든 상관없어."

"주든 말든 그건 이미 제 건데요?"

태평양에 한때 이승만이었던 변사체가 두둥실 떠오르면 하와이 한인들이 누구 편에 붙겠나. 당연히 내 밑으로 와야지. 어디서 되도 않는 걸 테이블에 올려놔.

"…그렇지. 날 죽이고 가져가도 무방하지. 하지만 모양새가 나쁘지. 그리고 임정은 어떨까?"

"임정이라면 돈줄을 장악하면 되는 일 아니겠습니까."

"거짓말하지 말게. 자네와 내 생각은 엇비슷해. 결국 자기 사람을 박아놔야 진짜 조직 장악인데 태평양 건너에서 임정을 통제하겠다고? 불가능하단 생각 안 드나?"

맞다. 내가 가장 고민하는 부분도 거기에 있었으니. 게다가 태평양 전쟁을 기다리는 나와, 지금 당장 무언가 액션을 하고 싶은 그들의 견해 차이는 결코 극복할 수 없다.

"독립을 열망하는 모든 조선인의 의지. 모든 독립운동가의 통합. 말은 좋구만. 미국 의회만 봐도 천날만날 싸우는데, 남은 건 악과 깡밖에 없는 놈들이 한데 모이면 참 잘도 굴러가겠어. 임정은 한 명의 강력한 지도자 없이는 절대 성립할 수 없는 조직이야."

원 역사에서도 그랬다. 무수한 독립운동가들 사이의 방향성 논쟁, 내분 등을 거쳐 결국 백범 김구가 강력한 리더십을 휘두른 후에야 임정은 간신히 돌아갈 수 있었다.

"자네가 도산을 붙잡은 이유도 거기에 있다고 생각하네. 미주 조선인을 통제할 수단을 잃는 것이고, 도저히 수지타산이 안 맞다고 생각했겠지?

내 생각도 그래. 도산은 절대, 절대로 임정을 다룰 수 없어. 피도 눈물도 없고, 계산적이며, 음흉한 술수를 부릴 수 있는 나 같은 놈만이 임정이라는 복마전을 다룰 수 있단 말일세."

"자신만만하시군요."

"다시 말하지만, 이미 내 목숨이 판돈으로 걸렸네. 자네에게 내 목줄을 넘겨준 뒤 상해로 넘어가겠네. 자네는 내 하는 짓이 마음에 안 들면 돈줄을 조이면 그만이야."

임정이라, 임정. 독립운동 세력을 태평양 전쟁 발발 이전까지 최대한 온존한다면 훗날 독립 이후에 꽤 도움이 되긴 할 터. 그분들이 초개처럼 왜놈들 손에 죽는 걸 방치하기도 찝찝할뿐더러, 한인 인재풀이 말라비틀어지면 결국 신생 대한민국은 원 역사처럼 친일파라도 써먹는 수밖에 없다. 그건 죽어도 사양하고 싶다.

하지만 협상의 묘미는 가격 후려치기 아니겠는가.

"임정이 있든 말든 상관없잖습니까?"

"뭐?!"

"이미 제 생각, 다 알고 계시잖습니까. 언젠가 쪽바리들은 미국과 한판 붙을 테고, 그때 가서 대가리를 다 깨 놓은 다음 친미 정권을 세우면 그만입니다. 그 과정에서 딱히 임정이 할 수 있는 일, 없잖습니까?"

"부정하지 않겠네. 하지만 미합중국 말고, 김유진에게 임정이 도움이 될 수 있다면?"

그는 드디어 협상할 건수가 생겼다는 듯 눈을 빛냈다.

"내가 임정을 장악하면, 최대한 많은 한인을 미국으로 이민 보내겠네."

"호오."

"인간 김유진의 가장 큰 약점은 그 지지기반이야. 자네가 깜둥이들을 끌어들이는 것도 결국 묻지도 따지지도 않고 자네 편에 서줄 한인의 숫자가 코딱지만 하기 때문 아닌가? 내가 어떻게 해서든 아득바득 조선인들을 보내주겠네."

이건 좀 땡기는구만. 그래. 자신 있게 내놓을 게 있었으니 이 양반이 날 보자고 했겠지.

"그리고요?"

"나는 자네가 말한 독립운동 방향에 전적으로 찬성하네. 임정은 수십 년간 기반을 다지며 언젠가 있을 미일 전쟁을 기다릴 거야. 하지만 다른 놈들이라면? 보나 마나 독립 전쟁이다 뭐다 하겠지. 이건 자네가 원하는 방향이 아닐 텐데."

통과. 내가 뭘 원하는지 아주 잘 알고 계시네. 임정에 지원을 안 해주면 욕을 먹는다. 지원을 해줬다가 임정과 일본의 대립이 커져도 나는 휘말린다. 한국계 미국인이라는 이 위치에선 어쩔 수 없다.

이제 이승만이 제 스스로 내놓을 목줄을 구경할 차례다.

"그래서, 목줄은 뭘 주시겠습니까?"

"자네가 한 것과 똑같은 방식으로!"

테이블에 피가 튀었다. 그는 품에서 종이 하나를 꺼내더니, 손가락에서 뚝뚝 떨어지는 피로 글자를 따박따박 써 내려갔다.

"저 이승만은 김유진에게 조선을 위해 합중국을 배반할 것을 청탁하였으나 거절당하였습니다. 따라서… 흐음."

"이거면, 되겠나?"

"아뇨."

어디서 후루꾸를 치고 있어. 누가 대가리 돌아가는 양반 아니랄까봐.

"이래서야 합중국을 위해 조선을 버린 모양새 아닙니까. 이거 까발려지면 저 역시 한인 사회에 대한 통제력에 타격을 입는데. 목숨 운운하시더니 진짜 살기 싫으십니까?"

"나도! 나도 살아야 하지 않겠나! 자네가 날 팽하지 않는다는 보장이 어딨어!"

"좋습니다. 이 선에서 만족하고, 혈서는 기쁜 마음으로 집에 보관해 두지요."

참 마지막까지 짱구 굴리는 솜씨가 일품이다. 이렇게까지 해주니 더더욱 확실한 목줄을 채워야겠잖아.

"합중국에는 더 이상 미련 없으시지요?"

"그렇네."

"이제부터 미합중국은 제가 전담할 테니, 두 번 다시 돌아오지 마시고 상해에서 임정이나 잘 만지십쇼."

"알겠네. 고맙네. 정말 고맙네!"

고맙긴 뭘. 나도 받을 거 다 받고 갈 텐데.

"그럼 마지막으로, 귀하의 충성심을 증명해주시기 바랍니다. 미국에서 쌓은 모든 지지기반에 불을 질러 퇴로를 끊으시란 말입니다."

"…무엇이든 하겠네. 어떻게 해야, 날 믿어주겠나."

나는 자리에서 일어나, 이 박사의 어깨에 손을 올린 채 귀엣말을 건넸다.

"윌슨 대통령은 지금 반신불수로, 국정을 전혀 수행할 수 없는 상태입니다."

"그게 무슨?!"

"폭로하십시오. 되도록 빨리."

스승의 등에 칼을 찍고, 민주당에 불을 지를 정도라면 인정해줘야지. 거절하면 태평양 물고기밥이다. 어떻게 할 테냐.

비둘기 죽이기 9

월슨이 쓰러진 후 풍 맞은 영감으로 전락했다는 사실은 철저히 은폐되었다. 원 역사에서 월슨의 두 번째 부인이었던 에디스 월슨은 보좌관들의 적극적인 협조와 묵인 아래 자신이 월슨인 척 국정을 총괄했다. 월슨과 열여섯 살 차이 나는, 얼마 전까지 정치에 대해 아무것도 몰랐던 사람이 하루아침에 부통령을 제치고 미합중국을 통치하기 시작한 것이다.

여기에는 법조문상 '대통령의 직무정지'에 대한 기준이 애매모호하단 문제도 있었지만, 애초에 백악관 내 이너서클들이 월슨이 정확히 어떤 상태인지를 철저히 은폐했기에 가능했던 사건이었다.

이 어이없는 권력의 공백기 동안, 법무장관 팔머(Alexander Mitchell Palmer)는 대대적인 빨갱이 사냥에 돌입했다. 그리고 당연하지만, 이 시기의 빨갱이 사냥은 진짜 합중국 혁명을 위해 움직이는 혁명가가 아니라 동유럽계, 유대계, 이탈리아계, 노동운동가 등을 대상으로 한 일방적인 폭력이었다.

팔머와 그 일파는 끊임없이 '공산 혁명이 눈앞에 있다.', '합중국의 시체 위에 새로운 소비에트연방을 건설하려는 자들이 있다.'라며 공안정국을 조성했고, 이 서슬 퍼런 기세에 아직 전시 특유의 억압과 통제에 익숙해져 있던 시민들은 움츠러들 수밖에 없었다.

누구도 크게 주목하지 않던 새로운 언론, 《더 선》의 한 기사가 나오기 전까지는.

[마녀 모르건, 마침내 왕좌를 얻다!]

[바빌론의 탕녀, 합중국을 다스리다!]

[희대의 팜므파탈 손에 떨어진 합중국, 부통령은 장식품!]

처음에는 다들 개탄스러워했다. 아무리 언론이 신문 팔아먹으려고 별별 기사를 다 쓴다지만, 이 크기조차 조막만 한 신문은 대체 무슨 소리를 하는 거지?

하지만 뭔가 이상했다. 《더 선》은 연일 기세를 올리며 매일마다 대문짝만 하게 [윌슨은 산송장이며 영부인이 서류에 도장을 찍고 있다.]라는 기사를 살포해댔다. 아무리 이 나라에 자유가 있다지만, 요즘같이 험악한 시국에 저런 말을 하고도 살아남을 수 있을까?

그렇게 모두의 관심이 서서히 《더 선》을 향해 쏠릴 무렵.

[충격 인터뷰! "윌슨은 이미 죽었다!"]

["비참하게 말라비틀어져 죽여달라 애원하고 있다 카더라."]

[20세기 파라오, 미라가 된 윌슨의 비밀!]

마침내 '익명의 고발자', 옛 제자를 자처하는 이승만이 전면에 드러나며 1919년 연말의 미합중국 정계는 한 치 앞이 보이지 않는 혼란 속에 빠져들었다.

'소개해드리지요, 장인어른. 이승만이라고 합니다.'

'이자는 윌슨 쪽 사람 아니었나? 그때 자네에게 행패를 부리던 그자가 맞는 듯한데.'

'상관없습니다. 뱀 같은 양반이긴 한데, 이제 제 뱀이니까요.'

이미 윌슨의 등 뒤에 칼을 꽂기로 했을 때부터 물러날 수 없는 처지였지만, 공화당과 함께 야합한 이상 이승만의 민주당 쪽 파이프는 절대 수복할 수 없다. 물론 이승만의 헛바닥이라면 어찌어찌 또 시간과 노력을 들여 수복할 가능성도 있겠지만, 김유진과의 협의 내용 중엔 '절대 미국에 돌아오지 않는다.' 또한 들어 있었다.

그리하여 공화당은 칼을 갈며 윌슨과 민주당을 날려버릴 시간만 기다렸고, 《더 선》의 기사 세례가 제2막에 들어서며 공화당의 십자 포화가 시작되었다.

"국민들이 모두 백악관을 지켜보고 있소!"

"윌슨 대통령은 건재하다면 당장 의회에 출석하시오!"

"이 모든 기사가 저질 언론의 거짓이라면, 그 모습을 보이기만 해도 증명될 일 아닙니까!"

하지만 백악관은 침묵으로 일관했다. 이리되자, 처음에는 공화당이 때리니 척수반사적으로 '음해다, 모함이다, 선동과 날조다.'라며 반박하던 민주당 역시 점차 당황해하며 백악관을 바라보게 되었다.

어째서 윌슨은 움직이지 않지? 직무 수행에는 문제가 없다면서 왜? 그리고 그 시기, 공화당에는 혜성처럼 떠올라 일약 스타의 반열에 오른 정치인이 있었다.

"미합중국은 정의와 도덕이 함께하는 나라입니다. 윌슨 대통령, 나는 매사추세츠 주민의 대표로서 묻겠습니다. 당신은 현재 대통령직을 수행하고 있습니까?"

그의 이름은 캘빈 쿨리지. 매사추세츠에서 부지사와 주지사를 역임하며 착실하게 정치 커리어를 쌓던 그는 보스턴에서 벌어진 대대적인 경찰 파업에 강하게 대처했고, 매사추세츠주 출신 참전용사들에게 추가 보너스를 지급하기로 하며 일약 전국구로 뛰어올랐다.

주지사가 공개적으로 '연방정부는 지금 멀쩡한가?'라고 폭탄을 던지자 그 파급은 누구도 걷잡을 수 없었다.

"대통령 각하. 당장 모습을 드러내 저 미친 공화당 놈들을 때려잡읍 시다!"

"왜 백악관은 답변이 없습니까? 대체 왜요?"

그리고 이즈음, 서서히 모두가 깨닫고 있었다. 민주당의 반윌슨 파벌이 돌아서서 공개적으로 대통령의 의회 출석을 요구하자 이 사태는 절정에 이르렀다.

[윌슨 대통령, 직무 수행 불가능!]

[윌슨 갱단, 대통령 권한을 제멋대로 남용한 것으로 드러나!]

[마녀와 그 졸개들은 어떻게 합중국을 손에 넣었나!]

그리고 마침내 모든 진실이 백일하에 드러났다. 윌슨 행정부는 그렇게 최후를 맞이했다.

* * *

[식물 대통령의 최후. 부통령 직무 대행!!!]

[포드 내전 발발? 에젤 포드, "조만간 T형이 아닌 포드 차량 보게 될 것."]

[농촌으로 침투하는 빨갱이들! 십자가를 불태우며 미국 적화의 야욕을 다짐하다!]

"《더 선》! 《더 선》한 부 주시오!"

"아니 내가 먼저 왔소! 더 선! 빨리!!"

"죄송하지만 남은 게 한 부밖에 없습니다."

"내가 먼저 왔는데 왜 이래 이 사람아!!"

음. 아수라장이 따로 없구만. 내가 벌인 일이지만 아주 달달허다.

"당신, 들고 있는 신문 혹시 《더 선》이오?"

"그렇습니다만."

"내가 사겠소! 얼마면 되겠소?"

거의 억지로 보던 신문을 갈취당하니 황당했지만, 온 사방에서 《더 선》을 찾는 시민들이 가득한 걸 보니 이번 사업은 대성공으로 보인다. 한 나라의 대통령을 날려버린 《더 선》은 일약 전국구 특급언론이 되었고, 전 국의 신문 유통 채널에서는 당장 그 망할 반토막짜리 신문을 더 찍으라고 아우성들이었다.

이렇게 모두의 관심이 집중된 와중, 우리는 은밀히 다음 사업 준비를 시 작했다. 손도 안 대고 신차에 대한 관심을 끌어모았으니 에젤 포드는 밥을 안 먹어도 배가 부를 터다.

매카시즘의 프리퀄, 적색 공포 역시 반병신 환자 윌슨이 몰락하면서 덩 달아 무너져내렸다. 윌슨의 피맛을 보고 한껏 기세가 등등해진 공화당, 그 리고 민주당 내 반란 세력이 다음 타겟으로 지목한 게 바로 이 적색 공포를 몰고 다니던 팔머 법무장관이었기 때문이다.

"팔머 장관. 대통령 재가도 받지 않고 불법적으로 합중국 시민들을 탄압 하다니!"

"대통령 명령이 있었다고 주장하지 않았소? 어디… 그 대통령 명령 좀 보여주시겠소? 이상하다? 윌슨은 지금 싸인을 못 할 텐데!"

"전쟁도 끝났는데 전시 특수 법령을 동원하다니. 역시 이 정권은 전쟁을 빌미로 독재정권을 만들려던 생각이 아주 가득했어요!"

"아닙니다. 이는 어디까지나 카이저가 되고 싶어 했던 윌슨 일당의 음모 였을 뿐, 우리 민주당과는 무방합니다!"

빨갱이 사냥으로 기세등등하던 팔머 장관은 한순간에 '로베스피에르 팔 머'라는 꼬리표가 붙은 채 몰락했다. 이제 사람들은 지긋지긋해했다. 그놈 의 빨갱이 타령으로 입을 틀어막는 것도. 물가가 올라 죽을 맛인데 임금의 ㅇ자만 꺼내도 경찰의 곤봉 세례가 날아오는 것도. 전쟁이 끝났는데도 엄 격, 근엄, 진지하게 만사를 통제하려 하는 정부도!

얼마 전 카이저 인형과 카이저 흉상을 때려 부수며 전쟁 승리에 열광하던 대중들은 다시 거리로 뛰쳐나왔고, 윌슨과 팔머의 인형을 불태우며 '작작 좀 해, 개자식들아!'를 외쳐댔다. 드디어 1차대전이라는 미증유의 사건을 맞닥뜨린 탓에 억눌려 있던 미국인의 핵심 가치가 부활했다.

"뭐? 정부가 시민을 통제하겠다고? 인제 보니 빨갱이는 네놈들이구나!"

"정부의 허가? 인정할 수 없어! 에베벱!"

이 폭발적인 민중의 함성을 들은 정치인들은 곧장 반응했고,

"미 의회는 베르사유 조약 비준을 거부하는 바입니다."

"와아아아아!!"

"합중국 만세! 만세!!"

"윌슨의 똥을 치워라!"

만인의 지지 속에, 윌슨이 육신과 영혼을 모두 갈아 넣었던 베르사유 조약은 미 의회의 이름으로 부결되었다.

미합중국은 유럽의 일에 개입하지 않겠다. 미합중국은 국제연맹에 가입하지도 않겠다. 우리는 그냥, 대서양 건너편에서 재밌게 돈이나 벌며 살겠다. 전쟁이 끝난 지 고작 1년 만에 미국인들은 훌륭한 옛 방식, 고립주의와 경제만능주의로 회귀했다.

이 말인즉슨, 내 전쟁영웅으로서의 인기도 유통기한이 끝났단 소리고. 아쉽지만 원래 인기라는 게 다 그런 법. 이 거품에 취해 내가 뭐 대단한 놈인 것처럼 꺼드럭댔다간 지금 이 물결에 휩쓸려 시체가 됐을 거다.

이걸 보면서 나는 햄버거 프랜차이즈를 설립하려던 계획을 캔슬낼 수밖에 없었다. 아직 맥도날드도 없는 1919년. 맥도날드 대신 '맥아더즈'라고 끝내주는 네이밍의 버거집을 런칭해서 돈을 좀 벌어볼까 했는데, 전쟁영웅 유통기한도 끝났으니 이 계획은 접어야겠다.

나로서는 이번 일을 통해 무척 많은 걸 얻었다. 이승만은 야반도주하다시피 몰래몰래 상해행 여객선에 올라탔다. 윌슨 지지자들이 그의 대가리에

총알을 박고 싶어 했으니 살아서 튀는 걸 감지덕지하게 여겨야지. 임정에서 그를 추대했던 이유 중 하나가 바로 민족자결주의의 제창자 윌슨과의 확고한 인맥이었는데, 이 역시 날아갔으니 앞으로 이승만의 정치 인생도 꽤 험난할 것 같아 보였다.

물론 그 신이 내린 주둥아리는 어디 가지 않아 휘슬블로어, 공익을 위한 내부고발자이자 정의의 투사로 자신을 이미지메이킹하긴 했다. 하지만 2020년에도 휘슬블로어가 대접받긴 힘들었는데, 1919년인 지금은 과연 어떨지?

상해 가는 길에 달러는 든든히 쥐여줬으니 더 할 말도 없을 거라 생각한다. 감시인을 붙일까 생각도 했는데, 아무리 생각해도 상해 도착할 때쯤엔 이승만 숭배자가 되어 있을 것만 같아 포기했다.

우드로 윌슨은 말할 것도 없다. 이제 그에게 남은 명예라곤 없었다. 사람들은 그가 주도적으로 백악관을 닫아걸 것을 지시했는지, 아니면 사악한 마녀와 그 일당이 권력을 위해 윌슨을 비참하게 방치했는지를 궁금해할 따름이었다. 비참하구만.

그리고 이 폭풍 같은 정국 속에서, 당연히 내 일본행 계획은 짬처리당했다. 아니, 이 시국에 대체 어떻게 일본엘 가? 무리지 무리. 어우, 끔습다.

앞으로 남은 것은 공화당의 천하. 그리고… 대공황. 모든 부와 열정을 무너뜨릴 검은 목요일이 들이닥치기 전까지, 내 성채에 그 누구도 범접하지 못하게 강고한 벽을 쌓아놔야만 했다.

그리고 시대는 나의 편이다.

* * *

"대단해. 정말 대단해."

젊은 남자는 그동안 꾸준히 사 모은 《더 선》의 기사들을 꼼꼼히 스크랩

하며 생각에 잠겼다. 이번 윌슨 대통령의 몰락은 미합중국 역사상 가장 음흉하며 심계가 깊은 정치공학의 정수였다. 남들은 몰라도, 적어도 청년은 그렇게 확신하고 있었다.

"삼류 찌라시 기사를 통한 서막. 서서히 끓어오르는 여론. 비웃음거리에서 의문으로. 의문에서 의혹으로. 의혹에서 당혹감으로. 당혹감에서 분노로."

이건 예술이다. 1억 미합중국 시민을 제 악기처럼 자유자재로 다루는 예술. 싱먼 리라는 이 폭로자는 그냥 얼굴마담에 불과하다. 모든 범죄가 항상 그렇듯, 얼굴을 드러낸 놈은 하수인이지 결코 두목이 아니다.

그 누구도 모르던 극비 정보를 접하고, 전국의 언론을 나팔수로 부리며 공화당과 민주당, 양당의 완급을 제멋대로 다룬 끝에 마침내 대통령을 끌어내리기까지.

《더 선》, 싱먼 리, 공화당. 추리를 위한 몇몇 피스가 빠져 있어 완벽한 그림을 알아낼 순 없었지만, 청년은 몇 달이 지나도록 집요하게 단서를 모은 끝에 서서히 이 큰 그림의 얼개를 유추할 수 있었다.

원래 수사관이기도 했던 그의 직감이, 이 그림을 그려낸 대가의 이름을 알려주고 있었다.

"유진 킴 장군."

그래. 직감은 그렇게 고하고 있다. 하지만 왜? 일개 준장이 대체 왜 대통령을 날려버린단 말인가? 베르사유 조약이 싫어서? 웃기는 소리. 모든 범죄에는 이유가 있고, 그 이유는 이익, 원한, 신념이라는 세 종류로 압축된다. 하지만 대관절 일개 장교로 돌아갈 그가 한 나라의 대통령을 썰어버려서 얻을 이익이 무엇이 있겠나? 대통령에게 원한을 품었다? 개소리! 신념? 그는 빨갱이도, 무정부주의자도 아니다. 아미앵의 수호자가 빨갱이라니. 지나가던 개가 웃겠다.

직감은 이 소동이 유진 킴의 작품이라 속삭이지만, 단련된 이성은 아니라고 고하고 있다.

'어찌 되었건, 걸물은 걸물이군.'

그는 확실히 이번 사건에 깊숙이 개입되어 있다. 이것만큼은 확실하다. 그의 뒤편에 진정한 흑막이 숨어 있을지도 모르겠지만, 지금까지 모은 정보로는 도통 오리무중이었다. 존경스러울 정도다. 만약 진짜 이게 유진 킴의 작품이라면, 두 살 차이밖에 나지 않는 청년과 유진 킴은 그 업적으로 보나 솜씨로 보나 도저히 넘을 수 없는 격차가 있었다.

"친해지고 싶은데… 어떻게 해야 하지?"

지금부터 비벼보면 혹시 훗날 공화당 정권에서 자리 하나쯤 먹을 수 있으려나. 빨갱이를 때려잡기 위해 팔머 장관에게 픽업되었다가 순식간에 실직자가 되어버린 젊은이, 존 에드거 후버(John Edgar Hoover)는 자신이 모은 신문기사 스크랩을 모아 담으며 한숨을 내쉬었다.

7장

보드워크 엠파이어

보드워크 엠파이어 1

유신 킴, 아니 김유신은 아침 해가 뜰 때쯤 자리를 털고 일어났다. 남들이 대학교 진학을 고민할 무렵, 유신은 난데없이 사장님 소리를 듣게 되었다. 물론 그게 싫다는 말은 아니다. 망할 형이라는 인간이 웨스트포인트로 갔을 때부터 이미 가업을 이어받는 일은 그의 소관이 되어 있었으니까.

하지만 그가 생각하던 가업은 그냥 평범한 가게였지, 수백 수천 명이 일하는 거대 사업체의 사장 노릇이 아니었다. 어어 하다 보니 또 익숙해지는 게 사람이라지만, 익숙해질라치면 또 어디서 희한한 걸 주워 물고 와서는 빼액 대는 망할 형 때문에 그의 업무량은 나날이 뉴욕 증시 그래프처럼 우상향을 찍고 있었다.

이틀 전 있었던 일만 해도 그렇다.

"야! 야야야! 김유신!"

"또 무슨 개떡 같은 일을 시키고 싶어서 그래."

"이거! 이거 봐봐!"

"뭔데."

아버지가 기침을 좀 콜록댄다고 편지 말미에 적었더니, 이 인간은 또 그걸 보자마자 갑자기 샌프란시스코에 들이닥쳤다. 이 정도면 인간 토네이도가 따로 없다. 효자 노릇 한다고 하면 할 말이 궁하긴 하지만, 그래도 아메리카 대륙 횡단이 어디 쉬운 일인가. 아무튼 형제가 오랜만에 나란히 외출해 약국에 왔더니, 사러 온 기침약은 안 찾고 이상한 걸 붙들고 있었다.

"구취 제거제? 이건 또 왜?"

"이거 하나 사 가자."

"내 입에서 냄새난다고 돌려 까는 거야?"

"아니 병신아. 그럼 니 목구멍에 하수도 뚫었냐고 했겠지 그걸 왜 돌려 말해."

"씨발. 눈물 나게 고맙네요."

"이거 만드는 회사 좀 사들여봐."

아무렇지도 않게 미친 소리를 던져댄다.

"장난쳐 지금?"

"아니. 난 진담인데."

형은 원래 미친놈이지만, 가끔가다 길바닥에 흔해 빠진 뭔가를 보더니 '아아니 이것은!' 하고 혼자 지랄을 하곤 했다. 그러고선 으레 '혹시 이거 만드는 회사 살 수 있겠냐?'며 일거리를 툭툭 던지곤 했다.

"이거? 알아볼게. 밀러 씨한테 맡기면 되겠지."

"어지간하면 매입하자. 안 되면 지분이라도 좀 사들이고."

"하아… 알았어, 알았어."

적어도 아직, 형이 사자고 껄떡대는 회사 중 영 이상한 건 없었으니 딱히 거절하진 않았다. 유신은 그날 형이 던져준 구취 제거제, 리스테린(Listerine)이라는 물건도 같이 계산해야 했다.

씻고 아침을 퍼뜩 챙겨 먹은 유신은 곧장 회사 사무실로 향했다. 그리스 건은 전쟁이 끝났는데도 주문이 폭주하고 있었다.

"프랑스에서 3만 정을 구매하고 싶다는 요청입니다."

"조건 확인하고, 납품 기간 맞춰서 생산 가능한지부터 체크해 봅시다."

"알겠습니다. 그리고 프랑스 자국에서 라이선스 생산 요청도 같이……."

이 주유기야말로 미친 형의 머릿속에서 나온 미친 무기가 틀림없다. 수리하는 것보다 한 자루 새로 사는 게 더 싸게 먹히는 정신 나간 단가. 압도적 편의성. 화끈한 화력까지. 처음 이 주유기를 들이밀면 '뭐 이딴 흉측한 걸 총이랍시고 팝니까?' 소리를 듣곤 했지만, 형이 전 세계에 대고 홍보를 때린 탓에 어째 수요는 갈수록 늘어나는 것 같았다.

형은 우체부나 기지 경비, 근접 경호 등에 이 마법의 주유기를 팔아먹고 싶어 혈안이 되어 있었다. 요 며칠 캘리포니아 일대를 뿔뿔거리며 싸돌아다니던데… 제발 일을 더 늘리지만 말아줬으면 좋겠다.

일을 도와주던 유인이 대학에 진학하겠노라 선언한 탓에 그의 일은 더 늘어나버렸다. 감히 조선민족과 김씨 가문의 중차대한 일을 내팽개치고 학교로 도망치다니 뼈와 살을 분리해야 마땅한 역적이지만, 아버지께선 막내는 또 편애했다.

"얘야. 그래도 막내는 제 하고 싶은 일 시켜야 하지 않겠니?"

"형은 뭐라 하든가요?"

"네 형도 선선히 그러자 하더구나."

믿을 수 없다. 그 악귀가 노예를 풀어준다니?

"대학물 먹은 놈만 시킬 수 있는 일이 있지 않겠냐 하더라. 딱히 틀린 말도 아니지 않느냐."

그래. 그럼 그렇지. 형은 군인이 아니라 역시 사장 노릇을 해야 했다. 조금만 더 일찍 태어났다면 합중국 역사를 주름잡는 거대 노예상이 되었을지도 모른다.

디트로이트 출장 일정을 비서에게서 보고받고 있자니 탄식이 흘러나왔다. 포드사의 매출을 절호조로 끌어올린 건 M1917 전차다. 수만 대를 팔아치운 이 기적의 제품을 통해 포드사의 자회사인 포드 탱크 컴퍼니는 말 그대로 황금알을 낳는 거위가 되었었고, 지분과 로열티 일부를 가진 우리 집안 역시 돈에 파묻히는 짜릿함을 실컷 맛봤다.

하지만 이제 전시 특수는 끝났고, 포드 탱크 컴퍼니는 슬그머니 '포드 트랙터 컴퍼니'로 사명을 갈아치우고 '포드슨' 트랙터를 새 주력 제품으로 밀고 있었다. 디트로이트에 가는 대로 포드슨 트랙터의 서부 농장 유통망 건이나 철강 자재 수급 건 등 할 일이 많았다. 최소 일주일은 디트로이트에서 지내겠구만.

그 와중에 형은 또 포드 아드님과 짝짜꿍해서 뭔가 사악한 음모를 꾸미고 있었다. 순환출자인가 뭔가… 밀러 씨와 같이 한창 지분이 어쩌고 주가가 어쩌고 떠들던데, 보나 마나 제정신인 물건은 아닐 테니 착한 어른인 유신은 관심을 끄기로 했다.

주요 사업체의 일을 다 처리하고 나니 벌써 해가 저물고 있었다. 하루 종일 일을 해도 어째서 업무가 줄어들지 않는 거지.

"김 비서."

"예, 사장님."

"망ㅎ… 크흠, 형은 어디 있죠?"

"장례식에 참석하셨습니다. 장례식장에 계실 듯합니다."

장례식장이란 말을 듣자마자 맹렬히 머리가 아파져 온다. 장례식장이 대체 뭔가? 진짜 조선식 장례면 초막살이라도 해야 하고, 그게 아니면 교회에서 장례 지내는 거지. 그리고 장례식장은 무슨. 술집 아닌가, 술집.

"그리로 가죠."

"알겠습니다. 차를 준비하겠습니다."

"저만 갈 테니 먼저 들어가세요. 기사만 준비해주시고."

"알겠습니다."

웃음을 애써 억누르며 비서가 대답했다. 역시 나는 형과는 달라. 형이었다면 '내가 일하는데 어딜 감히 퇴근하려고! 히히 못 가!' 하며 물귀신처럼 물고 늘어졌겠지?

유신은 애써 그렇게 자기위안하며 두통의 근원, 장례식장으로 향했다.

* * *

장례식장 '우보크(Ubok)'. 저 식장이 문을 연 지도 몇 달이 지났다. 원래는 간판조차 없던 건물이지만, 이제 기어이 작게나마 간판까지 달게 되었다. 저래 놓고 술집이 아니랜다. 우보크라는 저 이름은 누가 특별히 지은 것도 아니었다.

"Je—Sa가 그러니 한인들 말로 술집인가?"

"아니. Je—Sa는 그네 나라 말로 장례라는 뜻이래."

"어차피 장례 그거 순 장식 아닌가. 그럼 저긴 이름이 뭔가?"

"그, 그. 거기 유학 스페셜리스트한테 설명을 들었었거든? 움보? 움보크? 뭐, 그게 장례식에서 밥 한 끼 얻어먹는 말이라더군."

코쟁이 놈들 중 음복(飮福)을 제대로 발음할 수 있는 사람은 거의 없었기에 말은 희한하게 변형되었고, 이제 캘리포니아의 상류층의 머릿속엔 죄다 '한인들의 장례식장 = 합법 술집 = 우보크'라는 단어가 새로 박혀 들었다. 이 꼬라지만 봐도 뒷목이 뻐근한데, 형은 차이나타운까지 들쑤셔 청나라 시절 벼슬도 지냈다는 사람을 구해 와서는 희한한 타이틀을 붙여줘 가며 식장에 상주하게 했다.

"형. 저 사람은 뭔데?"

"저 영감? 그… 장례지도사? 뭐 그런 거?"

"그게 대체 뭐고, 왜 필요한 건데?!"

"사랑하는 내 동생아. 이 세상의 모든 관혼상제는 온갖 절차를 덕지덕지 처발라서라도 격식을 갖추려 용을 쓴단다."

형은 엄지와 검지를 붙여 O 모양을 그리고는 미소 지었다.

"근본 없는 놈들 아니랄까 봐 양키 새끼들은 전통이라는 말만 들으면 뻑 가거든? 5천 년 묵은 즈언통을 체험한다는데 제 놈들이 어쩔 거야. 이런 세세한 부분을 신경 써줘야 잡스러운 불법 업장이랑 차별화를 할 수 있다고, 차별화."

"도착했습니다."

"고맙습니다. 바로 퇴근하시면 됩니다."

도로에서 내려 장례식장을 향해 걷기를 몇 분. 그리스건을 걸쳐 멘 몇몇 경비들이 그의 곁으로 다가왔다.

"오셨습니까!"

"오늘도 수고가 많으십니다. 오늘 일은 어떻습니까?"

"늘 그렇듯 오늘도 손님들이 줄을 잇고 있습니다."

이미 이놈의 장례는 사업이 되었다. 장례식장이기 때문에, 부고를 받지 못한 사람은 입장을 거절한다. 절대 회원제 술집 같은 게 아니다. 어디까지나 초청한 사람의 조문만 환영할 뿐이다. 아무튼 그렇다. 그리고 부고는 당연히 지금 절찬리에 삼년상을 지내고 있는 상주가 발송한다. 삼년상은 공자께서도 강조한 효행이니 결코 어길 수 없다. 절대 3년만 장사하고 접으려는게 아니다.

이미 이 우보크의 부고를 받느냐 못 받느냐는 캘리포니아에서 인정받는 저명인사냐 아니냐를 판가름하는 기준이 되었다. 참으로 요지경이 따로 없었다. 이런 복잡한 속내를 털어놓을 수도 없으니, 잠시 탄식만 하던 유신은 가게… 아니, 식장 안으로 들어갔다.

"오셨습니까, 사장님."

"고생이 많으십니다."

일단 예법에 맞게 상주를 만나고 고인의 위패에 허리 숙여 인사. 그리고 곧장 아래층, 지하로 내려갔다.

"50 받고 50 더."

"받고 더."

"아니, 이걸 따라온다고요?"

"왜요? 쫄리십니까? 쫄리면 아시죠?"

"형."

"어우 깜짝이야. 여긴 왜 왔어?"

"왜긴."

한창 트럼프를 뚫어져라 바라보고 있던 망할 형이 깜짝 놀라서는 서둘러 들고 있던 손패를 덮었다.

"아, 소개부터 해드려야지. 여기 계신 신사분은 윌리엄 스티븐스 주지사님."

"반갑소이다. 한인 사회의 젊은 신성이라 소문이 자자해 내 꼭 만나 뵙고 싶었소."

"유신 킴입니다. 저 또한 오랫동안 주지사님을 흠모해 왔습니다."

이젠 주지사를 만나도 참 혀가 잘 돌아간다. 그래. 헨리 포드도 만났고 커티스 의원도 만났는데 주지사가 어디 대수겠냐? 그와 더불어 같은 테이블에서 포커를 치고 있던 사람들도 소개받았다. 하나같이 캘리포니아주에서 내로라하는 양반들이었다.

"아니, 이게 게임이야? 이게 게임이냐고!"

"허허. 그러게 왜 따라오셨습니까? 전장에선 불패시던 분이 이제 보니 포커판에선 졸장이시군요?"

"아아니 이게 이럴 리가 없는데. 웨스트포인트의 아귀라 불리던 제가 이렇게 탈탈 털릴 리가 없단 말입니다. 유신아, 너도 패 받아야지? 얼른 와서 내 지갑 좀 채워주련?"

유신은 자연스럽게 다음 판부터 패를 쥐었다. 그렇게 한창 포커를 치던 이들의 입에서는 나라 이야기, 정치 이야기, 사업 이야기 등 별별 화제가 다 떠올랐다.

"이번에야말로 잽스의 이민을 완전 금지시켜야 하지 않겠습니까?"

"그럼요. 일본과의 외교 관계가 험악해질 때마다 폭동이 일어나지 않을까 두렵습니다. 이제 일본인은 그만 들어와도 된다고 봅니다."

"어흠! 킴 장군도 여기 계신데 그런 말 해도 되겠습니까?"

"저 말씀이십니까? 어우, 저는 당연히 찬성이지요. 역사적으로도 일본인은 원래 믿기 어려운 종자들입니다."

"그렇습니까?"

"자자. 패 돌립니다. 저 흑인들조차 애국심 투철한 용사로 키워낸 저지만, 일본인을 병사로 준다고 하면 솔직히 자신이 없습니다."

유신은 어느 순간 손패보다는 대화에 집중하고 있는 자신을 발견할 수 있었다. 주지사와 그 친구들은 일본인 이민을 제한하려 하고 있었고, 유진은 껄껄 웃으면서 은근슬쩍 "신뢰 못 할 일본계 말고, 한인을 더 데려오면 좋지 않을까요?"라며 밑밥을 깔아대고 있었다.

"한인들은 잽스나 칭크와는 달리 법을 사랑하고 질서의 미덕을 아는 민족입니다. 그들보다 이민자 숫자도 훨씬 적고 이민 시기도 뒤늦지만, 캘리포니아 한인들이 이뤄낸 성과를 보시지요. 저희 형제야말로 한인이 얼마나 합중국의 시민으로 녹아들고 싶은지를 보여주는 사례 아니겠습니까?"

"그렇지요. 역시 견실하게 일하는 것만큼 확고한 증거가 없지요!"

"장담컨대 저랑 동생이 있는 한, 한인과 폭동이란 단어는 절대 엮일 수 없습니다. 그 대신 합중국의 영광을 빛낼 제2의 유진 킴이 줄줄이 나타나겠지요. 자, 저는 Q 원 페어입니다. 칩들 다 주시지요."

"K 원 페어."

"아 망겜! 망겜!!"

포커는 몇 시간 뒤에야 끝났고, 술로 얼굴이 벌게진 사람들은 저마다 흩어져 차에 올라탔다. 직원들이 와 자리를 정리하는 모습을 잠시 지켜보던 유신은 어느새 담배를 입에 물고 있는 형에게 다가갔다.

"형, 오늘 너무 많이 잃은 거 아냐?"

"잃다니?"

"거의 몇백 달러는 꼬라박았잖아."

"당연하지. 따 가라고 뿌린 건데."

이건 또 무슨 소린가.

"잘 생각해봐. 1천 달러가 뒷주머니에 꽂히는 것보다 1백 달러를 도박판에서 따내는 게 더 기분 좋을걸? 어차피 저 양반들도 대충 눈치챌 거야. '아, 저 새끼가 일부러 잃어줬구나.' 하고 말이지."

진짜 뚜껑을 한번 까보고 싶다. 군대 밥을 몇 년씩 처먹으면 머릿속에 저런 생각밖에 안 들게 되는 건가? 역시 이러니저러니 해도 형은 대단한 인물이 틀림없다. 도산 선생이 입에 침이 마르게 민족의 영웅이네 뭐네 극찬하는 것도 다 이유가 있는 법.

"내가 오늘 기름칠 팍팍 해놨으니까 주 정부에 그리스건 납품 건 잘 메이드해봐. 이렇게까지 약을 팔았으니 몇 자루는 사줄 것 같네. 그런데 너는 여자는 안 만나냐?"

"지금 나 놀려? 일이나 작작 주고서 그런 말 하든가!"

"나는 시간이 있어서 도로시 만났냐? 우린 딱 한 번 보고 그 이후로 펜팔만 몇 년 하다가 결혼했어. 노오력을 해야지, 노오력을."

취소. 남들이 봤을 때 영웅인지 나발인진 알 바 아니고, 집에선 그냥 망할 놈이다.

보드워크 엠파이어 2

죽을 맛이다. 몸이 두 개였으면 좋겠다고 생각한 적도 있었지만, 그건 틀렸다. 몸이 4개쯤 됐으면 좋겠다. 이 광기의 시대에 단 한 발자국이라도 잘못 내디뎠다간 모든 게 무로 돌아간다. 그 중압감이 사람을 반쯤 돌아버리게 하고 있었다.

물론 그냥 쉽게 돈 버는 방법은 있다. 이름만 들으면 알 회사의 주식만 꾸역꾸역 사들이면 된다. 생각할 필요도 없이 US스틸 같은 회사만 꽉 붙들고 있어도 대공황 직전까지 끝내주는 꿀을 빨 수 있다. 하지만 내 목표는 그냥 돈 벌기가 아니잖나?

"장군님. 오늘의 일정입니다."

"이제 그 장군 유효 기간 얼마나 남았다고. 불러봐! 어이 킴 중위 하고 불러보라고!"

"한 반년쯤 남았지요? 일하기 싫어서 중위 타령하는 거 훤히 보이니 빨리 일이나 하시지요."

"잔인한 놈. 내가 호랑이 새끼 키웠어."

"아미앵 벌판에서 사단장 관용차 타고 총질을 해대면 다 이렇게 간이 커집니다."

어머머머. 쟤 말대답 따박따박 하는 것 좀 봐. 무섭다 무서워. 이러다 야밤에 날 납치해서 일 시키겠다. 하지만 나는 착한 어른이니 얌전히 일을 하기로 했다. 절대 하지가 천지마투의 자세를 잡길래 쫀 게 아니다. 군인의 본분을 다하는 것뿐이지.

역시 군인이라는 신분은 대외 활동하기에 불편하다. 당장 나만 해도 정계나 재계, 게다가 한인 사회까지, 온갖 방면에서 여러 역할을 떠안고 있지만 비서 하나 마음대로 못 두지 않나. 부관인 하지에게 이런 일을 맡길 순 없다.

그나마 퇴근하면 도로시가 서포트를 해주기에 아슬아슬하게 인간이 할 수 있는 업무량이지, 그게 아니었다면 진작에 목을 매달았을 거다. 아, 다시 생각해도 상태창 안 뜬 게 억울하다. 갓태창만 있었어도 이 개고생을 할 일은 없었는데!

그렇게 투덜거리며 일을 하고 있자니 행복한 퇴근 시간이다.

"들어가십시오, 장군님."

"오오냐. 얼른 들어가시게."

새 관용차에서 내린 나는 행복이 가득한 집으로 들어왔다. 블랙 로터스는 내가 쇼부쳐서 우리 집 차고에 잘 모셔놨다. 저게 기념품이지 다른 게 기념품인가.

집에 오자 뿔뿔거리며 내 인생의 낙이 열심히 달려온다.

"다녀오셔써요!"

"어이구. 인제 우리 헨리가 마중도 나오는구나!"

"나! 나! 나 장난감 사줘요!"

젠장. 어째 달려 나온다 했다. 애들은 기가 막히게 눈치가 빠르다. 이 애비가 제 얼굴을 볼 때마다 슬며시 죄책감이 든다는 것까지는 모르겠지만, 아빠 바짓단을 붙들고 짤랑짤랑 흔들면 먹을 거든 갖고 놀 거든 튀어나온다는 걸 알아버렸다.

"자꾸 아빠 조르면 안 된다고 했지?"

"그치만! 그치만!!"

"자자. 착한 어린이는 아빠한테 그렇게 떼를 쓰지 않아요. 당신, 오늘 또 전보랑 편지 한가득 왔던데 확인해봐요."

"그래야지."

옷도 못 갈아입고 곧장 서재로 와 하나씩 편지를 확인한다.

가장 급한 건 장례식장 설립의 건. 우보크를 로스앤젤레스, 디트로이트, 필라델피아, 워싱턴 D.C., 그리고 뉴욕에 추가로 설립할 예정이다. 내 고정관념보다 1920년의 대도시들은 아직 거대한 메갈로폴리스로 진화하기 이전이다. 따라서 부동산적 측면에서의 입지도 신경 쓰고 있다. 나중에 금주법 특수가 끝나더라도 짭짤한 수익을 기대할 수 있게.

이걸 위해 바지런히 기름칠을 하고 있고, 조만간 몇 군데에서는 결실이 나올 예정이다. 이게 바로 모두의 윈—윈이란 거지. 높으신 분들은 품격 있게 술을 빨 공간을, 한인들은 품격 있는 장례와 높으신 분들의 조문, 나는 돈을, 그리고 참전용사 친구들은 새 직장을 얻는다. 이게 노블레스 오블리주가 아니고 또 뭐겠나?

《더 선》의 건. 새로 매입할 각종 주식과 회사 지분들의 건. 민주당의 대대적인 내분, 그리고 누가 봐도 따 놓은 당상인 차기 대권을 두고 벌어지는 공화당 내 치열한 권력다툼. 이건 커티스 의원을 만나야겠다.

도로시에게 헨리 데리고 장인어른이나 한번 뵙자고 말을 하니 반응이 영 별로다.

"아빠는 왜?"

"음? 바로 곁에 계신 장인어른 뵙는 게 뭐 문제 있나?"

"거짓말하고 있네. 또 일이지?"

"그야 그렇게 불을 거하게 질렀는데 장인어른 눈이 안 돌아가겠어?"

도로시는 잠시 고민하더니 내 옆에 앉았다.

"정치하려고?"

"미쳤어? 내가 왜 정치를 해. 퍼싱 장군 정도는 돼야 정치를 하지."

"요즘 정치판에 관심이 많은 것 같아서 그러지."

"나는 정치판에 별로 관심이 없는데, 정치는 내 인생에 굉장히 관심이 많더라고."

윌슨을 무너뜨리면서 미합중국의 정치적 스탠스는 오리무중에 빠졌다. 권한 대행인 부통령은 사실상 국내 정치를 포기했고, 오직 다음 대통령이 선출될 때까지 현상을 유지하는 걸 본인의 목표로 정한 듯했다. 윌슨에게 배신당했단 생각이 계속 머리를 어지럽히겠지.

지금 저 잘난 D.C.의 의원 중 상당수는 이민에 제한을 두자고 벼르고 있다. 이미 중국인의 추가 이민은 금지되었고, 이제 일본인 등 아시아계와 동유럽, 남유럽계의 이민도 틀어막아 WASP(앵글로색슨계 개신교도)의 이민을 더욱 늘리고 싶다는 의도가 역력하다.

하지만 바로 새로운 이민법을 가장 강력하게 주장하던 게 법무장관 팔머였고, 그 팔머가 처참하게 몰락하고 정권이 개점휴업 상태가 되며 이민법 논의는 쏙 들어가버렸다.

그리고 내 목표는 어찌 되었든 저 제한에서 한인들을 빼는 것이다. 저게 어렵다면 하와이를 거쳐서 한인들을 본토로 입국시키는 게 플랜 B. 이게 성공한다면 나라 잃은 설움을 부여잡으며 만주로, 연해주로 도망치는 한인들 중 상당수를 미주로 흡수할 수 있을 터. 이게 바로 공익과 사익의 합치지.

그러려면 역시 장인어른의 정치적 파워가 더 강화되는 편이 좋겠지만, 이게 또 애매하단 말이지…….

"아, 그리고 할 말이 더 있는데."

"뭔데?"

"큰오빠가 나한테 연락했어. 한번 보자고 하더라고."

"그러고 보니 한 번도 못 뵈었네. 뭐 하시는 분이야?"

"집 나간 지 오래야. 아빠랑 대판 싸웠거든."

"무슨 문제였길래?"

"배 타러 나갔어. 연락 온 걸 보니 돌아온 모양이네."

이건 또 골치 아픈 가정사구만. 그리고 나처럼 뛰어난 명장은 절대 모르는 전장에서 쉽게 싸우지 않는다. 무조건 빼야지.

"당신도 얼굴은 한번 봐야지?"

"그… 그래."

하지만 때로는 어쩔 수 없이 정면승부를 봐야 할 때도 있다. 장인어른께 물어볼 이야기가 더 늘었다. 대강 이야기를 정리한 나는 두툼한 다음 편지를 꺼냈다. 내가 쌈짓돈을 투자한 상사에서 보내온 보고서다.

물론 이는 위장이고, 실제로는 이승만, 나아가 임정과 연락하기 위한 수단 중 하나다. 멀쩡히 아시아 일대에서 영업하고 있는 견실한 회사는 맞지만, 거기서 일하는 직원 중 필리핀도 있고 그중 한 명은 비센테 림 선배의 동네 친구라서 말이지. 걔들도 투자 좀 받았으니 얼마나 행복하겠나.

이승만은 내 지령대로 착실하게 움직이고 있었다. 20년이라는 명확한 시한을 제시했고 가장 든든한 빽인 윌슨이 몰락한 지금, 이승만은 상해에 도착하자마자 외교독립론 노선을 때려치우고 실력양성론으로 태세를 전환했다.

"어째서 민족자결주의가 선언되었는데 조선민족은 일제의 총칼 아래 신음하는 반면 아일랜드는 독립을 눈앞에 두고 있습니까! 아일랜드인들의 영웅적 투쟁 때문이지요! 하지만 그들의 투쟁은 800년째인데 어째서 바로 지금 독립을 목전에 두고 있는가? 그건 바로 미주 아일랜드인의 전폭적 지지를 받고 있기 때문이오!"

"십만양병! 십만의 독립군을 먹이고, 입히고, 무기를 쥐여주고, 대포를 쏠 수 있게 해야 독립이 가능합니다! 그러려면 무엇보다 우리는 왜놈들의 손이 닿지 않는 곳에 조선민족의 자본을, 뿌리를 다져야 합니다!"

"우남 당신은 외교독립론을 주장하지 않았소? 그동안의 당신 주장이 틀렸다고 자백하는 겐가?"

"그럴 리가! 이번 파리강화회의에서 나는 깨달았소이다. 독립을 약속받은 체코인, 폴란드인, 아랍인들은 모두 협상국의 적과 싸워 그 전공을 인정받았단 사실을! 외교독립을 위해서는 세계 열강들에게 내세울 전공이 있어야 한단 말이외다!"

독립운동가들에게 독립의 방법론과 노선은 하나의 신념이자 사상이다. 결코 쉽게 꺾일 무언가가 아니다. 하지만 정치가에게 공약이란 하루에도 세 번씩 갈아치울 수 있는 물건. 애초에 이승만이랑 혓바닥으로 그래플링해서 이길 수 있는 사람이 몇이나 되겠나? 내가 달러도 든든히 챙겨줬으니 이승만의 임정 장악은 아주 순조로웠다.

대충 10년쯤은 버틸 수 있겠지. 어차피 금주법 시대가 끝나면 임정에 새 돈줄을 만들어줘야 하고, 그 과정에서 이승만이 살아남든 아니면 다른 누군가 정권을 잡든 내 영향력을 회복하는 건 쉬운 일이다. 푸틴이 가스 밸브를 잠가서 기강을 다졌듯, 나도 돈구멍 좀 잠그면 내 말을 경청하겠지.

골치 아픈 정치적인 문제는 내가 다 떠맡고, 유신이는 돈 버는 일에 집중하면 되겠지. 유인이는… 이 집안에도 한 놈 정도는 살고 싶은 대로 살면 되겠고. 유신이는 아닌 척해도 원래 돈 버는 데 관심이 많았다. 우리 형제 셋중에 주일날 교회 앞에서 음료수 팔아 돈 번 건 그 녀석뿐이거든.

맨날 툴툴거리는 거? 그건 그냥 말버릇이 고약해서다. 점순이 같은 녀석이 좋다고 말하긴 민망하니 불알 두 짝 단 주제에 새침데기처럼 구는 거지. 거대기업 하나 사주고 사장석에 20년 정도 못 박아두면 '형이랑 이야기하는 게 이렇게 행복한 일일 줄 몰랐어요!' 하면서 그 고약한 말버릇도 교정될 텐데 아쉽구만. 어째서 우리 집안에 저런 돌연변이 꽈배기가 태어났는지 그저 의아할 뿐이다.

하나둘 일을 처리하다 보면 어느새 해가 저문다. 빌어먹을, 진짜 이렇게 일만 하다 내 인생이 끝나는 게 아닐까? 혹시 감당 못 할 정도로 너무 많이 일을 벌인 게 아닐까? 밤이 어두워질 무렵에야 나는 서재를 빠져나올 수 있었다.

이러고 새벽에 출근하고, 일하고, 퇴근하고, 다시 서재에서 일하고를 반복하겠지. 미래 지식과 전공으로 꿀을 빨 거라 생각했는데 그 꿀이 말벌집에 들어있을 줄은 몰랐다. 잠옷으로 갈아입고 침대에 눕자 드물게도 도로시가 깨어 있었다.

"괜찮아? 피곤해 보이는데."

"한숨 자면 괜찮아지겠지."

"너무 무리하지 말고 좀 쉬어. 전쟁통에 죽을 일만 걱정했는데 지금 보니 여기서 죽을 것 같잖아."

"후우… 그치만 챙길 일이 많은 걸 어떡해."

도로시의 따뜻한 손이 내 뺨에 닿았다.

"여기는 전쟁터 아냐. 하루 정도 밀린다고 해서 사람이 죽지는 않아."

"…그래. 그것도 그렇네."

"주말에 잠깐 쉬고 놀러 나가는 건 어때? 영화도 괜찮고."

"보고 싶은 거 있어?"

사실 이 시대 영화래 봐야 내게 무슨 재미가 있겠는가. 눈만 감으면 머릿속에서 헐리우드 블록버스터가 떠오르는데 흑백 무성 영화로 감흥이 딱히 오진 않는다.

"심각한 거 보면 또 머리 썩일 거 아냐. 가벼운 거 아무거나? 이번에 찰리 채플린 영화가 하나 있던데… 어디 가? 또 일하러 가?!"

"잠깐만! 5분만 있다 올게!!"

"내가 못 살아! 이 화상아! 그냥 일이랑 살다 죽어!"

아니, 지금 찰리 채플린 이름을 들었는데 헐리우드에 침 안 바르고 개기겠나? 아 이건 못 참지. 나는 서둘러 서재로 달려갔다. 새 아이디어가 떠올랐다.

보드워크 엠파이어 3

1920년 2월경.

[WILSON QUITS!]

[WILSON RESIGNS!]

[주인 잃은 인형, 백악관을 떠나다!]

우드로 윌슨이 마침내 반신불수에서 야악간 회복되었고, 그는 얼마 지나지 않아 사임을 선언했다. 그가 쓰러져 있는 동안 이미 민심은 수습할 수 없을 정도로 엉망이 되었고, 그에게 남은 건 명예로운 커리어가 아니라 16살 연하의 재혼녀에게 합중국을 팔아먹은 미친 노인네라는 평판뿐이었다.

"영부인과 비서들은 제 지시에 따라주었을 뿐이며, 그들에게 과도한 인신공격성 보도가 쏟아지고 있습니다. 부디 제게만⋯⋯."

"웃기는 소리 하지 마!"

"그럼 부통령은 왜 뽑았다고 생각하냐!!"

"언제부터 영부인이 부통령 위에 군림했던 거냐! 작작 좀 해라!"

그리고 윌슨은 화살을 제게 돌리려고 용을 썼지만, 그럴수록 대중의 반응은 더욱 차가워져만 갔다.

"국민 여러분. 저는 비록 씻을 수 없는 과오를 지고 이 자리에서 물러나지만, 합중국의 국격과 기독교인의 윤리를 위해 부디 베르사유 조약을 지지해주셨으면 합니다. 이는 우리가 야만의 시대에서 문명을 향해 도약하는 첫걸음이며, 미합중국이 이 조약에 빠진다는 것은 무척이나 치욕적인 일입니다."

"개소리 집어치워! 무슨 문명을 향해 도약한다는 거야?!"

"또다시 유럽의 전쟁에 우릴 끌어들일 셈이냐!"

그렇게 그는 끝났다. 두 번 다시 돌아오기는 힘들겠지. 저 정도 취급이면 국민 역적이다.

2월의 차디찬 공기에 입에서 절로 김이 나올 무렵. 장인어른 커티스 의원이 우리 집을 찾아왔다.

"요즘 들어 자주 만나는군, 사위."

"허허. 어서 들어오시죠."

"우리 귀여운 손주는 어디에 있는고?"

"하라버지!! 하라버지!!!"

"어이구 어이구. 이리 오렴. 할애비가 한번 안아보자꾸나."

잠깐 찹쌀떡 같은 헨리를 주물럭거리던 장인어른이 나를 쓱 돌아봤다.

"하도 태풍처럼 몰아치다 보니 내 제대로 이야기도 못 했군."

"하하하⋯⋯."

"다짜고짜 찾아와서 그런 심지에 불붙은 다이너마이트를 던져주면 어쩌잔 말인가. 결과가 좋았으니 됐다만 심장 멎는 줄 알았네."

헨리를 내려놓은 장인어른은 이내 내 어깨를 탁탁 두드리며 말했다.

"유럽에서 살아 돌아오고 합중국의 이름마저 드높였으니, 내 합중국 시민의 대표자 중 한 명으로서 다시 한번 말하겠네. 정말 고마우이."

"아닙니다 허허. 제 할 일을 했을 뿐인걸요."

"그럼그럼."

그렇게 얼굴 가득 미소를 짓고 있던 장인어른이 갑자기 나를 꽉 끌어안았다.

"하지만 딸 가진 애비도 널 용서할까?"

"사, 살려주세요."

"그렇게 경고했건만 기어이 내 딸을 올리다니. 내 샷건도 망할 사위를 용서하나 어디 보자고."

"바, 방금 정말 고맙다고 하지 않으셨습니까?"

"그건 합중국의 커티스 의원이고, 찰스 씨는 좀 생각이 다른 것 같다네."

마침내 나를 풀어준 장인어른은 다시 내 어깨를 툭툭 털었다.

"먼지가 묻어있구만. 관리 잘하시게."

"옙. 옙옙. 서재로 가시죠."

오늘 살고 싶으면 입을 잘 털어야 할 것 같다.

* * *

"사위님께서 던져준 다이너마이트는 아주 요긴하게 써먹었네."

"민주당은 어떻게 되었습니까?"

"끝장이지. 당장 책임소재를 놓고 열띤 공방전이 벌어지고 있네만, 적어도 윌슨 파벌은 끝장이라고 봐야 해. 그들을 제물로 바쳐 살길을 모색하겠지. 그게 정치권의 생리야."

장인어른이 시가에 불을 붙이고, 나도 담배 한 개비를 꺼내 입에 물었다.

"이번 대선은 무조건 우리 승리야."

"그렇지요."

"그래서 당연히 대선 후보 자리를 놓고 치열한 공방전이 벌어지고 있네."

"어르신께선 출마할 생각 없으십니까?"

"나? 나는 아직 무리지."

커티스 의원은 무척이나 간명하게 자신의 처지를 정리했다.

"대권에 도전하려는 사람에겐 세력이 필요하다네."

"그렇겠지요."

"나는 나름대로 정치권 다수와 소통하고 친구들도 많지만, 한 파벌의 수장은 아니야. 내가 대선에 나가? 내게 엄청난 업적이 있나, 아니면 압도적인 인지도가 있나. 대선은 장난이 아냐."

"그럼 이번 대선에선 무얼 노리십니까?"

"킹메이커. 백악관에 입성할 사람에게 내 정치력을 팔아야지."

워싱턴 D.C.의 가정집에서 이런 이야기가 오가고 있으니 참으로 골 때린다.

"나는 처음 사위를 보고 천생 군인이라고 생각했네. 하지만 틀렸어. 자넨 역시 정치를 해야 해."

"옐로 몽키가 무슨 수로 의회에 입성합니까?"

"자넨 전쟁영웅이야. 지금부터 텃밭을 일구고 캘리포니아 하원의원을 첫 목표로 잡는다면 절대 불가능하지 않지."

"아직은 멀었습니다. 더 시간이 필요합니다."

그는 잠시 잔을 매만지더니, 화제를 돌렸다.

"좋아. 그러면 다른 걸 묻지. 이번 대선에서 누구 편을 들어야겠나?"

"D.C.의 그 마귀 소굴에서 산전수전 다 겪으신 의원님께서 제 의견이 필요하십니까?"

"나는 의회에 해박하지만, 자네에겐 통찰력이 있지. 그 통찰력을 한번 써먹어보고 싶네."

큰일이네. 나는 어설픈 미래 지식을 써먹었을 뿐 통찰력 그런 거 없단 말이다. 물론 미래 지식이 있기는 하지. 앞으로 몇 년 뒤 후버라는 양반이 대통령에 당선됐다가 대공황이 오고 제대로 말아먹게 된다. 아마 지금의 월슨보다 더 많이 욕을 처먹겠지? 그 뒤 FDR, 프랭클린 루즈벨트가 당선되어 2차대전을 지휘하며 십몇 년을 대통령 해먹는다. 이 정도가 내 기억이지 지금 당장 써먹을 건 딱히 없다고.

하지만 내가 여기서 빼봤자 겸양 떨지 말라고 한소리만 들으면 다행이다. 일단 여기선 듣는 척이라도 해야지.

"그러면 지금 상황을 좀 알려주시지요."

"먼저 대선 후보로 가장 유력한 건 레너드 우드야."

레너드 우드. 전 대통령이었던 시어도어 루즈벨트의 노선을 계승한 전직 육군참모총장으로, 미국이 전 세계에 적극적으로 개입해야 한다고 주장하는 강경 개입주의자다. 루즈벨트가 죽은 탓에 강경파의 아이콘으로 떠올랐다.

이 양반은 1차대전 개전 이후 미국도 전쟁을 준비해야 한다고 목청을 높였었고, 각종 군사훈련 캠프 등을 개최했었다. 그래. 나와 마셜을 지옥으로 밀어넣었던 그 '30일 캠프'도 우드의 작품이다. 그때를 떠올리니 또 이가 갈리네.

커티스 의원님은 우드, 로우든, 존슨 등의 몇몇 유력한 경선 후보들 이름을 열거했지만 정말 미안하게도 아는 이름은 하나도 없었다. 죄송합니다, 장인어른. 제가 미국사 전공자가 아니어서요. 저도 한몫 잡고 싶은데 진짜 이번엔 모르겠어요.

"그리고, 음, 하딩이 있지."

"하딩?"

어쩐지 달달한 게 푸딩을 먹고 싶어지는 이름이다. 그런데 이름이 영 낯설지 않단 말이지.

"워렌 하딩(Warren Gamaliel Harding). 오하이오주 주지사를 지냈던 상원 의원이야. 모나지 않고 두루두루 사람이 좋다는 게 장점인데, 내가 말했듯 정치적인 흡인력은 부족하다네."

하딩. 하딩. 들어봤다. 미국 역사상 가장 무능했던 대통령 랭킹에, 항상 조지고 부시기와 함께 그 이름이 오르는 전설적인 남자. 대체 얼마나 무능 하면 후버, 부시와 비슷한 득표를 하는진 잘 모르겠다만, 확실한 건 거기 목록에 있다는 건 그 사람이 대통령을 해먹긴 했다는 것 아닌가.

"하딩, 하딩, 하딩."

"왜? 설마, 오 젠장. 하딩이 될 거라곤 하지 말게. 그 녀석은 가망이 없 다고."

장인어른은 고개를 절레절레 저었지만, 나는 대답도 못 하고 머리를 열 심히 굴려야 했다. 하딩이 대통령이 된다? 그럼 이걸 어떻게 포장해야 하 나? 아니, 애초에 대통령이 되는 게 이번인지 다음인지 어떻게 알고?

나는 생각 정리를 끝낸 후 천천히 입을 열었다.

"왜 가망이 없다고 생각하십니까?"

"그놈은 잘생긴 상판을 갖고 있지만 실속이 없지. 뭔가 거창한 대의를 품 고 있는 것처럼 떠들지만 공허할 뿐이야. 제 줏대라곤 없이 옆 사람 이야기 에 팔랑거리는 풍선 같은 인간일세. 자네가 관심을 기울일 사람이 아냐."

"그거 완전… 지금 딱인 사람 아닙니까."

너무 쉽잖아. 내가 생각하던 '최악의 대통령'상에 딱 들어맞는 인물이다.

"아까 우드가 가장 유력한 후보라고 했죠?"

"그랬네."

"그런데 그 사람에겐 적이 많고요?"

"한때 루즈벨트 따라 탈당까지 했던 인간이 대선후보라고? 골수 당원들 중에서는 싫어하는 사람이 많지."

"보통은 정권의 지분을 어느 정도 약속하고 다른 강력한 후보와 손을 잡지 않습니까?"

"하지만 우드의 정책은 일반적인 공화당원과는 제법 그 색깔이 다르 다네."

그럼 결론이 나왔네.

"그러면 만약에… 우드가 대통령이 되는 것보다, 개나 소나 조종할 수 있을 것처럼 보이는 허수아비를 대통령에 앉히는 게 더 매력적으로 보일 수는 없겠습니까?"

"미친놈."

커티스는 어이가 없다는 듯 한 차례 피식 웃고는 시가의 맛을 음미했다.

3초. 5초. 10초.

"진짜로?"

"매력적인 협상조건 아니겠습니까. 바지사장 저도 써봤는데, 이야, 그것만큼 편한 게 없습니다."

나는 옆에 있던 든든한 신문,《더 선》과《뉴욕타임스》를 집어 들어 커티스에게 내밀었다.

"지금 미국인들이 무얼 원하고 있다고 생각하십니까."

"자네가 내게 민의를 묻다니, 이건 또 신기하군."

"윌슨을 제가 날려 보낼 수 있는 이유와 똑같지요. 그냥 친애하는 합중국 시민들은… 이제 지겨운 겁니다."

아주 간단하다. 반골들의 나라에서 자꾸 이거 하자! 저거 하자! 하고 정부가 푸닥거리를 하니 그냥 짜증이 난 거다. 그냥 하자고 말만 하는 것도 아니다. 말 안 들으면 쥐팬다. 처음에는 너 독일 간첩이지? 지금은 너 빨갱이지? 위대한 이상과 도덕 어쩌고 떠들어봤자 결국 돌아온 건 주검뿐이었잖나.

바로 그 이상과 도덕을 위해 유럽에 나선 나는 아주 잘 알고 있었다. 이제 사람들은 그냥 전쟁이고 나발이고 다 잊고 싶어 한다. 그런데 우드는 자꾸 미국의 국익과 이상 어쩌고 하면서 오히려 더 적극적으로 남의 집에 기웃대자고 한다. 이래서야 표를 받아먹기 힘들지.

"그러니, 결국 우드는 단독으로 대선 후보로 도약하긴 힘들 겁니다. 이

추세는 가면 갈수록 확고해질 테니까요.”

“그래서 얼굴만 번지르르한 하딩이다?”

“제가 이렇게 뻔히 아는데 대통령을 노리는 사람이 모르겠습니까? 당연히 알겠지만, 루즈벨트의 후계자가 개입주의를 포기할 수 없겠지요. 그 사람은 대통령 못 합니다.”

나는 단언했다. 그야 내 기억에 우드 대통령이라는 단어는 들어 있지 않은걸. 아는 것만 확실하게 친다. 우드는 대통령감이 아니다. 하딩은 지금은 잘 모르겠고 아무튼 대통령 한번 해먹을 것 같다.

내 짧고 명료한 프레젠테이션에 장인어른은 넋이 나간 듯 보였다.

“자네, 너무 합중국 시민들을 머저리로 생각하는 게 아닌가?”

“머저리라뇨. 합중국 시민들은 물론… 음… 무식하긴 하지요. 하지만 무식한 촌뜨기 농부도 자기 이익과 손해는 셈할 줄 압니다.”

그들이 하딩이 속 빈 강정인 걸 모르고 지지하는 게 아니다. 저런 주유소 앞 공기 인형처럼 팔랑팔랑대는 인간이면 전쟁이다 도덕이다 하면서 사고 안 칠 것 같으니까 호감 가는 거지!

‘저는 백악관에서 4년간 숨만 쉬고 포커만 치다 돌아가겠습니다!’라고 대놓고 말하진 않겠지만, 모두가 뻔히 안다. 하딩은 그럴 인간이란 사실을.

커티스는 시가를 얼른 끄더니 서둘러 외투를 걸쳤다.

“벌써 가십니까?”

“시간은 금이야. 딴 놈들이 달라붙기 전에 내가 미리 선금 걸어놔야지.”

“검토해 볼 필요는 없는지요? 저 정치 아무것도 모르는 그냥 일반인인데?”

“딱 들었을 때 아 이건 개소리구나, 아 그럴듯하구나 구분 못 하면 이 자리에 있지도 못했네, 사위. 나중에 손주 장난감이나 사서 찾아오겠네. 먼저 가도록 하지.”

내가 일어서기도 전에 장인어른은 바람처럼 사라져버렸다. 총 안 맞은 건 다행이긴 한데, 결국 도로시의 큰오빠에 대해선 아무것도 못 들었다. 난 오늘 그게 좀 듣고 싶었는데.

만약 내 예상대로 하딩 라인을 잡는 게 정답이었다면 커티스 의원도 제법 많은 것들을 보상으로 받아낼 수 있겠지. 물론 최악의 대통령이랑 엮여서 얼마나 좋겠냐마는… 탈룰라 하나 제대로 못 하면 정치인 실격이지. 난 장인어른의 짬밥을 믿는다.

그나저나 정치권에 빨대를 꽂으면 나는 뭘 뜯어낼 수 있으려나?

* * *

1920년 1월 16일. 경건히 하나님을 섬기는 나라 미합중국은 마침내 수정헌법 제18조를 통해 영원히 이 나라에서 사탄의 산물, 알코올을 내쫓아버렸다. 대부분의 사람들이 이날 축배를 치켜들었다.

"이제 자라나는 아이들은 술 없는 세상에서 살 거예요!"

"주정뱅이도, 범죄자도 없겠죠. 우리가 해냈습니다!"

"금주법에 반대하는 이들은 뻔하지요. 그런 사탄의 무리들을 몰아내야 이 나라를 깨끗하게 할 수 있습니다."

하지만 무릇 사람이란, 금지가 되었다고 하면 더 땡기는 법.

"캐나다 국경만 건널 수 있으면 마진을 20배는 붙일 수 있을 텐데."

"멕시코 친구들이 벌써 움직이고 있다던데. 우리도 한탕 크게 해보자고."

미합중국의 국경과 해안선 약 3만 킬로미터. 이 기나긴 밀수 루트를 감독하기 위한 인원은 1,520명. 연봉 1,200달러를 받는 이 친구들을 피해 술을 밀수하는 일은 너무나도 쉬웠다.

바야흐로, 갱과 마피아의 시대가 열렸다.

보드워크 엠파이어 4

'사탄의 유혹'은 내쫓아야 한다. 그들은 자라나는 합중국의 씨앗들을 타락과 방종으로 유혹하며, 인생을 낭비하게 한다. 이 마수를 합중국에서 영구 추방하려면 법과 강제력을 동원해야 하며, 나아가 모든 시민들이 단단히 정신을 무장해야 한다. 행여나 자유가 어쩌고 떠들며 이를 옹호하려는 불순분자도 있지만, 그놈들은 사탄과 한패인 놈들이다. 같이 두들겨 패야 한다.

혹시 이 '사탄의 유혹'이 무어라고 생각하는가? 정답은 수정헌법 제18조에 근거해 합중국에서 쫓겨난 술 이야기다. 하지만 저 논리를 보라. 신기하게도 주어에 '독일 간첩'이나 '빨갱이'를 갖다 붙여도 똑같다! 절대 미국에서 먹힐 논리가 아니었음에도, 윌슨 행정부 시기, 전시라는 특수 상황에 힘입어 통과된 물건이니 어쩔 수가 없다.

미국인들이 윌슨을 쫓아내며 이제 지긋지긋하다고 선언한 바로 그 논리였고, 자연스럽게 금주법은 '미국인들을 사탄의 마수에서 구원해낸 이성의 산물'에서 '또 엿같은 정치인들이 시민의 자유를 침해하고 싶어 만들어낸 개떡같은 물건'으로 전락했다.

하지만 정치에서 새 법을 입법하는 것보다 더 어려운 건 기존의 법을 폐기하는 것이다. 그게 헌법이라면 더더욱. 누구도 금주법이 실패였다고 자백하고 책임을 추궁받고 싶지 않았다. 그렇기 때문에 그들은 현실을 외면하는 길을 선택했다.

"금주법을 지키는 일은 아주 쉽습니다."

"밀수의 규모는 과장되어 있으며, 합중국 사회에 미미한 영향을 끼칠 뿐입니다."

"금주법에 반대하는 이들은 딱 한 부류입니다. 바로 보드카가 없으면 살 수 없는 빨갱이들이지요."

"안심하십시오. 아무리 불량배들이 밀주를 수입한다 해도, 도덕건전한 합중국 시민들이 밀주를 살 일이 없잖습니까? 허허."

그 누구도 '금주법을 지키려면 단속반을 늘려야 합니다.'라거나 '금주법 단속에 예산을 더 투자해야 합니다.'라고 유권자들에게 말할 수 없었다. 이걸 말하는 순간 끝장이다.

그 의도된 외면과 무관심 속에서.

"시카고에 온 걸 환영하네. 여긴 요즘 할 일이 많아."

"감사합니다. 제가 뭘 도와드리면 될까요?"

"벌레 새끼들이 우리 구역을 넘보고 있거든. 그치들의 입을 꽉 다물게 해주면 내 후히 사례하지."

알폰소 가브리엘 '알' 카포네는 시카고에 새 직장을 구했다.

* * *

"전우회 가입자가 폭발적으로 늘고 있답니다."

하지가 지나가듯 툭 던진 말에 나는 고개를 갸웃거렸다.

"그래? 좋은 일이네."

"별로 좋지 않답니다. 거기 벌써 돈 다 떨어졌을걸요?"

"아니, 사람이 많으면 회비 거두잖아."

"그 회비가 있어서 그나마 목구멍에 풀칠이나 하지요."

93사단 전우회란 조직은 공식적으로는 존재하지 않는다. 생각해봐라. 흑인 부대가 제대 이후에도 한 몸처럼 뭉쳐 다닌다고?

"국민 여러분! 흑인들은 언제나 백인 여자를 겁탈하고 이 땅에 흑인의 나라를 세우기 위해 호시탐탐 기회를 노리고 있습니다!"

놀랍게도 실화다. 다른 걸 다 떠나, 그 유명한 KKK 프로파간다 영화 〈국가의 탄생〉이 진짜 저 내용이다. 사악한 흑인이 흑인 국가를 설립하기 위해 가련한 남부의 용사들과 부녀자를 핍박하고 음모를 꾸미지만 KKK에 정의 구현 당한다는 가슴 따뜻해지는 스토리. 하지만 흑인은 명청한 게 사실이니 그 빌런은 백인 혼혈이라는 점이 참으로 화룡점정이다.

아무튼 이 꼬라지에서 93사단 전우회를 설립한다고? 린치가 아니라 홀로코스트 당할 판이다. 그래서 일단 대전 참전용사 전우회를 설립하고 그 아래에서 지역이나 출신부대별 분류를 하는 방식으로 93사단 전우회를 돌려야 했다.

아무튼 그런데, 내가 한동안 다른 일에 신경을 쏟는 동안 전우회의 상태가 영 메롱해진 모양이었다. 나는 그날 퇴근해 집으로 가는 대신 전우회 사무실을 찾았다.

"안녕하십니까. 여긴 어쩐 일로… 킴 장군님이십니까?"

"그렇습니다."

"잠시만 기다리시지요! 제가 서둘러 사람들 데리고 나오겠습니다!"

처음 보는 직원이지만 나를 알아보는구만. 아무리 전쟁영웅 유효 기간이 끝났다지만 역시 내 명성이 어디 가지는 않는군. 음후헤헤.

"군복 그대로 나오셨는데 못 알아보면 병신 아닙니까?"

"그렇게 팩트로 때리지 마. 나도 사람이야, 사람!"

꼭 이렇게 초를 치다니. 하지 이놈은 내가 죽을상을 지어야 전날 먹은 밥이 소화가 되는 놈으로 진화해버렸다. 나는 옆에서 착하고 올곧은 훌륭한 간부로 크도록 성심성의껏 가르쳤는데 왜 이렇게 된 거지?

어렸을 때 다마고치만 한 디X몬 게임기를 했던 기억이 샘솟는다. 귀여웠던 캐릭터가 딱 봐도 나쁜 괴물로 진화했을 때 내 어린 마음엔 너무나 거대한 스크래치가 남았고, 아무리 열심히 키워봤자 될놈될 안될안에 이길 수 없다는 사실을 배웠다. 역시 이놈도 원 역사에서 미군정 말아먹은 놈 아니랄까봐 애초에 뿌리부터……

"장군님? 들어가시면 됩니다."

"아, 예. 감사합니다."

"또 뭔가 나쁜 생각 하고 계셨습니까?"

"아니. 그냥 이 나라 교육제도에 대한 회의감이 좀 들었을 뿐이야."

"예?"

"너도 교사 지망이었잖아. 합중국 교육에 문제가 많구만."

하지가 무어라 항변하기도 전에 나는 재빨리 널찍한 회의실로 발을 들이밀었다.

"제너럴 킴! 오랜만에 뵙습니다!"

"하하하. 요즘 어렵다는 이야기를 들어서 오게 되었습니다."

"어렵다뇨. 언제나 많은 도움을 주셔서 저희는 항상 감사의 마음을 품고 있습니다."

이렇게 덕담과 서로 신변잡기로 하하호호 이야기를 나누다, 마침내 본론에 들어가게 되었다.

"상당수 제대군인들이 성공적으로 사회에 정착했으며, 많은 수가 추억을 되새기고 다른 전우들을 돕기 위해 우리 전우회에 가입하였습니다."

"아주 좋은 일이군요."

"그렇지요. 근방에 사는 친구들과 유럽에서의 일을 주고받으며 저마다 뜻깊은 시간을 보내고 있습니다."

그게 전부가 아니니까 내 귀에까지 '문제'가 들려왔겠지.

"다만, 그렇지 않은 분도 많다는 게 가슴 아픕니다."

"예를 들자면요?"

"회비조차 납부하기 빠듯한 환경에서 하루하루 근근이 먹고사는 분들. 회비를 납부하기 어렵다고 말하기조차 부끄러워 저희 전우회에서 발걸음을 돌리시는 분들. 팔다리를 다쳐 일할 수조차 없게 된 분들. 사실 회비와 지원금의 상당수가 이분들을 돕는 데 투입되고 있지만… 역부족입니다."

"으음……."

어려운 문제다. 내가 재벌도 아니고, 보태줄 수 있는 자금엔 한계가 있다. 한번 자선 파티 같은 거라도 열어서 재단을 키워봐야 하나? 마법의 요술 방망이 포드 회장님을 졸라 자선 기부 좀 하라고 하면 어떻게 될지도 모른다. 일자리 알선도 들어가면 더 좋고.

나는 일단 거기서 확답을 줄 수가 없었기에, 노력해 볼 테니 기다려 달라는 말밖에 할 수 없었다. 다만 마지막에 들은 이야기가 가장 가슴에 남았다.

"최후의 최후까지 몰린 전우님들은 간혹 잘못된 선택을 하기도 합니다."

"무엇이지요."

"범죄에 손을 대는 겁니다. 이미 피를 보는 일에 익숙해진 사람들 아닙니까. 제리들을 향해 총을 들던 그 손으로 선량한 시민들을……."

"거기까지. 더 안 들어도 잘 알겠습니다."

1920년. 금주법의 시대. 나오는 키워드는 뻔하지. 마피아다. 한밤중 시꺼먼 자동차를 타고 돌아다니며 시카고 타자기를 드르르르 긁어대는 우리 전우님들의 모습을 상상하니 절로 현기증이 치솟는다. 우리 착한 93사단 전우님들은 절대 그런 짓은 안 할 사람들이라는 게 위안이다.

"그리고 한 가지 더, 혹시 불쾌하실지도 모르겠습니다만 드릴 말씀이 있습니다."

"또 있습니까?"

"그게 저… 장군님의 그리스건 이야깁니다만."

"제발. 제발제발."

"그게 범죄에 악용되고 있다고……."

예상하던 일이다. 사격 훈련도 딱히 필요 없이 방아쇠만 당기면 총알을 퍼붓는 간편함. 그리고 압도적인 저렴함. 누가 봐도 깡패 새끼들이 쓰기에 딱 좋은 총 아닌가.

내 예상은 절반만 맞았다. 샌프란시스코에서 날아온 소식에 나는 뒷목을 잡을 수밖에 없었다.

[형에게. 뒷골목 건달들이 형이 만든 그리스건을 애용한다는 소식은 아마 들었을 거라 생각해.

(중략)

근데 그거, 우리가 만든 물건이 아니던데?]

짭이라니! 짝퉁이라니! 이 망할 놈들이 그거 한 자루에 얼마 한다고 짭을 사고 있냐. 돈 내고 정품 사가란 말이다 개자식들아!

* * *

'우보크 워싱턴 D.C. 지점'

마침내 개업해버렸다. 미국의 심장, 워싱턴 D.C.에 이 끔찍한 혼종 장례식장이 문을 열었다.

"아버지가 한성에서 돌아가셨으니, 찾아뵐 수조차 없는 이 불효자는 합중국의 수도에서 삼년상을 지내야겠습니다."

대체 무슨 논리인지 나한테 묻지 마라. 사실 나도 잘 모르겠으니. 아무튼 그렇게 되었다. 놀랍게도 상주께서 내 아버지의 옆집 아저씨의 5촌 당숙 되는 분이셨기에 나와도 떼어 놓을 수 없는 관계였고, 당연히 그런 깊은 관계인 만큼 나 또한 이 장례에 참석해 자리해야 했다. 암, 그렇고말고.

그리고 이 오리엔탈 시크릿 가득한 장례식장엔 정계의 내로라하는 사람들이 모여들어 소수민족의 큰 별이 졌음을 애도하고, 합중국의 가장 중요한 시장인 아시아—태평양 문화에 대한 이해도를 높이고자 하였다.

그러니까, 우보크는 문전성시였다.

"하하하하!"

"자자. 카이저 폭격주 한 잔 기깔나게 말아봅시다!"

"마셔라 마셔라! 술이 들어간다!"

"자자. 한 잔 더 들어갑니다!"

이야 재밌게들 노네. 하여간 나쁜 짓은 잘도 배우는 게 인간이다. 근엄한 정치가고 나발이고 그냥 술 갖고 노는 법 몇 개 시연을 했더니 스펀지가 물을 빨아들이듯 저들끼리 신났다.

"이리 오시게, 사위."

"제가 끼어도 될 자리가 아닌 것 같은데요?"

"무슨 소린가. 이런 자리에 끼어야 낄 만한 사람이 되는 거야."

아니, 그래도 나 군인인데… 하긴 지금 유력한 공화당 대선 후보인 우드조차 현직 군인으로 재직하면서 온갖 정치적 언사를 일삼았던 사람이다. 겨우 장례식장에서 안면 트는 정도는 일도 아니겠지.

"오, 킴 장군! 합중국을 위해 용감하게 분투하신 용사님을 이렇게 뵙는군요. 정말 감격스럽습니다!"

"우리 사위가 전쟁도 영웅이지만 포커판에선 두 배로 더 영웅이라오."

"그거 정말 기대되는군요. 워렌 하딩입니다! 잘 부탁드립니다!"

"저야말로 잘 부탁드리겠습니다."

하딩. 참 잘생겼다. 21세기에 태어났어도 저 사람은 저 얼굴로 뭐든 해먹을 수 있었겠지.

"정치란 결국 사람을 이해하는 일이지요. 저는 오랜 시간 동안 많은 귀빈분들을 뵈었고, 마침내 사람 보는 눈에 어느 정도 트였다고 자부하고 있습니다."

"역시 오랫동안 공익을 위해 헌신하신 분은 무언가 다르군요."

"하하! 얼굴에 막 금칠을 해주시는군요. 사람을 보는 방법은 간단합니다. 바로 이 하트의 킹, 샤를마뉴 임금님을 얼마나 잘 대접하느냐를 보고 판단하면 되지요!"

좌르르륵!

카드 셔플하는 솜씨가 가히 타짜에 버금간다. 이게… 그러니까… 대선 후보님이자 차기 대통령이다 그거지? 혹시 내가 사람을 착각한 것 아닐까? 순식간에 바닥에 까맣고 빨간 영롱한 무늬가 수놓여지고, 시가와 재떨이, 술잔과 칩이 척척 세팅되었다.

"시작하기 전, 고인을 기리며 한잔하겠습니다."

"하나님께서 그분을 인도하사, 천국의 광명이 함께하시길!"

"아멘!"

"아멘!!"

원—샷. 내가 만들었지만 정말 정신이 혼미해진다. 미국에 뭔가 풀어놔서는 안 될 저그를 풀어놓은 느낌이지만, 이 수익을 포기하기엔 좀 아깝거든. 어차피 금주법으로 잿더미가 된 주류 시장이다. 내가 좀 먹겠다는데 누가 항의할 텐가. 꼬우면 우보크 워싱턴 D.C. 지점으로 오셔서 항의하십시오. 나의 B. F. 그리스건이 잘 설명해줄 것이다. 문제 있습니까, 휴먼?

한창 주거니 받거니 하며 패를 돌리고 있자니, 하딩이 무척이나 매력적인 미소를 지으며 내게 말을 걸었다.

"장군께서 여기 계신 커티스 의원님께 제 이야기를 많이 하셨다고 들었습니다."

"그렇습니까? 사실 저는 정치에 관해서는 잘 모릅니다. 어디까지나 평범한 합중국의 시민이 할 법한 생각을 좀 말했을 뿐이지요."

"바로 그게 가장 중요한 일입니다! 민심에 귀를 기울이는 것! 의원님께선 정말 복 받은 분이시군요. 이렇게 믿음직한 사위가 있으시다니 정말 부럽습니다."

"믿음직하긴 개뿔. 언제 죽을지 몰라 노심초사했소."

"푸하하하핫!!"

아니, 지금은 커티스 의원님 아니십니까? 돌아가주세요 찰스 씨. 여기 아니야.

그렇게 서로를 한껏 추켜세워주길 수차례.

"운빨좆망 같으니. 나는 다이. 그래, 혹시 제 도움이 필요하신 일이 있습니까?"

"도움이라. 제가 선의의 도움을 딱히 거절하는 사람은 아닙니다만, 그래도 아직까진 제 두 손과 두 발로 용감하게 나아가고 싶다 생각합니다. 이게 바로 프런티어 정신 아니겠습니까?"

"크으. 정말 말씀이 예술이시군요. 제 선거 캠프에 모시고 싶을 정도입니다."

"많은 합중국 시민들을 병사로 다루다 보니 느끼는 건 이런 멘트밖에 없었지요."

"혹시… 곧 있으면 전시 계급 기간이 끝날 텐데, 영관 자리가 필요하진 않으신지?"

정곡을 찌르시네. 6월 30일부로 나는 중위가 된다. 그리고 아마 바로 다음 날 대위를 달아줄 테고. 여기서 하딩의 힘을 빌려서 소령을 단다? 아이고, 의미 없다. 그게 필요했다면 진작 커티스 의원이나 포드 회장에게 손을 벌렸겠지.

"동양의 고사성어에 소년등과하면 불행하단 말이 있습니다."

"등과?"

"어려서 높은 관직에 오른단 뜻이지요."

"그게 불행하다니 신기하군요."

"하딩 의원님께서도 잠시 생각해보면 금방 뜻을 아시리라 생각합니다."

그는 술잔을 냉큼 비우더니 카드를 잠시 만지작거리며 생각에 잠겼다.

"너무 어려서 출세한다… 라. 오만해지거나 혹은 남들의 질투를 받거나……."

"정확하십니다. 역시!"

"하하. 여기 있는 사람들이라면 전부 알 겁니다. 그래서 더 높은 계급을 원치 않으시는군요."

"군은 보수적이니까요. 이제는 전시가 아니니, 저는 군의 규율과 룰에 따르는 자세를 보여줘야 한다고 봅니다."

"흐음."

"그리고 차기 대선 후보에게 합중국 시민들이 원하는 게 바로 그거지요."

하딩의 눈빛이 달라졌지만, 나 역시 술을 때려부으며 말을 이었다.

"전시라는 미명하에 벌어졌던 모든 불편한 것들을 순리대로 돌려놓는 것. 지금 제가 요구받는 것이기도 하지만, 이는 시민들이 이 나라에 원하는 바이기도 합니다."

"후우… 정말 선거 캠프에 안 오실 겁니까? 전쟁부장관, 전쟁부장관 자리 어때요? 제가 직접 그 자리 의자 따뜻하게 데워드리지요!"

"크흠. 사위는 못 내주네. 아들도 있는 몸이야."

"아니! 아니! 의원님! 그게 아니라!"

확실히 사석에서 만난 하딩은 매력적이고 위트 있는 양반이다. 역시 될 놈될이란 말은 항상 맞다니까.

"좋은 말씀 잘 들었습니다. 제가 이번 경선에 꼭 써먹도록 하지요. 정말 원하시는 게 없습니까? 정치인들은 빚을 지면 하나같이 목줄이 차인 것처럼 켁켁대는 족속들이란 말입니다. 이래서는 불편해서 포커를 칠 수가 없어요!"

"그럼, 저희 둘의 이익과 합중국 전체의 이익을 모두 실현시킬 방안을 말씀드리고 싶군요."

"경청하고 있습니다."

"제대한 군인들을 도울 방안이 필요합니다."

"아아. 그건 당연히 저희도 고민하고 있습니다. 이미 저희 캠프에서는 재향군인병원 신축과 관련한 공약을 준비 중이며……"

"아. 저는 병원 이야기를 하려던 것이 아닙니다. 그것과 연계될 수 있는 방안이지요."

나는 약간 어설픈 손놀림으로 시가를 잡았다. 이런 자리에서 궐련 피우지 말라고 하도 신신당부를 들어서 시가를 피우긴 하지만, 정말 이거 손에 안 익는다.

"제대군인들을 우선적으로 채용할 공익 목적의 사업체 설립을 제안합니다."

"사업체? 기업이라?"

"그렇지요."

"혹시 생각하고 계시는 업종이 있습니까? 꽤나 반발이 있을 듯한데요?"

"예. 대중의 지지를 받으면서 시장에 안착할 수 있으며, 적당한 공권력의 도움이 필요하고, 모두가 있어줬으면 하지만 시중엔 없는 놀라운 업종이지요."

입에 살살 연기를 굴리고, 뱉는다. 시발, 독해 죽겠네. 패튼 선배는 이딴 걸 피우니까 성격이 그 모양이었구만.

"플랜더스의 개 이야기 아십니까?"

내 황당한 물음에 하딩은 순간 말을 못 잇고 눈을 깜빡였다. 내 장담컨대 수십만 명의 네로가 당신에게 표를 던질 거라고. 파트라슈는 표가 없으니 안타깝지만.

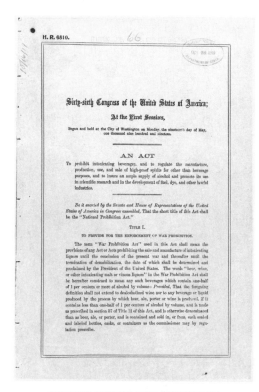

금주법으로 유명한 '볼스테드 법'이 적힌 문서

인류 역사상 수많은 금주법이 있었지만 그 어떤 것도 성공하지 못했습니다. 조선에서도 영조가 금주법을 시행했지만 돈 많은 양반들은 '제사'를 핑계로 꾸준히 주류를 섭취했고, 다행스럽게도(?) 유구한 주류 문화는 단절되지 않았습니다.
참고로 영조의 금주법은 술을 너무나 사랑했던 손자, 정조가 폐지했습니다.

8장
하우스 오브 카드

하우스 오브 카드 1

우유 배달. 너무 간단하다. 목장에서 짠 우유를 받아와서, 각 가정집에 배달해주면 된다. 와! 이 아무것도 아닌 것 같아 보이는 비즈니스가 왜 대선 후보와 논의해야 할 사업이 되는가 하면 참으로 머리 아픈 일이다.

내가 항상 하던 말이지만, 이 시대의 미합중국을 상상할 때 21세기의 천조국을 떠올리면 안 된다. 물론 비슷한 건 있다. 집 안마당에 들어온 놈에게 납탄을 먹일 권리가 있다거나, 마스크를 안 쓸 자유를 위해 성조기를 들고 뛰쳐나온다거나 하는 에베벱 반골 정신은 2020년이든 1920년이든 바뀐 게 없다.

하지만 비즈니스 분야에서 보자면, 21세기 팍스 아메리카나의 위엄이 아니라 오히려 핑핑이가 다스리는 13억 대륙, 황사와 폭발의 나라를 생각하는 게 차라리 빠르다.

"우유라. 문제가 많긴 하죠."

"얼마 전에도 또 크게 사고가 터졌지 않습니까. 매년 우유가 사람 잡는 일이 연례행사처럼 반복되고 있습니다."

가정용 냉장고가 T형 포드보다 비싼 멋진 시대. 당연히 소의 젖을 비틀어 짜낸 우유는 제때 배송 안 하면 상하기 일쑤다. 그리고 목장에서 사온 우유가 상했다는 걸 깨달은 유통업자님들이 순순히 버리면 돈의 노예 아메리칸이 아니다. 그들에게 넘치는 건 바로 '프런티어 정신'이니까.

"우유가 상했으면 버리진 못할망정 밀가루도 처넣고, 분필 가루도 처넣고, 멜라민도 처넣고. 이런 걸 먹고도 용케 잘 컸으니 독가스 한두 번쯤 빨고도 살아남지 않았을까요?"

"그 말씀대로입니다. 하지만 반대로 말하면, 이 정책을 시행하면 그 유통업자들이 전부 적으로 돌아선단 뜻입니다."

오, 그 정도는 생각할 줄 아시는구만. 다행이야. 합중국 대통령이 1+1=2도 못 하는 빡대가리는 아니어서.

"돌아서라 하십쇼."

"그들이 전부 민주당에 붙으면 재미없잖습니까? 100 더."

하딩이 칩을 던진 건 과연 이 포커판일까, 아니면 이 대화일까.

"제가 이번 전쟁에서 참 많은 걸 배웠습니다. 오스만튀르크를 보시죠. 영국 놈들은 터무니없는 짓을 해서 오스만튀르크를 적으로 돌렸지만, 어쨌거나 결과적으로는 그놈들을 완전히 멸망시키고 제 이득을 짭짤하게 챙기지 않았습니까. 받고 저도 100 더."

"아예 확실하게 적으로 만들어서 조져버려라? 콜."

"그놈들이 민주당 편에 붙는 즉시 대대적으로 홍보해주면 됩니다. '민주당은 여러분의 아이들에게 장티푸스 우유를 먹이고자 노력하고 있습니다!' 같은 소리를 들으면 학부모들이 과연 민주당 편을 들어줄까요? K 트리플."

"제기랄. 무슨 짓을 해도 운 좋은 놈은 못 이기겠군. 포커는 역시 똥겜이야."

장담컨대 도로시가 윈체스터 라이플을 챙겨 들고 나갈걸? 우리 도로시 님은 사슴 잡고 가죽도 벗길 수 있으니, 아마 헨리 입에 분필 섞인 우유를 넣으려는 민주당 친구들의 살가죽도 잘 벗길 수 있을 거다.

여기까지 하고 나면 내 역할은 끝이다. 물론 탐나긴 하지만, 이것마저 쫄
래쫄래 가져가서는 '야! 우리 우유 팔자!' 하는 순간 유신이가 주유기를 들
고 와 납탄을 한가득 주입해줄 게 뻔하다. 난 아직 살고 싶다. 어차피 유제
품 사업은 절대 내가 단독으로 건드릴 수 있는 사업도 아니었고, 그 특성상
정권과 여론의 힘이 필요하다. 이 사업을 제대군인용으로 잡아 준다면 둘
다 무난하게 가능하고.

이 사업으로 모두가 행복해질 수 있다. 제대군인들은 멋진 일자리를. 시
민들은 신선하고 안전이 검증된 우유를. 낙농업이 핵심 산업인 캔자스주 상
원의원이신 우리 장인어른은 지지율 떡상 예정. 그리고 남들보다 먼저 우유
수송차량과 트럭 개발에 열과 성을 쏟고 있는 우리 포드 트랙터 컴퍼니는
대규모 차량 발주 사업을 냠냠쩝쩝.

사실 참전용사 단체는 우리가 만든 전우회 말고도, 아메리칸 리전
(American Legion)이라는 곳이 하나 더 있었다. 중세기사 패튼과 내가 주축
이 된 곳보다 당연히 더 많은 명사들이 모여 만든 단체지만, 우리는 일찌감
치 본토로 돌아와 각종 제대군인 구호 사업을 전개한 덕에 일반 사병들은
더 많이 확보할 수 있었다.

두 단체 중 어디가 법적 인정을 받느냐는 중대한 문제를 가지고 의회에
서도 논쟁이 조금 벌어졌지만, 내가 끝내주는 폭탄을 윌슨에게 투척하는
바람에 의회는 셧다운된 상황. 이제 이 성과를 바탕으로 아메리칸 리전과
단체를 합치면 완벽하다. 내가 원하던 적당한 선에서의 영향력만 확보하는
거지. 아무래도 나나 패튼이나 둘 다 현직 군인이다 보니 '재향군인'회를 이
끌기엔 별로 모양새가 좋지 않다.

하딩과의 논의는 그렇게 훈훈하게 끝났다.

"오늘따라 임금님께 사랑받으시는군요. 촉이 딱 왔습니다. 이 정도로 과
감한 베팅에 운까지 따라주는 남자의 말을 듣지 않으면 누구 말을 듣겠습
니까. 하하하!"

"각하. 여기 친필 싸인 하나 해주시겠습니까?"

"젠장. 말로 넘어가려 했더니 결국 제 지갑을 꺼내게 하시는군요. 돈에다가 싸인을 받아 뭘 하려고요?"

"가보로 간직하겠습니다. 의원님께서 대통령이 되면 아주 귀한 물건이 되겠군요."

그리고 돈은 내가 땄다. 잘 쓰겠습니다. 꺼어어억!

* * *

1920년 6월 11일. 공화당 대선 후보를 선출하는 전당대회는 미국 역사상에도 유례를 찾아볼 수 없는 끔찍한 공회전 상태에 처했다.

"8번째 투표 결과… 1920년 공화당 대선 후보 선출에 실패했습니다."

"야! 야 씨발! 이게 선거냐!!"

"그냥 때려치워! 우리 다 힘들어 뒤지겠다고!"

선거인단들의 곡소리와 불만이 쩌렁쩌렁 울려 퍼지고, 공화당 각 계파의 수장과 참모들은 삼삼오오 시카고의 블랙스톤 호텔에 모여 비밀스러운 논의를 시작했다.

"이대로는 답이 없습니다."

"우리끼리 적당히 합의를 봅시다. 빨리 끝내고 쉬고 싶어요."

투표함이 열릴 때마다 음모를 꾸미고, 대의원들과 선거인단을 다독이고, 비밀 협상과 거래가 오가는 것도 한두 번이지. 여덟 번 투표함을 깠는데도 나가리가 났다는 소식에는 제아무리 워싱턴 D.C.에서 단련된 강철의 정치가들이라도 탈진해 쓰러질 것만 같았다.

결국 누구 하나 확고한 주도권을 잡지 못한 상태에서, 마침내 '이 인간은 백악관에 보내도 무방할 것 같다.'라는 공감을 얻은 하딩이 공화당 대선 후보로 지정되는 순간이었다.

그리고 6월 30일.

"이상으로, 미국원정군의 모든 임무를 종료하는 바입니다."

내 별! 내 벼어어얼!! 축하한다! 당신의 별은(는) 사라졌다! 알고 있다. 그 계급을 부여잡아봤자 적만 늘어날 뿐이라는 건 너무 잘 알고 있다. 근데, 근데 속이 쓰린 걸 어쩌겠나. 다음 대전까진 20년은 족히 남았으니 느긋하게 다시 올라가면 될 일이다. 이미 사방에 뻗쳐 놓은 내 빨판만 몇 개인가. 이러다 아주 문어 되겠어.

그렇게 나도, 마셜도, 패튼도, 아이크도, 오마르도, 제임스도, 하지도. 모두 모두 사이좋게 원래 계급으로 원복되었다. 딱 한 사람 빼고.

"이보게, 킴 대위."

"킴 중위입니다, 맥아더 장. 군. 님."

"어차피 내일부로 대위일 텐데 뭘 그러나."

이러다 워싱턴 D.C. 우보크 지점 단골 되겠어. 하지만 내가 딱히 데려갈 곳도 없으니 어쩌겠나. 원래 동양에 관심이 많던 맥아더답게 그는 이 우보크에서 벌어지는 여러 기이한 절차를 하나하나 무척 신중하게 음미한 후 자리에 앉았다.

"새 보직은 좀 어떻습니까?"

"답이 없지."

미 육군사관학교 교장. 웨스트포인트에서 전설을 써 내려간 인물은 이제 학교장이 되어 다시 학교로 돌아갔다.

"나는 언제나 그 망할 학교를 내 손으로 갈아버리고 싶었네."

"선배님이요? 1등만 쭉 하신 분께서 왜요?"

"웨스트포인트의 교육 과정은 무척 저질이었지. 수십 년 전 리 장군과 그랜트 장군만 빨아대는 퇴물 수업. 자네 때는 어땠을지 모르겠지만, 내가 생도였던 시절엔 휴가 때 외출도 거의 불가능했다네."

파이프에 담배를 채워 넣은 그는 멍하니 허공을, 아니 수십 년 전의 학교를 바라보았다.

"훈육이라는 명목하에 모든 폭력이 용인되었고, 나 때는 결국 귀한 생도 한 명이 목숨을 잃기까지 했네. 청문회에 끌려갔을 때가 아직 기억나는군. 그 부조리, 그 커리큘럼, 실전에서 도움이라고는 되지 않았던 쓸모없는 시간들. 이 맥아더는 반드시 웨스트포인트를 미 육군의 믿음직한 후배님들이 쏟아지는 학교로 바꿀걸세. 거기서 고통받았던 건 우리 정도면 충분하지 않겠나."

"선배님이라면 해낼 수 있을 겁니다."

"어려울 거야. 퍼싱 장군은 이 전쟁을 치르면서 무척… 꼰대가 되어버렸어. 성공에 사로잡혀 변화를 거부하는 인간 퇴비가 되어버렸단 말일세. 내 개혁은 실패하고 나는 필리핀으로 좌천당할 미래가 아른거린다면 너무 과장인가."

내가 군 바깥의 일에 집중하는 사이, 이미 맥아더는 제법 상층부와 충돌하며 쓴맛을 많이 본 모양이었다.

"그래서 굳이 자네를 웨스트포인트로 부르진 않았네. 승산 없는 판에 굳이 자네까지 부르고 싶진 않아. 물론 탐나기야 탐나지만."

"허허. 겨우 중위인 제가 가서 무얼 하겠습니까."

"그래. 자네 같은 인물을 중위로 처박는 이 멋진 나라를 위해 건배하세나."

잔이 부딪치며 맑고 고운 소리를 낸다. 우리는 잠시 이 군중 속의 적막을 멍하니 즐겼다.

"그래서 자네, 다음 보직은 뭔가? 그러고 보니 전혀 듣질 못했는데."

"저도 모릅니다."

"그건 또 무슨 되먹잖은 소리야. 또 피부색 문젠가?! 그딴 일이 있으면 이 내게 말을 해야지! 당장 짐 싸서 웨스트포인트 올 준비나 하게!"

"아뇨아뇨. 오히려 반댑니다."

참으로 끝내주게도, 지금 퍼싱의 부관으로 박혀 있는 인물이 다른 누구도 아니고 마셜이다. 입이 무거운 양반답게 자주 이야기를 듣지는 못하는데, 그래도 내가 아는 게 좋겠다 싶은 정보는 툭툭 보내주곤 했다.

"서로 데려가고 싶어서 싸운다던데요."

"…이건 이거 나름대로 삼류 코미디인데. 합중국 육군의 꼬락서니가 참 볼 만하구만."

캉브레에서 신세를 졌던 로켄바흐 장군은 퍼싱의 문지방이 다 닳아 없어지도록 나를 내놓으라고 외치는 모양이었다. 그야 기갑군단을 맡고 있는 입장에서 얼마나 내가 탐이 나겠어. 하지만 거기 갔다간 영원히 패튼의 노예로 전락할 것 같다. 내 생존 센서가 맹렬히 경고 메시지를 보내고 있어.

"그러면 골라잡으면 될 일인데 왜 그리 죽상인가?"

"제가 가고 싶은 곳이 있긴 한데, 상사가 조금 문제여서 말이지요."

"누구길래?"

"드럼 중령요."

"젠장. 그래. 그 새끼, 레번워스로 간다는 소문이 파다하지."

캔자스주에 있는 포트 레번워스에는 미 육군 지휘참모대학(Command and General Staff College, CGSC)이 있다. 한국 육군에서 영관과 장성을 노리려면 당연히 육군대와 국방대로 가는 것처럼, 나도 정상적인 커리어를 밟으려면 일단 레번워스를 한 번쯤은 찍먹해야 한다. 지금처럼 정치적으로 정신없는 타이밍이라면 얌전히 수업이나 들으면서 바깥일 하기에 딱 좋지 않겠는가?

근데, 근데 그 망할 드럼이 곧 총장으로 부임할 예정이다. 뫼즈—아르곤에서 그 인간이 사실상 실세처럼 군림하며 병사들을 사지로 밀어넣었던 걸 생각하면 아직도 치가 떨리는데 거길 가라고? 아, 이건 좀 에반데.

"그래도 자네가 그 전차 쪽으로 전문적인 연구를 하겠다면 가는 게 나쁘진 않네. 지금 채피(Adna Romanza Chaffee Jr.)가 레번워스로 갔거든. 자네와 대화가 통할 만한 상대일세."

아니 진짜 기갑 이제 싫다니까요. 기갑으로 커리어 타면 잽스를 때려잡는 게 아니라 콧수염의 나치 새끼들이랑 싸워야 한다고! 태평양에선 기갑전을 할 수가 없어요! 하지만 이걸 대놓고 말할 수도 없으니, 내가 고를 수 있는 선택지라곤 그저 술을 들이켜는 것뿐이었다.

내가 대체 무슨 부귀영화를 누리자고 두 번이나 군복을 입었지. 옘병.

"레번워스가 지금 껄끄럽다면 다른 방안이 있지."

역시 이 시대의 참군인이자 트루 리더 맥아더 님. 믿고 있었습니다. 그래서 다른 방안은 뭐죠?

하우스 오브 카드 2

"필리핀 어떤가?"

"혹시 술이 입에 안 맞으십니까?"

지금 뭐라는 거야, 이 인간이.

"나쁘지 않네, 필리핀은. 위관 장교인 자네가 제대로 된 임무를 부여받을 수 있는 곳은 그리 많지 않아."

"하지만……."

"내 궁금했지만 차마 못 물어본 이야기를 하지. 왜 기갑을 포기한 건가?"

"……."

"자네는 세계 최초로 전차의 제식화와 그 활용, 게다가 실전에까지 접목시킨 인재야. 전 세계의 사관학교는 앞으로 유진 킴이란 이름을 교재에 싣겠지. 로켄바흐, 패튼, 채피까지. 죄다 자네가 기갑의 신봉자라고 생각하고 있네. 경력 관리를 하려면 당연히 기갑에 집중하는 게 옳지 않겠나?"

아니, 그치만. 기갑으로는 잽스를 못 때려잡는다니까요. 나는 이걸 말할까 말까 한참 고민하다, 결국 이 똑똑한 선배님이라면 뭔가 해결책이 나올까 싶어 말을 꺼냈다.

"저는 한국계 미국인입니다."

"알고 있네."

"그리고 혈통에 따른 감정뿐만 아니라, 향후 아시아—태평양 일대의 이권을 두고 합중국을 물어뜯을 상대는 오직 일본뿐이라 생각합니다."

"그래서?"

"바다와 섬만 가득한 곳에서 제가 보직을 받으려면 보병 병과인 편이 낫지 않겠습니… 까?"

맥아더는 대답 대신 술만 마시더니.

따악! 입에 물고 있던 파이프로 다짜고짜 내 이마를 때렸다.

"아얏!"

"자네 바본가?"

"예?"

"그걸 원하면 물개가 되든, 아니면 해병대에 갔어야지. 대체 육군 왜 온건가?"

아니. 여기서 이렇게 팩트로 때리면 어떡합니까. 비열하다! 내가 그리로 안 가고 싶었던 줄 아십니까? 아나폴리스가 유색인종을 안 받아주는 걸 어쩌라고!

"일본과의 전쟁에 끼고 싶다. 좋아, 그렇다고 치자고. 그러면 끽해봐야 필리핀 방어전 정도가 육군의 전장이 되겠군. 더더욱 필리핀에서 복무해야겠는걸?"

가불기다. 이 인간, 날 필리핀에 보낼 생각이 가득하다. 내 입이 삐죽 튀어나온 걸 봤는지, 맥아더는 다시 파이프를 뻑뻑 피우며 말했다.

"그게 싫으면 얌전히 퍼싱 장군께 가게."

"혹시 저한테 억하심정 있으십니까?"

"답답해서 그런다네. 답답해서. 이 후배님, 똑똑한 줄 알았는데 왜 이리 멍청하게 구는가. 자네 도무지 정치라는 걸 모르는군."

제가 정치를 모른다구요? 저 무려 차기 대통령에게 줄을 댄 킹메이커인데요? 하지만 저 드높은 천상의 맥아더 님이 보시기엔 참으로 내 모습이 가엾고 딱한 모양이었다. 오죽하면 퍼싱에게 가란 말을 하겠나.

지금 미군의 파벌은 크게 두 축으로 이루어져 있다. 당연히 파벌의 수장 중 한 명은 퍼싱이다. 일명 쇼몽파. 무슨 민트맛 맥콜파도 아니고 쇼몽파가 뭐냐, 쇼몽파. 이름답게 퍼싱과 함께 아름다운 전우애를 쌓은 친구들…이라고 하면 천만의 말씀. 그랬으면 그냥 파리바게트파 뭐 이런 이름이겠지. 쇼몽 원정군 사령부에 앉아 있던 사람들이 대부분이다. 드럼 같은 놈들.

당장 일선에서 지휘하던 사람들 중에서는 쇼몽의 그 졸렬한 능력에 혀를 내두른 사람들이 많다. 처음 출발했을 때는 다들 비슷비슷한 수준이었을지언정, 적어도 눈앞에서 사람이 갈려나가는 뫼즈―아르곤의 대참극을 목격한 지휘관들 상당수는 깨달음을 얻었다. 아니면 옷 벗거나.

이에 맞서는 반대편에는 현재 미 육군의 참모총장인 마치 장군이 있다. 마치는 베이커 전쟁부 장관과 합을 맞추어 대전 후 미 육군을 50만 규모로 유지하기 위해 박 터지게 싸웠지만 그 어떤 의원도 군비에 예산을 쓰는 걸 달가워하지 않았다. 게다가 이런 중대한 일에 당시 쇼몽에 있던 퍼싱이 배제되자 둘의 사이는 사실상 최악이 되었다.

그리고 지금 내 눈앞에 있는 맥아더는 사실상 마치의 파벌로 분류되어 있다. 마치 장군은 과거 맥아더의 부친 아서 맥아더의 부하였고, 둘 다 쇼몽 패거리를 싫어한다는 공통점이 있었다. 애초에 거의 편집증적으로 쇼몽 일당이 옷을 벗기려 한다고 믿던 맥아더가 인제 와서 퍼싱의 파벌에 들 리도 없고.

물론 이 자존심 하나는 일품인 맥아더란 양반이 자기가 두목도 아닌데 파벌놀이를 할 리는 없겠지만, 마치가 제시한 떡밥이 너무 싱싱하고 매력적이었었다.

"선배님은 참모총장님 라인 아니셨습니까. 그런데 저보고는 퍼싱 장군께

가라고요?"

"당장 필요한 도움을 줄 수 있는 건 퍼싱 장군일세. 그리고 난 너절한 파벌놀음에는 관심이 없네만."

마치가 제안한 것.

'자네야말로 웨스트포인트를 개혁할 수 있는 참된 인재일세. 어떤가. 이대로 별 떼고 소령으로 돌아갈 텐가… 아니면 교장으로 취임하겠는가?'

이건 맥아더가 아니라 누구라도 못 참지. 웨스트포인트 교장은 합중국 육군의 보직 중에서도 가장 명예로운 보직으로 손꼽는다. 그런데 거기에 스타까지 보장된다? 맥아더는 콜을 외쳤고, 그 결과 지금 이렇게 신나게 술을 들이켜고 있다. 그 터무니없는 구식 커리큘럼과 답 없는 똥군기를 아름다운 전통이라 여기는 꼰대들이 사방에 득실득실하니까.

"잘 듣게, 킴 후배. 이 맥아더는 명예 훈장을 서훈받은 아버지의 뒤를 이어 합중국에 봉사하고 있으며, 나를 후원해주는 사람들 또한 도처에 있네. 게다가 내 커리어는 이미 빛 그 자체지. 쇼몽 출신 머저리들이 날 좌천시킬 수는 있어도, 결코 옷을 벗길 순 없어."

"그거야… 그렇지요."

"하지만 후배는 달라. 다양한 경험을 하며 경력 관리도 해야 하고, 더 높은 지위에 오르기 위해 거쳐야 할 관문도 많지. 보병학교와 지휘참모대학 둘 다 쇼몽 일파가 차지했으니, 자네는 그쪽과 친해지는 편이 훨씬 낫네."

내가 뒤로 온갖 정치적 커넥션을 만들고 있다는 소리는 입도 벙긋하지 않았다. 이 양반이 그걸 알았을 때 뭐라 할지 전혀 감이 안 오거든. 덕분에 맥아더는 내가 몇 없는 후원자들 덕택에 아슬아슬하게 목이 붙어 있는 줄 알고 있다. 사실 맥아더뿐만 아니라 극소수를 빼고는 다 그렇게 알고 있지.

"퍼싱 장군도 자넬 나쁘게 보진 않을 거야. 그분이 비록 노쇠해져 눈이 흐려졌다곤 하지만, 파벌 관리를 해가며 군을 장악할 야욕에 불탈 분도 아닐세. 오히려 간신배들이 그분의 이름을 팔아 제멋대로 해먹고 있을 가능성이 더 크지."

"뭐… 그야 그렇지요."

하긴. 대선 후보로도 이름이 오르내리는 퍼싱이 무슨 부귀영화를 누리겠다고 파벌놀음을 하고 있겠나. 앤드루 잭슨, 율리시스 그랜트, 그리고 퍼싱. 자다가도 꿈에 백악관이 아른거릴걸?

"그러니 내 조언하자면, 정면돌파하게. 퍼싱 장군을 만나 당당하게 요구하면 그분은 틀림없이 후배를 귀하게 쓸 거야. 좀스럽게 뒤에서 뭔가 해보려 하지 말고."

"좋은 말씀 감사합니다."

"혹시나 일이 꼬이면 그냥 얌전히 필리핀에나 가게. 별을 달고 필리핀에 가면 좌천이지만, 대위가 해외로 나가는 건 절대 나쁜 일이 아니니 말야."

퍼싱이라. 맥아더는 정면돌파를 주문했지만, 나처럼 사려 깊고 신중한 사람과 정면돌파는 조금 어울리지 않지.

마셜에몽의 도움을 조금 받아볼까?

* * *

얼마 후, 전쟁부. 나는 1년 만에 마셜을 다시 만날 수 있었다. 이제 소령 계급장을 달고 있는 마셜은 꽤 많이 화가 나 있었다.

"잘 지냈나?"

"저야 뭐어, 언제나 잘 지내고 있지요."

"나는 전혀 잘 지내지 못했네. 제기랄."

퍼싱의 부관 일은 천하의 마셜조차 지치게 만든 모양이었다.

"퍼싱 장군은 요즘 굉장히 심기가 불편하시네."

"그 파벌 싸움 때문입니까?"

"아니. 정치. 공화당 놈들이 당연히 대선 후보로 추대해줄 줄 알았는데,

얼굴만 맨들맨들한 기생오라비를 갑자기 뽑지 않았나. 그것 때문에 좀…
화가 나셨네."

여기서 하딩이 왜 또 튀어나와. 혹시 이거 나비효과인가? 내 업보가 돌
고 돌아 이렇게 터지는 거야? 갑자기 무슨 온 미국 전역이 정치에 미쳐 있
는 것처럼 느껴졌다. 내가 너무 많이 설쳐서 그런가? 뭐 하나 이놈의 짱구
와 음모와 협잡이 빠지질 않으니 갑자기 진한 현자타임이 온다. 내가 못 살
아 진짜.

"아무튼 내가 정치는 절대 하지 마시라 뜯어말렸는데, 장군께서는 입으
로는 정치할 생각 없다고 말씀하셨으면서도 내심 꽤 기대를 하신 모양이야.
그래서 민주당의 대선 후보가 될 생각이 있냐는 물밑 접촉이 있었는데 곧
장 축객령을 내리셨다네."

"그건 그나마 다행이군요."

"베르사유 조약이 체결된 이후 퍼싱 장군께서도 민주당에 대한 부정적
인 감상이 늘어나셨거든. 나는 옆에 있으니 잘 알지. 그분께서도 걱정이 꽤
많아."

역시 썩어도 민주당. 전쟁영웅인 퍼싱을 후보로 내세우면 어떻게 비빌지
도 모른다는 판단력은 칭찬해주겠다. 하지만 퍼싱이 미쳤다고 민주당엘 가
겠냐. 생각이란 게 있는 군인이라면 저 베르사유 조약의 그림자에 어른거리
는 '제2차'라는 글귀가 아주 잘 보일걸?

"아무튼, 자네 이야기는 내가 어느 정도 해놨으니 걱정하지 말고 적당히
하게. 적당히. 성질부리지 말고."

"…예전에 저한테 1사단 참모장 자리 권하시던 일 기억하십니까?"

"기억하네. 그때는 갑자기 왜?"

"그때 소령님께서 참모장직을 못 한 이유가, 퍼싱 장군의 멱살을 잡아서
라는 게 사실입니……."

"큰일 날 소리 하고 있네. 내가 감히 어떻게 총사령관의 멱살을 잡는단

말인가?!"

루머였어? 이상하다. 내가 나중에 전해 듣기로는 '마셜이 퍼싱의 멱살을 붙들고 쇼몽에서 개판 친 일 덮어씌우지 말라고 윽박질렀다.'라고 하던데.

"나는 그냥… 장군께서 일어나려 하시길래 당황해서 팔뚝만 붙들었을 뿐이야. 절대 멱살을 잡진 않았네."

"와아. 그렇구나. 멱살이 아니라 정말 다행이야."

이 화상아. 이 화상아. 멱살이 아니라 팔만 잡으셨군요. 누가 '다이너마이트' 마셜 아니랄까 봐, 이 양반 성격도 참 예술이다. 이게 그 예술은 폭발이라는 거냐. 냉정? 침착? 그거 다 뻥이다. 속았어. 위인전이 또 자라나는 어린이를 속인 거야. 퍼싱의 팔을 붙잡고 따지는 인간이 어딜 봐서 냉정, 침착이야. 천하의 패튼도 그런 짓은 못 했다고.

아무튼 나는 10분에 걸쳐 각종 주의사항과 사고 치지 않는 법에 대한 사전 강의를 철저히 예습 당한 후, 마침내 퍼싱 장군을 배알하는 영광을 누릴 수 있었다.

"장군, 마셜입니다. 킴 대위를 데려왔습니다."

"들어오게."

오랜만에 보는 퍼싱 장군은 약간 더 살이 찐 모습이었지만, 그 풍채는 여전했다.

"잘 지냈나? 신수가 훤해져야 하는데 왜 이리 더 마른 것 같나."

"하하. 요즘 육군 내에 일이 없어서 다들 아우성인데, 저는 일을 많이 했으니 오히려 다행이 아닌가 싶습니다."

"그래. 군축 이야기로 말이 많지. 앉게나."

잠시 후 나온 다과를 곁들이며 우리는 느긋하게 과거 회상의 시간을 가졌다.

"그래. 이제 슬슬 용건을 말하게나. 자네 같은 앞길 창창한 젊은이가 날 보고자 한 게 고작 프랑스를 회상하고 싶어서는 아닐 것 같군."

"제가 대신 말씀드려도 되겠습니까."

옆에 서 있던 마셜이 뭔가 못마땅했는지 슥 몸을 들이밀었다. 퍼싱은 대답 대신 그러라는 듯 고개를 끄덕였다.

"한때 사단장까지 역임했던 킴 대위가 아직 보직조차 못 받고 있습니다."

"왜지? 혹시 마치가 또 인종 타령하면서 킴 대위를 폄하하나?"

"아닙니다. 킴 대위가 차후 고급 장교가 되려면 지휘참모대학으로 가야 하지만, 그 과정에 트러블이 있습니다. 아시다시피 곧 지휘참모대학 총장으로 부임할 드럼 중령과……."

"무슨 말인지 이해는 했네."

퍼싱은 또다시 고개를 끄덕였다.

"드럼 중령은 그리 나쁜 사람이 아닐세. 뭔가 두 사람 사이에 사소한 오해가 있나 보군. 내가 잘 말해줄 터이니 킴 대위는 얼른 레번워스로 가게."

이거면 됐나? 진짜 이게 끝이야? 나와 마셜은 얼떨떨해져서 서로의 눈만 바라봤다.

"드럼이나 킴이나 모두 차후 육군을 이끌어갈 인재들이지. 프랑스에서 앙금이 생겼어도 결국 모두 나라와 군을 위한 방안을 고려하다 생긴 일 아닌가. 남자들끼리 술 한잔하고 털어버리게."

어… 그렇군요. 꼭 학교에서 싸운 애들 둘을 선생님이 앞으로 불러 세워서 '둘이 화해하고 악수해! 포옹도 하고!' 하는 느낌이다.

"마셜 소령. 다음 스케줄은 어떻게 되나?"

"아, 넵. 30분 뒤에……."

"좋아. 준비하세. 킴 대위, 조만간 또 기회가 되면 보세나. 그때는 나도 시간을 좀 더 내지."

"옙. 감사합니다, 장군!"

어… 진짜 얼렁뚱땅 해결이 됐나? 역시 되는 것도 없고 안 되는 것도 없는 건 어느 나라 군대든 다 똑같은 것 같다. 이게 이렇게 풀린다고?

그리고 며칠 후. 나는 진짜로 레번워스의 지휘참모대학으로 발령이 났다. 약간 문제가 있었다면.

"이제 레번워스에 입교하면 되는 겁니까?"

"입교요?"

　나에게 발령장을 내주던 인사담당자는 부활절에 링컨 대통령이 뱀파이어로 부활했단 이야기라도 들은 듯 황당해했다.

"교육생으로 입교가 아니라… 교관으로 부임하시는데요?"

"예?"

"그야 당연하잖습니까. 전직 사단장이 대체 왜 입교를 합니까? 우리가 그 정도 융통성도 없겠습니까 하하하."

　아니, 왜 갑자기 안 하던 짓을 하고 그래. 나는 진짜 입교가 하고 싶었다니까?

하우스 오브 카드 3

뭐임?? 뭐임??? '저는 교육을 받고 싶었는데요.'라는 내 애처로운 마지막 발버둥은 결국 저 윗선까지 올라갔고.

"킴 대위. 전혀 공식 의견이 아닌 그냥 내 개인의 의견이니 터놓고 말하겠소이다. 귀관을 앞혀 놓고 강의를 진행해야 할 사람들이 불쌍하지도 않소?"

이렇게까지 말을 들었는데 어쩌겠나.

"이미 이 건으로 퍼싱 장군께 언질을 들었으니 내 약조하겠소. 귀관의 교육 이수 내역이 없다고 해서 행여나 진급심사에 안 좋은 영향이 생긴다거나 하는 일은 절대 없을 거요."

"감사합니다."

이게 해결됐으면 뭐 상관이 없긴 한데. 캔자스의 한적한 동네에 있는 포트 레번워스에서 꿀을 빨고자 했던 내 야망은 수포가 되었다.

내 피폐해진 심신을 치료해줄 수 있는 건 오직 가족뿐이다. 헨리와 도로시가 보고 싶어 얼른 집으로 칼귀가했다. 아무리 이 시기가 '애들은 강하게 키워야 한다'는 체벌만능주의의 시대라고 하지만, 적어도 집안에서까지 시대에 순응하고 싶지는 않다.

"아빠 수염 아파아아……."

이건 체벌 아니다. 애정표현이지. 내 애정의 결과는 또 등짝스매시로 끝났고, 도로시와 이야기를 나누며 잠이 들면 또 하루가 끝난다.

"아, 맞다. 내가 아는 사람한테서 좋은 투자처를 들었는데 한번 볼래?"

"투자? 딱히 할 게 있나?"

"지금 내 주변엔 온통 이 이야기야. 연수익률이 50%래."

도로시가 챙겨 놓은 팸플릿을 내게 들이밀었다. 국가별 뭐시기뭐시기 시세차익을 노린 어쩌구저쩌구 해서 아무튼 수익률 50%를 보장하며 무조건 통장에 쏴드린다고 적혀있는데.

"성이 폰 씨네?"

"응? 폰이 아니라 폰지 씨."

"왠지 굉장히 익숙한 이름인데."

묻지도 따지지도 않고 수익률 50%. 사업가 이름은 폰지. 이야. 이게 그 유명한 폰지 사기인가 그거인 모양이구만. 옛날 생각나네. 전생의 부모님이 여기에 낚여서 번개탄 샀었는데 여기 원조가 있었어. 그 새끼만 아니었어도 내가 서울대를 갔을지도 모르는데 어휴.

이렇게 또 사기꾼의 역사적 원조 인물을 보니 감회가 새롭다. 이놈은 꼭 반 죽여놔야지.

"혹시 정말 친한 사람들 중에 여기 투자한 사람들 있으면, 당장 다 빼라고 해."

"왜? 이미 수익 맛보고 있는 사람들 꽤 많아."

"딱 봐도 사기잖아. 나도 돈 냄새 하나는 기가 막히게 맡는데 이거 무조건 사기야."

현직 대통령을 날려버리고 킹메이킹을 하려는 대위. 그 대위도 답이 없어 전쟁부를 들락날락하는 육군의 파벌싸움. 그리고 집에 배달되는 신선한 장티푸스 우유에, 눈 감으면 코 베어 가는 어메이징한 최첨단 금융사기까지. 대단하다! 아메리카!

* * *

공화당 대선 후보로 하딩이 당선되고 퍼싱이 더러워서 정치 안 한다고 선언할 무렵. 1920년 민주당 전당대회는 사실상 '누가 명예로운 죽음을 맞이할 것인가.'를 가르는 일종의 처형장이었다. 대통령 후보는 누군지 전혀 모르겠지만, 부통령 후보로는 프랭클린 D. 루즈벨트, 일명 FDR이라 불릴 남자가 선출되었다. 그 외에 사회당이네, 농부노동당이네, 금주당이네 하는 곳이야 당연히 별 관심이 없으니 제외.

"민주당은 약속했습니다. 미국은 전쟁에 참여하지 않을 것이라고. 민주당은 약속했습니다. 아일랜드인은 오랜 폭정에서 벗어날 것이라고. 민주당은 약속했습니다. 미국인은 미국인의 자유를 누릴 수 있을 것이라고!

여러분 이거 다 거짓말인 거 아시죠! 우리는 기만당하고, 사기를 당했고, 피를 흘렸습니다! 이제 그들은 대가를 치러야 합니다! 공화당이 약속하겠습니다! America First! 정상으로의 복귀를! 우리의 자유를 위해 투쟁한 투사들이 이제 아이들을 분필 우유로부터 지켜줄 것이라고!"

"공화당! 공화당!!"

모든 미국의 여성들은 처음으로 대통령을 선출하는 권리를 얻었으며, 아일랜드계 미국인들은 윌슨이 우리를 배신했다며 칼을 갈았다. 민주당은 과연 전대 대통령의 유산인 베르사유 조약과 국제연맹 가입에 대한 안건을 자신들조차 정리하지 못해 쩔쩔매고 있었고, 본격적으로 불타오르기 시작한 '우유 논쟁'에서도 연패하고 있었다. 그리고 하딩은 물 만난 고기처럼 맹렬하게 민주당을 난타했다. 솔직히 이걸 못 이기는 정치인이면 소련의 간첩이라고 봐야 한다.

새롭게 퍼져나가는 '라디오'라는 문명의 이기가 전국적인 투표 열기를 사방팔방으로 빠르게 실어나를 무렵. 나는 음모와 모략이 판치는 워싱턴 D.C.를 떠나 캔자스주 포트 레번워스에 발을 디뎠다.

"어서 오시게, 킴 대위."

신고를 마치자 인상 참 험하게 생긴 현 총장, 찰스 뮤어(Charles Henry Muir) 소장이 입을 열었다.

"자네의 활약은 참 인상적이었지. 이 포트 레번워스에 자네가 와서 얼마나 다행인지 모르겠네."

"과찬이십니다."

"지금 대전쟁의 여파로 모든 교육 과정은 무너졌네. 수업을 들어야 했던 장교들은 죄다 가라로 대충대충 시수만 채우고 전장으로 내몰렸고, 새로운 지식과 오래된 지식이 맞물리진 못한 채 허깨비처럼 떠다니고 있지."

뮤어 소장은 28사단장으로 독일군의 춘계 공세에 맞섰고, 이후 4군단장이 되어 생미이엘과 뫼즈—아르곤까지 겪은 몸이다. 당연히 그로서는 지금 돌아가는 학교 꼬라지가 썩 마음에 들진 않을 터.

"하지만 안타깝게도, 나는 모든 것을 완수해내지는 못했네. 나는 다음 사람이 앞으로 백 년을 이어갈 새로운 교육 체계를 구성할 수 있도록 잠시 투입된 청소부에 불과했어."

"장군……."

"나는 얼마 후에 전쟁부로 발령 날 예정이네. 짧은 시간이지만 잘 부탁하지, 킴 대위."

"알겠습니다."

그가 인사를 마치자, 가장 앞 테이블, 2인자가 앉을 법한 자리에 있던 시건방지게 생긴 코쟁이가 천천히 일어나더니 내게 다가왔다.

"이게 누구신가. 캉브레의 영웅, 아미엥의 수호자, 그리고 깜둥이들의 구원자이신 킴 준장이시군!"

"유진 킴 대위입니다. 앞으로 잘 부탁드리겠습니다, 드럼 준장님."

"준장이라니! 그런 말 하지 말게. 물론… 얼마 후에는 곧 준장이겠지만 말이야. 흐흐흐!"

드럼은 너무나 자연스럽게 방금 전까지 뮤어 소장이 앉아 있던 자리에 터얼썩 소리가 나도록 앉고는 시가를 물었다.

"공식적인 자리는 끝났으니 업무 있으신 분들은 먼저 일어들 나시고, 편한 자리에서 이야기합시다."

"옙."

몇몇이 내게 다가와 몇 마디 인사를 나누고 곧장 나갔고, 이제 회의실에 남은 사람은 얼마 되지 않았다.

"자네는 항상 그 짜리몽땅한 궐련만 피우더군. 이유가 뭔가?"

"그야 파이프나 시가는 병사들에게 못 나눠주잖습니까."

니가 일선 지휘가 뭔지 알아? 최전방 참호에 위문 나가서 담뱃갑 하나 뜯고 전원 일발 장전시켜주면 애들 좋아서 까무러친다고. 내 본의는 전혀 아니었지만, 드럼이 대전쟁 당시 지휘관이 아니었다는 걸 놀린 모양새가 되었다. 으음. 절대 고의가 아니다.

"허. 그 깜둥이들한테 나눠주긴 아까운 물건이긴 해."

"저는 캉브레 때 이야길 한 건데."

"…어흠!"

이 인간 반응이 굉장히 찰지네.

"퍼싱 장군께는 말씀 잘 들었네. 앞으로 육군의 기강을 잡으려면 자네의 도움이 많이 필요해. 이 신임 총장이 될 나와 함께 좋은 교육 환경을 만들어 보세나!"

"알겠습니다."

"나는 먼저 일어나지. 나중에 밥이나 한 끼 하세."

드럼은 애써 그렇게 자신은 전혀 화가 나지 않았다는 듯 허세를 부리며 떠났고, 그 드럼을 따르는 졸개들 역시 자리에서 일어나 재빨리 뒤에 병아리처럼 종종 따라붙었다.

내가 지금 여기에 왜 온 건지 감이 잘 안 잡히는데. 이 꼬라지를 맛보려고 왔다고? 혹시 맥아더는 이 꼬라지를 보면 내가 기꺼운 마음으로 필리핀 전출 신청서를 쓸 거라고 생각했나? 근데 여기서 이 지랄 부르스를 추느니 그냥 필리핀이 나을지도 모르겠다. 못 해먹겠네 진짜.

"너무 신경 쓰지 마십시오. 원래 잘난 맛에 사는 분이라 더 잘나 보이는 사람이 있으면 괜히 저럽니다."

여기 진짜 잘난 분이 계실 줄은 몰랐네. 쇼몽에서 안면이나마 익힌 양반이 내게 손을 내밀며 웃었다.

"제 이름 혹시 기억하십니까?"

"맥네어 소령님 아니십니까. 당연히 기억하지요. 93사단 포병대에서 신세를 많이 졌다고 들었습니다."

레슬리 맥네어(Lesley J. McNair). 포병의 대가이자 마셜에 비견될 법한 조직 편성의 스페셜리스트. 마셜이 그 경이로운 수송과 보급 능력에서 능력을 인정받아 육군의 핵심 인사로 부상했다면, 이 양반은 훈련과 조직 편성에서 탁월한 능력을 보여 전시 준장까지 달았다. 원 역사에서는 최연소로 별을 달아 기네스북에 실렸겠지만, 유감스럽게도 그건 20대에 별을 단 내 몫이 되었다. 미안하게 됐수다.

"93사단은 저도 항상 관심을 갖고 있던 부대였습니다. 매번 음… 창의적이고 번뜩이는 그 발상에 굉장히 많은 자극을 받았지요."

뭐지? 혹시 생나제르에서 장교 서리했던 것 때문에 앙금 있는 건가? 그치만 내가 노는 땅에 감자 심듯이 장교를 심을 순 없는 노릇 아닌가. 나는 어디까지나 합법적으로 영업을 해서 파릇파릇한 뉴비들을 잡아 왔을 뿐이다. 동의서까지 다 받았다고.

"킴 대위가 왔으니 레번워스도 다시 시끄러워지겠군요."

"전 정말 조용히, 쥐 죽은 듯이 살 겁니다."

"과연 그럴까요? 퍼싱 장군의 지시로 오신 것 아닙니까?"

"그게 무슨……?"

"마침 저기 오는군요."

성깔 꽤 있어 보이는 양반이 연신 힙플라스크를 벌컥대더니 터덜터덜 다가왔다.

"댁이 유진 킴이오?"

"그렇습니다."

"채피 주니어 대위요. 병과는 기병이지만 이미 내 마음은 전차에 꽂혔지."

맥아더에게 이야기 들었던 그 사람이다. 미 육군의 기갑 병과에 혁혁한 공로를 세워, 사후 미군의 경전차인 M24는 '채피'라는 이름을 받았다.

"당신이 온단 소릴 듣고 다음 보직 발령을 씹었소. 1년 더 여기 개길 작정으로 기다렸지."

"저… 때문에요?"

"그래. 캉브레의 영웅과 기갑에 대해 논하지 않는다면 내가 어디 가서 기갑으로 입씨름을 할까?"

그가 무슨 권투 선수처럼 대뜸 자세를 잡았다.

"빌어먹을 드럼 새끼가 거들먹거리는 꼬라지 보라지. 뫼즈—아르곤의 그 지옥도를 뻔히 본 양반이 드럼에게 붙어먹다니, 죽은 장병들을 어떻게 보려고?"

"죄송하지만 무슨 말씀이신지 이해가 잘 안 가는군요."

"저는 빠져도 되겠습니까?"

"안 되지. 솔직히 맥네어 나리께서도 지금 피가 막 부글부글 끓지 않소?"

채피의 말에 맥네어는 뒷머리만 긁적였다.

"대가리가 완전히 굳어버린 퍼싱 장군은 그렇다 치고, 드럼은 이번 교육 커리큘럼 재건과 향후 있을 교리 작성 과정에서 전차를 보병의 따까리로 키울 작정이지. 굴러다니는 토치카. 딱 그게 드럼의 마인드야. 벼엉신 새끼 같으니라고."

전차에 환장하는 놈들은 죄다 성격이 이런가? 패튼보다 거침없이 쌍욕을 하시네.

"잘 조직화된 대규모 기갑 집단이 이제 미래의 지상전을 지배할 거다! 나는 뫼즈—아르곤에서 확신했지. 저 드럼 새끼를 두들겨 패야 전차가 보병 따까리 노릇 하는 미래를 막을 수 있는데, 당신이 퍼싱 장군의 명을 받고 여기 털썩 와버렸단 말이지. 그것도 보병 병과로!"

아, 이게 이야기가 그렇게 됐나. 진짜인지 아닌지는 모르겠으나, 적어도 누군가는 '전차에 대해 가장 잘 알 유진 킴이 전차의 역할은 보병의 보조랍신다!'라고 말하길 원하는 모양이다. 일단 채피는 그게 내 임무라고 굳게 믿고 있고.

"맥네어 소령님께선 이 의견에 대해 어찌 생각하시는지요?"

"나는 포병 병과라 잘 모르겠군요? 향후 육군에 가장 도움이 되는 방향으로 건설적인 논의가 진행되었으면 합니다. 그리고 그 논의에는 당연히 킴 대위의 영향이 크겠지요."

말 살살 돌려가며 빠지는 모습 보소. 여읙시 별을 달려면 저 정도 처세술이 있어야 해. 맥아더가 이상했던 게 맞아.

"자아. 한판 붙자! 사나이라면 깔끔하게 결투로 매듭짓자고! 권총을 썩 뽑아!"

"아니, 저 일단 관사 구경은 해보고……."

"전차는 못 준다, 이 굼벵이 새끼들아! 너희 보병 놈들이 호시탐탐 기병 병과를 잡아먹고 싶어 하는 걸 누가 모르겠나! 미합중국 기병대에 영광 있으라아아아!!!"

내 주변엔 왜 정상인이 없는 거야. 그냥 필리핀 가고 싶다.

하우스 오브 카드 4

1920년. 베이브 루스가 용틀임을 시작하고 잭 뎀프시가 권투계의 거성으로 군림하는 시대. 뎀프시가 뎀프시롤을 안 쓴다는 충격에서 벗어날 정도로 내가 미국인으로 오래 살았다는 사실을 깨달을 무렵, 나를 기다리는 것은 폐허가 되다시피 한 레번워스였다.

"놀랍게도, 이게 어느 정도 정리가 된 겁니다."

"이게 말이지요."

"아시다시피, 전쟁이 터지면서 이 학교는 거의 버려지다시피 했습니다. 모든 것을 무에서부터 다시 만들어야 했고, 강의를 들으러 온 사람들 중에서도 노예… 크흠, 행정 작업 정상화를 위해 투입된 분들도 있지요."

맥네어는 마치 전쟁을 회상하는 것처럼 사무실을 둘러보았다. 괜히 드림이나 맥네어 같은 인물들이 전쟁이 마무리되면서 여기로 발령이 난 게 아니었다. 정말 여기는 한 번 핵폭탄을 맞고 증발했다가 다시 세워진 것이나 다름없었다.

"그리고, 우리는 대전쟁의 전훈을 시급히 반영해야 한다는 중대한 임무 또한 띠고 있지요."

그래. 그것 때문에 내가 이리 온 듯하니.

"이제 슬슬 킴 대위의 의견을 듣고 싶습니다. 전차의 미래는 어느 쪽이라 생각하십니까?"

"글쎄요. 제가 점쟁이도 아니고 그걸 어찌 알겠습니까?"

"아마겟돈 레포트라는 마법을 부리신 분의 의견이라면 당연히 경청해야지요."

맥네어가 가만히 앞에 있는 책상을 쓰윽 만지며 말했다.

"어디 가서 떠들고 다니진 않겠습니다."

"맥네어 소령님께선 포술에 조예가 깊다고 들었습니다."

"아, 예."

다소 뜬금없는 내 말에 그가 고개를 끄덕였다. 역시 자신의 전문 분야에 대한 자신감은 확고한 그였다.

"포병에게 부족한 기동력과 방호력을 높일 수 있는 방안이 있다면, 이를 도입할 의향이 있으십니까?"

"당연하지요. 대전쟁에서 영국군이 만들었던 건 캐리어(Gun Carrier) 형태의 마크 전차 이야기인 듯하군요."

"그렇습니다. 전차와 동일하거나 유사한 차체를 사용하고, 그 위에 야포를 부착하는 형태가 되겠군요. 적당히… 자주(Self-Propelled)포라 지칭하겠습니다."

"자주포라."

"야포뿐만 아니라, 하다못해 병사들이 낑낑대며 들고 다니는 박격포만 차량 운반을 해도 굉장히 좋은 성과를 보였었지요. 앞으로 엔진과 차량 기술은 눈부시게 발전할 테고, 온갖 병기에 엔진을 붙여보고 싶어질 겁니다."

"차량화가 이루어진다면 더 강력한 포를 더 신속히 전개할 수 있을 테고, 적의 대포병 사격을 피하기도 용이하겠지요. 할 수만 있다면 누가 그걸 바라지 않겠습니까?"

"바로 그겁니다."

그래. 그냥 땅개들조차 곧 죽어도 두돈반 타고 가고 싶지, 누가 행군을 하고 싶겠냐고. 하지만 전 병력의 차량화, 기계화는 꿈만 같은 일이다. 어떻게 해서든 군비를 절감하고 싶어 환장한 게 지금 워싱턴 D.C.의 추세니까.

"앞으로 전차는 더욱 진화할 것이고, 그 용도 또한 크게 늘어나 다양한 전장에서 활용될 겁니다. 보병을 엄호할 수도, 적진을 돌파할 수도, 혹은 현재의 견인포를 대체할 수도 있겠지요."

"전차의 차종 자체가 늘어난다, 라."

"물론 가장 좋은 것은 단일화된 하나의 만능 차종을 굴리는 겁니다. 차종 하나가 늘어날 때마다 보급 소요가 미어터질 테니까요."

이미 보급 관련으로 골머리를 썩어본 경험은 차고 넘친다. 옆에 둔 게 기적의 참모장, 오마르였기에 내가 덜 고통받았던 거지 사실 보급 난이도는 타 부대에 비해 우리가 훨씬 더 헬이었거든. 내가 괜히 쇼몽에서 권총 뽑아 들고 6렙 블마처럼 블레이드스톰을 빙글빙글 돈 게 아니다. 정말 보급은… 끔찍한 일이었다.

"정리하자면, 앞으로 양식 있는 지휘관이라면 너나 할 것 없이 엔진의 저음과 바퀴, 무한궤도의 경이로움에 매혹될 겁니다. 보병이든, 기병이든, 포병이든, 공병이든. 기계의 힘으로 대체 못 할 일이 뭐가 있겠습니까?"

"그래서 싸운단 것이군요."

"그렇습니다. 드럼 중령도, 채피 대위도 모두 맞습니다. 전차의 이점과 그것으로 할 수 있는 일들은 무궁무진하며, 보병의 엄호건 적진의 돌파건 모두 전차가 할 일 중 일부에 지나지 않습니다."

그러니까 예산이나 더 타오라고.

"보병부대의 엄호를 맡은 전차는 전진을 엄호하는 토치카가 되겠지요. 하지만 지휘관이 결심하면 각 부대에 흩어져 있던 전차를 한데 모아 돌파에 쓰기도 하겠지요. 결국 모든 건 적재적소에 쓰기 나름입니다."

"모두 옳다, 라. 일리가 있는 말이군요."

황희 정승 논법은 실패하는 일이 없다! 이것도 맞고, 저것도 맞아. 근데 전차는 한정되어 있어. 그럼 유도리 있게 현장 판단하에 잘 써먹으라고. Q.E.D. 진짜 끝.

물론 이건 그냥 도망치기다. 맥네어가 포병이라 잘 모르겠다며 빼는 것과 비교했을 때 말만 길어졌을 뿐이지. 하지만 나라고 별수가 있겠는가? 원역사에서 경전차, 중형전차, 구축전차, 중전차 등 온갖 다양한 형태가 나왔다가 센츄리온과 패튼으로 대표되는 MBT 형태에 도달한 건 그냥 기술력의 한계 때문이다. 지금은 다품종이 될 수밖에 없다. 지금은.

"귀관은… 정치를 해야겠습니다."

"하하하. 그 이야기 많이 들었지요. 하지만 옐로 몽키가 무슨 수로 표를 받아오겠습니까?"

"육군에 있어선 실로 다행이군요. 좋은 이야기 잘 들었습니다."

맥네어는 고개를 몇 번 끄덕이며 음음 하더니 가보겠다며 인사를 했다.

"그런데 말입니다, 킴 대위."

"예."

"과연 드럼 중령이나 채피 대위가, 이런 타협안에 만족할까요?"

과거 우리는 남부와 북부의 대립을 정치적 타협으로 봉합하려고 했지만, 결말은 내전이었습니다. 맥네어는 그 말을 마지막으로 남기고 떠났다.

무섭게 왜 그런 말을 하냐고. 이 논쟁은 예산을 놓고 싸우는 대립인 데다가 이미 감정싸움의 영역까지 파고들었음을 지적한 맥네어의 말에 나는 머리가 절로 지끈거려 왔다.

* * *

당연한 이야기지만, 나와 맥네어가 움직이기도 전에 내 강의 내용을 둘러싸고 이미 드럼과 채피가 언성을 높여가며 거하게 싸우게 됐다.

"킴 대위. 당연히 캉브레의 전훈을 위주로 이야기하겠지? 강력하게 조직화된 기갑 집단의 유용성이야말로 캉브레의 전훈 아닌가!"

"이보세요, 채피 대위. 귀관의 사적 감정을 담지 마십시오."

"웃기는 소리! 그러는 중령이야말로 영국 놈들 물이 들어서 어떻게 해서든 이 이동—요새를 보병 앞자리에 놓고 싶어 하는 걸 내가 모르는 줄 아시오?"

"아직 아무 교보재도, 제대로 된 매뉴얼도 없습니다. 지금 킴 대위는 단순히 과거의 전투 경험과 전술에 관한 특별 강의를 할 뿐이에요."

"솔직히 말하시오. 그 매뉴얼화 과정에서 중령의 독단을 가득 담아 그 내용을 강의하려는 생각이 전혀 없단 말이오?"

"보자 보자 하니까 이 사람이!"

아아. 수라장. 수라장. 나는 내 생애 가장 애처로운 눈빛을 필사적으로 만들어내 이미 전출 준비만 앞두고 있는 뮤어 총장에게 신호를 보냈다. 살려주세요! 믿을 수 있는 사람은 이제 총장님뿐이에요!

"다들 조용히 하시게. 킴 대위의 귀중한 경험을 전수할 자리에 왜 자꾸 귀관들이 왈가왈부한단 말인가?"

"죄송합니다."

"저는 귀중한 전차가 땅개들의……."

"채피 대위!"

"조용히 하겠습니다."

역시 군단장까지 지내신 분은 뭔가 남다르셔.

"병사들 시켜서 책상과 의자를 몇 개 더 준비하라고 이르게. 어디 다들 한번 들어나 보자고."

"장군님?"

"그 누구도 떠올리지 못한 발상을 거듭해 승리를 쟁취한 명장의 강의일세. 그렇다면 당연히 우리 교관들 역시 한 번쯤 들어보고 배울 점을 찾아야 하지 않겠나."

아냐. 그거 아냐. 그만해. S… T… A… Y…….

"내 전출 전 아주 귀중한 경험이 되겠어. 잘 부탁하네."

"하하. 하하하. 알겠습니다. 하하."

그리하여 뮤어 소장과 드럼 중령마저 참관하는 초유의 강의로 한 단계 난이도가 상승해버린 내 첫 강의. 이러니저러니 해도 수업은 계속되어야 한다. 나는 첫 강의에 들어가기 전 출석부를 보며 할 말을 잃었다.

"제가 이분들을 가르쳐야 한다구요?"

"그렇지요? 그러려고 오신 것 아닙니까."

하하. 하하하하. 웃음만 나오네 진짜. 하하하하하. 알렌 대령, 아놀드 대령, 벨 대령, 브루크 소령, 크로프트 대령… 끝없는 영관의 물결. 최고령자 54세. 가장 어린 사람은 29세. 평균 41세.

"저 대위인데요."

"그리고 사단장이었던 전직 준장이죠. 빨리 들어가세요."

"눼에."

차라리 빨간 모자 시절이 나았다. 그때는 인정사정없이 바닥에 처박고 데굴데굴 굴리면 해결됐거든. 근데 지금 영감님들 굴렸다간 죄다 류머티즘에 골다공증 오게 생겼어.

나는 도살장에 끌려가는 어린 양처럼 침울해진 채 터덜터덜 강의실에 들어갔다. 난 결코 쉽게 죽지 않는다. 뮤어도, 드럼도, 채피도, 맥네어도 모두 시비를 걸지 못할 기적의 강의를 해내고 말겠어.

오랜만에 내 대뇌피질이 필사적으로 돌아간다. 누구도 시비를 걸지 못할 강의. 정반대의 견해를 가지고 대립 중인 사람들을 모두 아우를 수 있는, 마치 오리엔탈 샐러드처럼 어우러지는 완벽한 강의.

내가 못 할 것 같나? 웃기지 마라. 나는 유진 킴. 최초의 아시안 원스타이자 프레지던트 슬레이어다.

"오늘 이 자리는 캉브레, 아미앵, 생미이엘, 뫼즈—아르곤에 이르기까지 빛나는 무훈을 쌓으며 93사단을 훌륭히 이끈 유진 킴 대위의……."

드럼의 서두가 길게 이어졌다. 관상부터가 저런 일 참 좋아하게 생긴 분이시지.

"모두 큰 박수로 맞이해주시기 바랍니다!"

짝짝짝. 모두의 눈에 가득 맺힌 호기심. 레번워스 내의 갈등도 갈등이지만, 저분들의 지적 호기심까지 채워줘야 한다 이거구만. 저분들을 만족시키지 못하면 '음, 킴 대위 그 친구 말이지. 가르치는 일에는 재주가 없나 보더라고. 원래 천재들이 다 그렇다지 않은가?' 하며 전 육군에 내 졸렬한 티칭 솜씨가 퍼져나가겠지.

위기에 몰리니 어김없이 살아야겠다는 에너지가 퐁퐁 샘솟는다. 역시 전차 이야길 꺼내는 건 지극히 하책이다. 목매달기와 청산가리 마시기 중 하나를 고르는 우매한 짓이지.

"안녕하십니까, 유진 킴입니다. 이런 자리를 마련해주신 뮤어 총장님, 그리고 제가 빠르게 적응할 수 있도록 많은 편의를 봐주신 드럼 중령님께 감사를 표합니다."

제 이름이 나오자 드럼이 애써 입꼬리를 내리려는 모습이 빤히 보인다. 사회생활하자, 유진아. 군복 입고 쥐불놀이했다가 옷 벗는 건 전생으로 끝내야지?

"많은 분들이 제게 사적으로 물어보았습니다. '어떻게 93사단을 성공적으로 이끌 수 있습니까?'라고요. 아마 여러분들의 궁금증도 크게 다르진 않을 것 같습니다."

모두가 고개를 주억인다.

"해답은 간단합니다. 저는 흑인들을 이해했기 때문입니다."

누군가가 손을 들어 올렸다.

"말씀하십시오."

"그야 당연한 이야기 아니오? 병사들을 이해하지 못하는 자가 어찌 지휘를 한단 말이오."

"정말입니까? 전장에 나온 흑인들이 무엇을 열망하는지, 어째서 전장에 섰는지, 그들의 욕망, 그들의 특기, 그들의 약점. 무엇을 약속하면 가장 전의가 샘솟고 어떤 말을 들었을 때 다 때려치우고 집에나 가고 싶은지 정말 아십니까?"

"중대장이면 모를까 사단장이 그 정도로 알아야 한단 말이오?"

"왜냐면 우린 전제군주의 황명에 의거해 군을 끌고 나온 장수가 아니라, 민주국가의 유권자 수만 명을 이끄는 리더이기 때문입니다."

나는 탕 하고 분필 쥔 손으로 칠판을 내리쳤다.

"영국인들은 인도인을 이해하지 못했기에 세포이 항쟁이라는 재앙을 스스로 불러왔습니다! 우리 또한 다르지 않지요! 해안포병대에서 이곳 레번워스로 오신 분들. 여러분들께선 파나마인들을 완벽히 이해했노라 자부하십니까?"

나는 칠판에 슥슥 동아시아를 그려나갔다. 필리핀, 인도차이나반도, 중국, 한반도, 그리고 일본열도까지.

"향후 합중국의 핵심 이익이 걸린 이곳, 아시아에 사는 전혀 다른 문화권 사람들을 여러분은 이해하고 계십니까?"

조용해졌다. 그래. 이게 내가 원하던 거야. 누가 나를 전차 전문가라고만 이야기했지? 내 전공은 아시아야, 이 사람들아. 이제 쿵푸 마스터니 전차 전문가니 하는 건 다 잊고, 아시안 마스터 유진 킴을 기억해주십시오, 여러분.

"오늘의 강의는, 우리가 결코 직접 언급할 수는 없지만 향후 아시아—태평양 이권을 둘러싸고 항상 제1 가상적국으로 지목하는 이 나라. 일본에 대해 고찰하며 '타 문화권을 이해하는 법'에 대해 토의하는 시간을 가져보겠습니다."

전혀 엉뚱한 이야기가 나오자 채피가 벌떡 일어나려는 모습이 보였지만, 스을쩍 고개가 뮤어 소장 방향으로 돌아가더니 엉덩이만 들썩이다 참는다. 동시에 드럼이 손으로 입을 가리고 무언가 골똘히 생각하는 모습도 다 보인다.

그러니까 니네 전차 논쟁에 나 끼우지 말라고. 오늘 내 입에서 전차의 ㅈ자라도 나오나 봐라. 죽어도 안 나오지.

하우스 오브 카드 5

"1592년. 일본 역사상 최고의 군대를 갖게 된 군벌 수장 도요토미 히데요시는 이웃한 한반도, 조선왕국을 침공합니다. 조선왕국은 해안 방어용의 해군, 그리고 북방 기마민족의 약탈을 방어하기 위한 일부 북방군을 제외한 거의 모든 군대가 형해(形骸)화되어 있었습니다."

"…당시 일본군은 전략 목표였던 조선 국왕의 신병 확보에 실패했고, 대대적으로 봉기를 일으킨 현지 비정규군에 의해 보급로를 공격당했습니다."

"비정규군이라 함은 어느 수준을 일컫습니까?"

"현지 귀족이 물자를 풀어 민병대를 규합하기도 하였고, 패배한 정규군이 합류하기도 하였습니다. 특히 음, 레드코트 제너럴로 불린 제너럴 곽의 경우 전쟁 이전에는 흔한 지주에 불과했으나……."

"일본군은 현지 문화를 이해하지도 못했으며, 전략목표 달성에 실패해 지구전의 늪에 빠져든 결과 마치 독립 전쟁 당시의 영국군처럼 패배하고 말았습니다. 이처럼 유럽이 그리스—로마 신화와 기독교라는 큰 공통점을 지닌 것과 달리, 동아시아 국가들은 국가별 정체성에 큰 차이가 있으며……."

몇 시간을 떠들었나. 목이 아파 연신 물을 마시며 떠들어댔지만 반응은 생각보다 나쁘지 않았다.

"킴 대위. 그렇다면 일본의 그 사무라이 문화가 구체적으로 전쟁에서 어떤 영향을 미칠 것 같소?"

"문화는 티는 나지 않지만 모든 사고방식에 영향을 미칩니다. 예를 들어볼까요. 전투 후 중과부적으로 항복했을 때, 일본인들은 항복한 장병을 고운 눈으로 바라보지 않을 가능성이 큽니다."

"아니, 어째서요?"

"기사가 항복하는 것은 당연한 일이지만, 사무라이라면 배를 가르는 것이 미덕이니까요. 목숨 아까워 항복했다며 백안시하겠지요."

내가 아는 거래봐야 뭐 얼마나 있겠나. 이건 거대한 짜깁기다. 내 알량한 먼나라 이웃나라 수준의 지식과 얼추 경험적으로 알고 있는 내용, 거기에 2차대전에서 보여준 일본군 특유의 막가파식 행동과 광기를 덧댄다.

저 거대한 전차 논쟁에 휘말리지도 않고, 태평양 전선에 낄 이유도 마련하고, 겸사겸사 필리핀 복무 이력이 없다는 약점도 보완하고. 역시 이게 해법이다. 음, 역시 내 대뇌피질은 아직 녹슬지 않았어.

하지만 이 어설픈 지식만으로도 장차 미군을 이끌어나갈 분들에겐 꽤 컬쳐쇼크로 다가오는 모양이었다. 그야 그렇지. 내가 당연하다고 생각한 것들이 사실 당연하지 않을 수도 있다는데 그리 쉽게 받아들여지겠나.

하지만 예방접종 맞는다고 생각하고 빨리빨리 한 대 맞으시면 어떨지요? 앞으로 벌어질 일본군의 비범한 생태는 역사책으로 읽었던 나조차 감당할 수 없거든.

"이것으로, 오늘의 특강을 마치겠습니다. 감사합니다."

그렇게 위기가 끝났다. 여역시, 후달릴 때는 화제 넘기기가 최고다.

* * *

강의가 끝난 후 뒷정리를 하고 있으려니, 강의실 문이 열리고 한 사람이 굳은 표정으로 들어왔다. 드럼 중령이었다.

"좋은 강의 잘 들었네, 킴 대위."

"감사합니다. 첫 강의여서 너무 떨었는데 도움이 되었을지 모르겠군요."

"물론이지. 귀관이 아니었다면 아마 그 누구도 생각에 차이가 있다는 자체를 떠올리지 못했을걸세. 귀관만이 할 수 있는 생각이었지."

겨우 이렇게 강의에 대한 호평을 하려고 찾아올 분이 아닌데.

"하지만 나로서는 다소 우려가 되네."

"어떤 점에서 말씀이십니까?"

일본을 가상적국이라 말한 일은 전혀 문제가 될 리 없다. 내가 그 정도도 고려하지 않았을까 봐. 군대라는 조직은 항상 적을 설정해 놓는다. 아시아, 대놓고 말해 중국 무역과 필리핀에 실질적인 위협을 가할 수 있는 대상은 오직 일본뿐이다.

영국? 영국이랑 한판 붙는다는 생각만 해도 기저귀가 간절해진다. 아직 사자는 이빨도, 갈기도, 한 대 처맞으면 강냉이 3개쯤 날아갈 것 같은 앞발도 건재하다. 그딴 상상은 하기도 싫다.

다만 영국이나 일본이나, 미 육군은 구체적인 작전계획 수립보다는 요충지 방어계획 정도의 전술 레벨 정도로만 미리 구상을 해놓고 있다. 까놓고 말해 대전략은 해군 몫이고, 전쟁이 터지고 동원 준비를 하는 동안 계획을 짜면 된다는 게 현재 육군의 중론이다. 그럼 뭐가 우려된다는 걸까.

"귀관의 논리대로라면 미 육군의 장교들은 보다 폭넓은 문화와 풍습에 대한 이해가 필요하다는 건데… 마침 웨스트포인트에서도 그런 주장이 나오고 있거든."

"그렇습니까?"

웨스트포인트에서 '그런 주장'을 할 만한 사람은 딱 하나뿐인데.

"그래. 우리 솔직해지자고. 지금 맥아더 준장이 개혁이다 뭐다 하면서 역사와 전통을 자랑하는 웨스트포인트를 짓밟고 있네. 퍼싱 장군께서도 대단히 불쾌해하고 계시지."

아니 씨발. 여기가 미군이야 일본군이야? 이 끝없는 계파 싸움에 정신이 혼미해진다. 이게 실화냐. 정말 미군은 전설이다.

"그런데 자네가 이 강의를 해버리면, 물론 본의는 절대 아니겠지만, 마치 맥아더에게 동조하는 입장이 되어버리잖나? 나는 상급자로서 무척 걱정이 된다네."

표정 관리나 똑바로 하고 말해, 이 자식아. 하딩도 바지사장이네 허수아비네 실컷 깠지만, 언제나 여심이고 남심이고 두근거리게 만드는 그 매력적인 스마일을 유지하고 있다고. 포커페이스 정도는 지어줘야지.

어쩌면 내가 한동안 너무 정계의 거물들과 놀아서 감을 잃었을지도 모른다. 그래, 군바리 새끼들을 대선 후보랑 비교하면 좀 억울하긴 하겠다.

"명심하게. 지금 육군은 그 어느 때보다 함께 힘을 모아 퍼싱 장군 아래에서 일사불란하게 움직여야 하네. 그런 의미에서……."

"드럼 중령님, 우리 선수끼리 솔직해집시다. 퍼싱 장군께서 몇 년을 더 해먹겠습니까?"

내 말에 그가 애써 짓던 거짓 미소가 사라지고 냉정한 얼굴이 드러났다.

"지금 그 말, 농담으로 넘어갈 수는 없네."

"퍼싱 장군께선 연로하시고 전장을 많이 돌아다니셨으니, 조만간 퇴역하시겠지요. 그러면… 누가 다음 타자가 될까요?"

"이 사람이!"

"정말 관심 없습니까? 마셜은 지금도 장군 바로 곁에 찰싹 붙어 있는데?"

이야, 표정이 아주 훤히 다 읽히시네. 호구다, 호구. 등쳐먹기 좋은 호구가 여기 있어. 제가 똑똑하다고 자부하는 부류는 보통 이렇다. 아니지, 차기 미육군의 수장이라는 너무나 매력적인 미래에 표정 관리를 도저히 할 수 없는 거다.

"마셜은 아직 멀었어. 커리어 면에서도……."

"퍼싱 장군 밑에 모여있던 사람들도 그분이 퇴역을 앞두면 자연스레 분열되겠지요. 그때 가장 중요한 건 커리어가 아닙니다. 퍼싱 장군께 후계로 인정받았느냐 여부지."

나는 드럼과 눈을 마주했다. 입으로는 애써 태연한 척, 관심 없는 척하려 해도 두 눈엔 아주 관동대지진이 일어나고 있다.

"그땐 단순한 커리어 싸움이 아닙니다. 얼마나 강렬한 인상을 장군께 남겼느냐의 치적 싸움이지요."

"치적."

"예. 그야 곁에서 한솥밥 먹은 정으로 따지면 지금 마셜의 우세 아닙니까? 그러면 눈에 확 띄는 무언가로 이기셔야지요."

넘어온다. 넘어온다. 미안하지만 죽었다 깨어나도 넌 마셜 못 이겨. 이 책상물림아. 퍼싱이 아무리 꼰대가 되고 있다 해도, 옳다고 믿는 바를 위해서라면 바락바락 대들 줄도 아는 마셜과 앞에선 딸랑딸랑거리고 뒤에선 계파놀음에 전념하는 드럼 중 누가 싹수가 있는지 구분 못 할 사람은 아니다. 오히려 구식 군인인 만큼 더더욱 저런 인성 측면에 주목할 수도 있고.

드럼은 크게 착각하고 있다. 원래 포커판의 호구는 딴 놈들이 털어먹기 전에 내가 털어먹어야 한다. 남이 털면 아까워서 그날 잠 못 잔다.

"그래서. 이런 이야기를 왜 나에게 꺼내는 거지?"

"웨스트포인트와 분리해서 생각합시다. 맥아더의 그 '개혁'은… 오히려 무에서 유를 창조하는 이곳 레번워스의 몫이라 생각하지 않습니까?"

"고급 장교가 될 때 배우면 된다는 말이군. 일리가 있어, 일리가."

천하의 맥아더에게 겐세이를 놓는 동시에 치적까지 쌓을 수 있다는 환상에 드럼은 정신을 차릴 수가 없는 모양이다. 이분 진짜 정신 못 차렸구만.

"좋은 조언 고맙네. 내 유념토록 하지."

"감사합니다. 언제고 중령님께서 크게 출세하시면, 이 유진 킴을 잊지 말아 주십쇼."

"허허. 물론이지. 나야 캉브레에서부터 킴 대위의 자질을 눈여겨보고 있던 사람 아닌가? 허허허."

내 전차대대 뺏어 가려던 새끼가 저러니까 내면의 패튼이 포효한다. 참자, 참아. 저 새낀 누굴 적으로 돌리는지도 모르는 병신이야.

"아, 그래. 전차 관련해서는 내가 적당히 조치를 취하겠네. 맥네어 소령에게 언질 들었지. 채피가 전출 갈 때까지 적당히 지금처럼 시간만 때우면 되네."

"알겠습니다."

"허허. 그래. 열심히 하게나. 지금처럼만 하면 되네, 지금처럼."

병신. 만약 나더러 맥아더랑 군복 걸고 붙으라고 하면 난 그냥 필리핀 가고 만다. 그 인간은 그냥 걸어 다니는 재앙이거든. 만약 나더러 마셜이랑 군복 걸고 붙으라고 하면 난 그냥 전역 신청한다. 미래의 국무장관이랑 붙으라굽쇼? 진짜 어디 해안포대에 처박힐 미래가 빤히 보인다. 차라리 그 점에선 맥아더가 낫지, 맥아더는 이기고 나면 관심이 없어지겠지만 마셜은 꼼꼼하게 뿌리까지 뽑을 양반이다.

근데 저놈은 둘 다랑 싸우려 하고 있네? 나는 드럼의 명복을 빌며 건물 밖으로 나왔다. 어쩐지 차도살인을 한 것 같지만 기분 탓임이 틀림없다. 내가 부채질 안 했어도 저놈은 결국 둘이랑 한판 붙었을 테니까 내 잘못은 0에 수렴한다.

"어이 킴 대위."

채피 어서 오고.

"기껏 강의 잘해 놓고 왜 이리 죽상인가?"

드럼이 꼴받게 하잖아, 라고 받아쳐줘야 할 것 같지만 참았다. 이 유진 킴의 부드러운 매력을 어필해야지, 같이 욕해버렸다간 패튼 Mk.II가 되지 않겠나.

"또 드럼 그 찌질이가 꼴받게 했나?"

"말씀이 험하시군요."

"꼴받게 했구만, 흐흐. 한 대 태우겠나?"

"좋지요."

우리는 파릇파릇한 하늘을 올려다보며, 잔디밭에 주저앉아 공장 굴뚝처럼 열심히 연기를 피워 올렸다.

"군대 좆같지?"

"아닙니다."

"좆같구만 왜 그래. 사람이 옳은 말을 하면 좀 들어주면 좋겠는데, 옳은 줄 알면서도 제 권위든, 입장이든, 아니면 정치다 뭐다 해서 그걸 무시하는 게 이 군대란 말이지."

일침 보소.

"맥네어 소령에게 대충 이야긴 들었네. 귀관의 의견에 나 또한 전적으로 동의하고."

"마음에 드셨다니 다행이군요."

"누가 봐도 예산 처먹고 싶어서 땡깡 부리는 꼬라지 아닌가. 자네와 만나 의견도 교환했고, 이제 드럼 저 새끼가 총장이 될 텐데 무슨 부귀영화를 누리겠다고 이 염병할 레번워스에 남아있겠나? 더러워서 난 전출 가야겠네."

아니. 진짜 이분 나 하나 기다린다고 여기 있었던 건가?

"이게 바로 기동으로 화력을 갈음한다는 것일세. 킴 대위도 낄 데 끼고 빠질 데 빠지는 기동전 연습을 더 하게나! 크하하하! 나는 튄다! 드럼 밑에서 빵이나 치게나!"

씨이벌. 존나 부럽네. 여기서 최소 1년은 버텨야 하는데 뭔 짓을 해야 오래오래 살아남을 수 있담?

그렇게 채피는 행복의 나라로 떠나버렸다. 아니, 애초에 당신이 여기 있어서 내가 휘말렸다는 생각은 전혀 안 드시는 겁니까?

채피가 사라지면서 그럭저럭 레번워스에는 다시 평화가 도래했다. 적어도 내 심신의 평화만큼은 이루어졌다. 신임 총장이 된 드럼 '준장'은 연신 번쩍이는 별을 힐끗거리며 항상 업되어 있었고, 그래도 참모나 행정가로서의 재능은 충만한 만큼 이 판자촌 학교를 사람 사는 꼬라지로 개선하고자 최선의 노력을 다했다.

"들어봐. 이번에 새로 안내문이 왔는데, 오븐을 전기식으로 전부 교체해준다고 하더라고."

"전기 오븐?"

"안 쓰던 석탄 오븐 쓰려니 너무 힘들었거든. 새 총장이 제법 능력이 좋나 봐? 보통 군인들, 관사 같은 곳엔 관심이 잘 없지 않나?"

"그러게."

드럼 준장이 명하사, 비어 있던 땅에 새 관사와 BOQ가 들어서고 전기 문명의 축복이 그 자리에 임하노니 부인들의 입가에 미소가 맺히고 뭇 남정네들이 평안을 얻더라. 하긴. 내가 21세기 문명에 너무 익숙해져 있어서 그런가, 우리가 살던 워싱턴 D.C.의 집은 항상 뭔가 새 전기 제품이 나왔다 하면 사들이기 바빴다. 그런데 레번워스로 발령 나면서 도로 저 석탄 오븐을 쓰려니 도로시도 갑갑했겠지. 도로시가 혼자 차를 몰고 나가 친정집에 갈 수 없었다면 그 뒷감당은 전부 내 몫이었을 텐데.

"요즘은 따로 하는 일이 별로 없나 봐? 여기로 오니 연락이 다들 뜸하네."

"내가 당분간 본업에 전념한다고 했었거든. 헨리랑도 좀 놀아줘야 하고."

나중에 커서 인터뷰할 때 '아빠는 맨날 밖에서 일만 한다고 얼굴 보기 힘들었어요.' 같은 이야기 해봐라. 입신양명에 눈이 멀어 가정을 소홀히 한 비정한 아빠 같은 타이틀은 죽어도 사양이다. 사이좋게 한 가족이 식탁에 둘러앉아 저녁을 함께한다는 게 얼마나 큰 축복인가.

"헨리가 요즘 뭐 갖고 싶어 하는지는 알아?"

"…모르겠네. 우리 헨리, 뭐 갖고 싶어?"

"동생!!"

헨리가 손을 번쩍 들며 우렁차게 외치는 소리에, 나는 먹고 있던 아스파라거스 요리를 떨어트렸다.

레번워스와 워싱턴 D.C.보다 여기가 더 어렵다.

9장
레번워스의 마술사 I

레번워스의 마술사 1

해는 동쪽에서 뜨고, 그래도 지구는 돌고, 레번워스에도 새로운 하루가 시작된다. 그리고 새 하루가 시작된다는 것은 곧 드럼 준장의 상판을 봐야 한다는 뜻이고.

"귀관의 인기가 아주 폭발일세."

"저야 언제나 인기 좋았지요."

내가 말야, 소싯적에 파티장만 나가면 여자들이 아주… 도망간다고 바빴지. 옐로 몽키 광광우럭따. 거둬주셔서 감사합니다. 도로시 님 충성충성.

"그렇군. 전훈 분석은 어떻게 되어 가고 있지?"

"참전자 증언을 취합 중인 단계입니다. 이는 별도의 사례집을 출판하는 방향으로 빼고, 내년부터 정식으로 도입할 예정입니다."

"좋아좋아. 무엇보다 속도가 우선이니 속히 시행하지."

내가 아주 살짝 펌프질을 하긴 했지만, 드럼은 마치 추진력을 얻기만 기다리고 있던 알바트로스처럼 훨훨 날아다니고 있다. 이 인간. 진짜로 맥아더랑 한판 붙어볼 작정이다.

그만둬! 어이, 그 앞은 지옥이다! 내가 부추기긴 했지만 저리 장렬하게 달려드니 좀 곤혹스럽다. 전통을 수호하고자 하는 틀니 딱딱맨들과 함께 다구리 치면 맥아더고 뭐고 이길 수 있다는 심산인 것 같은데…….

나는 이제 슬슬 두려워지고 있었다. 혹시나 드럼이 이길까봐. 처음엔 채피가 챕챕거리는 술자리 농담 레벨인 줄 알았는데, 썩어도 준치라고 드럼이 판을 짜는 솜씨가 예사롭지 않았다.

맥아더가 이기면 그다음은 뻔하다. 아마 오지게 똥폼이란 똥폼은 다 잡으며 "봤나, 후배? 무능한 놈들은 항상 까마귀 떼처럼 몰려다닌다네." 같은 소리를 내뱉으며 '다 쥐패고 승리한 이 맥아더를 빨리 떠받들어!'라는 아우라를 팍팍 풍기겠지.

하지만 맥아더가 진짜 깨지면? 저번에도 피해망상으로 한번 발작했었는데, 망상도 아니고 진짜로 다구리 맞아 알력다툼에서 밀리면? 굴욕감을 날마다 씹던 우리 더글라스 선배가 맥가놈으로 진화해서 훗날 피의 보복을 할 게 뻔하잖은가. 드럼이 옷을 벗든 말든 내 알 바는 아니지만 눈에 핏발 가득 선 맥가가 피의 보복과 대숙청을 개시하는 건 상상만 해도 존나, 존나 무섭다.

"아, 그리고."

"예."

"킴 부인께 축하드린다고 전해드리게. 건강한 아이를 낳길 나 또한 기도하겠네."

"감사합니다. 애 태어날 때까지 전출 좀 안 가게 잘 부탁드립니다."

"염려 말게나."

결국 헨리 동생 만들기 프로젝트가 진행되었다. 절대 이곳 레번워스에서 밀려나면 안 되는 이유가 하나 더 생긴 것이다.

아직 의학이 21세기처럼 발달하지 못한 지금, 사람은 아차 하는 순간 덧없이 가는 존재다. 내가 지켜야 하는 어린 생명이 하나 더 늘어난다. 정치적인 외줄타기를 계속하는 지금, 단 한 번의 실수로 파나마나 필리핀행이 결정 날 바로 지금. 임산부가 먼 길을 갈 수도 없으니, 만약 발령이 난다면 나 혼자 가야겠지. 그러면 도로시는 또 나 없이 아이를 낳게 된다.

하지만 말할 수가 없었다. 조금 더 기다렸다 낳자고 하는 순간, 도로시 눈치가 얼마나 빠른데 대번에 눈치채고도 남지. 내가 아는 그녀라면 뭘 그런 쓸데기없는 걸 걱정하냐면서 등짝을 신나게 스매싱할 거다. 서로가 서로에게 부담 주는 걸 질색팔색하는 관계. 어찌 보면 참 끼리끼리 만난 것 같기도 하고.

헨리가 태어날 때 없었던 것 하나만으로 이미 입이 백 개여도 할 말이 없다. 만약에 또 없어 봐라. 샷건을 들면 차라리 감사하지. 부인이 '에휴. 군바리랑 결혼할 때부터 이럴 줄 알았지.' 같은 생각을 품게 하는 것부터 이미 구제불능의 남편이자 아빠 아닌가. 그리고 솔직히, 아주 약간 억울하지만, 이렇게 빨리 애가 들어설 줄은 몰랐다.

그런데 그것이 실제로 일어났습니다. 어차피 내가 버티기만 하면 다 해결될 일이다. 이번에야말로 태어날 아이 얼굴은 좀 보고 전출을 가든 하리라.

전생과는 달리, 지켜야 할 내 사람들이 점차 늘어나고 있다. 어깨가 무겁지만 힘들진 않았고, 오히려 투지가 샘솟았다. 하지만 투지가 샘솟고 자시고는 모두 바깥 일이고. 집에 돌아와서까지 으르렁대는 건 짐승도 안 하는 짓이다.

"좀 씻고 옷부터 갈아입어."

"시러어어~ 유진은 양말을 받았어요~ 유진은 이제 자유예요~"

"아빠 발냄새."

"아들아. 이게 노동의 냄새라는… 아야! 아야!"

"애 앞에서 자알 한다 자알 해."

도로시가 나를 보는 눈길이 가면 갈수록 헨리를 보는 그것과 비슷해지는 건 착각이겠지.

"아빠. 여기에 동생 있대."

"그래그래. 헨리가 말 잘 듣고 착한 아이로 있으면 곧 동생 태어날 거야."

"그럼 아빠도 말 잘 들어야 해? 아빠 발냄새 맡고 동생 오기 싫어하면 오또케?"

"……."

도로시가 숨넘어갈 것처럼 꺽꺽댄다. 이래서야 가장의 권위가 무너진다. 이 아버지가 한때는 수만 병사들을 거느리고 카이저와 루덴도르프 모가지에 칼을 들이밀던 전쟁영웅이건만 어찌!

역시 전차가 필요하다. 그 개쩔고 간지 나는 강철의 흉기를 거침없이 다루는 애비를 보면 헨리도 아빠가 얼마나 훌륭한 사람인지 알고 존경심이 무럭무럭 샘솟겠지. 내 장담컨대 전차를 싫어하는 남자애가 이 세상에 있을 리가 없다. 크고 아름다운 무기, 기차, 공룡을 싫어하는 애들이 드문 것과 마찬가지의 이치다.

내가 씻고 나오자 도로시가 기다렸다는 듯 말을 꺼냈다.

"아 참. 이번 주말에 큰오빠가 이리로 오기로 했어."

"그래? 처음 뵙게 되네."

찰스 커티스 주니어. 내게는 형님이 되시는 분이니, 이제 슬슬 이야기를 들을 때도 됐지.

헨리가 잠이 든 후, 그녀가 천천히 커티스 가의 옛날이야기를 풀기 시작했다. 요약하자면 사실 어느 집에나 있을 법한 이야기였다. 자신의 일을 물려받길 원하는 아버지. 그게 싫었던 아들. 듣고 있자니 새삼 집안이라는 게 참 뜻대로 안 되는구나 싶다. 입지 탄탄한 정치인이고 거의 만능열쇠처럼 느껴지던 그조차 집안 문제가 있잖은가.

물론 나는 좀 다르긴 하다. 이 망할 군바리 일을 가업으로 물려줄 생각은 없다. 나는 적어도 군인으로서 부끄러운 일을 하진 않았다고 생각한다.

제국주의 군대의 일원으로 식민지인들을 가혹하게 진압한 적도 없고, 나치 정권이나 일본군처럼 범죄 정권을 위해 일하지도 않았다. 군생활의 절정이라 할 수 있을 1차대전과 2차대전 모두 자유를 위해 싸웠노라 당당하게 말할 수 있는 일이지 얼굴 붉힐 일은 아니다.

그런데 헨리가 군인이 된다? 최악의 경우엔 베트남전이나 맛보겠지. 역으로 헨리가 입대하겠다고 땡깡 부리면 어떻게 한다? 말려, 말아? 말렸는데 애도 집 나가서 아득바득 웨스트포인트 입학하면 어떻게 한담?

와. 벌써 생각만 하는데 머리가 띵하고 골치가 아프다. 미치겠네 진짜.

* * *

"처음 뵙겠습니다. 찰스 커티스 주니어입니다."

"유진 킴입니다. 제게는 형님 되시는 분이신데 편히 말씀하시지요."

"그러지. 저 천방지축이던 망아지를 과연 데려갈 수 있는 용사가 있을까 걱정했는데 정말 다행이야. 혹시 집에 무슨 문제 있으면 언제든 말하게. 내가 도와줄 순 없고, 덜 얻어맞는 법 정도는 코치해줄 수 있네."

"오빠!!"

"어우. 기차 화통을 삶아 먹었나. 봤지? 쟤가 장난 아냐."

"하하. 제 소중한 부인입니다. 하하하."

곧이어 우리 귀여운 헨리가 처음 보는 외삼촌과 인사를 하고, 같이 식사를 하며 시시콜콜한 이야기를 나눴다. 당연히 주된 화젯거리는 도로시였고.

배가 빵빵해진 후 우리는 비로소 서재에 단둘이 앉게 되었다.

"도로시가 내 이야기를 많이 했나?"

"사실 그리 많이 듣진 못했습니다. 커티스 의원과 의견이 맞지 않아 집을 나갔다고만 들었지요."

"집을 나간 건 아니야. 걔가 어렸을 적 일이라 정확하게는 모르나보군. 나는 캔자스의 초원을 사랑하지만, 바다 건너 바깥세상에 대한 호기심과 동경이 그 사랑을 억누를 만큼 훨씬 컸네."

역마살이 낀 분이셨군.

"아버진 지역구를 물려주고 싶어 했지만, 글쎄. 솔직히 말해 나는 공화당과는 의견이 맞지 않아."

"커티스 의원은 꽤 진보적인 성향이었던 것으로 알고 있는데도요?"

"진보적이긴 개뿔. 공화당은 이제 썩은 내가 풀풀 나고 있어. 공화당의 진보? 시어도어 루즈벨트 같은? 그 사람들은 그냥 제국주의자들이지."

"혹시 그러면 진짜로 그, 사회주……?"

"난 절대 빨갱이가 아냐. 절대로. 내가 빨갱이였으면 미쳤다고 매제를 만나려 했겠나? 앞길 막는 일이라는 걸 뻔히 알면서도 저지르는 취미는 없어."

그럼 다행이고. 이 시대에선 명백히 공화당이 조금 더 진보적이고, 민주당이 화이트 파워 외치면서 꼴통 냄새 풍기는 편인데. 그 공화당이 싫으면 뭐지?

"나는 머리 굵어지자마자 곧장 해운업에 뛰어들었네. 도로시 말처럼 아예 집을 나간 것도 아니고, 그냥 일하면서 돌아다니다 보니 집에 거의 못 오게 된 것뿐이야. 뱃일하는 사람이 캔자스까지 가긴 좀 그렇잖나? 그나마 D.C.는 바다와 가까우니 종종 아버지를 만나긴 했었네."

"그건 다행이군요. 사실 좀 걱정했었습니다."

"그래. 음으로 양으로 아버지 덕을 좀 봤고, 지금은 나름대로 어깨에 힘주고 다닐 수 있게 되었네."

한동안은 또 서로의 무용담을 나누며 시간을 보냈다. 나는 당연히 전쟁터 이야기를, 커티스 주니어는 사업 관련해서 있었던 일 등등을 떠들었고 이야기를 하다 보니 자연스레 아시아—태평양 무역 관련 화제로도 한참을 떠들었다.

"역시 들은 대로군."

그가 거의 빈 찻잔을 내려놓으며 슬며시 웃었다.

"사실 땅개… 크흠, 실례. 육군의 전쟁영웅이라기에 내 얄팍한 상상력으로는 셔먼이나 그랜트 같은 사람을 떠올렸었네."

그거 그냥 패튼 프리퀄이잖아. 저와 같은 품위 있고 지적인 사람을 자꾸 그런 양반들이랑 엮지 말라고요.

"하지만 알음알음 자네에 대한 이야기가 들려오는데, 그게 내 매제 이야기니 도무지 궁금증을 참을 수가 있어야지 말야."

"육군 밖에서도 제 이야기가 나온다구요?"

"내가 무역을 주로 하다보니, 해군과 국무부에 이리저리 끈이 많네. 그 양반들이 일개 육군 장교 이야기를 꺼낼 리가 없는데도 잊을 만하면 자네 이야기가 언급되더란 말이지."

또 그 레포트 이야기인가. 뭐, 그럴 만하다. 그건 내가 진짜 튀어보려고 만든 회심의 걸작이니까. 내 인생에 그런 몹쓸 레포트를 만들 일이 또 있을 것 같진 않지만, 아무튼 내 주가가 오른 것 같아 기분이 썩 나쁘진 않네.

"혹시나 해서 묻는 거지만, 국무부 일 해볼 생각은 없겠지?"

"당연하지요. 제가 뭐라고 국무부에 갑니까?"

"국무부 친구들이 자네 때문에 얼마나 혼비백산했는지 모를 거야. 전쟁부 장관이 결투장을 보냈어도 그것보단 덜 시끄러웠을걸세. 아직 스카우트 요청이 안 갔다는 게 신기하네."

"그야… 제 입으로 이러기도 부끄럽지만, 훈장까지 두둑하게 받은 인물이 국무부에 가기도 좀 그렇잖습니까?"

"그렇긴 하지."

그가 고개를 주억였다.

"혹시 자네, 민주당에는 관심이 없나?"

"전혀요."

"아니아니. 정치하자는 이야기가 아니야. 으음. 군인도 결국 출세를 하려면 정계와 소통할 창구가 있어야 하지 않나. 비록 민주당이 야당 신세가 거의 확정이라곤 해도, 하나쯤 끈을 만들어 두는 건 어떻겠나 이거지."

어휴, 나야 있으면 땡큐지.

대공황 이후 공화당 정권은 무너진다. 그리고 나면 프랭클린 루즈벨트가 10년 넘도록 백악관을 지키고, 그 뒤를 이어 트루먼까지 쭈욱 민주당의 시대. 지금이야 커티스 의원의 뒷배가 참으로 따사롭지만, 이게 천년왕국이라고 생각하지는 않는다. 불감청이언정 고소원이라고 민주당과의 소통 창구가 있어서 전혀 나쁠 일은 없다.

"나와 참 이야기가 통하는 친구가 있어. 저 남부 꼴통들처럼 흑인 노예를 갖고 싶어 아등바등하는 놈도 아니고, 굉장히 폭넓은 시야와 탁월한 판단력을 가진 인물이네. 문제는 이번 윌슨 하야 건으로 조금 타격을 입었다는 점인데, 그래도 이런 일로 폭삭 망할 사람은 아니라는 게 내 판단이야. 아마 민주당 내 소수파로서나마 자기 자리 정도는 지킬 수 있을걸세."

"형님께서 그렇게 극찬하시는 분이라면 저야 당연히 좋은 인연을 만들고 싶지요. 혹시 누군지 알 수 있겠습니까?"

"아, 내가 아직 이름도 언급 안 했군. 프랭클린이라고, 이번에 민주당 부통령 후보로 나왔네. 어차피 이번 선거야 버리는 카드니까… 자네 괜찮나?"

시발. 오 시발. 역시 사람이 죽으라는 법은 없구나!

레번워스의 마술사 2

커티스 주니어가 떠난 후, 나는 홀로 생각에 잠겼다.

프랭클린 루즈벨트. 일명 FDR. 휠체어 타고 다니던, 미국에서 가장 오래 대통령 해먹은 정치인. 내가 아무리 어설프게 역사를 알아도 뉴딜 정책이랑 마셜 플랜도 모르진 않는다. 그런데 과연, 이 역사에서도 그가 대통령이 될 수 있을까? 이놈의 정치판은 도무지 감이 안 잡힌다. 내가 아는 역사랑 뭔가 매칭이 안 된다고 해야 할까.

예를 들면 허버트 후버(Herbert Hoover). 이 사람은 내 기억으론 틀림없이 대공황을 정통으로 처맞고 쫄딱 망해 하딩, 부시와 함께 공화당 개노답 삼형제 취급받던 대통령이다. 그런데 정작 두 번째 삶에서 본 후버는 윌슨 밑에서 일했고, 조금 전 이야기가 나왔던 루즈벨트와 함께 대권에 도전 어쩌고 이야기가 나왔었다. 근데 또 이번 공화당 경선에도 후보 중 한 명으로 얼굴을 내밀었었고. 뭐야 이거?

아무튼, 원 역사와는 달리 윌슨은 이상주의를 향해 저 멀리 달나라로 날아가다 나로호처럼 장렬하게 폭발사산해버렸다. 그러면 당연히 윌슨 밑에서 일하던 후버나 루즈벨트도 뭔가 영향을 받지 않았을까? 저 사람들 진짜 대통령 될 수 있나?

모르겠다. 하지만 저 루즈벨트가 내가 아는 FDR이 맞다면, 무조건 장기 투자해야 한다. 10년이 넘게 장기집권할 분을 내가 어찌 무시하겠는가. 환상의 똥꼬쇼를 해서라도 무조건 잡아야지.

지금 당장 해야 할 일은 루즈벨트가 아니라 오히려 다른 일이었다. 괜히 군 바깥의 일에 너무 관심을 쏟다가 정작 내 본연의 임무를 수행하지 못하면 그게 무슨 병신 같은 일인가. 나는 일본군마냥 정치질에 혼을 팔긴 싫었다.

레번워스를 수습하는 과정은 참으로 난관 그 자체였다.

"아미앵에서의 사례를 중점으로, 한정된 정보를 활용해 지휘관의 결심과정을 이해해보도록 하겠습니다."

"캉브레는 다루지 않습니까?"

"캉브레는 저로서도 굉장히 특이한 케이스라고 봅니다. 그 부분은 차후에 다시 한번 논하겠습니다."

이거. 장난 아니게 쪽팔린다. 내가 아무리 얼굴 가죽이 두껍다고 하지만 정치인은 아니라고. 아직 유교맨의 무의식이 남아있는 내게 '저보다 짬밥 몇십 년은 더 드신 여러분들께서는 제 개쩌는 위업을 들으며 공부하시면 됩니다.'라고 말한다는 건 정말 고역이었다.

하지만 여긴 어디다? 마초이즘과 배드애스에 대한 동경이 가득한 아미리까다.

"한번 여러분이 독일군 208사단장, 그로덱 장군이라고 가정해봅시다. 평소 우습게 보던 2류 국가의 군대. 게다가 병사들은 흑인들. 거기에 지휘관은 서른도 안 된 애새끼! 과연 여러분들이라면 공세를 멈출 수 있었을까요?"

"으음……."

"그래도 3만에 가까운 적군과 부딪쳤는데 이성적으로 판단했다면 숨고르기를 검토하지 않았겠습니까?"

"그렇습니다. 말씀대로 합리적인 지휘관이라면 그렇게 생각해야겠죠. 하지만!"

탕! 나는 거칠게 교탁을 내리치며 목청을 높였다.

"상부에서 지시받은 명령이 진격이었어도, 여러분들은 멈출 수 있었을까요?"

"……"

"작전의 성패. 더 나아가서 국가의 존망을 건 공세라는 걸 뻔히 알고 있었는데, 과연 숨을 고른다는 정답을 고를 수 있었을까요?"

"상부 지시라면, 뭐어……"

"여러분도 떨떠름하죠? 그래서 208사단은 그 거대한 기대와 압력을 이기지 못하고 아미앵으로 달려왔습니다."

분필만 있으면 당시 아미앵 일대의 지도를 그리는 일쯤이야 눈 감고도 할 수 있지. 내가 대체 몇 번 이걸 그렸는데. 나는 손으로는 슥슥 지도를 그려가면서도 입은 멈추지 않았다.

"93사단의 실전 경험이 전무했다는 것을 고려하면 서전에서의 유인작전에서 독일군이 수상한 낌새를 눈치챘을 가능성은 아주 높다고 봅니다."

"하지만 진격을 멈출 정도는 아니었지요."

"맞습니다. 왜일까요? 천하의 독일군에, 이 조우전이 뭔가 어색하다는 점을 못 느낄 인재가 하나도 없었을까요?"

나는 대답을 기다리지 않고 곧장 말을 이었다.

"알아도 윗선에 말은 못 했겠죠. 왜? 아까와 똑같은 결론. 상부의 말을 씹자고 건의하는 셈이니까 후환이 두려워서."

결국 이게 핵심이지. 군대뿐만 아니라 모든 조직이 꼬이는 이유. 최전방에서 뭐 빠지게 실무 뛰고 있는 사람들의 감과 판단이 헤드에까지 전달되지 않으면 항상 사달이 난다.

그런 점에서 나는 93사단을 완벽하게 운용했다고 자부한다. 이기면 대박, 지면 군생활 좋이라는 이해관계의 공유. 전투 의지 충만한 장병들과 일개 전속부관조차 사단장더러 지랄하지 말라고 일갈할 수 있는 끝내주는 분위기. 하급자에 대한 완벽한 신뢰와 이에 호응해 법적 권한에 구애받지 않고 거침없이 개별 판단하에 움직이는 예하 부대장들.

물론 저게 가능했던 건 내가 그들의 능력을 훤히 알고 있었기 때문이다. 아이크가 지휘하는 369연대와 드럼 같은 폐품이 지휘하는 369연대가 같은 전투력을 발휘할 리가 없잖은가.

"따라서, 고급 지휘관은 최대한 일선의 목소리가 자유롭게 올라올 수 있도록 최대한 언로를 열어 놓을 필요성이 있습니다."

"그게 군기문란으로 이어지지 않으란 법이 있소?"

"그 엄격한 군기를 유지하던 독일군이 그래서 이겼답니까?"

이렇게 정신없이 강의를 끝내고 사무실 의자에 앉으면…….

"기병 애들이 한번 보자고 합니다."

"아아니 또 왜요."

"설마 전차에 관심 가진 사람이 채피 대위뿐이었다고 생각하십니까? 머리 뚜껑을 따서 좀 열어보고 싶은 사람이 이 레번워스에만 한 트럭입니다."

솔직히 저도 좀 궁금하네요. 맥네어가 그렇게 말하고 아주 옅게 입꼬리를 꿈틀거리는 모습이 당장이라도 내 골통을 까보고 싶다는 투다. 쟤 무서워. 엄마 나 나쁜 사람들 틈에서 일하고 있어…….

거절할 명분도 없으니 졸래졸래 찾아가자, 쩌렁쩌렁한 목소리와 무수한 악수의 세례가 그 뒤를 이었다.

"킴 대위! 빨리! 빨리빨리 진행합시다!"

"군마의 시대가 끝났다 하여 적진을 종횡무진하고자 하는 우리의 열망마저 끝나진 않았소! 새 시대엔 새 시대에 걸맞은 방법이 있는 법!"

"자, 캉브레부터 어디 한번 풀어보시죠. 힌덴부르크 선의 코르크 마개를 처음으로 땄을 때부터······."

채피가 유달리 이상한 인간이 아니었다. 그냥 기병은 다 이런 놈들투성 이였다. 생각해보면 채피는 보병 병과에서 갈아탄 케이스였다. 정통 성골 기 병 병과보다 야아아약간, 정말 아주 약간 얌전했던 셈이지.

"지금 고작 개인 감상 먼저 들을 땐가? 적 방어선 돌파와 관련한 전훈 먼저 들어야지!"

"앞으로 합중국의 모든 기병 장교들은 웨스트포인트 막사에서부터 힌 덴부르크 선 돌파에 대한 무용담을 자장가처럼 들을 겁니다! 그 기억이 흐 릿해지기 전에 두고두고 길이 물려줘야지요!"

"이 친구, 웃기는 놈일세. 밖으로 나와! 결투다! 이기는 놈이 정하는 거다!"

"결투라고 하면 누가 쫄 줄 압니까? 칼 뽑으십쇼!"

내가 지금 합중국 장교와 이야기를 하러 온 건가, 멕시칸 마적 두목과 면담을 하는 건가? 갑자기 패튼이 그리워졌다.

* * *

기병 친구들에게 한참 시달리고 난 후, 나는 드럼의 호출을 받았다. 안 돼. 이러다 죽어. 유진 킴의 라이프는 이미 제로라고.

"킴 대위."

"옙."

드럼은 요즘 무척 기분이 좋은지 은은한 커피 향을 즐기며 말했다.

"물개 새끼들이 귀관과 태평양 전략에 대해 논하고 싶다는데, 시간 괜찮 나?"

"물개요?"

"아, 그래. 귀관의 저번 특강 이야기가 꽤 퍼진 모양이야."

드럼은 미리 준비해 놓았는지 책상 한 켠에 올라와 있던 태평양 지도를 좍 펼쳤다.

"누구보다 더 잘 알고 있겠지만, 아시아—태평양 지역의 작전계획이나 우발적 계획수립은 거의 다 물개들이 세우고 있다네. 솔직히, 우리야 필리핀과 하와이 정도만 지키면 될 일 아닌가."

못 지킨다는 게 문제지. 필리핀은 식민지 하나쯤 있어야 우리 가오가 산다며 빼액빼액거린 결과물. 처음 배불뚝이 친구들은 필리핀이 있으면 대중국 무역에 큰 도움이 될 거라 생각했겠지만, 결과물은 그냥 돈 먹는 하마였다. 도저히 수지타산이 안 맞는다.

식민지를 얻는 것도 위신 문제지만, 전쟁까지 해가며 먹은 식민지를 포기하는 건 더더욱 위신에 심각한 영향을 미친다. 괜히 윌슨이 폼 잡으며 독립을 약속한 게 아니거든.

"물개 새끼들의 관심사에 우리 미합중국 육군이 어울려줄 필요는 딱히 없지만, 그 불쌍한 놈들이 우리의 고견이 필요하다고 애걸복걸하는데 어쩌겠나?"

내가 아이크의 불알 두 짝 받고 오마르 것도 더 걸고 장담할 수 있지만, 절대 미 해군이 애걸복걸했을 리가 없다. 그놈들 자존심은 더럽게 높아서 지들이 영국 해군 레벨인 줄 알거든. 품격 있는 육군의 일원으로서 당연히 여기서는 '좀 더 애처롭게 빌어봐. 말해, 누굴 생각했지!'라며 해군을 살살 긁는 게 베스트 초이스지만, 드럼의 저 모습을 보니 내가 해군과 협력해주길 바라는 눈치가 역력하다.

게다가 프랭클린 루즈벨트 이야기도 듣지 않았나. 그 양반, 골수 해군빠다. 여기서 대승적으로 해군에 내 이미지를 좋게 만들어 놓으면, FDR과의 만남도 보다 화기애애해질 것 같다.

"알겠습니다. 저로서는 딱히 그 친구들과 할 이야기가 없지만… 아무래도 총장님께서는 물개 놈들의 애처로운 요청을 받아들일 정도로 자비심 깊은 모양이시군요."

"허허. 역시 킴 대위야. 그렇지. 저 아니꼬운 알콜중독자 새끼들과 협력할 수 있는 사람이 이 육군에 그리 많진 않잖나? 나 정도 인품은 되어야 할 수 있는 일이지."

그러니 내가 육군의 헤드가 돼야겠다. 욕심이 너무 훤히 보인다.

"제가 긍정적이라고 알려주시면 감사하겠습니다. 혹시 제가 해군 놈들의 소굴까지 가야 합니까?"

"흐으음. 그 부분은 조금 더 논의를 해보겠네."

어떤 게 가장 이득이 될지 견적 뽑고 극한까지 빨아먹겠다는 저 마인드. 아주 훌륭해. 물개를 잘 털어먹어보라고.

"그리고 하나 더."

"예."

"육군항공대에서도 귀관의 고견을 좀 듣고 싶다 하더군."

통신대 항공반이라는 노예 신세에서 이제 육군항공대로 신분 상승한 공군 친구들. 걔들이야 우리 테두리 안에 있으니 큰 문제는 없는데… 가면 갈수록 일이 너무 늘어나지 않습니까? 저 혹시 행주입니까? 더 짜도 물 안 떨어지거든요?

"내 개인적 의견으로는 향후 제공권이야말로 육군의 핵심 화두가 되리라 보고 있네."

"고평가하시는군요."

이건 좀 의외인데.

"결국 후방의 지휘관과 참모들은 한정된 정보를 들을 수밖에 없지. 그리고 제공권을 잡고 올바른 정찰 활동을 할 수 있느냐 없느냐로 외눈이 되느냐, 아니면 장님이 되느냐가 결정될걸세."

"옳은 말씀이십니다."

"항공대 놈들은 자꾸 주제 파악을 못 해서 문제지만 말야. 아무튼, 의견 교환이 좀 어떻게 안 되겠는가?"

그래. 까라면 까야지. 일이 많은 것도 행복이다. 이렇게 많이 일하고 있으면 날 전출 보내진 못할 것 아닌가.

"일정만 알려주신다면 준비해 놓도록 하겠습니다."

"하하! 고맙네! 내 언젠가 킴 대위를 크게 쓰도록 하지!"

드럼의 덧없는 약속을 뒤로하고, 나는 그리운 내 쉼터 관사로 복귀했다. 오늘 하루도 정말 폭풍이구만.

나를 반갑게 맞아줘야 할 도로시가 내 코트를 받아주기가 무섭게 속삭였다.

"자기 동생분이 찾아오셨어."

"내 동생? 유신이 아니면 유인이?"

"혀엉."

"너 여기 왜 왔냐? 회사는 어쩌고?"

"그게, 사정이 좀 있어서."

어찌 된 일인지, 샌프란시스코에 있어야 할 유신이가 떡하니 내 소중한 소파에서 슬며시 일어나는 것 아닌가. 뭐지? 혹시 일감이 더 필요한 건가? 드디어 근로 의욕이라는 게 샘솟는 건가?

"내가 연락도 없이 갑자기 왔지? 미안해."

"그럴 수도 있지. 많이 급했나보네."

"그, 형. 내가 항상 형만 믿고 있는 거 알지?"

"…너 혹시 아편 태웠냐?"

"씨발. 말도 참 곱게 하네."

그래, 이게 정상이지. 갑자기 동생이란 새끼가 사근사근하게 구니까 깜짝 놀랐잖아. 인류의 유전자엔 원래 형제의 모가지를 비틀고 싶은 욕망이 존재한다. 이는 성경에서부터 내려져 온 진리다. 나는 이 새끼가 드디어 아서스가 되기로 결심했나 의심을 가득 품은 채, 요즘 따라 기이할 정도로 손님이 많이 찾아오는 서재로 동생 놈을 안내했다.

"빨리 말해. 뭐 사고 났냐?"

"응?"

"회사 망할 판이야? 아니면 사람을 죽였어? 장인어른이 필요한 거야, 회장님이 필요한 거야. 그것도 아니면 흑인 히트맨이 필요한……."

"그런 거 아냐, 이 인간아. 형이면 좀 형답게 굴라고."

울컥울컥하면서도 애써 자세를 다잡는 것이, 이 새끼 보통 사고를 친 게 아니구나 싶다.

"후우……."

"뭐야. 빨리 말해."

"형은 나 믿지?"

"그래그래. 우리 동생 믿고말고. 그러니까 개수작 부리지 말고 빨리 말이나 해. 나 바쁜 몸이야."

그러고도 한참을 더 우물쭈물하던 동생이, 충격적인 이야기를 털어놓았다.

"나 사실, 결혼하고 싶은 사람이 생겼는데……."

"잘했다! 드디어 니가 장가를 가는구나! 그래, 역시 사내새끼는 가정을 꾸리고 자식을 낳아야지. 암. 아암! 내가 아버지께 지는 초고속으로 장가간 주제에 동생들 혼처는 구해주지도 않는 몹쓸 놈 소릴 얼마나 들었는데? 어휴 잘했다. 잘했어."

선 자리 알아보고 있었는데 취소해야겠다. 어쨌거나 동생이 알아서 여자를 만났다 하니, 혹시 저놈이 여자가 아닌 다른 쪽에 관심이 있나 하던 걱정은 덜었다.

"그래서, 형은, 나를 좀, 도와줬으면 해서……."

"왜 자꾸 말을 돌려. 애라도 만들었어? 아니면 집안 레벨이 안 맞아?"

"집안이 조금, 우리 집이랑 어울리질 않는데……."

하. 진짜 1920년스러운 이야기다. 그놈의 집안이 뭐가 문제라고.

"명심해. 네가 평생을 같이할 사람 고르는 거야. 여자가 더 잘난 집이면 내가 거기 가서 '귀한 따님 주십시오.' 하고 석고대죄를 해서라도 박박 길 테니 걱정 말고, 여자 집안이 문제면 네가 남편으로서 방패가 돼 주면 끝이야. 알았지?"

"고, 고마워."

"그래서. 어느 쪽인데? 나 명석 준비해야 해? 조선에서 명석 수입해 와?"

"아니. 둘 다 아닌데……."

"그럼 뭔데!"

"그… 여자가… 일본……."

"야 이 씨발롬아! 너 생각 없어?!"

말보다 먼저 앞서나간 내 헥토파스칼 킥이 동생의 가슴을 갈겼다. 진짜 내 인생에 바람 잘 날이라곤 없네. 하여간 얌전한 놈이 치는 사고가 제일 무섭다.

레번워스의 마술사 3

미친놈. 미쳐도 단단히 미친놈. 일단 이야기를 듣기 전 참교육의 시간부터 베풀었다. 이놈이 정신머리가 빠졌나? 이이일보온?

"이 자식이 미쳐가지고! 지금도 바다 건너 조선이 어떤 꼬라지인 줄 잘 아는 놈이! 엉?! 뒤질라고!"

"혀어어… 사려, 아여워어……."

힘들다. 사우나에 들어간 듯 온몸이 흠뻑 젖을 때가 돼서야 나는 대충 책상에 널브러졌다.

"야."

"…응."

"미쳤냐?"

"그, 그런 게 아니고. 내 말, 내 말 좀 들어봐. 진짜로."

"지금 내가 말을 들을 수가 있겠니? 응? 일본이랑 아무 관련 없어? 그거면 내가 인정한다."

"아, 아니. 그러니까 이게 좀 복잡해서……."

"복잡하면 아가리 봉해, 그냥."

손이 벌벌 떨려 성냥도 못 켜겠다. 나는 입에 물었던 담배를 대강 바닥에 집어 던지고는 종이와 펜을 꺼냈다.

"적어. 나는 안 읽어볼 거니까 그냥 니가 아는 거 대충 적어 놔. 이름, 나이, 사는 곳, 부모 이름, 뭐 기타 등등."

"형이 안 볼 거면 누가……."

"핑커톤(Pinkerton)이든 어디든 조사 의뢰하려고 그런다, 이 자식아!"

어쩌면 돈만 보고 이 머저리한테 달라붙은 사람일 수도 있고, 그것도 아니면 어떤 집단에서 빨판을 꽂았을 수도 있다. 최악의 경우 임정으로 흘러들어가는 자금에 의구심을 갖고 일본에서 고의로 사람을 붙인 거라면?

물론 내가 아직 국가 단위의 첩보전이 벌어질 정도로 대형 인사가 된 것 같진 않지만, 만의 하나라는 그 가능성 때문에라도 조심해야 한다. 어쨌거나 난 군 간부 신분이니까.

"너. 만약에 그 여자가 불순한 목적으로 접근할 거면 어쩔 거냐."

"그럴 리가 없어."

"내가 생각해보니 핑커톤이 아니라 더한 곳이라도 좀 도움을 청해야 할 것 같아서 그래. 빨리 대답부터 해. 만약에 목적이 불순하면 포기할 거야?"

"…정말 그렇다는 확고한 증거가 있다면 포기해야지."

그렇게 말한 동생은 이제 애걸하듯 매미처럼 내 다리를 잡고 늘어졌다.

"하지만 절대 그럴 리가 없어. 진짜로, 내 말 차분히 들어보면……."

"그래. 너야 잘 알겠지. 하지만 일단 나로서는 객관적인 제3자의 의견을 먼저 들어보고 싶구나. 지금 씨발, 터놓고 얘기를 하자. 니가 실드를 치면 그게 날 설득할 수 있을 거라 생각해? 아니면 좆같아서 더 배배 꼬아 들을 것 같아?"

"……."

"그러니까 일단 나도 객관적인 데이터를 받아보고. 그 뒤에 의심되거나 더 궁금한 게 있으면 너한테 물어보마."

"만약 진짜 의도가 불순했다고 증명된다면 나도 배신감에 치를 떨겠지."

잠시 고민하던 녀석이 심호흡을 한 번 했다.

"만약에 그런 문제가 없는데도 불구하고 계속 반대하면, 나 개 포기 못 해. 진짜로. 연 끊고 남미로 야반도주를 해서라도."

"미쳤어?"

"산 입에 거미줄 치겠어?"

이놈 보소. 이제 머리 굵어졌다고 풀악셀 밟는 것 좀 보라지. 나는 절대 이런 식으로 가르친 적이 없… 는… 데……. 혹시 나 보고 커서 이렇게 된 거야?

"형이 여태까지 얼마나 고생했는지는 나도 잘 알고 있어. 그리고 우리 집안 일으켜서 사실상 가장 노릇 한 것도 형인 거 다 알고. 근데 나도, 형이 웨스트포인트다 유럽이다 하는 동안 진짜 죽도록 일했어. 형이 학교에서 총질할 때 나도 금고 털려는 미친놈들 상대로 총질했고, 형이 병사들 이끌고 나아갈 때 나도 직원들 다독이면서 필사적으로 일했어."

"그래서 꼴리는 대로 하시겠다?"

"아니. 받아들여지지 않는 이유를 내가 납득할 수 없으면 내가 떠나야지. 절이 싫으면 중이 떠나야 하지 않겠어?"

녀석이 그동안 있었던 힘든 일들을 싸그리 쏟아내며 통곡을 하는 모습을 보니 그동안 참 내가 형 노릇을 못 했구나 하는 생각이 문득 들었다. 미국 내 소수민족이라는 이 애매모호한 위치. 여전히 가장의 권한은 절대적이고, 나는 장남이자 실질적 가장이라는 힘으로 이리저리 내 하고픈 모든 것을 다 했다.

반면 유신이의 입장에서 보면, 가장은 수천수만 킬로미터 떨어진 곳에서 편지나 틱틱 보내는데 실질적인 권한이라곤 없이 아등바등 하라는 일만 하면서 노력했겠지. 결과가 좋으면 다 좋은 것이라는 말도 있지만, 글쎄.

"만약에, 진짜 문제가 될 게 없다 싶으면 다시 이야기해보자."

"…진짜로?"

"이런 일로 내가 거짓말을 하겠냐. 다른 가족들한텐 이야기했어?"

"아직 아무한테도."

"그래. 당분간 입 다물고 있어. 내가 조만간 샌프란시스코로 찾아가마."

"혀어어엉……."

"울지 말고 이 새꺄. 사내자식이 어디서 질질 짜고 있어. 불알 떨어질라."

"흐끅… 개새끼… 진짜 형은 개자식이야……."

이 모지리는 갑자기 눈에 수도꼭지가 열렸는지 내 바지가 축축해지도록 물을 줄줄 쏟아냈고, 온 얼굴이 통통 불어터지고 멍이 든 꼬락서니를 보니 차마 뭐라 다그칠 생각이 들지 않았다.

수신제가한 뒤에 치국평천하라 했던가. 적어도 내 제가(齊家)는 낙제점이 틀림없었다.

* * *

장인어른에게 우선 도와달라 멘트를 날렸다.

"일이 참 신기하군."

"무슨 일이 또 있습니까?"

"자네와 안면을 트길 바라는 사람들이 몇몇 있는데, 그중 지금 일에 도움이 될 만한 사람도 있거든. 조만간 연결해주겠네."

역시 연줄 하나는 일품이다. 결과물을 들고 와서 추후 이야기를 나누기로 했고, 나는 일단 치솟아 오르는 복잡한 마음을 싸그리 마음속 택배상자에 잘 담아 둔 뒤 일에만 집중했다.

해군과 육군항공대. 제2차 세계대전을 준비하려면 이 두 곳과 좋은 관계를 유지하는 일은 필수적이다. 해군은 사실… 기대도 안 한다. 걔들이 육군 말을 듣는다고? 물개가 나한테 '아~ 전차 운용 그런 식으로 하면 안 되는데~' 같은 소리 하면 내가 '아 그렇군요. 대단하십니다.' 하겠냐. 니미츠건 누구건 무덤에서 넬슨이 살아 돌아오건 물개 주제에 개소리하지 말고 좆이나 까라고 하겠지.

딱 그냥 '땅개에도 말이 통하는 사람이 있구만.' 수준만 되면 된다. 그 이상을 바라고 자꾸 설쳤다간 낄 데 안 끼고 빠질 데 안 빠지는 병신 취급받기 딱 좋다. 해군과는 아시아—태평양 대전략과 필리핀 방어 등에 대한 원론적인 이야기를 나누고, 거기에 대서양 관련 이야기는 살짝 곁들이는 정도면 될 터.

육군항공대는 애매하다. 물론 내 동기들 중 일부가 거기에 가 있긴 하지. 맥나니, 스트레이트마이어, 하몬 등등. 육군항공대는 아직 신생에 가깝지만, 그만큼 강경파들이 많다. 애초에 항공기의 매력에 마음을 완전히 뺏겨버린 영혼들이 아니면 항공대에 갈 리가 없거든.

그래서 그곳은 자유롭지만, 의외로 육군과도 각을 세우려 하고 있다. 원래 신생 조직이란 살아남기 위해서라도 강경해지는 경향이 크고. 무엇보다 육군 내부의 계파 싸움과도 다이렉트로 연결된 문제여서, 여기는 정치적인 처신이 조금 필요하다. 일단 누구와 커넥트되어 이야기를 할지 확정되고 나서 생각해도 늦지 않겠구만.

그렇게 차근차근 준비를 하던 도중, 관사로 또 손님이 찾아왔다.

"장인어른께서 다리를 놔주셨다고 들었습니다. 도움에 감사드립니다."

"안녕하십니까, 킴 대위님. 저야말로 명성 자자한 육군의 영웅을 만날 수 있어 영광입니다."

남자는 모자를 벗고 인사를 하며 말했다.

"BOI에서 일하고 있는 존 에드거 후버라고 합니다."

                                    * * *

음모론의 단골손님인 FBI 종신 국장 후버. 고약한 변태가 찾아왔네.

"우선, 요청하신 문건은 여기 있습니다."

"감사합니다."

나는 두툼한 서류봉투를 받고 곧장 옆에 올려놓았다.

"확인하지 않으십니까?"

"후버 씨가 이렇게 가져다주셨는데 틀릴 리가 없겠지요. 내용은 추후 천천히 확인해보겠습니다."

내 첫수에 애써 감추려고는 하지만 약간 당황한 기색이 엿보인다. 역시, 아직은 어려. 나와 동년배면 서른도 안 되었다. 그 무시무시한 사찰의 대가로 각성하기까진 많은 시간이 남았다 이거지.

"혹시 저를 아십니까?"

"제 장인어른이 정계에 몸을 두고 계시다보니 가끔 이야기는 들었습니다. 팔머 전 법무장관이 귀하의 유능함을 보고 픽업했다고 들었습니다만."

팔머의 이름이 나오자 이제 동요를 숨기지 못한다. 법무장관 라인을 잡고 승승장구할 줄 알았는데, 그 팔머가 윌슨과 함께 비참하게 몰락해버렸으니 얼마나 당황스러울까. 내가 던진 조약돌의 파문이 여기까지 미쳤으니 참으로 나비효과란 신비하다.

"저는, 팔머 장관과 별다른 관계가 없습니다. 약간 오해가 있으신 모양인데……."

"아, 알고 있습니다. 능력으로 그 깐깐한 장관의 인정을 받으셨으니까요. 그래서 제가 이 결과를 딱히 보지 않는 겁니다."

나랑 안면 트고 싶다고 찾아올 정도면 저기에 장난질을 치지는 않았겠지. 만약 진짜 문제가 있었다면 당장이라도 말하고 싶어 어깨를 들썩이며 혹시나 모를 위협을 막아낸 자신의 공로를 열심히 어필하려 들었을 게 뻔하다. 그럼 당장 여기서 까볼 정도로 큰 사안은 없다는 거나 마찬가지.

뭣보다, 지금 저걸 열어봤다간 후버의 설계에 놀아날 것만 같다. 그건 절대 사양이지. 내 등짝을 탐하려 들면 어쩌려고.

"저를 보고 싶어 하신다고 들었는데, 이렇게 도움까지 주시니 더더욱 제가 여쭤보지 않을 수 없군요. 혹 제가 무언가 해드릴 수 있는 일이 있을까요?"

"아닙니다. 어디까지나 합중국의 명예를 드높인 킴 대위의 이야기를 듣고 한 번쯤 뵙고 싶었을 뿐입니다."

"그렇습니까? 그렇다면 감사하지요. 이렇게 만나 뵙게 되어 반가웠습니다. 이 먼 곳까지 찾아와주셔서 감사드리고 조심히 가시길 바랍니다."

"예??"

"아니면, 뭔가 더 하실 말씀이라도……?"

이거 재밌네. 들었다 놨다 하는 게 아주 꿀잼이야. 나중에 이 양반이 거물이 되면 이 짓도 못 할 테니 지금 미리 많이 해둬야겠다. 스트레스가 쫙 풀린다.

"좋습니다. 군인이셔서 그런지 아주 시원시원하시군요. 저도 그렇다면 편히 말씀드리겠습니다."

"그러시지요."

"저와 킴 대위는, 아주 좋은 협력 관계를 구축할 수 있으리라 기대하고 있습니다."

협력이라. 미래의 FBI를 지배할 남자와 협력을 다질 수 있으면 나야 땡큐인데.

"일개 대위와 협력이라고요?"

"일개 대위라니요. 합중국의 전쟁영웅을 그 누가 일개 대위라 칭하겠습니까. 제 생각에, 킴 대위께서 가슴속에 품고 있는 애국심과 야망은 결코 보통 사람들이 범접할 수준이 아니라 믿고 있습니다."

"애국심은 모든 합중국 장교들이 품고 있는 것이고, 야망이라… 야망까진 아닙니다. 진급이야 장교라면 당연히 모두가 원하는 것이고……."

"고작 진급입니까?"

내가 영 꼬투리를 내주지 않자 후버가 슬슬 조급해지고 있다.

"상원의원, 포드사, 소수민족 그룹, 참전용사들, 거기에 주류 판매까지. 이 모든 것들이 고작 진급을 위해서라고요?"

"어쩌다보니 연이 닿아 그렇게 된 것들입니다. 사랑하게 된 여자가 우연히 상원의원의 딸이었고, 포드 회장님은 제 장래를 보고 먼저 다가와 후원자가 되어주겠노라 제안해주셨습니다."

"그러면 다른 것들은……."

"내 뿌리를 신경 쓰는 것. 싸우고 돌아온 내 소중한 부하들의 미래를 보장해 주는 것. 이것들은 모두 합중국이 보살펴주지 못한 부분을 나라도 도와주고자 마음먹었기에 행한 일입니다."

"역시."

그가 슬며시 손에 배어 나오는 땀을 바지에 닦으며 주먹을 꽉 쥐었다.

"그 모든 것들은, 결국 정치로 향하는 길이라는 걸 알고 계십니까?"

"갈 수는 있겠지요. 갈 수는. 제가 안 가면 될 일 아닙니까."

"합중국이 그들을 보살피려면, 결국 워싱턴 D.C.의 의사당이 바뀌어야 합니다. 킴 대위. 정말 단순한 자선행위로 끝내고 싶은 사람은 결코 이런 일을 벌이지 않습니다!"

그래. 내가 먼저 요청하는 게 아냐. 네 욕망을 털어놔라. 그래야 내가 우위에 설 수 있지.

"저 또한 킴 대위와는 다른 방면에서 이 나라를 지키고자 싸우고 싶습니다. 빨갱이와 간첩, 범죄자의 마수로부터 합중국 시민을 지켜내고 싶습니다."

"그렇군요. 참으로 귀감이 될 만한 애국심입니다."

"우리가 손을 잡고 각자의 영역에서 최고의 반열에 오른다면, 감히 누가 합중국을 위협하겠습니까?"

"거기까지 가려면 수십 년은 족히 흘러야 하지 않겠습니까?"

"저에게까지 점잔 떨 필요 없습니다, 대위. 여기서 대위를 직접 만난 지금 전 확신했습니다. 우리에겐 능력이 있고, 의지가 있고, 올바른 목적을 위해 수단을 칼로 휘두르고 있습니다. 우리가 함께하지 못할 이유가 어디 있단 말입니까?"

나는 잠시 고개를 갸웃했다. 이 정도로 세게 나오다니. 좀 의외인데. 물론 내가 1차대전에서 이룬 것들이 좀 많긴 하지만, 퍼싱, 맥아더와 같은 쟁쟁한 전쟁영웅이 없는 것도 아니다. 인종이라는 페널티를 끼고 있는 내게 이 정도로 거침없이 다가올 수준은 아닌데?

"제가 뭘 휘둘렀단 말이지요?"

"대통령은 왜 날려버리셨습니까?"

지금만큼은 나도 표정을 관리할 수가 없었다.

이 새끼가 어떻게 알았지?

레번워스의 마술사 4

"역시. 역시! 하하!! 크하하하!! 내가 맞았어! 역시!! 제길, 역시 당신이었어! 그 모든 것들이!"

블러핑이었나. 하도 급소를 제대로 맞아서 얼떨떨하다.

그래. 상식적으로 나라는 걸 알아차릴 방법은 전혀 없다. 이승만, 《더선》, 공화당 사이를 연결하는 무수한 고리 중 하나가 외부에 드러날 수 있는 전부였다. 표정 관리 좀 더 연습해야겠네. 하딩과 빡세게 포커라도 쳐야겠다.

"대통령을 날리다니, 너무 허황된 이야기여서 황당해했을 뿐입니다."

"거짓말 마십시오. 나도 명색이 수사관입니다. 딱 보면 알아요. 당신이었어. 서른도 안 된 당신이었다고!"

그는 참을 수 없었는지 벌떡 일어났다.

"누구에게도 말하지 않았고, 아직 말할 생각도 없습니다. 도저히 증명해낼 방법이 없으니 내가 미친놈 소리 듣고 찍혀 나갈 뿐이니까. 그 놀랍도록 거대한데 정교하기까지 한 계획의 일부나마 추리해낸 나조차 내가 망상증 환자가 아닌가 몇 번이고 고민했으니까!"

"……."

"킴 대위. 나와 손을 잡읍시다. 우리 피 끓는 젊은이들이 함께 이 나라를 지켜내자고. 응?"

이 새끼 곧장 말 놓는 뽄새 보소. 감히 싫은데 에베벱의 나라 미합중국의 시민인 유진 킴의 코털을 뽑아 놓고 그따위 건방을 떨면 참교육을 베풀어줘야 하는데.

하지만 상대는 후버다. 이런 인간과 정면충돌하면 잃는 게 너무 많다. 미래의 FBI 종신 국장이랑 원한 관계가 생긴다고? 밤에 잠도 못 잘걸?

"제가 귀하의 손을 잡으면 무얼 얻을 수 있겠습니까?"

"뭐든지! 당신은 돈 없어서 의회에서 구걸이나 하는 군에서 썩을 사람이 아냐. 더 크게. 더 크게 봅시다. 군을 장악하고, 정점에 오르고, 그 빛나는 결과물을 가지고 D.C.로 갑시다. 나와 함께!"

"저야 그렇다 쳐도, 아직 후버 씨는 그 정도의 입지는 아닌 것 같습니다만."

"여기까지 추리해낸 내 능력을 보고도 의심하는군. 좋아. 금방 따라잡지. 팔머의 빨갱이 사냥은 실패했지만, 조만간 내가 빨갱이 몇몇을 날려버리면 다시 흐름은 돌아올 거요. 그러니 내 능력을 느긋하게 감상하고, 다시 결정하면 됩니다. 물론 그때까지 간다면 저울추가 약간 더 기울겠지만. 흐흐흐."

나는 천천히 후버에게 다가가 손을 내밀었다. 후버의 저 득의양양한 미소. 내 뒷덜미를 잡았다는 저 확신. 원 역사에서도 남 뒷조사해서 캐낸 약점으로 오래오래 해먹었다더니 아주 싹수가 노오랗네.

"역시 셈이 빠르시군, 대위. 나는 딱히 이 건으로 대위를 해치거나 할 생각이 없으니."

아, 이거 못 참겠네. 원한이고 나발이고 좀 지고 말지. 선빵 내가 친 거 아니니 억울해하지 말고. 나는 그와 손을 마주 잡기 직전, 그의 팔목을 힘껏 붙들었다.

"이게 무슨 짓……."

"잘 들어. 나는 상대가 민주당 딕시 새끼건, 깜둥이건, 옐로 몽키건, 여자 옷 입는 게 취미인 호모 새끼건 신경 쓰지 않아."

"키, 킴 대위! 잠깐!"

상상도 못 한 곳에서 튀어나오는 불의의 일격. 아까 나 때릴 땐 기분 좋았지? 나도 기분 째져. 나라고 블러핑 못 치냐? 그는 경악하며 몸을 빼려 했지만 꽉 쥔 내 손아귀를 뿌리칠 수는 없었다. 이래 봬도 군인이라고.

"잠시, 뭔가 오해가……."

"대신, 나한테 별 병신 같은 이유로 칼 들이미는 날강도 새끼는 그게 대통령이건 뭐건 결코 살려두지 않아. 이 개좆같은 새끼야."

그의 팔을 밀어내자, 그는 나풀거리는 가오리연처럼 털썩 다시 의자에 주저앉았다.

"이건, 이건……."

"상호 신뢰가 아직은 부족한 것 같군요. 후버 씨. 나는 그 누구보다 소통과… 열린 마음을 중요시합니다."

다음에 오실 때는 조금 더 귀하께서 오픈된 마음으로 찾아오시면 좋겠습니다. 나는 충격이 꽤 컸는지 공허하게 허공만 바라보는 그를 내버려 둔 채 서재를 나왔다.

좆같은 새끼가 오냐오냐했더니 어디서 감히 이 유진 킴의 상투를 잡으려 달려들고 있어. 뒤질라고 진짜.

* * *

요즘 이 서재에서 영혼이 가출한 채 나가는 사람이 너무 많다. 이러다 조만간 품격과 따뜻함이 가득해야 할 유진 킴의 서재가 영혼 빨아먹는 오컬트 플레이스가 될 판이다. 몇십 년 뒤에 사탄 숭배자나 오컬트 매니아들이 무슨 심령 스팟 탐방하듯 찾아와서 '아아, 비운의 흑마법사여.' 하며 제를 지낼지도 몰라. 진짜 조선에서 무당이라도 하나 불러서 굿이라도 치러야 하나.

후버는 유령이라도 본 것처럼 나를 힐끗거리며 떠나갔다. 어떻게 알았는지는 지금부터 열심히 그 잘 돌아가는 대가리 굴려서 고민해보라고. 물론 평생 고민해도 답이 나올 일은 없다. 내가 미래인이란 걸 니가 어떻게 알겠냐.

뒤늦게 그도 내가 내지른 게 혹 물증이 없는 뺑카일지도 모른다는 깨달음을 얻은 듯했지만, 이미 버스 지나갔다. 서로 급소에 한 대씩 갈겼으니 무승부로 치자고. 나는 부엌에 들어가 집 대문 앞에 소금을 좀 뿌린 후, 후버가 남기고 간 서류를 천천히 정독했다.

그리고 며칠 뒤, 업무 중 도저히 미룰 수 없는 것들을 최대한 쳐내고 남은 것들은 어쩔 수 없이 다른 사람에게 맡겨야만 했다.

"정말 괜찮겠습니까? 이 빚은 아주 톡톡히 받아낼 겁니다? 나중에 가서 후회하지 마세요."

맥네어의 말이 무엇보다도 소름이 오소소 돋는다. 무서워. 어떻게 쪽쪽 빨아먹을지 견적 내고 있는 게 훤히 보여서 진짜 무섭다고!

맥네어는 맥아더, 마셜과는 또 다른 의미에서 상대하기 버겁다. 저 짓는 듯 마는 듯한 희미한 미소 뒤편에 무슨 몽둥이가 있을지 모르겠다. 드럼처럼 욕심이 훤히 보이는 것도 아니고 딱히 내게 바라는 것도 없으니 미치고 팔짝 뛸 노릇이었다.

이렇게 모두 마무리를 짓고 나서 곧장 샌프란시스코행 기차에 올라탔다.

"형? 여긴 어쩐 일이야?"

"왜겠어. 바쁘지 않으면 바로 가자."

"...알았어."

사장실에 들어서자마자 대뜸 주어를 생략해 말했는데도 찰떡같이 알아듣는다. 편하고 좋네. 나는 가는 길에 다시 후버가 건네준 파일을 읽어보았다.

니시메 후미코(西銘文子). 천만다행히도 네츄럴 본 재패니즈는 아니고 일본계 미국인. 부모가 함께 이민을 와서 샌프란시스코에 정착 후 출생. 손위 오빠가 하나 있었으나 샌프란시스코 대지진 때 사망. 이 차별맛 매콤한 시대에 무려 미시간대에 진학하였으나 부친이 세상을 떠나자 휴학, 사실상 자퇴하고 샌프란시스코로 복귀. 이후 한 중국계가 운영하는 공장에 취직하여 사무 관련 업무를 담당한 것으로 나와 있었고, 그 공장이 우리 집안과 연계가 있는 것으로 보고서엔 기록되어 있었다.

내가 예상한 대로, 누가 메이드 바이 후버표 자료 아니랄까 봐 간첩이냐 빨갱이냐에 대해서는 아주 편집증적으로 조사가 들어가 있었다. 일본 본토와의 교류, 미국 내 친일 단체나 재미 일본인 커뮤니티 행적 등은 본인뿐만 아니라 가족의 기록까지 탈탈 털었고 대학에서 빨간 냄새 풍기는 서클 활동을 했는지, 혹이 학업 중단과 낙향이 공산주의 이념 전파를 위한 목적은 아닌지 아주 먼지 하나까지 박박 털었는데… 내가 이런 또라이랑 한판 붙었다 이거지?

[확인 결과 현재까지 대공 용의점 없음.]

[확인 결과 현재까지 간첩 활동 용의점 없음.]

[보다 내밀한 조사를 위해 재미 일본인 단체에 인적자원을 침투시킬 필요성이 있으며……]

어째 여자가 문제가 아니라 후버가 더 문제로 느껴지는 건 기분 탓인가. 용의점이 없다면서도 결론의 결론이 '그러니 더욱 확실히 색출하기 위해 잽스 단체에 프락치를 꽂아야 함.'으로 끝나는 건 대체 뭐냐고. 이래서야 FBI가 아니라 KGB잖아, 이 싸이코야.

동생은 직접 운전대를 잡고 한참 달린 끝에, 일본인들이 주로 사는 곳과는 거리가 있는 외곽진 지역의 한 허름한 가정집 앞에 차를 세웠다.

"잠시만 기다려. 이야기 먼저 좀 하고 올게."

"그래라."

몇 분 후, 안에 먼저 들어갔던 유신이 손짓하기에 나 또한 집 안으로 들어갔다.

"실례합니다."

"어서 오세요. 소문으로만 듣던 킴 장군을 집에 모시게 되어 무척 반갑습니다."

허. 나는 그녀의 유창한 한국어에 잠시 할 말을 잃었다.

"유신아. 혹시 이분이시니?"

"어, 응."

그래. 대충 왜 네가 야반도주가 어쩌고 했는지는 이제 잘 알겠다. 그래도 말이다. 형이 좀 마음의 준비를 해야 하지 않았을까? 미치도록 예쁘다는 말을 먼저 했어야지. 그랬으면 내가 그렇게 두들겨 패진 않고 말이라도 좀 들어봤잖니… 지금이 1920년이 아니었다면 헐리우드에 있어야 할 여자가 이런 집에 있네.

견적 다 나왔다. 돗자리 펴도 되겠다. 보나 마나 태어나서 여자 손이라고는 엄마 손밖에 잡아 본 적 없는 우리 유신이가 저런 미녀를 만나니 사업이고 나발이고 다 버릴 용기가 샘솟지. 못난 얼빠 자식…….

"유진 킴입니다. 너무 조선말이 유창하셔서 조선인인 줄 알았습니다."

"니시메 후미코입니다. 요즘 열심히 배우고 있습니다. 모쪼록 잘 부탁드리겠습니다."

"형. 너무 윽박지르진 말고……."

"옆에서 쫑알거리지 말고 넌 잠깐 차에 있어."

달달 떠는 모습을 숨기지 못하는 동생 놈을 대강 치우고 자리에 앉자, 그녀가 차 한 잔을 내어 왔다.

"드시지요."

"감사합니다."

일해야지 일. 내가 괜히 레번워스에서 이 샌프란시스코로 왔는가. 돌아가기 전에 깔끔하게 이 일을 매듭지어야 한다.

이미 샌프란시스코행 기차에서 최대한 과거 기억을 떠올리며 예행연습을 했다. 냉수를 끼얹는다거나, 달러 뭉치를 주며 이거 받고 떨어지라고 한다거나, 오렌지 주스를 흘린다거나 등등 대한민국의 무수한 영상 매체를 떠올리며 멘탈 트레이닝을 했다. 그 결과 이제 난 그 어떤 상황에서도 완벽한 대처가 가능하다. 나를 작전의 신이라 불러다오.

"아직 조선말은 불편하실 텐데 일본어가 편하십니까, 영어가 편하십니까?"

"제 모국어는 영어입니다. 영어로 말씀하시지요."

"알겠습니다. 오늘 제가 이렇게 찾아뵌 것은, 그… 제 못난 동생이 니시메 양과 건설적인 미래를 만들고 싶다는 말을 해서입니다."

"네……."

"물론 니시메 양께서 일본인이 아닌 일본계 미국인이라는 사실은 알고 있습니다. 하지만 조선인과 일본인 사이의 감정 문제가 결코 그렇게 호락호락한 것도 아닌 만큼……."

"저는 일본인이 아닙니다."

조금 의외인데. 여기서는 차라리 미국인으로서의 정체성을 내세울 줄 알았다. 어차피 니세이(二世) 문제 등 일본계 미국인과 관련된 이슈도 한 번쯤 부딪쳐야 할 터라 이 부분에서도 많은 준비를 해왔는데, 이런 회피 반응이 나올 줄은 몰랐다.

하지만 부정해도 소용없다. 천하의 후버 님께서 뒤를 캐냈는데 틀릴 리가 있겠나. 그동안 상대하던 인간들이 죄다 괴물딱지들이라 이런 반응은 참으로 오랜만이었다. 그래. 소시민과 이렇게 한 자리에서 이야기를 나누기엔 내 레벨이 좀 많이 높아지긴 했어.

"그렇습니까? 죄송하지만 제가 동생을 아끼는 마음에서 약간의 뒷조사를 했습니다. 조사 결과에는 니시메 양의 양친께선 일본인인 것으로 나와 있던데요."

"킴 장군께서 만난 미국인들은 아시아인의 국적에도 꽤 신경을 써주셨나보군요. 저희는 그렇지 않았습니다."

그녀가 찻잔을 천천히 내려놓으며 말했다.

"제 아버지께선 류큐인이셨습니다."

머리가 떵해진다. 김유신 이 모지리 새끼 어디 갔어. 제일 중요한 걸 말을 안 하면 어쩌란 거야! 후버 이놈도 순 맹탕이다. 간첩인지 빨갱인지는 아주 어금니를 깨물고 사돈의 팔촌까지 털더니 정작 국적이 틀려? 지금 장난해?

"아, 류큐라는 이름은 생소하실 수도 있겠군요. 류큐는……."

"오키나와는 저도 잘 알고 있습니다. 조선과 비슷한 처지지요."

안 봐도 훤하다. 오키나와야 조선보다도 훨씬 먼저 일본에 잡아먹혔고, 출입국 신고 때부터 이미 류큐라는 국명은 날아가 있었을 터. 이해는 하겠는데… 빨갱이 여부를 조사하려는 그 열정의 1%라도 여기에 썼으면 나도 알고 오지 않았을까? 응? 미국인의 타문화 이해도가 0에 수렴한다는 걸 알면서도 덥석 믿었던 내 잘못이야?

머릿속에 구상하고 온 31가지 알록달록 시나리오를 모조리 폐기하며, 그저 내가 류큐를 안다는 사실에 좋아하고 있는 이 여자를 어떻게 해야 하나 고민이 깊어지고 있었다.

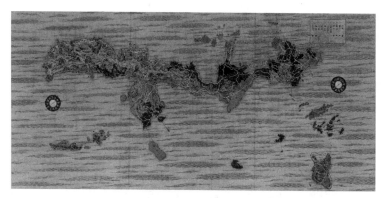

류큐왕국 지도(출처: 오키나와 현립 도서관)

류큐왕국은 오래전부터 사츠마 번의 영향력에 놓여 있었으며, 1879년 일본의 팽창주의적 행보의 첫 케이스로 병합됩니다.

이후 토야마 큐조라는 한 교사가 도쿄에 유학 생활을 하던 도중 일본—하와이 이민 프로그램을 알게 되어 본격적으로 하와이 및 미주 이민을 알리게 되었고, 1900년 1월 8일 그를 포함한 최초의 오키나와인 집단이 하와이 호놀룰루에 발을 내딛게 됩니다.

하지만 오키나와 미주 이민 사회는 슈리—나하로 대표되는 출신 지역의 차이, 1세대와 2세대의 갈등, 샌프란시스코와 로스앤젤레스의 갈등, 류큐 고유 언어 화자와 일어 화자 간 대립, 일본 및 일본인 이민자들과의 관계, 시대를 풍미한 공산주의의 침투 등으로 끝없는 홍역을 치릅니다.

마침내 행정명령 9066호가 발동되고 일본인들이 강제수용될 때 오키나와인들도 도매금으로 같이 끌려가게 되면서 오키나와인 고유의 커뮤니티는 파멸을 맞이합니다. 이를 회복하기까지는 많은 세월이 필요했습니다.

레번워스의 마술사 5

"혹시 부친께서 류큐인이셨다면, 모친께서는……?"

제발 혼혈이라고 하지는 말아줘. 여기서 또 갑자기 어머님은 일본인이라 하면 내가 굉장히 곤란해진다고.

"아, 제 어머니께선 아마미(奄美) 출신이세요."

그, 죄송한데 그렇게 말해도 저는 잘 몰라요…….

"죄송합니다. 제가 너무 들떴나보군요. 아마미는 류큐 근방에 있는 또 다른 군도를 일컫습니다."

"지명까지는 들어본 기억이 있습니다만, 구분을 두실 정도로 상호 간의 그… 인식 차이가 있는 줄은 몰랐습니다. 알려주셔서 감사합니다."

솔직히 류큐만 해도 내 일반상식 레벨의 아슬아슬한 커트라인에 딱 걸쳐 있어서 알았다. 아마미가 어디에 붙은 동네인지 어떻게 알아. 나는 1박 2일 후쿠오카 온천 여행도 못 가봤다고. 하지만 저렇게 구분해서 말하는 걸 보니 저쪽에도 뭔가 지역감정 비슷한 무언가가 있다는 걸 유추할 수 있었다. 특히나 섬사람들은 구분 의식이 조금 더 강한 편이잖은가.

이미 류큐를 안다는 점으로 점수를 따냈는데, 굳이 까먹을 필요까지는 없겠지. 그 후에는 훨씬 온화한 분위기에서, 주로 그녀의 이야기를 경청하게 되었다. 싸닥션 용도로 김치 챙겨 왔으면 큰일 날 뻔했다.

훈훈하고 화기애애하게 이야기를 마무리 지은 후 집 밖으로 나오자, 연신 초조하게 다리를 떨며 줄담배를 태우고 있는 못난 동생이 보였다.

"형, 이야기는 잘……."

"너 이 새끼, 딱 대라! 어금니 깨물어!"

유신이는 뭐라 하기도 전에 파블로프의 개처럼 다가올 죽빵에 대비해 자세를 잡았지만 어림도 없지. 내 분노의 헤드락을 맛봐라, 이놈아!

"켁, 켁켁. 왜 이래 또!"

"오키나와 출신이라고 말을 했으면 될 거 아냐 이놈아! 왜 그 말을 못 해서 이 사달을 내!"

"뭔 개소리야 이건! 내가 말하려고 몇 번을 시도했는데 듣기 싫다며 온갖 개지랄을 다 떨어 놓고서!"

그랬나? 그랬던 것 같기도 하고 아닌 것 같기도 하고. 그런 사소한 과거의 이야기가 뭐가 그리 중요하겠나. 아무튼 내가 못 들었다는 게 더 중요하지.

"아니, 솔직히 까놓고 생각을 해봐. 나도 여자친구가 몇 번이고 설명을 해줘서 아, 오키나와가 원래 일본 땅이 아니구나 하고 안 거라고. 처음 이름 이랑 얼굴만 텄을 땐 당연히 일본 여자겠거니 생각했다고."

"아니, 류큐를 왜 몰라. 유구국 못 들어봤어?"

"유구국은 또 어디야?"

형제애를 돈독히 나누는 뜨거운 주먹의 대화가 몇 번 오간 후에야 이제 좀 커뮤니케이션이 제대로 통하기 시작했다. 원인은 또오 어김없이 아메리카 합중국의 위대한 교육이었다. 생각해보니 유신이나 유인이는 1900년대 미합중국의 교육을 충실하게 받은 몸이다. 애초에 정규 교과 과정에 아시아에 대한 게 별로 나와 있지도 않으니, 그나마 집에서 밥상머리 교육 좀 듣고 도산 선생 같은 분께 몇 마디 주워들은 게 아시아에 대해 아는 것 전부였다. 민족의식이 뚜렷한 것이 오히려 신기할 정도네.

"내가 슬며시 몇 사람한테 운을 떼보긴 했는데 다들 모르더라고. 솔직히 류큐라는 지명만 들으면 대충 도쿄 옆이겠거니 생각 들지 않아?"

"뭐… 그런가?"

"그래! 그래서 형도 당연히 모르겠거니 하고 차분히 내가 설명을 해주려 했지! 근데 다짜고짜 사람을 무슨 개 패듯이 패고 말야!"

"얌마. 이 형은 무려 웨스트포인트를 나온 인재라고. 내가 류큐를 모를 리가 있나."

미안하다 동생아. 사실 웨스트포인트에서도 류큐 같은 곳을 가르친 기억은 없어. 거기 교관들 중에서 나 이상으로 동양사에 해박한 사람은 거의 없었다고. 그러니, 모르는 게 당연한 거고 내가 아는 게 이상한 거였다. 나도 전생의 기억 없이 그냥 여기서 교육받은 것만 머리에 인풋되었다면 몰랐… 겠지?

"후. 아무튼, 이제 대충 오해는 풀렸어?"

"크흠. 오해라니. 이 형은 처음부터……."

"지랄 말고. 그때 얻어터진 것만 생각하면 내가 아직도 온몸이 욱신거려."

"그래그래. 형이 미안하다. 우리 동생 이야기를 조금 더 귀담아들었어야 했는데. 못난 형이라서 미안하다! 미안해!"

우리는 다시 차에 올라타 집으로 향했다.

"그래서, 어땠어?"

"너 솔직히 얼굴 보고 반했지. 그거만 말해."

"그런 거 아니거든?"

얼굴이 발갛게 상기돼서는 연신 둘이 죽고 못 사는 이야길 떠들어대는데, 이미 제대로 코가 꿰인 게 아주 티가 철철 난다.

어찌 보면 빤한 스토리였다. 일본계 커뮤니티에도, 오키나와계 커뮤니티에도 완전히 섞여 들어가지 못하고 어찌어찌 살아가던 한 집안. 그나마 소박하지만 행복한 가정을 꾸리려고 할 때 찾아온 대지진과 이어지는 비극.
그래도 능력을 인정받아 대학 진학의 기회까지 잡았지만, 부친이 돌아가시
고 홀어머니만 남게 되자 학업을 포기하고 돌아와 어머니를 봉양하며 열심
히 살던 여자의 모습을 보게 된 젊고 잘생긴 데다 인종적인 시선으로 사람
을 차별하지 않는 남자…….

"그만. 거기까지."

"왜?!"

"니 입으로 젊고 잘생겼으며 돈 많고 성실한 데다가 착하단 말이 나오
냐? 혹시 염치 어디 갔어. 우리 집에 두고 샌프란시스코로 돌아갔냐? 도로
시가 버렸나?"

"나 정도면 잘생겼지! 키 크지! 왜! 대학 못 간 놈이라서 그래?!"

"역시 내가 여자를 좀 소개시켜줘야 했어. 일만 하다보니 착한 동생이
일그러진 자의식의 모쏠 괴물이 되는 줄도 모르고……."

"모쏠은 또 뭔데!"

"모태―솔로."

"기분 엿같아지는 말 지어내는 덴 하여간 선수야, 선수."

유신이의 운전이 점점 과격해진다. 옛말에 운전하는 사람 건드는 거 아
니랬다. 이는 고구려 수박도에도 나온 말이니 실천해야지.

"너 말야."

"엉. 또 뭐. 이번엔 또 뭐로 시비 터시게."

"대학 가고 싶냐?"

움찔한다. 얘 인제 보니 학력 콤플렉스가 좀 있나 본데.

"장난해? 지금 회사에 나 없으면 안 돼."

"전문경영인 두면 되지. 그건 나랑 아빠랑 논의할 문제고."

"전문경영인이 그 망할 제사상이라거나, 뒷골목 건달패라거나, 정치가들
용돈이라거나, 임정 지원이라거나 그런 걸 어떻게 신경 써. 나 놀려?"

"아, 그래서 대학 가고 싶은 마음 없냐고."

아무리 이놈이 뒤틀린 자아의 모쏠이라 한들, 이 녀석이 고작 외모만 보고 일본인이라 알고 있던 사람에게 껄떡댈 리는 없다. 우리 집안에서 가장 안창호 선생과 밀접하게 지낸 게 유신인데. 가만, 두 사람의 사카린 맛 넘치는 이야기를 듣고 있자니, 어째 외모보다는 오히려 대학물 먹었다는 데 조금 더 포커스가 맞춰진 것 같단 말이지.

"대학, 대학. 에이, 내가 대학 가서 뭐 해. 집안에 웨스트포인트 출신도 있고, 유인이도 대학 갔고."

"너 말야 너. 삼형제 중에 너만 대학 안 가서 불편하거나 그런 거 없냐고."

"씨발, 갈 수만 있으면 가고 싶은 게 당연한 거 아냐? 나 이래 봬도 반에서 1등 하던 놈이야. 쿼터백 출신! 오케이? 근데 하고 싶다고 해서 하고 싶은 거 다 하고 살 수 없는 게 인생이잖아."

"오케이. 접수했다. 내가 알아서 준비해보마."

더욱 부려먹으려면 역시 이놈도 먹물을 좀 먹여놔야겠지. 그리고, 어차피 재미 한인들의 먹물 비율도 좀 늘리긴 해야 한다.

"내가 말야, 대학을 하나 뚫어 놓고 싶거든."

"형 돌았어? 형이 이거 사자 저거 사자 한다고 쓴 돈이……."

"들어봐 이놈아 좀. 너 지금 조선에 제일 부족한 게 뭔지 알아?"

"…뭔데."

"사람. 고급 교육을 받은 사람. 고급 교육을 받으려면 도쿄로 유학을 가야 하고, 당연히 일본과 밀접한 연관이 생길 수밖에 없지. 그리고 그 교육이래봤자 실제 국정 운영이나 비즈니스와는 떨어진 영역이 대부분이고."

고급 기술자. 핵심 행정 인력. 원 역사의 신생 대한민국은 죽었다 깨나도 이 두 인력을 충분히 확보할 수 없었다. 이승만은 더 많은 조선인을 미국으로 이민 보내겠노라고 했고, 실제로 이민자 숫자는 서서히 늘어나고 있는 추세다.

교육은 백년대계이니, 지금부터 미리 파종을 해놔야 한다. 지금 당장 애국심을 억지로 주입시킬 필요도 없다. 그냥 교육 열심히 시켜 놓고, 열도에 버섯구름이 솟아오르고 조선이 해방되었다는 소식을 접하면 그중 신생 대한의 재건이라는 사명에 불타올라 태평양 건널 사람은 차고 넘칠 테니까.

"억지로 우리가 만들 필요도 없지. 아시아인에 호의적인 몇몇 대학이 있으니, 장학금이랑 재정 지원 좀 대준다 하고 똘똘한 애들 입학 도와주기만 해도 될 거 아냐."

"음… 확실히 우리가 아무리 노력해도 고급 인력 대부분은 백인이긴 해."

"그래. 그러니까 지금 바로는 어렵더라도 고급 인적자원을 공급받을 루트는 뚫어놔야 한다고."

물론, 우리 집 장학금을 받아먹고 우리 집과 연계된 직장을 잡고 우리 집 금고에 피땀 흘려 모은 돈을 맡길 사람들이면 그들이 미국에 있건 한국에 있건 우리 영향력에서 벗어날 수 없다.

내가 임정을 컨트롤할 수 있으리란 기대는 하지도 않는다. 나라를 굴릴 핵심 실무진만 전부 우리 집안 손길이 닿으면 끝인데 뭘. 훗날 대한민국의 시선으로 보더라도, 일본 냄새를 뺄 수 없는 양반들이 사회 상층부에 그득그득한 것보단 신선한 아메리카산 인재들을 받아들이는 게 훨씬 좋지 않겠나? 이게 바로 진정한 윈—윈이지.

"아, 그리고 말야. 지금 대한인국민회 금고도 우리 사업장에 있지?"

"국민회 사무실보다 전직 참전용사 아저씨들이 총 들고 경비 서는 우리 회사 건물이 훨씬 안전하니까."

"그거 그냥 놀리느니, 은행 같은 거 하나 만들면 어때?"

"나 대학 보내준다며! 왜 또 일거리가 늘어나는 거야! 왜! 어째서!!"

"운전대! 운전대 잡아, 이 새꺄! 내 멱살 말고!"

지랄 났다, 지랄 났어.

나머지 절차는 번갯불에 콩 볶아먹듯 전광석화로 진행되었다.

"니시메 후미코입니다."

"아, 예. 우리 못난 아들과 잘 지내주면 고맙겠습니다."

부모님은 소리 소문도 없이 불쑥 튀어나온 둘째 며느리 후보의 이름만 듣고 잠깐 기겁했지만, 내가 최대한 열심히 설명하며 중간다리 역할을 했다.

"일본인이 아니라고?"

"유구국 출신입니다, 유구국. 도산 선생께서도 유구에 대해 듣지는 못하셨습니까?"

"아니, 알고는 있네. 간악한 일제에게 짓밟힌 불쌍한 민족 아닌가. 동병상련의 아픔을 가진 자들이니 내 무어라 할 순 없네만……."

"한인 사회는 규모로 보나, 힘으로 보나 결코 혼자만의 힘으로 우뚝 설 수는 없습니다. 더 많은 민족들과 상부상조해야만 저 워싱턴 D.C.에 닿을 만한 목소리를 낼 수 있다고 봅니다."

"나는 이해하지. 하지만 바다 건너 동포들이 어찌 볼지 그게 더 걱정일세."

"그 부분은 너무 염려 마시지요."

밥값 해라, 이 박사. 못 하면 이용가치를 다시 매겨줄 테니. 그리고 이런 내 움직임은 곧장 색다른 곳에서의 반응으로 이어졌다.

"반갑습니다, 킴 대위. 제 초청에 응해주셔서 대단히 감사합니다."

"저야말로 미관말직에 불과한 저를 이렇게 불러주시니 감격스러울 따름입니다. 우리의 만남이… 미일 우호 관계 증진에 도움이 됐으면 합니다."

"허허. 두 분께서 이야기를 나누시는데 제가 굳이 끼어들 필요는 없겠군요. 저는 급한 일이 있어 그만 실례하겠습니다."

샌프란시스코 시장이 중간다리가 되어 준 탓에, 도저히 피할 수가 없었다. 조선계와 류큐계의 결합이라는 상황을 보면 안 움직이리란 생각은 하지도 않았지만, 이 정도로 신속한 반응을 보일 줄은 몰랐다.

썩어도 준치고, 열강은 열강인가. 레번워스로 복귀하려던 찰나, 주샌프란시스코 일본 총영사 오오타 타메키치(太田爲吉)의 거부할 수 없는 초대가 날아왔다.

10장
레번워스의 마술사 Ⅱ

레번워스의 마술사 6

오오타는 가끔 이 미합중국 군대의 계급제도에 대해 심각한 의구심이 들 때가 있었다. 그리고 그 생각은 지금도 변함이 없다.

눈앞에 있는 젊은 남자, 유진 킴 대위. 전직 준장. 캉브레의 영웅이자 아미앵의 수호자. 그리고 미주 조선인 사회의 핵심 인사. 어리다고 결코 얕볼 수 없다. 머리 딱딱한 군인이라고 경시할 수도 없다.

일본에서도 이번 대전쟁을 기회로 어마어마한 부를 일군 벼락부자는 널리고 널렸지만, 서른도 되지 않은 젊은 장교가 전쟁영웅이 되는 동시에 벼락부자가 되었다면 이야기가 전혀 다르다.

신중하게. 이자의 의중을 파악하고, 황국과 함께할 수 있는 자인지 알아내야 한다. 대체 그의 흉중에 있는 진짜 의도가 무엇일지를 떠보기 위해, 오오타는 신중히 포석을 깔기 시작했다.

* * *

오오타 타메키치. 고등문관시험을 패스하고 이후 외교관이 되어 홍콩,

관동도독부 등에서 일하다 미국, 캐나다, 멕시코 등 북미 지역에서 오랫동안 활동한 미국통. 외교관, 그것도 타국의 외교관을 상대하는 건 이번이 처음이다. 다른 나라도 아닌 일본의 외교관인 만큼 내 긴장은 최고조에 이르렀지만, 티를 내서는 안 된다.

총영사관의 분위기는 참으로 미묘했다. 적의 섞인 눈빛은 전혀 아니었지만, 그렇다고 무작정 호의가 감돌고 있다고 볼 수도 없다.

후… 호랑이 아가리에 대가리 집어넣고 서커스를 하면 이런 기분일까. 실수로 재채기 한 번 하는 순간 대가리가 썩둑썩둑 날아갈 것만 같다.

"오늘 이렇게 초대를 하게 된 것은, 동아시아의 대영웅인 김유진 대위님을 꼭 한번 뵙고 싶어서입니다."

"대영웅이라뇨. 그런 말 들으면 살 떨립니다. 하하하."

"아시아 여러 민족들이 서양 세력의 침탈에 시달린 지도 어언 100여 년입니다. 바다에서는 도고 제독이 황국 남아의 기개를 보이셨으니, 당연히 육지에서도 명장이 나타나야 하는 법 아니겠습니까!"

"도고 제독께서 보내주신 후의에는 언제나 감사의 마음을 품고 있습니다."

서로 공치사를 올리고 있자니 하급 직원이 들어와 위스키를 꺼내 왔다.

"총영사관은 이래서 좋지요. 아메리카의 금주법은 여기서 적용되지 않으니 안심하고 드시지요."

"정말 오래간만의 술이군요. 감사합니다."

짠. 가볍게 두 개의 술잔이 부딪치고, 우리는 쭈욱 한 잔을 들이켰다.

절대 그냥 보고 싶어서는 아닐 텐데. 하필 지금 부른 이유는 뻔할 뻔 자다. 역시 동생의 결혼 건인가. 누가 외교관 아닐까봐, 온갖 주제에 관해 이야기가 튀어나왔다. 생선회를 자주 못 먹어서 힘들다, 술도 구하기 힘들어졌다, 무슨무슨 연극을 보았는데 재밌었다 혹시 봤느냐, 담배는 무얼 피우느냐, 혹시 개 좋아하냐, 휴일엔 뭘 하느냐……

그만해. 내가 잘못했으니까 살려줘. 닷씨는 외교관을 물로 보지 않겠소. 진이 죽죽 빠졌다. 그동안 내가 맛본 건 그냥 커피에 불과했다는 듯 수다 떠는 아줌마처럼 연신 온갖 이야기를 늘어놓는데, 이 대화 하나하나에 숨겨진 뜻이 있나 없나 추리까지 해야 하니 뇌가 바싹 튀겨지는 기분이었다. 뇌가… 뇌가 떨린다아…….

"결혼 준비는 잘 되어 가시는지요?"

"저는 이미 기혼자입니다만."

"하하. 당연히 이 캘리포니아를 먹여 살리는 샌―프랑코(San―FranKo)의 사장이신 김유신 님의 결혼 이야기지요. 요즘 샌프란시스코에서 제법 귀 길다 자부하는 사람들이 가장 주목하는 이슈 아니겠습니까."

"저야 집에 있지 못하고 항상 외지를 나돌아다니는 처지 아니겠습니까. 동생이 실질적인 가장 노릇 하니 아버지와 유신이가 잘 알아서 하겠지요."

허, 그게 벌써 그렇게 소문이 퍼졌으려고. 물론 이 동네 꼭대기의 정보력은 상상을 초월하는 만큼 어쩌면 알 수도 있겠지. 하지만 내가 삐딱하게 봐서 그런가, 저걸 언급하는 게 어쩐지 다른 이유가 있어 보이면 기분 탓인가?

"존경하는 김씨 가문의 혼사인 만큼, 제 개인적으로나마 경사에 꼭 얼굴을 내비치고 싶습니다. 실례가 되지 않으신다면 제 개인 자격으로 참석해도 될지요?"

"물론입니다. 귀빈께서 자리를 빛내주신다 하시니 정말 감사드립니다."

감사는 얼어죽을. 진짜 죽고 싶은 인간들이 왜 이리 많아. 도산 선생님이 주례 서실 결혼식에 일본 총영사라. 혼란하다 혼란해. 이게 외교지.

"유신 님 정도면 뉴욕이나 D.C.의 귀한 집 규슈와 결혼하지 않을까 지레짐작했었는데, 이리 제국의 딸과 혼사가 이루어지니 참으로 감격스러운 일이 아닐 수 없습니다. 하하."

날카로운 찌르기 한 방. 이거 난감하네. 여기서 '오키나와인인데요? 일본인 아닌데요?'라고 하면 문제. 웃으면서 '그래 맞아. 일본인이랑 결혼해~' 해도 문제.

유도당하는 느낌이 강하지만, 여기선 판을 엎는 수밖에 없다. 나는 있는 힘껏 인상을 험악하게 일그러뜨렸다.

"제가 천생 군인이라 돌려 말하면 잘 알아먹질 못합니다. 괜히 곡해해서 서로 감정이 쌓이느니, 그냥 속 시원히 말씀하시죠."

나 그따위로 굴면 굉장히 기분이 더러워질 거야. 그냥 네 입으로 원하는 거 말해! 그러자 오오타는 기다렸다는 듯 실로 일본인스럽게 참으로 송구스럽다는 제스처를 취했다.

"아닙니다. 결코 그럴 리가 있겠습니까? 시원히 말씀하라 하시니 절대 제 의견이나 제국의 의견이 아니란 점을 우선 밝히고 말씀드리자면, 제 부하들 중 이 혼사로 혹여 김씨 일가에 오키나와 출신의 불량한 집단이 어깃장을 놓는 게 아닌가 하고 걱정하는 자들이 있습니다."

"불량한 집단이라니. 그런 놈들이 무슨 수로 우리 집안을 건든단 말입니까?"

"다 아시잖습니까. 인척 관계라는 것이 참으로 오묘하여……."

"출가하면 외인이고, 여필종부(女必從夫)라 하였으니 계집 주제에 가문의 큰일에 왈가왈부할 수는 없습니다. 어딜 감히 여편네가 집안일 외의 일에 멋대로 다른 목소리를 낸단 말입니까?"

내 마인드에서는 상상을 초월하는 틀니 딱딱 소리지만, 아직 이 시대엔 먹히고도 남는다.

"그렇지요. 참으로 옳은 말씀이십니다."

"그 말은 우리 집이 집안 단속 하나 못 한다는 소리로 들리는군요. 암탉이 울면 집안이 망하는 법이에요. 건방지게 그따위로 굴면 당장 소박맞을 일이거늘… 에잉!"

나는 탈레반이다. 나는 유교 탈레반이다. 나는 삼강오륜 마스터이자 XX 염색체는 낫—휴먼으로 보이는 틀니 딱딱맨이다아아……. 내 자가최면 가득 담긴 말에 오오타는 꿀 먹은 벙어리가 되었다. 아, 제가 어쩔 거야. 여기서 한마디 더 했다간 빼도 박도 못하는 모욕인데.

상대의 공세를 성공적으로 돈좌시켰다. 여기서 머뭇거리면 다시 눈앞의 외교관이 새로운 전선을 열 터. 죽이 되건 밥이 되건 내가 반격을 해서 주도권을 뺏어와야 한다.

"저는 사실 그동안 귀국에 대해 많은 실망을 하고 있었습니다."

"아니, 그게 무슨 말씀이십니까? 혹여 황국 신민 중 대위님께 무언가 실례를 저지른 자가 있습니까?"

"아뇨. 개인이 아니라 귀국 자체에 대한 실망입니다."

그의 표정에 서서히 냉기가 감돈다. 하지만 들어보라고. 내가 안 그래도 오늘 니들 주려고 선물박스를 좀 많이 챙겨왔단 말야.

"나는 미국인입니다. 내 애국심과 충성은 오직 미합중국을 향합니다. 하지만 저는 미국인으로서 합중국 사회가 여러 소수민족들의 목소리를 최대한 반영하는 것이야말로 미국을 위한 길이라고 생각합니다."

"대위님께서 이리 노력해주시니 황국과 재미 일본인들은 언제나 그 은혜에 감사해하고 있습니다. 혹여 오해가 있었다면 이 자리에서 풀 수 있으면 좋겠군요."

내가 혓바닥으로 사람 구워삶는 건 미숙해도, 내가 짠 판에서 물고 늘어지는 거 하나는 자신 있거든? 오늘 한번 제대로 붙어보자.

"저는 결코 몇만 되지도 않는 조선인들만의 이익을 위해 움직이지 않습니다. 조선인, 나아가 아시아인, 흑인과 히스패닉 등 모든 소수민족이 자랑스러운 합중국 시민으로 대우받는 것이야말로 제 주안점입니다."

"어떤 부분에서 황국에 실망하셨는지를 편히 말씀해주신다면 저희 또한 김 대위님의 높은 이상을 도와드릴 수 있도록 하겠습니다. 황국은 언제나 대위님과 함께하고 싶습니다."

"좋습니다. 까놓고 묻지요. 귀국의 친구들이 D.C.에서 로비 활동을 부지런히 하고 있던데, 이 탓에 벌써 목소리가 분열되고 있습니다. 소수민족의 목소리가 명확한 로비 대상도 찾지 못하고 여기에 찔끔, 저기에 찔끔 들어가고 있으니 진전이 없잖습니까."

내 의도가 슬슬 보이는지 오오타의 눈빛에 긴장이 감돌고 있다.

"로비… 라고 하시면……."

"말해 무엇합니까? 당연히 이민법 이야기지요."

그래. 다 니들 잘못이야. 이 믿고 쓰는 유진 킴이 지금 거국적으로 이민법에 맞서려고 하고 있는데 왜 너네들만 따로 노냐고. 아닌 밤중에 홍두깨라고 뜬금없이 이민법 이야기가 나올 줄은 몰랐겠지. 정신 차리기 전에 더 패놔야 한다.

지금 D.C.에서 논의 중인 이민법이 만약 그대로 통과되면 이미 이민이 금지된 중국인은 물론이요, 동아시아인, 동유럽계 등 거의 모든 마이너리티들의 미국 이민이 금지된다. 당연히 일본 역시 최대한 이를 저지하려 하고 있는데, 내 다양한 파이프를 통해 알아보니 그 로비 실력이 참으로 어설펐다. 원 역사에서처럼 어마어마한 엔화를 쏟아부어 아낌없이 로비에 나서던 그 경제대국 일본과는 하늘과 땅 수준의 차이였다.

그러니까, 그냥 나한테 아웃소싱 맡기면 얼마나 좋아?

"어째서 귀국과 일본계 사회는 범 소수민족 연대를 통해 단결된 목소리를 내려 하지는 못할망정, 조선계다, 중국계다, 오키나와계다 하며 다른 소수민족 사회의 내부 분열에 앞장서는 겁니까? 후방이 이래서야 제가 D.C.에서 마음 편히 싸울 수 있겠습니까?"

"저는 총영사로서 일본인과 일본계 미국인들의 권익을 위해 노력하고 있지만, 그렇다고 해서 제가 일본계 미국인들의 개별 활동에까지 개입할 수는 없습니다. 이 점 부디 양지하여 주시면 감사하겠습니다."

"그렇군요. 개입할 수 없다. 이게 일본제국의 입장이란 거군요. 지금 거대한 파도가 아시아인들을 싹 휩쓸려는 마당에, 일본 본국은 방임하겠다 이

거지요. 어쩔 수 없군요. 그럼 일본계는 제외하고 저는 저를 믿는 여러 민족들을 위해 최대한 노력해보겠습니다."

"그런 뜻은 결코 아닙니다. 그렇다면 대위님께서는, 일본계 또한 그… 협조의 대상으로 보고 계시는 겁니까?"

믿을 수 없다는 투가 역력하다. 그야 당연하겠지.

"다시 말하겠습니다. 저는 미국인입니다. 그리고 저는 결코 일본계라 하여 차별한 적이 없습니다."

"하지만 김씨 가문이 진행하는 각종 사업에서 일본계의 비중은 너무 낮지 않습니까?"

"반대가 아닐까요? 저는 일본계 분들이 조선인 집안이라는 이유만으로 저희에게 얼씬도 안 하는 것 같던데요. 마치 저 높은 곳의 누군가가 일부러 가로막은 것마냥……."

"아닙니다. 절대 아닙니다. 다시 말씀드리지만 저희는 일본계 미국인 사회를 통제하는 입장이 아닙니다."

"그렇다면, 제가 일본계 미국인들과 적극적으로 커뮤니케이션해도 아무 문제 될 게 없겠군요."

"그, 그건……."

드디어 이 인간이 머뭇거린다. 이제 내가 그에게 선택지를 강요하게 되었다. 함께 이민법에 연대해서 싸우자. 근데 그 대가로 재미 일본인 사회에 우리 집안이 빨판도 좀 꽂고, 주도권 일부도 좀 받아가고 싶다. 혹시나 내가 조선인만 다 해먹으려 든다면 그건 착각입니다. 이 전쟁영웅 유진 킴께서는 코스모폴리탄 정신 투철하다니까요. 일단 한번 믿고 써보시면 내가 다 캐리해 준다니까?

여기서 거절한다면, 나는 일본과 적당히 각을 세워도 될 명분을 얻는다. 결코 내가 불순한 조선인들과 어울려서 각을 세우는 게 아니야. 일본인들이 날 거부하길래 어쩔 수 없었어. 흑흑.

여기서 승낙한다면, 일본 본국의 동의까지 얻었으니 다양한 방면에서 일본계 친구들과 '협력'을 할 수 있다. 그러면 지금 한국계 커뮤니티처럼 교육, 직장, 물리적 보호 등 다양한 혜택을 주고 서서히 우리 집안의 그늘에 의존하게 만들 수 있겠지. 마침 이민법이라는 거대한 이슈가 있고 경제 또한 고공성장 중이니 한인 사회 역시 충분히 핸들링할 수 있다.

그리고 20년 뒤 태평양이 불타오를 때, 그들에게 선택지를 주면 된다. 얌전히 전 재산을 버리고 수용소로 갈지. 아니면 나와 함께 전장에 나서 합중국에 대한 충성심을 증명할지.

물론 20년 뒤의 미래를 아는 건 나뿐이다. 지금 오오타에게 이 제안은 거절하기엔 너무 달콤한 제안일 터. 상식적으로 볼 때, 미국과 일본이 전쟁만 하지 않는다면 이건 우리 둘 다 이득을 챙길 수 있는 아주 합리적 초이스란 말야.

나는 따로 그에게 묻지 않고 품에서 시가를 꺼냈다. 승리의 담배 맛은 참으로 달달허구만.

그래서, 어떻게 할래?

* * *

김유진이 떠난 뒤에도 오오타는 남은 술잔을 연신 들이키며 줄담배를 피워댔다. 머릿속이 정리가 되지 않는다. 아니, 정리는 되지만 그가 계산하던 모든 것들이 박살이 나 조금 더 고민을 해야 했다.

그는 김유진이 골수 민족주의자이며, 불령선인들과 깊은 연관 관계를 맺고 있고, 앞으로 황국에 반하는 스탠스를 취할 가능성에 대해 염려했었다. 하지만 직접 만나본 김유진은 음흉한 정치꾼에 더 가까웠다.

'조선 독립이요? 그게 되겠습니까? 모래알로 쌀을 만들고 솔방울로 수류탄을 빚을 수 있는 초인이 아닌 이상 무슨 수로 황국 육군을 물리치고 조

선반도를 해방할 수 있단 말입니까.'

'공생이라는 건 꼭 공동의 이득이 있어야만 성립하는 게 아닙니다. 오히려 겉으로는 서로를 무너뜨리기 위해 노력하는 사이야말로… 서로의 입지를 단단하게 만들어주는 최고의 파트너가 될 수 있지요.'

놈에게는 불령선인도 황국도, 미합중국 내에서의 지위를 위해서라면 얼마든지 손잡았다 떼었다 할 수 있는 파트너 정도에 지나지 않았다.

'저는 더 많은 조선인이 미합중국으로 왔으면 좋겠습니다. 그래야 내 힘이 더 세질 테니까요. 일본인도, 중국인도 상관없습니다. 결국 그들 또한 언젠가 의지할 기둥이 필요할 테니까요.'

'지금 D.C.에서 논의 중인 이민법이야말로 우리가 공동의 이득을 위해 손잡아야 할 태풍이라고 생각합니다. 귀하께선 제 도움이 필요 없으십니까?'

"귀신에 홀린 느낌이군."

마셔도 마셔도 속이 답답해진다. 물론 김유진이 늘어놓은 말을 전부 믿을 수는 없었다. 조선계 출신에 안창호와 노는 녀석이 조선 독립에 관심이 없다고?

하지만, 조선 독립에 심혈을 기울이면 기울일수록 김유진의 미국 내 입지는 급속도로 좁아질 게 자명하다. 어쩌면 그 역시 그 테러리스트 놈들과 손을 끊을 적절한 타이밍을 재고 있을지도 모른다.

불령선인 출신이라는 편견을 버리고 상대를 합리적인 정치가라고 본다면, 일본제국이야말로 그의 이상적인 후원자이자 공동운명체가 될 수 있다! 여태껏 아무 말이 오가지 않은 게 이상할 정도로!

만약 만약에. 이 오오타의 손으로 김유진과의 합작이 이루어진다면 합중국과 아시아의 전쟁영웅과 소통하는 파이프가 된다면 그리하여 이민법 제정을 막아내고 일본계의 권리를 지켜낼 수만 있다면.

"독약을 마시려면 접시까지 핥으랬지."

그의 눈앞에 대신(大臣)으로 향하는 레드 카펫이 어른거리고 있었다.

레번워스의 마술사 7

"어떻게 됐어?"

집에 돌아가니 잠도 안 자고 기다리고 있던 유신이 벌떡 일어났다. 누가 곧 장가갈 새신랑 아니랄까 봐 아주 몸이 달았구만 달았어.

"내가 누구냐. 당연히 잘 해결했지."

"류큐인과 결혼한다는데 아무 말이 없었다고?"

"동생아, 동생아. 가엾고 딱한 동생아. 문제를 왜 해결하려고 드니?"

한숨이 절로 나온다. 왜 이렇게 머리가 안 돌아갈까 얘는. 역시 내가 곁에 두고 빡세게 주입식 교육을 해줘야 하는데.

"쪽바리들이 설마 '아, 예. 두 분 앞으로 예쁜 사랑 하십쇼.' 하고 오케이 싸인을 주겠어?"

"그럼 진짜… 처음 얘기했던 대로 한 거야?"

"당연하지. 원래 문제는 더 큰 문제로 덮어버리는 게 공식이라고."

"그딴 공식이 어딨어. 그냥 형이 한 나라를 등쳐먹으려 드는 미친놈인데 무슨 얼어죽을 공식이야. 자꾸 정상인한테 그딴 발상을 바라지 말라고."

거참. 그런 상식에 얽매이면 큰일을 하지 못한다니까 그러네.

"무사히 돌아와서 다행이야. 우린 혹시나 저 간악한 왜놈들이 해코지를 하진 않을까 걱정하고 있었네."

"아무리 왜놈들이 미쳐도, 제가 합중국의 육군 장교인 이상 절대 신변에 해를 가할 수는 없습니다. 뭘 그리 걱정하십니까, 하하."

"자네는 가끔 너무 안이하게 생각할 때가 있어. 왜놈들은 러시아 황태자마저 암살하려 들었네. 그런 미치광이가 갑자기 나타나지 않는다는 보장이 있나?"

"선생님. 이 뿔난 망아지 같은 우리 집 장남 좀 더 혼내주십쇼. 이놈이 아주 천방지축입니다."

음. 그렇게까지 말하면 할 말은 없구요…….

도산 선생께 지도자 격 되는 인물이 함부로 목숨을 가벼이 여기면 안 된다고 잔뜩 혼났다. 아니, 정작 그러는 본인은 조선으로 못 돌아가 안달 나셨으면서!

내가 오오타 총영사와 나눈 이야기를 요약해서 다시 말해주니, 세 사람 모두 저세상 개꿀잼 몰카라도 본 것마냥 어안이 벙벙해졌다.

"총영사를 구워삶는다니… 그게 또 됐다는 게 더 신기하네."

"뭐어. 좋게 말해서 협력이고, 우리끼리니 대놓고 말하자면 잡아먹을 작정이지."

"그걸 그놈들이 용납할까?"

"용납이 아냐. 어차피 그놈들이 통제를 하고있는 거 자체가 이상한 거야. 왜 이민자들이 옛 모국의 영향을 받아야 하지? 좆같으면 이 건으로 쥐불놀이 한판 벌이면 돼."

결국 지속적인 이민법 입법 시도는 미국의 주류층이 황화론(黃禍論), 생긴 거 다르고 문화도 다른 아시안들이 미국을 잡아먹을 것 같다는 두려움에서 오는 것이다.

그런데 짜잔, 알고 보니 바다 건넌 잽스들은 일본 대사관의 지령을 받고 있었다? 아, 샷건 마렵고말고. 따라서 일본의 접근은 극히 조심스러울 수밖에 없고, 내가 작심하고 일본계 사회에 빨판을 뻗으려 들면 당연히 그들이 대처할 방법은 없다.

문제는 그런 짓을 실제로 했다간 일본의 경계가 극도로 드높아지고 적개심이 마구 샘솟을 게 뻔하단 거였고, 이렇게 비밀리에, 그리고 정중히 일본의 '양해'를 구하는 과정을 거쳐야만 했다. 이제 OK 사인을 받았으니 쪽쪽 계획을 진행하면 된다.

"그럼 그냥 일본인을 다 고용하라고? 조선인이랑 아무 차등 안 두고?"

"아니지! 그게 아니라니까! 민족을 보지 마! 망할 이력서에서 민족, 인종 이런 칸을 다 빼라니까! 우리는 우리의 품에 있는 모든 사람들에게 젖과 꿀을 제공해줘야 한다고. 합중국 시민이고 우리와 함께하는 사람이라면 그 어떤 차별도 없이!"

귀신이라도 본 것 같은 반응들이구만. 하지만 그 민족의식을 지키려는 태도야말로 저 코쟁이들의 두려움을 자극한다고. 아직 다문화주의, 문화 상대주의가 태동하려면 한참 남았다. 농담이 아니라 우리가 자발적으로 주류 사회에 섞여들지 않으면 언제 인종 폭동이 일어나도 이상하지 않은데.

태평양을 건너는 이민자들은 한중일을 막론하고 크게 두 부류로 나눌 수 있다. 찢어지는 가난함에 몸서리치다 신천지에서의 새 인생에 모든 것을 베팅한 가난한 농민 출신. 아니면 불타는 열정과 입신양명의 꿈을 품고 건너온 먹물쟁이들.

먹물쟁이들은 내가 통제할 수 있는 부류가 아니다. 대부분은 귀국할 테고, 사실 그중 빨간맛에 심취할 인간들이 내 짐작엔 아마 절반쯤은 될 것 같거든. 공산주의는 이제 막 폼이 오르고 있다. 2020년의 김유진 씨에게는 유교든 공산주의든 둘 다 퇴물이지만, 1920년 사람들에게는 그야말로 복음이라고. 난 그 폭풍에 휩쓸리고도 뒷감당할 자신 없다.

그러니 우리가 노려야 할 부류는 전자. 아메리칸드림을 꿈꿨지만, 현실은 말도 잘 안 통하고 피부 허여멀건 코쟁이들에게 밀려 2등 시민 취급받는 비참한 삶. 과거 전통 농촌 사회에서는 끈끈한 이웃 간의 정이라도 있었지만, 이 최첨단 자본주의의 나라 미합중국에선 이웃 간의 정이래봐야 아픈 놈들끼리 상처 핥아주는 꼴에 지나지 않는다.

그 공백을 내가, 우리가 채워준다. 킴 가문은 결코 그늘 아래의 사람들을 버리지 않는다. 이미 원 역사에서 나온 끝내주는 캐치프레이즈 있지 않나. 요람에서 무덤까지 책임져주는 완벽함.

처녀, 총각이면 삼시 세끼 구내식당 돌려주는 공장 기숙사로 들어오면 된다. 결혼도 같은 공장 일하는 사람끼리, 애들 교육은 킴 가문 소유의 학교에서, 피땀 어린 저금은 회사 금고에다가. 교회에 나가도 우리 집안이 한자리 맡고 있는 교회로. 애가 똑똑하면 유진 킴 장학금 받고 대학으로.

백인이건, 히스패닉이건, 흑인이건 알 바 아니다. 우리는 사회 안전망이자 인종의 용광로 역할을 충실히 수행한다. 여기선 합중국 시민 외의 다른 꼬리표는 필요 없다. 여기서 일하기만 하면 우린 한 가족이고, 죽어도 내 품에서 빠져나갈 수 없다. 아주 골수까지 뽑아내주마. 크헤헤.

이 시대 자본가들에겐 아직 익숙하지 않겠지만, 내가 가장 근처에서 볼 수 있었던 건 우리 포드 회장님이거든. 그분도 직원들이 가능한 한 풍족하게 살도록 해서 회사에 묶어 놓는 스킬을 좋아했다. 그렇다면 곁눈질로 배운 제자가 한술 더 뜨는 건 스승에 대한 예의라 할 수 있지.

"일본인들에게도 기회를 열어준다면, 그들이 알아서 우리의 친구가 되려고 찾아올 거야."

입사할 때는 마음대로였겠지만, 나갈 땐 아니란다. 조선인 김씨 일가가 주는 월급봉투를 받아 갈 친구들이 아주 약간 호의를 품기만 해도 된다. 그게 바로 인구수 10만도 채 되지 않는 한인이 이 신천지에서 살아나갈 수 있는 원동력이 될 테니까.

"위험하지 않겠나?"

"선생님 선생님 말씀대로 왜놈들이 수틀리면 무슨 짓이건 서슴지 않는 놈들이라면, 제가 차근차근 저 위로 올라갈수록 그들은 무슨 짓을 해서라도 절 날려버리려 할 겁니다."

아직 일본은 바보가 아니다. 메이지 유신 이래 무서울 정도의 집념으로 동양 끄트머리의 섬나라를 기어이 열강이자 식민제국의 반열에 올린 저력은 어디 가지 않는다. 내가 아무리 여기저기 파이프를 뚫고 친분을 다진다 해도, 국가 간의 이해득실보다 나 개인이 더 무거워질 수는 없다.

조선이 일제 치하에 있고 내가 한국계라는 정체성을 지키는 이상 언제고 일본과는 충돌할 수밖에 없다. 도저히 타협할 수 없는 시점에서 충돌해봐야 나만 망하니, 차라리 지금처럼 대화가 먹힐 때 물꼬를 터놓는 게 훨씬 낫지.

그래서 지금 이민법 이슈는 아주 좋다. 이민법을 못 막으면 '아! 니들이 트롤링해서 못 막았잖아! 그러게 진작 나 밀어줬으면 막았는데!'고, 막아내면 고것은 다 유진 킴의 업적이구연. 일본이 내가 말이 통하는 놈이라고 착각하는 동안엔 굳이 내 앞길을 막으려 발악할 리가 없다. 오히려 친일 인사가 미일 관계를 돈독히 해줄 거라 기대하며 싱글벙글하겠지.

천릿길도 한 걸음부터다. 동생 놈들이 먹물 탑재하고 고오급 노동력으로 발돋움하는 틈을 타, 여기저기 흩어진 사업체를 정리하고 전문경영인들에게 맡길 부분은 과감히 맡긴 뒤 또 새로운 사업분야를 창출해내야 한다. 결국 이 모든 계획의 핵심은, 언젠가 닥쳐올 대공황에도 무너지지 않을 튼튼한 성채를 지을 수 있느냐에 달려 있으니 말이다.

* * *

오오타 총영사의 답을 기다릴 시간은 없었다. 어차피 그 사람은 모든 걸 혼자 결정할 수 있는 레벨이 아니다. 자기 상관이든 본국이든 어디와 의논

할 시간이 필요하겠지.

곧장 급한 일을 수습하고 레번워스로 돌아온 나를 기다리는 건 거대한 서류 더미의 산이었다.

"어째서? 어째서??"

"동양에는 카르마라는 개념이 있어서 전생의 삶에서 쌓은 죄를 현생에서 갚아야 한다 들었습니다. 전생에 밀린 서류가 많았나 봅니다?"

싱글벙글 웃으며 커피잔을 내미는 맥네어의 목을 비틀어버리고 싶다. 카르마는 인도 개념이야. 나랑은 상관없어! 내가 아무리 나이롱이라 해도 주일에 꼬박꼬박 교회 출석하거든?

맥네어는 익숙한 손놀림으로 그 서류의 산 중턱 어드메에 꽂혀 있던 서류 뭉치 하나를 꺼내 들었다.

"이건 별도로 확인해주셔야 합니다."

"뭐죠. 제발 저를 살려주세요."

"에이, 멀쩡히 잘 살아 계시면서. 해군에서 보낸 물건이라고 하면 알아들을 거라 총장님이 말씀하시더군요."

그래. 이 일도 해야지. 이건 좀 중요한 게 맞다. 맥네어가 떠난 후, 홀로 남은 나는 밀봉된 봉투를 뜯고 첫 페이지를 읽어 내려갔다.

마침내 왔나. 워 플랜 오렌지(War Plan Orange). 미합중국 해군이 작성한 이 전쟁 계획은 가상 적국 '오렌지'가 침공해 왔을 때 합중국의 방어 및 반격 전략에 대해 다루고 있었다. 오렌지가 어디인지는 두말할 것도 없다. 합중국과 몇 차례 전쟁 위기가 벌어졌으며, 아시아—태평양 이권을 위협하는 사실상 유일한 국가.

일본제국. 웃기는 일이지만, 물개 놈들도 막상 계획을 만들라 하니 만들긴 했는데 '왜 일본이 우리를 공격함?'이라는 설득력 있는 근거를 제시할 수는 없던 모양이었다.

원래 전쟁의 동기는 매우 중요하다. 그도 그럴 것이, 그 전쟁의 동기에 따라 적의 목표와 차지하고 싶은 땅, 이후의 전개를 유추할 수 있기 때문인데……. 해군 최고의 브레인들만 모아 놓고 계획을 짰는데도 도저히 신통한 결론이 나지 않은 모양이었다.

그 결과,

['오렌지'는 근본적으로 탐욕스러우며, 호전적이며, 자국 우월주의로 가득 찬 모험주의적 국가로 미국과 서양 세력에 대한 경멸이 항시 내재되어 있다. 따라서 오렌지는 서태평양과 아시아에서 합중국의 이권을 빼앗고 아시아의 맹주가 되기 위해 개전을 결의할 것으로 예상되며, 주 공격 목표는 필리핀이 될 것으로 예상됨.]

소 뒷걸음에 쥐를 잡아버렸다. 아주 정확하게 맞췄네. 대단한 놈들. 혹시 물개 중에서 미래인이라도 하나 있어? 우리 물개 친구들의 방대한 전쟁 계획, 그리고 육군에서 해군과는 별개로 작성한 각종 계획을 찬찬히 읽어보며 나는 내 생각을 정리해야 했다.

덜컹!

"킴 대위! 돌아왔으면 돌아왔다고 말을 해야지!"

"우린 목 빠지게 기다리고 있었다고. 자, 빨리 아미앵 이야기를 풀어주실까!"

갸아아악!! 마적들이다! 미 육군 소속 마적 놈들이 또 날 납치해 가려 하고 있어!

내 소중한 사색의 시간은 대체 어디로 간 거지.

레번워스의 마술사 8

1920년 11월 2일. 혼돈에 빠진 미합중국에 질서와 평화를 가져다줄 차기 대통령이 선출되었다.

"하딩! 하딩! 하딩!"

"공화당! 공화당! 공화당!"

압승. 2/3에 가까운 어마어마한 득표를 해내며 공화당은 민주당을 손쉽게 해치울 수 있었다.

"이제 미국은 정상으로 돌아갈 것입니다! 우리의 편안한 보금자리로!"

하딩은 자신만만하게 선언했지만, 이미 미합중국은 예전으로 돌아갈 수 없었다. 미국 의회가 베르사유 조약 비준을 거부하면서 국제법적으로 미합중국은 독일, 오스트리아 등과 아직 전쟁 중인 기묘한 상태가 되었다. 윌슨 행정부가 사상 최악의 몰락을 겪으며 거의 모든 법안과 정치적 결정은 전부 하딩 행정부가 성립될 때까지 유보되었다.

이렇게 먼지만 쌓이게 된 핵심 사항들 중에는 언제 터질지 모르는 폭탄이 수도 없이 많았다. 영국, 프랑스, 일본, 미국 등 승전국들 사이에서 일제히 벌어지기 시작한 새로운 건함 경쟁. 패전국들과 진행해야 할 별도의 평화협정. 피 흘려 싸운 참전용사들에 대한 보상과 새롭게 합중국에 헌신한 유색인종에 대한 대우. 여전히 그치지 않는 황화론, 대전 이후 군비를 어디까지 축소할 것인가 등등…….

그러나 놀랍게도.

"패나 돌리시지요. 허허."

"술이 달달하게 느껴지면 빨리 취하는 날이라던데. 이거 오늘 단단히 혼쭐나게 생겼습니다그려. 하하!"

앞으로 4년간 국가를 이끌어나갈 최고지도자의 머릿속에 저 산재한 난국을 풀어나갈 어떤 비전과 철학이 들어 있을까? 모르겠다. 우리의 대통령 당선자께서는 여전히 골프와 포커 삼매경에 심취하고 계셨다.

저 한결같은 마이페이스. 이쯤 되면 경이로울 지경이다. 어떻게 백악관에 입성할 남자가 저토록 무념무상의 경지에서 알록달록 트럼프 카드를 영접할 수 있지?

어쩌면 내가 하딩이란 인간의 그릇을 착각하고 있을지도 모른다. 절대 대통령이 저렇게 생각 없는 인간일 리가 없다. 그러니 자신의 웅대한 야심을 숨기고 하염없이 때를 기다리고 있을 가능성이 더 크다 봐야겠지.

"여기는 다 좋은데 말야, 여자가 없어서 심심하군요!"

"그럼요, 그럼요."

"미녀를 양 옆구리에 딱 끼고 한 잔 따라주는 술을 받아먹어야 손패가 찰싹 붙는데, 아 상갓집이라 그런가 그 맛이 없어."

그럼 그렇지. 그냥 이 인간은… 생각 없는 호색한이 맞는 거 같다.

"이제 백악관에 가시면 여기 우보크도 자주 방문하진 못하시겠군요."

"그러게요. 참으로 아쉽습니다! 앞으로 술 마시지 말라고 별별 날파리들이 달라붙을 텐데 거참. 내 종종 몰래 올 테니 슬쩍 문 열어주시는 겁니다?"

"건물에 비밀 출입구가 있습니다. 그 통로를 이용할 수 있는 출입증을 하나 드릴 테니 마음 놓고 방문하시지요."

"하하하! 감사합니다! 이제 좀 편안히 국정을 돌볼 수 있겠어요!"

이게 그 무위의 치인가 그건가? 아무것도 안 하고 숨만 쉬면 보이지 않는 손이 다 알아서 해주실 거다? 모르겠다. 나는 어쩌면 희대의 병신을 대통령 자리에 올려놨을지도 모른다.

아니지. 아냐. 어차피 내가 없어도 미국인들은 이 인간을 골랐어. 내 탓 아님.

* * *

도로시의 배가 갈수록 불러온다.

"이건 또 뭐야?"

"축음기."

"아니, 그건 아는데 갑자기 왜 사 왔냐고."

"좋은 음악을 들으면 태교에 좋다고 하더라고."

"또 어디서 이상한 걸 주워듣고 와서는……."

내 모습을 보고 경망스럽다며 혀를 차는 사람들도 있지만, 내 알 바가 아니다. 오히려 이 동네의 자유방임주의적 육아가 내게는 훨씬 컬쳐쇼크라고.

유신이는 내년에 결혼할 계획이다. 도로시가 임신 중인 만큼 아마 결혼식엔 나 혼자 가야 할 것 같다. 헨리를 데려가도 괜찮으려나? 부모님께 첫 손주 얼굴도 자주 못 보여드리니 어쩐 영 그렇다.

일본, 정확히 말해 오오타와의 거래 역시 특별히 난항을 겪는다거나 하지는 않고 있다. 오오타는 외교관답게, 이게 외부에 유출되는 순간 거래도 끝이라는 사실을 아주 잘 인지하고 있었다.

[상부에 보고 완료되었으며, 앞으로 대위님과 제국 간에 불미스러운 오해를 피하고 싶다는 전언이 있었습니다.]

아주 좋아. 내가 무슨 뜻에서 제안했는지 잘 이해하고 있구만. 나는 당연히 미 육군의 장교로 활동하며, 미 육군 장교로서든 한 사람의 조선계 미국인으로서든 딱히 일본과 해피해피해질 생각은 없다.

하지만 샌프란시스코 아시아계의 권익 보호에 관심이 많은 오오타는 어디까지나 '개인적으로' 유신이 결혼식에 참여하고, 이 과정에서 국적과 직업을 떠나 나와 그 사이의 개인적인 인연이 생길 '예정'이다. 절대 노린 건 아니고 어디까지나 우연이다 우연. 친분도 아니고 그냥 아는 사이라는데 누가 뭐라 할 수가 있나.

이제 서로 수면 위에서 대립하더라도 오오타를 통해 물밑 협상이 진행 가능해졌다. 오오타는 당연히 그 파이프이자 중개인 역할로 본인 몸값을 극대화할 수 있고, 일본은 유진 킴이 사실은 자기네 편이라는 달달한 행복 회로를 돌릴 수 있다.

나? 일본계 사회에 파고들 수 있는 건 확정된 사안이고, 나 개인적으로도 일본제국이 내 모가지를 분질러버리려 들기 전 미리 시그널을 알 수 있다. 쟤들도 생각이 있는 만큼, 날 단번에 죽이려 들기보다는 '김유진! 너 건방져!' 하면서 뭔가 말부터 걸지 않겠나. 요컨대 오오타는 내 광산의 카나리아인 셈이다.

이렇게 판을 다 짜 뒀으니 나는 안심하고 본업으로 돌아왔다. 레번워스에서의 일은 서서히 매듭을 지어 가고 있다. 전차 관련 교리 개발은 어차피나 또한 하나의 '의견 제시'에 불과하다. 개별 의견을 취합하는 일은 저 윗선에서 할 일이지. 일해라, 마셜.

그래서 오히려 거침없이 막 질러댈 수가 있었다. 충분한 기술력이 반영되었다는 가정하에, MBT의 시초가 될 만한 구상안.

[현 기술력으로는 불가능하지만, 결국 전차는 대전차전과 대보병전 모두를 단일 주포로 수행할 수 있어야 하며, 충분한 기동성과 방호력을 보유해야 한다.]

그리고 현실과 타협한, 지금 당장 도입해야 할 구상안들까지.

[경전차와 중전차의 용도는 분명히 다르며, 보병 엄호와 대보병전을 치를 전차와 적 전차의 제압과 격멸을 목표로 하는 전차는 그 개발 소요부터 큰 차이가 있다.]

다포탑쟁이들. 전차에 백화점을 차리지 못해 안달 난 놈들이 있긴 하지만 무조건 그놈들은 꺾어야 한다. 내 눈에 흙이 들어와도 쌍포신 같은 끔찍한 물건을 세금으로 만드는 꼴은 못 봐주겠다.

그리고 대전차전을 포병의 능력만으로 수행할 수 있다고 주장하는 포병 병과랑도 개처럼 싸워야 했다. 으르렁 멍멍! 어딜 감히 기동력이라곤 없는 놈들이 전차에 맞서겠다고! 이 난리를 품격 있고 정제된 문장으로 다듬어 끝없이 보고서를 쫙 올리는 게 최근 업무의 대부분이었다.

해군 쪽 일은 내게는 중요한 건이지만, 레번워스 교관으로서의 임무는 아니다. 그래서 지금 퇴근한 뒤에야 간신히 해군 쪽 자료를 펼쳐보고 있는 것이고. 절대 마적 놈들이 '감히 물개 놈들이랑 놀 준비하려고 우리와 어울리지 않다니!'라고 펄펄 날뛰어서가 아니다. 육군과 해군의 자료를 동시에 보고 있노라니 이제 슬슬 아시아—태평양 방면 문제의 핵심이 눈에 들어온다.

필리핀. 이 암덩어리를 어떻게 처리할 건지가 앞으로의 핵심이 되겠지.

해군은 하와이에서부터 차근차근 서진하며 일본을 조지는 방향을 원한다. 그게 가장 피가 덜 흐르고 확실하니까. 따라서 해군 전체의 의견은 모르겠지만, 적어도 작전을 구상한 사람들이 내심 '필리핀은 그냥 포기하는 편이 좋지 않을까?'라고 생각하고 있다는 것을 느낄 수 있었다.

하지만 육군은? 필리핀 사수는 '야만인이 문명화되도록 돌봐주는 문명'인 미합중국의 신성한 의무라고 부르짖는 사람들이 너무 많다. 당장 이번 대선 때 1번 후보였던 레오나드 우드가 그러했고. 우리의 멋진 선배 더글라스 맥아더 장군 또한 죽었다 깨나도 필리핀 포기라는 옵션은 염두에 두지 않을 것이다.

게다가 나 역시 필리핀 출신 친구들이 있다. 내가 필리핀을 포기하자고 주장하면 비센테 선배나 아나스타시오의 얼굴을 무슨 낯으로 봐야 하나? 인간관계라는 것이 이렇게 오묘하다. 머리 터지겠네 진짜.

"내일 오시는 손님들은 어떻게 할 거야?"

"물개 새끼들한테 밥 잘 차려줘서 뭐 해. 그냥 개밥이나 차려줘."

"물개는 개밥!!"

"자꾸 이상한 소리 하니까 헨리가 듣고 배우잖아. 내가 진짜 애 둘을 키우려니 미치겠어, 어휴."

또 혼났다. 부인께서 진노하기 전에 얼른 내가 착실하게 자녀 교육에 임한다는 모습을 어필해야겠다.

"우리 착한 헨리 아빠 말 잘 들으렴."

"네에."

"절대 물개는 안 돼. 알았지? 심술 맞고 성격 더러운 주정뱅이들만 해군에 가는 거야… 악! 악!"

결국 맞았다.

그리고 다음 날, 나는 오기로 했던 인물이 바뀌었다는 소식을 그제서야 접했다.

"실례하게 되었습니다, 킴 대위. 같이 오기로 되어 있던 파이(William S. Pye) 대령이 급한 일이 생겨 저만 오게 되었습니다."

"아쉬운 일이로군요. 아시겠지만 이 자리는 결코 공적인 자리가 아니라 사적인 자리인 만큼, 크게 개의치 마시고 편히 쉬다 가시면 좋겠습니다."

"배려에 감사드립니다."

"어서 들어오세요. 코트는 제게 주시면 됩니다."

"감사합니다, 부인."

딱 봐도 성격 더럽고 깐깐한 스파르타 기숙학원 사감처럼 생긴 남자가

왔다. 군복은 입지 않았지만, 그냥 지나가는 사람 아무나 붙잡고 직업이 무엇일 것 같느냐고 묻는다면 10명 중 8명 정도는 군인 같다고 말할 정도로 짬 냄새가 풀풀 나는 사람. 도로시한테 띠껍게 굴기만 했으면 육해군 협력이고 나발이고 뒷마당에 파묻었겠지만, 그 정도로 글러 먹은 물개새끼는 아니어서 다행이었다.

그가 손을 내밀어 악수를 청했다.

"제 소개가 늦었군요. 해군대학원(Naval Postgraduate School)을 맡고 있는 어니스트 킹(Ernest Joseph King) 대령입니다."

"유진 킴입니다. 잘 부탁드리지요."

"아빠아아아."

헨리가 한 손에 병정 장난감을 꽉 쥔 채 쪼르르 달려와서는 내 바짓단을 꼬옥 잡았다.

"이 아저씨 누구야?"

"응. 아빠랑 같이 어떻게 헨리 같은 애들을 지킬 수 있을까 하고 연구하러 오신 해군 아저씨야."

"반갑다, 꼬마 친구."

킹이 그 깐깐해 보이는 얼굴 근육을 애써 비틀며 미소 비스무레한 걸 만들었다. 하지만 오히려 그게 더 무서워 보이잖아 이 자식아. 내 아들한테 뭔 짓이야. 당연히 그 얼굴을 직격으로 봐버린 헨리가 소스라치게 놀라버렸고, 그 소중하게 품고 다니는 장난감마저 털썩 떨어트렸다.

"물개?? 물개야??"

"헨리!"

"엄마! 우리지베 물개가 와때!!"

깜짝 놀란 도로시가 헨리의 입을 슬쩍 틀어막으며 애를 번쩍 들고 방 안으로 들어가버렸다. 원망의 눈초리가 느껴진다.

"…아드님께서, 굉장히, 거침없으시군요."

"하. 하하. 하하하하."

애 앞에서는 냉수도 마시지 말라더니 옛말에 틀린 거 없다.

레번워스의 마술사 9

어김없이 영혼 빨아먹는 서재에 들어왔건만, 이번엔 손님 혼이 아니라 내 혼이 빨려나갈 것만 같다. 어니스트 킹. 사람 이름이 킹이 뭐야 킹이. 재규어 가면이라도 쓰고 왔으면 내가 인정해준다.

"……."

"…차 한 잔 드시겠습니까?"

"브랜디 있으면 섞어 주십시오."

"예에."

커흐흑. 내 아까운 술. 하지만 지은 죄가 있으니 얌전히 홍차에 브랜디를 듬뿍 타 넣었다. 건강과 미용을 위해서는 역시 홍차에 브랜디지. 인정합니다. 사실상 홍차에 브랜디를 탄 게 아니라 브랜디에 홍차 잎이 좀 들어간 물건이 나왔지만, 킹은 오히려 그게 더 마음에 드는 눈치였다.

"감사합니다. 향이 참 좋군요."

"요즘 술 구하기가 참 하늘의 별 따기죠."

"아까 있었던 일은 크게 신경 쓰지 않습니다. 애들이야 다 어른을 보며 배우는 법이니까요."

이 인간이 은근히 날 때리네.

"저도 집에서는 말을 아끼지 않다 보니, 우리 애들이 육군에서 사람이 나왔다고 했을 때 그런 일이 없으리라 장담을 못 하겠습니다. 그러니 개의치 마십시오."

"배려 감사합니다."

"그런 의미에서, 아드님이 참 영특해 보이던데 나중에 크면 아나폴리스로 보내시는 건 어떻겠습니까? 육군과 해군의 가교 역할을 잘 할 수 있어 보입니다만."

꺼져.

헨리를 감히 그 사탄의 소굴에 보낼 수는 없다. 레이시스트에 순혈주의자들이 드글드글할 아나폴리스에 내 귀한 아들내미를 보내라고? 내 눈에 흙이 들어와도 안 된다. 만약 아이가 자발적으로 고른다면 또 모르겠지만… 그런 일이 있으면 내가 성을 마이어, 아니 기무라로 갈고 만다. 그럴 일이 있을 리가.

"하하. 자유의 나라인 합중국에서 어찌 아들의 장래를 제 마음대로 결정할 수 있겠습니까. 물론 아버지를 보고 늠름한 미 육군의 장교로 거듭나고 싶어지는 건 당연한 일이겠지만요."

"자라나는 환경은 확실히 중요하지요. 그런 의미에서 아드님께서 다양한 경험을 하며 열린 시야를 갖게 되길 기원하겠습니다."

와. 이 사람 좀 봐. 더럽게 아프게 때려. 조곤조곤 명치를 치는 솜씨가 아주 예술이다. 쿨타임 돌 때마다 2뎀씩 꼬박꼬박 처맞는 느낌이야.

저 인간이 이 건을 왠지 잊어줄 것 같지가 않다. 아마 앞으로 만날 때마다 네놈을 추격해 주마! 하며 또 이 얘길 하겠지. 악질 물개답다. 그나마 물개와 엮일 일이 별로 없어서 다행이지.

"일이나 하죠."

"그럽시다. 브랜디 한 잔 더 주시겠소?"

이제 차 달라고 하지도 않네. 나는 킹에게 술 한 잔을 더 준 뒤 속이 턱턱 막혀 나도 한 잔 걸쳤다. 이제 좀 숨이 쉬어지는구만.

"당연한 이야기겠지만, 오늘은 어디까지나 나 어니스트 킹의 개인적인 호기심을 위해 육군의 영웅으로 불리는 킴 대위를 만난 거요."

"잘 알고 있습니다. 그 영웅이라는 표현만 빼주시면 고맙겠습니다."

"아시아인으로 그만한 위업을 이뤘으면 당연히 영웅 소리를 들어야지. 그대가 조금 전 말했듯, 합중국은 자유의 나라고 아메리칸드림을 이뤄낸 인물에겐 당연히 그에 걸맞은 찬사가 있어야 하오."

업무의 영역으로 들어오자 킹은 뜻밖에도 내게 호의적인 모습을 보였다.

"그리고, 귀관의 아시아에 대한 이해도가 탁월하다는 말을 들었소."

"남들보다 조금 더 알긴 하죠."

"자신 있어서 보기 좋군. 그러면 어디… 우리 둘이서 '개인적인' 토론의 시간을 한번 가져 봅시다."

나는 세계전도를 쫙 펼쳤고, 우리 둘은 누가 뭐라 할 것도 없이 담배를 입에 물었다.

"오렌지, 아니 귀찮군. 그냥 일본이라 합시다."

"잽스라고 안 부르는 게 다행인가요?"

"내 개인적으론 잽스가 더 입에 착착 감기는구려."

"그럼 잽스로 하시죠."

"좋지."

지도 위에 미리 준비해 놓은 말판을 탁탁 배열한다. 미합중국의 핵심 지역에 두툼히 쌓여 가는 말판들. 필리핀. 그리고 하와이.

"잽스는 무슨 짓을 해도 하와이까지 군사력을 투사할 수는 없지."

"……"

"뭔가 다른 의견이 있소? 내가 모르는 사이에 잽스가 4천 마일에 달하는 직선거리를 내달려 진주만을 불태울 기술을 개발했나?"

아, 이 아저씨 거참 성격 급하네. 누가 들으면 내가 로봇으로 변신하는 전투기라도 말한 줄 알겠어. 안심하십시오, 킹 대령. 욱일제국이 아니라 일본제국입니다.

나는 진주만 기습을 말해야 하나 말아야 하나를 고민하다, 그냥 막 던지기로 결심했다. 어차피 날짜를 점지할 것도 아니고 뭐.

"지금으로서는 당연히 불가능하지요. 하지만 우리는 지금 당장 내년에 터질 전쟁을 대비하는 게 아니라 언제가 될지 모를 미지의 순간을 고려하고 있잖습니까."

"그렇지요."

"저는 해군에 관해서는 문외한입니다. 그 대신, 유럽에서 마침내 인류가 하늘을 전장으로 삼는 모습을 실시간으로 지켜봤지요."

킹은 감을 잡았는지 은은하게 입에 걸려 있던 비웃음을 싹 지우고 진지한 표정이 되었다.

"항공기?"

"못 할 게 뭐가 있겠습니까. 10년 전의 우리가 '제공권'이나 '공중 폭격'이라는 단어를 들었을 때 얼마나 웃었을지 생각해보시죠."

"이미 해군에서도 항공기가 향후 해전에 유용하게 쓰이리라고 결론을 내렸소. 하지만 하와이 타격은, 좀 공상의 영역 같소."

"그 반대입니다."

나는 오렌지색 말판을 저 광활한 태평양, 하와이 인근으로 밀었다.

"지금 우리처럼, 가장 똑똑한 잽스 해군 장교들이 어떻게 해야 과연 미합중국을 상대로 승리할 수 있는가를 연구하고 있을 겁니다."

"당연한 말이오."

"그리고 그들이 내릴 결론은 너무 뻔하지 않습니까. 첫 기습공격으로 진주만을 불태우고 미 태평양함대를 모조리 고기밥으로 만들어야만 그들에게 희망이란 게 생깁니다."

"무슨 말인지 이해했소. 항공기가 거기까지 발전한다는 게 아니라……."

"잽스는 앞으로 오랜 시간과 예산을 들여 진주만을 불태울 수 있는 항공기를 개발하려 들 겁니다. 오직 그것만이 승리의 열쇠가 될 테니."

킹은 대답하는 대신 골똘히 생각에 잠겼다. 잠시 술잔을 기울이던 그가 입을 연 것은 담배 한 개비가 다 타들어 갈 즈음이 되어서였다.

"내가 일본 해군 장교였다면 무슨 수를 써서라도 진주만을 타격할 수 있는 항공기, 그리고 그 항공기를 공해상에서 발진시킬 수 있는 항공모함을 확보해야 한다고 바락바락 우겼겠지. 일리가 있구려."

됐다. 이 이상은 바라지도 않는다. 그냥, 항공 폭격을 주지시키는 것만으로 나는 점수를 땄다.

"진주만의 태평양함대가 심대한 타격을 입으면……."

"필리핀으로 가는 문이 열립니다."

"인도차이나반도와 남방 자원지대 역시 잽스가 사활을 걸고 차지해야 할 곳. 홍콩, 싱가포르, 프랑스령 베트남, 네덜란드령 인도네시아까지."

"서태평양 일대에서 일본 해군은 완전한 자유를 얻습니다."

"그 말은 일본 육군도 원하는 곳 어디든 상륙할 수 있다는 뜻."

탁. 탁. 탁. 말판이 빠르게 움직인다. 아무리 대영제국이고 나발이고 백날 요새화를 해봤자 코딱지만 한 곳을 지켜낼 수는 없다.

방어선은 뚫리라고 있는 거다. 마지노선과 같은 전 프랑스인의 꿈과 희망을 담은 괴물딱지조차 우회당했다. 요새와 같은 방어물은 적에게 더 많은 피해를 강요하는 물건이지, 영구히 지켜낼 수 있는 물건이 아니다. 제해권을 잃은 해안요새? 그게 상식적으로 의미가 있겠나.

우리는 거침없이 영국맛 말판을 지도에서 배제해나갔다.

"남쪽으로는 인도네시아 유전지대. 서쪽으로는 영국령 버마. 이게 일본의 최대 판도가 되겠군."

"태평양함대가 타격을 입었다면 필리핀에 함대를 보내기까지 얼마나 시간이 걸리겠습니까?"

"2년. 무조건 2년은 필요하오."

"그럼 못 지키겠군요."

2년간 무슨 수로 그 정글에 처박혀 있나. 게릴라전을 하려 해도 보급이 필요하다. 하지만 고립되고 산업시설도 없는 필리핀에서 무슨 수로 보급을 받아. 말라리아나 안 걸리면 다행이지.

"…그건 육군이 해야 할 일 아닌가?"

"농담이시죠?"

"농담으로 넘어가 주시오. 로버트 리 장군이 환생해도 필리핀은 못 지키겠어. 내가 땅… 육군은 잘 몰라도 그건 확신할 수 있소. 제기랄."

이 새끼 방금 땅개라고 일부러 말했지. 확 마.

육군의 계획상으로도 필리핀 방어는 최대 6개월이 한계다. 내부 서류에 '장병들의 영웅적 분투로 국민들의 전의 고취' 어쩌고가 들어간 시점에서 말 다했지.

필리핀에 함대를 주둔시키자는 멍청한 소리는 우리 둘 다 하지 않았다. 진주만이 불탄다는 가정을 잡고 있는 마당에 필리핀에 함대가 주둔해봐야 당연히 더 세게 처맞겠지. 킹은 모르겠지만, 지금 우리의 사고실험은 1941년에 닥칠 태평양 전쟁과 거의 일치하는 방향으로 전개되었다.

육군 장교가 태평양 전선에서 싸울 곳은 필리핀, 중국, 그도 아니면 해병대와 협조해 각종 섬에서 상륙작전 정도인데… 필리핀은 지옥이다. 정글에서 전갈 뜯어 먹다가 항복하는 미래만 보이고 있어.

"필리핀에 대규모 해군기지를 조성하자, 요새를 건설하자는 이야기는 수십 년 전부터 나오던 이야기지요."

"그렇습니까."

"귀하의 고견을 듣고 싶소. 여기, 필리핀에 함대가 주둔한다면 과연 잽스를 억제할 수 있을까?"

"할 수 있지요. 잽스가 그 함대를 모조리 불태울 준비를 갖추기 전까지만요."

"못 한다는 소리군. 그럼 시점을 조금 앞으로 당겨봅시다. 그 망할 항공기가 없다는 가정으로."

그러면 태평양함대가 타격받을 일은 없다. 하지만 미국은 여전히 일방적으로 공격당하는 입장이고, 이미 잽스 소굴이 되었을 동남아에 파고든다?

"이건 역시 미친 짓이야."

킹의 추산으로 필리핀에 지원 함대가 가기까지 빠르면 1년 반. 크게 달라질 건 없다. 새 함선을 건조하고 대서양에서 증원된 함대가 갖춰져 함대 결전을 벌이기 위한 준비를 갖추는 동안 역시 필리핀은 함락된다.

"우리 참모총장은 그래서 괌에 거대한 해군기지를 짓길 원하고 있소. 괌을 전진기지로 쓴다면 훨씬 빠르게 필리핀을 구원할 수 있다는 계산이지."

"흐으음."

"당신네 육군은 별로 호의적이지 않지만 말이오."

아니, 그 계획 나도 봤다고. 그치만 전함 함포의 사거리가 해안포보다 더긴 걸 어쩌라고. 일방적으로 처맞고 함락될 기지인데?

"대신 그렇게 지은 괌을 빼앗기면 이제 하와이도 위험하지 않겠습니까?"

"그건 그렇지요. 잽스 좋은 일만 시켜줄지도 모른다는 게 가장 큰 약점이오."

술이 다 떨어졌다. 나는 슬슬 다른 방향에서의 이야기를 꺼내기로 했다.

"정치에는 관심이 있으십니까?"

"없소."

짤막하지만 힘 있는 대답이었다.

"아 정계로 나가라는 이야기가 아닙니다. 우리는 국민의 의지를 대변하는 정치가의 명령을 수행하는 입장 아닙니까."

"그건 그렇소만. D.C.에서 또 이상한 소리가 나오고 있소?"

"아시다시피, 새로 대통령 당선인이 된 하딩의 목표는 '정상화'입니다. 어마어마한 군축이 예고되어 있지요."

육군만 봐도 지금 10만 명 선으로 줄어들 판이다. IMF와는 비교도 되지 않는 어마어마한 칼부림. 실제로 하딩의 당선을 보고 전역원 제출하는 친구들이 꽤 늘어나고 있다.

"그러면 해군기지네 함대네 하는 신규지출 중 과연 통과될 것들이 얼마나 있겠습니까?"

"영국도, 일본도 모두 해군 증강에 열을 올리고 있소. 우리만 혼자 돈 아끼겠다고 뒤처진다면 전쟁 위협이 더 커질 수밖에 없단 말이오. 결과적으로 더 많은 지출이 발생하겠지."

이게 정답이지만, 결과적으로는 틀린 답안이다. 워싱턴 해군 군축조약이 머지않았기 때문이다.

그나저나, 나는 어찌해야 한다. 한반도 해방과 도쿄핫은 아주 좋은 일이다. 하지만 내 앞길에 과연 이게 도움이 되는 일인가, 라고 하면 슬슬 고개가 갸우뚱해진다. 최악의 경우에는 필리핀 방어 사령관으로 부임했다가 일본군 포로가 되는 엔딩.

"귀하는 그래서, 필리핀 사수에 회의적인 입장이오?"

"지금까지의 토론 결과로만 보면 과연 이걸 지킬 수 있을까 의심스럽긴 하지요."

"그러면, 보고를 올릴 거요?"

"미쳤습니까."

"하긴. 나도 내 모가지는 아깝소."

필리핀을 버려야 한다고 입 밖으로 냈다간 바로 역적 확정이다. 마치 딱 그 느낌이다. '독도는 못 지키니 내줘야 합니다.'라고 말해야 하는 기분. 물론 필리핀과 독도는 의미도, 가치도, 전략성도 전혀 다르지만, 말을 꺼내는 순간 대가리가 깍둑썰기된다는 결말은 아무튼 똑같다.

우리 둘은 한동안 무수히 흩어진 말판으로 엉망이 된 지도만을 뚫어져라 응시했다.

레번워스의 마술사 10

술기운이 제법 올라온 나와 킹은 서재에서 나와 정원에서 시원한 바람을 좀 쐬었다.

"나는 지금 해군대학원을 맡고있는 입장이라, 사실 내 핵심 업무는 아시아─태평양 전략 수립보다는 장래의 해군 장교들을 위한 교육 커리큘럼을 구성하는 일이오."

"무척 중요한 일을 하시는군요."

"귀하께서는 깜… 흑인으로 이루어진 1개 사단을 편성하고 훈련하여 전장에서 무공을 세우는 것으로 그 능력을 입증했지요. 혹 참고가 될 만한 이야기가 있겠소?"

아니, 아무리 그래도 붕어빵처럼 찍혀 나오는 육군이랑 해군이 같나. 오히려 그 망할 '30일의 기적'만 해도 솔직히 끔찍했다고. 사실 걔들을 훈련시킨 나조차 그렇게 찍혀 나온 초급 장교들의 능력을 영 믿을 수가 없어서 웨스트포인트 출신에게 많이 의지했었다.

"앞으로 장교를 그렇게 찍어낼 수 있는 전쟁은 얼마 남지 않았을 겁니다."

"대강 공감은 하지만 말뜻을 정확히 이해했는지 헷갈리는데."

"앞으로 장교들은 더욱 수준 높은 교육을 받아야 할 겁니다. 예를 들어서, 이번 전쟁에서 육군 보병 장교들은 급한 대로 마구 훈련시켜 투입했지만 항공기 파일럿들은 그렇게 만들어낼 수 없었지요."

"배워야만 하는 기술이 더 늘어난단 소리였군."

"해군은 아무래도 더 심하지 않겠습니까?"

"전적으로 동의하오. 이번 전쟁에서 합중국 해군은 졸속 그 자체였소. 참담했지. 앞으로도 계속 이 모양 이 꼴이라면 과연 저 섬나라 해적 놈들과 동양 원숭이들… 이런, 실례. 잽스를 상대로 얼마나 잘 싸울 수 있을지 심히 의심스럽소."

우리는 필리핀에 대해서는 차마 가타부타 더 이상 이야기를 할 수 없었다. 저기는 정치의 영역이다. 저 판에 끼려면 옛 육군참모총장이자 공화당의 유력 대선 후보였던 우드처럼 아예 정계에 진출하는 수밖에 없다. 그 우드가 현재 합중국에서 가장 강경한 필리핀 사수론자라는 게 참 엿같은 일이지.

킹이 내 면전에다 대놓고 이야기하진 않았지만, 나는 그와 해군의 생각을 어렴풋이 짐작할 수 있었다. 필리핀이 살아남으면 구원하겠지만, 1년이 넘는 기간 동안 필리핀이 버티고 있을 가능성은 희박하다. 그러니 필리핀이 함락되었다는 가정하에 차라리 계획을 하면 된다.

말이 '필리핀 함락에 대비한 플랜 B'지, 실질적으로는 저게 진짜 계획이고 필리핀 구원 계획은 장대한 페이퍼플랜에 지나지 않았다.

그렇다면 육군은? 그것 역시 개입하기 참으로 애매하다. 필리핀은 필리핀 스카우트라는 준군사조직을 보유하고 있으며, 필리핀군관구가 별도로 설립되어 있다. 시키지도 않은 일에 괜히 나서서 욕을 처먹는다? 내가 왜?

만약 나를 필리핀군관구 사령관에 집어 던진다고 하면 기나긴 예송전쟁의 서막을 내 손으로 끊어줄 자신은 있다. 하지만 그게 아니라면 굳이 고양이 목에 방울을 달 필요는 없겠지. 아직 20년은 남았다. 일개 대위인 내가 설칠 분야가 아니다.

빌어먹을 킹은 고개 숙여 "안녕히 가세요오." 하며 인사하는 착한 헨리에게 "우리 용감한 꼬마 소년, 커서 아나폴리스로 꼭 오렴."이라며 저주의 말을 남기고, 조만간 아이가 태어나면 한번 놀러 오라는 덕담을 남긴 채 떠났다. 소금 뿌려야 할 일이 또 생겼네.

내가 온갖 인간들을 다 상대해 오며 이 자리까지 왔건만, 저 킹이란 놈이야말로 가히 그중 으뜸으로 사악한 놈이라고 할 수 있었다. 저런 괴물이 드글드글한 물개 소굴에 내 아들을 보낼쏘냐.

하지만 킹이 떠났다고 해서 내 고민도 같이 떠난 것은 당연히 아니었다. 긍정적으로 생각하자. 어차피 원 역사의 미군도 1941년 태평양이 불타오르기까지 결국 해결 못 한 일이다. 내가 무슨 기적의 군략가도, 천재적인 행정가도 아닌 이상 딱히 좋은 아이디어가 나오는 게 더 이상한 거 아니겠나.

게다가, 이 일은 합중국의 정치 핵심 사안과도 밀접하게 결부되어 있었다. 항상 하는 말이지만, 이 미합중국이란 '싫은데, 에베벱.'을 모토로 삼는 인간들의 나라다. 이 드넓은 아메리카 대륙에서 먹고사는 일만으로도 이미 미국인들의 머릿속은 정신없는데, 극소수 자본가와 개입주의자들, 군인과 매파 정치인들만 몸이 달아서는 '우리도 식민지 먹어야 해, 빼에엑!' 하며 온갖 지랄을 한 결과물이 바로 필리핀이었다.

그동안 영국과 프랑스는 '자유와 평등 내세우는 주제에 식민지 착취하는 이중인격자들', 독일과 러시아는 '응~ 냄새나는 전제주의자들. 느그 자유가 뭔지 모르제?' 하며 비웃기 바빴던 미국인들에게 식민지를 만들자는 말이 얼마나 어처구니없는 이야기로 들렸겠나. 그래서 필리핀을 점령할 때도 온갖 선동과 날조가 판을 쳤다.

'스페인 제국주의자들로부터 필리핀을 해방시키자! 자유의 나라 미합중국의 사명!'이라며 슬그머니 필리핀을 집어삼키고, 나중에 눌러앉으면서는 '이 가엾고 딱한 원주민들은 아직 보호와 가르침이 더 필요합니다. 기독교인의 의무를 위해 우리 합중국이 일시적으로 교화시키는 거지 아무튼 식민지 아님. 우리가 영프 제국주의자들도 아니고 식민지를 왜 만들겠나요, 헤헤.'와 같은 기만과 프로파간다가 벌어졌다.

하지만 이제 그 명분이 발목을 잡고 있다. 필리핀을 대충 독립시키고 런하자니 다른 열강의 식민지로 전락할 게 안 봐도 뻔하다. 필리핀의 경제력이 처참하니 결국 빚을 질 테고, 이 시대의 국룰에 따라 경제 종속 이후 식민화 엔딩이 기다리고 있다.

필리핀 수비 포기? 그랬다간 위의 모든 거창한 명분과 프로파간다는 쓰레기통에 처박히고 필리핀 먹자고 떠들던 놈들은 희대의 역적으로 조리돌림당할 판이다.

마치 신나게 풀던 십자말풀이 퀴즈의 한 문제만 남겨놓은 상태로 방치해 놓은 느낌이지만, 그래도 이건 폭탄 중의 핵폭탄이다. 빨간 선과 파란 선 중 하나를 커팅하면 꺼지는 폭탄이 아니라 그냥 선만 잘랐다간 바로 대—폭—발하며 약한 유진 킴은 체르노빌처럼 버섯구름과 함께 사라질 거야.

그렇게 킹과의 일을 마지막으로 1920년은 저물었다. 전쟁이라는 거대한 혼돈은 점차 기억 속에서 잊혀져 가고. 앞으로 모든 일이 잘될 거라며 희망을 불어넣는 하딩 행정부의 시대가 다가오고 있었다. 모두가 앞으로의 미래에 희망을 품고 있었고, 두 주먹과 의지만 있다면 아메리칸드림은 영원하리라 믿고 있었다.

사업 역시 큰 변화가 찾아왔다. 포드사를 위협하던 닷지 형제는 헨리 포드의 파상공세에 결국 포드사 지분을 모두 처분했고, 그 돈으로 새 사업을 준비하다 뜬금없이 둘 모두 병으로 죽어버렸다.

나와 에젤 포드는 이번 기회에 닷지를 사들이자며 헨리 포드를 마구 졸랐고, "블랙 로터스 효과 아직 남아 있을 때 군납용 트럭 좀 팔아치웁시다."라며 내가 격렬한 유혹의 댄스를 추자 회장님은 못 이기는 척 아들에게 닷지 인수 협상을 맡겼다.

임직원 자녀를 위한 학교는 부지를 선정해 공사에 들어갔으며, 대학 역시 가칭 '유진 킴 장학금' 지급 및 '유진 킴 관' 건설 대금 대납을 조건으로 몇몇 대학과 협상에 들어갔다. 저 망할 명칭 좀 바꿔 달라고 몇 번이고 요청했는데 다들 내 말은 귓등으로도 안 듣더라. 무너진 가장의 권위가 이렇게 슬프다.

《더 선》도, 헐리우드 진출 프로젝트도, 모든 것이 술술 풀리고 있었고, 언젠가 열매를 수확할 일만 기다리면 되었다. 하나하나 계획한 일들이 술술 풀리는 모습을 지켜보며, 기쁜 마음으로 다가오는 1921년을 가족과 함께 보내고 있던 나는 전보 하나를 받았다.

[유진에게. 다우드가 죽었네.]

* * *

다우드 드와이트 아이젠하워. 1917년 9월 24일 생, 1921년 1월 2일 몰.

눈이 내리던 날, 나는 전쟁 이후 처음으로 아이크와 재회했다. 아이크는 완전히 넋이 나가 있었다.

"와줘서 고맙네."

"당연히 와야지."

어찌나 울었는지 아이크의 눈두덩이는 완전히 짓물러져 있었다.

"성홍열이었네."

이웃집 여자아이를 베이비시터로 썼다. 매우 흔한 일이었다. 이 시대에 성홍열이 그렇게 드문 병도 아니다. 에디슨은 성홍열 후유증으로 청각 이상이 왔고, 미국 최고의 부자 록펠러 또한 손자를 성홍열로 잃었다. 하지만 베이비시터로 고용한 아이가 얼마 전 성홍열에 걸렸고, 아이가 곧장 옮아 죽는 일은 전혀 흔하지 않았다.

"나는 이 빌어먹을 직업 때문에 아이가 가장 아플 때 곁에 있지 못했네."

"아이크."

"대체 왜. 왜 군대는 자꾸 내게서 무언가를 뺏어가기만 하지? 내 무릎을 뺏어간 군대가 이제 다우드와의 마지막 순간조차 앗아갔다네. 유진, 나는 이제 어떻게 해야 하지?"

헨리가 갑자기 죽는다면 나는 저것보다 더 심하게 망가졌겠지. 아이 가진 부모로서, 내가 무슨 말을 하더라도 들어줄 정신이 아니라는 건 짐작이 갔다.

"나는, 나는 후회되네. 유럽에 가는 게 아니었어."

"……."

"알아. 절대 널 원망하는 게 아냐. 어차피 훈련소에 있을 때도 아들을 못 보긴 마찬가지였으니. 하지만 말야, 밤에 눈을 감으면 미칠 것 같아. 유럽에 가지 않았다면 다우드와 조금 더 추억을 쌓을 수 있지 않았을까 하는 생각에 내 대가리를 쏴버리고 싶다고."

목이 완전히 쉬어버렸음에도 아이크는 말을 그치지 않았다.

"전역하고 싶네."

"아이크."

"내가 훌륭한 자질이 있다고 말했었지. 지금도 그 생각에 변함없나? 이런, 이런 내가."

"당연하지."

아이젠하워가 자질이 없다고 하면 누가 미 육군에 남을 수 있겠나.

"자네는 이겨낼 거야."

"이겨낸다고? 이 고통을 잊는다고?"

"아니. 절대 못 잊겠지. 내가 아는 아이크는 자식 잃은 고통을 잊을 수 있는 사람이 아니니까. 그 대신 또 다른 이 나라의 부모가 같은 고통을 겪지 않도록 모든 노력을 기울일 사람이지."

맥아더는 서너 살일 때 형을 잃었다. 퍼싱은 집에서 일어난 화재로 하루

아침에 부인과 세 딸을 잃었고, 그 직후 멕시코 원정과 1차대전에 투입되었다. 그리고 지금 아이크는 아들을 잃었다.

"또 그런 감언이설로 나를 이 저주받을 군대에 붙들어 놓는 거냐. 대체 내가 뭐 얼마나 잘났다고?"

"내가 언제 거짓말한 적이 있냐."

"많지. 웨스트포인트의 사기꾼 하면 유진 킴 아니었나."

"그건 돈 걸린 일이었으니 넘어가자. 이 웨스트포인트의 카산드라가 보증하건대 너는 무조건 장군감이야. 아니, 기분이다. 5성 장군감이야."

"빌어먹을 새끼. 그딴 말 들으면 전역할 용기가 사그라드는데."

"다른 녀석들은 못 왔지만, 내가 그놈들 몫만큼 마셔 줄 수는 있지."

내가 아무리 주둥이를 열심히 턴다고 해도. 대통령을 날려버리고, 미래의 거물들을 떡 주무르듯 주무르고, 각종 사업을 벌이며 육해공을 통틀어 내 드넓은 미래 지식을 과시한다고 해도. 죽음 앞에서는 그 어떤 말도, 행동도 무의미했다.

내가 지금 해줄 수 있는 건 단지 다시 눈물을 흘리는 아이크의 곁에 있어 주는 일뿐이었다. 남들은 1921년을 웃음과 행복, 그리고 기대로 시작했지만, 우리는 하염없이 술잔을 기울이며 꼬마 다우드가 천국에서 행복해하기를 기원할 따름이었다.

(3권에 계속)

검은머리 미군 대원수 2

1판 1쇄 인쇄 2023년 3월 22일
1판 1쇄 발행 2023년 4월 12일

지은이 명원(命元)
매니지먼트 스튜디오JHS
펴낸이 김영곤 **펴낸곳** (주)북이십일 레드리버

책임편집 유현기 배성원 서진교 강혜인
디자인 (주)여백커뮤니케이션
출판마케팅영업본부장 민안기
마케팅1팀 배상현 한경화 김신우 강효원
출판영업팀 최명열 김다운
제작팀 이영민 권경민

출판등록 2000년 5월 6일 제406-2003-061호
주소 (10881) 경기도 파주시 회동길 201(문발동)
대표전화 031-955-2100 **이메일** book21@book21.co.kr
내용문의 031-955-2403

ISBN 978-89-509-2379-2
      978-89-509-3624-2(세트)